Carrie Cassidy liegt die Welt zu Füßen: Sie ist Anfang dreißig, arbeitet für eine angesehene irische Modefirma und lebt in einem begehrten Stadtteil Dublins. Doch seit dem tragischen Tod ihrer Eltern fühlt sie sich wie betäubt. Ihre Welt steht still, weder auf ihren Beruf noch auf die Liebe kann sie sich richtig einlassen. Als Carrie durch Zufall auf eine rätselhafte Geschichte aus der Vergangenheit ihrer Mutter Sylvie stößt, beschließt sie, der Sache auf den Grund zu gehen. Was ist damals im Sommer 1980 wirklich passiert? Carrie beginnt, den Nachlass ihrer Eltern zu sichten, und kehrt zurück an die Orte, die sie seit deren Tod gemieden hat: in ihr Elternhaus in Dublin und nach Willow Hill, das Familienanwesen in Cork im Süden Irlands. Doch statt Antworten zu finden, tun sich immer mehr Ungereimtheiten auf. Schnell wird klar, dass Carrie an ein Geheimnis zu rühren scheint, das jemand um jeden Preis verborgen wissen will. Für sie ist es jetzt an der Zeit, sich ihren Dämonen zu stellen und Vertrauen zu fassen – und Hilfe ausgerechnet von dem Mann anzunehmen, den sie zurückgewiesen hat.

Zoë Miller, geboren in Dublin, arbeitete als freie Journalistin und veröffentlichte Kurzgeschichten, für die sie auch ausgezeichnet wurde. 2009 erschien ihr erster Roman. Sie lebt mit ihrem Ehemann und ihren Kindern in Dublin.

insel taschenbuch 4496
Zoë Miller
Das Geheimnis jener Tage

ZOË MILLER

Das Geheimnis jener Tage

ROMAN

Aus dem Englischen von Peter Knecht

Insel Verlag

Die Originalausgabe erschien 2015 unter dem Titel *A Question of Betrayal*
bei Hachette Books Ireland, Dublin, a division of Hachette UK Ltd., London.

Erste Auflage 2017
insel taschenbuch 4496
Insel Verlag Berlin 2017

Vertrieb durch den Suhrkamp Taschenbuch Verlag
Umschlagfoto: Vince Bevan/Millennium/plainpicure
Umschlaggestaltung: Rothfos & Gabler, Hamburg
Druck: CPI – Ebner & Spiegel, Ulm
Printed in Germany
ISBN 978-3-458-36196-1

In Liebe den drei Sternen gewidmet, die mein Leben erhellen –
Cruz, Tom und Lexi
Mögt ihr immer so hell strahlen!

Erstes Kapitel

September 1980

Sie hat nicht vor, jemandem das Leben zu retten, als sie an diesem Abend das Haus verlässt. Sie ist vierundzwanzig und hat alle Hände voll zu tun, sich selbst zu retten. Doch am Ende tut sie beides.

In der kleinen Bucht, die versteckt zwischen zwei Landzungen liegt, sucht sie Zuflucht. Jeden Abend, wenn das Licht weicher wird und eine Art Flaute eintritt, als hielte die Welt den Atem an, bevor der Tag in den milden Abend hinübergleitet, sitzt sie dort einsam in den Dünen. Sie verbirgt ihren Schmerz hinter einer Maske von Gleichmut und blickt auf das weite, von einem endlosen Himmel überspannte Meer, das sich vor ihr kräuselt, und auf das Dünengras, das in der Brise über den Sand tanzt.

Und sie hört Musik. Hinter den Dünen stehen verstreut ein paar Bungalows und Wohnwagen. In den Sommermonaten sind die meisten von Familien bewohnt, aber jetzt, wo die Kinder wieder zur Schule gehen müssen, sind sie verlassen. Bis auf einen. In dem großen Haus am Ende des Fahrwegs, etwas abseits von den anderen, ist noch jemand. Angeblich gehört es jemandem aus dem Ausland. Von dort hat sie an den letzten drei Abenden Klaviermusik gehört. Die Töne sind voller Leben, ein glitzernder, sprudelnder Strom, der durch die stille Luft tanzt wie Wasser über Steine. Die Musik tröstet ihr Herz und erfüllt sie mit etwas, von dem sie gedacht hat, sie würde es nie mehr empfinden – Hoffnung. Es fällt ihr plötzlich leicht, sich vorzustellen, dass alles wieder gut wird, dass ihr noch alles offensteht.

Sie würde am liebsten für immer hier sitzen und zuhören. Es ist ein heimlicher Luxus, den sie sich leistet: Hier in den Dünen kann sie dem ganzen heillosen Elend ihres Lebens, das nur noch ein einziger Scherbenhaufen ist, für eine Weile entkommen.

Als sie die Schuhe sieht, ist sie überrascht, denn normalerweise hat sie die Bucht für sich allein. Sie stehen oberhalb der Hochwasserlinie aus Seetang und Treibholz: graue Sportschuhe mit weißen Schnürsenkeln. Als sie näher kommt, sieht sie in einem der Schuhe einen zusammengefalteten Zettel. Er steckt zwischen den Schnürsenkeln, sodass der Wind ihn nicht wegwehen kann. Ihr Magen krampft sich zusammen, und ein ungutes Gefühl beschleicht sie. Ihre eigenen Sorgen sind plötzlich vergessen.

Mit zitternden Fingern nimmt sie den Zettel und faltet ihn auseinander. Schwarz gekritzelt eine Unterschrift: *Luis*. Darüber drei kurze Sätze in krakeliger Schrift, in einer fremden Sprache, vermutlich Französisch. Sie versteht nur das, was in der letzten Zeile steht: *Pardonnez-moi*.

Verzeihung? Wofür? Sie blickt auf, sucht den Horizont ab. Zuerst verschwimmt alles vor ihren Augen, doch dann entdeckt sie eine einsame Gestalt, kaum auszumachen in dem grauen Gewoge des Meeres, eine Gestalt, die zielstrebig gegen die Strömung der Flut hinausschreitet, immer dem fernen Horizont zu.

Sie hält den Atem an, und dann rennt sie los, so schnell sie kann, über den Strand, ins seichte Wasser. Es spritzt, durchnässt ihre Jeans, macht sie kalt und schwer. Doch sie kämpft sich vorwärts mit aller Kraft. Der Mann ist groß und blond und trägt ein graues T-Shirt. Das Wasser geht ihm schon bis zur Taille, jeden Moment kann er nach vorn kippen. Ihr reicht es gerade bis zur Hüfte, mit den nassen Kleidern kommt sie nur langsam voran.

»Hey!«, schreit sie gegen den Wind, »warten Sie! Warten Sie! Bleiben Sie stehen!« Sie ringt nach Luft und fuchtelt hilflos mit den Armen.

Er geht unbeirrt weiter, ist mittlerweile bis zur Brust im Wasser. Ihr ist eiskalt und eine schleichende Angst hat sie ergriffen, aber da kommt ihr eine Idee: »Hilfe!«, ruft sie. »Helfen Sie mir, bitte!«

Ihr Herzschlag setzt einen Moment aus, als er stehen bleibt, den Kopf leicht gekippt. »Hilfe!«, schreit sie noch einmal. »Sie müssen mir helfen!«

Er dreht sich um. Er ist nicht weit weg von ihr, aber sein Gesicht ist ausdruckslos. Als würde er sie gar nicht richtig sehen, als wäre er in eine andere Welt entrückt.

»Hier bin ich«, ruft sie. »Luis?«

Er bewegt sich nicht. Er befindet sich nahe an der Stelle, wo der Grund steil abfällt – ein Schritt über die Kante, und er wäre verloren. Oder der Rippstrom erfasst ihn und reißt ihn mit. Sie kämpft sich weiter durchs Wasser, das gegen ihre Brust schwappt; sie muss achtgeben, dass sie in der Strömung nicht den Halt verliert.

»Hier bin ich«, ruft sie.

»Gehen Sie weg!«, ruft er zurück.

»Ich kann nicht. Sie müssen mir helfen. Kommen Sie, bitte.«

»Nein. Verschwinden Sie.«

»Bitte, helfen Sie mir!«, schreit sie. Eine Welle zieht ihr den

Boden unter den Füßen weg. Sie stößt einen spitzen Schrei aus, als sie nach hinten gerissen wird und das Wasser über ihr zusammenschlägt. Sie schluckt Salzwasser, prustet, schnappt nach Luft und rudert mit den Armen, dann findet sie wieder festen Halt unter den Füßen. Als sie aufschaut, sieht sie, dass er umgekehrt ist und durch die Wellen zum Land hin strebt.

»Wo sind Sie?«, ruft er. »Sagen Sie etwas, ich muss Sie hören.«

Sie zappelt und schlägt hektisch im Wasser um sich. »Hier! Machen Sie schnell!«

Er wendet sich ihr zu, und erst jetzt erkennt sie, dass seine Augen, die auf sie gerichtet sind, sie nicht sehen. Der Mann ist blind. Sie ruft weiter und spritzt und prustet, während sie sich langsam rückwärts zum Land hin bewegt und ihn so ins Sichere lockt. Schließlich erreicht er sie, die Arme ausgestreckt. Sie greift nach ihm, legt einen Arm um seine Hüfte und hält ihn fest.

»Alles in Ordnung mit Ihnen?« Er tätschelt ihren Kopf.

»Ja, danke. Ich danke Ihnen.« Sie klappert mit den Zähnen vor Kälte, sie bringt die Worte kaum hervor. Die Wellen brechen gegen ihre Körper, aber sie haben jetzt festen Halt, sodass die Strömung ihnen nichts anhaben kann.

»Was sollte das?«, fragt sie. Sie redet unnatürlich laut, um das Tosen des Meeres zu übertönen.

»Nach was sah es denn aus?«

Sie kann seinen Akzent nicht einordnen. Nicht deutsch, aber so ähnlich. Was macht der Mann hier im Süden von Cork? Wie ist er in diese Bucht gekommen? Ein reichlich weit abgelegener Ort, dieser verlassene Strand bei Kinsale.

»Das war ganz schön dumm von Ihnen, da rauszugehen«, sagt sie. »Die Strömung ist gefährlich.«

»Ich wollte, dass sie mich hinunterzieht.«

»Das ist nicht Ihr Ernst.«

Der Gegensatz zwischen dem großgewachsenen, so lebendig wirkenden jungen Mann mit dem sensiblen, klugen Gesicht und dem lockigen blonden Haar, der da neben ihr steht, und der Eiseskälte des leblosen Bildes, das sie vor ihrem inneren Auge sieht, ist so massiv, dass es ihr das Herz zusammenkrampft. Was hat ihn dazu getrieben? Sie selbst kennt auch düstere Stunden, leere Tage, an denen sie sich dazu zwingen muss, zu lächeln, sodass niemand, nicht einmal ihr Ehemann, ihr ansieht, dass sie im Innern weint, sie kennt lange Nächte, in denen sie Fluten von Tränen mit Gewalt zurückdrängt, aber sie hat nie daran gedacht, alldem ein Ende zu setzen. Wie könnte sie? Sie hat gesehen, wie unerbittlich der Tod ist, und seine grausame Endgültigkeit erlebt.

»Was wissen Sie davon, was ich will?«, sagt er. »Sie kennen mich nicht, Sie wissen nicht das Geringste von mir.«

In seinem angespannten Gesicht ist etwas, das sie tief berührt. »Sie haben recht.« Sie seufzt leise. »Ich weiß es nicht. Danke, dass Sie mir geholfen haben.« Sie hakt einen Finger in eine Gürtelschlaufe seiner Jeans ein und hofft, sie kann ihn so davon abhalten, wieder hinauszugehen.

»Es war dumm von Ihnen, mir nachzulaufen«, sagt er.

»Ich habe versucht, Sie zu retten. Stattdessen haben Sie mich gerettet.«

Aus den Augenwinkeln sieht sie, wie er den Kopf schüttelt. »Sie haben mir keine Wahl gelassen. Wenn Sie nicht gewesen wären, hätte ich es jetzt hinter mir. Sie sind schuld, dass ich noch da bin.«

»Gut«, sagt sie, »das Leben jedes Menschen ist kostbar. Und

Sie denken offenbar genauso, sonst wären Sie nicht umgekehrt, um mir zu helfen.«

Eine Weile lang ist es still bis auf das Tosen der Brandung, das Rauschen der Wellen und die Schreie der Möwen.

»Wir können nicht ewig hier stehen.« Sie fasst ihn am Arm. »Kommen Sie, wir müssen raus aus dem kalten Wasser.«

»Nein«, sagt er, und sein Gesicht wird noch härter. »Ich wollte das nicht. Sie hätten mich in Ruhe lassen sollen.«

»Sie können von Glück reden, dass ich zufällig vorbeigekommen bin.« Sie lässt sich ihre Angst nicht anmerken und versucht es jetzt auf eine andere Art. »Kommen Sie mit – Sie werden mich ohnehin nicht los.«

»Wohin soll ich denn? Da ist nichts«, sagt er.

»Unsinn. Wie können Sie so reden?« Eigentlich möchte sie ihm sagen, er solle sich einfach nur umschauen. Die leicht verschleierte Atmosphäre des frühen Abends hat etwas so sanft Beruhigendes, die langsam kreisenden Möwen vor einem rosa-grauen Himmel, die Eleganz der Vögel, die so dicht über die Wellen fliegen, dass man ihre Schatten auf der ungeheuren Fläche zerknitterter grauer Seide dahinhuschen sieht. Aber sie erkennt, wie vergeblich ihre Worte wären. Er ist in einer düsteren Welt gefangen. Sie steht da, zitternd vor Kälte und Schrecken, an ihn geklammert in dem kalt strudelnden Wasser. Sie bemüht sich, einen klaren Gedanken zu fassen.

»Luis? Sie heißen doch Luis, nicht?«

Er nickt.

»Vielleicht ist das alles ganz falsch, was ich sage ... Ich bin nicht besonders gut in solchen Situationen.« Es hat dramatische Momente in ihrem Leben gegeben, vor allem in letzter Zeit, aber so etwas noch nicht. »Ich kann mir nicht einmal vorstellen, wie verzweifelt Sie sein müssen.« Sie bemüht sich, ganz sanft zu sprechen, obwohl ihre Zähne klappern.

»Versuchen Sie nicht, mir zu erklären, wie ich mich fühle.«

»Okay. Aber, schauen Sie, die Dinge ändern sich, Gefühle kommen und gehen. Jeder hat mal verzweifelte rabenschwarze Momente, aber auch die gehen vorbei.«

»Und wenn sie nicht vorbeigehen?«

»Alles verändert sich, nichts bleibt, wie es ist. Es gibt immer Hoffnung, es gibt immer etwas, für das es sich lohnt zu leben, und wenn es noch so unscheinbar ist.«

Sie hat das in ihrem eigenen Leben bestätigt gefunden. Selbst wenn alles aussichtslos scheint und noch so viele Hoffnungen und Wünsche enttäuscht werden, so ist doch immer eine Stimme in ihrem Kopf, die ihr ganz leise zuredet, nicht aufzugeben, ihr versichert, dass sich alles zum Guten wenden wird. Jeden Tag bemüht sie sich, etwas zu finden, das sie zum Lächeln bringt, eine kleine Freude, die ihr neue Kraft gibt und sie tröstet, und wenn es nur der Anblick der letzten Rose des Sommers ist. Jeden Abend sitzt sie in den Dünen, nimmt die Schönheit der Natur in sich auf, genießt die Musik, die durch die Luft perlt.

»Gibt es wirklich nichts, das Sie zurücklassen würden? Niemanden, der Sie vermissen würde, wenn Sie nicht mehr da wären?« Sie blickt umher, hinüber zu den Landzungen, sucht die kleine Bucht ab nach jemandem, der ihr zu Hilfe kommen könnte, aber da ist niemand, natürlich nicht: Eben diese Ruhe ist der wichtigste Grund, warum sie hierherkommt. Sie denkt an all die Dinge, die ihr Trost spenden im Dunkel der Nacht, aber es ist gut möglich, dass sie für Luis keinerlei Nutzen haben, schließlich weiß sie nicht, vor welchen Dämonen er auf der Flucht ist.

»Und selbst wenn es niemanden gäbe, wollen Sie denn wirklich nie wieder die Sonne auf Ihrem Gesicht spüren oder den Wind in Ihren Haaren?«, fragt sie. »Eine salzige Brise schmecken, eine saftige reife Erdbeere ... oder den Kuss einer Frau? Oder den Duft einer Blume riechen oder frisch gemähtes Gras?«

Da sagt er etwas, das sie überrascht: »Sie haben eine hübsche Stimme.«

»Finden Sie?« Es verwirrt sie, dass er sich in so einem Moment, in dem es für ihn um Leben und Tod geht, Gedanken über ihre Stimme macht.

»Ja, sie klingt sanft und irisch. Außer wenn Sie mich anschreien.«

»Ich habe Sie angeschrien, weil mir kalt ist und weil Sie mich böse machen. Es ist so schön hier, aber Sie wollen ihr Leben wegwerfen, ohne jede Rücksicht auf die Gefühle anderer Leute.«

»Langsamer. Sie sprechen zu schnell.«

Er möchte, dass sie weiterspricht. Er hat sich nicht losgerissen, er hat nicht versucht, wieder hinauszugehen ins tiefe Wasser, wo die Strömung stark ist. Sie hofft, er findet ein kleines bisschen Trost in der Berührung ihres Arms und im Klang ihrer Stimme, auch wenn sie lauter falsche Dinge sagt.

»Sagen Sie ... sagen Sie mir, wie es aussieht. Das Meer. Beschreiben Sie es, damit ich es mir vorstellen kann.«

Ihr ist bewusst, dass sie ihn nicht bevormunden darf, indem sie die spektakuläre Szene weniger prächtig darstellt, als sie wirklich ist, nur weil er sie nicht sehen kann. Und so schildert sie ihm die Farben, die ungeheure Weite, wie sich der Himmel mit seinen bunten Schlieren in dem zerknitterten Wasser spiegelt, die kreisenden Möwen, die Vögel, die im Tiefflug über den Wellen dahinflitzen. Er hört schweigend zu; sie stellt sich vor, wie er sich im Geist ein Bild macht.

Als sie fertig ist, tritt Stille ein, dann sagt er leise: »Danke. So wie Sie es beschreiben, klingt es ... wunderschön.«

»Es ist wirklich so. Ich komme jeden Abend hierher, sitze in den Dünen und höre der Musik zu.«

Er horcht auf und wendet ihr sein Gesicht zu. »Was für Musik?«

»Klaviermusik.« Ihre Stimme zittert, so kalt ist ihr. Sie bringt die Worte kaum hervor, aber sie sieht, dass er gespannt zuhört. »Sie kommt aus einem der Häuser auf der Landzunge. Sie ist bezaubernd. Genauso schön wie das Meer und der Himmel. Sie versetzt mich immer in eine hoffnungsvolle Stimmung. Sie sollten diese Musik auch einmal hören, Luis. Es würde Ihnen guttun.«

Nach kurzem Schweigen sagt er: »Sie sind vollkommen ausgekühlt.«

»Das versuche ich Ihnen schon die ganze Zeit klarzumachen. Sie übrigens auch. Können wir jetzt endlich rausgehen? Bitte, Luis.«

»Wie heißen Sie?

»Wie ich *heiße*?«

»Ist das so eine abwegige Frage? Sie kennen meinen Namen, wieso sollte ich Ihren nicht erfahren?«

»Es ist ...« Sie zögert. *Ich weiß kaum etwas von Ihnen, und mir wäre es lieber, wenn Sie von mir gar nichts wüssten.* Sie holt tief Luft. »Wenn es unbedingt sein muss: Ich heiße Sylvie.«

»Ein hübscher Name. Sie haben gar keinen Grund, ihn zu verschweigen. Im Gegenteil. Erzählen Sie mehr von dieser Musik, Sylvie, und wie sie auf Sie wirkt.«

Tropfnass und unterkühlt, wie sie ist, bemüht sie sich um einen möglichst unbefangenen Ton, als sie ihm beschreibt, wie die Musik klingt und welche Freude sie in ihr auslöst. Zu ihrer Erleichterung geht er mit ihr, als sie sich in Richtung Strand in Bewegung setzt, aber sie lässt ihn nicht los, für den Fall, dass er seine Meinung ändert.

Sie würde ihm so gern die Wahrheit sagen und sich den Kummer von der Seele reden, aber sie versteckt sich hinter der Maske eines lächelnden Gesichts, obwohl er sie gar nicht sehen kann. Sie kann ihm nicht sagen, dass die Musik in ihr wundes Herz fließt wie lebenspendendes Wasser in eine Wüste, sie für eine Weile all die traurigen Momente vergessen lässt, die ihren Schlaf stören, und dass sie diese lähmende Angst vertreibt, die seit der düsteren Wendung, die ihr Leben genommen hat, von ihr Besitz ergriffen hat.

Zweites Kapitel

Carrie Cassidy schaute mit fasziniertem Staunen auf das winzige schlafende Gesicht ihres Patenkinds Lucy: Unglaublich, wie friedvoll es war, einfach so dazusitzen mit einem Baby im Arm. Sie konnte ganz sie selbst sein, ohne sich vor irgendjemandem verantworten zu müssen, so als wäre sie zu Hause in ihren eigenen vier Wänden im Faith Crescent. Neugeborene Babys erwarten nicht von einem, dass man klug ist oder unterhaltsam oder dass man irgendwelche Erklärungen abgibt. Sie vertrauen einem vorbehaltlos, und man muss nichts weiter tun, als dasitzen, sie in den Armen halten und das warme Gewicht spüren und die unfassbar weiche Haut ihres Gesichts streicheln. Sie wissen nicht, wie zermürbt man sich mit dreißig fühlen kann.

Eine Stimme durchbrach die Stille. »Du siehst aus, als wolltest du schon mal üben.«

Carrie zuckte zusammen. Die winzig kleine Hand des Säuglings öffnete sich im Reflex, seidig zarte Fingerchen streckten sich zu einem fünfzackigen Stern. Carrie blickte auf und sah einen Schatten der Besorgnis über das Gesicht ihrer Tante Evelyn huschen.

Evelyn Sullivan fingerte an ihrer Perlenkette. Sie sah sehr schick aus in dem aquamarinblauen Taftkleid, das Carrie ihr besorgt hatte. Es war von Jade, der Firma, bei der Carrie angestellt war.

»Entschuldige«, sagte sie, »das war gedankenlos von mir ... Ich kann einfach meine große Klappe nicht halten.«

»Ist schon okay.« Carrie zuckte die Achseln und lächelte gezwungen.

Ihre Tante beugte sich vertraulich vor und berührte leicht ihren Arm. »Wie geht es dir denn? Ich meine: Bist du über die Sache mit Mark hinweg?«

Es wurde plötzlich ganz still um sie herum, als sein Name in Carries Kopf einschlug und eine Lawine schmerzhafter Bilder auslöste. Ihre Tante setzte sich auf einen Stuhl neben ihr und sah sie freundlich aufmerksam an. Carries Herz raste. Wie es ihr ging? Sie konnte die Inhaltslosigkeit des Lebens, das sie führte, nicht in Worte fassen, sie ging täglich zur Arbeit und dann nach Hause, aber immer befand sie sich in einer Art luftleerem Raum. Manchmal wurde ihr schwindlig, als ob der Boden unter ihr schwankte, sei es die Straße während der Mittagspause oder der Teppichboden in ihrem Büro. Das Einzige, was ihr im Moment solide und sinnvoll vorkam, war dieses kleine Bündel, das so vertrauensvoll in ihren Armen ruhte. Selbst wenn sie imstande gewesen wäre, zu beschreiben, wie sie sich fühlte, wäre dieser Aprilnachmittag nicht der richtige Zeitpunkt dafür gewesen. Die ganze zahlreiche Verwandtschaft der Sullivans war in einem Hotel im Süden von Dublin zusammengekommen, um Evelyns neue Enkelin Lucy in der Welt willkommen zu heißen und ihre Taufe zu feiern.

»Mir geht es gut«, log sie und drückte Lucy an sich wie ein warmes tröstendes Kissen. »Ich denke, ich bin gerade noch mal davongekommen. Heiraten und Kinderkriegen ist nichts für mich.«

Ihre Tante lächelte. »Mach dich nicht schlechter, als du bist, Carrie. Du wärst eine wunderbare Mutter.« Sie sprach hastig weiter, als fürchtete sie, ihre Worte hätten die Sache nur noch schlimmer gemacht. »Es muss eben der richtige Mann sein. Ehe und Kinder sind was Schönes, aber selbst bei Partnern, die sich wirklich lieben, kann es Phasen geben, in denen die Hölle los ist, darum sollte man schon sehr sicher sein.«

Ohne es zu wollen hatte Evelyn genau den wunden Punkt getroffen. Man muss sicher sein, dass es der Richtige ist. Aber das allein genügt nicht. Der Blick ihrer Tante streifte Carries linke Hand, und ihr wurde wieder einmal schmerzhaft bewusst, wie leicht ihr Mittelfinger sich anfühlte ohne den Ring. Sie spürte ihn manchmal und tastete mit dem Daumen danach. Wenn sie wieder einmal vergaß, dass der Ring in einer mit schwarzem Samt ausgekleideten Schachtel ganz unten in ihrem Nachtkästchen begraben lag.

»Es kommt, wie es kommen muss. Ich möchte nur, dass du glücklich wirst, ob du dich nun so oder anders entscheidest. Das hätte dir auch deine Mama gewünscht ... und dein Papa.« Ihre Stimme verlor sich. »Manchmal denke ich ... Wenn nur Sylvie und John noch da wären, sie wären so stolz auf dich. Aber jetzt geht schon wieder meine große Klappe mit mir durch ...«

Carrie warf ihrer Tante jenes eigentümliche Lächeln zu, hinter dem sie oft ihre Trauer verbarg, wenn die Rede auf ihre Eltern kam. »Ach, komm, heute ist ein Festtag für dich und die ganze Familie. Wir feiern ein neues Leben. Was passiert ist, lässt sich sowieso nicht ändern.«

»Ja, das weiß ich, aber ich hab dich gern, Carrie. Wir alle lieben dich, du gehörst zur Familie, und du bist uns wichtig, das darfst du nie vergessen. Du bist genauso meine Tochter wie Fiona. Glaub nie, du wärst allein auf der Welt.«

Carrie grinste. »Wie könnte ich das glauben, wenn ich die ganze Zeit diese ganze Horde um mich habe, die mich ständig daran erinnert, wo ich hingehöre?« Sie blickte auf die lebhafte Versammlung in dem Saal, die weißen und rosa Ballons, die durch die parfümgeschwängerte Luft trieben, die Tische, auf denen Weingläser und Teller mit Überresten des Desserts standen. Sie befand sich im Schoß ihrer Familie, unter Onkeln, Tanten, Cousins und Cousinen. Sie war im Großen und Ganzen sehr froh darum, mit dieser lärmenden liebenswerten Bande verwandt zu sein, auch wenn sie ihr manchmal auf die Nerven ging.

Die Sullivans. Schon der Name war eine Macht. Ihr Großvater Jack Sullivan aus Cork hatte in den 1960er Jahren das Baustoffunternehmen gegründet, das jetzt von seinen Söhnen Sean und Andrew geleitet wurde. Diese hatten sich mit ihren Ehefrauen Evelyn und Clare in der Nachbarschaft von Willow Hill, dem Stammsitz der Sullivans in Cork, niedergelassen und in nicht einmal zehn Jahren sieben äußerst lebhafte und umtriebige Kinder in die Welt gesetzt. Carrie war das einzige Kind von Jack Sullivans geliebter Tochter Sylvie und deren Ehemann John Cassidy. Carrie wuchs in einer Vorstadtsiedlung von Dublin auf, verbrachte jedoch viele Ferientage ihrer Kindheit zusammen mit der Schar ihrer Cousins und Cousinen auf dem Land in der freien Natur rund um das weitläufige Haus ihrer Großmutter. Die Großeltern starben, als sie ein Teenager war, die Enkel verstreuten sich und lebten jetzt teils in Cork, teils in Dublin, London und Amerika, aber der Zusammenhalt der Familie war immer noch eng, und sie waren alle zusammengekommen, um Lucys Taufe zu feiern.

»Da ist ja Fiona«, sagte Evelyn.

Carrie beobachtete ihre Cousine, die sich durchs Gewühl kleiner Kinder schlängelte, und nahm mit Bewunderung das besondere Strahlen junger Mütterlichkeit auf ihrem Gesicht wahr. Auch sie trug ein Kleid von Jade, ein Modell in duftigem Rosa, das Carrie ihr empfohlen hatte. Fiona strich unwillkürlich mit der Hand über ihren Bauch, als hätte sie ein schlechtes Gewissen, weil sie noch nicht wieder so rank und schlank war wie vor ihrer Schwangerschaft, und Carrie spürte das Bedürfnis, sie in den Arm zu nehmen, sie zu beruhigen und ihr zu sagen, dass sie schöner war als je zuvor.

»Wie geht's meinem Engelchen?«, fragte Fiona und streichelte Lucys zartes Bäckchen.

»Sie ist so ein Schatz«, sagte Carrie. »Ich könnte den ganzen Tag so mit ihr hier sitzen.«

Fiona lachte. »Das ist ein Angebot.«

»Ich lasse euch beide jetzt mal allein weiter über Babypflege fachsimpeln.« Evelyn stand auf, und Fiona setzte sich auf die Armlehne von Carries Sessel.

»Danke, dass du Lucys Patin geworden bist«, sagte sie. »Darüber bin ich sehr froh.«

»Blödsinn. Es ist mir eine Ehre. Und ich habe fest damit gerechnet, dass du mich fragen würdest, schließlich war ich deine Trauzeugin.«

Sie verstummte kurz, damit beschäftigt, die Erinnerung an die Hochzeit von Sam und Fiona zu verdrängen. Sie hatte Mark bei deren Trauung zum ersten Mal gesehen, Sams Trauzeugen, groß und schlank, mit den rabenschwarzen Haaren und den grauen Augen unter dichten, dunklen Wimpern, und später erst erfahren, dass er ein guter Freund von Sam war und nach einem längeren Aufenthalt in Singapur wieder in Dublin arbeitete.

Sie erfuhr an dem Abend noch alles Mögliche andere über ihn und später noch weit privatere Dinge ...

Carrie blinzelte.

»Was ich eigentlich meinte:«, sagte Fiona sanft, »Ich kann mir denken, dass es dir nicht ganz leichtfällt, in so fröhlicher Stimmung mit uns zu feiern, nach allem, was passiert ist ...«

Carrie wusste, dass sie vor Fiona nicht die unverwundbare Heldin zu spielen brauchte. Sie schenkte ihr ein schiefes Lächeln. »Na ja, heute ist ein besonderer Tag, und mein Patenkind ist so schön und lieb und süß, dass ich ganz hingerissen bin. Sie ist so vollkommen entspannt, dass ihre Stimmung ansteckend wirkt.«

Sie blickten beide auf das schlafende Baby. »Und außerdem« – Carrie grinste – »würden meine Cousins mir das nie durchgehen lassen, dass ich hier mit Leichenbittermiene herumsitze.«

»Nie und nimmer.« Fiona lachte. »Die würden dich schon aufheitern.«

Fiona hatte drei jüngere Brüder, und Carrie war für sie fast wie eine Schwester. Während der langen Ferien, die sie als Kinder gemeinsam in Cork verbrachten, hatten die beiden immer eng zusammengehalten gegen die vereinte Macht der Jungs in der Familie. Ihre Freundschaft hatte die Kinderjahre überdauert, und in der Zeit, als Carrie sich nach dem Tod ihrer Eltern allein durchs Leben schlagen musste, war Fiona immer für sie da gewesen.

»Wir müssen um sieben hier raus«, fuhr Fiona fort. »Sam und ich gehen dann mit Lucy nach Hause, aber ein paar von den anderen treffen sich anschließend an der Bar und feiern noch ein bisschen weiter. Vielleicht hast du ja auch Lust?«

Sam und ich. Fiona verwendete diese Worte, ohne darüber nachzudenken, so selbstverständlich gehörten sie und Sam zusammen, eine Einheit, die nun auch noch das Baby umfasste.

»Ich nehme dir jetzt das kleine Schoßtierchen ab«, sagte Fiona und streckte die Arme nach Lucy aus. »Sie hat sicher Hunger und braucht eine frische Windel.«

Carrie hob das Baby hoch und gab es Fiona. Die Stelle, wo es weich und warm gelegen hatte, fühlte sich kalt und leer an. Wie um das Vakuum zu füllen, das sie empfand, zog Carrie ihr Smartphone hervor, loggte sich bei Twitter ein und postete einen Bericht über das wunderschöne Familienfest, das sie erlebte. Wenigstens musste sie sich keine Gedanken darüber machen, ob Mark ihr bei Twitter oder anderen sozialen Medien folgte. Obwohl er bei Bizz, einem weltweit aktiven Internetunternehmen arbeitete, hatte er sich immer standhaft geweigert, sich auf einer dieser Plattformen anzumelden, um andere Leute an irgendwelchen Einzelheiten seines täglichen Lebens »teilhaben« zu lassen.

Sie hörte im Geist seine amüsierte Stimme, als säße er auf dem Sofa neben ihr. »Du bist süchtig nach dem Zeug. Ich will nur hoffen, dass du nichts von uns beiden ausplauderst.«

»O doch, natürlich tue ich das«, hatte sie gescherzt. »Die Nachrichten von unserem wilden Sexleben finden reißenden Absatz. Meine Follower sind alle ganz neidisch.«

»Ich kann diesen Social-Media-Mist nicht ausstehen«, hatte er gesagt und ihr das Smartphone weggenommen, bevor er seine Arme um sie schlang, »aber das, was du über unser Sexleben sagst, gefällt mir.«

In einem schwachen Moment war sie einmal nahe dran gewesen, ihm zu gestehen, dass die sozialen Medien für sie nach dem Tod ihrer Eltern ein sehr praktisches Mittel gewesen waren, mit der Welt in Verbindung zu bleiben. Auch wenn sie nur alberne Kommentare zu Fernsehsendungen und andere Belanglosigkeiten mit irgendwelchen Leuten austauschte, so kam doch wenigstens ein Kontakt zustande, jemand warf ihr eine Art Rettungsleine zu, und sie fühlte sich nicht mehr so allein. Und es war leicht gewesen, in der Anonymität eines Tweets eine fröhliche und sorgenfreie Carrie zu geben, während sie sich eigentlich leer und ausgelaugt fühlte und dunkle Ringe um die Augen hatte. Aber sie hatte den Moment verstreichen lassen und, statt es ihm zu sagen, die Augen geschlossen, sich an ihn geschmiegt und seinen Kuss erwidert.

Später sah sie Fiona und Sam dabei zu, wie sie gemeinsam all die Babysachen einsammelten, die Geschenke und Glückwunschkarten und alles andere hinaus zum Auto trugen. Nachdem sie noch einmal die Runde gemacht und sich von allen Gästen verabschiedet hatten, hob Sam die kleine schlafende Lucy in ihren Autositz, legte seinen Arm um Fionas Taille, und dann gingen sie. Carrie fühlte sich merkwürdig leer, als sie weg waren, und beschloss, sich für eine Weile unter die jungen Leute an der Bar zu mischen.

Aber es zeigte sich bald, dass das keine gute Idee war. Natürlich hatten alle von ihrer geplatzten Verlobung gehört. Fionas Brüder waren da, zwei von ihnen zusammen mit ihren Freundinnen, dazu noch weitere Cousins, alle in einer geräumigen Nische der Bar. Sie lächelten fast ein bisschen zu strahlend, nahmen ihr den Mantel ab und rückten zusammen, um ihr Platz zu machen. Shane, der in London arbeitete und übers Wochenende nach Hause gekommen war, bestellte ihr einen Mojito; sie sehe viel zu nüchtern aus, bemerkte er.

»Ich bin schließlich die Patin«, sagte sie.

»Ein Grund mehr, so richtig einen draufzumachen. Für Patinnen gilt: Erst keine Arbeit, dann das Vergnügen.« Er zwinkerte ihr zu.

Später begleitete Shane sie zum Taxi. »Das war schön blöd von ihm, dass er dich hat gehen lassen«, sagte er ruhig. »Ich dachte eigentlich, Mark wäre ein ganz vernünftiger Kerl.«

»Ist er auch.« Der Wind fühlte sich eisig an nach der Wärme im Hotel. »Aber letztlich hatte er keine Wahl. Es war meine Entscheidung, Schluss zu machen.«

»Wir alle wünschen uns, dass du am Ende glücklich wirst, Carrie«, sagte er. »Was immer das genau bedeutet. Du hast es verdient nach allem, was du durchgemacht hast.«

»Danke, Shane.« Sie umarmte ihn und stieg in das Taxi.

Die Sullivans waren die einzigen Menschen auf der Welt, die so mit ihr reden durften. Für alle anderen, die sich herausnahmen, auch nur eine Andeutung von Mitgefühl zu äußern, hatte sie nur zornig funkelnde Blicke übrig, begleitet von einer brüsken Kopfbewegung, die ihr dunkles, welliges Haar nach hinten fliegen ließ.

Als das Taxi vom Parkplatz auf die Straße abbog, dachte sie an das leere Haus, das sie erwartete. Sie würde es genauso antreffen, wie sie es am Morgen verlassen hatte, kalt und leer, ohne Leben. Kein Mark würde da sein, um noch ein Glas Wein mit ihr zu trinken, mit ihr zu reden und zu lachen und die Fotos von Lucy anzuschauen, die sie gemacht hatte. Kein Mark, der ihr sagen würde, wie schön sie war, wenn er ihr das cremeweiße Seidenkleid auszog oder ihr Haar löste, das auf der Seite von einer glitzernden Spange gehalten wurde, sodass es weich über ihre linke Schulter fiel. Kein Mark, an den sie sich kuscheln, um den sie ihre langen Beine schlingen würde, wenn sie sich langsam und lustvoll liebten, und mit dem sie sich dann freundlich, schläfrig streiten würde, wer von beiden am nächsten Tag das Frühstück machen, wer aus dem Haus gehen würde, um frische Milch, knusprige Brötchen und Sonntagszeitungen einzukaufen. Es war erstaunlich, wie man sich an die trivialsten Details eines gemeinsamen Lebens gewöhnte und wie bitter man sie vermissen konnte.

Carries Haus stand eingezwängt zwischen anderen Reihenhäusern in einer halbkreisförmigen Sackgasse. »Ein kleines Juwel« hatte der Makler es genannt, was bedeutete, dass es winzig und beengt war, aber Carrie hatte vom ersten Moment an, als sie es betrat, gewusst, dass es wie für sie geschaffen war, auch wenn sie das Bücherregal nur im Flur unterbringen konnte und die Garderobe ein Verschlag unter der Treppe war. Die soliden Backsteinmauern schienen sie zu umhüllen, hielten sie fest und sicher in ihrer Umarmung. Auf der Rückseite grenzte das Haus an eine große hundert Jahre alte Kirche, die hinter der Mauer, die den kleinen Garten abschloss, aufragte. Carrie gewöhnte sich schnell an das Geläute der Glocken vom Kirchturm und auch an die Vögel, die zu dem Futterkasten auf ihrem kleinen Stückchen Rasen kamen.

Die Straße war still und dunkel, als das Taxi in den Faith Crescent einbog, nur schwach drang hie und da Licht durch die Vorhänge an den Fenstern. Aber ihr gemütliches Häuschen sah nicht so aus, wie sie es am Morgen verlassen hatte: Das Blaulicht der Alarmanlage blinkte hektisch. Es war allerdings kein Alarm zu hören. Das lag daran, dass der Kasten, der an der Fassade unter der Dachtraufe angebracht war, seit einem Sturm im Winter schief hing. Was nutzte es, eine Alarmanlage einzuschalten, wenn das Ding keinen Ton von sich gab? Typisch für jene unentschlossene Halbherzigkeit in allen Dingen, die jetzt ihr Leben bestimmte. Sie hatte sich vorgenommen, jemanden vom Reparaturdienst zu bestellen. Es war eines der letzten Dinge, die Mark ihr empfohlen hatte, bevor er gegangen war, aber in ihrem ganzen Elend der letzten Wochen hatte sie sich nicht darum gekümmert – wie um so vieles andere auch.

»Ist das Ihr Haus?«, fragte der Fahrer.

»Ja.« Sie kramte hektisch nach ihrem Handy. Ein scheußliches Gefühl stieg aus ihrer Magengrube auf.

»Sieht so aus, als wäre Ihr Alarm ausgelöst worden. Nur komisch, dass man nichts hört.«

»Die Sirene ist kaputt«, sagte sie. »Ich wollte sie längst reparieren lassen.«

»Ich warte so lange, bis Sie nachgesehen haben, ob im Haus alles in Ordnung ist.«

»Ja, danke.« Sie überlegte, ob sie ihn bitten konnte, sie zu begleiten, aber wahrscheinlich verboten ihm das die Sicherheitsbestimmungen oder sonst irgendwelche geschriebenen oder ungeschriebenen Regeln. Immerhin stieg er aus und stand am Straßenrand bereit für den Fall, dass sie ihn brauchte. Sie ließ die Haustür offen stehen, während sie im Flur den Code eingab, um den Alarm abzuschalten. Sie sah sich in dem Zimmer an der Vorderseite um, dann in der Küche und überprüfte die Hintertür.

Alles in bester Ordnung. Nichts deutete darauf hin, dass jemand hier eingedrungen war.

Sie ging zurück in den Flur. »Ich gehe jetzt im oberen Stockwerk nachsehen«, rief sie dem Taxifahrer draußen zu. Wenn da oben jemand lauerte, sollte er wissen, dass sie nicht allein war.

»Machen Sie das. Ich warte, bis Sie Entwarnung geben.« Offenbar dachte er ähnlich wie sie, denn er redete auffallend laut.

Auch oben war es still. Unheimlich still. Sie warf einen Blick auf das Bett mit der makellos glattgestrichenen Decke, sie öffnete den Kleiderschrank und die Schubladen der Kommode: nirgends etwas Ungewöhnliches, alles war dort, wo es hingehörte. Sie stand einen Moment still da und versuchte konzentriert, sich darüber klar zu werden, was genau sie beunruhigte, aber sie kam nicht darauf. Also ging sie wieder nach unten zu dem Taxifahrer und sagte ihm, dass es ein Fehlalarm war.

»Freut mich, aber Sie sollten das Ding reparieren lassen«, sagte er und stieg wieder in sein Auto. Carrie ging zurück ins Haus und schloss die Tür. Im Wohnzimmer machte sie den Fernseher an, um die Stille zu vertreiben. Als sie am Kamin vorbeiging, fiel ihr Blick auf das gerahmte Bild ihrer Eltern, das dort auf dem Sims stand. Sie sah ihrer Mutter sehr ähnlich, aber jetzt fühlte sie sich nur wie ein blasses Abbild der vor Leben sprühenden dunkelhaarigen Sylvie mit den blauen Augen, die da in die Welt hinaus lächelte. Neben Sylvie stand Carries Vater John, ein sanfter Riese mit klugen, freundlichen Augen und grauen Schläfen, die ihm ein distinguiertes Aussehen verliehen.

Das Foto war an ihrem neunundzwanzigsten Hochzeitstag aufgenommen worden, den die drei in einem Sternerestaurant in der Innenstadt gefeiert hatten. Bald darauf waren Sylvie und John zu ihrer ersten großen Reise aufgebrochen und wenige Wochen später bei einem Flugzeugabsturz in Südamerika ums Leben gekommen.

Immer wieder musste Carrie an eines der letzten Gespräche

denken, das sie nur wenige Tage vor der Abreise ihrer Eltern mit ihrer Mutter geführt hatte. Sie rätselte herum, was sie ihr damals wohl hatte mitteilen wollen; einerseits war sie überzeugt, dass es etwas sehr Wichtiges gewesen sein musste, andererseits sagte sie sich, dass sie dem Ganzen möglicherweise eine viel zu große Bedeutung beimaß, nur weil zufällig kurze Zeit später dieses schreckliche Unglück passiert war.

»Wir haben unser Testament gemacht«, hatte ihre Mutter gesagt. »Es liegt unterschrieben und versiegelt beim Notar. Eine Kopie davon habe ich zu den anderen Papieren in dem Aktenschrank in Johns Arbeitszimmer gelegt.«

»Euer Testament? Warum das denn, Mama? Ihr beide werdet mindestens achtzig oder neunzig Jahre alt. Wieso sagst du mir das?«

»Sicher, wir werden steinalt, wir werden noch im Rollstuhl in der ganzen Welt herumreisen und dich mit unseren Schrullen in den Wahnsinn treiben.« Ihre Mutter lachte. »Aber es ist trotzdem vernünftig, ein Testament zu machen, einfach, weil es den Hinterbliebenen eine Menge Scherereien erspart. Wir hätten es schon längst tun sollen.«

»Ja, kann sein«, sagte Carrie. »Aber es ist irgendwie unheimlich, wenn du darüber redest.«

Die Mutter streichelte lächelnd ihren Arm. »Kein Grund zur Aufregung, Carrie. Was sein muss, muss sein. Und da ist noch etwas, worüber ich mit dir reden muss, etwas Persönliches, aber das kann warten, bis wir wieder zu Hause sind.«

»Das klingt ja sehr geheimnisvoll.«

Die blauen Augen ihrer Mutter, die sonst immer so lebhaft und fröhlich war, hatten sich verschleiert, und sie wirkte beinahe traurig.

»Es ist eine etwas schwierige Sache und vertraulich, aber ich möchte, dass du es erfährst, nur für den Fall ... Man weiß ja nie, was passieren wird.« Sie blinzelte und nahm sich zusammen. »Es ist eine alte Geschichte, es hat also keine Eile. Wir reden darüber, wenn wir wieder zu Hause sind. Siehst du, ich habe gar keinen Zweifel daran, dass wir zurückkommen. Bist du jetzt beruhigt?«

Auch an den Tag der Abreise musste Carrie oft denken, an die Hektik der letzten Vorbereitungen und Besorgungen, die neuen Koffer, die nebeneinander aufgereiht im Flur standen, an ihre Mutter, die die Stunden bis zum großen Moment zählte und ganz fiebrig vor Aufregung die Punkte auf ihrer Liste abhakte, die noch zu erledigen waren. Und sie, die coole, weltkluge Carrie, hatte gelacht und gesagt, sie würden ja schon bald wiederkommen, noch ehe sie recht bemerkt hätten, dass sie weg waren. Und dann der Abschied, letzte – letzte – Umarmungen und Küsse, bevor sie aus der Tür des Hauses in der Waldron Avenue zu dem wartenden Taxi nach draußen hasteten mit ihrem nagelneuen Gepäck. Carrie stand auf der Eingangstreppe, die Hand ihrer Mutter winkte aus dem Fenster des Taxis bis ans Ende der Straße. Und immer wenn Carrie an diese winkende Hand dachte, war ihr, als müsste sie dem Taxi nachrennen, es einholen, die warme Hand ihrer Mutter fassen und an ihr Gesicht drücken.

Carrie hatte ihnen einen Reisegutschein zum Hochzeitstag geschenkt. Auch sie selbst stand damals im Begriff, zu neuen Ufern aufzubrechen: Sie hatte ihr Studium abgeschlossen und wollte, bevor sie ins Berufsleben einstieg, eine Auszeit nehmen, um zusammen mit Fiona auf Reisen zu gehen. Sie hatte ihre Eltern gedrängt, sich an ihr ein Beispiel zu nehmen, einmal in ihrem Leben etwas Abenteuerliches zu unternehmen, solange sie noch fit genug waren.

War es unter diesen Umständen verwunderlich, wenn Carrie sich mitschuldig am Tod ihrer Eltern fühlte?

Drittes Kapitel

September 1980

Sie ist nicht darauf aus, sich in fremdes Leid zu verstricken, sie hat genügend eigene Sorgen, aber sie kann sich nicht dagegen wehren, in seine tragische Geschichte hineingezogen zu werden.

Als sie das Ufer erreichen, zittert Luis vor Kälte, und auch sie ist bis auf die Knochen durchgefroren. Es ist ein milder Septemberabend, doch der Wind frischt auf, und ihre nassen Kleider sind eisig. Sie führt ihn zu der Stelle, wo sie seine Schuhe gefunden hat. Sie sind von einer dünnen Schicht Sand bedeckt. Daneben sieht sie jetzt auch, halb vergraben im Sand, den zusammengeklappten weißen Blindenstock liegen. Sie stellt sich vor, wie jemand, der vergebens nach Luis gesucht hätte, diese Gegenstände hier gefunden hätte, und ihr Herz krampft sich zusammen.

»Alles okay mit Ihnen?«, fragt sie.

»Nein«, sagt er.

»Wie kann ich Ihnen helfen?« Sie weiß nicht, was sie jetzt tun soll. »Kann ich irgendjemanden verständigen?«

Der Schock, dass dieser junge Mann drauf und dran war, sich direkt vor ihren Augen das Leben zu nehmen, droht sie zu überwältigen, wie flüssiges Eis breitet er sich durch alle Fasern ihres Körpers aus, von ihrem Magen ins Herz und bis in die Fingerspitzen. Sie atmet tief durch, um die Panik zu unterdrücken. Auch Luis keucht heftig, den Oberkörper nach vorn gebeugt, als hätte er einen Marathonlauf hinter sich. Sie weiß nicht, wie er hierhergekommen ist und wie er, wohin auch immer, zurückkommen soll. Muss sie ihn nach Hause bringen? Wird er bereits von jemandem vermisst? Sie hat Angst, dass er wieder ins Wasser geht, wenn sie ihn allein lässt. Sie drückt ihre tropfnassen Haare etwas aus, bindet sie zu einem Knoten und zupft an ihrer Bluse, damit sie nicht so an ihrer Haut klebt.

Er setzt sich in den Sand, die Ellbogen auf die Knie gestützt, das Gesicht in den Handflächen. »Nein, niemanden.«

Sie lässt sich neben ihm nieder und legt vorsichtig den Arm um seine Taille. Er wehrt sie nicht ab, und sie hält ihn fest.

»Wollten Sie wirklich so aus der Welt verschwinden?«

»Ja. Aber dann habe ich Sie um Hilfe rufen hören, und ...« Er schüttelt den Kopf. »Können wir ein paar Minuten einfach so sitzen bleiben?«

»Natürlich«, sagt sie. Sie scheint etwas richtig zu machen, und das erfüllt sie mit einem Gefühl von Dankbarkeit.

»Erzählen Sie was von sich«, sagt er. »Ihre Stimme ist so schön sanft.«

»Außer wenn ich Sie anschreie«, scherzt sie. »Was wollen Sie wissen?«

»Wer sind Sie? Wo wohnen Sie? Was machen Sie?«

Sie überlegt fieberhaft, wie viel sie von sich preisgeben soll. Sie holt tief Luft. »Ich heiße Sylvie Cassidy und bin von hier, aus Willow Hill. Seit zwei Jahren lebe ich in Dublin. Ich arbeite dort als Lehrerin, aber ich habe mich für eine Weile beurlauben lassen, weil ich mich um meine Mutter kümmern will, die eine schwere Operation hinter sich hat.«

»Das ist freundlich von Ihnen. Offenbar ist Ihr Herz genauso weich wie Ihre Stimme.«

»Sie ist meine Mutter. Ich bin froh, wenn ich ihr helfen kann.«

»Ja, Mütter sind was Besonderes.« Ein längeres Schweigen tritt ein. Seine Hände sind unruhig, immer wieder verkrampfen sich die Finger, als kämpfte er innerlich mit sich selbst. Sie wartet, lehnt sich leicht an ihn, damit er spürt, dass sie bei ihm ist.

Endlich hebt er den Kopf. »Ich habe meine Mutter verloren.«

Sie ist sich nicht sicher, wie gut sein Englisch ist. Möglicherweise, so redet sie sich ein, meint er, er habe den Kontakt zu seiner Mutter verloren oder sie sprächen nicht mehr miteinander. In diesem Fall gäbe es immer Hoffnung auf eine Versöhnung. Aber er klingt so traurig, dass sie eher annehmen muss, die Mutter ist gestorben.

»Das tut mir leid«, sagt sie. »Das muss schlimm für Sie sein.«

»Ich saß mit ihr im Auto, als es passierte. Ich habe keine Erinnerung an den Unfall. Ich bin vier Tage später im Krankenhaus aufgewacht und konnte nicht mehr sehen.«

Die wenigen nüchternen Worte, die seine Tragödie umreißen, treffen sie wie ein Schlag. »Luis.« Sie fasst seine Hand. »Wie schrecklich. Wann ist das passiert?«

»Anfang vorigen Jahres. Ich kann nicht ... « Er drückt ihre Hand so stark, dass es weh tut. »Ich will nicht, dass Sie Mitleid mit mir haben, das könnte ich nicht ertragen.«

»Haben Sie keine Angehörigen mehr?« Bestimmt hatte er Verwandte und Freunde. Und irgendjemand muss doch Anteil genommen haben an seinem Leid, oder nicht?

»Nur meinen Vater. Er ist ein gebrochener Mann. Wir sprechen nicht miteinander. Manchmal packt mich eine rasende Wut, dann schreie ich herum und zertrümmere Sachen. Dann wieder bleibe ich manchmal den ganzen Tag im Bett. Ich mache nicht auf, wenn einer meiner Freunde mich besuchen will –

es ist besser so. Manche haben den Kontakt abgebrochen, sie wissen nicht, was sie mit mir reden sollen, es ist ihnen unangenehm. Mein Vater arbeitet viel, um sich abzulenken. Er hätte damals bei uns sein sollen. Wenn er am Steuer gesessen hätte, wäre der Unfall nicht passiert.«

Zwei Männer von Trauer und Leid ausgehöhlt, unfähig, sich einander zu öffnen.

»Sie können nicht wissen, was geschehen wäre, wenn Ihr Vater da gewesen wäre. Immerhin haben Sie beide noch einander. Es ist mir nicht ganz fremd, was Sie durchmachen.«

»Was können Sie davon schon wissen?«, fragt er plötzlich zornig.

»Ich habe auch geliebte Menschen verloren. Ich weiß, wie es ist, wenn einem das Herz in lauter kleine Stückchen zerbricht.« Ihre Stimme klingt belegt. Sie hat Angst, zu viel zu sagen, darum wechselt sie das Thema. »Weiß Ihr Vater, dass Sie Schluss machen wollten?«

»Nein. Wenn er es wüsste, hätte er versucht, mich aufzuhalten.«

»Dann liebt er Sie also. Sie sind ihm wichtig. Und ich bin auch für Sie da. Wie alt sind Sie?«

»Neunzehn.«

»Wollen Sie über Ihre Mutter reden?«

»Nein.«

»Woher kommen Sie? Sie sind kein Ire.«

»Aus der Schweiz. Aus Genf ursprünglich, aber jetzt wohnen wir in Luzern.«

»Sie sprechen sehr gut Englisch.«

Sein Akzent klingt sehr schön, sie könnte ihm stundenlang zuhören, aber sie wird sich hüten, ihm das zu sagen.

»Meine Großmutter war Engländerin. Wir sprechen in der Familie neben Französisch und Deutsch auch Englisch.«

»Und wie kommen Sie hierher nach Cork?« Behutsam tastet sie sich vorwärts.

»Mit meinem Vater. Er ist Wissenschaftler und hat im Rahmen eines Forschungsprojekts an der Klinik in Cork zu tun.«

»Nur Sie beide?«

»Ja. An den meisten Tagen arbeitet mein Vater in der Klinik. Wir haben eine Haushälterin, die immer bis Nachmittag da ist. Sie kocht und putzt und besorgt alle nötigen Dinge. Um sechs kommt dann mein Vater nach Hause. Wir sind jetzt seit zwei Wochen hier und werden noch zwei Wochen bleiben. Mein Vater dachte, es würde uns guttun, am Meer zu wohnen, wegen der frischen Luft, und er mag das Geräusch der Wellen.«

»Sie wohnen also nahe am Strand?«

»Ja, es ist nur ein kurzer Spaziergang bis zum Meer.«

»Wohnen Sie etwa in dem großen Haus hinter uns? Am Ende des Fahrwegs?«

»Ja, das kann stimmen.«

»Dann ...« Sie zögert. »Dann ist das Ihr Haus, aus dem die Musik kommt?«

Er lässt ihre Hand los und reibt sich das Gesicht.

»Ja.«

»Sie hören da Klaviermusik?«

»Nein.«

»Nein? Das verstehe ich nicht.«

»Ich *spiele* die Musik.«

Sie starrt ihn ungläubig an. Es fällt ihr schwer, sich vorzustellen, dass dieses Häufchen Elend neben ihr derart erhebende Musik spielen sollte. »Sie meinen: Sie sind der Pianist?«

»Ja.«

»Das glaube ich nicht«, stammelt sie aufgeregt und merkt, wie sich in ihr eine verzweifelte Wut Bahn bricht. »Wie können Sie es wagen!«

»Wie kann ich *was* wagen?« Er lässt die Hände sinken, sein Oberkörper strafft sich. Der junge Mann ist überrascht, ja aufgeschreckt von dem scharfen Ton ihrer Stimme.

»Wie können Sie es wagen, das alles einfach wegzuwerfen! Wissen Sie überhaupt, wie gut Sie sind? Um wie viel die Welt ärmer würde, wenn Sie nicht mehr da wären? Mein Gott, es ist nicht zu fassen! Und ich frage Sie noch, ob Sie nichts zurücklassen würden, ob es nichts gibt, was Ihr Leben lebenswert macht. Was wollen Sie noch mehr?« Tränen steigen ihr in die Augen. »Natürlich ist es schrecklich, dass Sie Ihre Mutter verloren haben und dass Sie blind sind. Aber es gibt Menschen, die Ihnen helfen können, wenn es Ihnen schlecht geht, Sie müssen ihre Hilfe nur annehmen. Sie sind immer noch am Leben, Sie können riechen und schmecken und tasten und hören, Sie haben ein fühlendes Herz, und nichts hindert Sie, zu lieben.«

»Aber vielleicht will ich eben nicht mehr leben ... es macht mir Angst.«

Ihr Herz ist schwer, aber statt ihn zu bemitleiden, setzt sie nach. »Wollen Sie mir damit sagen, ich hätte für nichts und wieder nichts mein Leben aufs Spiel gesetzt, um Sie zu retten? Und wenn Sie die Wahl hätten, würden Sie bei einer Beerdigung lieber der sein, der kalt und starr im Sarg liegt, als der, der schöne Musik spielt und damit den anderen Trost spendet?«

Und plötzlich bricht sie unter der Anspannung und Aufregung des Abends zusammen, und sie fängt hemmungslos zu weinen an.

»Sylvie – nicht.« Luis streckt den Arm aus und legt ihn um ihre bebenden Schultern.

»Lassen Sie mich in Ruhe«, sagt sie.

»Sylvie –«

»Lassen Sie mich.«

»Wieso können Sie nicht verstehen –«

»Nein, das kann ich wirklich nicht. Es kommt andauernd vor, dass Leute sterben, Luis. Bei Autounfällen wie Ihre Mutter oder durch eine andere schreckliche Tragödie. Weil sie krank sind oder alt. Manche sterben jung an Krebs. Ihren Angehörigen bricht es das Herz. Haben Sie schon einmal zugesehen, wie Menschen um ihr Leben kämpfen? Wie sie nach Atem ringen, wie sie hoffen und beten, dass die Ärzte ihnen helfen können? Wie sie mit Gott feilschen, wenn sie wissen, dass sie nichts tun können, während ihr kostbares Leben verrinnt? Und Sie, ein Mensch, der zwar blind, aber ansonsten heil und gesund ist und so wunderschön Klavier spielen kann, eine so großartige, kristallklare Musik, wollen Ihr Leben und Ihr Talent wegwerfen. Nein, tut mir leid, das kann ich nicht verstehen. Es macht mich wütend, das finde ich unerträglich. Und das sage ich Ihnen, ob es Ihnen passt oder nicht.«

Sie sitzt da in ihren nassen Kleidern, die Arme um ihre Knie geschlungen, und weint. Nach einer Weile beruhigt sie sich etwas, schnieft leise und verstummt schließlich. Der leichte Wind zerzaust ihr Haar, sie schmeckt Salz auf ihren Lippen. Irgendwann zieht Luis seinen Arm weg und sagt: »Sylvie, Sie müssen mir helfen.«

»Was soll ich tun?«, fragt sie mit heiserer Stimme.

Er tastet im Sand neben seinen Schuhen umher und findet den zusammengeklappten Blindenstock.

»Sie müssen mich nach Hause führen. Bitte.«

Der Ton seiner Stimme verrät ihr, dass seine Worte eine versteckte Bedeutung haben. Sie wischt sich über die Augen und steht auf in ihren nassen, klammen Kleidern. Sie hängt sich bei ihm ein, und sie gehen durch die Dünen zum Fahrweg und weiter zum Haus. Es ist viel größer als die anderen Ferienhäuser, liegt inmitten eines gepflegten Gartens und hat einen großen Balkon, von dem aus man sicher einen herrlichen Blick aufs Meer hat. Sie betreten das Grundstück durch ein Tor auf der Rückseite und gelangen zur Hintertür des Hauses. Sie bleibt stehen.

»Es ist nicht abgesperrt«, sagt er.

Sie öffnet ihm die Tür, Luis klappt seinen Stock zusammen und ertastet sich seinen Weg mit den Fingerspitzen. Im Türrahmen dreht er sich zu ihr um. »Danke. Sind Sie immer noch wütend auf mich?«

Sie fühlt sich ausgepumpt und erschöpft nach den dramatischen Ereignissen. »Nein, nicht wütend, nur traurig. Es ist einfach sehr schade, dass Sie so etwas Wertvolles nicht schätzen können. Sie sollten mit jemandem darüber sprechen, mit Ihrem Vater, egal, mit wem. Wann kommt er nach Hause?«

»Bald.«

»Sie sollten zusehen, dass Sie aus diesen Kleidern rauskommen. Nehmen Sie ein heißes Bad, damit Sie wieder warm werden.«

»Können wir reden? Morgen vielleicht? Wir könnten uns am Strand treffen.«

Sie denkt nach. So war es nicht geplant. Dieses Erlebnis

heute war sehr verstörend für sie, und überhaupt geht sie an den Strand, weil sie das Bedürfnis hat, *allein* zu sein. Doch sie kann ihm die Bitte nicht einfach abschlagen und weggehen. »Meine Mutter legt sich am späten Nachmittag immer für eine Weile hin, und ich nutze oft die Zeit, hierherzukommen an die frische Luft. Aber ich weiß nicht, ob wir uns wirklich ausgerechnet am Strand treffen sollen.«

»Keine Angst, ich werde keine Dummheiten machen.«

»Da bin ich mir nicht so sicher.«

»Ich verspreche es Ihnen hoch und heilig. Sie haben mich zum Nachdenken gebracht, und ich würde gern weiter mit Ihnen reden.«

»Unter einer Bedingung: Sie erzählen niemandem von mir, ja?«

»Wem sollte ich es schon erzählen? Hier ist ja niemand.«

»Ich meine es ernst, Luis. Niemand darf es erfahren, keine Menschenseele.«

»Einverstanden. Sie sind mein Geheimnis. Aber da ist noch etwas: Sie haben draußen im Meer gesagt, es gibt immer etwas, für das es sich zu leben lohnt, zum Beispiel ... für den Kuss einer Frau. Es würde mich sehr glücklich machen, wenn Sie mich küssen würden, Sylvie Cassidy.«

Ein Kuss. Nur ein Kuss. Ist es einer verheirateten Frau erlaubt, unter diesen außergewöhnlichen Umständen, einen jüngeren Mann zu küssen? Sie fragt sich, wann ihn zuletzt eine Frau geküsst hat. Sie bemüht sich, nicht daran zu denken, wie es war, als sie selbst zuletzt geküsst worden ist. Sie blendet den Gedanken aus und lehnt sich an ihn, umfasst ihn an seiner schlanken Taille. Er tastet mit einer Hand über ihre Schulter und lässt sie sanft nach oben zu ihrem Gesicht wandern. Ihre Münder treffen sich in einem Kuss, der sie überrascht, er ist zart und sinnlich, und er füllt sie in einer Weise aus wie nie ein Kuss zuvor.

Viertes Kapitel

»Ich würde gern Ihre Version der Geschichte hören«, sagte Carrie zu Tara, die ihr gegenüber saß.

Tara nahm einen Schluck Wasser. Es war Mittwochnachmittag, und sie hatten das Büro in der Firmenzentrale von Jade für sich allein, da Carries Kolleginnen Shelley und Elena zusammen mit Steve Boyle, dem Geschäftsführer des Unternehmens, bei einem Essen mit wichtigen Kunden waren. Da würden sie mal so richtig nach Herzenslust schlemmen, hatte Shelley gesagt und Carrie boshaft zugelächelt.

Als Vertriebsleiterin für Nord-Dublin, wo es eine Menge schicker und teurer Boutiquen in bester Lage gab, sah sich Shelley als Hauptrivalin von Carrie und benahm sich, als wäre ihr Beruf ihr einziger Lebensinhalt. Sie warf Steve Boyle bewundernde Blicke zu und versuchte ihm dadurch zu imponieren, dass sie andauernd in enthusiastischem Tonfall Phrasen wie »Unternehmensleitbild«, »ergebnisorientiert« oder »Synergien vor Ort« in ihre Reden einflocht. Was sie nicht wusste, war, dass Carrie an manchen Tagen schon allein damit zu kämpfen hatte, nur den Tag durchzustehen, und gar nicht die Energie aufbrachte, Neidgefühle zu entwickeln. Carrie hatte sie aus dem Büro stolzieren sehen und sich bemüht, nicht an das tiefgefrorene Hühnchencurry zu denken, das sie selbst am Abend in der Mikrowelle warmmachen würde, und sie hatte keinen Gedanken daran verschwendet, warum nicht auch sie zu dem Geschäftsessen eingeladen worden war.

»Wissen Sie, Carrie«, hatte Steve Boyle neulich gesagt, »wir haben manchmal das Gefühl, dass Sie Ihre Arbeit nicht mit dem rückhaltlosen Engagement machen, das wünschenswert wäre. Möglicherweise sollten Sie versuchen, Ihren ureigenen beruflichen Visionen neuen Schwung zu geben.«

Carrie hatte gespürt, wie ihr Tränen in die Augen traten. »Ja, da haben Sie sicher recht, Steve.«

Seine Lippen waren dünn geworden. »Sie besitzen ohne Zweifel große Fähigkeiten, aber wir würden uns wünschen, Sie könnten diese ... äh ... etwas distanzierte Art ablegen und sich mit mehr Begeisterung für die unternehmerischen Ideale von Jade engagieren.«

Sich engagieren? Offenbar wusste der Chef nichts über sie. Über die immer reservierte, auf Sicherheit bedachte, unengagierte, risikoscheue Carrie Cassidy.

Taras Stimme rief sie in die Wirklichkeit zurück. »Ich habe nichts falsch gemacht«, sagte sie trotzig. »Die Kundin kam am Montagmorgen ins Geschäft und wollte ein Kleid zurückgeben, das sie ganz offensichtlich bereits getragen hatte. Das Modell Diane. Eines der teuersten, die wir verkaufen.«

Carrie nickte. Das Kleid kostete vierhundertfünfzig Euro. Ein edles Stück aus einer Mischung aus Rohseide und Baumwolle, eines der wichtigsten Modelle der Sommerkollektion.

»Sie hatte den Kassenzettel dabei«, fuhr Tara fort, »aber die Preisschilder fehlten, am Saum im Nacken waren auf dem Stoff deutlich Spuren von Make-up zu erkennen, und auf dem Rock waren Flecken, offenbar von Wein oder irgendeiner anderen Flüssigkeit. Ich habe sie darauf hingewiesen, ihr erklärt, dass wir unter diesen Umständen das Kleid nicht zurücknehmen können, und dann brach die Hölle los.«

Carrie kritzelte auf ihrem Notizblock, dann blickte sie auf. »Was meinen Sie mit ›Dann brach die Hölle los‹?«

»Die Kundin fing an herumzuschreien und mich anzubrüllen.« Taras Wangen röteten sich zusehends. »Sie drohte damit, sich bei der Zentrale über mich zu beschweren.« Sie warf einen Blick auf die ausgedruckte E-Mail, die auf dem Schreibtisch lag. »Was sie offensichtlich dann auch getan hat. Ich blieb ruhig und erklärte ihr noch einmal in aller Höflichkeit, dass ich gemäß den Richtlinien der Firma das Kleid nicht zurücknehmen könne. Wissen Sie, wenn man ein bisschen Erfahrung in diesem Beruf hat, kann man die Ehrlichen von den Schwindlern leicht unterscheiden. Wahrscheinlich hat die Frau das Kleid am Wochenende bei einer Hochzeit angehabt und sich gesagt, dass sie dasselbe Kleid nicht zweimal tragen will. Und sie wollte, dass das Geld möglichst schnell auf ihr Kreditkartenkonto zurückgebucht wird, bevor die Monatsabrechnung rausgeschickt wird … Das habe ich alles schon erlebt.«

Carrie machte sich halbherzig noch ein paar Notizen. Sie wusste, dass die Verkäuferin wahrscheinlich recht hatte, aber sie fragte sich, warum ihr die Sache so wichtig gewesen war. Sie hätte auch ein Auge zudrücken und der Kundin ohne Murren das Geld zurückerstatten können, dann hätte sie sich eine Menge Ärger erspart.

»Was ist dann passiert?«, fragte Carrie.

Tara setzte sich ganz gerade, bot alle Würde auf, die sie hatte. »Ich sagte, wir könnten leider nichts für sie tun, wir haben unsere Vorschriften, und das Kleid war ja wirklich nicht mehr neuwertig, sodass man es noch hätte verkaufen können. Daraufhin verlangte sie, meine Vorgesetzte zu sprechen.« Taras Augen verfinsterten sich. »Nach einer Weile kam Niamh, und sie zahlte der Kundin das Geld zurück, und danach, na ja, wie so was eben geht: Ein Wort gab das andere …«

»Aha?« Carrie zog eine Braue hoch.

Tara zuckte die Achseln. »Sie hat mich verraten und verkauft.«

Carrie tat so, als machte sie noch mehr Notizen. Als Bereichsleiterin für Süd-Dublin sollte sie Strategien entwerfen, die Reputation der Firma als Hersteller von Luxuskleidung zu steigern, aber allzu oft musste sie sich mit Beschwerden verärgerter Kunden befassen, die sich an die höheren Instanzen in der Unternehmenszentrale wandten. *Das kann ich nicht gebrauchen,* sagte sich Carrie. Es verbitterte ihr das Leben, aber sie konnte es sich nicht leisten, ihren Job einfach hinzuschmeißen. Sie war sparsam mit dem Erbe umgegangen, das ihre Eltern ihr hinterlassen hatten, doch es war nicht genug, als dass sie bis an ihr Lebensende davon hätte zehren können. Im Übrigen brauchte sie ihre Arbeit, so verdrießlich sie oft auch war, weil sie ihr Ablenkung von ihren Sorgen bot, sie zwang, jeden Tag frühmorgens aufzustehen, sich zu duschen, sich ordentlich anzuziehen und aus dem Haus zu gehen, um der Welt gegenüberzutreten und ein nützliches Mitglied der menschlichen Gesellschaft zu sein. Wenn sie ihre Arbeit nicht hätte, würde sie wahrscheinlich die ganze Zeit in ihrem Reihenhäuschen herumhängen, in ihrem drei Jahre alten grauen Jogginganzug oder, an besonders schlechten Tagen, in dem bequemen Frotteeschlafanzug und den schäbigen Rosa-Kaninchen-Hausschuhen, und sich von Toast mit Bohnen aus der Dose ernähren.

»Tara, Sie sehen sicher ein, dass es am besten ist, wenn Sie und Niamh zu einer Lösung kommen, die es Ihnen ermöglicht, wieder vernünftig zusammenzuarbeiten. Ich möchte vermeiden, das Problem nach oben weiterzureichen, denn dann kann es passieren, dass man Sie ohne Bezüge beurlaubt.«

Tara lächelte bitter. »Mir war klar, dass Sie sich auf die Seite der anderen schlagen würden.«

Carrie ging nicht darauf ein. Wahrscheinlich hatte Tara recht, aber Carrie hätte ihr am liebsten geantwortet, dass sie sich insgeheim wünschte, sie müsste diese Arbeit nicht machen. »In Zukunft rufen Sie am besten gleich Ihre Vorgesetzte, wenn Sie Zweifel haben oder fürchten, dass eine Kundin Schereien macht. Dann bekommen nicht Sie den Ärger ab.«

»Ja, klar, das passiert alle zehn Minuten. Unsere Vorgesetzten werden begeistert sein, wenn alle Verkäuferinnen es so machen, wie Sie es mir empfehlen.«

»Lassen Sie das nur meine Sorge sein«, sagte Carrie. Sie würde sich damit bei Steve Boyle nicht gerade beliebt machen.

»Na ja, ich will meinen Job behalten – ich bin darauf angewiesen.« Tara stand auf. »Aber wie gut, glauben Sie, kann mein Verhältnis zu Niamh jetzt noch sein, nachdem sie mich derart bloßgestellt hat?«

»Ich kann mich nur mit den Tatsachen des Falls befassen«, sagte Carrie, nicht ohne einen Anflug von schlechtem Gewissen bei dem Gedanken, dass sie selbst sehr viel weniger als Tara darauf angewiesen war, ihren Job zu behalten. »Wenn Gefühle einem im Weg sind, muss man sie eben außen vor lassen.«

Sie war versucht, Tara zu sagen, dass Gefühle gefährlich sein können, dass sie einem Menschen das Mark aus den Knochen saugen, ihn zu Eis erstarren lassen und lähmen können und dass es besser ist, sie zu begraben und zu vergessen. *Das beherrsche ich wirklich perfekt*, dachte Carrie, als Tara ging. Sie blickte durch den Raum und zum Fenster hinaus. Es hatte angefangen zu regnen, Aprilschauer peitschten gegen die Scheiben, sodass der Baum draußen mit den winzigen Blattknospen nur noch verschwommen zu sehen war. John und Sylvie Cassidy wären sicher stolz gewesen, wenn sie ihre Tochter so an ihrem eleganten grauen Schreibtisch in der Firmenzentrale von Jade hätten sitzen sehen, in einem feinen schwarzen Hosenanzug, das dunkle Haar hinten von einer Spange zusammengehalten, eine durch und durch professionelle, erfolgreiche junge Frau. Niemand wusste besser als sie selbst, wie schwierig es gewesen war, dem Schmerz und der Traurigkeit zu entkommen, die über ihr zusammenzuschlagen drohte. Aber jetzt war Carries Herz abgehärtet genug, um alles auszuhalten. Sie hatte ihre Lektion auf die harte Tour gelernt.

Was Carrie nach dem jähen Tod ihrer Eltern besonders schwer zu schaffen machte, war der Gedanke, dass sie die weite Reise überhaupt nur deswegen angetreten hatten, weil Carrie selbst damals beschlossen hatte, ein Jahr Auszeit zu nehmen und zusammen mit Fiona, die gerade entlassen worden war, eine große Rucksacktour zu unternehmen.

»Ich bin jetzt fünfundzwanzig«, hatte sie verkündet, »und ihr werdet erleichtert sein, zu hören, dass ich langsam erwachsen werde und mich nicht länger an Mamas Rockzipfel klammere. Es wird Zeit, dass ich etwas von der Welt sehe, ehe ich in die Tretmühle des Berufslebens einsteige.«

»Endlich! Wir dachten schon, wir werden dich niemals los«, hatte ihr Vater gescherzt.

Carrie war nie von zu Hause ausgezogen, sondern hatte, während sie studierte und nebenher in einer Boutique in der Innenstadt jobbte, weiter in ihrem Elternhaus an der Waldron Avenue in South Dublin County gewohnt.

»Ihr solltet euch an mir ein Beispiel nehmen und euch auch in die weite Welt hinaus wagen.«

»Wir werden es uns überlegen«, hatte ihre Mutter gesagt.

»Meinst du, ihr werdet es am Ende doch noch bis auf einen anderen Kontinent schaffen?« Carrie hatte sich oft darüber lustig gemacht, dass ihre Eltern auch im Urlaub nicht eben viel Abenteuerlust an den Tag legten. In ihrer Kindheit, als Carrie sämtliche Ferien in Cork verbrachte, waren im Sommer auch ihre Mutter und ihr Vater an den Wochenenden aus Dublin angereist. Und später, als sie fünfzehn oder sechzehn war, waren sie zusammen mit Carrie und Fiona auch ins Ausland gefahren, allerdings nie sehr weit von zu Hause entfernt.

»Du findest das vielleicht nicht so aufregend«, hatte ihr Vater immer gesagt, »aber dafür kostet es dich nichts. Das ist doch auch was wert, nicht?«

»Na ja, eigentlich bin ich ein bisschen zu alt für solche Gratisferien mit den Eltern«, hatte sie geantwortet, war aber Jahr um Jahr weiter mitgefahren.

»Wir werden es früh genug satthaben und dir die rote Karte zeigen«, hatte er dann im Spaß gedroht, und sie hatten darüber gelacht, als ob sie diesen Scherz noch ewig wiederholen würden.

Ein anderer Standardscherz war, dass ein Doppelzimmer eigentlich vollauf genügen würde für alle vier, denn sie könnten es in zwei Schichten nutzen: Die beiden Mädchen würden abends, wenn die Eltern schlafen gingen, losziehen und die Clubs unsicher machen, und wenn sie dann frühmorgens müde in ihre Betten sanken, wären die Eltern schon aufgestanden und machten eine Strandwanderung oder einen Tagesausflug zu irgendwelchen Sehenswürdigkeiten.

Sie hätte nie gedacht, dass diese Ferien so schnell für immer ein Ende finden würden.

Niemand außerhalb der Familie verstand so ganz, wie es sein konnte, dass das Verhältnis zwischen Carrie und ihren Eltern so eng war. Jahre vorher, als ihr Vater ihr einmal bei ihren Mathehausaufgaben half, weil sie mit den Mengendiagrammen nicht zurechtkam, hatte er auf ihren Notizblock einen großen Kreis gezeichnet.

»Das sind deine Mama und ich«, hatte er gesagt. »Es gibt keinen Anfang und kein Ende. Kein Teil von einem von uns beiden existiert außerhalb des anderen. Na ja, ein kleines bisschen vielleicht, wenn deine Mama sich mit ihren Freundinnen trifft und ich Golf spielen gehe ... aber sonst stimmt es.« Dann hatte er einen etwas kleineren Kreis innerhalb des großen gezeichnet. »Und das bist du, Carrie. Du bist ein Teil von uns und immer bei uns.«

Sie hatte gesehen, wie andere Jugendliche und Schulfreunde von ihr Phasen durchmachten, in denen sie gegen ihre Eltern rebellierten, doch war ihr das vollkommen fremd gewesen – sie selbst hatte nie das Bedürfnis gehabt, sich so zu benehmen. »Die drei Musketiere« oder »die drei Amigos« hatten ihre Eltern die Familie genannt. Und so hatte Carrie Sommer um Sommer, während andere Studenten im Rahmen von Austauschprogrammen für eine Weile nach Amerika gingen oder in See stachen, um Wale zu schützen, an Stränden in Frankreich oder Spanien Urlaub gemacht, immer zusammen mit ihren Eltern und Fiona. Bis zu jener ersten, getrennten Reise, die ein so schreckliches Ende genommen hatte.

Zuerst war alles ganz großartig gewesen. Zwei Tage nachdem die Eltern aufgebrochen waren, flogen Carrie und Fiona von Dublin nach Heathrow und von dort weiter nach Kuala Lumpur, der ersten Station ihrer Reise. Voller Begeisterung berichteten Eltern und Tochter einander per E-Mail von ihren Abenteuern und tauschten Fotos aus. Aber dann wurden die Bande zwischen ihnen brutal gekappt, in einer Weise, die Carrie nie erwartet hatte.

Die Nachricht erreichte sie in Neuseeland. Carrie erinnerte sich später nur verschwommen an die Geschehnisse der folgenden Monate – alles war wie von einem Trauerschleier verhüllt –, aber einige hatten sich klar und deutlich in ihr Gedächtnis eingebrannt: wie Fionas Eltern Sean und Evelyn nach Neuseeland gekommen waren und sie und Fiona nach Hause geholt hatten und wie sie selbst in dem übermächtigen Gefühl gefangen war, als wäre sie von schwerem, dickflüssigem Wasser umschlossen, das sie lähmte und nur langsame, träge Bewegungen zuließ. Dann waren Sean und Evelyn von Irland nach Südamerika geflogen, während Carrie in ihrem Haus in Cork blieb, starr und stumm und ohne zu weinen. Fiona und ihre Brüder bewegten sich auf Zehenspitzen durchs Haus und wagten kaum, ihrer Cousine in die erloschenen Augen zu sehen.

Dann das unwirkliche Gefühl in der Flughafenkapelle, als schließlich das, was von ihren Eltern noch übrig war, nach Cork gebracht wurde. Carries Fingernägel schnitten sich schmerzhaft in ihre Handfläche, während der Priester über die geschlossenen Särge Gebete sprach. Sterbliche Überreste? Das konnte nicht sein. Unmöglich, dass da John und Sylvie Cassidy, die das Haus in der Waldron Avenue mit fröhlichem Leben erfüllt hatten, liegen sollten. Das alles war nur ein schlechter Scherz, und sie hielten sich irgendwo versteckt. Die Särge blieben geschlossen. Sean sagte, Sylvie und John hätten ganz friedvoll ausgesehen, als er sie in der Leichenhalle in Brasilien identifizierte. Er meinte es gut, aber Carrie wusste, dass er log. Wie konnte etwas Identifizierbares von ihnen übrig geblieben sein?

Teilnahmslos, als liefe vor ihr ein Film in einer fremden Sprache, sah sie zu, wie man die Särge in die Erde senkte. Vom Friedhof aus sah man das Meer. Die lebhaft unstete Brise kräuselte die Wellen und ließ die Schleifen der Blumengestecke und Kränze flattern. Merkwürdigerweise war es gerade der Anblick der Blumen, der in Carrie einen scharfen Schmerz auslöste, als durchbohrte ein Messer ihr Herz. Ihr Vater hatte ihrer Mutter zu jedem Geburtstag und Hochzeitstag Blumen geschenkt, und sie hatte sie jedes Mal mit einem Ausdruck freudigen Entzückens in Empfang genommen, als wäre es eine Überraschung für sie. Die Vorstellung, dass ihre Mutter nie wieder Blumen bekommen sollte, war einfach unfassbar.

Carrie blieb in Cork, während Sean und Evelyn nach Dublin fuhren, im Haus ihrer Eltern Papiere sichteten und sich um die nötigen Formalitäten kümmerten. Sie regelten Behördenkram, die finanziellen und juristischen Dinge, brachten Kleidung für Carrie mit zurück und Dokumente, die sie unterschreiben musste. Nach einigen Monaten, als sie überzeugt waren, dass Carrie niemals in das Haus zurückkehren würde, und sie einsah, dass es keinen Sinn hatte, es leer stehen zu lassen, räumten sie die persönlichen Gegenstände und alten Erbstücke in einen Abstellraum des Hauses und nahmen wichtige Papiere mit nach Cork, um sie dort sicher zu verwahren. Dann kümmerten sie sich darum, Mieter zu finden. Sie taten ein junges Akademikerehepaar auf, das einen Vertrag mit langer Laufzeit wollte. Wieder musste sie Dokumente unterschreiben. Sie konnte es nicht einmal ertragen, auch nur die Adresse oben auf dem Blatt zu lesen. Ohne hinzusehen, kritzelte sie hastig ihren Namen aufs Papier.

Zusammen mit Fiona zog sie nach Dublin in eine Wohnung im Zentrum, möglichst weit weg von ihrem Elternhaus. Sie nahm eine Stelle beim Kundenservice eines Baumarkts an, die ihr Sean vermittelt hatte. Natürlich war sie für diese Tätigkeit weit überqualifiziert, aber in der Verfassung, in der sie sich damals befand, fühlte sie sich zu mehr nicht imstande, und sie musste froh sein, dass überhaupt jemand sie einstellte. Sie versuchte sich immer wieder zu sagen, dass es noch schlimmere Schicksale gab als ihres – sie hatte so wunderbare Eltern gehabt, mit denen sie glückliche Jahre hatte verbringen dürfen. Fiona bemühte sich nach Kräften, sie zu gemeinsamen Freizeitaktivitäten zu animieren: Salsakurse, Yoga, Spanisch für Anfänger, Weinseminare. Irgendwann hatte Carrie genug von ihrem Job und von Kunden, die sich andauernd beschwerten, weil der Farbton ihres Kamins eine Spur zu dunkel oder die Arbeitsplatte der Küche zu dick war oder weil die Fliesen fürs Badezimmer nicht so schön glänzten, wie sie erwartet hatten, und sie kündigte.

Ihr Chef sah sie an, als wäre sie ein Kalb mit zwei Köpfen. »Ist Ihnen klar, dass wir uns mitten in einer Rezession befinden?«, fragte er.

Sie hielt seinem Blick stand und verkniff es sich, ihm zu antworten, dass sie es lächerlich fand, in einer Zeit, in der Massenarbeitslosigkeit herrschte und viele Leute kaum genug zu essen hatten, darüber zu streiten, ob Fliesen ein bisschen mehr oder weniger glänzten. Sie sagte auch nicht, dass sie auf den Job nicht angewiesen war, weil ihre Eltern gut vorgesorgt hatten.

Nach einiger Zeit fand sie eine neue Stelle als Sprechstundenhilfe in einer Arztpraxis in der Innenstadt. Dort blieb sie allerdings nur ein halbes Jahr, dann wurde sie entlassen, weil sich eine Patientin über sie beschwert hatte.

»Was war denn genau los?«, fragte Fiona.

»Sie hatte eine Erkältung und verlangte, sofort dranzukommen, es gehe um Leben oder Tod. Ich sagte, an einer Erkältung stirbt man nicht, höchstens, wenn man extrem geschwächt ist, und das war sie ganz bestimmt nicht. Du hättest sie hören sollen, Fi! Sie wollte, dass ich die anderen Patienten – lauter *wirklich* kranke Leute, die alle vor ihr an der Reihe waren – warten ließ, damit sie sich nicht hinten anstellen musste. Dabei brauchte sie nichts weiter als Bettruhe und heißen Lindenblütentee. Das habe ich ihr auch gesagt, aber es hat natürlich nichts genutzt.«

Eine Weile lang bezog Carrie Arbeitslosengeld. Das Schlangestehen jeden Monat machte ihr nichts aus: Sie hatte ohnehin zu viel Zeit zu ihrer freien Verfügung und verbrachte viel davon im Bett. Bis eines Morgens Fiona sie aus den Federn zerrte und sagte, sie habe einen Friseurtermin für sie vereinbart und Carrie solle sich erst wieder zu Hause sehen lassen, wenn sie etwas unternommen habe, um einen neuen Job zu kriegen.

»Ich weiß, dass du das Geld nicht so dringend nötig hast«, sagte Fiona, »aber es tut dir einfach nicht gut, immer nur Trübsal zu blasen, und ich kann es nicht länger mit ansehen.«

»Trübsal blasen? Das stimmt nicht, ich versuche nur ... na ja, ich versuche herauszufinden, was ich wirklich will und wofür ich geeignet bin.«

»Vielleicht ist es Zeit, dass du professionelle Hilfe in Anspruch nimmst? Möglicherweise würde es dir guttun, mit jemandem über deine Probleme zu sprechen«, sagte Fiona sanft.

Carrie runzelte die Stirn. Sie musste wirklich in schlechter Verfassung sein, wenn Fiona so etwas vorschlug. »Mit mir ist alles in Ordnung. Ich brauche niemanden zum Reden. Und ganz sicher zahle ich nicht gutes Geld dafür, um mit einer wildfremden Person zu sprechen.«

»Ich mache mir Sorgen um dich.«

»Das brauchst du nicht. Es gibt Leute, denen es viel schlechter geht als mir. Ich komme gut klar, wirklich.«

Zu dieser Zeit waren Sylvie und John schon drei Jahre tot, aber für Carrie war es, als könnte es genauso gut drei Stunden oder drei Tage her sein, dass sie die winkende Hand ihrer Mutter gesehen hatte. Manchmal redete sie sich ein, es wäre tatsächlich nur drei Stunden her, und ihre Eltern säßen gerade heiter und vergnügt im Flugzeug und flögen durch einen strahlend blauen Himmel Machu Picchu und den Iguazú-Wasserfällen entgegen. Es war besser, als sich vorzustellen, dass sie in kalter, harter Erde verrotteten.

Dann eröffnete Fiona ihr eines Tages nach einigem Herumdrucksen, dass sie und Sam zusammenziehen wollten. Ob Carrie sich vorstellen könne, mit der neuen Situation zurechtzukommen?

Für Carrie war es keine Überraschung. Nach wie vor dachte sie nicht daran, sich auf irgendeine Art von Beziehung einzulassen, Fiona dagegen war mit Sam inzwischen schon eine ganze Weile zusammen. Sie hatte Woche für Woche beobachtet, wie ihre Cousine sich immer mehr in Sam verliebt hatte und er sich in sie. »Wie schön, das ist die beste Nachricht seit langem«, sagte sie. »Ich freue mich für euch. Und ich will schwer hoffen, dass ich Trauzeugin sein darf, wenn ihr heiratet – sonst gibt's Ärger.«

Carrie begann, sich nach einer Wohnung umzusehen, und Fiona meinte, kaufen sei besser als mieten, zumal die Immobilienpreise derzeit im Keller waren und Carrie fest entschlossen war, nie wieder in dem Haus in der Waldron Avenue zu wohnen. Carrie gefiel der Gedanke: Ein Haus zu kaufen war ein unübersehbares Signal, dass sie entschlossen war, ihr Elend hinter sich zu lassen und neu anzufangen. Als sie das Haus im Faith Crescent fand, war sie sofort von der warmen, gemütlichen Atmosphäre angetan, die sie umhüllte, als sie durch den Flur schritt. Sogar die fromme Adresse gefiel ihr, obwohl sie bezweifelte, dass irgendetwas von dem Glauben, von dem die Straße ihren Namen hatte, oder gar der Glaube an ein Leben nach dem Tod auf sie übergehen würde, wenn sie dort wohnte. Ihre Eltern waren gestorben und hatten sie allein zurückgelassen; um sie herum war nur kalte Leere, kein spiritueller Trost, nichts, was sie zu dem Glauben ermutigen könnte, ihre Lieben wären immer noch da, wenn auch nur in einem unsichtbaren Jenseits.

Sie verbrachte einige Zeit damit, sich in dem neuen Zuhause einzurichten, doch sie vermisste bald eine sinnvolle Tätigkeit, die ihre Tage ausfüllen konnte. Also ging sie zum Friseur, kaufte sich einen schicken Hosenanzug und elegante Schuhe, überarbeitete ihren Lebenslauf so, dass er ein möglichst attraktives Bild von ihr widerspiegelte, und erstellte auf Fionas Drängen hin ein Profil bei LinkedIn. Das neue Image tat seine Wirkung, und sie bekam eine Stelle im Vertrieb von Jade. Es war nicht ihr Traumjob – sie hätte auch gar nicht sagen können, was ihr Traumjob war –, aber sie war entschlossen, das

Beste daraus zu machen, und immerhin sicherte ihr die Anstellung so etwas wie ein »normales« Leben.

Bald danach, vor sechzehn Monaten, lernte sie bei der Hochzeit von Fiona und Sam an Weihnachten dann Mark O'Neill kennen. Seine unwiderstehlichen grauen Augen und sein warmes amüsiertes Lächeln schlugen Breschen in die Bollwerke, mit denen sie ihr Herz befestigt hatte, er schlich sich durch ihre Verteidigungslinien und nahm sie mit seiner vollendeten Überzeugungskunst im Sturm, doch er machte sie auch wehrlos und verwundbar. Und als es darum ging, sich lebenslang zu binden, geriet sie in Panik. Wie konnte sie versprechen, jemanden bis zum letzten Atemzug zu lieben? Wie sollte sie zu einer Liebe wie der ihrer Eltern fähig sein, einer Liebe, die in der frühen Jugend der beiden begonnen und ungebrochen stark angedauert hatte, bis sie zusammen mit ihnen bei jenem Unglücksflug ausgelöscht wurde?

»Deine Mama und ich waren schon als Kinder ein Paar«, hatte ihr Vater oft gesagt, wenn er Carrie von früher erzählte. »Wir haben uns in der Schule kennengelernt. Wenn sie in gnädiger Stimmung war, durfte ich ihre Schultasche bis zu ihr nach Hause tragen, und dann fühlte ich mich wie ein König. Seitdem wusste ich, dass ich sie heiraten würde ...«

Fünftes Kapitel

Mai 1972

Sylvie Sullivan kam in ausgestellten Jeans, einer karierten Bluse und Plateausandalen mit Korksohlen in die Küche von Willow Hill getanzt. Ihr Herz sprudelte über. Es war der 1. Mai und ihr sechzehnter Geburtstag. Die Sonne schien, der warme Duft von frisch gebackenem Kuchen hing in der Luft, und durchs Fenster sah man blühende Apfelbäume in dem langgestreckten Garten und dahinter die wellige, in frischem frühsommerlichem Grün leuchtende Landschaft, die sich bis zum Meer in der Ferne erstreckte. Am Abend sollte eine Party für ihre Freunde stattfinden. Ihr Kleid – geblümter Stoff, A-Linien-Schnitt, breiter Kragen und Schleife –, das sie zusammen mit ihrer Mutter in Dublin gekauft hatte, hing in ihrem Zimmer bereit.

»Ich bin so glücklich«, sang sie und wirbelte so schwungvoll über den Fliesenboden, dass ihre langen dunklen Haare flogen.

Ihre Mutter drehte sich mit einem Lächeln zu ihr um. »Gut so, das sollst du auch sein heute.«

»Man wird schließlich nicht alle Tage sechzehn«, sagte die Haushälterin Molly McCann. »Süße sechzehn und noch ungeküsst.« Schmunzelnd wischte sie sich die mehlbestäubten Hände an der Schürze ab.

»Das könnte sich ja vielleicht ändern heute Nacht«, sagte Sylvie und kicherte.

»Der Glückspilz.« Molly blinzelte ihr zu.

Sylvies Herz pochte heftig. John Cassidy wollte auch zu ihrer Party kommen und ein paar Freunde mitbringen. Obwohl sie eben erst sechzehn war, wusste sie, dass sie ihn liebte. Man kann mit sechzehn durchaus schon wissen, mit wem man sein Leben lang zusammen sein will, o ja. Er war ein Jahr älter als sie, groß gewachsen und hatte eine breite Brust, gerade recht zum Anschmiegen, einen lachenden Mund mit vollen Lippen und freundliche grüne Augen, die heiter in die Welt blickten. Sie dachte an ihn frühmorgens gleich nach dem Aufwachen und abends, bevor sie einschlief, und hundert Mal während des Tages. Sie hatten sich schnell angefreundet – beide liebten Bücher und Musik, sie redeten über alles und hatten keine Geheimnisse vor einander. Weil sie noch zur Schule gingen und wenig Geld hatten, verbrachten sie ihre Zeit mit Spaziergängen Hand in Hand am Fluss, sie hörten zusammen Musik, und hin und wieder machten sie auch Ausflüge nach Cork, um ins Kino zu gehen. Wenn er sie in dieser besonderen Art ansah mit seinen grünen Augen, durchlief es sie heiß und kalt. Manchmal war ihr, als umgäbe sie beide eine Art Aura. Sie fragte sich, ob er sie auch spürte.

Sie nahm sich einen der Cupcakes, die Molly gerade aus dem Herd genommen hatte. Der duftige Teig zerging auf der Zunge. »Köstlich. Du bist die Beste, Molly, aber du solltest die Dinger besser vor Papa und den Jungs verstecken, sonst sind am Abend keine mehr übrig.«

»Wo die herkommen, gibt's noch mehr.« Molly lachte. »Und außerdem Windbeutel, Apfelkuchen und Obsttörtchen.«

»Und wir haben auch Cocktailwürstchen und Hähnchenflügel«, sagte die Mutter.

Sylvie umarmte sie. »Danke. Ihr macht euch so viel Mühe wegen mir.«

»Ach was, nicht der Rede wert.« Kathleen Sullivan drückte

ihre Tochter. »Ich hab dich sowieso nicht mehr lang. Es geht alles so schnell – ehe man sich's versieht, sind die Kinder groß und aus dem Haus.«

»Na ja, das ist schon noch eine Weile hin«, sagte Sylvie. »Es dauert noch über ein Jahr, bis ich mit der Schule fertig bin.«

»Die Zeit wird nur so verfliegen.«

Sylvie empfand es nicht so. Sie mochte Englisch und Geschichte, aber die anderen Fächer, besonders Mathe und Biologie ödeten sie an. Sie konnte es kaum erwarten, die Schule endlich hinter sich zu lassen. Das Jahr, das sie noch durchstehen musste, kam ihr endlos vor. Ihr Vater sagte immer, das Leben flitze nur so dahin, aber sie glaubte ihm nicht.

»Und danach muss ich noch für drei, vier Jahre aufs College. Hoffentlich in Cork, damit ich hierbleiben und dich weiter piesacken kann.«

»Und wenn du mit dem Studium fertig bist, steht dir die ganze Welt offen«, sagte Molly.

Sylvie hörte das nicht zum ersten Mal: Die Lehrer redeten auch immer so, als wäre ein Universitätsabschluss ein Freifahrtschein in eine goldene Zukunft. Irland war im Wandel und der Rest der Welt auch, die jungen Leute hatten mehr Energie und Bildung als je zuvor, und Sylvie war froh darüber, dass ihre Generation in den Genuss neuer Chancen und Möglichkeiten kommen sollte. Aber sie selbst wollte nach dem Studium nichts weiter als eine Anstellung an einer Schule und John heiraten. Wenn sie nur daran dachte, empfand sie ein Gefühl von Erfüllung und Glück.

»Ich für meinen Teil brauche keine ganze Welt«, fuhr Molly fort. »Meine Welt ist das Haus hier, und da muss bis zur Feier des Tages heute Abend alles tadellos blitzblank sein.«

»Ich helf dir beim Putzen.« Mollys Tochter Beth kam mit einem Korb voll frischer Kräuter aus dem Garten herein.

»Kommt gar nicht in Frage, Beth.« Sylvie wackelte entschieden mit dem Finger. »Du bist heute Abend einer meiner Ehrengäste; du musst dich ausruhen und schön machen für die Party. Man weiß ja nie – John bringt ein paar Freunde von seiner Fußballmannschaft mit, und vielleicht kann ich dich mit einem von denen verkuppeln, aber nur, wenn er auch gut genug für dich ist.« Sylvie grinste breit.

Beth wurde rot. Sylvie wusste, dass es zum Teil daran lag, dass sie Johns Namen erwähnt hatte. Ihr war längst klar, dass die schüchterne, zurückhaltende Beth ein Auge auf John Cassidy geworfen hatte – sie konnte es ihr nicht verübeln, er war ja wirklich toll, aber sie wünschte, Beth hätte einen eigenen Freund. »Ich weiß noch nicht, was ich anziehe«, sagte Beth.

»Egal was, du wirst immer toll aussehen.«

Beth war in derselben Klasse wie Sylvie, aber sie hatte nicht vor, zu studieren. Sie wollte nächsten Monat, sobald sie sechzehn war, von der Schule abgehen und in dem Supermarkt im Dorf arbeiten. Bei ihr zu Hause war das Geld knapp. Molly McCann hatte ihre zwei Töchter Anna und Beth allein aufgezogen, nachdem sie ohne deren Vater aus England hierher nach Cork zurückgekommen war. Anna, die ältere Tochter, war vor ungefähr zehn Jahren gestorben, aber Sylvie wusste nichts Näheres darüber. Erst nach Annas Tod hatte Molly bei ihrer Mutter als Haushälterin angefangen, und seitdem waren Sylvie und Beth wie Schwestern.

»Sylvie hat recht«, sagte Kathleen. »Geh nach Hause, Beth, freu dich auf die Party. Überhaupt ist es auch gar nicht sinnvoll, jetzt alles auf Hochglanz zu putzen und morgen die ganze Arbeit noch einmal zu machen.«

»Ich kann ja dann beim Aufräumen helfen«, sagte Beth.

»Hast du Sean irgendwo gesehen?«, fragte Sylvie.

»Er ist mit dem Fahrrad unterwegs.«

»Hoffentlich kommt er bald wieder. Ich muss mit ihm wegen der Musik für heute Abend reden.«

»Er meinte, er will noch Platten bei seinen Freunden besorgen.«

»Genau das habe ich befürchtet.« Sylvie verzog das Gesicht. »Ich will nicht die ganze Zeit Jimi Hendrix und Mungo Jerry hören.«

Sie machte sich keine sehr ernsten Sorgen. Sean war ein Jahr jünger als sie, aber schon einen Kopf größer, und er war sehr stolz darauf, dass er bei ihrer Party die Platten auflegen durfte.

»Was gefällt denn dir?«, fragte Molly. »Die Beatles? Joe Dolan?«

»Ja. Und Elton John«, sagte Sylvie. John mochte seine Musik auch. Sie hatte ihm zu Weihnachten *Tumbleweed Connection* geschenkt. Die beiden hörten oft zusammen Musik auf Radio Luxemburg oder LPs, die sie von Freunden liehen. Sie dachte an Andy Williams und die Titelmusik von *Love Story*. Sie hatten den Film zusammen gesehen, und sie war in Tränen zerflossen. Ihr wurde ganz warm ums Herz, wenn sie daran dachte, wie sie heute Abend in Johns Arme geschmiegt dasitzen würde, während diese Melodie erklang. Sean fand die Musik wahrscheinlich grauenhaft kitschig, aber sie würde ihm ins Gewissen reden, damit er die romantische Stimmung nicht verdarb. Ihr jüngerer Bruder Andrew war erst zwölf und durfte auch bei der Party dabei sein, allerdings nur unter der Bedingung, dass er Platten mit Essen herumreichte. Ihre Eltern würden sich in die Küche zurückziehen, sodass die jungen Leute das große Wohnzimmer auf der Längsseite des Hauses für sich hatten.

Bevor die Party losging, kam Sylvies Vater mit seinem Fotoapparat, und dann wurde geknipst. Sylvie mit ihren Eltern, dann Sylvie und Beth mit Sean und Andrew hinter dem mit all den leckeren Dingen beladenen Tisch.

»Hey, Molly, du musst auch mit drauf«, rief Sylvie.

Lächelnd zupfte Molly ihre Frisur zurecht, strich ihre Schürze glatt und stellte sich zu der Gruppe vor der Kamera.

»Cheese«, sagte der Vater.

»Emmentaler«, sagte Sean mit todernstem Gesicht.

Alle lachten, der Vater drückte auf den Auslöser und bannte die unschuldig heitere Szene auf Zelluloid. *Endlich sechzehn*, dachte Sylvie und lächelte in die Kamera. Sie war kein linkisches kleines Mädchen mehr, sie hatte gelernt, mit Make-up umzugehen und sich schick zu frisieren, wenn sie auch lange hatte üben müssen, die Tipps aus einer Illustrierten für junge Mädchen umzusetzen. Und vor allem hatte sie einen wunderbaren Freund, den sie liebte – ihr ganzes Leben lag vor ihr wie ein weiß schimmerndes unbeschriebenes Blatt Papier, das nur darauf wartete, mit lauter herrlichen Dingen gefüllt zu werden.

Sechstes Kapitel

Am Freitagmorgen blickte Carrie zum Fenster hinaus in den sonnigen Frühlingstag und fragte sich, wie lange sie diese Arbeit noch machen würde. Sie hatte es bei Jade weit länger ausgehalten als in einem der Jobs davor, aber sie war nicht mit dem Herzen dabei; sie hatte kein tieferes Interesse an ihrer Arbeit und ließ sich nur so weit darauf ein, wie es eben nötig war. Was sollte sie mit ihrem Leben anfangen? Wie konnte sie herausfinden, was sie wirklich erfüllte? Sie wünschte sich eine Arbeit, die sie als sinnvoll und befriedigend erlebte. Aber wie konnte das geschehen, solange es ihr, um es mit Steve Boyles Worten auszudrücken, derart an »leidenschaftlichem Engagement« fehlte?

»Vorhin, als du weg warst, hat jemand angerufen und wollte dich sprechen«, sagte Shelley vor der Kaffeepause. »Eine Frau mit einer unbekannten Nummer. Sie hat ihren Namen nicht gesagt und auch nichts ausrichten lassen.«

»Dann kann es nichts so furchtbar Wichtiges gewesen sein.« Zumindest war es nicht Steve Boyle oder die Personalchefin gewesen, die sie zu einem unangenehmen Gespräch über ihre künftige berufliche Entwicklung im Unternehmen zitierte.

»Es waren ziemlich laute Hintergrundgeräusche zu hören, so als riefe sie aus einer Einkaufspassage oder einem belebten Café an. Sie klang ein bisschen, na ja, gestresst oder aufgeregt.«

»Aha.« Carrie loggte sich wieder an ihrem Computer ein. Vielleicht doch irgendeine Vorgesetzte, die es auf sie abgesehen hatte.

»Sie will es später noch mal versuchen«, sagte sie.

»Gut zu wissen.« Carrie sah ihre E-Mails durch.

Sie war froh, dass es endlich Freitag war. In den Läden von Jade herrschte an den Wochenenden Hochbetrieb, aber die Angestellten, die in der Firmenzentrale arbeiteten, hatten frei, und so konnte Carrie sich in ihr Haus im Faith Crescent zurückziehen und zwei volle Tage gar nichts tun. Das hatte sie verdient, nachdem sie sich fünf Tage lang mit der Welt eingelassen hatte. In der Gefriertruhe warteten drei Fertiggerichte – irgendwelche Hühnchen-Varianten – darauf, in der Mikrowelle aufgewärmt zu werden, im Kühlschrank standen zwei Flaschen Weißwein. Auch Schokolade war da und ihr Lieblingseis von Ben & Jerry's.

Bevor sie sich auf den Nachhauseweg machte, ging sie noch zur Toilette, wo sie Shelley vor dem Spiegel antraf.

»Was Aufregendes in der Warteschleife am Wochenende?«, fragte Shelley.

Carrie stellte ihre Handtasche auf die Ablage über dem Waschbecken und musterte sich und ihre Kollegin im Spiegel. Der Anblick – sie war größer als Shelley – erinnerte sie an die Größenverhältnisse in ihrer Familie: Ihre Mutter war zierlich gewesen, ihr Vater hochgewachsen, und Carrie selbst in der Mitte zwischendrin. Wie die Orgelpfeifen, hatte ihr Vater immer gesagt. Tränen schossen ihr in die Augen, aber geübt zwinkerte sie sie weg und setzte ein strahlendes Lächeln auf.

»Oh, *sehr* aufregende Dinge, jede Menge«, sagte sie mit geheimnisvoll vielsagendem Unterton.

»Ah ... dann viel Spaß.« Shelley wirkte überrascht. »Dann hast du wahrscheinlich keine Zeit, mit ins Pub zu gehen?«

Einige aus dem Büro gingen am Freitag nach Feierabend

immer zusammen in ein nahe gelegenes Pub. Der leicht herablassende Ton, in dem Shelley ihre Einladung aussprach, verriet Carrie, dass ihre Kollegin nur allzu neugierig darauf war, über die Trennung von Mark Einzelheiten aus erster Hand zu hören, und wahrscheinlich sauer war, dass Carrie nie ihr Herz ausgeschüttet hatte. Ohne Zweifel hatte sich die Nachricht von der Auflösung ihrer Verlobung längst in der Firma herumgesprochen.

»Danke, aber heute Abend kann ich nicht«, sagte Carrie. »Ich habe schon andere Pläne.« Sie beugte sich vor und trug Lipgloss auf. Sie zauste ihr dunkles welliges Haar zurecht und sprühte sich Parfüm aufs Dekolleté. Lächerlicherweise bereitete es ihr großes Vergnügen, den Eindruck zu erwecken, sie putzte sich heraus, um sich ins Nachtleben zu stürzen, da sie doch in Wirklichkeit keine spektakuläreren Genüsse erwarteten als ein Abend vor dem Fernseher und Eiskrem aus der Plastikpackung.

»Ein Date«, flüsterte sie Shelley zu, während sie sich die Wimpern über den blauen Augen tuschte. Shelley lächelte verunsichert. Ohne Zweifel würden bald sämtliche Kollegen im Pub darüber spekulieren, was Carrie an diesem Abend vorhatte.

Sie schritt die Treppe hinunter und, die Handtasche über die Schulter geschwungen, durch die geflieste Eingangshalle zur Glastür.

»Hey, Carrie«, rief Bill, der Wachmann, ihr von seinem Platz auf der anderen Seite des Raums zu.

»Ja?« Sie drehte sich nach ihm um.

»Da ist jemand, der Sie sprechen will.« Er deutete auf einen der wuchtigen Ledersessel am Rand des Foyers. Darin saß eine

Frau, die Carrie noch nie gesehen hatte. Sie war in mittlerem Alter, eine gepflegte Erscheinung, mit glattem aschblondem Haar, das zu einem Knoten hochgebunden war und wie Perlmutt schimmerte. Sie saß in aufrechter Haltung da, die Hände auf ihrer Handtasche aus weichem Leder.

»Mich? Wieso?«

»Was weiß ich?« Bill zuckte die Schultern. »Sie wollte nicht, dass ich Sie anrufe und bei der Arbeit störe. Sie hat gefragt, ob sie hier warten kann, bis Sie Feierabend haben.« Bill sah sie unsicher an. »Ist das okay? Wenn Sie möchten, sage ich ihr, sie soll gehen.«

Zu spät. Die Frau hatte mitbekommen, dass die beiden über sie redeten. Sie blickte zu ihnen herüber und stand auf, eine kleine, zierliche Person. Nach kurzem Zögern setzte sie sich in Bewegung und kam mit graziösen Schritten auf Carrie zu. Sie trug einen eleganten Mantel aus Kaschmirwolle und einen Seidenschal.

»Es ist schon in Ordnung, Bill«, sagte Carrie. »Ich kümmere mich um sie.«

»Ich bin hier, wenn Sie mich brauchen.«

Sie ging der fremden Frau entgegen.

»Sie sind Carrie? Miss Cassidy?« Sie hatte einen ausländischen Akzent, den Carrie nicht einordnen konnte. »Entschuldigen Sie bitte, dass ich Sie so überfalle, aber ich muss Sie sprechen.«

»Mich?«

»Ja. Sie sind Carrie Cassidy, die Tochter von Sylvie Cassidy?«

Die Frau wirkte ruhig und beherrscht, kein bisschen bedrohlich oder einschüchternd, dennoch zuckte Carrie leicht zusammen. »Was haben Sie mit meiner Mutter zu tun?«

»Eben darüber muss ich mit Ihnen reden.«

Carrie musterte die Fremde misstrauisch. »Wer sind Sie überhaupt?«

Die Frau hielt ihrem Blick stand. »Ich heiße Maria Meyer – ich bin aus der Schweiz. Ich habe Sie gegoogelt und Ihr Profil bei LinkedIn gefunden.«

»Sie haben mich gegoogelt?« Dann war die Frau sicher auch auf Zeitungsberichte von dem Flugzeugabsturz gestoßen, bei dem Carries Eltern ums Leben gekommen waren. Und in denen sie meist als hinterbliebene Tochter von Sylvie und John Cassidy erwähnt wurde.

»Ich hatte keine andere Möglichkeit, Sie zu finden.« Maria Meyer sah sie entschuldigend an. »Ich habe dann beschlossen, den nächsten Flieger nach Dublin zu nehmen, um Sie aufzusuchen. Die Sache ist dringend.«

Carrie war so überrascht, dass sie sich gar nicht klarmachte, welche Anstrengungen diese Frau auf sich genommen hatte, um mit ihr zu sprechen. »Es tut mir leid, dass Sie umsonst gekommen sind«, sagte sie um Fassung bemüht, »aber ich werde nicht mit einem wildfremden Menschen über meine Mutter reden.«

»Bitte. Ich verstehe Sie natürlich, aber ich kann es erklären. Geben Sie mir nur fünfzehn Minuten.« So elegant und graziös die Frau war, lag doch in ihren grauen Augen eine tiefe Trauer.

Carrie schüttelte den Kopf. Sie spürte Bills stumme Gegenwart im Hintergrund. Die Tür des Lifts schob sich auf, und Shelley kam mit etlichen anderen heraus, alle eingehüllt in eine Wolke aus Parfüm, Geplauder und erwartungsfroher Wochenendstimmung. Die verhuschten Blicke, die sie ihr zuwarfen, und das verlegene Lächeln auf den Gesichtern verrieten

Carrie, dass sie Gegenstand ihres Gesprächs gewesen war. Sie wartete, bis sie weg waren, sah ihnen zu, wie sie mit klackenden Absätzen durch die Tür verschwanden; einige drehten den Kopf noch einmal kurz nach ihr um, als spürten sie ihren Blick im Rücken.

Maria wartete geduldig. Erst als sie außer Hörweite waren, sprach sie weiter: »Ich habe heute Morgen, bevor ich den Flug buchte, bei Ihnen im Büro angerufen, um mich zu vergewissern, dass ich Sie antreffen würde.«

»Sie haben viel Mühe auf sich genommen, um mich zu sehen«, sagte Carrie schließlich.

»Es geht um etwas Persönliches, etwas Privates. Das kann man nicht am Telefon besprechen.«

»Etwas Persönliches?«, murmelte Carrie. Ein Gefühl von Leere überschwemmte sie. *Ihre Mutter streichelte lächelnd ihren Arm. »Da ist noch etwas, worüber ich mit dir reden muss, etwas Persönliches, aber das kann warten, bis wir wieder zu Hause sind.«*

»Es ist vor langer Zeit passiert. Mir ist bewusst, dass es möglicherweise schwierig, vielleicht sogar heikel für Sie sein könnte, aber es hat mit Ihrer Mutter zu tun«, sagte Maria sanft.

Carrie stand wie angewurzelt da.

»Sagt Ihnen der Name Luis etwas?«, fuhr Maria fort.

»Luis?«

»Luis Meyer? Er ist Pianist.«

Eine vage Erinnerung kam in Carrie hoch ... an einen Urlaub an der Costa Brava.

»Ihr fahrt bis nach Barcelona, nur um in ein *Klassik-Konzert* zu gehen?« Ihre achtzehnjährige Stimme troff vor jugendlicher Selbstüberhebung.

»Nein, nicht *allein* deswegen«, antwortete ihr Mutter gelassen. »Wir sehen uns auch ein paar Kirchen und Museen an, die dich und Fiona nur langweilen würden.«

»Ja, allerdings. Wir bleiben lieber am Strand. Ich werde bei diesem herrlichen Wetter doch nicht irgendwelche Altertümer besichtigen. Und am Abend weiß ich was Besseres als einen Konzertsaal.«

»Gut, dann könnt ihr euch ja so vergnügen, wie es euch gefällt. Wir bleiben nur eine Nacht, in einem Hotel an den Ramblas.«

»Was für ein Konzert ist das überhaupt?«

»Klassische Klaviermusik. Du kennst den Pianisten sowieso nicht, und er wird dich auch kaum interessieren ...« Der beiläufige Ton, den ihre Mutter anschlug, hatte irgendwie unnatürlich, falsch geklungen, fast ausweichend, aber Carrie hatte sich unter der strahlenden Sonne lang ausgestreckt, einen Schluck herrlich kalten Weißwein getrunken und nicht weiter darüber nachgedacht.

Sie sah Maria achselzuckend an. »Luis? Nie gehört.«

Maria lächelte freundlich. »So etwas in der Art hatten wir erwartet, so wie die Umstände sind.«

»Was für Umstände?« *Und wer war ›wir‹?*

»Luis ist mein Mann«, fuhr Maria fort, als hätte sie Carries unausgesprochene Frage erraten. »Und seine Beziehung zu Ihrer Mutter ist das, worüber ich mit Ihnen sprechen möchte. Fünfzehn Minuten?«

Was meinte sie mit ›Beziehung‹? »Sie sind extra aus der Schweiz angereist, um eine Viertelstunde lang mit mir zu sprechen? Über irgendeine ›Beziehung‹ zwischen Ihrem Mann und meiner Mutter?« Das war absurd.

»Entschuldigen Sie, Carrie, es ist nicht so, wie Sie vielleicht denken. Ich muss es Ihnen ausführlich erklären und hoffe, wenn Sie erst einmal wissen, worum es geht, dass Sie mir vielleicht auch noch ein bisschen länger als fünfzehn Minuten zuhören.« Sie machte eine Pause, bevor sie weitersprach. »Ich habe eine Suite im Merrion. Vielleicht können wir dorthin gehen?«

Carrie dachte an das leere Haus, das auf sie wartete, und daran, dass diese Frau hier behauptete, heikle Dinge über ihre Mutter zu wissen. Sie erinnerte sich, wie ihre Mutter vor mehr als zehn Jahren ihrer Frage nach dem Konzert und dem Pianisten ausgewichen war. Und daran, dass ihre Mutter kurz vor ihrer großen Reise über etwas Persönliches mit ihr hatte sprechen wollen, eine, wie sie gesagt hatte, alte Geschichte. War es möglich, dass das hier etwas damit zu tun hatte? Dass Maria etwas darüber wusste? Würde sie es vielleicht bereuen, wenn sie Maria in die Schweiz zurückfliegen ließe, ohne sie anzuhören?

»Also gut«, sagte sie zu ihrer eigenen Überraschung. »Fünfzehn Minuten, dann sehen wir weiter.«

Maria lächelte und streifte sich fein gearbeitete Lederhandschuhe über. »Danke.«

Siebtes Kapitel

»Also, Carrie. Sie wissen gar nichts über mich? Und auch nichts über Luis, meinen Mann?« Maria Meyer sah Carrie in die Augen.

»Nicht das Geringste.«

Sie saßen in bequemen Sesseln in einer Ecke eines der eleganten Salons im Merrion. Man hatte sie dorthin geführt, als Maria ihren Namen gesagt hatte – offenbar hatte sie den Tisch reservieren lassen. Obwohl es schon fast sechs war, wurde ihnen auf ein Zeichen von Maria hin Tee serviert, zusammen mit einer köstlich aussehenden Auswahl an Sandwiches, Kuchen und Kleingebäck.

»Ich war so frei.« Maria sagte es in einem Ton, als müsste sie sich für ihre Gastfreundlichkeit entschuldigen. »Sie meinten, es sei sicher etwas für uns beide dabei. Wenn es nicht nach Ihrem Geschmack ist, kann ich auch etwas anderes ...«

»Nein, es sieht alles sehr gut aus.« Carrie nahm sich ein Häppchen mit Lachs. Nicht, dass sie hungrig gewesen wäre, aber sie hatte das Bedürfnis, ihre Hände zu beschäftigen.

»Ich bin Ihnen dankbar, dass Sie sich die Zeit nehmen. Eine Frau wie Sie hat an Wochenenden bestimmt allerlei Verabredungen und Einladungen.«

»Ja, jede Menge«, sagte Carrie. Erst hinterher machte sie sich klar, dass Maria schwerlich verstehen konnte, dass die Antwort ironisch gemeint war.

»Ich werde Sie nicht zu lange aufhalten.«

»Was hätten Sie gemacht, wenn ich nicht mitgekommen wäre?«, fragte Carrie, um den Moment hinauszuzögern, da Maria Meyer ihr eröffnen würde, was sie über Carries Mutter wusste.

»Ich hätte den Tisch abbestellt und mir etwas zu essen in meine Suite bringen lassen.«

»Ist Luis ... ist Ihr Mann auch hier?«

Ein Schatten huschte über Marias Gesicht. »Nein, leider, er ist zu Hause. Er kann nicht mehr reisen, er ist schwer krank.«

»Oh, das tut mir leid.« Sie verstummte betreten. Es fehlte ihr nicht an Mitgefühl, sie wusste nur nicht, wie sie es zum Ausdruck bringen sollte. Sie konnte sich nur allzu gut daran erinnern, wie schrecklich es gewesen war, als sie ihre Eltern so plötzlich verloren hatte; möglicherweise war es sogar noch schlimmer, im Voraus zu wissen, dass ein geliebter Angehöriger bald sterben würde.

»Wir leben in der Schweiz, am Vierwaldstättersee.« Marias Stimme war leise und ruhig, nur ein leichtes Zittern ihrer Hand, als sie ihre Teetasse zum Mund führte, ließ ihre innere Aufregung erahnen.

»Und warum wollten Sie mit mir sprechen?«

»Es ist ... ziemlich delikat.« Sie warf Carrie einen Blick zu, als prüfte sie, wie das Wort auf sie wirkte. »Ich bin hier, weil mein Mann mich darum gebeten hat. Er war ... er kannte Ihre Mutter. Das ist lange her.«

Carrie spürte einen Kloß im Magen. »Ich kann mich nicht erinnern, dass meine Mutter je etwas von der Schweiz erzählt hätte.« *Oder von einem Mann namens Luis.*

»Luis kam im September 1980 nach Irland. Er war damals neunzehn. Sein Vater war Wissenschaftler und hatte im Rahmen eines Forschungsprojekts mehrere Wochen lang an der Universitätsklinik in Cork zu tun. Bei diesem Aufenthalt hat er Sylvie kennengelernt.«

»1980, das war das Jahr, in dem meine Eltern geheiratet haben, im Juni. Ihr Mann muss also auch meinen Vater kennengelernt haben.«

»Ihren Vater?« Maria runzelte verwirrt die Stirn. »Nach allem, was ich weiß, hielt Luis Sylvie damals für unverheiratet.«

»Wie gut kannte denn Luis meine Mutter?«

»Sehr gut.« Der Ton ihrer Stimme schloss jeden Zweifel aus, was sie damit meinen konnte.

Carrie spürte, wie sich ihr Magen verkrampfte. Sie wäre am liebsten aufgestanden und hätte das Gespräch abgebrochen, aber sie wollte jetzt mehr erfahren.

»Das war einige Jahre bevor ich ihn kennengelernt habe«, sagte Maria. »Sylvie hat damals für ihn eine wichtige Rolle gespielt, sie hat seinem Leben eine neue Richtung gegeben. Nachdem er in die Schweiz zurückgekehrt war, gab es jedoch keinerlei Kontakt mehr zwischen ihnen. Gar keinen. Sylvie wollte es so. Sie wussten, dass ihre ... Beziehung nicht dauern konnte, sie lebten in ganz verschiedenen Welten. Luis vertraute darauf, dass es ihr gutging, und führte sein eigenes Leben. Dann, vor ein paar Monaten, wurde bei ihm eine sehr aggressive Art von Krebs diagnostiziert. Als ihm klar wurde, dass er bald sterben würde, fing er an, Bilanz zu ziehen. In diesem Zusammenhang kam auch die Zeit, die er mit Sylvie verbracht hatte, wieder hoch, und er beschloss, Nachforschungen anzustellen, in aller Diskretion natürlich, was aus ihr geworden war.« Maria schwieg eine Weile.

Carrie trank von ihrem Tee und fragte sich, was wohl als Nächstes kommen würde. Sie fürchtete, der Henkel der Tasse würde jeden Augenblick in Stücke springen, so krampfhaft umklammerten ihre Finger das zarte Porzellan.

»Ich half ihm bei seinen Recherchen, und es dauerte nicht

lang, bis wir aus dem Internet erfuhren, dass Sylvie und ihr Mann vor einigen Jahren bei einem Flugzeugabsturz ums Leben gekommen waren. Da war auch von Ihnen die Rede. Es war ein schrecklicher Schock für ihn.«

Maria wiegte traurig den Kopf. »Ich kann nicht annähernd nachempfinden, wie furchtbar Sie gelitten haben müssen. Luis war ... sehr aufgewühlt. Die ganze Zeit hatte er sich vorgestellt, Sylvie führe ein Leben voller Glück und Zufriedenheit, ziehe Kinder groß ... Er konnte es kaum fassen, dass sie schon fünf Jahre tot war. Irgendwie, dachte er, hätte er es mitkriegen müssen. Er bemühte sich herauszufinden, was er an dem Tag getan hatte, als das Unglück passierte, und kam darauf, dass er ein Konzert in Wien gegeben hatte. Er stellte sich vor, es hätte Sylvie gefreut, wenn sie davon gewusst hätte.«

In Carries Kopf rasten die Gedanken und Bilder. Auch sie hatte überlegt, was sie im Moment des Flugzeugabsturzes gerade getan hatte, und es quälte sie bis heute, dass sie zusammen mit Fiona und ein paar schottischen Jungs in einer Wohnung in Christchurch fröhlich gefeiert hatte: Sie hatten Punsch getrunken und dumme Witze gerissen und sich schief gelacht, während aus einem Lautsprecher Musik von den Black Eyed Peas dröhnte.

»Ich verstehe das nicht«, sagte Carrie. »Luis und meine Mutter sollen eine Affäre miteinander gehabt haben? Das kann nicht sein.« Die Worte sprudelten aus ihr heraus. »Was wollen Sie eigentlich von mir? Warum erzählen Sie mir das alles? Und woher nimmt ein wildfremder Mensch namens Luis das Recht, um *meine* Mutter zu trauern?«

Eines der Dinge, die ihr am meisten zuwider gewesen waren, war, dass so viele fremde Leute sich anmaßten, Anteil an ihrer Trauer zu nehmen, sie am Arm fassten, sie umarmten, sie auf die Wange küssten. Leute, denen sie nie begegnet war, die einfach in ihre ureigene Hölle eindrangen und ein Stück von ihr haben wollten, während sie doch mit dem Schmerz allein sein wollte, ihn an sich drücken, sich mit ihm in einen dunklen Winkel zurückziehen und sich ihm ganz ergeben. Stattdessen hatte sie sich nach dem Tod ihrer Eltern wie ein Automat durch die Tage, Wochen und Monate bewegt. Es war schließlich zu einer Gewohnheit geworden, die ihr half, durchs Leben zu kommen.

Maria ließ sich von Carries Gefühlsausbruch nicht aus der Ruhe bringen. »Ich bin hier, weil Luis nur noch drei Monate zu leben hat, höchstens ... Wir wissen es nicht genau. Und er wünscht sich, Sie kennenzulernen, Sylvies Tochter, und mit Ihnen zu sprechen. Ich liebe meinen Mann. Ich würde alles tun, um ihm seine letzten Wünsche zu erfüllen. Als ich heute Morgen bei Ihnen im Büro anrief und erfuhr, dass Sie da sind, musste ich es einfach versuchen.«

»Was hätte Luis davon, wenn er mich kennenlernen würde?«

»Es wäre ein Funken Glück am Ende seines Lebens. Sylvie hat ihm viel bedeutet. Sie hat ihn ins Leben zurückgeholt, als er vollkommen verzweifelt war, und ihm gezeigt, dass es sich lohnt zu leben. Seitdem hat sie immer einen Platz in seinem Herzen behalten. Darum stellte er sich vor, es wäre wunderbar, ihre Tochter kennenzulernen. Und außerdem möchte er Ihnen etwas erzählen, was er Ihnen nur persönlich sagen kann.«

Carrie hob die Hände. »Tut mir leid, Maria, aber das muss alles ein Missverständnis sein. Es ist ausgeschlossen, dass meine Mutter ein ... ein Verhältnis mit einem anderen Mann gehabt haben soll. Sie haben die falsche Sylvie.«

Genau, das war die Lösung. Warum war sie nicht schon vorher draufgekommen? Irgendwo gab es eine andere Sylvie Cassidy, und die hatte vor Jahren mal etwas mit diesem Schweizer gehabt. Carries Eltern hatten sich innig geliebt. Ihr Vater, dieser große sanfte Bär, hatte immer wieder Episoden ihrer Romanze zum Besten gegeben, darunter die von Sylvies sechzehntem Geburtstag, von dem an er gewusst hatte, dass er keine andere als sie heiraten würde. Und er erzählte die Geschichten von ihrer Verlobung, von ihrer Hochzeit, von der wunderbaren Zeit, die sie erleben durften, als Sylvie schwanger war, und – das Sahnehäubchen auf dem Kuchen – von dem Tag, als Carrie zur Welt kam. Wie sie die ersten Nächte an ihrem Bettchen gewacht hatten, voller Angst bei dem Gedanken, dass sie plötzlich zu atmen aufhören könnte. Immer wieder wurden diese Geschichten erzählt, besonders an den Jahrestagen, und im Lauf der Zeit, je älter Carrie wurde und je mehr sie verstand, wurden sie um zusätzliche Details und um allerlei kleine Verzierungen bereichert.

Maria Meyer öffnete ihre Handtasche und zog ein Notizbüchlein hervor. »Ich habe hier ein paar Dinge aufgeschrieben, die Luis noch wusste und die Sie vermutlich wiedererkennen werden.« Ein gespenstisch feines Lächeln huschte über ihr Gesicht. »Er dachte sich schon, dass Sie das alles ein bisschen merkwürdig finden könnten, und er wollte auch Gewissheit haben, dass eine Verwechslung ausgeschlossen ist.«

Carrie spürte ein Nervenzucken im Gesicht. Sie griff nach einem Törtchen. Unter anderen Umständen hätte sie es genossen, so hübsch und verlockend sah es aus. In ihrem Kopf machte sich ein dumpfes Pochen bemerkbar. Am liebsten würde sie aufstehen und gehen. Nach Hause fahren und ihren Schlafanzug anziehen; das tiefgefrorene Hühnchengericht würde sie auslassen und direkt zum Chardonnay übergehen, es sich auf dem Sofa bequem machen und den Fernseher anschalten.

Sie hatte oft mit Mark auf dem Sofa gesessen, bequem zurückgelehnt, die Füße auf seinem Schoß. Manchmal hatte er sie abwesend gestreichelt, während sie fernsahen oder Musik hörten. Manchmal hatte er sie gekitzelt, und sie hatte Kissen nach ihm geworfen, bis sie beide lachend und kichernd in die Polster zurücksanken oder vom Sofa auf den weichen Teppich fielen ... sie blinzelte heftig, um die warme Flut der Bilder in ihrem Kopf zum Stillstand zu bringen.

Maria Meyer setzte eine Brille auf und las die Notizen vor. Sylvies Vater betrieb einen Baustoffhandel. Sie hatte zwei Brüder, die in Kanada in derselben Branche arbeiteten, um Erfahrungen zu sammeln, und später in das Familienunternehmen einsteigen wollten. Sylvie hatte studiert und arbeitete als Lehrerin in einer Mädchenschule in Dublin, aber sie hatte sich für ein paar Wochen beurlauben lassen, um in Cork ihre kranke Mutter zu pflegen.

Carrie hatte mehr und mehr das Gefühl, der Raum um sie herum fahre Karussell. »Ich glaube immer noch, dass Sie sich irren«, sagte sie trotzig. »Es ist einfach undenkbar, dass meine Mutter ein Verhältnis mit einem fremden Mann angefangen hätte, dazu so kurz nach ihrer Hochzeit. Meine Eltern haben sich geliebt, sie führten eine gute Ehe.«

»Ich verstehe, dass das ein Schock für Sie sein muss«, sagte Maria. »Luis hatte keine Ahnung, dass Ihre Mutter verheiratet war.«

»Und Sie haben gehofft, ich würde in die Schweiz kommen, um ihn kennenzulernen?«

»Ja. Luis wünscht es sich sehr, allerdings ist nicht mehr viel Zeit –« Ihr Gesicht erstarrte. »Wir würden natürlich alle Kosten übernehmen. Wir könnten ein Hotelzimmer für Sie buchen, wenn Sie nicht ... Na ja, Luis hofft, Sie würden vielleicht bei uns wohnen, in unserem Haus am Vierwaldstättersee.«

Carrie war noch nie in der Schweiz gewesen. Natürlich, sie war nie mehr, nachdem ihre Eltern gestorben waren, mit dem Flugzeug irgendwohin gereist – außer einmal nach Paris, zusammen mit Mark. Er hatte alles Menschenmögliche getan, um es ihr irgendwie leichter zu machen, in ein Flugzeug zu steigen. Selbst jetzt bewegte es sie tief, wenn sie daran dachte, so stark war die Erinnerung.

»Es tut mir leid, Sie enttäuschen zu müssen, aber ich kann das alles nicht glauben«, sagte Carrie. »Sie müssen wieder nach Hause fahren und Ihrem Mann sagen, dass er sich täuscht. So schön seine Erinnerungen an seine Romanze mit einem irischen Mädchen auch sein mögen, es war nicht meine Mutter. Sie hätte meinen Vater niemals betrogen.«

»Es war nicht einfach nur eine Romanze. Es war mehr als das. Sylvie hat ihm das Leben gerettet. Luis ging es zu der Zeit, als er sie kennenlernte, sehr schlecht. Er wollte –« Maria verstummte.

»Was?«

Maria lächelte traurig. »Er wollte seinem Leben ein Ende machen, und sie hat ihn zurückgehalten.«

Carrie fühlte sich plötzlich klein und bescheiden. Was Maria zu sagen hatte und ihre einfache, würdevolle Art flößten ihr fast eine Art Ehrfurcht ein. Es fiel ihr nicht schwer, sich vorzustellen, wie es gewesen war. Sylvie hatte immer eine lebensbejahende Herzlichkeit und Güte ausgestrahlt. Sie hatte das Leben geliebt. Sie hatte ihren Mann geliebt.

»Sylvie hat ihn vom Abgrund weggezogen. Sie haben viel miteinander geredet, sie trafen sich fast jeden Tag. Sie hatten nicht einmal zwei Wochen miteinander, aber er hat sie nie vergessen.«

Carries Magen zog sich immer weiter zusammen.

»Dank Sylvie kehrte Luis als ein anderer Mensch in die Schweiz zurück, als einer, der entschlossen war, etwas aus seinem Leben zu machen. Ich habe ihn fünf Jahre später kennengelernt und stehe tief in Sylvies Schuld, denn letztlich habe ich alles Glück, das wir erleben durften, ihr zu verdanken.«

»Das ist alles sehr bewegend, was Sie erzählen, aber ich kann Ihnen nicht helfen, tut mir leid.« Carrie nahm ihre Tasche und machte Anstalten aufzustehen. Sie fühlte sich sonderbar leer und flau. Maria Meyer war so liebenswürdig zu ihr gewesen, es fiel Carrie schwer, sie zu enttäuschen. »Es freut mich, dass Luis' Leben so eine gute Wendung genommen hat, und es tut mir wirklich leid, dass er so krank ist. Ich hoffe, Sie finden doch noch die Richtige. Ich wünsche Ihnen, die kommenden Monate werden ...« Sie geriet ins Stocken. Was sagt man einer Frau, deren Mann im Sterben liegt? Alles nur billige Phrasen. »... werden so ruhig und friedvoll verlaufen, wie nur irgend denkbar.« *Ruhig und friedvoll an Krebs sterben. Prima, Carrie, du kriegst eine Eins mit Stern für deine tröstenden Worte.* »Entschuldigen Sie mich bitte, ich will Ihre Zeit nicht länger in Anspruch nehmen.«

Maria saß ruhig da, aber nicht mehr so aufrecht wie vorher. Sie wirkte in sich zusammengefallen. »Kann ich Sie per E-Mail erreichen?«, fragte sie. »Für den Fall, dass Luis noch etwas einfällt?«

»Ja.« Carrie zwang sich zu einem unverbindlich geschäftsmäßigen Ton. »Wenn ich Ihnen irgendwie helfen kann, lassen Sie es mich wissen. Vielleicht kann ich Sie davor bewahren, noch einmal umsonst aus der Schweiz herzureisen. Oder vielleicht gelingt es mir sogar, die richtige Sylvie für Sie zu finden.« Sie lächelte.

Maria schüttelte den Kopf. »Luis hatte nie die Absicht, Kontakt mit Sylvie aufzunehmen, als sie noch lebte. Er hatte ja mit der Möglichkeit gerechnet, dass sie verheiratet war, und er wollte nicht in ihr Leben eindringen oder irgendwelche Komplikationen verursachen. Aber als er von dem Unglück erfuhr, dachte er, zumal seitdem einige Zeit vergangen war, er könne jetzt, ohne Schaden anzurichten, mit Ihnen sprechen und Ihr Andenken an Ihre Mutter um die Dinge bereichern, die er Ihnen mitzuteilen hatte. Und es würde ihn vielleicht ein bisschen aufmuntern an seinem Lebensende ... Aber ich sehe nun, dass er sich getäuscht hat. Es war ein egoistischer Gedanke. Vor allem, da sich jetzt herausstellt, dass Ihr Vater Teil der ganzen Geschichte ist, das ändert natürlich alles. Luis war immer der Meinung, Sylvie sei damals nicht gebunden gewesen. Entschuldigen Sie, dass wir Ihnen Kummer gemacht haben.«

»Schon gut, Maria, es ist nicht so schlimm.«

Carrie stand auf und zog ihren Mantel an. Maria rührte sich nicht, sie wirkte niedergeschlagen. Von einer impulsiven Regung ergriffen, beugte Carrie sich vor und küsste sie auf die Wange. Sie roch ihr teures Parfüm, nahm die diskreten Diamanten an den Ohrsteckern wahr und stellte sich vor, wie Maria den Abend verbringen würde, allein in einer fremden Stadt, wie ihr zu Mute sein musste bei dem Gedanken, dass sie ihrem sterbenden Mann keine Antworten mitbringen konnte, dass ihr Anliegen gescheitert war.

»Wie ist er, Ihr Luis?«, fragte sie. Sie war selbst überrascht davon, dass es ihr plötzlich schwerfiel, Maria allein zu lassen.

Es war, als ginge in Marias Gesicht ein Leuchten auf, als sie von ihrem Mann redete. »Er ist ein ganz wunderbarer Mensch. Er ist unglaublich begabt, nicht nur als Pianist, er komponiert auch.«

»Tatsächlich?«

»Seine Musik ist ... wie von einer anderen Welt. Sie ist ein Ausdruck seiner tiefsten Gefühle, sie hat beinahe etwas Spirituelles. Er hat schon viele Preise gewonnen, darum dachte ich, Sie könnten seinen Namen schon einmal gehört haben.«

Ohne es selbst richtig zu bemerken, setzte Carrie sich wieder. »Nein, aber er muss wirklich etwas sehr Besonderes sein.« Sie stockte etwas verlegen. »Ich höre gern Musik, wenn auch nicht speziell klassische.«

»Luis hat mit seiner Kunst vielen Menschen Freude geschenkt. Auch dafür muss man Sylvie dankbar sein, denn ohne sie wäre seine Musik nie erklungen.«

»Es ist bestimmt schwer für Sie, dass er ... dass er krank ist.«

»Ja, aber es ist eben nicht zu ändern.« Maria lächelte traurig. Sie zog ihr Smartphone hervor, ihre schlanken Finger flitzten über den Touchscreen. »Ich zeige Ihnen ein Foto von ihm.« Sie hielt Carrie das Handy hin. Das Foto auf dem Bildschirm zeigte einen gutaussehenden Mann in einem weißen Jackett. Er hatte dichtes grau meliertes Haar, das früher offenbar blond gewesen war. Irgendetwas in seinem Gesichtsausdruck irritierte Carrie. Sie hatte einen Verdacht, aber sie wagte es nicht klar auszusprechen.

»Er erinnert mich an ...«

»Ja?«, fragte Maria.

»Die Haare sind ganz anders, aber irgendwie erinnert er mich ein bisschen an ... Andrea Bocelli. Ist Luis ...?«

Maria erriet, was Carrie fragen wollte und lächelte. »Ja, er hat das Augenlicht mit achtzehn verloren, nach einem Autounfall, bei dem seine Mutter ums Leben kam.«

»Das ist ja schrecklich!« Die Worte kamen ihr vor wie eine peinlich leere Phrase, aber was sonst hätte sie sagen können?

»Ein Jahr danach war er dann ein paar Wochen in Cork, und da begegnete er Sylvie.«

Carrie konnte sich nicht entschließen, zu gehen. Irgendwie fühlte sie sich zu dieser Frau hingezogen, die so einen ehrlichen und aufrichtigen Eindruck auf sie machte und die doch Dinge von Sylvie erzählte, die unmöglich wahr sein konnten. Schließlich verabschiedete sie sich. Als sie im Taxi nach Hause fuhr und den Abend noch einmal Revue passieren ließ, spürte sie doch eine leise Unsicherheit. Gewiss, Sylvie hätte ihren Mann niemals betrogen, aber davon abgesehen hatte Maria vollkommen glaubwürdig gewirkt, und das, was sie über Sylvies Familie und ihre Lebensumstände gesagt hatte, war alles richtig gewesen. Carrie zerbrach sich den Kopf, was genau ihre Mutter damals vor ihrer Abreise gesagt hatte: »Es ist eine etwas schwierige Sache und vertraulich, aber du musst es erfahren, nur für den Fall ... man weiß ja nie, was passieren wird.« Für den Fall, dass *was* passieren wird?

Konnte es sein, dass an dem, was Maria erzählt hatte, doch etwas dran war? Was hatte Sylvie ihrer Tochter sagen wollen?

Achtes Kapitel

September 1980

Sie rechnet nicht damit, dass sie sich in einen fremden Mann verliebt, aber genau das passiert. Von Anfang an weiß sie, dass ihre gemeinsame Zeit begrenzt ist, dass das, was auch immer sie miteinander haben, nur von kurzer Dauer sein wird. Die Atmosphäre der Zeitblase, in der sie sich befinden, ist geprägt von starken, mitreißenden Gefühlen und von den extremen Umständen ihrer schicksalsschweren ersten Begegnung. Es ist ein Stück geborgte Zeit, in der Schwebe zwischen seinem Leben in der Schweiz und ihrem in Dublin, eine Episode von atemberaubender Intensität.

Am zweiten Abend wartet Luis schon auf sie, die Ellbogen auf die Knie gestützt, neben sich im Sand den zusammengeklappten weißen Stock. Er trägt Bluejeans und eine Jeansjacke über einem grauen T-Shirt.

»Machen Sie den Mund auf«, sagt sie.

»Was? Wieso?«

»Na los. Seien Sie nicht so misstrauisch. Machen Sie den Mund auf.«

Lächelnd dreht er den Kopf, den Mund leicht geöffnet.

Sie zieht aus ihrer Handtasche eine Serviette, in die Erdbeeren eingeschlagen sind, nimmt eine der Früchte und steckt sie ihm in den Mund.

Sein Gesicht erhellt sich. »Das schmeckt himmlisch.«

»Ich hab noch mehr dabei.« Sie gibt ihm noch eine Erdbeere. Als ihm etwas Saft übers Kinn läuft, fängt sie das Rinnsal mit der Fingerspitze auf und hält sie ihm an die Lippen. Er saugt den süßen Saft von ihrem Finger, und ein Kribbeln läuft über ihren ganzen Arm.

»Das ist ... Danke. Das hat noch nie jemand für mich getan.«

»Wahrscheinlich, weil Sie es nie zugelassen haben.«

»Sie sind köstlich.«

»Und jetzt möchte ich, dass Sie tief einatmen.« Sie hält ihm eine Rose nahe vors Gesicht.

»Ah, ich weiß, was Sie im Schilde führen«, sagt er, nimmt die Blüte und schnuppert.

Eine Weile sitzen sie schweigend nebeneinander. Dann dreht er leicht den Kopf zu ihr. »Beschreiben Sie mir, wie Sie aussehen, Sylvie, damit ich Sie mir vorstellen kann.«

»Wie ich aussehe?« Sie zögert. Mit dieser Frage hat sie nicht gerechnet und spürt einen Kloß in ihrem Magen.

»Das ist nicht so schwer. Was würde ich sehen, wenn ich ein Foto von Ihnen anschauen könnte?«

Ein Foto. Sie muss sich nur ein Foto vorstellen und beschreiben, was sie sieht. »Ich bin nicht besonders groß«, sagt sie. »Eins sechzig.«

»Das dachte ich mir schon. Sie gingen mir nur knapp bis zur Schulter.«

Ihr wird ein bisschen schwindlig bei der Vorstellung, wie er sie an seine Brust gedrückt hat.

»Ich habe lange Haare.«

»Das habe ich mir auch schon gedacht. Welche Farbe?«

»Dunkelbraun. Und ich habe blaue Augen.« Ihr ist bewusst, dass das nichts über sie aussagt, aber sie findet, dass in diesem besonderen Fall alles besser ist als die Wahrheit.

Er streckt die Hand in Richtung ihres Kopfes. »Darf ich?«

Sie ist nervös und zögert, aber dann neigt sie sich etwas zur Seite und wendet ihm ihr Gesicht zu. »Okay.«

Er berührt sie ganz leicht, wie eine Daunenfeder zeichnen seine Finger die Linien ihres Gesichts nach, erkunden die Umrisse ihrer Stirn, die Augen und die Nase, den Übergang von ihren Wangenknochen zum Kiefer, dann die Gegend um ihren Mund. Sie wagt kaum zu atmen, so fein und zart fühlt seine Hand sich an. Er ertastet die Konturen, als wäre ihr Gesicht ein kostbares Objekt, nimmt auch die kleinsten Details wahr und fügt sie zu einem inneren Bild zusammen. Als er seine Hand sinken lässt, empfindet sie ein eigentümliches Bedauern. Dann fährt er ihr durch die Haare, auch das eine sachte streichelnde Bewegung, die ihr einen Schauer über den Rücken jagt.

»Sie haben mir nicht die Wahrheit gesagt.« Er lässt die Hand sinken.

Sie zuckt zusammen. »Was meinen Sie?«

»Sie haben verschwiegen, wie schön Sie sind.«

Wenn er sie sehen könnte, würde er sie vielleicht lange nicht so attraktiv finden. Gleichwohl bewirken seine Worte und seine zarten Berührungen, dass sie sich innerlich schön fühlt. Ihr wird ganz leicht ums Herz.

»Sie sehen auch nicht übel aus«, sagt sie, darum bemüht, ihre Aufregung etwas zu entschärfen. Sie muss sich davor in Acht nehmen, gefährlicheren Gedanken Raum zu geben. Aber es ist ja eigentlich nichts dabei, wenn sie ihn anziehend findet, oder? Es zeigt nur, dass sie nach dem ganzen Fiasko ihrer Ehe noch lebendig ist. Dass sie noch etwas fühlt, wenn ein Mann sie berührt, wenn ihre Nervenenden auf ein zärtliches Streicheln reagieren und ein Kribbeln der Erregung bei ihr auslösen. Es bedeutet noch lange nicht, dass sie etwas Verbotenes tun wird.

»Was sehen Sie?«, fragt er.

»Ich sehe einen großgewachsenen jungen Mann, schlank und mit breiten Schultern. Ihre Haare sind wellig und ein bisschen lang, aber ... durchaus hübsch.« Fast hätte sie ›sexy‹ gesagt. »Ihr Gesicht wirkt beinahe edel, wie das eines römischen Gottes oder eines griechischen Helden. Sie haben einen großzügigen Mund, der zum Lachen gemacht ist. Wenn Sie lächeln, strahlt Ihr ganzes Gesicht.«

Sie stellt sich vor, dass er vor seinem Unfall sicher von vielen jungen Mädchen umschwärmt wurde, und fragt sich, ob sie danach alle nichts mehr mit ihm zu tun haben wollten oder ob er sie weggejagt oder sich von ihnen und anderen Menschen überhaupt ferngehalten hat, weil er nicht bemitleidet werden wollte.

»Sie schmeicheln mir«, sagt er.

»Ich sage Ihnen nur, was ich sehe. Wie geht es Ihnen heute?«

»Ich weiß nicht. Anders als gestern. Es ist alles nicht mehr so düster, ich bin ruhiger. Ich war gestern wirklich in einer üblen Verfassung, aber es scheint vorbeizugehen. Sie hatten recht.«

»Wie ist es überhaupt dazu gekommen? Gibt es einen bestimmten Grund? Sie können es mir erzählen.« Sie fasst seine Hand, und er fängt an zu erzählen.

»Ich spiele Klavier, seit ich drei bin. Ich habe Stipendien und Preise gewonnen. Meine Mutter war sehr stolz auf mich und mein Vater auch. Als sie starb, war ich so verbittert, dass ich nie mehr spielen wollte. Ich wollte nie wieder Musik hören. Aber hier ...«

»Ja?« Sie ermutigt ihn, weiterzusprechen.

»In dem Haus steht ein Klavier. Eines Abends, nachdem die Haushälterin gegangen und mein Vater noch bei der Arbeit war, ertappte ich mich dabei, wie meine Finger über die Tasten liefen – ich war allein und dachte, niemand könnte mich hören. Am nächsten Abend spielte ich wieder und auch am übernächsten ... Aber dann, mitten in einer Klaviersonate von Chopin, musste ich an meine Mutter denken und wie glücklich sie immer ausgesehen hatte, wenn ich in unserem Haus gespielt habe und sie zuhörte und dabei hinaus auf den See schaute. Das tat so ... weh. Ich spürte nichts mehr in mir, da war nur schwärzeste Düsternis, und ich dachte: Was für einen Sinn hat das alles? Warum soll ich immer weiter leiden, wenn ich ein für alle Mal Schluss machen kann?«

Er wendet ihr sein Gesicht zu. Ihre Kehle ist plötzlich ganz trocken. Man sagt, die Augen seien Fenster zur Seele, und vielleicht stimmt das, aber jetzt sieht sie, dass auch ein ausdrucksvolles Gesicht tausend Geschichten erzählen kann. In Luis' Zügen, so kommt es ihr vor, liegt seine ganze verletzliche Seele ungeschützt vor ihr da.

»Der Schmerz wird mit der Zeit nachlassen«, sagt sie. »Nichts bleibt immer gleich.«

»Sie haben mir geholfen mit Ihrer sanften irischen Stimme, die mir Hoffnung gemacht hat – und mit Ihrem Kuss.«

Sie sieht ihn lange an. Sie fühlt sich auf eine Art zu ihm hingezogen, wie sie es noch nie erlebt hat. »Gut. Mir geht es heute auch besser.« Ihr Ton ist munter, sie möchte die Stimmung etwas auflockern. »Schon weil ich nicht so nass und durchgefroren bin. Und auch nicht halb gelähmt vor Angst.«

»Angst? Wieso hatten Sie Angst?«

Sie antwortet nicht sofort, weil sie ihm nicht sagen kann, was sie am meisten fürchtet. »Ich hatte Angst davor, dass ich Sie nicht davon abhalten könnte, zu Ende zu bringen, was Sie vorhatten.«

Er verflicht seine Finger mit ihren, der Druck seiner Hand wird fester. »Tut mir leid, dass ich Sie erschreckt habe.«

»Es ist okay. Aber Sie sind mir etwas schuldig.«

»Was muss ich tun, um es wiedergutzumachen?«

»Ich lasse mir was einfallen. Haben Sie schon mit Ihrem Vater darüber gesprochen, wie es Ihnen geht?«

»Nein.« Seine Miene ist verschlossen.

»Er liebt Sie, Sie müssen es ihm sagen.«

»Es ist leichter, mit Ihnen darüber zu reden.«

»Warum?«

»Sie haben mich in der übelsten Verfassung, die man sich denken kann, erlebt, ich war ein wildfremder Mensch für Sie, und trotzdem haben Sie sich freundlich um mich gekümmert. Sie waren ehrlich und aufrichtig. Das kommt selten vor. Die meisten Leute tun nur so; sie glauben, nur weil ich sie nicht sehe, merke ich nicht, dass sie lügen. Es ist leichter mit jemandem zu reden, der einem noch nie begegnet ist.«

»Na ja, heute begegnen wir uns zum zweiten Mal.«

»Wenn ich Ihre Stimme höre, weiß ich, dass ich Ihnen vertrauen kann.«

Vertrauen? Sie ist froh, dass er ihr Gesicht nicht sehen kann.

»Wollen wir ein Stück gehen?«, fragt er. »Ich würde gern einen Strandspaziergang machen ohne das Ding da.« Er schiebt den Stock zur Seite. »Nur Sie und ich.«

»Wir können unten am Wasser entlangspazieren, wenn Sie möchten.«

In dem Moment, in dem sie es sagt, fragt sie sich, ob es klug ist, mit ihm zum Wasser zu gehen, aber er wirkt ruhig. Die beiden ziehen ihre Schuhe aus und krempeln die Hosenbeine hoch, dann schlendern sie hinunter zum Strand. Zuerst widerstrebt es ihr, aber dann empfindet sie es als ganz natürlich, dass er sich bei ihr einhakt. Sie lachen, als kaltes Wasser über ihre Füße schwappt. Sie vergisst, dass er nicht sehen kann, während sie in der Kühle des frühen Abends gemächlich am Rand der Bucht dahinwandern. Die Luft, erfüllt vom Kreischen der Möwen und dem Tosen des Meeres, ist erfrischend und belebend, das Wasser, das flüsternd und zischend über den Sand huscht, sieht aus wie gerüschte Spitze, weiter draußen, wo es tiefer ist, wogen und klatschen kräftige Wellen. Luis passt seinen Schritt dem ihren an, sie spürt seinen Körper beim Gehen. Ihr Puls schlägt schneller als sonst, sie verspürt eine freudige Erregung bei dem einfachen Vergnügen, hier mit ihm zusammen zu sein.

»Sagen Sie mir, wie es aussieht«, bittet er sie.

Sie beschreibt ihm das ganze Panorama, das sich um sie herum ausbreitet. Sie fordert ihn auf, die Luft tief einzuatmen, darauf zu achten, wie die Sonne sich auf seinem Gesicht anfühlt. Zu ihrer Überraschung spürt auch sie selbst eine heilende Wirkung: Eine Art innerer Friede erfüllt sie, sie ist aufgehoben in diesem Moment mit ihm. Es gibt nur das Hier und Jetzt, diesen Strand und sie selbst und Luis. Nichts anderes ist wichtig, nicht ihre Hochzeit, die vollkommen war und sich anfühlte wie ein Traum, bis das Unglück seinen Lauf nahm, nicht die Angst in ihren Adern, nicht diese innere Stimme, die ihr sagt, dass sie nichts taugt, dass sie den Anforderungen in keiner Weise genügt.

Auch am folgenden Abend wartet er auf sie und an dem darauf, und sie merkt, dass es ihm wichtig ist, vor ihr da zu sein, damit sie nicht sieht, wie er sich mit seinem Stock vorantastet. Wenn er so auf der Düne sitzt, könnte man ihn einfach für einen gutaussehenden jungen Mann halten, der auf seine Freundin wartet.

Seine Freundin? Sie muss über sich selbst lachen. Sie bringt ihm Kleinigkeiten zu essen mit, Kostproben, die sie ihm in den Mund steckt – in Würfel geschnittenen irischen Käse, frisches Sodabrot, Brombeeren und Rosinen. Sie hält ihm eine große Muschelschale ans Ohr und einen Lavendelzweig und ein Stück Kiefernrinde unter die Nase.

Sie erzählen sich gegenseitig von ihrer Kindheit und müssen lachen, als sie feststellen, dass die Unterschiede riesig sind. Luis ist als Kind reicher und gebildeter Leute aufgewachsen: Privatschule, schon früh Klavierunterricht, Ausbildung am Konservatorium, Reisen nach Zürich, Salzburg, Wien zu Konzerten und Festspielen, ein Leben voller Kultur, in Erwartung einer großen internationalen Musikerkarriere.

Erschreckend, denkt sie, wie leicht so ein privilegiertes Leben in einem einzigen Moment auf einer Schweizer Autobahn in sich zusammenstürzen kann, als hätte jemand den Sicherungsstift einer Handgranate herausgezogen und eine Explosion ausgelöst, die alles um einen herum in Stücke reißt.

»Bei uns in Willow Hill ging es ganz anders zu«, sagt sie. »Es war alles sehr gewöhnlich, wir hatten kein Geld für Extravaganzen. Wir gingen in die Schule im Dorf, und wenn wir nach Hause kamen, mussten wir da mithelfen. In den Ferien machte ich mich im Geschäft meines Vaters nützlich, nach der Schule ging ich direkt aufs College und dann als Lehrerin an eine Schule. Und, na ja, so ist das eben ...« Sie nimmt ein Stückchen Treibholz und zeichnet Muster in den Sand. Sie hat beschlossen, ihm nicht zu sagen, dass sie verheiratet ist, das würde alles nur unnötig kompliziert machen.

»Sie sind nicht glücklich«, sagt er.

»Woher wollen Sie das wissen?«

»Ich höre es am Klang Ihrer Stimme.«

Er hat ein gutes Gehör für Nuancen des Ausdrucks. Wahr ist, dass sie ganz vergessen hatte, was Glück ist und wie es sich anfühlt, wie es kribbelt im Bauch, bis sie Luis kennengelernt hat. An ihrem Hochzeitstag war sie glücklich gewesen, glückselig, im siebten Himmel. Natürlich war sie nicht so naiv gewesen, zu glauben, dass ein solches Hochgefühl ungebrochen andauern könnte, aber sie hatte auch nicht erwartet, dass sie in einem Strudel von Angst und Kummer hinabgezogen würde in einen Zustand, in dem jede Art von Seelenfrieden unerreichbar zu sein schien.

»Sie haben recht«, sagt sie; sie will ehrlich zu ihm sein. »Es gibt ein paar Probleme, über die ich in Ruhe nachdenken muss.«

»Was für Probleme?«

Sie blickt hinaus aufs Meer, dessen Wellen die Farbe der Wolken spiegeln, grau wie Gusseisen. »Dinge, die mich ... ziemlich unglücklich machen.«

Wenn Luis es mit einem ganzen Gebirge von Sorgen zu tun hat, sind die ihren nur Maulwurfshügel, hat sie sich in der Nacht zuvor gesagt. Niemand ist gestorben oder unheilbar krank. Es gibt nur nichts Festes, Sicheres, unangreifbar Verlässliches in ihrem Leben, auch nicht in ihrer Ehe. Es gibt nichts, was vollkommenes Glück garantierte; sie hat unter

Schmerzen erfahren müssen, dass so etwas nur im Märchen existiert.

Tief atmet sie die salzige Meeresluft ein, bevor sie weiterspricht. »Ich kann nicht darüber reden, es ist zu kompliziert, aber ich möchte Ihnen doch sagen, dass es mir unendlich guttut, hier mit Ihnen zu sein. Ich kann wieder frei atmen und meine Sorgen hinter mir lassen.«

»Das freut mich.«

»Es würde mir noch mehr helfen, wenn Sie für mich Klavier spielen würden.«

»Nein, tut mir leid, das geht nicht.«

»Ich habe Sie schon einmal spielen hören.«

»Da wusste ich nicht, dass jemand zuhört.«

Sie versucht es anders. Sie schlägt einen leichten Ton an, um ihren Worten den Stachel zu nehmen, trotzdem ist sie nicht sicher, dass er sie richtig verstehen wird. »Ich hoffe, Luis, Sie sind nicht einer von den Künstlern, denen man erst eine Weile schmeicheln muss, bevor sie sich dazu herablassen, etwas zu spielen. Wie ein verwöhntes Kind.«

»Ein verwöhntes Kind?«

»Ja, das sich gerne bitten lässt.«

»Denken Sie von mir, was Sie wollen – ich ertrage es einfach nicht.«

»Ich weiß, dass es Sie traurig macht, aber Sie dürfen Ihre Kunst nicht vor der Welt verstecken.«

Er bleibt stumm.

»Was für ein Leben hätte Ihre Mutter Ihnen gewünscht? Was glauben Sie?«, fragt sie mit fester Stimme. »Was hat sie gehofft? Dass Sie Ihr Talent ungenutzt lassen und Ihr Leben vertun?«

»Jetzt sind Sie böse auf mich.«

»Ich bin Ihnen nicht böse«, sagt sie. »Dafür ... habe ich Sie zu gern. Ich wünschte nur, ich könnte Ihnen das Vertrauen und den Mut einflößen, sich Ihrem Schicksal zu stellen. Die innere Kraft, sich wieder ans Klavier zu setzen – aber ich weiß einfach nicht, wie ich das anstellen soll.«

Auch sich selbst wünscht sie diese Eigenschaften, die sie, glaubt sie, in ihrer Ehe so dringend bräuchte. Den Mut, über die totgeschwiegenen Dinge zwischen ihr und ihrem Mann zu reden, die wie unsichtbare Elektrizität knistern, das Selbstvertrauen, ihre Sache entschieden zu vertreten. Sie hat die uneingestandene Hoffnung, wenn sie Luis diese Kräfte einflößen könnte, würden sie auch ihr selbst zuwachsen.

»Sylvie?«

Sie reagiert nicht.

»Sylvie, sind Sie noch da?«

Sie zuckt zusammen. »Ja, natürlich.«

»Ich dachte schon, Sie hätten vergessen, wie Sie heißen«, scherzt er.

»Ich war in Gedanken.« *Du sollst nicht denken. Sei einfach nur hier am Strand bei Luis.*

»Ich wollte Sie fragen, wie gern Sie mich haben.«

Es klingt unsicher und nervös. Ohne Zweifel haben sich Freundinnen von ihm abgewandt, betroffen und ratlos angesichts des tragischen Schicksalsschlags, Mädchen, die sich ihm vorher an den Hals geworfen hatten. All ihren nagenden Ängsten zum Trotz beugt sie sich vor und küsst ihn auf den Mund. Er hat nicht damit gerechnet und zuckt zusammen.

»Sehr«, sagt sie.

Sie sieht ein Lächeln über seine Lippen huschen. »Ich weiß

nicht, ob ich dich richtig verstanden habe. Könntest du das bitte wiederholen?«

Wieder beugt sie sich vor. Er legt beide Arme um sie und hält sie fest. Einen Moment lang verharren sie regungslos, zögerlich. Sie berühren sich nur an der Stirn, aber in ihr prickelt es, als spürte sie schon seinen Mund auf ihrem.

Ich bin verheiratet, flüstert eine Stimme in ihrem Kopf. *Es ist falsch.* Aber es fühlt sich nicht falsch an. Sein Atem streicht über ihre Wange. Alle ihre Sinne vibrieren, so wunderbar empfindet sie seine Nähe, ihr Fleisch brennt, wo ihr Körper den seinen berührt. Es fühlt sich so richtig an. Wenn sie doch mutiger und selbstsicherer sein möchte, sollte sie nicht am besten jetzt gleich damit anfangen? Was auch immer hier in den Dünen geschehen mag, hat nichts mit ihrer Ehe und den Problemen zwischen ihr und ihrem Mann zu tun. Sie möchte Luis küssen und immer weiter küssen, weil sie sich gar nicht mehr erinnern kann, wann sie das letzte Mal so zittrig war vor Verlangen, dass sie das Gefühl hatte, zu vergehen.

Sie seufzt leise, und ihre Münder treffen sich in einem langen intensiven Kuss. Seine Lippen sind hungrig nach ihr, mit seinen Armen zieht er sie fest an sich. Sie legt die Hand an die Rundung seines Unterkiefers, wie um ihn zu halten, damit er ja nicht entkommt, und alle ihre Ängste und Besorgnisse fallen von ihr ab, lösen sich in Nichts auf, bis nur noch der heiße Körper dieses Mannes und sein Mund existieren, die ohne Worte zu ihr sprechen, bis ihr schwindlig und leicht wird und etwas in ihr anfängt, sich immer schneller im Kreis zu drehen.

Neuntes Kapitel

Als Carrie an diesem Abend nach Hause kam, schenkte sie sich zuerst ein Glas Wein ein, dann machte sie es sich auf dem Sofa bequem und nahm ihr iPad zur Hand, um Luis Meyer zu googeln.

An Informationen über ihn fehlte es nicht – biographisches Material, Bücher über ihn, begeisterte Besprechungen seiner Konzerte und DVDs bestätigten und ergänzten, was Maria von ihm berichtet hatte. Seine Kompositionen waren großartig, sein Ausdruck inspiriert und von visionärer Kraft, sein Klavierspiel von glasklarer schlichter Schönheit. Er war noch viel zu jung zum Sterben, genau wie ihre Eltern. Auf Fotos sah man ihn aus Flugzeugen aussteigen – in Rom, Paris, Berlin –, immer lächelnd und immer in Begleitung von Maria. Sie waren ein schönes Paar. Es gab auch Fotos, die ihn auf den Bühnen riesiger Konzertsäle vor Unmengen von Menschen zeigten. Und auf einem Bild war er zusammen mit seinem alten Vater zu sehen, der mittlerweile gestorben war.

Sie stieß auf einen Zeitungsartikel, in dem berichtet wurde, dass Luis seine für den Sommer geplante Italientournee wegen Krankheit abgesagt hatte. Es wurden keine Details mitgeteilt, aber aus dem Zusammenhang wurde deutlich, dass man mit dem Schlimmsten rechnen musste. Luis wolle die kommenden Monate, so der Artikel, zurückgezogen in seinem Haus am Vierwaldstättersee verbringen, allein mit seiner Frau, und sich ausschließlich seinen persönlichen Angelegenheiten widmen. Er hoffe, man werde seine Privatsphäre respektieren.

Bei YouTube gab es Videoclips von seinen Auftritten. Carrie

sah sie sich an und lauschte der Musik: Es war, als versetzte sein zaubermächtiges Klavierspiel sie in eine andere Welt, sodass sie, als der Clip zu Ende war und plötzlich Stille eintrat, wie aus einem Trancezustand erwachte und sich verwundert umschaute, ganz erstaunt darüber, sich in ihrem Wohnzimmer wiederzufinden.

Immer noch wurde ihr ganz schwindelig bei dem abstrusen Gedanken, dass es eine Verbindung zwischen ihrer Mutter und Luis geben könnte, als am nächsten Abend eine E-Mail von Maria Meyer eintraf:

Liebe Carrie,

danke, dass Sie sich gestern die Zeit genommen haben, mit mir zu sprechen. Es hat mich gefreut, Sie kennenzulernen, auch wenn ich nicht ganz erreicht habe, was ich mir erhofft hatte. Auch Luis kann sehr gut verstehen, wie Ihnen zu Mute ist. Ihm ist bewusst, wie schmerzlich es für Sie sein muss, dass alte Wunden wieder aufgerissen wurden, besonders was Ihre Mutter und die Ereignisse von damals betrifft. Ich habe ihm von Ihnen erzählt, und er hat zu mir gesagt, er habe den Eindruck, Sie seien genau die Art von Tochter, die Sylvie verdient hat: durch und durch liebenswert, gefühlvoll und loyal.
Er erinnert sich nicht, dass Sylvie jemals auch nur angedeutet hätte, dass sie verheiratet war, und hofft inständig, dass meine Worte Sie nicht verletzt haben.Ihm ist noch ein weiteres Detail eingefallen – vielleicht hilft es ja weiter: In Willow Hill, wo Sylvie aufwuchs, gab es wohl einen Gärtner namens Seamus, der nebenbei auch noch für andere handwerkliche Arbeiten zuständig war …

Carrie spürte einen dumpfen Druck in ihrer Brust. Vor ihrem inneren Auge sah sie das Holzschild am Tor der Einfahrt zu dem weitläufigen Anwesen ihrer Großeltern, das auf einem flachen Hügel außerhalb von Kinsale lag: Willow Hill. Eine Flut von Erinnerungen stürzte über sie herein.

Carrie saß in ihrem gemütlichen kleinen Reihenhaus, aber in Gedanken befand sie sich an einem anderen Ort und in einer anderen Zeit. Sie dachte an die Sommer in Willow Hill: an ihre freudige Aufregung, wenn sie Anfang Juli nach der langen Autofahrt von Dublin dorthin endlich auf dem Kies vor dem Haus anhielten und die Großeltern herauskamen, um sie zu begrüßen; wie Fiona von einem Feld in der Nähe angerannt kam und ihr und ihrer Mutter um den Hals fiel; an den Duft von frisch gemähtem Gras, der immer in der Luft lag; den Geruch des Meeres, den die Brise den beiden Mädchen entgegentrug, wenn sie zur Bucht spazierten; das Bewusstsein, dass viele Wochen der Freiheit vor ihnen lagen.

Etwas Besonderes waren immer die Besuche an Weihnachten, wenn Carrie mit ihren Eltern nach Cork fuhr, oft bei schlechtem Wetter, wenn sie die beschlagenen Scheiben abwischte und in der dunklen Landschaft Ausschau hielt nach den Lichtern von Willow Hill, die sie willkommen hießen. Diese Zeit hatte ihr charakteristisches Gepräge von der aufgeregten Vorfreude auf das Fest, dem Geruch des Torfs, der auf großen Rosten schwelte, und dem Aroma von Fichtennadeln, das der schön geschmückte Christbaum ausströmte. Schnee lag auf der Wiese vor dem Haus, und Carries Mutter lief hinaus, um die Erste zu sein, die ihre Fußspuren in dem flauschigen Weiß hinterließ. Ihr fröhliches Gelächter hallte durch die klare Luft, als Carrie mit ihren Stiefeln in einer Schneewehe stecken blieb.

Sehnsucht und Wehmut schlugen über Carrie zusammen, als sie daran dachte.

Sie erinnerte sich an Seamus, wenn sie auch nicht sicher war, ob er gerade von der Gärtnerei besonders viel verstand. Sie hatte einen runzligen Alten im Gedächtnis, der sich mit dem Wetter und den Jahreszeiten auskannte, der die Wiese mähte, das Scheunendach reparierte, Holz hackte und Torf für die großen Feuer im Winter zum Trocknen aufstapelte.

Das Schild an der Einfahrt zu Willow Hill war noch da, blitzblank sauber und glänzend poliert. Nachdem die Großeltern gestorben waren, hatte man das Haus jedoch renoviert und zu einem Wellness Center umgestaltet, das von Carries Tanten Evelyn und Clare geleitet wurde.

Carrie holte tief Luft und las die Mail zu Ende.

... Aber wir wollen Sie nicht länger damit behelligen. Trotzdem, unsere Einladung steht nach wie vor: Wenn Sie Lust haben, ein paar Tage bei uns in der Schweiz zu verbringen – wir würden natürlich auch die Kosten übernehmen. Luis führt ein sehr zurückgezogenes Leben, aber er würde sich freuen, Sie kennenzulernen, denn Irland hat immer noch einen besonderen Platz in seinem Herzen. Es wäre keinerlei Verpflichtung für Sie damit verbunden. Sie sind jederzeit willkommen.

Mit herzlichen Grüßen
Maria

Wie hätte ein solches Schreiben sie unberührt lassen können? Wie sollte sie es über sich bringen, zu antworten und die Einladung abzulehnen? Und doch: Eine so weite Reise mit dem Schiff und der Bahn zu unternehmen kam nicht in Frage, und

Carrie hatte Angst vor dem Fliegen. Sie konnte sich nicht vorstellen, jemals wieder einen Fuß in ein Flugzeug zu setzen. Sicher würde Maria Verständnis dafür haben. Mark hatte es einmal, ein einziges Mal, geschafft, sie in einen Flieger zu kriegen, aber das hatte sehr lange gedauert. Viel Liebe und Überredungskunst waren nötig gewesen und am Ende sogar ein paar richtig fiese Tricks.

»Du willst also dein Leben lang die feste Erde nicht verlassen?«, hatte er an einem dieser trägen Sommersonntagvormittage gefragt, etwa vier Monate, nachdem er bei ihr eingezogen war.

»Ja.« Sie wälzte sich weg von ihm auf die andere Seite des Betts. »Keine zehn Pferde bringen mich jemals wieder in einen Flieger.«

Er streckte die Hand aus und streichelte ihre Wange. »Das ist schade. Ich hatte so eine tolle Idee.«

»Was für eine Idee?«

»Ich hatte mir vorgestellt, ich bringe dich zum Fliegen, Carrie Cassidy. Bis du auf Wolke sieben schwebst.«

Das tue ich bereits, dachte sie. *Ich fliege so hoch, dass mir manchmal richtig angst wird.*

»Sonst wird das nichts mit unseren Abenteuern.«

»Mit was für Abenteuern?«

»Lauter wunderbar aufregende Sachen: Wildwasser-Rafting im Grand Canyon, eine Safari in Afrika, eine Fahrt im Heißluftballon über dem Hunter Valley in Australien, das Nordlicht auf den Lofoten, eine Expedition zu den Galapagosinseln.« Er schmiegte sich an sie und zog die warme Bettdecke eng um sie beide.

»Um das alles zu verwirklichen, braucht es ein ganzes Leben.«

»Na und?« Er zupfte sanft an ihrem Haar. »Das ist auch Teil des Plans.«

Welchen Plans? Das ging ihr alles zu schnell. »Ich wusste gar nicht, dass man im Grand Canyon raften kann.«

»Doch, das kann man.«

»Aber man muss doch nicht bis zu den Lofoten, um das Nordlicht zu sehen.«

»Mag sein, aber so richtig spektakulär ist es nur im hohen Norden.«

»Tja, ewig schade, dass ich alle diese tollen Abenteuer verpassen werde.«

»Aber das musst du nicht, wenn du nur willst.«

»Du meinst: Ich muss mich einfach nur dazu durchringen, wieder ein Flugzeug zu benutzen.« Sie entzog sich seiner Umarmung, rückte etwas von seinem heißen Körper ab und blickte hinauf zur Decke des Schlafzimmers, zu dem schmalen Streifen Sonnenlicht, der dort über das Weiß lief und einen weiteren schönen Sommertag verhieß. »Weißt du, Mark, ich will dir nichts vormachen: Ich werde nie wieder fliegen. Ich kann mit dem Schiff und dem Zug nach Frankreich oder sonst wohin nach Europa fahren, aber wenn du jemanden brauchst, der zusammen mit dir alle diese wunderbaren exotischen Abenteuerreisen unternimmt, musst du dir eine andere suchen. Ich bin nicht der Typ dafür, ich bin für riskante Dinge welcher Art auch immer nicht zu haben.«

»Nicht einmal, wenn ich dir verspreche, dass dir nichts passieren wird?«

»Nein.« Kein Mensch konnte so etwas versprechen. Wirklich sicher fühlte sie sich nur in ihren eigenen vier Wänden.

»Ich verspreche es dir hoch und heilig.«

»Bitte, Mark. Versuch doch, mich zu verstehen ... Deine Eltern sind nicht mit dem Flugzeug abgestürzt.«

»Wie kann ich dich denn verstehen, wenn du nicht darüber redest?«

»Was sollte das nützen? Es ist passiert und nicht mehr zu ändern.«

»Okay, du willst nicht darüber reden, damit kann ich leben, jedenfalls vorerst, aber ich habe mir vorgenommen, mit dir irgendwo, wo es schön und romantisch ist, Urlaub zu machen, es muss auch gar nicht so sehr weit weg sein, aber wir werden dorthin fliegen.«

»Das schaffst du nicht.«

»Du wirst schon sehen.« Er lachte und zog sie an sich.

In den nächsten Wochen verfolgte er hartnäckig sein Projekt. In E-Mails oder auf Post-it-Zetteln, die er in der Wohnung hinterließ, fand sie immer wieder Botschaften dieser Art:

Carrie sitzt in der Abflughalle und freut sich auf die Reise!

Carrie steigt froh gelaunt die Stufen zum Flugzeug hinauf!

Carrie nimmt ruhig und entspannt im Flieger Platz!

An strategisch günstigen Stellen brachte er Bilder von Urlaubszielen an, am Kühlschrank, in Augenhöhe am Bücherregal, einmal sogar in der Geschirrspülmaschine. Er schickte Links zu Internetseiten, auf denen Touristen von ihren Reisen schwärmten.

»Du bist verrückt, das ist dir hoffentlich klar, oder?«, sagte sie an einem Samstag zu ihm, nachdem sie wieder ein Post-it am Kühlschrank vorgefunden hatte. »Warum bist du eigentlich heute nicht in der Firma und vergnügst dich in diesem Spielzimmer, das ihr dort habt?«

»Das ist kein ›Spielzimmer‹, sondern ein Playroom, und in dieser Umgebung entwickeln die Mitarbeiter jede Menge gute Ideen.«

»Ich dachte, ihr fläzt da auf bunten Sitzsäcken rum oder liegt in Hängematten, wenn ihr nicht gerade irgendwelche Rutschbahnen runtersaust. Mir kommt das mehr wie Erholung vor und weniger wie Arbeit.«

»Du bist doch nicht neidisch? Gefällt dir dein eigener Job nicht?«

»Nicht besonders. Er ist ein Mittel zum Zweck, aber sehr befriedigend finde ich die Arbeit nicht.«

»Dann solltest du dich nach was anderem umsehen, das dich wirklich interessiert.«

»Ja, vielleicht.« Es klang halbherzig. »Aber was diesen gelben Zettel hier betrifft, so ist der Text ein bisschen irreführend, finde ich: Heutzutage muss man normalerweise keine Stufen mehr hinaufsteigen, um ins Flugzeug zu kommen.«

»Hie und da kommt es schon noch vor. Aber ich kann dich auch gern über eine Fluggastbrücke schreiten lassen, wenn dir das lieber ist.« Er lehnte am Türstock, die Arme über der Brust verschränkt. Sie wusste, wie sein weiches Jeanshemd riechen würde, wenn sie zu ihm gehen und die Arme um ihn legen würde. Seit sie zusammenlebten, lernte sie immer mehr seiner kleinen Eigenheiten kennen – wo er seine Hemden waschen und bügeln ließ, die Art, wie er durch den Supermarkt flitzte und die Hälfte dessen vergaß, was er hatte einkaufen wollen.

Sie musste feststellen, dass sie sich sehr schnell an diese Art von Intimität gewöhnt hatte.

»Es funktioniert sowieso nicht«, sagte sie gelassen. »Ich glaube nicht an solchen Hokuspokus.«

»Und woran glaubt Carrie Cassidy?« Er hatte den Kopf neckisch schief gelegt, als scherzte er nur, aber seine Augen verrieten ihr, dass er mit durchaus ernstem Interesse fragte.

Sie nahm eine Tüte Milch aus dem Kühlschrank und tat so, als studierte sie das Haltbarkeitsdatum, bevor sie ihm antwortete. »An nicht viel, um ehrlich zu sein. Mach dir also besser keine Illusionen, was mich betrifft.«

Er zog eine Braue nach oben. Seine Mundwinkel kräuselten sich zu einem Lächeln, als er zu ihr ging, ihr den Milchkarton aus der Hand nahm und ihn auf die Frühstückstheke stellte. »Ich mache mir keine Illusionen, mein Schatz. Ich weiß, dass ich gegen dicke Mauern anrennen muss, aber ich liebe die Herausforderung.« Er nahm ihre Hände und verflocht seine Finger mit ihren. »Sprich mir nach: Mark hält Carries Hand in dreißigtausend Fuß Höhe.«

»Hmmm. Ich hoffe nur, dass du ein guter Verlierer bist. Du wirst mich nie in dreißigtausend Fuß Höhe erleben. Und ich fürchte, du wirst mich auch nicht mehr ›mein Schatz‹ nennen, wenn du erkennen musst, dass alle deine Mühe umsonst war.« Sie entzog ihm ihre Finger und wandte sich von ihm ab.

Als Nächstes fing er an, von Paris zu reden, von den netten Cafés, den Brasserien, den schicken breiten Boulevards, vom Louvre, vom Eiffelturm bei Nacht.

»Paris! Da kann man auch mit dem Zug hinfahren«, sagte sie.

»Daran hab ich auch schon gedacht. Der Flug dauert nur

neunzig Minuten, aber wenn du hinterher wirklich der Meinung sein solltest, dass das so schrecklich schlimm war, dann fahren wir mit dem Zug zurück, das verspreche ich dir. Ich habe schon eine Playlist mit einer Länge von genau neunzig Minuten für dich zusammengestellt.«

»Eine Playlist?«

»Alle deine Lieblingssongs, zur Entspannung. Ich muss sie nur noch auf dein Handy überspielen.«

»Dir ist es wirklich ernst, oder?«

»Warst du schon mal in Paris?«

»Nein.«

»Du sagst immer, du musst nicht über den Tod deiner Eltern reden, du bist darüber hinweg. Die Reise nach Paris wäre eine gute Gelegenheit, zu beweisen, dass das stimmt.«

»Das ist reine Manipulation. Ein ganz gemeiner Trick. Das Leben geht weiter – natürlich bin ich drüber hinweg, schließlich ist es mehr als vier Jahre her.« *Warum tust du mir das an?*, hätte sie am liebsten gesagt. *Lass die Dinge doch einfach, wie sie sind.*

»Ich werde eben misstrauisch, wenn ich solche Sprüche höre, wie: ›Das Leben geht weiter‹, ›Ich bin drüber weg‹.« Er stockte. »Und ja, viele Leute haben noch schlimmere Schicksalsschläge weggesteckt. Das sagst du normalerweise als Nächstes, um mich von dem Thema abzubringen.«

Sie schwieg.

»Die Sache ist die: Ich hoffe, du hast deinen Frieden damit gemacht, nicht nur oberflächlich, meine ich. Aber wenn das wirklich so ist, kann es dir doch nichts ausmachen, in ein Flugzeug zu steigen. Es wäre so schade, wenn du dein Leben lang darauf verzichten müsstest, die Welt zu sehen.«

»Ich kann es, ich will nur nicht.«

»Willst du nicht wenigstens mit mir nach Paris reisen? Ich werde die ganze Zeit deine Hand halten. Du musst nichts weiter tun als dasitzen, die Augen schließen und deine Musik hören. Das kann doch nicht so schlimm sein.«

»Wann genau?«, fragte sie leise.

»Na ja ... weißt du ... ich habe ...« Er stand auf, zog ein zusammengefaltetes Blatt Papier aus seiner Hosentasche und gab es ihr. Eine Buchungsbestätigung: ein Flug nach Paris, auf ihren und seinen Namen ausgestellt, Ende August, in zwei Wochen. Stumm blickte sie auf das Papier, schockiert von ihrem eigenen Schmerz: Ihr war, als würde eine alte Wunde tief in ihrer Brust wieder aufgerissen. Wie konnte das sein? Nach mehr als vier Jahren. Wo sie doch längst alles überwunden hatte, oder nicht?

»Vielleicht war das wirklich keine gute Idee von mir«, sagte er und nahm ihr das Blatt wieder aus der Hand. »Vergiss es. Ich hab es übertrieben, entschuldige – ich sehe ja, wie es dich mitnimmt.«

Er wollte das Papier einstecken, aber sie schnappte es sich wieder. Sie musste Mark davon überzeugen, dass sie das alles hinter sich gelassen hatte. Dass keine Narben geblieben waren.

»Nur dieses eine Mal«, sagte sie. »Deine sehr schlaue, wenn auch total fiese Taktik hat funktioniert.«

Er hatte auf dem Flug hin und zurück die ganze Zeit ihre Hand gehalten. Sie hatte es durchgestanden, aber nur, weil er bei ihr war. Und es bewies nicht, dass sie noch einmal die Kraft aufbringen würde, ihre Flugangst zu besiegen, vor allem auf sich allein gestellt. Allerdings, dachte Carrie, würde sie, wenn sie die Einladung ausschlug, niemals erfahren, was Luis ihr zu sagen hatte …

Zehntes Kapitel

Meyer. Luis Meyer. Während er darauf wartete, dass der Flieger startete, überflog Adam noch einmal den Artikel in der französischen Zeitung auf der Suche nach weiteren Details und atmete dann etwas auf. Es war einfach nur ein Name von früher. Es bestand keine Gefahr, dass längst vergangene Dinge ihn jetzt plötzlich einholen könnten.

Er hatte eine Woche in Marseille verbracht. Die Stadt war ein idealer Aufenthaltsort für jemanden, der mit der Menge verschmelzen wollte, einer unter vielen Touristen, die ihren Vergnügungen nachgingen. Hier zählte nur, was einer in der Brieftasche hatte, und er hatte sich mit reichlich Bargeld eingedeckt. Seine Kreditkarte lag sicher verwahrt im Safe in seinem Hotelzimmer; er hatte nicht vor, sie zu benutzen, wenn es sich irgendwie vermeiden ließ, er wollte keine Spuren hinterlassen. Sein Smartphone hatte er nicht mit auf die Reise genommen; in seiner Tasche steckte stattdessen ein billiges Handy, das nicht mit seinem Namen in Verbindung gebracht werden konnte. Er hatte seine Lektion gelernt, nachdem er vor zwei Jahren in Marokko allzu sorglos gewesen war: Damals war er nur mit knapper Not entkommen, als ein Interpol-Team in einem Haus, das er für sicher gehalten hatte, eine Razzia durchführte. Die meisten der jungen Bewohnerinnen, die dort arbeiteten, hatten weniger Glück gehabt als er.

Er schob die Zeitung in das Fach an der Rückseite des Sitzes vor ihm, während die Maschine donnernd in den dunklen Himmel über Marseille aufstieg und Kurs auf Dublin nahm. Eine sonderbar ahnungsvolle Stimmung machte sich in ihm breit. Aus längst begrabenen Erinnerungen stiegen alte Namen auf, wie gespenstische Schemen tanzten sie vor seinem inneren Auge und zerrten ihn mit sich zurück nach Willow Hill zu Sylvie und Beth, in die Zeit, als alles anfing, zu dem Tag, als er sie in der Bank kennenlernte.

Es war im Jahr 1979, sie stand vor ihm im Kopierraum an der Maschine und wartete darauf, dass eine Vorlage kopiert wurde. Ihr langes blondes Haar wurde von einem rosa Haarband zusammengehalten. Sie trug eine cremefarbene Bluse und einen adretten dunkelblauen Rock und hatte hübsche Beine. Durch den Chemikaliengeruch hindurch, den der Kopierer ausströmte, konnte er den Duft ihrer Haare ausmachen. Er tippte ihr auf die Schulter, und sie drehte sich um. In ihren Augen lag der besondere Ausdruck von Unschuld, den junge Mädchen mit sechzehn haben, aber ihm war klar, dass sie älter sein musste.

»Sie sind sicher die Neue«, sagte er. Wie er erwartet hatte, lief ihr blasses Gesicht rot an.

»Ja, äh, ich bin noch ziemlich neu«, stotterte sie hervor. »Drei Wochen bin ich jetzt hier.«

»Ich war im Urlaub, darum kenne ich Sie noch nicht. Willkommen bei der Mutual Banking Corporation. Ist das hier Ihre erste Stelle?«

»Meine erste in Dublin.«

»Und haben Sie sich gut eingewöhnt?«

Ihr Lächeln wirkte nervös. »Ja, die Kolleginnen im Schreibbüro sind sehr nett.«

Er hatte sich schon gedacht, dass sie eine von den Tippsen war. »Und was ist mit den Herrschaften aus der Führungsetage?«, fragte er und lächelte schelmisch. »Behandeln die Sie gut?«

»Na ja …« Sie lächelte verlegen und wich einen Schritt zurück. »Ehrlich gesagt kenne ich die gar nicht.«

»Oh, dann wird es höchste Zeit, dass sich das ändert. Ich bin Adam.«

»Ich heiße Beth.«

Beth. Das passte zu ihr. Ein sanfter, stiller Name.

Wenn er ihr in den folgenden Wochen auf dem Korridor begegnete oder durchs Schreibbüro ging und kurz bei ihr stehen blieb, errötete sie jedes Mal. Ihm fiel auf, dass sie nie mit den anderen Schreibkräften tratschte und meistens allein zum Mittagessen ging. Ein paarmal traf es sich scheinbar zufällig, dass er mittags in dasselbe Café kam, in dem sie Pause machte, und er fragte sie, ob er sich zu ihr an den Tisch setzen dürfe. Ihre verlegene Reaktion verriet ihm, dass sie annahm, er sei ihr hierher gefolgt.

Er fand heraus, dass sie praktisch allein war auf der Welt und ihre Mutter vor drei Jahren an Krebs gestorben war.

»Und sonst haben Sie keine Angehörigen?«, fragte er teilnahmsvoll.

»Meine Mutter war aus Cork und hatte einen Bruder, aber der ist in den 50er Jahren nach Australien ausgewandert, und irgendwann ist der Kontakt abgerissen. Und dann, na ja …« Beth verstummte und rührte in ihrem Tee.

»Dann was?«

»Meine Mutter zog nach Manchester zu ihrer Tante. Drüben in England hat sie geheiratet, meine Schwester wurde geboren, aber als sie mit mir schwanger war, ist mein Vater …« Sie schlug die Augen nieder.

Sein Blick war fest und sicher und seine Stimme voller Mitgefühl. »Keine Angst, Sie können es mir ruhig sagen: Ihr Vater ist auch nicht mehr da?«

Sie warf ihm einen schüchternen Blick zu, offenbar ein bisschen beruhigt. »Nun ja, er hat auf einer dieser Ölbohrinseln gearbeitet und ist nicht mehr zurückgekommen ... vermisst ... nach einem Unfall ...«

Er wusste sofort, dass das gelogen war. Bohrinsel? Vermisst? Wahrscheinlich hatte ihr Vater sich einfach aus dem Staub gemacht, und sie schämte sich, das zuzugeben.

»Meine Mutter ging zurück nach Cork, wo ich geboren wurde, aber meine Schwester starb ein paar Jahre später.«

»Das ist sehr traurig, Beth. Ihre Mutter war sicher eine sehr tapfere Frau. Es muss schwierig gewesen sein für sie.«

»Ja, sie hatte es nicht leicht.«

Zwei Wochen später ging er das erste Mal mit ihr aus. Am Ende des Abends küsste er sie zärtlich und spürte, wie sie in seinen Armen zitterte. Sie war so lieb und fügsam. Er hätte sich keine Geliebte wünschen können, die besser zu ihm gepasst hätte, so wie sein Leben damals war. Ein paar Wochen lang trafen sie sich regelmäßig, und alles lief bestens, aber dann tauchte jemand auf, der zu einer Gefahr für ihre kuschelige Zweisamkeit wurde: Es war niemand anderes als Beth' gute Freundin Sylvie mit den unbestechlichen blauen Augen.

Sylvie! Er rutschte nervös auf seinem Sitz hin und her bei dem Gedanken daran, wie sie ihn gemustert hatte. Er hätte sich von einem Zeitungsartikel nicht so aus der Ruhe bringen lassen sollen. Er hatte nichts und niemanden zu fürchten, schon gar keine Gespenster aus der Vergangenheit. Es waren ja wirklich nur Gespenster, die keine Macht über ihn hatten und nicht in sein rundum gesichertes Leben eindringen konnten. Er war froh, dass er bald zu Hause sein würde, in seinem mit allem Komfort ausgestatteten Penthouse hoch über den Dächern der Stadt, sich in einem der großen Ledersessel niederlassen und bei einem Whiskey entspannt den Tag ausklingen lassen konnte. Es würde ihm nicht ganz leichtfallen, sich wieder an den grauen Alltag und ein leeres Bett zu gewöhnen. Er fuhr vier oder fünf Mal im Jahr ins Ausland, um sich dort dem verbotenen Vergnügen hinzugeben und seinen Vorlieben freien Lauf zu lassen. Aber das war lange nicht genug.

Als sein Flieger am Samstagabend mit Verspätung in Dublin landete, überkam ihn das Gefühl einer unangenehmen Enge. Wie immer, wenn er von einer seiner Auslandsreisen zurückkehrte, machte ihn die Passkontrolle nervös. An diesem Abend kam noch ein Funke alten Schuldgefühls dazu, der tief in ihm vergraben gewesen war, den aber die Erinnerung an Beth und Willow Hill aufgerührt hatte wie Glut unter der Asche. Ihn quälte die Vorstellung, dass sich jeden Moment eine schwere Hand auf seine Schulter legen und ihn zum Verhör zerren könnte. Dass er gezwungen sein würde, seinen Anwalt anzurufen. Wie würde es sich anfühlen, wenn er in einem Vernehmungsraum oder einer Zelle in Mountjoy eingesperrt wäre?

Er schob seinen Pass unter der Glasscheibe durch. Einen Moment lang fühlte er Erleichterung, weil der altgediente Kontrollbeamte hinter dem Tresen seinen Namen wiederzuerkennen schien; der Mann stutzte kurz und winkte ihn dann mit einem respektvollen Nicken durch. Wenn irgendetwas schiefginge, würde er von heute auf morgen alles verlieren, all die Achtung und Aufmerksamkeit, die man ihm, einem der ganz Großen der irischen Finanzwelt, zollte, und natürlich wäre dann auch Schluss mit dem Leben in Wohlstand und Luxus, für das er hart gearbeitet hatte.

Am Gepäckband beobachtete er die Touristen um sich herum. Der Gedanke, dass er aussah wie sie alle, dass er in seinen Jeans ein beliebiger Jedermann war, gefiel ihm. Von dem Namen in seinem Pass einmal abgesehen, verriet nichts, dass er etwas anderes war als ein Durchschnittsmensch, der von einer gewöhnlichen Urlaubsreise nach Hause kam. Niemand sah ihm an, dass er sich früher, als die Geschäfte noch besser liefen, einen Privatjet hatte leisten können. Und niemand sah ihm an, von welcher Art von Reise er gerade zurückkehrte.

Über einen Bildschirm an der Decke liefen in einer Endlosschleife Nachrichten in Schlagzeilen. Niemand schenkte ihnen besondere Beachtung, alle reckten in ungeduldiger Erwartung, dass endlich ihre Koffer angefahren kämen, die Hälse oder machten sich so hektisch an ihren Smartphones zu schaffen, als wären sie nicht wenige Stunden, sondern eine ganze Woche vom Netz abgeschnitten gewesen. Mittlerweile war Onlinesucht schon fast so weitverbreitet wie Alkohol- und Nikotinabhängigkeit. Allerdings hatten soziale Medien und Handys auch ihr Gutes: Da praktisch alle Leute in irgendeiner Form im Netz präsent waren, hatte man die Dinge immer gut im Blick. Und die Menschen auch. Eben deswegen lag Adams Handy jetzt ausgeschaltet ganz unten in seinem Rollkoffer und würde zu Hause in seinem Safe verschwinden, denn es enthielt genügend illegale Videos und Bilder, nicht zu reden von belastenden Informationen, um ihn hinter Gitter zu bringen. Gelassenen Schritts ging er durch den Zoll.

Nur gut, dass es früher noch keine Handys gegeben hatte,

dachte er und ärgerte sich über sich selbst, weil er einfach nicht loskam von dieser alten Geschichte. Wenn man damals bessere technische Möglichkeiten besessen hätte, wäre er vielleicht nicht ungestraft davongekommen. Und, so sagte er sich, als er in die kühle Nacht hinaustrat, er würde dafür sorgen, dass er auch weiter ruhig schlafen konnte. Er musste lediglich die eine Person, die herausfinden konnte, was damals wirklich geschehen war, gut im Auge behalten – Carrie Cassidy. Sie war das letzte noch verbliebene Glied, das ihn mit Willow Hill und Sylvie verband.

Elftes Kapitel

Die Erinnerung an Marias bedrückte Miene machte Carrie ein schlechtes Gewissen, und die Bilder von Luis, die sie bei YouTube gesehen hatte, gingen ihr das ganze Wochenende lang nicht mehr aus dem Kopf. Als Fiona am Sonntagabend anrief, war sie froh, die Stimme ihrer Cousine zu hören.

»Du klingst ein bisschen niedergeschlagen«, sagte Fiona. »Wann warst du zum letzten Mal unter Leuten? Außer bei der Arbeit oder beim Einkaufen, meine ich.«

Carrie überlegte. Lucys Taufe fiel ihr ein und das Treffen mit Maria Meyer, sonst nichts. »Was soll das werden?«, fragte sie verdrossen. »Ein Animationsprogramm?« Sie schob eine Portion Tiefkühlhühnchen in die Mikrowelle und schaltete das Gerät an.

»Hey, sei friedlich, ich will dir nichts Böses«, sagte Fiona. »Ich verstehe schon, dass du, na ja, nicht gerade das blühende Leben bist nach der Sache mit Mark. Ich versuche nur, dir zu helfen.«

Carrie hatte Fiona nie die ganze traurige Wahrheit über die Geschichte mit Mark erzählt, wenn sie ihr auch gestanden hatte, dass sie selbst die Verlobung gelöst hatte.

»Danke, Fiona. Es ist nicht allein wegen Mark«, sagte sie. »Am Freitag ist etwas passiert, das mir im Kopf herumgeht. Und das ich irgendwie unheimlich finde.« Carrie stellte einen Teller vor sich hin und nahm Besteck aus der Schublade, während sie von der Begegnung mit Maria erzählte und dass Luis sie kennenlernen wollte, weil er angeblich ihre Mutter gekannt hatte. Dass sie ein Liebesverhältnis mit ihm gehabt haben sollte, erwähnte sie jedoch nicht.

»So? Was soll daran unheimlich sein? Sicher, das kommt etwas überraschend, aber andererseits kann man ihn vielleicht auch verstehen. Der arme Kerl hat sich offenbar eine Liste mit Dingen gemacht, die er unbedingt noch erledigen will, und darauf steht dein Name. Es ist traurig, dass er bald sterben muss. Wie lang, sagst du, hat er noch?«

»Drei Monate, schätzen die Ärzte.«

»Tu ihm doch den Gefallen, Carrie. Vielleicht heitert ihn das ein bisschen auf. Und wenn er deine Mutter gekannt hat, kann er dir vielleicht etwas über sie von früher erzählen.«

»Er wohnt nicht grade um die Ecke. Ich müsste in die Schweiz reisen.«

»Umso besser, da ist es wunderschön. Was beunruhigt dich denn? Glaubst du, da sind irgendwelche finsteren Machenschaften im Spiel? Zwangsprostitution, Drogenhandel, oder vielleicht sind sie hinter deinen tollen Organen her?«

»Sehr witzig. Nein, Maria macht einen vollkommen seriösen Eindruck, und Luis ist ein berühmter Pianist, ich habe ihn gegoogelt. Aber ich kann einfach nicht fliegen.«

»Kannst du es nicht einmal versuchen? Ich verstehe dich ja, aber du weißt genauso gut wie ich, dass die Wahrscheinlichkeit, bei einem Flugzeugabsturz ums Leben zu kommen, viel kleiner ist als die, von einem Bus überfahren zu werden oder im Lotto zu gewinnen.«

Die Mikrowelle fiepte.

»Ist das dein Abendessen?«, fragte Fiona.

»Ja.« Carrie nahm die Plastikschale mit dem Fertiggericht heraus. Im Kühlschrank hatte sie noch eine Flasche Bier gefunden, die sie dazu trinken wollte.

»Nur noch eines: Du bist es dir selbst schuldig, dich endlich aus dieser düsteren Grube, in der du feststeckst, rauszuziehen.«

Obwohl sie sich eigentlich noch gar nicht entschieden hatte, ertappte sich Carrie am Montag dabei, wie sie Steve Boyle fragte, ob sie übernächste Woche Urlaub nehmen könnte. Er gab ihrem Wunsch so bereitwillig nach, dass sie es beinahe kränkend fand.

»Es wird Ihnen guttun, Urlaub zu machen und den Akku wieder aufzuladen«, sagte er. Er runzelte dabei die Stirn auf eine Weise, als bezweifelte er, dass eine Woche Urlaub genügen würde, Carrie jenen neuen Schwung zu verleihen, den er sich wünschte. Er lehnte sich in seinem Ledersessel zurück, streckte die Beine aus und verschränkte die Hände hinter dem Kopf, bevor er sich ihr wieder zuwandte. »Wo fahren Sie denn hin?«

»Ich weiß noch nicht genau.«

Er schürzte die Lippen. »Oder denken Sie, es ist überall schön, solange Sie nur weg von hier sind?«

»Ich habe mich noch nicht entschieden«, sagte sie steif.

»Hey, Carrie, schauen Sie nicht so streng, das war doch nur Spaß.«

Sie spürte seinen Blick in ihrem Rücken, als sie hinausging. An ihrem Schreibtisch versuchte sie sich zu sammeln und sich nicht länger über ihren Chef und dessen Bemerkungen zu ärgern. Die erste Hürde war genommen, und das machte ihr am meisten Angst: Jetzt stand ihrer Reise in die Schweiz nichts mehr im Weg, außer vielleicht sie selbst.

Den ersten Zettel machte sie mit einem Magneten am Kühlschrank fest. In 18-Punkt-Schrift, damit die Botschaft gut ins Auge sprang, stand darauf geschrieben:

Ganz entspannt geht Carrie an Bord des Flugzeugs,
das sie nach Zürich bringen wird.

Einen zweiten hängte sie so ans Bücherregal, dass sie ihn jedes Mal sah, wenn sie aus der Küche in den Korridor trat:

Carrie freut sich auf die Reise in die Schweiz.

Und einen dritten an den Kaminsims im Wohnzimmer:

Carrie fühlt sich wohl,
wenn sie am Flughafen eincheckt.

Dann, am Donnerstag, kurz nachdem sie von der Arbeit nach Hause gekommen war, läutete es an der Tür. Draußen stand Mark.

Er stand von ihr abgewandt, den Blick auf ein paar Kinder gerichtet, die auf der Straße Fußball spielten, aber das machte keinen Unterschied: Sie sah seine Schultern, bedeckt von einem dunkelblauen Mantel, auf dem Regentropfen glänzten, und ihr war, als landete eine Faust in ihrer Magengrube. Sie wusste, wie sich die Muskeln dieser Schulter wölbten, wenn Mark sein Hemd auszog, wie sie sich unter ihren Fingern anfühlten. Wie es war, wenn er auf dem Rand des Betts saß und sie hinter ihm kniete, mit den Händen die Konturen seines Körper nachfuhr, mit ihrer nackten Haut die seine streifte.

Ihr war schwindlig. Sie schluckte.

»Mark?« Ihre Stimme klang rau.

Er drehte sich zu ihr um, und wieder blieb ihr die Luft weg.

»Entschuldige, wenn ich dich störe, Carrie, aber ich glaube, ich habe etwas bei dir vergessen ... als ich ausgezogen bin, meine ich.« Man sah ihm an, wie unangenehm ihm die Situation war.

Carrie. Die Art, wie er ihren Namen aussprach, hatte etwas so Zärtliches. Sie verfluchte ihn im Stillen dafür. Niemand hatte ihn je so ausgesprochen wie er.

»Etwas vergessen?«, fragte sie verwirrt.

»Ja, ich glaube, es steckt vielleicht in einem Buch ... irgendwo.«

»*Was* steckt in einem Buch?«

»Der Versicherungsschein von meiner Autoversicherung.« Er schaute dümmlich drein und verlegen. Und überwältigend liebenswert. Warum tauchte er hier auf und brachte ihren fragilen Seelenfrieden durcheinander?

»Dein Versicherungsschein?« Es dauerte eine Weile, bis sie begriff, wovon er redete.

Er blickte über ihre Schulter in den Flur, in die Küche. »Ich glaube, ich habe ihn als Lesezeichen in ein Kochbuch gesteckt und dann vergessen, ihn mitzunehmen. Aber jetzt brauche ich ihn.«

Ein weicher Glanz zeigte sich in seinen Augen. War er froh, einen guten Grund zu haben, hier aufzutauchen, oder bildete sie sich das nur ein? Schweigend standen sie da und sahen einander an. Carrie spürte ein ängstliches Prickeln auf ihrer Haut. Früher hatte seine Vergesslichkeit sie oft amüsiert, aber jetzt fühlte sie sich überrumpelt.

»Willst du mich nicht reinlassen?«, fragte er. »Ich beeile mich. Ich glaube, ich weiß, wo das Ding ist.«

Wortlos trat sie beiseite, ihre Glieder fühlten sich bleischwer an. Er nickte ihr dankend zu, schenkte ihr ein kurzes verhaltenes Lächeln, dann schlüpfte seine schlanke kantige Gestalt an ihr vorbei in den schmalen Flur. Mit drei leichtfüßigen Schritten erreichte er die Küche.

Sie folgte ihm langsam bis zur Küchentür. Er ging zu dem Eckregal, wo ihre Kochbücher standen; seine Bewegungen ganz entspannt und locker, als wäre er hier zu Hause. Sie verschränkte die Arme über der Brust – irgendwie half ihr diese Haltung, den Kloß in ihrem Hals unten zu halten. Er nahm ein Kochbuch von Jamie Oliver, blätterte darin mit seinen langen schlanken Fingern, die ihr so schmerzhaft vertraut waren, und zog einen Briefumschlag hervor.

Im Geist sah sie sich selbst, wie sie ihm eines Abends, in einem anderen Leben, seine Post gegeben hatte, während er das Essen zubereitete. Er nahm mit einem Löffel etwas Soße aus einem Topf, schwenkte ihn in der Luft, damit er abkühlte, und hielt ihn ihr lachend an den geöffneten Mund. Ihre Blicke trafen sich, während sie kostete und sich anschließend mit der Zunge über die Lippen fuhr. Sein Daumen wischte ihr sacht ein letztes Restchen Soße vom Mundwinkel. Dann legte er seine schmalen Hände an ihre Wangen und küsste sie.

In einem anderen Leben.

Ihr Magen krampfte sich zusammen, während Mark ein Papier aus dem Umschlag zog, einen prüfenden Blick darauf warf und dann alles zusammen in seine Manteltasche steckte. Sie verspürte ein Stechen in der Brust, als sie ihn da stehen sah, daran dachte, wie ihre Arme oft am Morgen unter diesen Mantel geschlüpft waren und sich um seine Taille gelegt hatten; sie hatte ihr Gesicht an seine Brust geschmiegt und ihn gebeten, nicht zur Arbeit zu gehen. Er hatte sie immer eine Weile gehalten, bevor er sie zum Abschied küsste.

»Carrie?«

»Ja?«

»Danke, und entschuldige, dass ich so hereingeplatzt bin.« Er schenkte ihr ein halbes Lächeln und einen freundlichen Blick. Sie hatte sich nach Kräften bemüht, die Wirkung seiner Augen, die sie von den Haarwurzeln bis hinab zu den Zehen spürte, aus ihrem Gedächtnis zu tilgen. Bei dem Gedanken, dass er in einer Minute fort sein würde, machte sie unwillkürlich einen Schritt auf ihn zu, als gehorchte ihr Körper immer noch dem alten Automatismus, aber sie bemerkte es gerade noch rechtzeitig, und wich zurück. Starr vor Anspannung sah sie zu, wie er zur Küchentür ging und an ihr vorbei. Und da, als es bereits zu spät war, etwas zu unternehmen, zu spät, sich eine glaubhafte Geschichte auszudenken, zumal da ihr Kopf in Stücke zu springen schien und die Gedanken wie Konfetti herumwirbelten, fiel sein Blick auf den Zettel am Kühlschrank.

Ganz entspannt geht Carrie an Bord des Flugzeugs, das sie nach Zürich bringen wird.

Er erstarrte kurz, dann wanderte sein Blick hinaus in den Flur zu dem anderen Zettel, der an dem Bücherregal der Küchentür direkt gegenüber hing.

Carrie freut sich auf die Reise in die Schweiz.

Verdutzt sah er sie an. »Du willst verreisen?«

Sie zuckte die Achseln. »Ja, und?«

Sein Gesicht verschloss sich. »Du hast recht. Es geht mich nichts an.«

Der leicht brüske Ton und das lächerliche Gefühl, ertappt worden zu sein, verstärkten die leise Angst, die sie die ganze Zeit schon gespürt hatte. »In die Schweiz.«

Er starrte sie ungläubig an. »Im Ernst?«

»Ja. Ich denke, ich fliege am Sonntag.« Sie bemühte sich um einen lässigen Ton, so, als wären Flugreisen in die Schweiz gar nichts Besonderes für sie, aber ihr Herz pochte so heftig dabei, dass sie dachte, er müsste es schlagen hören.

»Du fliegst«, sagte er. »Am Sonntag.«

»Ja.« Sie streckte ihr Kinn vor und setzte ein etwas zu heiteres Lächeln auf.

Aller Mühe zum Trotz gelang es ihm nicht, einen trüben Ausdruck von Bitterkeit in seinen Augen zu verbergen. »Das ist schön für dich, Carrie. Du bist wirklich ›drüber weg‹, um es mit deinen Worten auszudrücken«, sagte er ruhig. »Du fliegst in die Schweiz – ich bin beeindruckt.«

»Danke, ich auch. Ich bin von mir selbst beeindruckt, meine ich.«

Es ist besser so, dachte sie, als sie ihn zur Tür brachte. Sein Wagen stand ein Stück weiter vorn an der Straße.

»Wer immer dich dazu gebracht hat, muss was ganz Besonderes sein«, bemerkte er.

Sie dachte an Luis, der mit ihr sprechen wollte, bevor er starb. Sie sah im Geist Marias Gesicht, das so ehrlich und aufrichtig wirkte. »Ja, das ist er.«

»Gratuliere.« Er trat ins Freie. »Erstaunlich, wie du es plötzlich schaffst, das Leben bei den Hörnern zu packen.«

»Warte«, sagte sie. Erst jetzt wurde ihr bewusst, wie das, was sie gesagt hatte, in seinen Ohren geklungen haben musste. »Es ist nicht so, wie du denkst.«

»Nein?«

Er blieb auf dem Türabsatz stehen und sah sie an. Sein Gesicht war blass. In diesem Moment waren alle Barrieren zwischen ihnen verschwunden. Alles, was sie einander je gewesen waren, war in seinen hellgrauen Augen gegenwärtig. Alles, was sie einander bedeutet hatten, wenn ihre Münder sich in einem Kuss trafen, was sie einander zugeflüstert hatten in den Stunden nach Mitternacht, was sie zum Lachen gebracht hatte an den Sonntagvormittagen oder wenn sie in der Küche zusammensaßen und Wein tranken und Pizza aßen. Alle ihre Sinne waren in Aufruhr.

»Ich besuche dort ...«, stammelte sie, »einen alten Freund meiner Mutter.«

Immer noch sah er sie unverwandt an. »Einen Freund ... deiner Mutter. In der Schweiz.«

»Ja. Er hat mich darum gebeten. Er will mit mir über sie sprechen.«

Ein Muskel seines Kiefers bewegte sich. Seine Augen verengten sich kurz. Dann nahm sein Gesicht einen verschlossenen Ausdruck an, die Barrieren zwischen ihnen waren wieder da.

»Danke, Carrie.« Er wandte sich zum Gehen. »Ich glaube, ich habe jetzt wirklich verstanden, wie entbehrlich ich für dich bin. Viel Spaß bei deiner Reise. Übrigens«, fügte er hinzu, »du hast vergessen, die Alarmanlage reparieren zu lassen.«

Wie sich im Nachhinein zeigte, hatte er ihr mit seinem Besuch einen großen Gefallen getan: Nachdem er weg war, fiel es Carrie plötzlich leichter, Maria anzurufen und ihr zu sagen, dass sie kommen werde. Allerdings wollte sie lieber im Hotel wohnen. Auch den Flug zu buchen ging erstaunlich gut, zum Flughafen zu fahren, einzuchecken, die Sicherheitskontrolle über sich ergehen und sich mit der Horde anderer Passagiere zum Flugzeug lotsen zu lassen, wo sie neben einem frisch verliebten Paar Platz nahm, dankbar für die Musik aus ihrem Handy, die sie ablenkte. Die Musik, die Mark für sie ausgesucht hatte.

Nach der Achterbahnfahrt ihrer widersprüchlichen Emotionen, die sein unerwarteter Besuch ihr bereitet hatte, schien ihr ein gewöhnlicher Linienflug auf einmal nicht mehr so schlimm.

Zwölftes Kapitel

September 1979

In der Damentoilette im Shelbourne Hotel streckte Sylvie Sullivan ihre linke Hand vor dem Spiegel aus und hielt sie etwas schräg, sodass ihr Verlobungsring im Licht schimmerte. Sie zog ihn vom Finger und reichte ihn Beth.

»Da. Du musst ihn dreimal in Richtung deines Herzens drehen, wenn du dir was wünschen willst«, sagte sie.

»Danke, Sylvie. Er ist wunderschön! Endlich kann ich ihn in Ruhe ansehen. Ich dachte schon, wir kommen nie da weg.«

Beth steckte den Ring mit dem Diamanten an ihren kleinen Finger und drehte ihn. Ihre Augen waren weit vor Bewunderung.

»Er ist wirklich toll. Und du siehst so hübsch aus. Was hast du mit deinen Haaren angestellt?«

Sylvie schüttelte den Kopf, sodass ihre dunklen Haare in weichen Wellen ihr Gesicht umflossen. »Man nennt das Gypsy Look. Ich dachte, ich probiere mal was Neues.«

»Wisst ihr schon, wann ihr heiraten wollt?«

»Nächstes Jahr im Juni, in Willow Hill«, sagte Sylvie.

»Du musst so glücklich sein.«

»Ja, bin ich. Sehr glücklich.« Sylvie hätte gern genauer erklärt, wie es war, aber sie fand die richtigen Worte nicht. Ihr Glück war nicht so sehr ein großes Feuerwerk, das in spektakulären Explosionen seine funkelnde Pracht über den Himmel ergoss, als vielmehr ein tiefes Gefühl der Erfüllung, eine intensive Zufriedenheit, die durch ihre Adern rann, warm wie ein innerer Sonnenschein, stetig und immer spürbar mit jedem Schlag ihres Herzens.

»Ich weiß schon, was ich mir wünsche.« Beth sah ihre Freundin im Spiegel an.

Sylvie hob abwehrend die Hand. »Sag es nicht, sonst geht es nicht in Erfüllung.«

»Uuuh, das darf ich auf gar keinen Fall riskieren.« Beth kicherte. Sie gab Sylvie den Ring zurück.

»Du selber siehst auch sehr glücklich aus.«

»Manchmal weiß ich gar nicht, wie mir zu Mute ist«, sagte Beth. »Aufgedreht, nervös, fast panisch ...«

»Warum solltest du nervös sein?«

Beth warf unruhige Blicke durch den Raum. Es war niemand da außer ihnen, die Spiegel an den Wänden reflektierten nur ihre eigenen Gesichter. »Weißt du, Sylvie«, sagte sie, »irgendwie kann ich gar nicht glauben, dass das *wirklich* ist, ich meine: dass wir hier zu viert an einem Tisch sitzen, du und John und ich und Adam.«

»Wieso?«

Die Worte sprudelten nur so aus Beth heraus. »Na, wegen Adam. Wieso sollte er sich für mich interessieren?« Sie sah Sylvie hilfesuchend an. »Wir gehen seit einem Monat miteinander aus. Was findet er an mir? Ich habe keine höhere Schulbildung. Und es gibt viel hübschere Mädchen, die viel selbstbewusster auftreten als ich. Er hat eine führende Position in der Bank. Was kann er an mir attraktiv finden? Manchmal ist es wunderbar, und ich fühle mich wie in einem Traum, aber dann lande ich wieder in der Realität, und ich werde panisch.«

Sylvie packte Beth am Arm. »Beth McCann, am liebsten würde ich dich schütteln. Hör auf, dich selber so schlechtzureden.

Mach die Augen auf! Siehst du nicht, wie liebenswert du bist? Adam kann froh und dankbar sein dafür, dass *du* dich für *ihn* interessierst.« Der letzte Satz war ihr im Ton ein bisschen zu harsch geraten, wie sie zu spät bemerkte. Es tat ihr leid, war aber nicht mehr zu ändern.

»Was?« Beth runzelte die Stirn. »Findest du ... Magst du Adam nicht? Ich dachte, es wäre eine gute Idee, dass wir deine Verlobung zu viert feiern. Und ich hatte den Eindruck, dass es gut funktioniert. John und Adam haben doch offenbar viel miteinander zu reden.«

»Über Fußball, klar.« Sylvie verzog das Gesicht. »Wie Männer eben sind. Aber natürlich hast du recht, es *war* eine gute Idee.« Sie wollte ihre Freundin beruhigen. »Schon allein deswegen, weil ich so endlich Gelegenheit habe, ihn unter die Lupe zu nehmen und zu schauen, ob er gut genug für dich ist.«

»Und?«, fragte Beth ein bisschen ängstlich.

»Ich muss noch ein bisschen drüber nachdenken.« Sylvie lächelte ihrer Freundin zu und drückte noch einmal ihren Arm.

»Glaubst du nicht auch, meine Mutter wäre stolz auf mich?« Beth' Blick hatte etwas Flehendes, das Sylvie ans Herz griff. »Letztlich verdanke ich das alles dir ...«, fuhr Beth fort. »Ich hätte nie gedacht, dass ich jemals einen Fuß in das Shelbourne setzen oder einen Mann wie Adam kennenlernen würde.«

Sylvie hatte Beth geholfen, die Scherben ihres Lebens wieder zusammenzusetzen, nachdem ihre Mutter Molly an Krebs gestorben war. Ihr Tod war ein furchtbarer Schlag für Beth gewesen, aber sie hatte sich tapfer darum bemüht, niemandem mit ihrem Leid zur Last zu fallen. In dem heißen Sommer des Jahres 1976 hatte sie ihren Job im Supermarkt aufgegeben, um, scheinbar ganz selbstverständlich, die Lücke zu füllen, die ihre Mutter im Haushalt in Willow Hill hinterlassen hatte, und erwies sich bald als ebenso tüchtig wie Molly.

Es war ungefähr ein Jahr später, als Sylvie sie beiseite nahm. »Wir sind froh und glücklich, dass du bei uns bist«, hatte sie gesagt, »und würden dich ungern verlieren. Wir alle lieben dich, du gehörst zur Familie. Aber, weißt du, Beth, ich kann mir nicht vorstellen, dass du dein ganzes Leben lang damit verbringen willst, uns den Haushalt zu führen.«

»Ich weiß nicht, was ich sonst tun könnte.«

»Was möchtest du denn?«, fragte Sylvie.

»Am liebsten möchte ich heiraten und eine große Familie haben. Viele Kinder. Das ist mein Traum.«

»Dasselbe wünsche ich mir und John auch. Aber du musst doch trotzdem raus in die Welt und ein bisschen leben. Du sollst nicht hier bleiben, bloß weil es bequem ist. Frauen haben heutzutage so viele Möglichkeiten. Schau dich um in der Welt, such dir eine Arbeit, lern andere Leute kennen, vergnüg dich. So findet man am besten einen Mann, den man lieben kann.«

»Was soll ich denn arbeiten, Sylvie? Ich bin nicht so klug wie du.«

»Du bist klug, nur eben auf anderen Gebieten. Zum Beispiel kann ich nicht halb so gut kochen wie du. Das wird ganz schön schwierig werden, wenn ich nach Dublin ziehe. Armer John.« Sylvie lachte.

»Ist das schon beschlossene Sache?«

»Im September fange ich dort an einer Schule an, es wird höchste Zeit, dass ich ins Berufsleben einsteige. Johns Karriere bei der Stadtverwaltung lässt sich prima an. Er ist für St Stephen's Green zuständig, und die Arbeit macht ihm Spaß.

Wieso machst du nicht eine Ausbildung zur Sekretärin oder zur Bürokauffrau? Dann kannst du in Cork oder Dublin arbeiten. Wir könnten uns in Dublin treffen und zusammen ausgehen, das wäre doch toll, oder?«

Es hatte sechs Monate gedauert, bis Beth sich dazu hatte durchringen können, die Ausbildung zu machen. Danach hatte sie eine Stelle in einem Altenpflegeheim in Cork angenommen. Und dann hatte Sylvie das Stellenangebot der Bank in Dublin gesehen, Beth dazu ermutigt, sich zu bewerben, und ihr geholfen, die nötigen Unterlagen zusammenzustellen und sich auf das Bewerbungsgespräch vorzubereiten. Die Stelle würde ihr ganz neue Möglichkeiten eröffnen, hatte sie gesagt. Beth war voller Enthusiasmus, als sie die Stelle bekommen hatte.

Jetzt hatten ihre eigenen Worte von damals Sylvie wieder eingeholt. Sie sah zu, wie Beth ihre Lippen vor dem Spiegel nachzog. »Ja, Beth, es hätte deine Mutter sehr stolz gemacht, zu sehen, wie du dein Leben in neue Bahnen gelenkt hast«, sagte sie.

»Aber …?« Ihre Blicke trafen sich im Spiegel.

Sylvie zuckte die Achseln. »Es gibt kein Aber. Allerdings finde ich, dass du viel mehr Selbstbewusstsein haben solltest. Du bist um kein Haar schlechter als alle Adams dieser Welt und vielleicht sogar besser – vergiss das nie. Und lass dich nicht davon verrückt machen, dass er einen leitenden Posten in der Bank hat. Er ist dein erster richtiger Freund, nicht?« Sie hielt kurz inne, dann fuhr sie in sanfterem Ton fort: »Vielleicht möchtest du ja noch ein paar andere Männer kennenlernen, bevor du dich entscheidest, welcher der richtige für dich ist.«

»So wie du selber es gemacht hast, ja?«

Sylvie grinste. »Du hast recht: Ich bin kein gutes Vorbild. Trotzdem, lass es langsam angehen mit Adam, nichts überstürzen. Im Ernst, Beth, es ist nicht gut, dass du dir solche Sorgen machst und denkst, du wärst nicht gut genug für ihn.«

Du solltest dich besser fragen, ob er gut genug für dich ist, hätte Sylvie am liebsten gesagt. Er mochte Charme haben und beruflichen Ehrgeiz, aber er war ihr nicht ganz geheuer und wirkte unsympathisch, sie fand, dass er der ganz falsche Mann für die unschuldige, arglose Beth war. Er hatte etwas Rücksichtsloses, ja fast Skrupelloses an sich, abgesehen davon, dass sie ihn immer wieder dabei ertappte – sie hoffte, dass sie sich das nur einbildete –, wie er sie auf eine unheimliche Weise ansah, als bohrten sich seine verschleierten blauen Augen geradewegs in sie hinein.

Dreizehntes Kapitel

Es war Sonntagabend, und das Flugzeug setzte zur Landung in Zürich an. Für kurze Zeit vergaß Carrie ihre Angst, als sie durchs Fenster auf die unzähligen Lichter der Stadt hinunter sah, die im Dunkeln wie Edelsteine funkelten, bevor die Maschine in den grellen Schein über der Rollbahn eintrat.

Sie schaltete die Musik ab und atmete aus. Sie hatte es geschafft, sie war angekommen. Auf das Gefühl der Erleichterung folgte etwas, das sie lange nicht mehr empfunden hatte, ein kleines goldenes Körnchen Stolz.

In der Ankunftshalle wartete Christophe, der Chauffeur von Luis und Maria. Maria hatte ein Foto von ihm gemailt, und Carrie sprang seine hochgewachsene Gestalt sofort ins Auge, noch bevor sie das Pappschild mit ihrem Namen darauf sah, das er in den Händen hielt. Von einem plötzlichen Zweifel gepackt, war Carrie versucht, auf der Stelle umzudrehen und wieder nach Hause zu fliegen. Das ganze Unternehmen kam ihr so sinnlos vor – warum hatte sie sich gleich nochmal darauf eingelassen?

Aber sie drängte ihre Gefühle beiseite, wie es ihr zur zweiten Natur geworden war, ging auf Christophe zu und stellte sich vor. Er begrüßte sie in gutem Englisch, nahm ihr das Gepäck ab und führte sie nach draußen zu einem schwarz glänzenden Mercedes. Das cremefarbene weiche Leder hatte einen behaglichen Reiz, dem sie nicht widerstehen konnte; sie lehnte sich bequem zurück, während Christophe plauderte. Seinen Reden entnahm sie, dass Luis und Maria einen ganzen Stab von Angestellten beschäftigt hatten, die sich um Luis, seine Karriere, das Haus, um Publicity und vieles andere kümmerten, dass man aber jetzt den personellen Aufwand stark heruntergefahren hatte.

»Sie wissen, dass Luis krank ist?«, fragte er. Ihre Blicke trafen sich im Rückspiegel.

»Ja.«

»Er freut sich darauf, Sie kennenzulernen. Sie müssen jemand Besonderes sein, denn er empfängt sonst keine Besuche mehr. Ich fahre Sie zu Ihrem Hotel; morgen Nachmittag hole ich Sie ab und bringe Sie zur Villa.«

Sie wollte vier Tage in Luzern bleiben, mehr als genügend Zeit, um mit Luis zu sprechen und herauszufinden, was während seines Aufenthalts in Cork vor über dreißig Jahren passiert war. Maria hatte sie in einem Hotel in der Stadt einquartiert. Die Villa lag fünfzehn Minuten mit dem Auto entfernt.

Es war ein vornehmes Hotel; spiegelnder Marmor und elegante Blumengebinde in der Empfangshalle, eine geschwungene Treppe mit vergoldeten Zierborten. Ihr Zimmer im dritten Stock war der pure Luxus mit einem breiten Bett und einem prächtigen Badezimmer, in dem flauschige Handtücher bereitlagen. Es gab auch Sessel und ein Sofa sowie einen Balkon mit Blick auf den See, der jetzt als dunkel schimmernde Fläche dalag, eingerahmt von den Lichtern Luzerns. Ein Blumenstrauß stand auf dem Tisch – eine Aufmerksamkeit von Maria – und eine Flasche Champagner. Carrie legte sich auf das Bett und entspannte sich. Sie nahm ihr Smartphone, schrieb Fiona, dass sie gut angekommen war, und schickte ihr ein paar Fotos von ihrem Zimmer mit.

Fiona antwortete prompt:

Wow – sieht toll aus! Da würde ich gerne zusammen mit Sam Schampus schlürfen und noch einmal Flitterwochen verbringen.

Plötzlich sehnte Carrie sich nach Mark. Sie stellte sich vor, dass er hier wäre, mit ihr Champagner trinken, sie in den weichen Kissen in seine Arme schließen würde. Sie zu Luis begleiten, ihre angespannten Nerven beruhigen würde. Sie hätte das alles haben können, niemand anders als sie selbst war schuld daran, dass sie allein war. Sie rollte sich zusammen und loggte sich bei Twitter ein, um ein paar Tweets über das luxuriöse Hotel und ihr tolles Zimmer in die Welt hinauszuschicken.

Als Carrie am nächsten Morgen die Vorhänge aufzog, stockte ihr der Atem, so herrlich war das Panorama, das sich in der strahlenden Aprilsonne bot. Der See mit seinen Buchten und Anlegeplätzen, der wie ein großer Klecks blauer Farbe auf einer Leinwand vor ihr lag, war jetzt voller Leben. Unmittelbar vor dem Hotel am Ufer war es ruhig und still, aber weiter draußen fuhren Ausflugsschiffe und Segelboote. Um den See herum lagen Dörfer und vereinzelte Häuser, da und dort erstreckten sich dichte grüne Wälder bis ans Wasser, an anderen Stellen rahmten steile Bergketten ihn ein, die Hänge und Gipfel überzuckert von Schnee. Das alles in kristallener Klarheit unter einem leuchtend blauen Himmel.

Lange ließ sie das Bild auf sich wirken, beobachtete die Schwäne, die am Ufer dahinglitten, und die Spaziergänger und Jogger auf der Promenade vor dem Hotel, dann riss sie sich endlich von dem Anblick los, um zu duschen.

Nach dem Frühstück machte sie einen Spaziergang ins Stadtzentrum. Ihr gefielen das putzig altertümliche Flair, die pittoresken Plätze, die kopfsteingepflasterten Gassen, die alte Holzbrücke über den Fluss. Vor einem Café trank sie eine Tasse Schokolade, saß in der angenehm warmen Sonne und genoss die Aussicht, die sich vor ihr auftat.

Um Punkt zwei Uhr fuhr Christophe am Hotel vor. Ihr Magen zog sich nervös zusammen, als sie sich in den weichen Polstern des Mercedes zurücklehnte.

»Ist es weit?«, fragte sie, nur um etwas gegen die Enge in ihrer Kehle zu tun. Sie trug eine schwarze Hose und einen rosa Pullover, dazu hochhackige Stiefeletten und ein schwarzes Jackett. Konservativ, wie zu einem offiziellen Anlass. Sie hatte lange hin und her überlegt, wie sie sich für diese Begegnung, die sich fast wie ein Vorstellungsgespräch anfühlte, kleiden sollte. Sie hielt die Riemen ihrer Handtasche umklammert; das half ihr, die Hände ruhig zu halten.

»Wir sind gleich da«, sagte Christophe. »Sind Sie zufrieden mit Ihrem Hotelzimmer?«

»Ja, es ist sehr nett.« Was für eine lächerliche Untertreibung! Sie musste ein nervöses Kichern unterdrücken. Es hatte ihr Spaß gemacht, scheinbar völlig unbeeindruckt von all der Pracht ringsum durchs Foyer zu spazieren, als wäre sie es gewohnt, in solchen Fünf-Sterne-Palästen abzusteigen. Allerdings war ihr auch immer bewusst gewesen, dass sie eine komplett neue Garderobe gebraucht hätte, um in dieser Umgebung nicht aufzufallen.

Christophe fuhr langsamer, als der Wagen sich einem hohen schmiedeeisernen Tor näherte. Die Torflügel öffneten sich geräuschlos, der Mercedes glitt hindurch auf eine stattliche zweigeschossige Villa zu. Carrie sah einen schön angelegten Park, gestutzte Büsche und Sträucher, rot-gelbe Blumen in großen Töpfen, auf einer Seite eine Garage mit einer Wohnung darüber, Rasen, der neben dem Haus sanft zum schimmernden See hin abfiel.

Christophe hielt an und öffnete Carrie die Tür. Sie stieg aus, die warme Sonne im Gesicht, eine leichte Brise im Haar. Oben an den Eingangsstufen vor der offenen Tür des Hauses stand Maria und lächelte Carrie zu. Nach all der Pracht und Herrlichkeit der letzten Stunden plötzlich ein vertrautes Gesicht – es fiel Carrie leicht, zu ihr hinaufzugehen und sich in die Arme schließen zu lassen.

»Willkommen, Carrie, wir freuen uns sehr, dass Sie uns besuchen.«

Maria führte sie ins Haus, in eine Eingangshalle, die fast anmutete wie eine Miniaturausgabe des Hotelfoyers, aber sehr viel heimeliger war. Auf Tischchen an den Seiten standen Fotos in Kristallrahmen und duftende Blumen. Auch entlang der Treppe, die in weitem Bogen nach oben führte, hingen Bilder.

»Luis erwartet Sie schon«, sagte Maria. »Ich bringe Sie zu ihm. Kann ich Ihnen etwas anbieten? Tee, Kaffee oder vielleicht Wein, ein Bier?«

»Nein, danke«, sagte Carrie. Die Gastgeberin führte sie durch das Haus, vorbei an einem Empfangsraum und einem Zimmer, in dem ein Stutzflügel und Vitrinen mit Trophäen aus Kristall, Goldenen und Platin-Schallplatten standen, dann an ein paar kleineren, gemütlicheren Räumen, einer Besuchertoilette und einem Speisezimmer. Alles sehr geschmackvoll in klassischem Stil gehalten, gedeckte Farben, Creme, Hellgrau, Elfenbein. Durch eine offene Tür sah sie in eine große Küche, wo eine Hausangestellte zugange war, dann kamen sie durch einen Wintergarten voller Pflanzen und gelangten zu einer überdachten Terrasse mit Blick auf den See.

»Luis? Carrie ist da«, sagte Maria leise.

Carrie sah einen Mann mit dem Gesicht zum See hin in einem Lehnstuhl sitzen. Er stand auf, und sie sah, dass hinten auf seiner Fleecejacke das Wort »Crew« stand. Sie blinzelte, als er sich zu ihr umdrehte. Er hatte abgetragene Jeans an, und vorn auf seiner Jacke las sie »The Beatles«.

Luis war größer, als sie erwartet hatte. Offenbar hatte er infolge seiner Krankheit abgenommen, denn er war viel dünner als in den Videos, die sie gesehen hatte. Er hatte hohe scharf geschnittene Wangenknochen von der Art, für die Frauen ein Vermögen zahlen würden, und eine aristokratisch wirkende Stirn. Sein Haar war weiß und sehr kurz geschnitten. Er hatte die Augen geschlossen, aber die Art, wie er ihr das Gesicht zuwandte, gab ihr das Gefühl, er könne sie sehen. Sie fasste seine Hand, die er ihr hinstreckte, und spürte seinen festen Händedruck. Dann legte er leicht die Hände auf ihre Schultern, beugte sich etwas vor und küsste sie auf beide Wangen. Ein leichter Zitronenduft stieg ihr in die Nase.

»Willkommen, Carrie, danke, dass Sie gekommen sind.« Er sprach ausgezeichnet Englisch, wenn auch mit deutlichem Akzent. Seine Stimme war tief und melodisch, und es klang etwas darin, das an ein amüsiertes Lächeln denken ließ. War es möglich, dass dieser Mann ihre Mutter gekannt hatte? Ihr erster Eindruck war, dass er ebenso wie Maria durch und durch authentisch wirkte. Das war nicht der Typ, der Lügengeschichten erfindet.

Maria wies auf einen Stuhl. »Bitte, nehmen Sie Platz, Carrie.

Ich lasse Sie eine Weile allein mit Luis plaudern. Wollen Sie nicht doch etwas trinken?«

»Gerne ein Wasser, danke.« Ihre Kehle war trocken und ihre Zunge klebte am Gaumen, sie war spürbar nervös. Sie setzte sich in einen bequemen Stuhl neben Luis, ebenfalls in Richtung See gewandt. Maria ging, und Carrie war allein mit Luis, dem Mann, der behauptete, eine Affäre mit ihrer Mutter gehabt zu haben.

Nie und nimmer.

Vierzehntes Kapitel

September 1980

Sie hatte nicht vor, ihren Mann zu betrügen, sie hat nie auch nur gedacht, sie könnte ihm untreu werden, aber als es passiert, fühlt sie sich so weit entfernt von ihrer Ehe und von allem, was sie kennt, dass es ihr nicht wie Verrat vorkommt.

»Kannst du dir ein Leben ohne Musik vorstellen?«, fragt sie Luis. »Eines, in dem so etwas wie ein Lied oder eine Melodie vollkommen unbekannt ist? Oder ein Musikinstrument?«

Es ist wieder Abend, ein Montag, und wieder haben sie sich zur selben Zeit getroffen, nachdem die Haushälterin gegangen und Luis' Vater noch nicht von der Arbeit nach Hause gekommen ist. Sie sitzen beieinander an dem Platz, der mittlerweile *ihr* Platz ist, eine geschützte Kuhle in den Dünen abseits vom Strand. Am Wochenende haben sie sich nicht gesehen, weil Luis einen Ausflug mit seinem Vater gemacht hat – ihr war es übrigens ganz recht so: Sie hält sich lieber fern, wenn der Strand von Wochenendurlaubern bevölkert ist.

»Ein Leben ohne Musik wäre total fade und farblos«, sagt sie. »Stell dir vor, es gäbe keine Beatles, keinen Beethoven, keinen David Bowie, keinen Bach? Das wäre so unendlich langweilig.«

»Ah, ich merke schon, worauf du hinauswillst. Du willst mich dazu bringen, wieder Klavier zu spielen.«

Einen Moment lang sagt sie nichts. Sie sieht ihm zu, wie er Sand durch die Finger rinnen lässt.

»Habe ich etwas in der Art gesagt?«

»Nein, aber darauf läuft es hinaus.« Es klingt nicht verärgert, eher amüsiert.

»Und? Funktioniert es?«

»Letztlich gibst du mir damit zu verstehen, dass ich es dir schuldig bin.«

Sie kniet sich hinter ihn.

»Was machst du da?«, fragt er.

»Psst, sei ruhig.« Sie zieht Kopfhörer aus ihrer Handtasche und setzt sie ihm auf.

»Sylvie, was soll das?«

»Ruhig. Sag gar nichts. Du sollst nicht mal was denken. Nur zuhören.«

Sie macht sich an einem kleinen Kassettenrekorder in ihrer Handtasche zu schaffen. Dann steckt sie den Kopfhörer ein und drückt die Play-Taste. Immer noch kniet sie hinter Luis, schlingt ihre Arme um ihn und schmiegt sich an seinen Rücken, das Kinn auf seiner Schulter. Sie hat drei Lieder ausgewählt, mehr würde er sich sowieso nicht anhören, dachte sie. Ihr ist klar, dass es nicht die Art Musik ist, die er spielt, aber sie hat lange hin und her überlegt, und diese drei erschienen ihr am ehesten geeignet. Sie hofft, dass sie ihm gefallen.

Regungslos hört Luis sich »While My Guitar Gently Weeps« an. Bei »The Air That I Breathe« fasst er ihre Hände, und beim dritten Lied, »Bridge Over Troubled Water« von Simon and Garfunkel, wiegen sie sich zusammen im Takt der Musik. Schließlich seufzt er tief, nimmt den Kopfhörer ab und dreht sich zu ihr um.

»Ach, Sylvie, was machst du mit mir?«

Er zieht sie an sich, und sie gleitet auf seinen Schoß, die Arme um seinen Hals, ihr Mund auf seinem, immer leidenschaftlicher wird sein Kuss, bis sie das Gefühl hat, zu zerschmelzen, sich aufzulösen. Schließlich lassen sie voneinander, ihr Herz hämmert, ihre Finger, die sein T-Shirt gepackt halten, zittern.

»Wo hast du so küssen gelernt?«, fragt sie brüsk. »Du bist erst neunzehn.« Es ist der schiere Hunger in seinem Kuss, der sie so bewegt. Zugleich muss sie sich eingestehen, dass sie noch nie zuvor so geküsst worden ist.

Er lacht. »Ich werde bald zwanzig, dank deiner Bemühungen.« Er tastet nach ihrer Hand, findet sie und drückt sie an seine Brust. Dann führt er sie an seinen Mund und küsst sie. »Ich habe am Wochenende viel über dich nachgedacht.« Sein Gesichtsausdruck wird plötzlich ernst. »Mir fehlt es ... mit einer Frau zusammen zu sein.«

»Hast du Freundinnen gehabt?«

»Ja, aber das ist vorbei.«

»Mach dich nicht lächerlich. Wenn du nach ein paar Liedern so küsst, wie muss es erst sein, wenn du deine eigene Musik spielst?«

»Lass die Witze.« Er zupft grob an einem Büschel Strandhafer. »Ich glaube nicht, dass ich wieder spielen kann nach ... nach dem, was passiert ist. Ich sehe immer meine Mutter vor mir, wie sie dalag.«

»Nur gut, dass John und Paul nicht genauso geredet haben.«

»Was?«

»John Lennon und Paul McCartney. Die beiden haben auch ihre Mütter verloren, als sie noch jung waren. Stell dir vor, um wie viel ärmer die Menschheit wäre, wenn die beiden dasselbe gesagt hätten wie du.«

»Das ist dein Vergleich? Das ist doch nicht fair.«

»Wer sagt, dass das Leben fair ist? Ich muss nur immer daran denken, was du selber mir erzählt hast: Wie stolz es deine Mutter gemacht hat, dich spielen zu hören. Und wenn das so ist, dann hätte sie sich doch sicher mehr als irgendetwas sonst auf der Welt gewünscht, dass du weitermachst, oder?«

»Ich schaffe es einfach nicht.« Sein Gesicht ist verzerrt vor Anspannung.

Die Verzweiflung, die in seiner Stimme mitklingt, bringt eine verwandte Saite in ihr zum Schwingen. Sie weiß, wie es ist, wenn man sich nicht stark genug fühlt.

»Vermisst du das Klavier?«, fragt sie.

»Natürlich. Wenn ich gespielt habe – früher, meine ich, als alles noch in Ordnung war –, empfand ich es als ein Geschenk, eine Art Gnade. Ich war entrückt. Mir war, als hielte ich die ganze Welt in meinen Händen. Ich musste nur die Finger auf die richtigen Tasten legen, und es spielte, als käme die Musik von etwas her, das gar nicht ich war.«

»Ich verstehe, dass du dich nicht stark genug fühlst. Wie könntest du auch?«

Der Krampf in seinem Gesicht löst sich. »Vielleicht kann man gar nicht erwarten, dass du dich stark genug fühlst. Aber das ist nicht nötig: Du musst dich nicht *wirklich* stark fühlen, es reicht, wenn du so tust, als ob.«

»Als ob?«

»Ja, tu so, als wärst du tapfer und stark.« Sie lehnt sich zurück und blickt hinaus aufs Meer, auf die anbrandenden Wellen und die Möwen, die in der Ferne durch die Luft wirbeln wie weiße Papierfetzchen. »Wie würdest du dich verhalten, wenn du kühn und unerschrocken wärst? Du tust einfach so, als wärst du ein solch furchtloser Mensch, wenn du dich ans Klavier setzt. Das Klavier weiß nicht, dass du Angst hast, solange du die richtigen Tasten anschlägst. Niemand wird es merken. Und mit der Zeit wird es dir leichter fallen.«

»Einfach so tun, als ob, sagst du?«

Sie hofft, das leichte Zittern in ihrer Stimme ist nicht zu hören. Auch ihr selbst hat es in schlimmen Zeiten schon geholfen, Mut und Stärke vorzutäuschen, aber das kann sie nicht zugeben. Sie streichelt sein Gesicht und sagt, um einen möglichst zuversichtlich klingenden Ton bemüht: »Aber ja. Tapfere Menschen sind diejenigen, die einfach vorwärts gehen und tun, was sie sich vorgenommen haben, auch wenn sie Angst haben.«

»Woher willst du das wissen? Du kannst doch noch gar nicht so viel Lebenserfahrung haben.«

»Ich habe von meiner Mutter viel gelernt. Das Leben kann unfair und grausam sein, und manchmal kann es einen wirklich zur Verzweiflung treiben, aber ein Mittel, damit fertig zu werden, ist, sich jeden Tag von Neuem klarzumachen, was es einem an positiven Dingen geschenkt hat.«

Er sitzt schweigend da und lässt ihre Worte auf sich wirken. Dann sagt er: »Mein Vater hat heute Morgen angekündigt, dass wir nächstes Wochenende nach Hause fahren.«

Sie spürt einen Stich im Herzen. Die letzten Tage waren wie eine Zeitblase, in der sie abgeschnitten war von allen Dingen, von den Erfordernissen der realen Welt, von ihren eigenen Sorgen und vor allem von ihren Ängsten. Alles das hat sich in der Zeit, die sie mit ihm verbracht hat, in Nichts aufgelöst.

»Sylvie, wenn –«

»Ja?« Sie kann es kaum fassen, wie hart seine Mitteilung sie trifft.

»Wenn ich nicht Angst vor deiner Antwort hätte, wenn ich mutig genug wäre, würde ich dich bitten ...«

»Was?«

»Wenn ich mutig genug wäre, würde ich dich bitten, mit mir nach Hause zu kommen«, sagt er. »Mein Vater wird heute nicht vor sieben Uhr zurück sein.«

»Wenn du für mich spielst, könnte ich versucht sein ...« Sie befolgt ihren eigenen Rat: Obwohl sie innerlich zittert, klingt keine Angst in ihrer Stimme.

»Ich bin nervös«, sagt er. Er kann schon jetzt die Hände nicht ruhig halten.

Er ist nervös? Sie fasst wieder seine Hände, führt sie an ihren Mund und küsst seine Finger. »Das macht nichts. Ich habe dich schon einmal spielen gehört. Niemand außer mir hört dich – du kannst es einfach versuchen und sehen, wie es geht. Du hast keinen Grund, nervös zu sein. Luis ... du kannst alles mit mir ausprobieren und sehen, wie es ist.«

Nach einer Weile fragt er: »Alles?«

»Ja.«

Wieder tritt ein kurzes Schweigen ein. »Wir haben eine Woche«, sagt sie dann, »mehr nicht. Danach ist es vorbei, und jeder kehrt in sein Leben zurück.«

Das große Haus am Ende des Fahrwegs ist gemütlich, geräumig und hell. Es gehört dem Freund eines Freundes seines Vaters, erklärt Luis. Er orientiert sich, indem er sich mit geübter Leichtigkeit an Wänden und Türen entlangtastet. Die Schlafzimmer und das Bad befinden sich im Erdgeschoss, aber nur eines der Schlafzimmer wirkt bewohnt: Sie sieht durch eine halb offen stehende Tür Kleidung herumliegen, auf dem Nachtkästchen steht das gerahmte Foto einer schönen blonden Frau um die vierzig. Es ist das Zimmer von Luis' Vater. Im ersten Stock sind die Küche und das Wohnzimmer, außerdem gibt es einen umlaufenden Balkon, von dem man einen fantastischen Blick aufs Meer hat. Lange niedrige Sofas, Regale mit Büchern, Musikkassetten und Schallplatten, eine Hi-Fi-Anlage. Das Klavier steht an einem Fenster, durch das sie die weiß schäumenden Wellen des Meeres sehen kann. Sie bewegen sich lautlos und wie in Zeitlupe.

»Was ist?« Er hat eine feine Wahrnehmung. »Hast du es dir anders überlegt?«

»Nein«, sagt sie. »Es fühlt sich nur so anders an, mit dir hier zu sein.« Sie stehen im Wohnzimmer, ohne einander zu berühren.

»Wieso?«

Sie findet es schwierig, ihm zu erklären, dass ihr Vertraulichkeiten, Küsse und Umarmungen am Strand leichter fallen, wo das Leben sich sorglos und heiter wie eine spielerische Brise anfühlt, als in der intimen Sphäre einer Wohnung.

»Das hier ist dein privater Raum, in dem du lebst; auch wenn wir über eine Menge Dinge miteinander geredet haben, fühle ich mich doch in gewisser Weise wie ein Eindringling. Aber hier steht dieses wunderschöne Klavier«, fährt sie fort, »bitte, spiel etwas für mich, bevor ich es mir vielleicht doch noch anders überlege.«

Luis zögert kurz, dann nimmt er auf dem Klavierhocker Platz. Zuerst gleiten seine Hände scheinbar regellos über die Tasten, suchen Akkorde und wärmen sich auf. Dann ist es plötzlich, als hätte er vergessen, dass sie da ist. Er beginnt zu spielen, wie sie es noch nie gehört hat. Seine Musik perlt durch den Raum, zupft an ihrem Herzen, an allen ihren Sinnen, überschwemmt sie mit einer eigenartigen Wehmut, die ihr die Kehle zuschnürt. Alles, was sich in ihrem Innern in den letzten Wochen angestaut hat, schlägt in einer übermächtigen emotionalen Woge über ihr zusammen.

Luis beschließt sein kleines Konzert mit ein paar Beatles-Melodien. Als er mit einem schwungvollen Lauf seiner Finger über die Tasten zum Ende gekommen ist, steht sie auf und geht, immer noch ganz benommen, zu ihm.

»Du darfst das nie aufgeben, Luis«, sagt sie sanft. »Wenn du spielst, ist es, als würdest du etwas zum Leben erwecken ... Es ist viel größer und wichtiger als deine Angst, und wenn ich es höre, möchte ich ...«

Er wendet ihr das Gesicht zu. »Möchtest du was?«

Ihr Herz pocht so wild, als wollte es ihr aus der Brust springen. »Das«, sagt sie, legt ihre Hände auf seine Schultern und beugt sich vor, um ihn auf den Mund zu küssen. Zuerst so leicht, dass es sich anfühlt wie die Berührung eines Schmetterlings. Dann küsst sie ihn noch einmal, und er legt den Arm um sie und zieht sie zu sich hinunter auf seinen Schoß.

Sie küssen sich, wie ausgehungert, mit einer Leidenschaft, die von ihren Zehen aufzusteigen scheint, durch ihren ganzen Körper bis in die Fingerspitzen und in den Kopf, wo ihr leicht und schwindlig wird.

Es ist nicht genug, sie will mehr, sie fragt sich, wie es sein wird mit ihm – sie zittert bei dem Gedanken –, mit diesem unersättlichen jungen Mann. Sie hat Angst davor, was geschehen wird, eine Heidenangst, und ist froh, dass er ihr Gesicht nicht sehen kann. Sie muss so tun, als wäre sie mutig, sagt sie sich. Sie nimmt seine Hand und führt sie an ihre Brust. Ein Ausdruck der Überraschung huscht über sein Gesicht, dann führt sie seine andere Hand zu den Knöpfen ihrer Bluse.

»Sylvie, bist du –?«

»Ja, ich bin sicher.« Sie küsst sein Gesicht, seine Mundwinkel, den Bogen seines Kieferknochens, sein geschlossenes blickloses Auge. »Welches ist dein Zimmer?«

Die Vorhänge dort sind zugezogen, es ist schummrig. Es gibt ein Doppelbett, einen Einbauschrank und eine Kommode. Außer einer Hose, die ordentlich zusammengelegt über einer Stuhllehne hängt, deutet nichts darauf hin, dass der Raum bewohnt wird. Er schließt die Tür, lehnt sich einen Moment mit dem Rücken dagegen, bevor sie einander wieder in die Arme schließen. Hektisch schieben sie Stoff beiseite, nesteln an Knöpfen und Reißverschlüssen, seine Hände gehen nach hinten zum Verschluss ihres BHs.

Sie betrügt ihren Mann nicht wirklich, sagt sie sich, während seine Finger ihre Haut versengen, weil ein solches Begehren in der Wirklichkeit gar nicht existiert. Seine Fingerspitzen gleiten abwärts über ihren Körper und wischen alle noch verbliebenen Ängste und Zweifel beiseite. Als seine Hände und sein Mund über ihre Brüste und die aufgerichteten Brustwarzen streichen, schließt sie die Augen und erbebt unter der zärtlichen Berührung. Sie führt ihn durch den Raum, atemlos, hitzig vor fiebriger Erwartung, aufgeladen mit Verlangen, als sie ihn mit sich aufs Bett zieht.

Er kann sich jetzt nicht mehr zurückhalten, und gibt sich mit seinem ungezügelten Begehren ganz dem Moment hin, und als er bebend zum Höhepunkt kommt, ist auch sie erfüllt von einem Gefühl pulsierender Lebendigkeit und zugleich voller ehrfürchtigem Staunen darüber, dass sie imstande war, ihm diese Lust zu schenken. Er ist danach so wehrlos, dass es ihr ans Herz greift. Tief atmend vergräbt er sein Gesicht an ihrem Hals. Er streichelt und küsst ihre Haut. Er lässt sich viel Zeit, seine Bewegungen sind langsam und behutsam. So hat noch nie ein Mann sie berührt. Die Art, wie er ihren Körper ausschließlich durch Tasten und Schmecken erforscht, hat etwas intensiv Erotisches. Sie öffnet sich ihm, lässt ihn jeden Teil ihres Körpers ergründen, und er tut es mit einer konzentrierten Aufmerksamkeit, als formte er sich im Geist ein Bild von ihr. Es erstaunt sie, wie stark sie auf ihn reagiert, wie hemmungslos: Alle Fasern ihres Körpers ziehen sich zusammen, als seine Fingerspitzen die Mitte zwischen ihren Beinen berühren. Sie hört einen Aufschrei, den sie nicht als ihren eigenen erkennt, während sie sich unter seinen Liebkosungen windet, sie erkennt ihre Stimme nicht wieder, die ihn anfleht, nicht aufzuhören, bis es fast nicht mehr zu ertragen ist und Welle um Welle köstlicher Lust durch ihren ganzen Körper fließt.

»Sylvie, das war ... ich kann es nicht beschreiben. Bist du ... geht es dir gut?«

Sie starrt zur Decke. Sie hat nichts Böses getan. Es ist, wie es sein soll. Sie hat es gefühlt, als hätte ihr Herz den Widerhall eines fernen Wissens vernommen, dass es genau so sein konnte und sein sollte. »Ja, es war wunderbar.« *Jetzt, in diesem Moment geht es mir gut. Ich bin glücklich. Aber ich weiß, dass nicht alles gut ist und dass ich mich in naher Zukunft damit auseinandersetzen muss. Aber noch nicht jetzt.*

»Ich weiß nicht, wie ich dir danken soll«, sagt er.

Ich weiß nicht, wie ich dir dafür danken soll, dass du mir gezeigt hast, wie es sein kann, und dass ich dieses Gefühl erfahren durfte. So mächtig. Eine kostbare kurze Weile lang bin ich frei von dem Unglück, das mich hinabgezogen hat in einen Mahlstrom der Angst.

Sie schmiegt sich an ihn, möchte nichts weiter, als seinen jungen starken Körper heiß an ihrem spüren. »Du kannst mir danken, indem du mir noch mehr davon schenkst«, sagt sie.

Ihnen blieb noch der Rest der Woche. Was sie in dieser kurzen Spanne erlebte, war so intensiv, so lustvoll, so lebendig, dass sie es nie vergessen sollte.

Fünfzehntes Kapitel

»Ich schulde Maria tausend Franken.« Luis hatte den Kopf leicht in Carries Richtung geneigt. Ein Lächeln spielte um seinen Mund. »Ich habe mit ihr gewettet, dass Sie nicht kommen würden.«

»Wirklich? Na ja, jetzt bin ich hier«, sagte Carrie. Was nun? Würde er ihr einfach berichten, von welcher Art seine Bekanntschaft mit ihrer Mutter gewesen war? Oder sollte sie ihn ins Verhör nehmen, um mehr über diese Angelegenheit zu erfahren?

»Maria kann auf ihre ruhige Art sehr überzeugend sein«, sagte er. »Aber ich dachte, Sie würden zu sehr damit beschäftigt sein, das Leben zu genießen, um der Bitte eines wildfremden Mannes nachzukommen, der behauptet, Ihre Mutter gekannt zu haben.«

»Was Letzteres betrifft, bin ich alles andere als überzeugt.« Carrie hatte sich vorgenommen, gleich am Anfang klare Verhältnisse zu schaffen. »Ich glaube, ehrlich gesagt, keinen Moment lang, dass meine Mutter Ihre ... Geliebte war. Oder dass sie eine Beziehung mit Ihnen hatte. Es ist vollkommen ausgeschlossen.«

Stille trat ein. Er störte sie nicht. Weiter draußen auf der Terrasse blühten in Tontöpfen üppig rosa und weiße Blumen, dazwischen leuchtete sattes Grün von Farnen und Ziersträuchern in Pflanzkübeln, in der Nähe plätscherte ein Springbrunnen. Jenseits des Rasens schimmerte die silberne Fläche des Sees, eingefasst von den dahinter aufragenden Bergen. Bei jeder anderen Gelegenheit hätte Carrie sich zurückgelehnt und in all der Schönheit geschwelgt, die sich vor ihr ausbreitete.

Schließlich brach Luis das Schweigen. »Nun, offenbar wirken Marias Überredungskünste noch weit stärker, als ich dachte: Sie glauben mir nicht, und trotzdem sind Sie gekommen. Ich verstehe, dass Sie Zweifel haben, zumal – es tut mir leid, aber ich wusste es nicht – Ihre Mutter zu der Zeit bereits verheiratet war. Bitte glauben Sie mir, dass ich nicht die Absicht hatte, Ihre Gefühle zu verletzen.«

Sie machte den Mund auf, um zu widersprechen, aber er redete weiter.

»Sie wussten offenbar bis vor Kurzem nichts von meiner Existenz und haben natürlich, so stelle ich mir vor, eine Menge Fragen und ebenso viele Zweifel und Vorbehalte. Aber können wir uns auf eine Sache einigen?«

»Es kommt darauf an, was es ist.«

Eine Hausangestellte kam mit einem Glas Wasser und stellte es auf den Tisch. Carrie dankte ihr lächelnd.

»Lassen wir das alles fürs Erste auf sich beruhen. Ich will Sie nicht mit meinen Reden über Ihre Mutter aufregen und Ihren Seelenfrieden stören. Sie war ein sehr ... inspirierender Mensch, einfühlsam, von großzügigem Wesen, voller Leben. Sicher vermissen Sie sie sehr.«

Allen ihren Zweifeln zum Trotz rührte es sie, wie er von ihrer Mutter sprach, als wäre sie für ihn etwas unschätzbar Kostbares. Sie nickte, ohne daran zu denken, dass er sie nicht sehen konnte, aber offenbar hatte er gar keine Antwort von ihr erwartet, denn er fuhr unbeirrt fort.

»Es macht mich froh, zu wissen, dass sie eine so reizende Tochter hatte. Maria hat mir von Ihnen erzählt. Sie haben ein schönes Lächeln, hat sie gesagt. Fürs Erste bin ich glücklich, dass Sie gekommen sind, Carrie, und sei es nur, um mit mir zu streiten. Mir gefällt der Klang Ihrer irischen Stimme, und es freut mich, Besuch aus dem Land zu haben, das eine so besondere Rolle in meinem Leben gespielt hat.«

»Einverstanden«, sagte Carrie. » Ein Besuch, keine weiteren Verpflichtungen. Ich war noch nie in der Schweiz, und ich bin nicht gekommen, um mit Ihnen sinnlos zu streiten. Außerdem ...«

»Ja?«

»Ich wusste, dass ich es bereuen würde, wenn ich nicht gekommen wäre.«

»Warum?«

»Na ja, wegen ... der besonderen Umstände.«

»Ah, Sie haben ein weiches Herz: Sie wollen mir eine Freude machen, weil Maria Ihnen erzählt hat, dass ich nicht mehr lange zu leben habe. Das ist sehr großzügig von Ihnen.«

»So würde ich es nicht sagen.« Carrie wollte keinen falschen Eindruck erwecken. »Normalerweise bin ich nicht so, und besonders weich ist mein Herz auch nicht, eher im Gegenteil.«

Es war still. Luis saß ruhig und entspannt, die Beine ausgestreckt, in seinem Stuhl, als könnte er ewig so sitzen und geduldig warten, bis sie etwas sagte.

Sie trank einen Schluck Wasser, bevor sie fortfuhr. »Ich bin hier, weil ich dachte, das ist eine Gelegenheit, mal etwas Nützliches zu tun.« Sie war selbst überrascht, wie ehrlich sie ihm gegenüber war. Irgendwie machte die Tatsache, dass er sie nicht sehen konnte, es ihr leichter, offen mit ihm zu sprechen. Als wäre er ein Fremder, der zufällig neben ihr im Flugzeug saß und dem sie nie wieder begegnen würde. Es war einfacher, mit einem x-beliebigen Menschen zu reden, der nichts von einem weiß und sich kein Urteil erlaubt.

Er lächelte. »Ich bin das Objekt Ihrer guten Tat? Ich fühle mich sehr geehrt.«

Er schien zu glauben, sie wolle eine Art barmherziger Samariter sein. Jetzt kam sie sich beinahe vor wie eine Schwindlerin. »Nein, entschuldigen Sie. Ich bin nicht vollkommen selbstlos«, sagte sie. »Ich verfolge durchaus auch eigene Interessen.«

Wie konnte sie ihm sagen, dass sie hoffte, er könnte ihr vielleicht helfen herauszufinden, was ihre Mutter ihr kurz vor ihrem Tod hatte mitteilen wollen, wenn sie es doch gleichzeitig rundweg ablehnte, zu glauben, dass er und ihre Mutter ein Verhältnis gehabt hatten? Es würde ihm nur demonstrieren, wie wirr ihre Gedanken waren. Darum sagte sie: »Ich hatte das Bedürfnis, der düsteren Grube, in die mein Leben sich verwandelt hat, für eine Weile zu entkommen.«

»Der düsteren Grube? Wovon reden Sie, Carrie?« Er wirkte verwirrt.

Sie versuchte es ihm zu erklären. »Wissen Sie, in meinem Leben läuft es zurzeit nicht gerade rund, man könnte auch sagen, es ist eine einzige Katastrophe ...« Sie verstummte. Ihr wurde bewusst, wie taktlos sie daherredete. Der Mann hier war todkrank – drei Monate, hatte Maria gesagt –, und sie schwatzte gedankenlos von der düsteren Grube *ihres* Lebens und dass *ihr* Leben eine Katastrophe sei. Wahrscheinlich hatte Luis Schmerzen, die er so gut es ging vor ihr verbarg.

»Vergessen Sie mein dummes Geschwätz«, sagte sie.

»Sie sind verlegen, weil Sie denken, dass nur ich mich über das Leben beklagen darf«, sagte er sanft.

»Mir steht es jedenfalls nicht zu.«

»Erstaunlicherweise, Carrie, ist mein Leben überhaupt

nicht so elend«, sagte er. »Ich habe ein erfülltes, bewegtes Leben gehabt, eines mit vielen Freuden. Ein Leben voller Liebe und Zuneigung. Ein Leben, das zu leben sich gelohnt hat. Ich habe es immer noch, hier und jetzt. Es mag früher zu Ende gehen, als ich gehofft habe, und es ist schmerzlich, Maria verlassen zu müssen, aber das ändert nichts daran, dass es ein wunderbares Leben war. Ich habe versprochen, nicht von Sylvie zu reden, aber an dieser Stelle muss ich es doch tun: Wenn nämlich sie nicht gewesen wäre, dann wäre mein Leben schon vor vielen Jahren beendet gewesen. Seitdem ist jeder Tag ein Geschenk für mich.«

»Obwohl Sie das Augenlicht verloren haben?« Sie konnte nicht so tun, als spielte es keine Rolle. Wie konnte jemand mit einer so schrecklichen Behinderung ein Leben voller Freuden führen? Vor ihnen lag ein Panorama von so spektakulärer Schönheit, dass einem der Atem stockte, aber für Luis existierte es gar nicht.

»Ich will Ihnen gegenüber nicht weniger ehrlich sein, als Sie es mir gegenüber sind: Zuerst dachte ich, damit würde ich mich niemals abfinden. Diese pechschwarze Dunkelheit war schrecklich, sie verfinsterte mein Herz und meinen Kopf. Ich litt furchtbar; ein zorniger junger Mann, frustriert und verwirrt, der erbittert gegen sein Schicksal aufbegehrte. Dann lernte ich Sylvie kennen, sie lehrte mich, wieder zu leben und zu lieben, mich an ganz gewöhnlichen Dingen zu freuen, dankbar zu sein für das, was ich hatte. Ihr verdanke ich mein Leben. Ich weiß, dass Sie mir das alles nicht glauben können, aber für mich war sie die Rettung.«

Sylvie hatte Carries Vater geliebt. Sie war ein lebhafter, heiterer Mensch gewesen, sprudelnd vor Glück und Lebensfreude. Und sie hatte mit verschwenderischer Großzügigkeit ihren Mann und Carrie an ihrem inneren Reichtum teilhaben lassen. War es vielleicht doch möglich, dass in ihrem großen Herzen Raum für mehr als einen Mann gewesen war? Dass sie eine Affäre mit diesem Mann gehabt hatte? Dass sie damals, als sie davon gesprochen hatte, sie müsse Carrie etwas Persönliches, Privates erzählen, an Luis gedacht hatte?

»Und, hat es geklappt?«, fragte er. »Ist es hier besser als in Ihrem düsteren Leben in Irland?«

Sie blickte über den See. »Es ist wie im Himmel hier. Man könnte denken, man hätte eine Szene von *The Sound of Music* vor sich.«

Sie verstummte. Wieder erriet dieser Mann mit dem leisen Charme ihre Stimmung.

»Das macht Sie traurig?«

»Als Kind haben wir den Film immer an Weihnachten, bevor wir nach Willow Hill fuhren, zusammen angeschaut, meine Mutter und ich. Wir machten es uns auf dem Sofa gemütlich, die Christbaumbeleuchtung war an ... Ich kenne alle Lieder.«

»Schön. Sie werden sie mir vorsingen, bevor Sie wieder nach Hause fahren.«

»Wollen Sie wetten?«

»Tausend Franken.«

Sie lachte. »Nein, im Ernst: Ich habe lange nichts so Schönes mehr gesehen.«

»Was sehen Sie?«

Sie fing an, den See zu beschreiben und die Berge, aber dann brach sie ab. »Entschuldigen Sie, tut mir leid, ich rede die ganze Zeit über die Aussicht, die Sie überhaupt nicht interessieren kann ...«

»Maria beschreibt sie mir jeden Morgen. Ich kenne sie, als inneres Bild sozusagen. Obwohl ich blind bin, sehe ich die Dinge immer noch, in mir drinnen. Ich hatte mehr Glück als manche andere. Ich habe die Sonne auf- und untergehen sehen, ich habe meine Eltern und Verwandten gesehen, den See, die Berge. Ich spiele Musik, die zu den Herzen der Menschen spricht. Ich bin ein Glückspilz.«

Etwas, das sie immer noch quälte, wenn sie nachts wach lag und an ihre Eltern dachte, war die Vorstellung, welchen Horror sie empfunden haben mussten, als ihnen klar wurde, dass das Flugzeug abstürzen würde, dass sie verloren waren. »Haben Sie keine Angst? Erbittert es Sie nicht, dass Sie all das hinter sich lassen müssen?«

»Was würde das nutzen? Es ist nicht zu ändern. Es überkommt einen eine Art Ruhe, wenn man sich seinem Schicksal ergibt. Mir ist es vergönnt, dass ich von meinen Lieben Abschied nehmen, meine Angelegenheiten in Ordnung bringen kann, dass ich Maria zureden kann, das Beste aus ihrem Leben zu machen, wenn ich nicht mehr bin. Wenn es damals in Irland nach meinem Willen gegangen wäre, dann hätte ich all die guten Jahre, die mich erwarteten, gar nicht erlebt. Wir alle müssen sterben, Carrie«, sagte er mit einem schiefen Lächeln, »aber nicht alle, die sterben, haben vorher wirklich gelebt.«

Er machte eine Pause, dann sagte er: »Vielleicht möchten Sie mir erzählen, warum Ihr Leben eine Katastrophe ist?«

Sie ignorierte das Stechen in ihrer Herzgegend und bemühte sich, das Gespräch auf weniger gefährliche Bahnen zu bringen. »Na ja, beruflich läuft es ziemlich schlecht. Ich habe das Gefühl, dass ich die ganze Zeit am Abgrund entlangmarschiere. Als ich gesagt habe, dass ich eine Woche Urlaub nehmen möchte, hat mein Chef nicht mit der Wimper gezuckt – grade so, als würde es überhaupt keinen Unterschied machen, ob ich da bin oder nicht. Ich habe jedenfalls nicht den Eindruck, dass man mich in der Firma für eine besonders wertvolle Mitarbeiterin hält.«

»Woher wissen Sie das? Vielleicht dachte Ihr Chef einfach nur, dass Sie eben Urlaub brauchen, um sich zu erholen und auszuspannen, um dann mit frischen Kräften wieder an die Arbeit zu gehen.«

»Das bezweifle ich. Ich arbeite für ein Modeunternehmen, aber meine Arbeit gibt mir nichts, ich habe nicht das Gefühl, dass das, was ich mache, irgendwie von Bedeutung ist. Ich verbringe meine Zeit im Büro damit, Diagramme und Verkaufszahlen und Statistiken zur Kundenzufriedenheit zu studieren, wenn ich nicht gerade damit beschäftigt bin, mich mit allen möglichen Personalangelegenheiten herumzuschlagen.«

»Aber finden Sie es nicht schön, in einer Branche zu arbeiten, deren Produkte den Menschen Freude machen? Maria genießt es, schicke Kleider einzukaufen. Sie braucht es von Zeit zu Zeit.«

»Sicher, das schon, aber es ist nicht das Richtige für mich. Ich finde einfach nicht das, was wirklich zu mir passt. Ich habe in den letzten Jahren allerlei Jobs ausprobiert und fand sie alle unbefriedigend und langweilig. Es ist natürlich meine eigene Schuld.«

»Warum das?«

»Na ja, das liegt doch auf der Hand.«

»Mir müssen Sie es erklären.«

»Offenbar widme ich mich nicht mit aller meiner Energie

meinem Beruf. Ich tue nur, was eben nötig ist, um durchzukommen. Es interessiert mich nicht genug.«

»Und warum verbringen Sie Ihr Leben damit, von einem Job zum nächsten zu wechseln, wenn es Sie nicht interessiert?«

»Es ist immer noch besser, als zu Hause herumzusitzen. So habe ich doch wenigstens einen Grund, jeden Morgen aufzustehen und aus dem Haus zu gehen.« *Und fragen Sie mich jetzt bitte bloß nicht, warum ich aus dem Haus gehen muss.*

»Ah, Carrie, das klingt, als bräuchten Sie dringend etwas heiteren Glanz in Ihrem Leben, und ich weiß auch schon, wie wir das hinkriegen.«

»Was meinen Sie?«

»Sie bleiben bis Donnerstag hier, das stimmt doch?«

»Ja.«

»Das reicht, um Ihr Leben ein bisschen zu polieren und Ihre Seele aufzupäppeln. Da lässt sich allerlei machen. Ich schlage vor, wir fangen mit einer Bootsfahrt auf dem See an. Morgen Nachmittag, okay?«

»Finden Sie nicht, Sie sollten Ihre Kräfte sparen und die Tage mit wichtigeren Dingen zubringen?«

»Heitern Sie mich auf. Tun Sie, worum ein Sterbender Sie bittet. Gönnen Sie mir ein bisschen Zerstreuung, Carrie, Ablenkung von dem, was schon bald an meine Tür klopfen wird.«

Sie musste lächeln. »Sie spielen Ihre höchste Trumpfkarte aus. Ihnen ist hoffentlich klar, dass das Manipulation der schlimmsten Sorte ist, was Sie da machen, Luis.«

Er grinste. »Natürlich ist das Manipulation. Und wissen Sie was? Es ist mir egal. Wenn es denn sein muss, trete ich eben ein bisschen früher vor Gottes Angesicht, nachdem ich den letzten Rest Leben für Sie verwendet habe. Nennen Sie es Karma, wenn Sie wollen. Sylvie hat mir geholfen, und jetzt würde ich gerne Ihnen helfen. Vielleicht verdiene ich mir damit sogar ein paar Pluspunkte im Jenseits. Insofern bin ich nicht einmal völlig uneigennützig. Und vielleicht kehren Sie ja wirklich mit etwas mehr frischem Mut nach Irland zurück. Betrachten Sie es als meinen Dank für Ihren Besuch.«

»Werden Sie mir auch etwas am Klavier vorspielen?«, fragte sie, um ihn abzulenken.

»Wollen Sie das denn?«

»Wenn es nicht zu viel verlangt ist.«

Er stand auf. »Kommen Sie.«

»Wie viele Klavierzimmer gibt es denn in diesem Haus?«, fragte sie, während sie den Korridor entlanggingen. In seinen zerschlissenen Jeans und der Fleecejacke, die um seinen mageren Körper schlotterte, wirkte er wie ein wiedergeborener Hippie. Von hinten hätte man ihm nicht ansehen können, dass er blind war, so sicher wirkte sein Gang, und die ganz leichten Bewegungen der Hand, wenn er hin und wieder mit dem Finger über die Wand strich, um sich zu orientieren, fielen kaum auf.

»Drei«, antwortete Maria, die ihnen entgegenkam, an seiner Stelle. »Mindestens eines seiner geliebten Klaviere ist immer in seiner Nähe, nicht wahr, Luis?«

»Ja.« Er lächelte. »Ich kann nicht ohne sie leben. Genauso wenig wie ohne meine geliebte Maria.«

Sie betraten ein Zimmer mit Blick auf die Terrasse und den See, gemütlich eingerichtet mit cremefarbenen Möbeln und Regalen voller Bücher und CDs.

»Hier sitzen wir oft am Abend zusammen«, erklärte Maria. »Manchmal spielt Luis Klavier, manchmal lese ich vor, aus einem Roman oder Gedichte. Manchmal auch Briefe – es kommt ja eine Menge Fanpost von Leuten aus aller Welt.

Unwillkürlich fragte sich Carrie, was Maria wohl an den langen einsamen Abenden machen würde, wenn Luis nicht mehr lebte. Es war Carrie ein Trost, dass ihre Eltern gemeinsam gestorben waren; so war ihnen wenigstens der Schmerz, den am meisten geliebten Menschen zu verlieren, erspart geblieben.

Luis setzte sich ans Klavier und spielte einen Akkord, entlockte dem Instrument perlende und vollklingende freudig jubelnde Töne. Carrie war hingerissen. Die Musik ging wie eine Welle über sie hinweg, nahm sie gefangen, stahl sich in alle emotionalen Winkel ihres Herzens. Luis spielte eine Weile, und als er aufhörte, füllte eine hallende Stille den Raum.

»Das war ... wundervoll«, stammelte sie. »Danke. Haben Sie das selbst komponiert?« Sie fand die Frage albern und ihre ganze Reaktion auf die Musik, die sie wie ein mächtiger Zauber in ihren Bann geschlagen hatte, vollkommen unangemessen, aber sie war so aufgewühlt, dass es ihr schwerfiel, überhaupt Worte zu finden.

»Ich habe es strenggenommen nicht komponiert«, antwortete er. »Ich habe gelauscht und die Musik zu mir kommen lassen.«

»Na ja, so einfach geht das bestimmt nicht.«

Er lachte. »Das stimmt, Carrie, es ist nicht einfach. Nichts im Leben, das etwas taugt, ist einfach. Es hat viel Disziplin gebraucht, lange Stunden am Klavier, vor allem musste ich lernen, nicht auf die Stimme zu hören, die mir sagte, dass ich es nie schaffen könne, dass ich mir selbst was vormachte. Ich musste diese innere Stimme zum Schweigen bringen und lernen, der Musik zu lauschen, und dann musste ich üben und immer weiter üben.«

»Sie sind sicher ein sehr mutiger Mensch«, sagte sie. »Die meisten Leute, auch wenn sie keine Behinderung haben, würden aufgeben und sich damit begnügen, es auf ein mittelmäßiges Niveau zu bringen.« *So wie ich selbst beispielsweise.* Zu feige, ihr Leben in die eigene Hand zu nehmen, scheute sie vor Verbindlichkeiten aller Art zurück, unfähig zu wirklichem Engagement, zur Liebe, zu Vertrauen und Hoffnung. Es war sicherer, wenn alles so blieb, wie es war.

»Wie man es anstellt, mutig zu sein, habe ich vor vielen Jahren gelernt«, sagte er. Es klang melancholisch.

Sie spürte, dass er an die Zeit dachte, die er in Irland verbracht hatte, und sie fühlte sich demütig. Wie hatte er, der so hoffnungslos gewesen war, dass er für immer Schluss machen wollte, es geschafft, das Ruder herumzuwerfen, um ein erfülltes Leben als großer Künstler zu führen? Wenn sie Luis nicht erlaubte, darüber – und das bedeutete: auch über ihre Mutter – zu sprechen, würde sie es nie erfahren.

Maria und Luis luden sie ein, zum Abendessen zu bleiben, aber Carrie wollte lieber ins Hotel zurückkehren. Ihr war klar, dass ihr Besuch den Schwerkranken sehr angestrengt hatte, und auch sie hatte die Begegnung Kraft gekostet. Sie wollte im Hotel zu Abend essen, an einem Tisch mit Blick auf den See, und ein Glas Wein trinken. Anschließend würde sie ein langes Bad nehmen und sämtliche Pflegeprodukte benutzen, die das Hotel seinen Gästen zur Verfügung stellte. Und sie würde an diesem Abend einfach an gar nichts mehr denken.

Doch als sie sich in ihr wunderbar weiches Bett kuschelte, dachte sie ausschließlich an Mark.

Sechzehntes Kapitel

Als alles aus war zwischen ihnen, hatte Carrie versucht, sich mit allerlei Überlegungen zu trösten, warum ihre Beziehung ohnehin von Anfang an auf Sand gebaut gewesen war: Sie war an dem Tag, an dem sie sich kennenlernten, nicht sie selbst gewesen, sonst hätte sie sich ganz anders verhalten, und Mark wäre nie in ihr Leben getreten. Sie hatte Fionas Hochzeit mit einiger Nervosität entgegengesehen, aber in Wirklichkeit war die Anspannung, die sie empfand, sehr viel stärker gewesen, als sie erwartet hatte – noch jetzt wurde ihr ganz schwindlig, wenn sie an das Gefühlschaos dachte, das in ihr hochgekocht war. Sie hatte ein scharfes Stechen im Magen gespürt, als sie Fiona am Arm ihres Vaters durch den Mittelgang der Kirche schreiten sah, und es hatte sie enorme Anstrengung gekostet, zu lächeln, bei dem Gedanken, dass ihr eigener Vater, dieser Bär von einem Mann, sie niemals zum Altar führen würde. Einen Moment lang hatte ihr der Atem gestockt, so übermächtig waren die Gefühle von Einsamkeit und Trauer, aber sie hatte es geschafft, die Maske ihres Lächelns aufrechtzuerhalten. Und auch den Neid, der angesichts der verstohlen zärtlichen Blicke, die Fiona und Sam einander zuwarfen, in ihr aufstieg, hatte sie unterdrückt.

Das anschließende Hochzeitsfest hatte ein Übriges getan, ihre Verwirrung noch zu steigern: der Champagner, die anheimelnde Atmosphäre in dem Landgasthof, die romantisch weihnachtliche Dekoration, der große Christbaum im Foyer, der sie an den in Willow Hill erinnerte, die heitere Feststimmung unter den Gästen, von der ihr warm ums Herz wurde und die ihr zugleich so grausam fehl am Platz vorkam.

Kein Wunder, dass sie zu viel Champagner getrunken und sich zu wenig in Acht genommen hatte. Kein Wunder auch, dass sie jedes Mal nur ihn gesehen hatte, wenn sie um sich schaute, den hochgewachsenen Trauzeugen mit den strubbeligen schwarzen Haaren und den verführerischen Augen, deren Blick sie überallhin verfolgte und sie immer wieder dabei ertappte, dass sie ihn beobachtete.

»Carrie, ich glaube, du bist Mark noch gar nicht offiziell vorgestellt worden, oder?«, sagte Sam, nachdem der Fotograf Bilder von dem Brautpaar zusammen mit den Trauzeugen gemacht hatte.

»Nein, aber ich habe schon einiges über ihn gehört.« Sie warf ihm einen verstohlenen Blick zu.

»Bestimmt nur das Beste. Aus wohlunterrichteter Quelle, nehme ich an.« Mark zwinkerte amüsiert.

»Wir mussten sie natürlich warnen«, scherzte Sam. »Lass es dir gesagt sein, Carrie, und halt dich von ihm fern. Du bist zu gut für solche Kerle.«

»Ich finde, das sollte Carrie selbst entscheiden«, meinte Mark mit einem verstohlenen Lächeln.

»Wer weiß, ob ich überhaupt daran interessiert bin, mir eine eigene Meinung zu bilden?«, fragte Carrie schnippisch.

»Was für eine Herausforderung! Das war es wert, aus Singapur hierherzukommen.« Mit ausladender Geste ergriff Mark ihre Hand und küsste sie galant. Noch jetzt durchlief Carrie ein Schauder, wenn sie daran dachte.

Später, als sie mit dem Brautpaar auf die Tanzfläche hinaustraten, sah er aus, als ob er nie etwas anderes gemacht hätte als tanzen. Ganz lässig das weiße Hemd am Kragen offen, die Manschetten hochgekrempelt, sodass man die schmalen Handgelenke sah, die schwarze Hose eng über seinem Hintern. Sie tanzten zu »Chasing Cars« von Snow Patrol, nachdem er die zweite Brautjungfer, die ihm vom Protokoll als Partnerin zugeordnet war, hatte stehen lassen.

Er führte sie in so leichtem Schwung wie ein Matador seine Capa. Nachdem sie sich den ganzen Tag lang krampfhaft darum bemüht hatte, ihre Emotionen zu zügeln, gab sie nun alle wachsame Vorsicht auf und überließ sich dem Geschehen, berauscht und voller Erwartung, die sich in ihren Adern ausbreitete. Sie redeten nicht, tanzten nur, als wären sie das einzige Paar auf dem Parkett, als kannten sie sich schon immer, ohne den Blick voneinander zu wenden, während sie sich zur Musik drehten und wiegten, immer wieder lachten und einander umarmten, wenn die Spannung zu intensiv wurde, als wäre es ein wunderbares Spiel.

»Wahrscheinlich bist du tatsächlich viel zu gut für mich, Carrie«, sagte er schließlich, als die Band eine Pause machte. »Und deswegen werde ich dich den Rest des Abends nicht mehr aus den Augen lassen.« Er nahm sie bei der Hand und führte sie an die Hotelbar, wo er etwas zu trinken besorgte, bevor sie sich in eine Ecke abseits der Hochzeitsgesellschaft verzogen.

»Ich hoffe, du hast keinen zwei Meter großen, bärenstarken Freund, der gleich noch hier auftaucht«, sagte er scherzend.

»Wer weiß ...«, gab sie lachend zurück

»Dem würde ich lieber nicht über den Weg laufen wollen nach diesem Tanz. Der würde rasen vor Eifersucht.«

Mark war eher ein Leichtgewicht, aber an der Art, wie er sich bewegte, sah man, dass er trainiert war.

»Ich habe den Eindruck, du könntest dich schon ganz gut

wehren, wenn es sein müsste«, sagte sie. »Und was ist mit dir? Gibt es irgendeine Schönheit, die mir mit rot lackierten Krallen die Augen auskratzen wird?«

»Nein, da hast du nichts zu befürchten.« Er lächelte erleichtert. »Bin ich froh, dass das schon mal geklärt ist.«

Sie unterhielten sich, und Carrie erfuhr, dass Mark bei Bizz arbeitete, seit das Unternehmen ihn seinem früheren Arbeitgeber abgeworben und nach Dublin geholt hatte. In seinem alten Job war er viel auf Reisen gewesen, hauptsächlich in Asien, und hatte, sagte er, gar keine Zeit für eine ernste Beziehung gehabt.

»So ein Leben immer auf Achse ist längst nicht so toll, wie die meisten Leute glauben«, meinte er. »Sicher, man sieht schon etwas von der Welt, auch wirklich faszinierende Dinge, aber man verbringt zu viel Zeit in öden Hotels, und oft genug lässt man sich was zu essen aufs Zimmer bringen, statt auszugehen und sich allein in irgendeinem Restaurant zu langweilen. Und was ist mit dir, Carrie Sullivan?«

»Ich arbeite bei Jade, einer Modefirma, und bin verwandt mit all den irren Sullivans, die du hier um dich siehst, aber in meinem Leben geht es eher ruhig zu. Ich mache keine großartigen Reisen – wenn ich überhaupt was von der Welt mitkriege, dann vor allem aus dem Fernsehen –, und ich habe nie versucht, Wale zu retten. Diese Hochzeit heute ist das Aufregendste, was ich seit langer Zeit erlebt habe.«

»Stille Wasser ... So sagt man doch, oder?« Er lachte freundlich.

»Und meine Eltern sind tot«, fuhr sie hastig fort, »ich muss mich also allein durchs Leben schlagen, sozusagen, aber ich will nicht darüber reden.«

»Das musst du auch nicht, Carrie, wenn du nicht willst.« Er drückte ihre Hand fester und sah sie nachdenklich an.

Unwillkürlich stellte sie sich vor, wie es sich anfühlte, wenn der Blick dieser hellgrauen Augen über ihren ganzen Körper streichen würde, und ein Schauder durchfuhr sie, der sie in die Wirklichkeit zurückholte.

Später mischten sie sich wieder unter die Gäste auf der Tanzfläche. Seine Hand auf ihrer Taille fühlte sich heiß an. Als der Abend seinem Ende zuging, traf Carrie auf dem Weg von der Toilette mit Sam zusammen.

»Freut mich, dass ihr euch so gut versteht, du und Mark«, sagte er.

»So? Ich dachte, ich soll mich vor ihm in Acht nehmen?«

»Das war doch nur Spaß. Er ist einer von den braven Jungs und sehr klug und tüchtig noch dazu. Außerdem hat er ein besonderes Talent dafür, verirrte kleine Kätzchen zu retten.«

»Ich hoffe, du glaubst nicht, dass ich sein nächstes kleines Kätzchen bin.«

»Nein, wo denkst du hin, Carrie! Im Übrigen hast du es doch gar nicht nötig, gerettet zu werden, oder? Vielleicht interessiert es dich trotzdem, wenn ich dir verrate, dass er ein perfekter Hausmann ist. Er kann Hemden bügeln und zaubert dir im Handumdrehen ein köstliches Menü. Er wirkt vielleicht, als müsste man ihn ein bisschen rausfüttern, aber er kann essen wie ein Pferd und ist so solide, wie man sich nur wünschen kann.«

Nach dem Fest – noch jetzt errötete sie manchmal, wenn sie daran dachte – nahm sie ihn mit auf ihr Zimmer. So etwas wäre früher unvorstellbar für sie gewesen, aber es war, als wüssten sie, dass sie die vorbereitenden Flirtspielchen überspringen konnten. Sie waren ihrer Sache sicher, sie begehrten einander.

»So etwas habe ich vorher noch nie getan«, sagte sie und schloss die Tür.

Er erstarrte. »Noch nie?«

»Ich meine«, sie lachte, »dass ich gleich bei der ersten Begegnung ...«

»Ich auch nicht, ob du's glaubst oder nicht.« Er nahm sie in die Arme, legte seine Hand auf ihren Hinterkopf.

»Endlich kann ich dich in Ruhe küssen. Ich habe mich den ganzen Abend lang danach gesehnt.«

Sie drängten sich aneinander. Seine Nähe, sein schlanker muskulöser Körper machten sie schwindlig. Seine Küsse waren leidenschaftlich, suchend, tief befriedigend. Alle Nervenenden an ihrem Rücken und ihren Schultern prickelten, als er hinter ihr stand und die glitzernde Spange öffnete, die ihr halblanges welliges Haar zusammenhielt. Er schob es sanft beiseite, um ihren Nacken zu küssen, so zart, dass sie dachte, sie würde ohnmächtig. Sie zitterte leicht, als seine Finger den Reißverschluss ihres langen Kleids aufzogen und es abstreiften, sodass es zu ihren Füßen dalag wie eine Wolke aus Chiffon. Sie stieg aus dem Kleid, einen Schritt von ihm weg, und drehte sich in ihrer Spitzenunterwäsche zu ihm um. In seinem Gesicht zuckte es, als er sie mit den Augen verschlang.

Ihre Haut kribbelte. Sie lachte angespannt, als er sich das Hemd vom Leib zerrte, so hastig, dass ein Knopf absprang.

Sie konnte sich nicht daran erinnern, wann sie das letzte Mal einen Mann so sehr begehrt hatte. Und als er sie zum Bett drängte, war sie in einem Zustand, in dem alle sonst für sie gültigen Verhaltensregeln außer Kraft gesetzt waren. Sie ließen sich aufs Bett fallen, ihre Beine verflochten sich miteinander, während seine Hände sie aus ihrer Unterwäsche befreiten und sie sich leidenschaftlich küssten, gierig danach, einander zu schmecken, zu riechen, zu fühlen. Sie schlang ein Bein um seine Hüfte in ihrem unersättlichen Verlangen nach diesem Mann. Einen Moment lang blieb ihr der Atem weg, als sie ihn in sich spürte. Ihr Körper spannte sich, sie drängte sich ihm entgegen, voller Sehnsucht nach der langen, süßen, pulsierenden Erlösung. Er legte seinen Kopf auf ihre Schulter. Sie hörte seinem Atem zu und dachte, sie könnte die ganze Nacht lang nichts anderes tun, als so daliegen und lauschen.

Dann ließen sie es langsamer angehen. Sie liebkosten einander und machten Scherze; sie war selbst überrascht davon, wie unbeschwert ihr Lachen klang. Sie genoss es, als er mit der Zunge durch das Tal zwischen ihren Brüsten fuhr. Er küsste ihren Bauch, ließ den Kopf auf der flachen Erhebung ruhen, bevor er tiefer hinunter glitt und ihr ein langes entzücktes Stöhnen entlockte. Anschließend streichelte sie seine Brust, und ihre Hände erkundeten seinen ganzen Körper. Sie fühlte sich so frei und köstlich gelöst, voller Freude und Lust und auf eine ganz eigene Art bezaubert von diesem Mann.

Sie verschliefen das Frühstück am nächsten Morgen, und verließen erst lange nach Mittag das Hotel.

Sechs Wochen danach, gerade rechtzeitig zum Valentinstag, gab Mark seine Wohnung auf und zog in Carries Haus – mitsamt seinen Büchern, seiner eindrucksvollen Schallplattensammlung, seinen Scherzen, seiner Freundschaft und, vor allem, mit seiner Liebe.

Als er eine Weile da war und sie das Gefühl hatte, dass sie es riskieren konnte, klappte sie eines Abends ihren Laptop auf, öffnete eine E-Mail und schob den Computer über den Tisch zu ihm hin.

»Weißt du, ich möchte das selbst nicht noch einmal lesen und mir auch die Fotos nicht mehr ansehen, ich will auch nicht darüber sprechen, aber ich möchte, dass du das alles kennst.«

Es war die letzte Mail von ihren Eltern, die auch einige Fotos aus Südamerika enthielt. Mark war sehr still, als er ihr nachher den Laptop zurückgab. Er öffnete eine Flasche Wein, spielte eine Auswahl seiner Lieblingsmusik von Depeche Mode und Spandau Ballet und tanzte mit ihr in dem kleinen Wohnzimmer.

Sechs Monate nachdem er bei ihr eingezogen war, küsste er sie an einem herrlich sonnigen Nachmittag auf der obersten Aussichtsplattform des Eiffelturms und machte ihr einen Heiratsantrag.

»Du bist viel zu gut für mich, Carrie Cassidy«, sagte er. »Du bist mir kostbar und wichtig und bringst das Beste, was in mir steckt, zum Vorschein. Ich habe nie so viel für eine Frau empfunden wie für dich. Ich möchte den Rest meines Lebens mit dir verbringen, für dich sorgen, dich lieben, dich beschützen, dich bei Nacht schlafen und am Morgen aufwachen sehen. Ich liebe es, dich unter der Dusche singen zu hören und dich frisch gewaschen aus dem Bad kommen zu sehen ... und wie du deinen Toast isst ... nicht zu reden davon, wie du mich anfasst ...«

»Hey ... hör auf ...« Sie spürte, wie ihr Tränen in die Augen stiegen, und wedelte unwillig mit der Hand, weil es sie ganz verlegen machte, ihn so vor sich knien zu sehen. Tief bewegt und überwältigt von dem romantischen Zauber dieses Augenblicks sagte sie ja, und in den folgenden Tagen begannen sie damit, ihre Hochzeit zu planen. Sie sollte nächsten Sommer stattfinden – die Trauung in Paris schlicht und im engsten Kreis und anschließend zu Hause ein rauschendes Fest mit allen Freunden und Verwandten.

»Ist dir das recht?«, fragte er ein paar Tage später, als sie auf einer Terrasse mit Blick über die Stadt saßen und bei einer Flasche Champagner das Schauspiel des Sonnenuntergangs genossen. Die Steine der Terrasse, aufgeheizt von der Sonne eines heiteren Sommertages, strahlten eine angenehme Wärme aus.

»Ohne großen Pomp«, sagte Mark. »Nur du und ich und unser Jawort.«

»Ja. Eine kleine Hochzeit mit den engsten Angehörigen und Fiona und Sam als Trauzeugen.« So wie die Umstände waren, fand sie es so am besten. Sie hatte ja keinen Vater, der sie stolz zum Altar führen konnte, keine Eltern, die Ehrenplätze an der Festtafel einnehmen würden. Es würde keine Fotos von ihnen in einem Hochzeitsalbum geben, und die Lücke, die sie hinterlassen hatten, würde Carrie bei einer traditionellen Hochzeit nur noch schmerzlicher bewusst werden.

»Und was ist mit unserer Hochzeitsreise?« Er nahm zärtlich ihre Hand.

»Ich weiß noch nicht.« Sie lächelte. »Rom vielleicht? Da war ich noch nicht.«

»Ich dachte eigentlich an eine größere Reise.«

»Zum Beispiel?«

»Hättest du nicht Lust ... Carrie, wie wäre es mit Südamerika?«

Er drückte sanft ihre Hand und fuhr fort, bevor sie Widerspruch erheben konnte. »Carrie, sag nicht gleich nein, lass es mich erklären.«

Es fiel ihr schwer, aber sie hielt sich zurück und ließ ihn sprechen.

»Ich dachte, es wäre ein besonderes Erlebnis für dich, für uns beide, die Orte zu sehen, wo deine Eltern zuletzt glücklich und unbeschwert waren. Nach den Fotos zu urteilen, die sie dir geschickt haben, muss es dort wunderschön sein. Es würde dir vielleicht helfen ...« Er sah, wie ihr Gesicht sich verfinsterte, und verstummte.

»Wobei helfen?«, fragte sie, das Kinn trotzig nach vorn gereckt. Ihr ganzer Körper fühlte sich an, als stünde er unter Strom.

»Na ja, es könnte ... Weißt du, Carrie, du hast nie mit mir über deine Eltern gesprochen. Das ist ein Teil von dir, den du vor mir verschließt. Dabei könntest du mittlerweile wissen, dass du mir alles, wirklich alles anvertrauen kannst, oder nicht? Manchmal frage ich mich, ob du vielleicht doch immer noch zu sehr darunter leidest.«

Sie spürte einen scharfen Schmerz in der Magengegend. »Glaubst du wirklich, es würde mir guttun, wenn ich ein paar hübsche Schmetterlinge über eine alte Inkastraße oder einen Wasserfall flattern sehen und mir vorstellen würde, sie wären so etwas wie die Seelen meiner Eltern, die über mich wachen?« Sie lachte bitter. »Soll ich mir einbilden, meine Eltern schwebten wie eine Art gütige Geisterwesen irgendwo da oben herum und hielten nach mir Ausschau? An solchen verlogenen Quatsch glaube ich nicht, Mark. Sie existieren nicht mehr. Sie sind tot. Aus und vorbei. Es ist jetzt fast fünf Jahre her. Das ist längst endgültig genug.«

»Vergiss es, tut mir leid, es war keine gute Idee«, sagte er ruhig und schenkte ihr Champagner nach. »Also Rom, oder vielleicht Spanien? Sevilla ist wunderschön. Ich überlasse es ganz dir.«

Siebzehntes Kapitel

Am nächsten Tag gleich nach Mittag brachte Christophe Carrie zur Villa, und sie gingen alle zum See hinunter.

An einem Steg vertäut lag eine Yacht. Christophe half Luis beim Einsteigen und kümmerte sich darum, dass er bequem saß, dann nahm er seinen Platz am Steuer ein. Carrie setzte sich neben Luis. Er trug heute eine dunkle Sonnenbrille, ausgewaschene Jeans und eine marineblaue Windjacke mit der Aufschrift »The Who« über der Brust. Hinten stand »Crew«. Maria fuhr auch mit. Sie hatte eine übergroße Sonnenbrille auf und einen Strohhut, den sie mit einem Kopftuch festgebunden hatte.

Carrie wusste nicht, was sie erwartete. Luis hatte in einem ganz nüchternen Ton von dem Ausflug gesprochen, als wäre so eine Bootsfahrt über den See gar nichts Besonderes für ihn, weswegen Carrie sich bemühte, ihr Entzücken zurückzuhalten. Es hatte ihr gefallen, den See von ihrem Hotelzimmer oder von Luis' Terrasse aus zu sehen, aber nun draußen auf dem Wasser zu sein, den Sog der Strömung, das Auf und Ab der Wellen zu fühlen, war doch ein ganz anderes Erlebnis. Überall um sie herum Bilder wie auf Ansichtskarten: in der Sonne glitzerndes Wasser, das idyllische Ensemble der Stadt mit ihren Dächern und Turmspitzen, und rundum als Hintergrund hohe Gipfel über steil abstürzenden Felswänden oder sanft welligen Almwiesen.

»Sie sind still heute«, bemerkte Luis.

Sie hätte ihm gerne geantwortet, dass sie zu sehr von dem atemberaubenden Panorama in Anspruch genommen war, um Konversation zu machen, aber das kam ihr unhöflich und gewissermaßen taktlos vor. Er wirkte aber durchaus heiter und zufrieden, saß ganz entspannt da, das Gesicht der Sonne zugewandt.

»Ist Ihnen das hier langweilig genug?«, fragte er scherzend. »Wenn Sie die Wahl hätten, so über den See zu fahren oder in Ihrem sicheren Hotelzimmer herumzusitzen, wofür würden Sie sich entscheiden?«

Sie fuhren jetzt parallel zum Land, wo üppige grüne Wälder die Hänge bedeckten, die in sanftem Schwung zum See hin abfielen.

»Okay, ich verstehe, was Sie mir sagen wollen«, erwiderte Carrie. »Es ist noch viel schöner hier draußen, es ist wunderbar. Die Berge sind einfach atemberaubend.«

»Dahin machen wir unseren nächsten Ausflug. Bis ganz oben hinauf«, sagte Luis. »Morgen Nachmittag.«

»Wandern? Ja, klar.« Carrie lachte. Sie glaubte ihm kein Wort. »Ich freue mich darauf, ich war schon immer eine passionierte Bergsteigerin.«

»Wenn ich mich recht erinnere, gibt es in *The Sound of Music* ein Lied, das vom Bergsteigen handelt, nicht?«

»Ja. Und?«

»Es wird Ihnen gefallen. Aber jetzt würde ich Sie gerne um etwas bitten.«

»Um was?«

»Schließen Sie die Augen.«

»Ich soll die Augen schließen?«

»Ja. So lange, bis ich Ihnen sage, dass Sie sie wieder öffnen sollen.«

Es fiel ihr schwerer, als sie gedacht hatte, mit geschlossenen

Augen dazusitzen. Zuerst kam sie sich ein bisschen albern vor. Was wohl Maria von ihr dachte? Aber nach einer Weile lehnte sie sich entspannt zurück, die Hände ganz gelassen im Schoß. Nach und nach wurde ihr immer klarer bewusst, dass sie den See mit ihren anderen Sinnen wahrnahm und dass ihr das Freude machte. Das Deck schaukelte sacht unter ihren Füßen, ihre Lippen schmeckten die Luft, die milde Wärme der Sonne streichelte ihr Gesicht, die Brise zauste spielerisch an ihren Haaren. Sie hörte die Wellen gegen den Bug des Boots schlagen und das Sprühen der Gischt. Alle diese Wahrnehmungen waren jetzt, da sie nichts sah, viel deutlicher als vorher. Sie spürte das Blut in ihren Adern pulsieren, sogar in den Fingerspitzen, und ihren Atem aus- und einströmen. In einem Moment vollkommener Klarheit wusste sie, wie es sich anfühlte, ganz in der Gegenwart zu leben.

Sie wusste nicht, wie lange sie so dagesessen hatte, als Luis ihr sagte, sie dürfe die Augen wieder öffnen. »Und?«, fragte er.

Sie blinzelte ins Sonnenlicht. Das Panorama in seiner Farbenpracht kam ihr fast übertrieben bunt vor.

»Danke. Ich hatte nicht gedacht, dass es so sein würde.«

Später saßen sie noch auf der Terrasse mit den vielen Pflanzen. Maria brachte Wein für Carrie und eine dunkelblaue Wolldecke für Luis. Ob Carrie auch gern eine Decke hätte, fragte sie.

»Ja, bitte. Sie sieht so wunderbar kuschelig aus – ich werde ganz neidisch, wenn ich Luis so sehe.« Sie lehnte sich zurück in dem ledernen Sessel, hüllte sich in die Decke, die Maria ihr brachte, und genoss in vollen Zügen das einfache Glück warmer Geborgenheit, während sie auf den See blickte und dem Gluckern und Plätschern des Springbrunnens lauschte.

»Erzählen Sie von sich, Carrie«, bat Luis. »Ich höre so gern Ihre irische Stimme. Hatten Sie eine glückliche Kindheit?«

»Ja, ich könnte mir keine schönere wünschen. Wir haben in Dublin gewohnt, aber in den Sommerferien war ich die meiste Zeit in Willow Hill, genauer gesagt: auf den umgebenden Wiesen und Feldern, wo wir Kinder uns in fast grenzenloser Freiheit herumtreiben durften. Meine Eltern und ich hatten ein sehr inniges Verhältnis zueinander, ich habe viel Liebe erfahren.«

»Sie können sich gar nicht vorstellen, wie glücklich ich bin, das zu hören«, sagte er.

»Wieso?«

»Das ist einer der Gründe, warum ich Sie kennenlernen wollte. Wissen Sie, Sylvie – entschuldigen Sie, Carrie, ich habe einen Moment lang vergessen, was ich Ihnen versprochen habe.«

Sie zog ihre Decke enger um. »Sagen Sie ruhig, was Sie sagen wollten.«

»Ich bin froh, dass Sie sich geliebt fühlten und dass Sylvies Leben glücklich war. Es ist genau das, was ich gehofft hatte. Ich bin sehr erleichtert, denn zu der Zeit, als ich Sylvie kennenlernte, war sie sehr unglücklich.«

»Das kann ich nur schwer glauben; es passt einfach nicht zu dem, was ich von ihr weiß.«

»Da war etwas, das sie tief verstörte. Sie wollte auf keinen Fall, dass irgendjemand von uns erfuhr. Heute verstehe ich das natürlich, sie war ja verheiratet, aber das war es nicht allein.«

Carrie zog die Decke etwas hoch. »Sprechen Sie weiter.«

»Bei einer unserer letzten Begegnungen machte sie mir ein Geständnis. Sie sagte, ich hätte ihr das Leben gerettet, so wie sie meines gerettet hatte. Sie sei ganz ähnlich wie ich in einer verzweifelten Situation gewesen, sie schulde mir Dank dafür, dass ich ihrem Leben wieder Sinn gegeben hätte.«

»Das kommt mir wirklich alles sehr abwegig vor.«

»Ja, sicher, weil Sie Ihre Mutter immer nur als einen glücklichen Menschen gekannt haben. Sie hat mir erzählt, dass ihr Leben eine schlimme Wendung genommen hat, alles sei nur noch ein Scherbenhaufen. Irgendetwas war passiert – und zwar bevor wir uns kennenlernten –, das sie sehr unglücklich machte und ihr Angst einjagte. Das, was sie erlebt hat, sei so schlimm gewesen, dass sie es einfach nicht mehr ertragen konnte.«

»Das kommt mir alles wie ein schlechter Witz vor.«

»Ich wollte, es wäre einer. Sie hat davon gesprochen, dass sie ihr Leben in neue Bahnen lenken müsse und dass ich ihr geholfen hätte, eine wichtige Entscheidung zu treffen, die ihre Zukunft bestimmen würde. Ich bat sie, mit mir in die Schweiz zu gehen, aber das kam für sie nicht in Frage; sie wollte nicht, dass wir auch nur irgendwie in Verbindung blieben. Später, als ich wieder zu Hause war, habe ich es bitter bereut, dass ich sie so leicht hatte gehen lassen. Ich machte mir Sorgen um sie, aber ich hatte keine Möglichkeit, herauszufinden, was aus ihr geworden war. Dann lernte ich Maria kennen, und mein Beruf nahm mich immer mehr in Anspruch. In den letzten Wochen, als ich viel Zeit hatte, über mein Leben nachzudenken, drängten sich all die Erinnerungen an Sylvie wieder auf. Darum wollte ich Sie sehen, Carrie. Ich kann Ihnen gar nicht sagen, wie es mich erleichtert, zu hören, dass Sylvie nach unserer Trennung ein so glückliches und erfülltes Leben geführt hat.«

Konnte es sein, dass das alles mit jener »etwas schwierigen

Sache« zu tun hatte, von der ihre Mutter damals unbedingt erzählen wollte? Schlimme Verhältnisse? Etwas, das ihrer Mutter Angst einjagte? Ausgeschlossen. »Das alles ergibt irgendwie keinen Sinn.« Carrie merkte, dass ihre Stimme zitterte.

»Bitte vergessen Sie, was ich gesagt habe, wenn es Sie zu sehr mitnimmt. Ich verspreche Ihnen, nicht wieder von Sylvie zu reden. Es ist mir ein großer Trost, dass doch noch alles gut geworden ist.«

»Was ich weiß, ist, dass ich eine wunderschöne, geborgene Kindheit hatte und meine Eltern mich geliebt haben, und dafür bin ich zutiefst dankbar.«

»Genau, Carrie, das ist alles, worauf es ankommt.«

Fest eingepackt in ihre Decke, genoss Carrie das herrliche Panorama. Sie blickte auf Segelboote, die über den glitzernden See dahinglitten, hörte das leise Tuckern des Ausflugsdampfers in der Ferne und dachte daran, wie sie sich vorhin auf dem See gefühlt hatte, als sie mit so hellwachen Sinnen nur das Hier und Jetzt wahrgenommen hatte. Sie atmete tief und war wieder ganz ruhig.

»Ich glaube manchmal, all die Liebe war gar nicht so gut für mich. So hat mich das, was passiert ist, nur noch härter getroffen.« Sie war selbst überrascht, sich das sagen zu hören.

»Liebe kann nie schlecht sein.«

»Wie auch immer, von einem Moment zum nächsten war alles anders.« Sie hätte es dabei belassen können, sie spürte, dass Luis sie nicht drängen würde, aber irgendwie hatte sie das Bedürfnis, ihr Herz auszuschütten.

»Als es passierte, das Unglück, war das so furchtbar, ich kam überhaupt nicht mehr klar, mir sackte der Boden unter den Füßen weg. Mein ganzes Leben lag in Trümmern. Noch jetzt fehlen sie mir schrecklich. Nach außen hin tue ich so, als wäre alles in Ordnung, aber ich weiß, dass ich nie darüber hinweggekommen bin, nie irgendeine Art von Schlussstrich ziehen konnte.« Die Worte schienen aus einem Winkel ihres Herzens zu kommen, um den sie normalerweise einen großen Bogen machte.

»Und warum wollen Sie das überhaupt? Einen Schlussstrich ziehen?«

»Na ja, das muss man doch, irgendwann.«

»Aber, Carrie, das ist doch eine ganz schreckliche Vorstellung, die hinter diesem Ausdruck steht. Ich will jedenfalls nicht, dass Maria, wenn ich gestorben bin, so einen ›Schlussstrich‹ zieht, gerade so, als wollte sie mich für immer aus ihrem Herzen *ausschließen*.«

Sie musste lächeln, so gesehen, erschien ihr der Gedanke auch absurd. »Ja, ich verstehe, was Sie meinen. Ich habe tatsächlich versucht, es wegzuschließen. Und so ein Gespräch wie jetzt mit Ihnen hätte ich nie für möglich gehalten.«

»Sie haben nie mit jemandem über Ihre Eltern geredet?«

»Nicht wirklich. Am Anfang, in den ersten Wochen nach dem Unglück, ging es mir sehr schlecht, und meine Verwandten, die mich aufgenommen hatten, bewegten sich nur auf Zehenspitzen, wenn ich in der Nähe war, sie wagten kaum, mich anzusprechen. Aber dann habe ich es einfach ausgeblendet und mich bemüht, so weiterzuleben, als wäre nichts passiert.«

»Aber das waren Ihre Eltern! Sie haben Menschen verloren, die Sie über alles liebten. Sie haben das Recht, zu trauern, und Sie müssen darüber reden.«

»Ich wollte niemandem mit meinem Elend, meinem Selbstmitleid und meiner Verzweiflung zur Last fallen. Menschen, die mehr Sympathie verdienen als ich, müssen mit Schlimmerem fertig werden. Dass man seine Eltern verliert, ist der natürliche Lauf der Dinge, wie viel grausamer ist es, wenn Eltern ihre Kinder verlieren. Ich fand, ich hatte kein Recht, mich derart hemmungslos meinem Leid zu überlassen. Ich war fünfundzwanzig und kein Kind mehr, als meine Eltern starben. Sie waren beide über fünfzig, sie hatten ein gutes Leben gehabt. Man muss nur eine x-beliebige Zeitung aufschlagen, dann findet man dort jede Menge Berichte von schrecklichen Geschehnissen aller Art, denen unschuldige Menschen zum Opfer fallen.«

Sie hatte erfahren, dass in dem abgestürzten Flugzeug auch Kinder gewesen waren. Als sie sich so weit gefasst hatte, dass sie es über sich brachte, im Internet Recherchen anzustellen, las sie in einem Artikel, dass eine ganze fünfköpfige Familie ausgelöscht worden war. Auf der Seite war ein Foto aus ihrem Familienalbum zu sehen: Eltern und Kinder, das jüngste mit prominenter Zahnlücke, lächelten nichtsahnend freundlich in die Kamera. Bei ihrem Anblick brach Carrie in Tränen aus.

»Das stimmt schon«, meinte Luis, »aber wieso sollte deswegen der Tod Ihrer Eltern Sie weniger schmerzen?«

Sie schwieg. Nach einer Weile fuhr er fort. »Carrie, meine Liebe, so kann man den Verlust eines geliebten Menschen nicht verarbeiten. Das Leid unter den Teppich kehren, das geht nicht. Man kann nicht gegen den Strom seiner Gefühle schwimmen.«

»Ja, aber es wird doch von einem erwartet, dass man die Dinge, die einem zustoßen, bewältigt«, sagte sie. »Irgendwann hören die Leute auf, einen teilnahmsvoll zu fragen, wie es einem geht, ausgenommen vielleicht ein, zwei enge Freunde. Wenn sie nicht selbst so etwas erlebt haben, wissen sie gar nicht, wie es ist, wie einem das Herz blutet, wie tief deprimiert und hoffnungslos man sein kann. Immer wieder überkommt es mich wie eine Welle. Und es kommt mir für alle am besten vor, es zu verdrängen und weiterzumachen, als gäbe es das gar nicht.«

»Carrie, Sie sind zu hart zu sich selbst. Haben Sie sich Zeit genommen zu trauern? Zu weinen? Sich gegen das Schicksal zu empören? Fotos an Ihre Brust zu drücken und Ihren Tränen freien Lauf zu lassen? Ihr Gesicht in Kleidungsstücken Ihrer Lieben zu vergraben, mit den Fingerspitzen über Gegenstände zu streichen, die ihnen gehört haben?«

Seine Worte trafen sie mitten ins Herz. »Ich habe nichts von alledem getan«, sagte sie leise. »Ich habe es nicht über mich gebracht. Ich bin in Cork geblieben und habe mir gewünscht, ich wäre auch tot. Jeden Morgen graute mir vor all den Minuten und Stunden des Tages, die ich durchstehen musste. Meine Tante und mein Onkel kümmerten sich um den Nachlass und räumten das Haus leer, damit es vermietet werden konnte. Ich habe es nie mehr betreten.«

»Sie müssen es sich erlauben, sich eine Zeitlang hemmungslos Ihren Gefühlen zu überlassen, Ihrem Zorn, Ihrer Bitterkeit, Ihrem Leid. Ich glaube, Sie sind blockiert, Sie stecken fest, so ähnlich wie ich damals.«

»Ich stecke nicht fest, im Gegenteil: Ich bin allzu wild entschlossen immer weiter marschiert, ruhelos von einem Job zum nächsten, immer in Bewegung. Außerdem stand es mir einfach nicht zu, mich hemmungslos der Trauer zu überlassen.«

»Das verstehe ich nicht, Carrie.«

»Wissen Sie, Luis« – es war, als zerrte sie die Wörter aus ihrem Versteck ans Licht –, »es war ja gewissermaßen auch meine Schuld. Wenn ich ihnen nicht so penetrant zugeredet hätte, sich in die weite Welt hinaus zu wagen, hätten sie nicht in diesem Flugzeug gesessen.«

Er schüttelte den Kopf. »Das denken Sie? Sie haben diese Last die ganze Zeit mit sich herumgeschleppt? Haben Sie den Flug gebucht? Haben Sie das Flugzeug zum Absturz gebracht?«

»Nein.«

»Ihre Eltern haben aus freiem Willen diese Reise unternommen. Die Absturzursache war ein technischer Defekt in Verbindung mit menschlichem Versagen, so steht es im Untersuchungsbericht, der im Internet veröffentlicht wurde. Maria hat ihn mir vorgelesen. Von Carrie Cassidy ist da nirgends die Rede. Soweit ich weiß, haben nicht Sie diese Maschine geflogen, und Sie sind auch nicht ins Cockpit eingedrungen und haben die Instrumente mit einem Hammer kurz und klein geschlagen.«

Sie schwieg einen Moment, bevor sie fortfuhr. »Trotzdem, ich fühlte mich einfach schuldig, ich konnte nichts dagegen tun.«

»Das ist völlig normal. Haben Sie nie versucht, mit jemandem über das alles zu sprechen?«

»Nicht wirklich, nein.«

»Sie haben sich also einen Panzer zugelegt, um sich vor der Welt zu schützen, und sind von einem Job zum nächsten gesprungen, um eine Beschäftigung zu haben?«

»Mehr oder weniger.«

»Sie haben sich treiben lassen, egal wohin.«

Sie schwieg.

»Sind Sie glücklich?«, fragte er.

»Entschuldigen Sie, Luis. Lassen Sie uns über etwas anderes reden. Ich bin schließlich nicht hergekommen, um meinen Seelenballast vor Ihnen auszubreiten.«

Luis schmunzelte. »Sie müssen mir nicht antworten. Sie haben mir ja schon gesagt, dass Sie hergekommen sind, weil Ihr Leben eine Katastrophe ist, eine düstere Grube haben Sie es genannt. Ein Grund mehr, morgen auf einen Berg zu steigen. Damit Sie aus dieser Grube rauskommen.«

»Auf einen Berg?« Sie lachte. »Klar, das machen wir.«

»Sie glauben mir nicht.« Er lächelte ihr zu. »Sie werden schon sehen. Morgen geht's auf die Rigi.«

Achtzehntes Kapitel

Adam war nie hundertprozentig sicher gewesen, dass die Sache wirklich restlos aus und vorbei war, dass es keine losen Fäden mehr gab. Wenn auch nur ein solcher Faden übrig war und jemand daran zog, dann würde sich sein ganzes so sorgfältig gestricktes Leben auflösen.

Was genau wollte sie in der Schweiz? In Luzern? Diese Information löste in seinem Gehirn eine Art stillen Alarm aus. Er loggte sich bei Twitter aus und legte sein Smartphone weg. Mit abwesendem Blick starrte er durchs Fenster seiner schicken Penthousewohnung auf die Skyline der Stadt. War das der Beginn dessen, was er immer gefürchtet hatte: dass die Gespenster der Vergangenheit zurückkamen und ihn heimsuchten?

So viele Zufälle auf einmal gab es nicht. Oder doch? Er glaubte nicht an Zufälle. Er versuchte stets alles so rational wie möglich durchzudenken. Sie hatte keine Freunde oder Reisegefährten erwähnt, und auf den Fotos, die sie hochgeladen hatte, waren keine Personen zu sehen, was dafür sprach, dass sie allein unterwegs war. Offenbar kein Wochenendtrip zusammen mit den besten Freundinnen, zumal Luzern nicht die Art von Ziel war, die für einen Städtetrip besonders attraktiv war. Davon abgesehen war es mitten unter der Woche. Schwer vorstellbar, dass sie ganz plötzlich der Drang überkommen hatte, die Stadt kennenzulernen. Es war sicher schön dort, aber mindestens ebenso sicher war, dass es Reiseziele gab, die weitaus reizvoller waren. War es möglich, dass es irgendeine Verbindung zwischen Carrie Cassidy und Luis Meyer gab, der sich derzeit »ausschließlich seinen persönlichen Angelegenheiten« widmete, wie in der Zeitung zu lesen gewesen war? Ob sie doch etwas wusste, oder dort war, um etwas herauszufinden? Das erschien ihm sehr abwegig. Aber nicht unmöglich.

Die Sache ging ihm nicht mehr aus dem Kopf und verdarb ihm den Abend, obwohl er in den Genuss der firmeneigenen Loge kam.

Seine Begleiterin, beunruhigt, weil er so abwesend wirkte, legte ihm sanft die Hand auf den Arm. »Alles okay?«, fragte sie. Es klang zögernd, als ob sie Angst hätte, ihn zu stören. »Du wirkst, als wärst du mit den Gedanken woanders.«

»Das macht die Oper. Ich hatte ganz vergessen, wie tragisch die Geschichte ist.« Er schenkte ihr ein schmerzliches Lächeln, als wäre er ein bisschen verlegen, weil sie ihn, den mächtigen Finanzmagnaten, dabei ertappt hatte, wie er sich angesichts einer Opernszene von Rührung hatte überwältigen lassen. Mitfühlend drückte sie seinen Arm.

Sie war ein ehemaliges Model, immer noch atemberaubend schön, und dachte, dass sie später mit ihm ins Bett gehen würde, aber das war ein Irrtum. Er hatte nicht vor, sie mit seinen besonderen Vorlieben bekannt zu machen. Er blickte hinunter zur Bühne, wo Romeo und Julia Liebesschwüre austauschten. Wie konnte er herausfinden, ob Carrie nach Luzern gereist war, um mit Luis Meyer zu sprechen? Er hatte keine Beziehungen zu irgendjemandem dort. Vor Jahren hatte er die Villa am See ausgekundschaftet, aber schnell gesehen, dass sich dort keinerlei Angriffsflächen boten. Und die Meyers führten ein untadeliges Leben in einer Sphäre, die derjenigen der gewöhnlichen Sterblichen weit entrückt war, und doch zugleich immer im Scheinwerferlicht einer öffentlichen Meinung, die auch das kleinste Anzeichen von Skandal sofort entdeckt hätte. Im Übrigen wusste Luis Meyer gar nichts darüber, was wirklich in Willow Hill geschehen war.

Adam hatte eine Übersetzung des französischen Zeitungsartikels im Internet gefunden und war jetzt genauer informiert. Der Mann war todkrank und wollte seine letzten Tage in Ruhe zu Hause verleben. Wenn man die Umstände bedachte, musste man es für ausgeschlossen halten, dass er Carrie zu einem Besuch eingeladen haben sollte.

In der Pause stürzte er einen Gin Tonic hinunter und bestellte gleich noch einen. Er war mittlerweile zu der Überzeugung gekommen, dass seine Befürchtung unbegründet war und nur einem tiefsitzenden Schuldgefühl entsprang. Er stellte Verbindungen her, wo einfach keine waren. Höchstwahrscheinlich hatte diese Modefirma, bei der Carrie arbeitete, sie nach Luzern geschickt, um Verkaufsgespräche zu führen oder sonst irgendwelche geschäftlichen Dinge zu erledigen. Er musste seine Nervosität zügeln und die tückische leise Stimme in seinem Hinterkopf zum Schweigen bringen. Er durfte nicht daran denken, wie Beth ihn angestarrt hatte, geschweige denn an Sylvies blaue Augen, die ihn quer durch einen Saal voller Menschen wissend angeblickt hatten. Er war klug genug, um den Rest seines Lebens in Wohlstand und ohne Sorgen verbringen zu können. Es bestand kein Anlass zu fürchten, dass jemand ihm einen Strich durch die Rechnung machen würde, Sylvies Tochter schon gar nicht.

Abwesend starrte er hinunter auf die Bühne, wo die letzte Szene der Oper ihren Lauf nahm. War Carrie aus demselben Holz geschnitzt wie ihre unerschrockene Mutter? Bestand die Gefahr, dass sich die Geschichte wiederholen würde? Damals war alles bestens gelaufen, bis Sylvie Cassidy ihm in die Quere gekommen war. So etwas würde ihm kein zweites Mal passieren.

Neunzehntes Kapitel

Januar 1980

»Verlobt? Das ist nur Spaß, oder? Das glaube ich nicht.« Sylvie traf es wie ein Schlag, als Beth ihre linke Hand ausstreckte und den Diamanten an ihrem Finger im Licht der Lampen funkeln ließ. Statt sich mit Beth zu freuen, hatte Sylvie ein mulmiges Gefühl im Bauch, eine dunkle Ahnung, dass das alles ganz verkehrt und überstürzt war.

Die beiden aßen in einem Lokal in der Trinity Street gemeinsam zu Mittag. Es war Anfang Januar, ein düster verhangener Tag. Regen peitschte gegen die beschlagenen Fensterscheiben, und Sylvies Füße waren eiskalt, weil ihre Schuhe auf dem Weg von der Bushaltestelle hierher patschnass geworden waren.

Sie hatte frei, es waren noch Weihnachtsferien. Sie war enttäuscht gewesen, dass Beth nicht nach Willow Hill gekommen war, um zusammen mit der Familie zu feiern. Sie habe keinen längeren Urlaub bekommen, hatte Beth erklärt, und am zweiten Weihnachtsfeiertag wolle sie Adam und seine Eltern besuchen. Aber sie müsse Sylvie so schnell wie möglich sehen, sobald diese wieder in Dublin sei; sie wolle ihr etwas Wichtiges erzählen.

Sylvie schob ihren tropfenden Regenschirm unter den Tisch, legte ihren nassen Schal ab und setzte sich. Sie bestellten Brathähnchen mit Pommes und eine Kanne Tee. Dann zog Beth mit großer Geste ihre Handschuhe aus, um ihren Ring vorzuführen.

»Wieso sollte ich nicht verlobt sein?«, fragte sie. »Ich hätte nie gedacht, dass ich je so glücklich sein würde.« Ihr ganzes Gesicht strahlte.

Es kostete Sylvie große Anstrengung, sich ihr Unbehagen nicht anmerken zu lassen. »Das freut mich, Beth. Ich bin nur ein bisschen überrascht – Adam hat es ja ganz schön eilig. Wie lange kennt ihr euch jetzt schon?«

»Fünf Monate. Wieso sollte er noch warten, wenn er doch weiß, dass ich die Richtige für ihn bin? Ich kann es immer noch nicht fassen, dass ich Mrs Adam Gilmore werde. Weißt du, Sylvie, ich bin nicht so hübsch wie du, nicht so selbstbewusst und souverän und unbekümmert ...«

Sylvie schüttelte den Kopf. »Mein Gott, Beth, hör doch auf damit, dich selbst so klein zu machen. Adam müsste doch ... er müsste dir doch helfen, mehr an dich selbst zu glauben. Er müsste dich aufmuntern.«

»Das tut er auch, mir ist, als wäre die ganze Welt verzaubert«, sagte Beth verträumt. »Ich habe mir immer nur ein ganz gewöhnliches Leben gewünscht, einen Mann, den ich liebe und mit dem ich Kinder habe, ein Haus mit einem Garten, ich stelle keine übertriebenen Ansprüche. Und das alles werde ich kriegen. Freust du dich denn nicht für mich?«

»O doch. Wenn du glücklich bist, bin ich es auch. Ich bin nur überrascht, es geht alles so schnell. Ich dachte –«

»Was dachtest du?«

»Du hast viel Schweres durchmachen müssen. Immer wenn wir in Willow Hill über die Zukunft geredet haben, habe ich mir vorgestellt, du wirst ein paar Jahre lang deine Freiheit genießen, mit deinen Kolleginnen von der Bank ausgehen, ein paar Männer treffen und möglichst vergnügt in den Tag hinein leben, bevor du eine Familie gründest.« Sylvie lachte. »Hör dir das an – ich rede daher, als stünde ich im Klassenzimmer vor meinen Schülerinnen. Aber im Ernst, Beth, auch wenn du davon träumst, zu heiraten und Kinder zu haben, wäre es doch gut für dich, wenn du dir nach all den harten Jahren Zeit nehmen würdest, das Leben zu genießen, ehe du dich zum Altar führen lässt.«

»Es stimmt, ich habe es nicht leicht gehabt, aber eben deswegen will Adam sich jetzt um mich kümmern. Ich habe ihm alles erzählt.«

»Ja?«

Beth errötete. »Na ja, das meiste. Er weiß, dass Mama gestorben ist und dass ich meinen Vater nie kennengelernt habe. Ich habe ihm gesagt, dass er auf einer dieser Ölbohrinseln gearbeitet hat und bei einem Unfall ums Leben gekommen ist.«

»Ach so?«

»In Wirklichkeit ist er abgehauen, als Mama mit mir schwanger war. Die beiden waren nicht mal verheiratet. Aber das konnte ich ihm doch nicht erzählen, oder? Außerdem ahnt er wohl, wie es wirklich war. Er war sehr nett und verständnisvoll, wirklich.«

O Gott, dachte Sylvie, *wenn man mit jemandem sein Leben teilen und Kinder in die Welt setzen will, sollte man ihm so etwas schon anvertrauen können.* Das Essen kam, Sylvie schenkte ihnen beiden Tee ein und wartete, bis die Bedienung wieder weg war, dann fuhr sie fort: »Ich frage nur, weil ich dich gernhabe, Beth, und weil ich sicher sein will, dass du das Richtige tust. Irgendwie hatte ich nicht das Gefühl, dass er der Typ zum Heiraten ist.«

Beth erstarrte, den Salzstreuer in der Hand. »Was für ein Typ ist er denn deiner Meinung nach?«

Sylvie wusste nicht, was sie antworten sollte. Sie war Adam erst drei-, viermal begegnet, da er und Beth meist unter sich blieben, aber er war ihr nicht sympathisch: Sein immer etwas arroganter und anzüglicher Blick war ihr unangenehm. Doch wie hätte sie das ihrer Freundin, deren Augen leuchteten, als hätte man ihr den Himmel auf Erden geschenkt, sagen können? Und vielleicht tat Sylvie ihm ja auch Unrecht und bildete sich das alles nur ein. Sie zermarterte sich den Kopf, wie sie Beth dazu bringen konnte, innezuhalten und noch einmal in aller Ruhe nachzudenken. »Weißt du, Beth, ich dachte einfach, Adam ist vielleicht noch nicht so weit, zur Ruhe zu kommen und sich lebenslang an eine Frau zu binden. Vor einiger Zeit war in der Zeitung ein Artikel über ihn –« Sie zögerte und stippte, um ihre Verlegenheit zu überspielen, Pommes in ihre Mayonnaise.

»Was für ein Artikel?«

»Darin ging es um einige vielversprechende Nachwuchskräfte in der irischen Wirtschaft, denen die Zeitung einen steilen Aufstieg im kommenden Jahrzehnt prophezeite. Aus dem, was über Adam berichtet wurde, habe ich den Eindruck gewonnen, dass ihn nichts mehr als seine Karriere interessierte und nichts weniger, als eine Familie zu gründen.«

»Sicher, seine Karriere ist ihm natürlich wichtig.« Beth' Augen leuchteten – sie hätte nie gedacht, dass ihr künftiger Ehemann derart glänzende Aussichten hatte. »Er sagt immer, Erfolg im Beruf ist die Grundlage für alles andere.«

Sylvie versuchte es anders. »Er schien nicht der Typ, der jetzt schon bereit ist, ein solides und gesetztes Leben zu führen«, sagte sie. »Was ein rechter Kerl ist, der Schlag bei den Frauen hat, der braucht bekanntlich eine Weile, um sich die Hörner abzustoßen, ehe er ein treuer Ehemann werden kann.« Sie lachte, als redete sie im Scherz.

Beth sah sie erschrocken an. »Du meinst, es könnte Adam schwerfallen, mir treu zu sein? Dass er zu viel Schlag bei den Frauen hat?«

»Das habe ich nicht gesagt. Aber viele karrierebewusste Männer seines Alters, die hart arbeiten, haben ziemlichen Druck und stehen unter hoher Belastung, das kann sich auch aufs Private auswirken.«

»Adam ist nicht so, er ist ein perfekter Gentleman.«

»Na, umso besser.« Sylvie fühlte sich hilflos. »Wir müssen mal wieder zu viert ausgehen, um eure Verlobung zu feiern, wie es sich gehört, und mit was Anständigem darauf anstoßen statt mit Tee. Hey, wie wär's, wenn wir alle zusammen an einem Wochenende nach Willow Hill fahren? Wir könnten tanzen gehen. Und du würdest doch Adam sicher gern mal zeigen, wo du aufgewachsen bist.«

Beth' Gesicht trübte sich. Sie ließ ihre blonden Haare wie einen Vorhang fallen und rührte in ihrem Tee, ohne Sylvie anzusehen. »Ach, ich weiß nicht. Diese alten Geschichten hab ich hinter mir gelassen. Und überhaupt haben wir uns vorgenommen, nicht mehr so viel unter die Leute zu gehen; wir müssen für die Hochzeit sparen.«

»Na, bis dahin ist doch wohl noch eine Menge Zeit.« *Und falls du es vergessen haben solltest: John und ich sind deine besten Freunde.*

»Wir wollen im März heiraten.«

»Im März? Du meinst doch nicht etwa *diesen* März?«

»Doch, diesen.« Beth strich ihre Haare zurück. »Schau mich nicht so entgeistert an, Sylvie. Adam kann es kaum erwarten, mich zu heiraten. *Mich*! Kannst du dir das vorstellen? Manchmal kann ich es selbst nicht glauben. Es wird eine kleine Hochzeit, eher früher als später.« Sie senkte die Stimme. »Ich muss dir noch etwas sagen –«

Unwillkürlich blickte Sylvie auf Beth' Bauch. »Du bist doch nicht schwanger?«

Beth lachte. »Wie kommst du denn darauf? Nein, er *muss* mich nicht heiraten. Ich hab dir doch gesagt, er ist ein Gentleman der alten Schule und will, dass wir warten, bis wir verheiratet sind.« Stolz schwang in ihrer Stimme mit. »Er denkt nicht immer nur an das eine.«

»Bist du dir da so sicher?« Sylvie tat es sofort leid, als sie es gesagt hatte – es war ihr einfach herausgerutscht. Aber sie konnte sich Adam beim besten Willen nicht als altmodisch zurückhaltenden Ehrenmann vorstellen.

Beth warf ihr einen verunsicherten Blick zu. »Ich war früher oft eifersüchtig auf dich wegen John, aber so wie du redest, kommt es mir fast so vor, als wärst du jetzt eifersüchtig auf mich.« Sie schob mit der Gabel Pommes und Fleisch auf dem Teller hin und her.

Sylvie holte tief Luft und zählte bis fünf. Ihr Instinkt sagte ihr, dass Adam nicht der Gentleman alter Schule war, als der er sich ausgab, aber Beth war jetzt immerhin fünf Monate mit ihm zusammen und wirkte glücklich. »Ich wusste gar nicht, dass du eifersüchtig warst«, sagte sie.

»Vor langer Zeit war ich schrecklich in John verknallt, wie alle Mädchen an der Schule. Das *musst* du bemerkt haben, Sylvie, auch wenn er immer nur Augen für dich hatte. Ich hätte nie gedacht, dass ich vor dir heiraten würde, und hoffe, du wirst meine Trauzeugin sein.«

»Natürlich! Es wäre mir eine große Ehre.« Sylvie nahm Beth' Hand. »Wir gehen zusammen das Hochzeitskleid kaufen.«

Beth strahlte übers ganze Gesicht. »O ja, gerne. Ich habe sonst niemanden, den ich mitnehmen könnte.«

»Was ist mit den anderen aus der Bank? Die sind bestimmt alle ganz aus dem Häuschen.«

Beth knetete ihre Serviette. »Das kann man nicht gerade behaupten. Einige haben komische Bemerkungen darüber gemacht, aber Adam sagt, ich soll am besten gar nicht hinhören, die sind nur neidisch.«

»Was für Bemerkungen?«

»Na ja, ich habe das eine oder andere aufgeschnappt. Darüber, wie ich es geschafft habe, ihn rumzukriegen ... dass ich es faustdick hinter den Ohren habe, du weißt schon ... dass ich eine von denen bin, die mit dem Chef ins Bett gehen.« Beth' Wangen wurden ganz rot.

»Ist er mit der einen oder anderen auch ausgegangen?«

»Nein, nie, darum ärgert es sie ja so. Na ja, mir kann es egal sein, ich habe ja bald nichts mehr mit ihnen zu tun.«

»Wieso?«

»Ich gebe den Job auf. Ich kündige.« Sie sagte es mit Stolz in der Stimme und sah Sylvie herausfordernd an. Ihr Blick ließ sie an einen renitenten Teenager denken, was Beth nie gewesen war.

Sylvie konnte nicht so tun, als wäre sie glücklich darüber. »Bitte, Beth, tu das nicht. Ich weiß doch, wie viel deine Arbeit in der Bank dir bedeutet. Ich werde nie vergessen, wie du dich gefreut hast, als du die Zusage bekommen hast. Willst du nicht lieber warten, bis ihr eine Familie gründet?«

»Ich kann nicht dortbleiben, selbst wenn ich wollte. Stell dir das doch mal vor.« Sie lachte. »Wie soll das denn funktionieren, dass die Frau des Chefs als kleine Tippse im selben Unternehmen arbeitet? Das wäre auch für unsere Ehe nicht gut. Alle würden mich ständig mit Adleraugen beobachten, es könnte zu peinlichen Konflikten kommen, und am Ende würde es vielleicht sogar Adams Karriere schaden. Dabei – und das ist das Gute an der Sache – werde ich es gar nicht nötig haben, weiter zu arbeiten. Sobald wir von der Hochzeitsreise zurück sind, ziehen wir in unser neues Haus und –«

»So bald schon?«

»Adam kennt Leute in der Immobilienbranche und bekommt ohne Probleme einen Kredit zu Sonderbedingungen von der Bank. Mit dem neuen Haus werde ich eine Weile beschäftigt sein, sodass mir nicht langweilig wird. Von allem Übrigen abgesehen, wäre es auch nicht recht, wenn ich in diesen Zeiten, wo so viele Menschen auf der Straße stehen, weiter einen Arbeitsplatz in Anspruch nehmen würde, obwohl ich ihn gar nicht nötig habe.«

»Sagt wer?«

»Ich. Und Adam ist ganz meiner Meinung.«

Beth wirkte so überzeugt und selbstsicher, dass Sylvie an sich selbst zu zweifeln begann und sich fragte, ob sie nicht vielleicht doch ein kleines bisschen eifersüchtig auf ihre Freundin war. Konnte es sein, dass sie, von jeher daran gewöhnt, dass Beth zu ihr aufblickte, sich nun plötzlich überflüssig vorkam, verdrängt von dem strahlenden Adam, der Beth' Leben so spektakulär umgekrempelt hatte? Möglicherweise reagierte sie mit leisem Ärger darauf, dass die stille, bescheidene Beth es irgendwie geschafft hatte, so einen vor Selbstbewusstsein strotzenden Mann an sich zu binden, einen Senkrechtstarter, von dem große Dinge zu erwarten waren, der bei allem Ehrgeiz doch Gentleman genug war, um sich bis zur Hochzeit in Enthaltsamkeit zu üben, und der seiner Frau ein angenehmes Leben in einem nagelneuen Haus bieten konnte.

Und vielleicht bildete sie sich diese schlüpfrigen Blicke, die er ihr zuwarf, einfach nur ein.

Zwanzigstes Kapitel

Christophe wirkte angespannt, als er Carrie am nächsten Tag abholte.

»Wie geht es Luis heute?«, fragte sie.

»Gut, so gut, dass wir heute eine Bergtour auf die Rigi unternehmen.«

»Sie wirken, als wäre Ihnen nicht ganz wohl dabei.«

»Wenn es Luis Spaß macht, freut es mich, ich mache mir nur Sorgen, dass er sich vielleicht ... ein bisschen zu viel vorgenommen hat.«

»Sie finden, er sollte lieber zu Hause bleiben und sich schonen, statt auf einen Berg zu steigen?«

»Na ja, wer weiß? Er will es, und Maria hat nichts dagegen. Vorsichtshalber nehmen wir David mit, das ist einer seiner Krankenpfleger.«

Carrie hatte sich schon gefragt, wie viele Leute wohl an diesem Ausflug teilnehmen würden, aber es gab keinen Grund zur Sorge um Luis. David war etwas jünger als Christophe, und beide blieben immer in Luis' Nähe, bereit, ihm zu Hilfe zu kommen, falls es nötig war, und doch ohne ihm unangenehm eng auf den Leib zu rücken.

Aber vor allem war es Maria, die Luis Halt und Sicherheit gab. Die beiden bewegten sich in so harmonischem Einklang miteinander, dass man gar nicht bemerkte, wie sie ihn führte, seine Hand ganz leicht auf ihrem Arm.

Wieder schwelgte Carrie in den Eindrücken, die sich ihr boten, als sie über den glitzernden See zu einem Städtchen am anderen Ufer fuhren. Von dort führte eine Zahnradbahn –

die erste Europas, wie Luis erklärte – zum Gipfel. Sie saß am Fenster und genoss fasziniert die Aussicht, während die Bahn immer höher aufstieg, vorbei an kleinen Bergbauernhöfen, steilen Almwiesen voller Kuhglockengebimmel und verstreut daliegenden Berghütten, die Carrie an die Heidi-Bücher ihrer Kindheit erinnerten.

»Wir hätten auch die Seilbahn nehmen können«, sagte Luis. »Und es gibt viele Wanderwege rund um den Berg, aber ich dachte, so wird es Ihnen am besten gefallen.«

»Das stimmt«, sagte sie. »Es ist zauberhaft.«

»Warten Sie, bis wir erst ganz oben sind.«

Er hatte nicht zu viel versprochen. Sie stiegen aus, und Luis nahm zusammen mit Maria und David auf einer Bank Platz, von wo aus man einen spektakulären Blick auf die umgebenden Berge hatte. Christophe begleitete Carrie noch ein Stück weiter hinauf über einen Pfad, der zu einem höher gelegenen Aussichtspunkt führte. Das Panorama, das sich dort vor ihr aufspannte, war atemberaubend: ringsum schneebedeckte Gipfel und tiefe Täler, der See und Luzern in der Ferne, klein wie eine Spielzeuglandschaft. Sie ließ ihren Blick schweifen und beobachtete ein paar Gleitschirmflieger, die sich von der Thermik tragen ließen. Elegant schwebten sie durch die Lüfte, schwerelos beinahe, und Carrie beneidete sie um ihren Mut.

Die Luft war kalt und kristallklar. Carrie sog sie in tiefen Zügen ein, während sie die Pracht der Bilder vor ihren Augen auf sich wirken ließ. Diese schweigenden, schlummernden Berggipfel hatten etwas Majestätisches, vor ihrer uralten Schönheit und Größe schienen die gewöhnlichen Sorgen der Menschen zu einem Nichts zusammenzuschrumpfen. Der Anblick berührte einen in tiefster Seele, zumindest, wenn man an so etwas wie eine Seele glaubte. Aber ... vielleicht besaß sie ja auch selbst eine solch berührbare Seele? Vielleicht war sie mit ihren dreißig Jahren doch noch nicht so völlig abgestumpft, wie sie gedacht hatte?

Christophe zeigte auf die verschiedenen Gipfel, Matterhorn, Eiger, Jungfrau. Sie schüttelte nachdenklich den Kopf.

»Die kannte ich bisher alle nur aus Büchern oder Filmen«, sagte sie.

»Nehmen Sie sich ruhig Zeit, sich umzusehen. Soll ich ein paar Fotos von Ihnen machen?«

»Ja, gerne.« Der Gedanke, dass sie dann zu Hause die Bilder anschauen und sich daran erinnern würde, was sie hier empfunden hatte, gefiel ihr. Sie reichte ihm ihr Smartphone. Christophe machte ein paar Aufnahmen. Nach einer Weile gingen sie wieder hinunter zu den anderen, die sie in dem Gasthaus unweit der Bergstation antrafen.

»Hat es Ihnen gefallen?«, fragte Luis, als Carrie neben ihm Platz nahm.

»Es ist wunderbar. Unbeschreiblich schön.«

»Gut. Morgen werden Sie Gleitschirm fliegen.«

»Klar«, sagte sie mit nicht zu überhörender Ironie.

»O ja, Carrie. An Ihrem letzten Tag hier müssen Sie etwas Besonderes geboten kriegen. Sie fliegen im Tandem mit einem erfahrenen Piloten, Sie brauchen also keine Angst zu haben.«

Sie dachte immer noch, er mache nur Spaß, bis sie dann später in der Villa auf der Terrasse saßen und sie ihn mit Maria darüber reden hörte.

»Sie meinen das nicht ernst, oder?«, fragte sie.

»Doch. Ich möchte selbst auch noch einmal so fliegen, ein letztes Mal. Es ist ein wunderbares Gefühl, Carrie, als hätte man selber Flügel. Ich würde es Ihnen wünschen, dass Sie das auch einmal erleben.«

»Ausgeschlossen. Der Flug hierher war schlimm genug ...«

»Wieso?«

»Ich habe Angst vor dem Fliegen.«

»Ach ja, natürlich – Ihre Eltern. Aber Sie haben es geschafft, diese Angst zu überwinden. Sie waren sehr tapfer.«

»Eigentlich nicht. Ich hatte Hilfe.«

»Na und? Ohne Tapferkeit hätten Sie es nicht schaffen können. Wer ist er denn?«

»Von wem sprechen Sie?«

»Na, von dem Jemand, der Ihnen geholfen hat. Sie sagten, Sie hatten Hilfe. Ihre Stimme verrät mir, dass es keine x-beliebige Person ist. Vielleicht Ihr Freund?«

»Das war einmal. Es ist aus«, sagte sie tonlos.

»Oh, entschuldigen Sie.«

»Ist schon gut, Sie konnten es ja nicht wissen. Aber es ist vorbei, und ich möchte nicht darüber sprechen.«

Luis ließ es darauf beruhen und stellte keine weiteren Fragen. Aber als Carrie zum Hotel zurückfuhr und auch den ganzen Abend über war es, als wäre eine Schleuse geöffnet worden, und statt an den wunderschönen Tag auf dem Berg zu denken, drehten sich all ihre Gedanken nur um Mark.

Der romantische Zauber des Moments hatte es ihr leichtgemacht, ja zu sagen, aber als die Tage und Wochen vergingen, als das neue Jahr anbrach und der Hochzeitstermin nur noch wenige Monate entfernt war, quälten Carrie immer mehr Zweifel. Auf was hatte sie sich da eingelassen? Wie sollte sie, ruhelos, haltlos, wie sie war, sich hinstellen und versprechen, einen Mann ein ganzes Leben lang zu lieben? Ihr wurde heiß und kalt, wenn sie nur daran dachte. Sie wachte um vier Uhr morgens auf und konnte, von einer Art Grauen überkommen, nicht mehr einschlafen. Sie brach wegen Nichtigkeiten Streitereien vom Zaun, die immer öfter zu großen Krächen eskalierten, meist gefolgt von brütendem Schweigen, bis Mark sie eines Freitagabends Ende Januar zur Rede stellte. »Was ist los?«, fragte er. »Spuck es aus.«

»Was? Was soll ich ausspucken?« Ihr Herz krampfte sich zusammen.

»Ich bitte dich, Carrie.« Er nahm seine Krawatte ab und rollte sie um seine Finger. »Du behandelst mich seit zwei Wochen, als wäre ich dein Fußabtreter. Was ist los?«

»Ich glaube, das ist alles ganz falsch, ich meine: Dass wir heiraten, das kann doch nicht gutgehen«, stammelte sie mit erstickter Stimme. Sie hatte zwei Wochen lang verzweifelt versucht, ihre Seele zu erforschen, und nach dem Grund gesucht, warum sie mehr und mehr das Gefühl hatte, in einem Netz gefangen zu sein, das sich immer enger zusammenzog, je näher der Hochzeitstag rückte. Sie wusste, dass sie oft unfreundlich zu ihm war und ihn anfuhr, weil sie gereizt und angespannt war, statt euphorisch und erfüllt von freudiger Erregung, die im ganzen Körper kribbelte, wie ihre Mutter ihr das Gefühl wahrer Liebe beschrieben hatte.

»Alles ganz falsch?« Er sah sie verständnislos an. »Kannst du mir das bitte genauer erklären.«

Sie drehte ihren Verlobungsring hin und her, den er in einem netten kleinen Juweliergeschäft in Paris gekauft hatte. »Ich glaube, ich habe mich, als ich gesagt habe, ich will dich heiraten, einfach nur hinreißen lassen …«

Er wurde blass. »Sprich weiter.« Sie sah, wie seine Kehle sich zusammenzog.

»Es ging alles so schnell mit uns. Es war wie ein Wirbelsturm. Ich kenne dich jetzt grade mal ein Jahr. Wie kann ich dir ewige Liebe versprechen?«

»Ich wusste von der ersten Minute an, dass du die Frau bist, die ich heiraten will. Als ich aus Singapur zurückkam, dachte ich, ich würde so weitermachen, wie ich aufgehört hatte, das Leben genießen, immer leicht und locker und ohne feste Bindung, aber dann sah ich dich und war hin und weg. Ich liebe dich, Carrie, mit allem Drum und Dran, sogar wenn du mir im Schlaf die Bettdecke wegziehst oder wenn du ungeschminkt bist und wie eine Zehnjährige aussiehst oder wenn du Cornflakes aus der Schachtel isst. Ich möchte mit dir zusammen sein bis ans Ende meiner Tage, mehr brauchst du nicht zu wissen.« Ein Muskel an seinem Unterkiefer zuckte, an jenem Unterkiefer, dessen Linie sie so gerne mit der Fingerspitze nachzeichnete. Er wirkte plötzlich sehr verletzlich, und sie hasste sich dafür, dass sie daran schuld war.

»Woher kann man wissen, dass die Liebe echt ist? Und dass sie andauert?« Das waren die Fragen, die sie um den Schlaf brachten. Wie konnte sie die Verantwortung für das Glück eines Menschen übernehmen, den sie gerade mal ein Jahr kannte? Dabei durfte sie sich keinerlei Zweifel erlauben.

»Mein Gott, Carrie, vertraust du mir nicht?«

»Das ist nicht das Problem. Ich weiß einfach nicht, was ich denken soll. An dem Abend, als wir uns kennengelernt haben ... bei der Hochzeit ... da hat es mich umgehauen, du hast mich in einem Moment erwischt, als ich vollkommen wehrlos war. Ich war gar nicht ich selber, ich habe in einer Art reagiert wie nie zuvor. Es war …«, sie rang nach Worten, »als ob ich eine andere wäre. Eine Carrie Cassidy, die flirtet, die ihre Reize spielen lässt. So war ich nie.«

Er sah sie traurig an. »Ich hätte geschworen, dass du ganz bei dir warst, als wir uns geliebt haben.«

»Ich war mehr hingerissen vom Zauber des Augenblicks. Von der Kante in die dünne Luft gefegt. Manchmal denke ich immer noch, ich stürze ins Bodenlose. Es ist, als wäre ich, seit ich dir begegnet bin, eine fremde Person. Ich fühle mich freier denn je, aber zugleich im freien Fall, und ich frage mich mit Schrecken, wohin ich stürze. Und heiraten, eine lebenslange Bindung …« Sie stockte. »Ich glaube, ich kann das nicht, ich kann so ein Risiko nicht eingehen.«

Sie sagte nichts von der Ehe ihrer Eltern, wie innig ihre Verbindung gewesen war, unerschütterlich wie ein Felsen. Eine solch vollkommene Ehe hätte sie sich selbst auch gewünscht, aber sie glaubte nicht, dass sie einem anderen Menschen ein Fels sein konnte. Sie konnte das, was ihr Angst machte, nicht genau benennen, aber allein schon die Tatsache, dass sie Angst hatte, so dachte sie, war Grund genug, die Dinge in Frage zu stellen.

Ein gespanntes Schweigen trat ein.

»Okay«, sagte er schließlich. »Vergiss fürs Erste die Hochzeit und die Verlobung und überhaupt jede Art von Selbstverpflichtung. Blende das alles aus deinem Bewusstsein aus, und wir werden sehen, wie es mit uns weitergeht.«

Alles ausblenden, darin hatte sie Übung. Sie hatte eine Menge Dinge aus ihrem Bewusstsein ausgeblendet, seitdem Sean Sullivan sie angerufen und ihr mitgeteilt hatte, dass ihre Eltern ums Leben gekommen waren.

Zur Feier von Carries dreißigstem Geburtstag kurz darauf fuhr Mark mit ihr nach Waterford und dann weiter über schmale, kurvige Sträßchen in ein malerisches Dorf an der Küste, wo er ein Zimmer in einem kleinen, eleganten Hotel reserviert hatte, das auf halber Höhe der Klippe über dem Meer thronte. Vom Fenster ihres Zimmers sah man nichts als das leicht vom Wind gekräuselte Wasser, so weit das Auge reichte. Mark öffnete die Tür zum Balkon, und Carrie trat hinaus. Sie war fasziniert von dem Blick, der sich ihr bot.

»Ich hätte nie gedacht, dass es so etwas gibt. Dieses Licht, die Farben!«

Er stand hinter hier und zog sie sacht an sich, sodass ihr Kopf an seiner Schulter lehnte.

»Schau, Carrie, wie weit und tief der Ozean ist: Genauso grenzenlos ist meine Liebe zu dir. Kannst du mir nicht vertrauen?«

Sie sah ihn an. »Es fehlt mir nicht an Vertrauen zu dir, Mark, ich vertraue mir selbst nicht. Ich bin so unstet wie ein welkes Blatt im Wind, immer umgetrieben. Ich habe noch keinen Job länger als ein Jahr behalten. Das ist offenbar meine Natur. Ich bin ruhelos. Unzuverlässig. Du verdienst etwas Besseres.«

»Komisch, mir geht es genauso.« Er lächelte melancholisch. »Ich denke immer, eigentlich hast du etwas Besseres verdient als mich.«

Sie schüttelte den Kopf. »Lassen wir das, das führt zu nichts. Und überhaupt: Wir wollten doch diese Sache vorerst vergessen und einfach das Wochenende genießen, oder nicht?«

»Ja schon.« Er ließ sie los. »Wir vergessen die Hochzeit und jede Art von Selbstverpflichtung, aber das bedeutet nicht, dass ich dir nicht sagen darf, wie viel du mir bedeutest.«

Vor dem Essen machten sie einen Spaziergang hoch über dem Hotel die Steilküste entlang, wo sich der Himmel endlos weit über einer Landschaft ausdehnte, die jetzt, am Ausgang des Winters, von einer schroffen und kargen Schönheit war. Mark redete von seiner Arbeit und davon, dass er hoffte, sich in zwei, drei Jahren selbständig machen zu können. Er erzählte auch von Singapur und was er dort erlebt hatte. Später aßen sie in dem elegant eingerichteten Speisesaal, der mit einer gläsernen Wand zum Meer hin lag. Das Menü war nicht weniger exquisit als das Ambiente. Carrie beobachtete die ganze Zeit diesen liebenswerten Mann mit dem intelligenten Gesicht und den freundlichen Augen, der ihr gegenübersaß und von seinen Zukunftsplänen redete, und wurde immer stiller.

»Entschuldige, ich rede zu viel«, sagte Mark und nahm ihre Hand.

»Nein, gar nicht, ich höre gerne zu.«

Mehr und mehr fand sie sich in ihrem Urteil bestätigt, dass es falsch wäre, ihn zu heiraten. Mark verdiente etwas sehr viel Besseres als sie und all das zentnerschwere Gepäck, das sie mit sich herumschleppte, mit ihren Capricen, ihren tückischen Zweifeln und Ängsten. Lauter Dinge, die im Lauf der Zeit die Fundamente einer Ehe untergraben würden. Wie könnte sie es diesem liebenswerten Menschen zumuten, sich mit alldem zu belasten? Es wäre nicht fair.

Als sie sich in dieser Nacht liebten, nahm er sich viel Zeit und war besonders zärtlich. Sie genoss jede Sekunde davon, eng an ihn geschmiegt unter seiner streichelnden Hand, sah ihm fest in die Augen, als sie ihre Beine um ihn schlang, als versuchte sie, den besonderen Moment festzuhalten, um ihn in einem Winkel ihres Herzens aufzubewahren.

Sie war schweigsam, als sie am nächsten Morgen nach Dublin zurückfuhren. Die Anspannung in Marks Gesicht trat immer deutlicher hervor, je näher sie der Stadt kamen.

»Es hat nicht funktioniert, so wie es aussieht«, sagte er resigniert, als er im Faith Crescent das Gepäck auslud.

»Es war wunderbar, Mark, das Wochenende war wirklich sehr schön ...«

»Aber?« Sein Blick war düster.

»Ich glaube immer noch, dass es ein Fehler wäre, dich zu heiraten. Ich bin nicht der richtige Typ für eine stabile Beziehung. Ich kann nicht versprechen, dich ein ganzes Leben lang zu lieben. Es ist alles zu schnell gegangen. Es ist besser, wir trennen uns jetzt als nach ein paar Jahren Ehe.«

Er schüttelte den Kopf. »Ich verstehe einfach nicht, warum du nicht an unsere Liebe glaubst.«

Sie lachte, Tränen in den Augen. »Schau dir an, was ich schon alles angefangen und wieder hingeschmissen habe, dann siehst du, dass ich nicht an das glauben kann, was ich mache.«

»Langsam kommt es mir auch so vor«, erwiderte er kühl. »Wenn dieses Wochenende dich nicht davon überzeugt hat, dass das zwischen uns etwas Besonderes ist, dann wirst du es nie kapieren.«

Er schlief diese Nacht im Gästezimmer, und am nächsten Tag kam er nach der Arbeit nicht nach Hause. Am Wochenende zog er aus. Schweigend sah sie zu, wie er seine Sachen zum Auto trug: Kleider, Bücher, Musik, seinen Kaffeebecher, lauter Mosaiksteinchen eines Lebens, das er mit ihr geteilt hatte. Es kam ihr vor wie bittere Ironie, dass sie, die an gar nichts glaubte, in einer Straße wohnte, die Faith Crescent hieß. Sie sah ihm nach, als er wegfuhr und um die Ecke bog, und nahm sich vor, die Monate mit ihm aus ihrem Bewusstsein auszublenden.

In ihrem Gärtchen hinter dem Haus schoben die Osterglocken tapfer grüne Sprossen mit gelben Blütenknospen aus der Erde, erste Zeichen des Frühlings und neuer Hoffnung nach dem Winter. Der Anblick konnte einem das Herz wärmen, aber in Carries Herz war es kalt, seitdem er fortgegangen war.

Einundzwanzigstes Kapitel

»Haben Sie es sich inzwischen überlegt?«, fragte Luis. »Sind Sie mutig genug fürs Gleitschirmfliegen?«

Er hatte sie nach dem Frühstück im Hotel angerufen. Sie hatte schlecht geschlafen, wie so oft war sie immer wieder aus unruhigen Träumen erwacht. Sie saß im Speisesaal, vor sich das Frühstück, das sie kaum angerührt hatte, und dachte darüber nach, wie verrückt das alles war: Sie war nach Luzern geflogen, um mit etwas abzuschließen, doch schien in Luis' Gegenwart alles nur umso stärker ans helle Tageslicht hervorbrechen zu wollen. Und dabei war sie der Wahrheit über Luis und ihre Mutter keinen Schritt näher gekommen. Rücksichtsvoll, wie er war, hatte er Sylvie seit Dienstag nicht mehr erwähnt.

»Maria hat uns bereits angemeldet, aber wir können auch wieder absagen«, fuhr Luis fort. »Ich glaube, es wäre eine gute Erfahrung für Sie. Wenn Sie Angst haben, kann ich Ihnen eine Zauberformel verraten, die Ihnen vielleicht darüber weg hilft.«

Sie ärgerte sich über sich selbst, weil sie so zögerlich war. Sicher, die Umstände waren recht ungewöhnlich, aber Luis und Maria waren so gastfreundlich gewesen und hatten alles getan, um ihr den Aufenthalt hier so angenehm wie nur irgend möglich zu machen. Sie musste sich entscheiden.

»Sie werden nicht sich selbst überlassen sein«, sagte er. »Sie fliegen zusammen mit einem erfahrenen Piloten. Wie lange wir in der Luft bleiben können, hängt von der Thermik ab; ein kurzer Flug wird ungefähr fünfzehn bis zwanzig Minuten dauern. Ich sage denen, wir möchten schön sanft durch die

Luft schweben. Was mich betrifft, so habe ich gar keine andere Wahl – etwas anderes würde mein Pfleger mir gar nicht erlauben.« Er lachte leise.

Es war Carries letzter Tag. Am Abend musste sie wieder nach Hause fliegen. Ihr brach der kalte Schweiß aus, wenn sie nur daran dachte. Mein Gott, warum musste sie sich nur immer so anstellen! Würde das nie anders werden?

»Also gut. Ich mache es«, sagte sie schnell, ohne noch einmal zu überlegen, und drängte ihre Furcht und Zweifel einfach zur Seite.

»Schön, das freut mich, Carrie. Ziehen Sie feste Schuhe an, eine warme Jacke und Handschuhe. Wenn Sie keine Handschuhe dabeihaben, leiht Maria Ihnen welche. Wir holen Sie in einer halben Stunde ab.«

Nachdem sie das Telefongespräch beendet hatte, überkam sie doch noch Panik – all ihre mühsam zusammengehaltene Selbstbeherrschung brach auseinander. Aber für einen Rückzieher war es jetzt zu spät.

»Wie war das mit der Zauberformel, die Sie mir verraten wollten?«, fragte sie Luis später, als sie zur Talstation der Seilbahn fuhren, die sie zum Startplatz oben auf dem Berg bringen sollte. Maria, die vorne im Wagen saß, plauderte mit Christophe.

»Ganz einfach, Carrie: Sie müssen so tun, als wären Sie tapfer. Es einfach von sich selbst behaupten, der Rest kommt dann von allein.«

»Das sollte ich hinkriegen. Ich habe einige Übung darin, meine Gefühle vor anderen Leuten zu verbergen.«

»So meine ich es nicht«, sagte Luis. »Ich meine: Wenn Sie Angst haben oder Selbstzweifel, sollen Sie so tun, als wären Sie tapfer genug, das Leben bei den Hörnern zu packen, das

Beste aus jedem Tag und Ihrem Leben überhaupt zu machen. Mutig genug, Ihr Herz zu öffnen und Ihre Gefühle nicht zu verbergen, schon gar nicht vor sich selbst.«

Sie dachte darüber nach und bemühte sich, seinen Rat zu befolgen. Alles kinderleicht, sagte sie sich, während sie auf den See hinaus schaute, der im Sonnenlicht schimmerte, aber noch half es wenig.

David erwartete sie an der Seilbahn und begleitete sie hinauf, während Christophe mit dem Auto zu der Stelle fuhr, wo die Gleitschirme später landen sollten. Carrie hätte am liebsten losgeheult vor lauter Angst, aber sie nahm sich zusammen, schon allein um Luis nicht zu enttäuschen: Er war voller Begeisterung und schien keinerlei Zweifel daran zu haben, dass auch für sie der Flug ein großartiges Erlebnis sein würde.

Es war schon alles bereit, als sie zum Startplatz kamen. Carrie bemühte sich, ganz langsam und ruhig zu atmen und dem Piloten, der ihr Instruktionen gab, konzentriert zuzuhören, aber als sie schließlich, einen Helm auf dem Kopf, in den Gurten festgeschnallt war, pochte ihr Herz so heftig, als wollte es aus dem Brustkorb springen. Gleitschirmfliegen komme dem Vogelflug so nahe, wie es einem Menschen nur irgend möglich sei, sagte der Pilot. Sie solle sich ganz entspannt zurücklehnen, das Gefühl der Freiheit genießen und alles Übrige ihm überlassen.

Luis startete als Erster. Carrie sah ihm zu, wie er zusammen mit seinem Tandempartner, der die Leinen des Schirms führte, ein paar Schritte weit den abfallenden Hang hinunter lief, und sie dann – so sacht und glatt, dass sie ihren Augen kaum trauen mochte – hinaus in die Lüfte schwebten. Der Pilot hinter ihr überprüfte noch einmal, ob sie sicher festgeschnallt war, fasste die Tragegurte des riesigen Schirms und stupste sie sanft an. Sie liefen los, und bevor sie es recht merkte, hatten sie schon abgehoben in den weiten Raum zwischen dem wolkenlosen Himmel und dem frischen Grün von Wäldern und Wiesen tief unter ihnen.

»Na, gefällt es Ihnen?«, fragte der Pilot nach einer Weile.

»Es ist unbeschreiblich«, sagte sie atemlos vor Staunen. Der Wind zerrte an ihren Kleidern, aber ihre Angst war plötzlich weg, ihr Herzschlag hatte sich beruhigt, und sie fühlte sich leicht, während sie über einen Kamm und ein dicht bewaldetes Tal dahinglitten und dann in einer weiten Kurve über den stillen See schwebten. Hier oben in dem schwachen Dunst war es unglaublich friedvoll, sie fühlte sich fast wie in einer anderen Welt, einer grenzenlos gütigen und schönen Welt. Sie schloss die Augen, und während sie so sanft dahintrieben, fühlte sie sich eins mit dem Universum und ließ sich ganz tief von der alles umfassenden Ruhe durchdringen.

Nachdem sie am Fuß der Rigi gelandet waren, gingen sie in einem netten Restaurant essen, und anschließend lud Luis Carrie ein, bei ihm zu Hause auf der Terrasse noch einen Digestif zu trinken. Dort saßen sie dann beieinander, die blauen Decken über die Beine gebreitet. Carrie lehnte sich bequem zurück und nippte von ihrem Kirschwasser. Ihr Besuch hier ging seinem Ende zu, bald würden sie voneinander Abschied nehmen müssen. Luis musste sich ausruhen, und sie wollte noch ein bisschen durch die malerische Altstadt bummeln und ein paar Mitbringsel für Fiona und die kleine Lucy kaufen.

»Ich habe mich vor zwei Monaten von meinem Verlobten getrennt.«

Der Gedanke, dass sie schon bald abreisen und nie wieder hierherkommen würde, hatten ihr das schmerzhafte Geständnis erleichtert. Sie wollte hören, was Luis dazu meinte.

»Das tut mir leid«, sagte er. Es dauerte eine Weile, bis er weitersprach. »Wenn ich eine Vermutung äußern darf: Kann es sein, dass Sie auch vor der Liebe Angst haben?«

Angst vor der Liebe? Sie dachte an ihr letztes gemeinsames Wochenende und wie sein Auto um die Ecke des Faith Crescent verschwunden war, und ihr Herz zog sich zusammen.

»Im Gegenteil«, sagte sie ruhig. »Ich habe ihn sehr geliebt. Aber ich fand, er hat etwas Besseres verdient als mich.«

»Carrie! Schämen Sie sich, so von sich selbst zu reden.«

»Ich dachte, es ist am besten für uns beide, wenn ich die Verlobung auflöse. Nach dem zu urteilen, wie mein Leben die letzten Jahre gelaufen ist, bin ich alles andere als der ausdauernde und beständige Typ. Ich weiß nie, was ich will, und heiraten ist eine zu wichtige Sache, als dass ich es einfach so aufs Geratewohl ausprobieren könnte, um zu sehen, wie lange ich es durchhalte. Ich glaube, ich wollte nur deswegen heiraten, weil ich hoffte, es würde mir festen Halt geben. Aber als es auf den Hochzeitstermin zuging, merkte ich, dass ich immer unsicherer und wackeliger wurde. Seit wir zusammen waren, vom ersten Tag an, war ich nicht mehr richtig bei mir, ich fühlte mich wie in freiem Fall. Wenn ich nur daran dachte, Mark zu heiraten, bekam ich Panik. Ich fühlte, dass mir die Dinge entglitten.«

Er schwieg so lange, dass sie schon dachte, er wollte darauf gar nicht antworten. Aber dann sagte er etwas, mit dem sie nicht gerechnet hatte: »Haben Sie sich verletzbar gefühlt?«

»Ja, ich glaube, so kann man es beschreiben.«

»Das ist ein gutes Zeichen, Carrie, denn es zeigt, dass Sie dabei waren, die sichere kleine Ecke, in der Sie sich verkrochen hatten, zu verlassen und in die Wirklichkeit zurückzukehren, zum Leben und zur Liebe und zu all den Höhen und Tiefen, die damit einhergehen.«

»Aber das fühlte sich nicht richtig an. Was immer es war, es machte mir scheußliche Angst.« Sie stutzte kurz, von ihren eigenen Worten überrascht.

»Warum?«

»Ich weiß nicht. Ich rätsle immer noch herum.«

»Hat Mark Sie geliebt?«

Schau, Carrie, wie weit und tief der Ozean ist: Genauso grenzenlos ist meine Liebe zu dir.

»Ja.«

»Und warum machte Ihnen das Angst?«

»Ich wollte kein Risiko eingehen.«

»Wieso nicht?«

»So ein unspektakuläres und ereignisloses Leben wie meines fühlt sich sicher an: Wo nichts passiert, kann nicht viel schiefgehen. Mein Haus ist aus festen Ziegeln gebaut und steht in einer Sackgasse. Dort bin ich in Sicherheit.«

»Haben Sie Mark gesagt, wie es Ihnen ging?«

»Ich habe es versucht – er war tief verletzt.« Das Bild seines bleichen angespannten Gesichts verfolgte sie immer noch.

»War er derjenige, der Ihnen geholfen hat, Ihre Flugangst zu überwinden?«

»Ja. Aber dann wollte er, dass wir unsere Flitterwochen in Südamerika verbringen und uns all die schönen Orte ansehen, die meine Eltern besuchten, bevor sie starben.«

»Haben Sie mit ihm über Ihre Eltern gesprochen?«

»Hin und wieder.«

Das war gelogen. In der Nacht nach Fionas Hochzeit hatte sie ihm lediglich so knapp und sachlich wie möglich mitgeteilt, was ihren Eltern passiert war, um das Thema aus dem Weg zu räumen. Danach hatten sie über ihre Hoffnungen und Träume und alles mögliche andere gesprochen, aber nie hatte sie das Thema ihrer Eltern in einer Weise zur Sprache gebracht, die die ganze Tiefe ihres Leids sichtbar gemacht hätte. Im Gegenteil. Er hatte sie öfter gebeten, ihm zu sagen, was sie wirklich empfand, ihr versichert, dass er jederzeit bereit war, ihr geduldig zuzuhören, aber sie hatte immer abgewinkt, behauptet, sie sei drüber hinweg, sie wolle kein großes Aufheben machen, und überhaupt solle man alte Geschichten ruhen lassen.

»Im Übrigen ist es schon fünf Jahre her.«

»Die Jahre allein, die verstreichen, mindern nicht die Trauer um einen geliebten Menschen, Carrie«, sagte Luis. »Die Zeit heilt keine Wunden, das kann nur die Liebe.«

Sie biss sich auf die Lippen, zupfte verlegen an ihrer Decke und starrte stumm auf den See hinaus.

»Ich glaube, man kommt nie wirklich über den Verlust eines Menschen hinweg, den man liebt«, sagt Luis. »Wir lernen, diese Verluste anzunehmen, zu akzeptieren, dass unser Leben sich unwiderruflich geändert hat, aber diese Menschen werden immer Teil unseres Lebens bleiben. Wie könnte es anders sein, da wir sie doch geliebt haben? Mark hat versucht, Sie zu retten; er denkt, Sie haben sich immer noch nicht dem gestellt, was passiert ist.«

»Ich muss mich nicht stellen und brauche keine Retter. Mir geht es gut.«

»Sie wechseln von einer Arbeitsstelle zur nächsten, und dann lösen Sie Ihre Verlobung auf. Sie führen ein wunderbares, erfülltes Leben.«

»Jetzt machen Sie sich über mich lustig.«

»Sie haben die Wahl, Carrie«, sagte Luis. »Sie können weiter im Schatten Ihrer Eltern vor sich hin dümpeln oder ihr Andenken ehren, indem Sie ein selbstbestimmtes Leben führen.«

»Diese Woche hier war sehr schön, ich habe mich so lebendig wie lange nicht gefühlt«, sagte Carrie. »Ich habe ganz neue Erfahrungen gemacht, besonders heute. Danke, dass Sie mich dazu gebracht haben, mit dem Gleitschirm zu fliegen; es war großartig.«

»Ich habe es auch sehr genossen.« Er lächelte ihr zu. »Ich habe Sie gebeten, herzukommen, weil ich die Tochter der Frau kennenlernen wollte, der ich so viel verdanke, und weil ich die beruhigende Gewissheit haben wollte, dass sie glücklich war. Ich danke Ihnen, dass Sie gekommen sind, und hoffe, dass es mir gelungen ist, etwas von dem zurückzugeben, was Sylvie mir geschenkt hat. Ich konnte und wollte unter den gegebenen Umständen nicht viel über sie sprechen, aber, was immer Sie sonst glauben oder nicht glauben mögen, sollen Sie doch wissen, dass sie ein sehr besonderer Mensch war.«

Carrie war noch immer skeptisch, widersprach ihm diesmal aber nicht.

»Sie hatte davon gesprochen, dass sie eine wichtige Entscheidung über ihre Zukunft treffen müsse«, fuhr Luis fort, »aber da war noch etwas anderes, das sie beschäftigte, etwas Trauriges: Jemand, der ihr nahestand, war gestorben, und darum empörte es sie um so mehr, dass ich mein Leben wegwerfen wollte.«

»Ich weiß von niemandem, der um diese Zeit herum gestorben wäre. Hat sie es Ihnen gesagt?«

»Nein, aber es muss eine Person gewesen sein, die sie geliebt hat.«

»Seltsam. Das ergibt für mich genauso wenig Sinn wie alles andere. Es gab zu der Zeit keinen Todesfall in unserer Familie.«

»Ich bin mir nicht sicher, vielleicht lag es auch schon länger zurück.« Luis runzelte die Stirn. »Sie wisse, so hat Sylvie damals gesagt, wie es ist, wenn einem das Herz in lauter kleine Stücke zerbricht.«

Das alles ergab keinen Sinn. Eine wichtige Entscheidung? Sylvie sollte verängstigt gewesen sein, sich in einer unerträglichen Situation befunden haben? Ihr Herz sei gebrochen? Carrie musste herausfinden, was im September 1980 passiert war. Sobald sie wieder in Dublin war, würde sie dem nachgehen.

»Und jetzt«, sagte Luis, »muss ich ins Haus gehen, bevor Maria böse wird und zu zetern und zu toben anfängt.«

Carrie musste lächeln. Sie schob ihre Wolldecke beiseite und stand auf. »Es fällt mir schwer, mich von Ihnen zu verabschieden«, sagte sie mit belegter Stimme.

»Dann verschieben Sie es auf später – schauen Sie am Abend auf dem Weg zum Flughafen noch einmal vorbei.«

Sie küsste ihn auf die Wange, bevor sie ging. Als Christophe sie in die Stadt fuhr, musste sie die ganze Zeit daran denken, was Luis gesagt hatte: »Die Zeit heilt keine Wunden, das kann nur die Liebe.«

Als Carrie am frühen Abend dann noch einmal kam, um Abschied zu nehmen, schlief Luis noch.

»Es tut mir leid, Carrie«, sagte Maria. »Ich kann ihn jetzt nicht wecken, er braucht den Schlaf. Sie werden sich nicht von ihm verabschieden können, aber vielleicht ist es besser so.«

»Er wird sterben, nicht?«, fragte Carrie beklommen.

»Ja. Es wird nicht mehr lange dauern. Eher Wochen als Monate.«

Sie standen im Hausflur. Die untergehende Sonne zeichnete lange Lichtbahnen auf die Wände und den Steinfußboden. Die Türen standen offen, sodass Carrie durch das Panoramafenster am anderen Ende des Hauses den See sehen konnte, dessen tanzende Wellen in der Sonne blitzten und funkelten wie Diamanten. Er wirkte lebendig und heiter und sehr schön, und Carrie wurde das Herz schwer bei dem Gedanken, dass Luis, der schlafend in seinem Bett lag, den herrlichen Abend, einen von den wenigen, die er noch erleben durfte, nicht genießen konnte.

»Es fällt mir schwer, zu verstehen, wie Sie so ruhig bleiben können«, sagte sie. »Ich an Ihrer Stelle würde wahrscheinlich die ganze Zeit weinen und wäre wütend, dass das Leben so ungerecht ist.«

»So ist es mir auch ergangen. Am Anfang war ich voll ungläubiger Empörung. Ich konnte es einfach nicht fassen, dass er nicht geheilt werden könnte. Es war unvorstellbar. Man hofft und hofft immer weiter, dass die Diagnose falsch ist oder dass die Ärzte doch etwas gegen die Krankheit tun können. Dann kamen tröpfchenweise mehr und mehr schlechte Nachrichten und keine guten. Ich muss nach außen hin stark sein, aber im Herzen habe ich ein Meer von Tränen geweint, ich habe mich gegen das Schicksal empört und es angefleht, Luis wieder gesund werden zu lassen. Selbst jetzt noch« – sie lächelte traurig – »gibt es in mir ein Fünkchen Hoffnung, dass morgen eine plötzliche Besserung eintritt und alles gut wird.«

Carrie trat einen Schritt auf Maria zu und nahm sie in die Arme. Ein leichter blumiger Parfümduft umwehte sie, unaufdringlich elegant wie alles an dieser Frau. Aber ihre zierliche Gestalt fühlte sich plötzlich schwach und zerbrechlich an, und Carrie fragte sich, wie viel Anstrengung es sie wohl kostete, immer Haltung zu bewahren.

Carrie trat zurück, ihre Hand auf Marias Arm. »Ich bin froh, dass ich hergekommen bin.«

»Ich auch und Luis erst recht. Sie sind genau die Tochter, die er sich gewünscht hätte, wenn es uns vergönnt gewesen wäre, Kinder zu haben.«

Das machte Carrie verlegen.

Maria streichelte ihre Hand. »Sie sind eine schöne, warmherzige junge Frau. Sie haben Luis, einem wildfremden Menschen, Ihre kostbare Zeit geschenkt, als er Sie darum bat. Das war sehr großzügig von Ihnen.«

»Ich glaube ...« Carrie spürte, dass ihr Tränen in die Augen traten, aber sie nahm sich zusammen. »Wissen Sie, es ist nicht so, dass meine Motive vollkommen uneigennützig gewesen wären.«

Maria lächelte. »In den letzten Wochen hat Luis ein sehr zurückgezogenes Leben geführt und keine Besuche empfangen. Es ist lange her, dass ich ihn so glücklich gesehen habe wie diese Woche mit Ihnen.«

Carrie warf einen Blick auf die Uhr. Es war Zeit, dass sie Luis und Maria der Ruhe ihres schönen Hauses überließ und in die lärmende Geschäftigkeit des Flughafens eintauchte. Zeit, die Fäden ihres eigenen Lebens wieder aufzunehmen, genauer gesagt: sich erst einmal ein eigenes Leben zu schaffen.

»Bleiben wir in Kontakt?«, fragte sie. »Sie lassen es mich wissen …«

Maria lächelte angestrengt. »Natürlich. Und noch einmal danke, Carrie.«

Carries Herz krampfte sich zusammen, als sie hinaustrat in die letzten Strahlen der Sonne und zu Christophe ins Auto stieg. Sie redeten nicht viel auf der Fahrt, und Carrie war froh darüber, denn sie kämpfte noch immer mit den Tränen. Sie freute sich nicht auf zu Hause, sie wäre gerne noch ein bisschen länger hiergeblieben, umhüllt von der besonderen Stimmung der letzten Tage, in einer Umgebung, die ihre scharfen Kanten und Stacheln weich werden ließ.

Am Flughafen bedachte Christophe sie mit einer altmodischen Aufmerksamkeit, die sie rührte und von der sie sich wünschte, sie wäre nie aus der Mode gekommen. Sie hatte seine Kavaliersdienste auch bitter nötig; wieder begann sich angesichts des bevorstehenden Flugs die alte Panik auszubreiten, allein wäre sie in dem Menschengewimmel verloren gewesen. Offenbar spürte Christophe ihre Angst, denn er begleitete sie bis zur Sicherheitskontrolle.

»Sie kommen zurecht?«, fragte er.

Sie wollte ihm gerade gestehen, dass sie nicht sicher war, nahm dann aber all ihre Kraft zusammen. »Alles bestens«, sagte sie.

»Na dann, kommen Sie gut nach Hause.« Er legte ihr die Hände auf die Schultern und küsste sie leicht auf beide Wangen.

»Danke, dass Sie sich so gut um mich gekümmert haben«, sagte sie. Es tat ihr leid, dass sie keine besseren Worte fand.

In der Abflughalle ließ sie die Erlebnisse der letzten Tage im

Geist Revue passieren; all die Bilder von ihrem Aufenthalt in Luzern lenkten sie eine Weile von ihrer Angst ab. Als dann die Passagiere aufgefordert wurden, an Bord zu gehen, musste sie sich zwingen, sich in Bewegung zu setzen, aber in Irland warteten ihr Haus und ihre Arbeit auf sie, ihr eigenes Leben. Als sie sich in die Schlange einreihte, dachte sie an Luis, der mit so ruhiger Würde seinem Tod entgegenging, und an Marks ständige Ermutigungen auf der Reise nach Paris, wie er ihre Hand gehalten und ihr zugeredet hatte, immer schön ruhig und tief zu atmen.

Sie legte den Sicherheitsgurt an, froh darüber, dass ihre Hände nicht mehr so heftig zitterten wie beim letzten Mal. Sie musste herausfinden, was damals passiert war. Und sie wollte versuchen, eine Art Frieden mit Mark zu schließen. Aber das konnte wohl nur durch ein Wunder geschehen.

Zweiundzwanzigstes Kapitel

»Sie führen ein wunderbares, erfülltes Leben«, hatte Luis gesagt. O ja. Carries Blick wanderte durch den Raum, wo die ergonomischen Arbeitsplätze, die hässlichen Aktenschränke aus Blech, der Fotokopierer und der Drucker mit den monotonen Wänden zu einer einzigen trostlosen grauen Masse verschmolzen, und sie wünschte sich, es wäre halb sechs. War das ihr Leben? Seit sie aus der Schweiz zurückgekommen war, hatte sie sich, wie jeden Morgen zuvor, gezwungen, aufzustehen, ins Büro zu gehen und dort wie ein Roboter ihre Arbeit zu tun. Sie beantwortete Mails, ging zu Besprechungen, lächelte Shelley und Elena mechanisch zu, flüchtete am Mittag ins Freie, um frische Luft zu schöpfen, und wanderte wie im Nebel umher, bis es Zeit war, wieder zurückzugehen. Ihr Herz und ihr Geist waren meilenweit entfernt in einem geräumigen, von Licht erfüllten Haus mit Blick auf einen See, bei Maria, die so freundlich lächelte und Schatten unter den schönen Augen hatte, aber noch öfter dachte Carrie an Luis. Die Erinnerungen an die Tage, die sie mit ihm verbracht hatte, standen ihr scharf gezeichnet vor Augen, seine bittersüß mahnenden Worte in ihrer eindringlichen Aufrichtigkeit machten ihr klar, wie öde ihr Leben eigentlich war.

Am Donnerstagnachmittag war Carrie zu Mute, als wollten die Wände ringsum sie erdrücken. Drei volle Stunden lagen noch vor ihr, jede einzelne Minute endlos und grau. Der ganze Rest ihres Lebens lag vor ihr wie eine zähe, farblose Masse. Ihr Herz pochte dröhnend laut, Schweiß lief ihr den Rücken hinunter. Sie stand so abrupt auf, dass sie die Tastatur ihres Computers vom Schreibtisch stieß. Shelley blickte auf.

»Alles okay?«, fragte sie.

Carrie schluckte und kämpfte die aufsteigende Panik nieder. Sie nickte, stand auf und eilte zur Toilette. Keuchend schnappte sie nach Luft, aber von dem künstlichen Raumduft wurde ihr schlecht. War das ihr Leben? War das alles? Die stumpfsinnige Gleichförmigkeit einer Arbeit, die sie verabscheute, drückte sie nieder.

Einer Arbeit, die sie verabscheute. Wie konnte sie auch nur einen Moment länger in dieser Tretmühle bleiben? Sie starrte auf ihr Gesicht im Spiegel, und ihr war plötzlich, als sähe sie es zum ersten Mal seit langer Zeit wieder richtig. Warum verschwendete sie ihre Lebenszeit damit, sich so sinn- und ziellos treiben zu lassen? Aber wenn sie jetzt wieder einen Job hinschmiss, war das nur ein weiterer Beweis dafür, dass es ihr an Stehvermögen fehlte, oder nicht? Vielleicht musste sie sich eben mehr anstrengen, damit es klappte?

Sie ging zurück an ihren Schreibtisch und versuchte sich auf ihre Arbeit zu konzentrieren, doch der Kampf in ihrem Kopf tobte immer weiter. Shelley warf ihr sonderbare Blicke zu, was Carrie noch mehr verunsicherte. Als sie an diesem Abend endlich ihr Refugium im Faith Crescent erreichte und die Tür hinter sich schloss, wäre sie vor Erleichterung beinahe in Tränen ausgebrochen.

Dann läuteten die Glocken der Kirche hinter ihrem Haus, und sie musste daran denken, dass in nicht allzu ferner Zukunft Glocken für Luis läuten würden. Und in dem Moment drängte die ganze kalte Endgültigkeit dessen in ihr Bewusstsein, was sie verkünden würden.

Am folgenden Morgen, nach einer schlaflosen Nacht, nahm Carrie all ihren Mut zusammen und reichte ihre Kündigung ein.

Steve reagierte genau so, wie sie erwartet hatte. »Ich glaube, Sie haben nie so ganz in das Unternehmen gepasst«, sagte er in der selbstgefälligen Art eines Mannes, der jetzt bestätigt sieht, was er immer schon geargwöhnt hat. »Es ist wahrscheinlich für beide Seiten am besten so. Ich hätte Sie in nächster Zeit zu einem kritischen Gespräch über Ihre Leistungen bitten müssen, aber das hat sich ja nun erübrigt. Ich werde die Personalabteilung anweisen, Ihnen ein Zeugnis auszustellen, mit den besten Empfehlungen natürlich, ich will ja gerne das Meine dazu beitragen, dass Sie wieder einen neuen Job finden.« Er lächelte gönnerhaft.

Von Shelleys Reaktion war sie überrascht. »Du kannst dir gar nicht vorstellen, wie sehr ich dich beneide«, sagte sie zu Carrie am Nachmittag, als die Nachricht von der Kündigung sich herumgesprochen hatte.

»Soll das ein Witz sein?«

»Nein, ich wünschte, ich hätte so viel Mut wie du.«

Carrie lachte. »Du musst mich mit jemand anderem verwechseln. Ich bin alles andere als mutig.«

»Ich weiß, dass du es einfach nicht ausgehalten hast hier«, sagte Shelley. »Manchmal geht es mir genauso.«

Carrie dachte, sie hätte sich verhört. »Wirklich?«

»Ach, du musst nicht so ahnungslos tun. Du hast genau Bescheid gewusst, ich habe es dir angesehen. Du hast dich insgeheim über mich lustig gemacht, weil du es lächerlich fandst, wie ich mich bei Steve einschleime. Dir ist es vollkommen egal, ob er dich mag oder nicht. Und darum beneide ich dich, um diese souveräne Art, mit den Schultern zu zucken, als ob diese ganze Firma überhaupt nicht wichtig wäre.«

»Na ja, ist sie auch nicht, im Großen und Ganzen.«

»Das stimmt. Du wirst wohl nicht im Ernst glauben, dass ich das, was sie so hochtrabend ›unsere Unternehmensphilosophie‹ nennen, für bare Münze nehme. Aber manche von uns haben eben keine Wahl, wir müssen uns anpassen, dem Chef in den Hintern kriechen und immer eifrig nicken, damit wir unsere Arbeit behalten.« Sie lächelte unfroh. »Um die Rechnungen zu bezahlen und für die Zukunft vorzusorgen, weil wir ein Minimum an Sicherheit brauchen, und weil wir die Erfahrung gemacht haben, wie verdammt schwer es war, nach der Uni eine Stelle zu kriegen. Na ja, tun wir eben unser Bestes, den Job hier zu behalten, auch wenn wir dieses System der Leistungskontrolle satthaben und keine Lust mehr, andauernd die sogenannten ›Unternehmenswerte‹ herzubeten. Aber zu allem bin ich dann doch nicht bereit. Wenn Steve glaubt, dass ich mit ihm ins Bett gehe –«

»Was? Das hat er von dir verlangt?«

»Nicht ausdrücklich.« Shelley schnaubte. »So dumm ist er nicht. Er macht nur andauernd unmissverständliche Andeutungen: dass er gern mal sehen würde, was ich sonst noch alles draufhabe, dass ich meine Chancen nutzen muss, dass ich gerne alle meine Talente vor ihm spielen lassen kann. Das alles in einem Ton, der einem an die Wäsche geht. Ich muss ihn mir regelreicht vom Leib halten.«

»Das ist sexuelle Belästigung, Shelley, das musst du dir nicht gefallen lassen.«

»Sicher, aber glaubst du denn, ich könnte es beweisen?«

Carrie schwieg betroffen.

Shelley redete weiter. »Und darum, Carrie, hätte ich gerne auch den Mumm, zu sagen: ›Ihr könnt mich mal‹ und den ganzen Krempel hinzuschmeißen, aber leider kann ich mir das nicht leisten. Ich brauche das Geld.«

»Kein Geld der Welt ist es wert, so was auf sich zu nehmen.«

»O doch. Wenn du stolze Besitzerin einer Eigentumswohnung bist und den Kredit dafür abstottern musst.«

»Ich .. ich weiß nicht, was ich sagen soll«, stammelte Carrie verlegen. Sie schämte sich dafür, dass sie die ganze Zeit so schlecht von ihrer Kollegin gedacht hatte.

»Sag jetzt nicht, dass ich dir leidtue, das könnte ich nicht ertragen. Es wird jede Menge Bewerberinnen geben, die sich um deine Stelle reißen, und die Glückliche, die den Job bekommt, wird ein Wochenende durchfeiern und sich eine Zeitlang hier wie auf Wolke sieben fühlen, bevor sie auf dem Boden der Tatsachen ankommt. Wenn sie jung und hübsch ist, wird sich Steve vielleicht mehr für sie interessieren und mich in Ruhe lassen, wer weiß?«

»Es tut mir leid, wenn ich dich verärgert habe«, sagte Carrie zerknirscht. »Ich werde dir Bescheid sagen, wenn mir Stellenangebote begegnen, die für dich interessant sein könnten.«

»Danke.« Shelley hatte sich schon wieder abgewandt und starrte so konzentriert auf ihren Bildschirm, als hätte das Gespräch mit Carrie nie stattgefunden.

Aber Carrie ging es immer noch im Kopf herum, als sie an diesem Abend nach Hause ging: Es hatte sie überrascht, dass sie plötzlich Mitgefühl mit Shelley hatte. Noch eine Woche musste sie durchstehen, dann war sie frei. Sie fühlte sich unendlich erleichtert. Es war ein schöner Maiabend, versüßt von der Euphorie, dem Büro entronnen zu sein, und das Herz ging Carrie auf beim Anblick des frischen Laubs an den Alleebäumen, das in den schräg einfallenden Sonnenstrahlen leuchtete.

Dass sie bei Jade gekündigt hatte, bedeutete allerdings nicht, dass sie künftig die ganze Zeit im Schlafanzug und mit Puschen an den Füßen zu Hause herumhängen würde. Sie hatte wichtigere Dinge zu tun. Sie wollte herausfinden, was Sylvie im Jahr 1980 erlebt hatte. Ihr Verhältnis mit Luis war Carrie, noch immer unvorstellbar. Luis wirkte nicht wie jemand, der Fantasie und Wirklichkeit verwechselt, aber das, was er erzählt hatte, ließ sich einfach nicht mit dem, was Carrie über die Beziehung ihrer Eltern und über ihre Mutter wusste, unter einen Hut bringen. Die Wahrheit musste entweder in dem Haus in der Waldron Avenue oder in Willow Hill zu finden sein, und Carrie war entschlossen, sie ans Licht zu bringen. Es lag nahe, mit der Suche in der Waldron Avenue zu beginnen, in ihrem Elternhaus, das für Carries Gefühl all die Jahre streng verbotenes Gebiet gewesen war. Dort lagerten noch immer alte Kisten.

»Sie müssen so tun, als wären Sie tapfer«, hatte Luis gesagt.

An diesem Abend schaute Carrie bei Fiona vorbei und bat sie um die Schlüssel zu dem Haus in der Waldron Avenue.

Dreiundzwanzigstes Kapitel

Fiona hatte ihr angeboten, sie zu begleiten, aber Carrie sagte nur, sie komme gut allein zurecht. Sie wollte nicht, dass Fiona zusah, wie sie sich durch alte Kisten und Erinnerungen wühlte, wie sie vielleicht doch das Bedürfnis überkam, Fotos an ihr Herz zu drücken und ihren Tränen freien Lauf zu lassen. Oder mit den Fingerspitzen zärtlich über Gegenstände zu streichen, die ihren Eltern lieb gewesen waren. Und wenn sie Glück hatte, würde sie etwas finden, das Aufschluss darüber gab, was 1980 geschehen war. Auf gar keinen Fall wollte Carrie jemanden dabeihaben.

Ihre Kehle war wie zugeschnürt, als sie durch den Vorgarten schritt, so übermächtig waren die Gefühle, die in ihr aufwallten. Erst beim dritten Versuch schaffte sie es, den Schlüssel ins Schloss zu stecken. Dann stand sie im Flur, und fünf Jahre schrumpften zu Nichts zusammen. Sie sah die nagelneuen Koffer vor sich, die ihre Eltern gekauft hatten – edle, teure Stücke, wie es sich gehört, wenn man so eine großartige Reise unternimmt –, auf den Anhängern in der ordentlichen Handschrift ihrer Mutter neben Namen und Adresse auch noch allerlei andere Informationen, die Sylvie für nötig erachtet hatte.

Sie hörte ihre eigene nichtsahnend fröhliche Stimme, die Stimme einer naseweisen Fünfundzwanzigjährigen, die ihre Eltern ein wenig ärgern wollte. »Man muss doch nicht seinen ganzen Lebenslauf auf einen Gepäckanhänger schreiben ... Diese Koffer sind so neu, man sieht sofort, dass ihr euch noch nie von zu Hause fortgewagt habt. Klar, ihr wart schon in Frankreich und in Spanien, aber heutzutage ist das ja nur ein Katzensprung.«

Und die Stimme ihres Vaters. »Na, na, mach mal halblang. Wir holen eben jetzt, wo du uns endlich mal unseren Freiraum lässt, das Versäumte nach ...«

»Aha, jetzt ist es plötzlich *meine* Schuld, dass ihr nie über Europa hinaus gekommen seid!«

Die Maisonne schien durch die Lünette über der Tür wie immer zu dieser Tageszeit. Eigentlich sah der ganze Flur genauso aus wie damals, nur war dort, wo das Gepäck gestanden hatte, jetzt leerer Raum, und an die Stelle der scherzenden Stimmen von Carries Eltern war lastende Stille getreten. Das Tischchen war noch da, und darauf stand dieselbe Lampe wie früher. Ein Kinderfahrrad lehnte an der Wand, und auf einer alten Fußmatte standen knallrote Gummistiefel.

Die Mieter waren übers Wochenende nach Galway gefahren und hatten ihre Zustimmung gegeben, dass Carrie in ihrer Abwesenheit ins Haus kam. Sie fragte sich, ob Fiona wohl erwähnt hatte, dass Carrie seit dem Tod ihrer Eltern nie mehr einen Fuß über die Schwelle gesetzt hatte. Lange stand sie im Hausflur und kämpfte gegen die Verwirrung an, die sie in immer neuen Wellen überkam. Das Haus hatte einen anderen Geruch als früher und fühlte sich anders an, und doch waren die Türen, die Wände, die Treppe unverändert, und sie konnte sich leicht vorstellen, dass gleich ihr Vater, die Zeitung in der Hand, aus dem Wohnzimmer kommen könnte oder ihre Mutter aus der Küche.

Aber das waren altvertraute Geister, die in ihrem Unterbewussten und in ihren Träumen ein und aus gingen, weswegen die Konfrontation mit der Wirklichkeit im Hier und Jetzt, die

Gewissheit, dass ihre Eltern eben nicht mehr in diesem Haus zu finden waren, weniger niederschmetternd war, als sie gefürchtet hatte. Carrie ging durch den Flur und öffnete die Tür zur Küche. Es war alles wie früher und doch anders – die Anordnung von Möbeln und Küchengeräten war unverändert, der Tisch, die Stühle, der Zeitungsständer, das Brett mit den Kochbüchern an der Wand, die Aussicht zum Garten, so wie früher, und doch hatte alles irgendwie einen anderen Charakter, ein anderes Gepräge, das die Familie, die jetzt hier wohnte, und die Dinge ihres alltäglichen Lebens dem Haus verliehen hatten. Andere Fotos an den Wänden, Kinderzeichnungen, die mit Magneten am Kühlschrank festgemacht waren. In Carrie wurden Erinnerungen lebendig, überkamen sie wie eine Sturzflut, ein Kaleidoskop von Bildern, eine Lawine lange vergessener Sinneseindrücke aller Art. Sie holte tief Luft und trat ein. Ihr war, als strahlte die Liebe und Wärme ihres vergangenen Lebens von diesen Wänden. Sie ging ans Fenster, und da sah sie draußen im Garten den blühenden Apfelbaum.

Die Zweige waren überladen mit üppigen Blüten, eine Orgie von Farben. Er war immer ihr Glücksbaum gewesen, ihr Frühlingsbote. Ihre Mutter war nie müde geworden, die Wunder der Natur zu rühmen; der Baum, sagte sie, verkünde neues Leben, eine Auferstehung aller Dinge vom Tod des Winters. Carries Vater hatte immer wieder erzählt, dass er ihn im Jahr ihrer Geburt gepflanzt hatte, ihr zu Ehren. Und da stand er nun in seiner Blütenpracht, immer noch strotzend vor Leben und Lebenslust, Jahre nachdem ihre Eltern gestorben waren. Es war eine herbe Erkenntnis, dass die schönen Erinnerungen eben nichts weiter waren als Vergegenwärtigungen von etwas, das ein für alle Mal vergangen war. Sosehr sie es sich auch wünschen mochte, diese Momente würden nie mehr wiederkehren. Ihre Eltern würden nie mehr aus diesem Fenster schauen, an diesem Tisch sitzen und Zeitung lesen oder Kaffee trinken oder sich ein Glas Wein einschenken. Nie wieder würde Carrie ihren Vater lustige Grimassen schneiden oder ihr zuzwinkern sehen, nie wieder würde sie ihre Mutter lachen hören. Nie wieder würde ihr Vater ihr die Geschichte vom Apfelbaum erzählen, den er im Jahr ihrer Geburt gepflanzt hatte.

Plötzlich fing sie an zu weinen. Die Tränen, die sie all die Jahre unterdrückt hatte, flossen so heftig, dass sie nach Atem rang, nach vorn gebeugt, die Hände vor dem Bauch, schluchzte sie sich die Seele aus dem Leib, so übermächtig war ihr Schmerz. Es dauerte lang, bis sie sich wieder so weit erholt hatte, dass sie sich nach dem Küchenpapier umsah und ein Stück abriss, um ihr Gesicht abzutrocknen und sich zu schnäuzen. Und es dauerte noch einmal eine Weile, bis sie sich stark genug fühlte, nach oben in den Raum zu gehen, in dem Evelyn und Sean die Sachen von Carries Eltern eingelagert hatten.

Carrie atmete tief durch, bevor sie die Tür aufsperrte und eintrat. Rundum waren große Kunststoffboxen und Kartons ordentlich nebeneinander aufgestapelt. Dahinter standen an die Wand gelehnt gerahmte Bilder und Spiegel. Als sie sich umschaute und aufs Geratewohl eine der Boxen öffnete, wurde Carrie erst so richtig bewusst, wie viel Dank sie Evelyn und Sean schuldete. Die beiden hatten selbst das Trauma verarbeiten müssen, liebe Angehörige auf so tragische Weise zu verlieren, und doch hatten sie sich um all die Dinge gekümmert, die nach einem Todesfall zu erledigen sind, und die völlig am Boden zerstörte Carrie zu sich ins Haus genommen. Und dann hatten sie sich auch noch, weil ihre Nichte, gleichgültig und teilnahmslos in ihrer Trauer versunken, sich zu keiner Aktivität aufraffen konnte, die Mühe gemacht, das ganze Haus so aufzuräumen, dass es vermietet werden konnte. Sie hatten alle Sachen ordentlich in Kisten verpackt, die sie beschrifteten und denen sie jeweils eine Liste beilegten, in der jedes einzelne enthaltene Ding verzeichnet war. So musste Carrie nur auf die Aufschriften schauen und wusste sofort, wo das Waterford-Kristall, die Gläser und Vasen, das Silberbesteck, das Geschirr, die Stereoanlage ihres Vaters, die Lieblingsbücher und CDs ihrer Eltern zu finden waren. Andere Kartons enthielten weniger teure, aber gleichwohl wertvollere Dinge: Pokale und Medaillen, die Carrie im Schulsport gewonnen hatte, allerlei andere Erinnerungsstücke aus Carries Zimmer und eine große Menge Familienfotos, manche gerahmt, andere in Alben und Ordnern, alle aus der Zeit seit Carries Geburt.

Sie wusste, dass ihre Mutter eine Auswahl Bilder aus früheren Jahren in einem alten, schon ziemlich abgewetzten Album aufbewahrt hatte. Das war es, wonach sie suchte. Sie fand es schließlich ganz unten in einem Karton. Obenauf lag ein altes Adressbuch. Als sie einen Blick darauf warf, krampfte sich ihr Herz zusammen.

Ein großer brauner Umschlag steckte in dem Buch, das immer auf dem Tischchen im Flur gelegen hatte. Sie wusste, was für ein Kuvert das war, noch bevor sie es sich genauer ansah.

Im Geist sah sie ihre Mutter durch den Flur kommen, wo Carrie sich gerade über die neuen Koffer lustig machte.

»Schatz, hast du den Umschlag mit den Flugtickets gesehen?« Die Stimme ihrer Mutter war voller Liebe zu dem Mann, den sie vor Jahren mit einem anderen betrogen haben sollte.

Ihr Vater zwinkerte Carrie verschwörerisch zu. »Tja, könnte es vielleicht der da auf dem Tisch sein, dieser braune, auf dem ›Tickets‹ geschrieben steht?«

»Was? Wo? – Ach, du hast mich reingelegt.« Die Mutter lachte, denn Carries Vater zog den Umschlag, den er unter seiner Zeitung versteckt hatte, hervor und gab ihn ihr.

Sylvie seufzte. »Es ist schrecklich mit mir – ich finde nicht einmal die Reservetickets, die ich vorsichtshalber zusätzlich ausgedruckt habe, für alle Fälle.«

»So wie ich dich kenne, hast du sie wahrscheinlich irgendwohin gesteckt, wo sie sogar vor dir selber sicher sind.«

Und hier waren sie, nach fünf Jahren wieder aufgetaucht. In einem braunen Umschlag, auf dem in der Schrift von Carries Mutter »Reservetickets« stand.

Carrie ließ den Umschlag fallen, als hätte sie sich die Finger verbrannt. Sie nahm das Fotoalbum heraus und schloss den Karton. Dann hob sie mit zitternden Händen den Umschlag auf und steckte ihn zusammen mit den Alben in eine Tragetasche.

Hinterher konnte sie sich kaum noch daran erinnern, wie sie nach Hause gekommen war. In dem aufgewühlten Zustand, in dem sie sich befand, war sie eigentlich gar nicht fahrtüchtig; ein wahres Wunder, dass sie es ohne Unfall bis in den Faith Crescent geschafft hatte. Sie zitterte am ganzen Körper, als sie die Haustür hinter sich schloss. Schwer atmend lehnte sie sich mit dem Rücken gegen die Wand, so erschöpft, als hätte sie einen hohen Berg bestiegen. Aber sie hatte die Tasche – sie fühlte sie brennend heiß an ihrer Seite.

Später an diesem Abend ging sie durchs Haus, ließ überall die Jalousien herunter, zog die Vorhänge vor den französischen

Fenstern zu und zündete ein Feuer im Kamin an, mehr der Stimmung wegen als aus einem anderen Grund. Erst einmal nichts tun, nicht denken, nur da sein, sicher und geborgen in ihren eigenen vier Wänden. Sie nahm eine Flasche Weißwein aus dem Kühlschrank, schaltete den Fernseher an, zog die Schuhe aus und machte es sich auf dem Sofa bequem.

Der Wein tat ihr gut. Nach zwei Gläsern spürte sie, wie eine angenehme Erschlaffung einsetzte, und die namenlose Angst, die sie den ganzen Nachmittag über gequält hatte, ließ nach. Im Fernsehen lief ein Familienquiz, anspruchslose Unterhaltung mit Klamauk und viel lautstarkem Geplauder, genau das Richtige.

Beim dritten Glas kamen in ihr Erinnerungen an die Samstagabende mit Mark hoch. Sie hatten sich Essen bestellt, eine Flasche Wein geöffnet und sich einen gemütlichen Abend zu Hause gemacht. Und dann waren sie ins Bett gegangen. Verbrachte er so einen Samstagabend jetzt mit einer anderen? Oder zog er gerade um die Häuser, auf der Jagd nach irgendeiner Frau, die ihn tröstete? Wenn es so war, hatte sie kein Recht, ihm einen Vorwurf zu machen. Sie musste daran denken, wie ihm das Kinn heruntergeklappt war, als sie ihm von dem Vorhaben erzählte, in die Schweiz zu fliegen. In einem munter nonchalanten Ton, als wäre es gar nichts Besonderes für sie, mit dem Flugzeug zu verreisen. Es musste auf ihn gewirkt haben, als verhöhnte sie ihn jetzt noch dafür, dass er sie mit so viel Fantasie und sorgsamer Überlegung, mit so viel *liebevollem* Einfühlungsvermögen dazu gebracht hatte, sich ihrer Flugangst zu stellen.

Sie war ihm eine Erklärung schuldig.

Ohne lange Überlegung griff sie nach ihrem Handy und rief

ihre Textnachrichten auf. Früher hatte sein Name an erster Stelle der Liste gestanden, jetzt musste sie erst suchen, um ihn zu finden. Seine letzte Nachricht sprang ihr ins Auge:

Bin auf dem Weg. Rind oder Huhn? X

Im Geist sah sie ihn durch die Tür kommen, eine braune Papiertüte eines chinesischen Restaurants in der Hand. Sie sah ihn das Essen auf die vorgewärmten Teller verteilen, Sojasoße in ein Schälchen schütten und einen Krabbenchip eintauchen, den er ihr in den Mund steckte. Das war drei Tage vor ihrem letzten großen Streit.

Können wir uns treffen und reden? Sobald es dir passt.

Sie drückte auf »Senden«, bevor sie kalte Füße bekam.

Es wurde höchste Zeit, dass sie sich mit etwas anderem beschäftigte als immer nur mit Mark. Und sie wusste auch schon, womit. Sie ging in den Flur, wo in der Ecke neben dem Bücherregal die Tragetasche lehnte, sonderbar in sich zusammengesackt wie ein schlummernder Gnom.

Sie trug die Tasche ins Wohnzimmer. Sie hatte schon die Hand ausgestreckt, um den Umschlag ins Feuer zu werfen, beschloss dann aber, die Tickets herauszuholen und sie – wie eine Art Zeremonie – einzeln, Blatt für Blatt, den Flammen zu übergeben. Sie zog drei bedruckte Blätter heraus, ließ ihren Blick über die Namen ihrer Eltern und die verschiedenen Daten und Fluginformationen gleiten.

Sie spürte einen Stich in ihrem Herzen, als sie das erste Blatt über die Glut hielt, bis es Feuer fing, dann ließ sie es fallen und sah zu, wie das Papier von den Flammen verzehrt wurde. Das Gleiche machte sie mit dem zweiten Ticket, das zu dem Flug gehörte, der so tragisch geendet hatte. Mit fasziniertem Grauen beobachtete sie, wie es zu Asche wurde. Danach trank sie einen großen Schluck Wein. Sie griff zum dritten Blatt, dem Ticket für die Heimreise, die ihre Eltern nie angetreten hatten.

Sie überflog die Angaben, die darauf gedruckt waren, und stutzte. Etwas stimmte nicht, es ergab keinen Sinn. Sie erinnerte sich, wie ihre Mutter die Stationen der geplanten Rückreise an den Fingern abgezählt hatte.

»Brasilien, Paris, London, Dublin.«

»Wieso fliegt ihr von Paris nicht direkt nach Dublin?«, hatte Carrie gefragt.

»Da gab es keinen günstigen Anschlussflug.«

»Aber wie kann man nach London fliegen, bloß um umzusteigen? Warum nutzt ihr nicht die Gelegenheit, euch auch noch ein paar interessantere Dinge anzusehen als nur den Flughafen? Ihr wart seit eurer Hochzeitsreise nicht mehr dort.«

»Ach, das heben wir uns für später auf. Wir werden noch eine Menge Reisen unternehmen, nachdem wir einmal Blut geleckt haben.«

Aber dem Ticket zufolge, das Carrie jetzt in der Hand hielt, hatten John und Sylvie Cassidy gar nicht vorgehabt, von London aus sofort weiter nach Dublin zu fliegen. Vielmehr wollten sie an einem Montag gegen Mittag in London ankommen und erst Mittwochabend den Flieger nach Dublin nehmen. Carrie starrte ungläubig auf die Datumsangaben. Offenbar war sie so müde und durcheinander und vom Wein beduselt, dass sie gar nicht mehr richtig lesen konnte. Das Gelächter im Fernsehen steigerte sich zum Crescendo. Carrie griff zur Fernbedienung und schaltete auf stumm. In dem Schweigen, das daraufhin eintrat, war nur das Knistern des Feuers zu hören. Carrie brachte es nicht über sich, auch das letzte Blatt zu verbrennen.

Sie goss den letzten Rest Wein in ihr Glas, setzte sich vor dem Kamin auf den Teppich und nahm, froh über die abstumpfende Wirkung des Alkohols, das alte Fotoalbum zur Hand. Als sie es öffnete, fielen drei Bilder heraus, die lose darin gelegen hatten.

Das eine war ein Gruppenbild von einer Geburtstagsfeier in Willow Hill. Es war in der Küche aufgenommen worden und zeigte Carries innig geliebte Großmutter, Sean und Andrew, die damals noch sehr jung waren, eine freundlich lächelnde Frau mit fülliger Figur und einer Schürze sowie die halbwüchsige Sylvie zusammen mit einem schüchtern wirkenden Mädchen. Auf dem zweiten Foto waren Carries Eltern als Teenager zu sehen, umringt von Freunden standen sie auf einem Fußballplatz, Sylvies Haar vom Wind zerzaust. Das dritte war ein schmaler Streifen mit vier Bildern, offenbar aus einem dieser Passbildautomaten, die es früher gab. Carries Mutter und das schüchterne Mädchen von dem Geburtstagsfoto waren darauf zu sehen, aber jetzt waren sie ein paar Jahre älter. Sie hatten sich zusammen in die Blechkabine des Automaten gezwängt; Arm in Arm, die Köpfe aneinandergedrückt, lachten sie in die Kamera. Auf dem letzten Bild der Serie hielten sie ihre linken Hände vorgestreckt, sodass man ihre Verlobungsringe sah.

Carrie drehte den Streifen um. Mit Bleistift stand da etwas geschrieben, so blass, dass es gerade noch zu entziffern war: »Sylvie und Beth, Februar 1980«.

Beth. Carrie hatte den Namen schon einmal gehört, aber das war Jahre her, und er hatte kaum eine Spur in ihrem Gedächtnis hinterlassen. Den Fotos nach zu urteilen, musste sie eng mit Sylvie befreundet gewesen sein, damals vor vielen Jahren …

Vierundzwanzigstes Kapitel

Adam war nie hundertprozentig sicher gewesen, dass nicht doch irgendwann einmal, wenn er nicht damit rechnete, jemand von der Polizei bei ihm anrufen würde, aber im Lauf der Zeit, als die Jahre so dahinflossen, war Willow Hill zu einer bloßen Erinnerung geworden, und seine Überzeugung, dass er nichts zu befürchten hatte, hatte sich verfestigt. Es würden keine neuen Erkenntnisse ans Licht kommen. Es war zu lange her, Schnee von gestern. Diese alte Geschichte hatte alle Brisanz verloren, erst recht seit Sylvie Cassidy tot war.

Nicht dass er einen Grund gehabt hätte, sich schuldig zu fühlen, sagte er sich. Er nahm die Flasche Johnny Walker Blue Label aus dem Aktenschrank und schenkte sich einen ordentlichen Schluck ein. Es war sechs Uhr, Zeit, sich ein bisschen zu entspannen. Er brauchte sich keine Sorgen zu machen. Die Projekte, die er gerade in Arbeit hatte, waren bis ins Letzte durchgeplant und würden so viel Geld bringen, dass er bis ans Ende seiner Tage im Überfluss leben konnte, möglichst weit weg von Dublin. Zufrieden sah er sich in seinem geräumigen Büro um; zwei Jahre noch, vielleicht auch drei, dann hatte er ausgesorgt.

Eigentlich hätte er schon längst so weit sein sollen – es hatte alles so gut angefangen in den späten neunziger Jahren, als die Asienkrise ihm ein Vermögen bescherte. Leider musste er dann schwere Rückschläge hinnehmen, weil die Rezession in Irland ihm seine Spekulationen mit hochpreisigen Immobilien gründlich verdarb. Er war damals gezwungen, einige seiner Filetgrundstücke für einen Bruchteil dessen abzustoßen, was er dafür bezahlt hatte, aber es war ihm immerhin gelungen, sich über Wasser zu halten und einen Konkurs abzuwenden. Ganze Finanzimperien waren in Schutt und Asche gesunken, er hatte überlebt.

Er war dann für ein paar Monate in die USA gegangen, das Beste, was jemand in seiner Lage tun konnte. Er hatte sich neu erfunden, sein beschädigtes Renommee aufpoliert und mit kluger Überlegung in notleidende Unternehmen investiert, die mit rücksichtslosem Kostenmanagement saniert werden konnten, sodass sie wieder Gewinne abwarfen, und so war Adams Position bald wieder genügend gefestigt, dass er nach Irland zurückkehren konnte, um von der einsetzenden Erholung auf dem Immobilienmarkt zu profitieren.

Sein Privatvermögen hatte unter der Krise kaum gelitten, er war klug genug gewesen, es getrennt vom Investitionskapital zu halten. Er war nach wie vor voll handlungsfähig, er stand am Ruder und wartete auf den richtigen Moment, der ihm das ganz große Geld bescheren würde, seine Altersversorgung. Mit einer lässigen Bewegung aus dem Handgelenk gab er dem Globus auf seinem Schreibtisch Schwung. Er hatte die freie Wahl, wo auf der Welt er seine goldenen Jahre verbringen wollte. Am besten in einem Land, wo die Gesetze lax und die moralischen Standards nicht allzu hoch waren und wo man für wenig Geld Freuden aller Art kaufen konnte. Und seine Pläne würde er sich von niemandem durchkreuzen lassen, schon gar nicht von einer eingebildeten Dreißigjährigen, die keine Ahnung davon hatte, wie hart er hatte arbeiten müssen, um dahin zu kommen, wo er jetzt war. Sie war längst wieder zu Hause, aber er wusste immer noch nicht, was sie in Luzern gemacht hatte.

Er würde sie weiter im Auge behalten, für alle Fälle. Mal sehen, ob sie nach Willow Hill fuhr. Wenn es sie jetzt plötzlich, kurz nachdem sie in der Schweiz gewesen war, dorthin zöge, wäre das verdächtig. Möglicherweise bedeutete es, dass er ein Problem hatte.

Frauen! Lauter Schlampen, mit denen man nichts als Ärger hatte. Nur für eines zu gebrauchen. Er nahm eine Fernbedienung zur Hand und drückte ein paar Knöpfe. Auf einem Bild an der Wand erschien eine Liste mit Filmen, von denen er einen auswählte. Er lehnte sich zurück in seinem weichen Sessel, nahm einen Schluck Whisky, und nach einer Weile kam ihm der Gedanke, dass ihm irgendeine Gefahr drohen könnte, nur noch lächerlich vor. Eine uralte Geschichte, kein Hahn krähte mehr danach.

Sicher, er hätte diese zimperliche, verklemmte Landpomeranze Beth McCann niemals heiraten sollen. Aber hinterher ist man immer schlauer.

Fünfundzwanzigstes Kapitel

März 1980

An einem milden Nachmittag im März schritt Beth über die Schwelle der University Church in St Stephen's Green, überglücklich, dass sie jetzt nicht mehr Beth McCann, sondern Mrs Adam Gilmore war. Sie fühlte sich verwandelt. Sie war nicht mehr das uneheliche Kind einer Haushälterin, Adam hatte in wenigen Minuten einen neuen Menschen aus ihr gemacht.

Es war eine kleine Hochzeit. Adams Eltern waren höflich, aber doch sichtlich alles andere als erfreut darüber, wen ihr Sohn da geheiratet hatte. Die Hochzeitsfotos wurden im Park aufgenommen. Beth ließ sich gemeinsam mit Sylvie und John und Sylvies Eltern ablichten – die vier waren die einzigen Gäste von der Seite der Braut, aber sie strahlten mehr Wärme und Herzlichkeit aus als alle anderen zusammen.

Adam war nicht begeistert gewesen, als er hörte, dass Sylvie Beth' Trauzeugin sein sollte.

»Kannst du nicht jemand anderen bitten?«

»Adam! Sylvie ist meine beste Freundin. Natürlich muss sie es sein.«

»Na gut, meinetwegen, aber auf längere Sicht wäre es mir lieb, wenn du ein bisschen auf Abstand gehen würdest.«

In gewissem Sinn war Beth erleichtert. Sie hatte befürchtet, dass Adam Sylvie mit ihrem ansteckenden Lachen und ihrem strahlenden Selbstbewusstsein anziehend finden könnte. Verglichen mit ihrer vor Leben sprühenden Freundin war Beth sich selbst immer glanzlos und langweilig vorgekommen, aber das lag nun hinter ihr.

Nachdem man die Fotos gemacht hatte, ging die ganze Gesellschaft ins Shelbourne Hotel, wo das Hochzeitsfest stattfand. Adam hatte darauf bestanden, dass er die Kosten dafür trug. Sie tanzte mit ihm wie in Trance, sie konnte noch immer nicht fassen, dass das alles nicht nur ein Traum war. Beinahe glaubte sie die Stimme ihrer Mutter zu hören, die ihr, übersprudelnd vor Freude und Stolz, dazu gratulierte, so einen reizenden Mann gefunden zu haben, der bis ans Ende ihrer Tage für sie sorgen würde.

Auch die Hochzeitsnacht verbrachten sie in dem Hotel. Beth' ganzer Körper prickelte vor Aufregung, als sie in ihr Zimmer hinaufgingen. Eine unsägliche Schüchternheit überkam sie, als sie in ihrem seidenen Negligé, das sie mit hektisch klopfendem Herzen gekauft hatte, unter die Decke schlüpfte, während Adam sich im Badezimmer die Zähne putzte.

Bis jetzt hatten sie sich nur geküsst, und er hatte mit der Hand die Kurven ihrer Brüste nachgezeichnet, aber dabei war es geblieben. Adam hatte gesagt, er fürchtete, sich vor der Hochzeit zu etwas hinreißen zu lassen, was er bereuen würde. Sie konnte es kaum erwarten, dass ihre Liebe sich jetzt endlich erfüllen würde. In ihrem Bett in ihrem möblierten Zimmer hatte sie ihre Hände über ihren Körper wandern lassen und sich vorgestellt, es wären seine. Natürlich hatte sie keine sehr genaue Vorstellung davon, wie es sich anfühlte, mit einem Mann zu schlafen. Jetzt war ihr ganzer Körper angespannt vor Erwartung, und sie fühlte ein Brennen zwischen ihren Beinen.

Sie hörte Wasser im Abfluss gurgeln, offenbar war er mit dem Zähneputzen fertig. Er knipste das Licht im Bad aus und kam ins Schlafzimmer. Die scharfen Falten seines Schlafanzugs verrieten Beth, dass er ihn gerade eben aus der Zellophanverpackung genommen hatte. Er hob die Bettdecke an, die Matratze gab nach, als er ins Bett schlüpfte. Sie erstarrte einen Moment lang.

»Beth?«

»Ja?« Sie lächelte. Sie hoffte, dass es einladend wirkte, nicht schüchtern nervös. Ihr Negligé spannte sich über ihren Brüsten, sie konnte kaum atmen.

»Du bist sicher müde nach all dem Trubel«, sagte er. »Ich erwarte heute Nacht nichts von dir. Lass uns einfach schlafen, ja?«

Die Enttäuschung, die sie empfand, war niederschmetternd. Er erwartete nichts von ihr? Sie wollte ihm doch nur zeigen, wie sehr sie ihn liebte. Sie wollte ihn mit all der Leidenschaft überschütten, die sie monatelang aufgespart hatte. Und überhaupt, was dachte er von ihr? Glaubte er, sie habe kein Verlangen nach ihm?

»Bist du sicher?«

»Aber ja, wir haben schließlich noch das ganze Leben lang Zeit, nicht?« Er knipste die Lampe aus. »Es war ein schönes Fest, findest du nicht? Es hat allen gefallen, glaube ich. Du warst eine wunderschöne Braut, Beth.« Und damit drehte er sich auf die andere Seite.

Mit Tränen in den Augen, der ganze Körper so verspannt, dass es weh tat, lag sie im Dunkeln. Offenbar, sagte sie sich, hatte er in gewisser Weise recht: Sie war wirklich erschöpft. Die vergangenen Wochen waren hektisch gewesen und hatten sie beide sehr in Anspruch genommen. Vielleicht war es so am besten, sie wollten sich ja ihr erstes Mal nicht verderben.

Sie fand lange keinen Schlaf; sie war es nicht gewohnt, mit jemand anderem im selben Bett zu schlafen, es fühlte sich fremd und unvertraut an. Sonderbarerweise schien es ihm ähnlich zu gehen: Es dauerte lange, bis sie ihn schnarchen hörte.

Am nächsten Tag flogen sie nach Spanien in die Flitterwochen. Beth bemühte sich, ihre Aufregung vor Adam zu verbergen, als sie an Bord des Flugzeugs gingen; sie hatte sich gescheut, ihm zu gestehen, dass sie noch nie geflogen war. Zu spät wurde ihr klar, dass ihm aufgefallen sein musste, wie glänzend neu ihr Pass aussah, aber er hatte keine Bemerkung dazu gemacht.

Es kostete sie einige Anstrengung, sich ihr Staunen nicht allzu sehr anmerken zu lassen, als sie in Torremolinos ankamen und die Hitze und die fremdartigen, verlockenden Düfte Spaniens über sie hereinbrachen. Es war alles sehr exotisch für jemanden, der nie über Cork und Dublin hinaus gekommen war, aber Adam kannte sich aus, er wusste, wie man sich verhalten musste und was einen erwartete. Sie musste ihn nur machen lassen und so tun, als wäre sie schon x-mal im Ausland im Urlaub gewesen. Ihr Koffer war voller hübscher Sommerkleider und verführerischer Nacht- und Unterwäsche – alles würde gut werden.

Aber es dauerte bis zur dritten Nacht, ehe er endlich mit ihr schlief.

Mit Liebe hatte das allerdings wenig zu tun.

Er hatte zu viel getrunken, erst Bier, dann Schnäpse, die er in beängstigend schneller Folge hinunterstürzte. Als sie auf ihr Zimmer gingen, schwankte er. Wie in den Nächten zuvor wartete er auf dem Balkon, bis sie im Bett war, aber dieses Mal streckte er die Arme nach ihr aus.

Endlich. Er war bestimmt nur nervös gewesen. Vielleicht hatte er nur das bisschen Alkohol gebraucht, um sich zu entspannen. Erwartung und Verlangen stiegen in ihr auf, sie schmiegte sich an ihn. Er küsste sie und betastete ihre Brüste durch den dünnen Stoff ihres Hemdchens. Sie versuchte sich aufzurichten, um es auszuziehen, aber zu ihrer Überraschung drehte er sie um, sodass sie auf dem Bauch lag. Er schob ihr Hemd hoch und zog ihren Slip herunter.

»Adam?«, sagte sie. Ihr Gesicht lag auf dem Kissen, ihre Stimme war kaum zu hören. Sie fühlte sich schrecklich verletzbar. Ohne ein Wort hob er ihre Hüften an und schob sie auf die Knie. Sie drehte den Kopf und sah über ihre Schulter. Er kniete hinter ihr, die Brust nackt, die Pyjamahose heruntergelassen, seine Hand bearbeitete etwas Großes, Rotes, das aus einem Gewucher von schwarzen Haaren hervorsprang. Das Blut pulste dumpf in ihren Schläfen.

»Sag nichts, ich habe es lieber, wenn du nicht redest.« Seine Stimme klang heiser.

Sie schwieg und klammerte sich am Laken fest. Ob sie wohl alles richtig machte? Es war ihr erstes Mal, und sie wusste nicht, was sie zu erwarten hatte, aber ihre romantisch weichgezeichneten Vorstellungen von Sex hatten mit dem, was hier geschah, wenig Ähnlichkeit. Sie wusste nicht, ob Adam es wirklich genau so und nicht anders wollte, besonders beim ersten Mal. Er stieß hart gegen ihre Gesäßspalte – nie hätte sie gedacht, dass er so grob tollpatschig sein konnte. Sie wand sich, versuchte mit ihm Blickkontakt aufzunehmen, aber er drückte ihr Gesicht noch tiefer in das Kissen. Nach mehreren Anläufen schaffte er es, in sie einzudringen. Seine Finger waren überall und an den falschen Stellen, sie kniffen und kratzten sie, und als er sich noch tiefer in sie hinein rammte und anfing, sich heftig zu bewegen, war ihr, als würde sie mitten entzweigerissen.

Nach einigen Minuten ließ er von ihr ab, stand auf und ging ins Badezimmer. Sie hörte die Toilettenspülung, den Wasserhahn, dann kam er wieder ins Bett. Ihr ganzer Körper verspannte sich.

Sein Flüstern klang zischend in dem dunklen Raum: »Danke, Beth, dass du es mich so hast tun lassen.«

Sie schloss die Augen und stellte sich schlafend. Der körperliche Schmerz, den sie empfand, war fast so schlimm wie der in ihrem Herzen.

Am folgenden Morgen wusste sie nicht, wie sie sich verhalten sollte. Sie fühlte sich wund und geschändet, alle ihre romantischen Erwartungen lagen in Trümmern – wie sollte sie da die Fassung bewahren? Sie wollten an diesem Tag an einem Ausflug zu irgendwelchen Höhlen und zu einer Schmuckfabrik teilnehmen. Elend und verwirrt saß sie mit ihm beim Frühstück, reichte ihm höflich den Brotkorb und schenkte ihm Tee ein. Später warteten sie vor dem Hotel zusammen mit anderen Touristen auf den Bus. Das blendend helle Tageslicht erschien Beth merkwürdig rein und sicher nach dem traumatischen Erlebnis in der Nacht. Sie rief sich ins Gedächtnis, dass sie nun Mann und Frau waren. Sex gehörte nun einmal dazu.

Unwillkürlich musterte sie andere Paare und fragte sich, ob das, was zwischen ihr und Adam passiert war, auch bei anderen so ablief, ob das normal war. Was stimmte nicht mit ihr, dass ihr das nicht gefiel? War sie frigide? Sie hatte das Wort aufgeschnappt und wünschte jetzt, sie wäre in der Schule nicht so schüchtern und prüde gewesen, wenn die Mädchen hinter dem Fahrradschuppen miteinander tuschelten und kicherten. Sie hätte etwas lernen können. Sie wünschte, sie wüsste etwas mehr über diese Dinge als das, was dem zerlesenen Aufklärungsbuch zu entnehmen gewesen war, das ihre Mutter ihr mit zehn gegeben hatte. Sie wünschte, sie hätte sich einige Zeitschriften angesehen, von denen sie ihre Kolleginnen in der Bank hatte reden hören. Wenn sie miteinander schwatzten, konnte man glauben, sie wüssten alles, was es über Sex zu wissen gab, und Beth selbst hatte immer nur gelächelt und so getan, als wäre auch sie bestens informiert.

Es würde mit der Zeit sicher besser werden, sie vertraute Adam. Er bemühte sich aufmerksam um sie, wie ein perfekter Kavalier reichte er ihr jedes Mal die Hand, wenn sie aus dem Bus ausstieg. Trotzdem lief es ihr immer kalt über den Rücken, wenn er sie anfasste.

Drei Nächte danach geschah es wieder. Sie verbrachten den Abend in einer Bar mit Blick auf den Strand, sie nippte an ihrem Cocktail, sah hinaus in die Dämmerung und die Küste entlang, wo überall nach und nach Lichter angingen. Jemand spielte Gitarre, sie begann sich zu entspannen und die exotische Atmosphäre der fremden Umgebung zu genießen, da merkte sie, dass er ziemlich schnell trank. Auf dem Weg zum Hotel formte sich vor Anspannung ein harter Knoten in ihrem Magen. Später dann im Bett ließ er seine Hände wieder über ihre Brüste gleiten, bevor er sie umdrehte, von ihm weg. Dieses Mal versuchte sie ihn davon abzubringen.

»Adam, bitte«, sagte sie vorsichtig. »Könnten wir nicht ...« Sie brach ab. Was sollte sie sagen? Dass es ihr nicht gefiel? Dem Mann, der alle ihre Träume wahr gemacht und sie geheiratet hatte? Der für sie ein Haus gekauft und alle Hebel in Bewegung gesetzt hatte, damit es fertig war, wenn sie aus den Flitterwochen zurückkamen? Der Sex vor der Ehe ablehnte, weil er nicht wollte, dass sie dachte, er gehöre zu denen, die nur auf das eine aus sind? Der schreckliche Gedanke schoss ihr durch den Kopf, dass sie ihn womöglich nicht geheiratet hätte, wenn sie geahnt hätte, was auf sie zukäme und wie ausgeliefert sie sich fühlen würde.

Er war stärker, als sie erwartet hatte, packte ihre Handgelenke und drückte Beth aufs Bett.

»Halt den Mund«, sagte er leise. »Mir gefällt es so. Und es ist mir lieber, wenn du nicht redest.« Seine freie Hand legte sich schwer auf ihr Kreuz, während er grob mit dem Knie ihre Beine auseinanderzwang. Sie erstarrte und fügte sich in das Unvermeidliche.

Sechsundzwanzigstes Kapitel

Der Sonntagmorgen war feucht und hoffnungslos, es regnete in einem fort, und der Faith Crescent kam Carrie öde und bedrückend vor. Selbst die Kirchenglocken klangen dumpf und traurig an diesem trüben Tag. Carrie ließ laute Musik laufen und putzte ihren Kochherd, bis er blitzte, dann räumte sie den Kühlschrank leer, machte ihn gründlich sauber und wischte anschließend den Boden.

Am späten Nachmittag hörte es auf zu regnen, zwischen den Wolken wurde ein Streifen blauer Himmel sichtbar, und schließlich kam die Sonne heraus, die das Haus mit sommerlichem Licht erfüllte und das nasse Gras im Garten funkeln ließ. Carrie ging nach oben, um zu duschen und frische Sachen anzuziehen – sie fühlte sich schmuddelig und verschwitzt nach ihrer Putzaktion. Als sie wieder herunterkam, läutete es an der Tür, und sie öffnete, ohne lang zu überlegen.

Es war Mark. Natürlich, wer sonst hätte es auch sein sollen?, sagte sie ironisch zu sich selbst, aber ihr Herz machte trotzdem einen Sprung.

Diesmal wandte er ihr nicht den Rücken zu. Die Hände in den Jackentaschen, das Gesicht unbewegt, stand er vor ihr. Ihre Hand umkrampfte die Türklinke. Tief sog sie die hereinströmende Luft ein; sie war frisch und kalt und roch nach Regen. Hinter ihm in der Entfernung, dort, wo der Faith Crescent in die Hauptstraße einmündete, sah Carrie Chrom und Glas der vorbeifahrenden Autos in der Sonne blitzen. In der Nähe Kinderstimmen, das Geräusch eines Balls, den jemand gegen eine Mauer kickte.

»Du bist mittlerweile so ziemlich der einzige Mensch, der noch bei mir vorbeischaut«, sagte sie. »Lass mich raten – du hast etwas hier vergessen.« Sie war froh, dass er sie nicht in ihrer alten Jogginghose angetroffen hatte. Die hatte sie in ihrem Bemühen, zu einer positiveren Lebenseinstellung zu gelangen, aus ihrem Alltag verbannt, und stattdessen Jeans und eine weiße Bluse angezogen, sich sogar geschminkt und etwas von ihrem teuren Parfüm auf ihren Hals getupft.

»Nein, dieses Mal nicht.« Ein Ausdruck der Überraschung huschte über sein Gesicht.

»Vielleicht wolltest du dich erkundigen, ob Post für dich gekommen ist?«, fragte sie und verschränkte die Arme vor der Brust.

»Hä?«

Jetzt war er unverkennbar verwirrt, aber das minderte nicht die Anspannung in Carrie. Sie fühlte sich wie unter Trommelfeuer.

»Ich bin nicht hier, um Post abzuholen«, sagte er. »Hast du es wirklich vergessen?« Er warf ihr einen unsicheren Blick zu.

»Was vergessen?«, stammelte sie und dann: »Oh, verdammt!«

Ihre Nachricht! Gestern Abend. Aufgewühlt und verwirrt von den Fotos und dieser Sache mit den Tickets ihrer Eltern, hatte sie vollkommen vergessen, dass sie Mark eine Nachricht geschickt hatte. Sie war überrumpelt, aber sie hatte jetzt keine Wahl, sie musste ihn hereinbitten. Von all dem Mut, den sie am Abend zuvor aufgeboten hatte, war nicht mehr viel übrig, als er ihr in die Küche folgte. Er stand da und sah sie an, das Gesicht blass und hagerer denn je, die grauen Augen düster.

»Was ist los?«, fragte er. »Du wolltest *reden?*« Es klang wie ausgespuckt So wie sie sich gerade fühlte – verletzbar, unsicher, aus dem Gleichgewicht –, hätte er genauso gut fragen können, ob sie den Löwen zum Fraß vorgeworfen werden wollte.

»Na ja, gestern Abend dachte ich, das wäre eine gute Idee, und ...« Sie verstummte. Alles ganz falsch. Sie hatte nicht erwartet, dass er prompt vorbeikommen würde, einfach so. Sie hatte gedacht, er würde ihr eine Nachricht aufs Handy schicken, und sie würden ein Treffen vereinbaren, irgendwann auf neutralem Boden, in einer Hotelbar oder einem Café, wo sie unter Menschen waren, wo sie ihm nicht ausgeliefert war.

»Wieso, was war denn gestern?«

Sie räusperte sich. »Die Art, wie ich dir gesagt habe, dass ich in die Schweiz reise ... Das hat mich beschäftigt. Das war nicht richtig von mir, ich meine: Ich hätte es dir erklären sollen.«

»Du hast es mir ausführlich genug erklärt, finde ich.«

»Nein, weißt du, ich wäre ohne dich ja gar nicht imstande gewesen, dahin zu reisen.«

»Wieso? Was habe ich damit zu tun?« Er lehnte sich gegen die Frühstückstheke und verschränkte die Arme, aber er wirkte nicht im Mindesten lässig entspannt.

»Wie du es geschafft hast, mich dazu zu bringen, überhaupt wieder in ein Flugzeug zu steigen, das war sehr lieb von dir, sehr einfühlsam, und ich bin dir wirklich dankbar dafür.«

Er sagte nichts.

»Nur deswegen konnte ich nach Zürich fliegen und wieder zurück, ohne allzu sehr in Panik zu geraten.«

Er sagte immer noch nichts.

Sie stammelte weiter. »Na ja, falls du vielleicht den Eindruck hattest, ich bildete mir Wunder was darauf ein, dass ich mit dem Flugzeug verreise – ich wollte nicht, dass es so ... schnippisch klingt.«

Das Schweigen zog sich weiter hin. Schließlich sagte er: »Und deswegen hast du mich herbestellt?«

»Ich habe nicht erwartet, dass du gleich hierherkommst, ich dachte, wir verabreden uns, in einem Café oder so ... Weißt du, ich fand eben, wir müssen miteinander reden.«

»Warum?«

»Weil ...« Sie strengte sich an, Ordnung in ihre Gedanken zu bringen. »So wie ich mit dir gesprochen habe, als du das letzte Mal hier warst, klang ich wohl recht abweisend, und das tut mir leid.«

»Abweisend? Carrie, mir scheint, du weißt überhaupt nicht, was du redest, und womöglich noch weniger, worüber du mit mir reden wolltest.«

Warum machte er das? Warum brachte er sie so in Verlegenheit? Und wie war sie dazu gekommen, von Wein beduselt Nachrichten in die Welt hinauszuschicken? Noch dazu an Mark. Sie errötete unter seinem direkten Blick. Sie musste daran denken, wie er sie damals in der Kirche angesehen hatte, an dem Tag, als alles begann, als die von Blumenduft geschwängerte Luft voller schwindelerregender Möglichkeiten war. Und was war daraus geworden? Sie hätte in Tränen ausbrechen mögen.

»Ich wollte nur ein paar Dinge richtigstellen«, sagte sie. »Sagen, dass es mir leidtut, wie ich mit dir gesprochen habe. Ich wollte dir nicht weh tun.«

»Und wie bist du zu dieser Erkenntnis gelangt?«

Er sah sie an wie jemanden, der ihm nicht besonders sympathisch war, und sie spürte einen Kloß in ihrer Kehle, der ihr das Sprechen schwer machte. »Mir ist Verschiedenes klar geworden, während ich in der Schweiz war. Ich hatte Zeit zum Nachdenken, und gestern Abend –«

»Wie lange warst du dort?«

»Vier Tage.«

»Und du warst zu Besuch bei jemandem?«

Das kalte Glitzern in seinen Augen gefiel ihr nicht.

»Das habe ich dir doch erzählt: bei einem alten Freund meiner Mutter.«

»Dieser Urlaub, oder was immer es war, hat also bewirkt, dass es dir leidtut, dass du abweisend gewesen bist?«

»Es war mehr als bloß ein Urlaub. Wir haben Dinge getan –«

»Was für Dinge?«

»Wir waren auf einem Berg hoch oben in den Alpen, es war wunderschön dort. Wir sind in einem Boot über den See gefahren, den Vierwaldstättersee, und ich war sogar Gleitschirm fliegen, stell dir vor.«

»Gleitschirm fliegen?«

»Ja, es war großartig.« Sie musste lächeln bei der Erinnerung. »Ich habe dort plötzlich angefangen, mein Leben mit neuen Augen zu sehen. Auch was mein Berufsleben angeht: Ich habe bei Jade gekündigt.«

»Oh, tatsächlich?«

»Ja, am Freitag war mein letzter Tag dort.« Eigentlich dachte sie, er könnte angesichts der Tatsache, dass sie anfing, ihr Leben umzukrempeln, eine gewisse Befriedigung empfinden, aber er wirkte eher so, als würde er gleich vor Ärger explodieren.

»Was du mir erzählen willst, ist, dass ein alter Freund deiner Mutter in vier Tagen geschafft hat, was ich sechs, sieben, acht Monate lang vergebens versucht habe?«

»So kann man das nicht sagen.«

Er lachte. »Moment mal: Du bist zum Flughafen gefahren und ins Flugzeug gestiegen, alles ohne fremde Hilfe?«

Sie nickte.

»Du hast während der paar Tage dort Dinge gemacht, die dir in den letzten fünf Jahren nie in den Sinn gekommen wären – und die du mit mir nicht machen wolltest.«

Etwas in ihr fühlte sich hohl an.

»Du warst sogar Gleitschirm fliegen.«

Sie hatte Mark noch nie so zornig gesehen. Aus ihm sprach die kalte Wut.

»Du warst wandern. Du warst Boot fahren.«

»So wie du es sagst, klingt es ...« Sie schüttelte den Kopf.

»Sprich es ruhig aus.«

»So, als ob etwas Schlechtes dabei wäre.«

»O nein, es gibt nicht das Mindeste auszusetzen an dem tollen, fantastischen Scheiß-Wunder, dass du in ein paar Tagen dein Leben umgekrempelt und sogar deinen Job hingeschmissen hast, der dir nichts bedeutet hat. Ich finde es toll, dass Carrie Cassidy endlich aufgewacht ist und den Tatsachen ins Auge sieht. Was ich nicht verstehen kann, was mich total sauer macht, ist, dass jemand anderes es geschafft hat, zu dir in einer Art und Weise durchzudringen, wie es mir nie gelungen ist, jemand, den du vorher noch nie gesehen hast. Und jetzt stehst du da vor mir« – seine Stimme wurde lauter, und war jetzt voll wildem Schmerz – »und sagst mir, es täte dir leid, falls du abweisend gewirkt hättest, als ich kam, um diesen blöden Schrieb von der Autoversicherung zu holen.«

»Mark, ich –«

Er schnitt ihr das Wort ab. »Ich bin noch nicht fertig. Du

hast die Nerven, mich extra herzubestellen, um mir das mitzuteilen. Carrie ...« Er schüttelte den Kopf. »Ich fasse es nicht!«

Sie zitterte. »Mark, bitte ...«

»Du verstehst es wirklich, einen Kerl, der schon am Boden liegt, so richtig fertigzumachen.«

»Ich wollte doch nicht –«

»Hast du auch nur eine blasse Ahnung, wie brutal abweisend du in den letzten Wochen warst, die wir zusammen waren? Wenn ich versuchte, mit dir zu reden, dir aufzuhelfen, weil ich mich um dich gesorgt und dich geliebt habe ...«

Seine Stimme brach. Es zerriss ihr das Herz.

»Was, glaubst du, kann es mir noch ausmachen, dass du mich schief angesehen hast, als ich das letzte Mal hier war oder wann auch immer?« Er schnaubte hilflos. Er wirkte, als könnte er immer noch nicht glauben, was er gehört hatte. »Es ist mir egal, weil du mir vorher schon tausendmal schlimmere Dinge angetan hast. Du bist auf mir herumgetrampelt. Und jetzt lässt du mich herkommen und erzählst mir, dass irgendein Kerl, den du so gut wie überhaupt nicht kennst, das geschafft hat, woran ich gescheitert bin, und dich dazu gebracht hat, dein Leben mit neuen Augen zu sehen. Was hat er, was ich nicht habe? Und wie kannst du glauben, alles ist in Butter, wenn du dich dafür entschuldigst, dass du mal ein bisschen schnippisch zu mir warst, wo du doch vorher alles dafür getan hast, dass ich mich wie ein einziges großes Stück Scheiße fühle?«

Der Schmerz in ihrer Brust war so heftig, dass es ihr den Atem verschlug.

Er ging in Richtung Tür, sie griff nach seinem Arm, um ihn aufzuhalten, aber er schüttelte sie ab. »Fass mich nicht an. Ich kapier das einfach nicht, dafür bin ich zu blöd.«

»Schau, Mark, du hast das alles ganz falsch …«

Er starrte sie nur stumm an. Sein Gesichtsausdruck war traurig, es schnitt ihr ins Herz. Dann war er weg. Sie schmiss die Tür zum Flur zu, um das helle Tageslicht auszusperren und nicht zusehen zu müssen, wie er davonfuhr. Aber sie hörte ihn: den Anlasser, das Knirschen des Rückwärtsgangs, als er den Wagen zurücksetzte, das Quietschen der Reifen, als er beschleunigte.

Siebenundzwanzigstes Kapitel

»Willst du mir nicht erzählen, was passiert ist?«, fragte Fiona.

»Warum?« Carrie ging scheinbar völlig unbeeindruckt weiter den Waldweg entlang.

»Du hast dunkle Ringe um die Augen und bist blass wie Magermilch, mit einem Stich ins Graue.«

»Sonst nichts?«

Sonnenlicht blitzte durch die überhängenden Äste, schimmerte auf frischem Laub, dessen Schatten zarte Spitzenmuster auf den Weg vor ihnen zeichneten. Es war warm an diesem Nachmittag im Mai; Carrie zog die Jacke ihres grauen Trainingsanzugs aus und band sie sich um die Taille über ihrem T-Shirt.

»Hast du in dem Haus in der Waldron Avenue etwas gefunden, das dir Sorgen macht?«

»Nein, da war nichts Besonderes.« Carrie erwähnte nichts von dieser merkwürdigen Sache mit den Tickets. Wahrscheinlich hatte es sowieso nichts zu bedeuten.

»Ich will dir wirklich nicht auf die Nerven gehen, aber du siehst ziemlich mitgenommen aus«, sagte Fiona.

»Wie sonst sollte ich aussehen? Ich habe letzte Woche meinen Job hingeschmissen und mich am Sonntagabend mit Mark gestritten.«

»Was?« Fiona blieb stehen, Carrie ebenso. Zwei Läufer in Lycra sprinteten vorbei. »Lieber Himmel, Carrie, in deinem Leben geht es ziemlich rund in letzter Zeit. Du hast gekündigt, *und* du hast dich wieder mit Mark getroffen? Wie kommt das? Was ist wirklich in der Schweiz passiert?« Fiona nahm einen

Schluck aus ihrer Wasserflasche. Dann zog sie ihren Haargummi ab, fuhr sich mit den Fingern durch die Haare und band sie wieder zusammen.

»Los, weiter«, sagte Carrie ungeduldig. »Wir müssen die Runde in einer halben Stunde schaffen, sonst können wir den Mini-Marathon vergessen.«

Während sie in flottem Tempo weitergingen, erzählte Carrie von ihrer Kündigung bei Jade und von dem Streit mit Mark.

»Du hast ihn wirklich um ein Treffen gebeten?«

»Ich habe ihm eine Nachricht geschickt. Am Samstagabend, ich hatte ein Glas Wein getrunken oder zwei. Vielleicht waren es auch drei.«

»Das ist nicht wahr!«

»Ich dachte doch nicht, dass er gleich am nächsten Tag bei mir auf der Matte stehen würde. Es war eine einzige Katastrophe.« Möglicherweise hatte Mark ja längst Fiona sein Herz ausgeschüttet. »Hat er dir davon schon erzählt?«, fragte sie.

»Nein. Kann sein, dass Sam sich in letzter Zeit mal auf ein Bier mit Mark getroffen hat, aber ich habe ihn schon bestimmt seit einem Monat nicht mehr gesehen. Du hast wirklich bei Jade gekündigt? Ich kann es immer noch kaum glauben. Wie ist es dazu gekommen?«

»Ich habe da einfach nicht reingepasst, Fiona, das war nichts für mich auf die Dauer. Da ist es doch besser, man geht freiwillig, bevor sie einen rausschmeißen.«

»Und was hast du jetzt vor?«

Ein Kind auf einem rosa Fahrrad kam ihnen in wackeliger Fahrt entgegen. Carrie wich an die Seite des Wegs aus. »Zuerst fahre ich nach Willow Hill. Ich war ewig nicht dort. Ich habe schon mit deiner Mutter gesprochen und alles arrangiert.«

»Das ist gut. Ein paar Tage Verwöhnprogramm. Genau das hätte ich dir auch verordnet. Du wirst als neuer Mensch zurückkommen, und vielleicht schaffen wir dann sogar den Mini-Marathon in weniger als zwei Stunden, wer weiß?«

Das war nicht der Grund, warum Carrie hinfuhr, aber sie sah wenig Sinn darin, Fiona erklären zu wollen, was sie selbst nicht so genau wusste.

Äußerlich hatte sich Willow Hill in den letzten fünfzig Jahren kaum verändert. Das Haus mit seiner Natursteinfassade sah immer noch so aus wie zu den Zeiten, als Carries Großeltern dort ihre Kinder aufzogen, und als Carrie selbst als Kind dort die Ferien verbrachte. Das große kantige Gebäude aus georgianischer Zeit thronte auf einer Anhöhe über der herrlichen grünen Landschaft von Cork, umgeben von Gärten: vorne ein Park im englischen Stil, hinten auf der Südseite ein gepflegter Nutzgarten.

Carrie bog von der Landstraße ab, Kies knirschte unter den Reifen, als sie zum Parkplatz neben dem Haus fuhr. Sie stieg aus und war überwältigt von den Eindrücken, die auf sie einstürmten. Die frische, reine Sommerluft war aromatisiert mit dem Duft von frisch gemähtem Gras. Die Spätnachmittagssonne breitete einen weichen goldenen Schimmer über die ganze Landschaft, und vom Obstgarten her tönte melodisches Vogelgezwitscher. Ihr wurde sofort leicht ums Herz. Die Fahrt von Dublin hierher hatte nur drei Stunden gedauert; dank der Autobahn war Willow Hill nun viel schneller zu erreichen als früher in Carries Kindheit.

In der Eingangshalle brachen Erinnerungen über sie herein wie eine Sturzflut: ein großer glitzernder Christbaum; Duft von Tannennadeln und Torffeuer; kalte Dezemberluft, die durch die offene Tür hereinzog, während ihr Vater Schachteln und Taschen voller Geschenke ins Haus schaffte; sie selbst, wie sie aufgeregt um ihn herum hüpfte; das sanfte Lachen ihrer Mutter; bewundernde Reden über den geschmückten Baum. Ihre Großeltern, die sie lächelnd willkommen hießen. Auch sie waren nicht mehr da, sie waren längst aus dem Leben geschieden. Carrie blinzelte, ihr war plötzlich ganz weinerlich zu Mute; sie fühlte sich einsam und sehnte sich – wie lächerlich! – danach, Marks warme Hand in der ihren zu fühlen in dieser leeren Halle.

Die schwarzen und weißen Bodenfliesen waren immer noch da, in dem großen Marmorkamin stand ein Weidenkorb mit Holzscheiten. Auf dem Sims Duftkerzen und kristallene Siegestrophäen, an den Wänden gerahmte Urkunden, die von Auszeichnungen und besonderen Qualifikationen Zeugnis gaben. Auf dem Empfangstresen eine Vase mit Blumen, daneben Flyer und Faltblätter, auf denen die verschiedenen Anwendungen und Behandlungen aufgelistet waren.

Evelyn Sullivan kam aus dem Büro hinter der Rezeption. »Ah, da bist du ja«, sagte sie und ging auf Carrie zu, die Arme weit ausgebreitet. »Schön, dich zu sehen, Carrie.«

»Ich hoffe, ich komme nicht ungelegen ...«

Evelyn legte ihre Hände auf die Schultern ihrer Nichte und musterte sie. »Unsinn, Sean und ich freuen uns über deinen Besuch. Wir haben dein Zimmer schon hergerichtet. Du brauchst in den nächsten paar Tagen nichts zu tun, als dich zu entspannen, dafür ist dieses Haus da. Du musst auch gar nicht groß mit uns reden, wenn du lieber deine Ruhe haben willst, du kannst dich auch einfach nur entspannen, in die Sauna gehen, dich massieren und es dir gutgehen lassen. Du wirst dich danach wie neugeboren fühlen. Vielleicht hättest du ja aber Lust, ein paar nette Kommentare zu twittern? Oder sagt man ›tweeten‹? Ich kenne mich damit nicht so gut aus.«

»Ihr seid noch nicht bei Twitter?« Carrie grinste. »Da versäumst du eine gute Gelegenheit, Reklame für euer Hotel zu machen.«

»Na eben, ich wusste ja, dass du genau die Richtige für uns bist. Und was diese Trottel bei Jade angeht, die dich haben gehen lassen:« – ihre Stimme wurde vertraulich leise –, »Sie werden dir noch nachweinen. Falls du einen Job suchst und bereit wärst, von Dublin wegzuziehen … Ich wäre heilfroh, wenn ich nach und nach die Zügel in jüngere Hände geben könnte. Und Clare geht es genauso. Sie und Andrew sind gerade im Urlaub in Portugal, es tut ihnen leid, dass sie dich verpassen.«

Carrie lächelte. »Ich erwarte nicht, dass du mir eine Stelle anbietest. Du hast schon mehr als genug für mich getan.«

»Es ist gar nicht so, dass wir dir unbedingt einen Gefallen tun wollten, wir könnten dich einfach gut gebrauchen: Du verstehst etwas von Marketing, und du würdest ein paar frische Ideen mitbringen«, sagte Evelyn. »Und glaube ja nicht, dass du hier deine Hände in den Schoß legen könntest. Pass auf: Ich zeige dir erst mal das Haus, damit du siehst, was hier alles geboten ist. Und damit die ganze Truppe, auch diejenigen, die dich noch nicht kennen, wissen, dass du überall freien Zugang hast. Und anschließend werde ich dir einen Termin für eine Anti-Stress-Massage machen. Was meinst du?« Sie warf ihrer Nichte einen freundlich besorgten Blick zu, und Carrie wäre ihr am liebsten um den Hals gefallen.

Das Baustoffunternehmen, das ihr Großvater gegründet hatte und das ursprünglich in verschiedenen Wirtschaftsgebäuden hinter dem Haus untergebracht gewesen war, hatte man längst in ein mehrere Meilen entferntes Gewerbegebiet verlegt. Vor gut zehn Jahren, nachdem beide Großeltern gestorben waren, hatte man dann das Haus zu einem Wellnesszentrum der Luxusklasse umgebaut, wobei man die ursprüngliche Bausubstanz soweit wie möglich erhalten hatte. Eine Glaspassage führte jetzt durch hübsche Gartenanlagen zu den Nebengebäuden, in denen das Schwimmbad, Sauna und Dampfbad sowie Ruhe- und Fitnessräume untergebracht waren.

Die große nach Süden gelegene Küche, in der das Essen für die Gäste zubereitet wurde, war den neuen Erfordernissen entsprechend umgestaltet worden, hatte aber viel von der heimeligen Atmosphäre früherer Zeiten behalten. Wo einst das Wohnzimmer und das alte Spielzimmer, in dem Sylvie und später Carrie gespielt hatten, gewesen waren, befand sich jetzt ein gemütlicher Speisesaal mit Blick auf grüne Wiesen im Norden und auf das Meer, das sich in einiger Entfernung im Süden ausbreitete. Außerdem gab es im Erdgeschoss noch einen Entspannungsbereich, edel ausgestattete Umkleideräume und die Rezeption. Die verschiedenen Behandlungen und Anwendungen – von allem das Feinste – wurden in Räumen im oberen Stockwerk durchgeführt.

Nachdem Evelyn ihrer Nichte alles gezeigt und die Massage für den nächsten Tag gebucht hatte, fuhr Carrie zum Bungalow von Evelyn und Sean. Er stand, abgetrennt durch eine Buchenhecke, auf einem großen Grundstück neben Willow Hill. Sie richtete sich im Gästezimmer ein, duschte, zog sich um, aß dann mit ihrer Tante und ihrem Onkel gemütlich zu Abend, trank noch ein Glas von Seans bestem Malbec und ging früh zu Bett. Wunderbar entspannt ließ sie den Kopf auf das nach Lavendel duftende Kissen sinken – sie wollte an diesem Abend über nichts mehr nachdenken, nicht über ihre Arbeit, nicht über Mark, auch nicht über ihre Mutter und Luis und was 1980 geschehen war. Innerhalb weniger Minuten war sie eingeschlafen.

Als sie spät am Morgen aufwachte, waren Evelyn und Sean längst zur Arbeit gegangen. Carrie frühstückte und ging dann hinüber ins Wellnesszentrum. Ihre Tante führte sie in die Umkleideräume und sagte ihr, der Masseur erwarte sie schon.

In einen kuschelig weichen Frotteebademantel gehüllt, ging Carrie nach oben und ließ sich massieren. Später ruhte sie auf einer beheizten Liege, hörte Musik aus ihrem Smartphone, blickte über den Garten und die hügelige Landschaft der Umgebung und merkte, wie all die Spannung in ihrem Körper, die sie vorher gar nicht wahrgenommen hatte, langsam, aber sicher von ihr wich.

Sie dachte an Marks schockierenden Wutausbruch am Sonntag und war froh um die physische und psychische Distanz, die sie mittlerweile gewonnen hatte. Etwas an diesem Streit, etwas über seinen rasenden Zorn und sein kreideweißes Gesicht hinaus, beschäftigte sie, es war, als schwebte es vor ihr in der Luft, aber sie bekam es nicht zu fassen. Sie ging alles noch einmal in Gedanken durch, ließ die Szene noch einmal Revue passieren, und nach einer Weile wurde es ihr klar: Es hatte ihn erbittert und mit einer Art Eifersucht erfüllt, dass ein anderer es geschafft hatte, zu Carrie in einer Weise vorzudringen, wie es ihm nie gelungen war. Sie musste einen Weg finden, ihm zu erklären, wie es ihr mit Luis ergangen war, das war sie ihm schuldig.

Sie hatte Maria gemailt, dass sie nach Cork gefahren war, und jetzt hatte sie ihr geantwortet. »Luis geht es mal besser, mal schlechter, aber er hält sich tapfer. Wir sind beide sehr dankbar, dass Sie ihn besucht haben. Er hat gelächelt, als er erfahren hat, dass sie in Willow Hill sind, ganz nahe bei dem Ort, an dem alles anfing.«

Luis hatte erzählt, dass er und Sylvie sich an einem geschützten Platz in den Dünen getroffen hatten, in einer Kuhle, wo die Geräusche des Meeres nur gedämpft zu hören gewesen waren. Carrie wusste ungefähr, wo die Stelle sein musste. Sie war als Kind und Jugendliche oft zusammen mit ihren Cousins und Cousinen den Weg von Willow Hill zum Meer gegangen, denselben Weg, den früher auch ihre Mutter immer benutzt hatte. Jetzt war er gesperrt, weil auf dem Land, über das er führte, ein Golfplatz angelegt worden war, aber nichts hinderte Carrie daran, zum Strand in der Bucht zu fahren und mit neuen Augen den Ort zu sehen, von dem Luis gesprochen hatte.

»Die Seeluft wird dir guttun«, meinte Evelyn, als Carrie am Abend erwähnte, dass sie ans Meer wollte. »Es wird Zeit, dass du wieder etwas mehr Farbe bekommst. Für den späten Nachmittag buche ich dir eine Gesichtsbehandlung.«

»Ihr seid so gut zu mir«, sagte Carrie. »Ihr habt so viel für mich getan.«

Sie wollte ihnen erzählen, dass sie in der Waldron Avenue gewesen war, und ihnen dafür danken, dass sie sich so viel Mühe gemacht hatten, aber dann ließ sie es sein. Sie hätte sonst erklären müssen, was sie dort gesucht hatte, und dazu war sie jetzt noch nicht bereit. Evelyn betrachtete sie mit einem versonnenen, abwesenden Blick, der Carrie verriet, dass sie in Gedanken bei Sylvie und John war.

Evelyn gab sich einen Ruck. »Warte nur, bis wir dir die Rechnung für das alles präsentieren«, sagte sie lachend. »Ich hoffe, du hast genügend Geld, sonst musst du bei uns Geschirr spülen und Mülleimer ausleeren, bis du deine Schulden abgearbeitet hast.«

Als sie später am Strand entlangwanderte, wurde Carrie schnell klar, dass es unmöglich war, herauszufinden, in welchem der Häuser Luis damals gewohnt hatte. Seit jener Zeit war viel gebaut worden – es gab jetzt eine ganze Menge Bungalows und Ferienhäuser, teils etwas vom Strand abgesetzt auf der Uferklippe, teils dicht an dicht weiter landeinwärts.

Der Blick von der kleinen Bucht aufs Meer war sicher noch derselbe wie damals. Luis hatte Carrie erzählt, dass Sylvie ihm beschrieben hatte, was sie sah, sodass er sich im Geist ein Bild davon hatte malen können. Carrie machte ein paar Fotos, um sie Maria zu schicken. Sie würde sie Luis beschreiben und ihm so helfen, seine Erinnerungen aufzufrischen. Das Meer wirkte so ruhig und friedlich, aber sie erinnerte sich noch gut, dass man sie als Kinder gewarnt hatte: Es gab tückische Rippströmungen hier, und der Untergrund fiel nicht weit vom Ufer jäh ab.

Sie saß eine Weile in den Dünen, hörte dem Rauschen des Meeres zu, spürte die Brise in ihren Haaren und versuchte zu erraten, was für ein Ereignis in Sylvies Leben sie dazu gebracht haben könnte, in Luis' Arme zu sinken. Hier in der Umgebung von Willow Hill, wo so vieles Carrie das lachende glückliche Gesicht ihrer Mutter in Erinnerung rief, schien ihr das, was damals angeblich geschehen war, unbegreiflicher denn je.

Auf dem Rückweg kam sie an dem Friedhof vorbei, auf dem

ihre Eltern begraben lagen. Sie fuhr ganz langsam, als sie sich dem schmiedeeisernen Tor näherte, und fragte sich, ob sie wohl den Mut aufbrächte, hineinzugehen. Manche Leute behaupteten, es sei tröstlich, die Gräber ihrer Lieben zu besuchen, eine Art Pilgerfahrt zu einem Ort, an dem ihre Seelen Heilung fanden. Sie wusste nicht, ob sie selbst auch etwas von dieser Wirkung verspüren würde, seit der Beerdigung hatte sie den Friedhof nie wieder betreten. Wieder etwas Neues, das sie versuchen konnte, eine weitere Übung in der Kunst, sich der Wirklichkeit zu stellen, entschied sie und bog auf den Parkplatz neben der Straße ab.

Die abgeklärte Ruhe dieses Orts, der doch so viel Leid und Tränen gesehen hatte, überraschte sie: Überall das weiche Licht der Frühlingssonne, keine Geräusche außer fröhlichem Vogelgezwitscher. Auf den Gräbern standen Vasen mit Blumen und gerahmte Fotos, auf manchen lagen Teddies und Kinderspielzeug, und die rührten sie am meisten. Immerhin, sagte sie sich, hatten ihre Eltern ein reiches und erfülltes Leben gehabt. Zwei, drei Reihen weiter vorn sah sie das Grab, die Namen in Gold auf schwarzem Marmor, und sie erstarrte, unfähig, sich der Stelle weiter zu nähern, wo man die beiden in die Erde gesenkt hatte.

Fünf Jahre schrumpften zu einem Nichts.

Was für einen Unterschied machte es, ob fünf Jahre oder fünf Minuten vergangen waren? Sie würden nie mehr wiederkommen. Aber sie selbst war noch hier. Sie fühlte sich mit einem Mal ungeheuer lebendig, wie sie da stand, die warme Sonne im Gesicht, zwitschernde Vögel über ihr in der Luft, und sie spürte in sich den Drang, ihr Leben anzupacken und alles aus ihm herauszuholen, was es zu geben hatte. Sie atmete in tiefen Zügen.

Als sie zwischen den Gräbern hindurch zum Tor zurückging, fiel ihr Blick auf einen Grabstein, auf dem geschrieben stand:

Molly McCann,
im Alter von einundfünfzig Jahren gestorben
am 30. Januar 1976.

Ihre geliebte Tochter Anna,
im Alter von zwölf Jahren gestorben
im März 1962.

Was für eine Tragödie. Aber da war noch etwas: An den Sockel des Grabsteins gelehnt stand eine Marmortafel in Form eines Herzens. Carrie las die Inschrift: »In liebendem Gedenken an Beth Gilmore, vermisst im Meer im September 1980.«

Carrie erstarrte. Beth! So hatte Sylvies Freundin geheißen. Der Name stand auf der Rückseite des Automatenfotos. War diese Beth eine Tochter von Molly McCann? Und das Datum – September 1980. Jemand, der Sylvie nahestand, war gestorben, das hatte Luis erzählt. Und dass es sie zornig gemacht hatte, dass er seinem Leben ein Ende machen wollte.

Das war es, das war die Antwort auf Carries Frage: Ihre Mutter, zutiefst erschüttert, nachdem ihre Freundin gestorben war, hatte Trost in Luis' Armen gesucht. »Vermisst im Meer« – was genau war damit gemeint? Was immer Beth zugestoßen war, es musste tragisch gewesen sein.

Achtundzwanzigstes Kapitel

April-Juli 1980

Als sie aus Spanien nach Dublin zurückkehrten und in dem wunderschönen neuen Haus ihr gemeinsames Leben begannen, fühlte sich Beth, als spielte sie eine Rolle in einer Art Theaterstück. Adam war freundlich und zuvorkommend, bezahlte die Rechnungen und kam für alle Kosten des Haushalts auf. Er ging jeden Morgen in einem frisch gebügelten Hemd und einem guten Anzug zur Arbeit. Am Abend aßen sie zusammen – Beth war insgeheim erleichtert, dass sie mit allen Küchenarbeiten so gut vertraut war. Sie sahen fern oder lasen, hin und wieder brachte Adam aus der Bank Arbeit mit nach Hause, die er am Küchentisch erledigte. Auch seine Weiterbildung nahm ihn in Anspruch: Zwei Abende pro Woche besuchte er Kurse an einem College, und er musste sich auf die Prüfungen vorbereiten. An den Wochenenden fuhren sie zu einem Supermarkt zum Großeinkauf, und gelegentlich gingen sie essen oder ins Kino. Nach außen hin wirkten sie wie ein glückliches frisch verheiratetes Paar. Von dem, was in ihrem Schlafzimmer passierte, bekam niemand etwas mit. Manchmal war sogar Beth beinahe versucht zu glauben, dass sie das alles nur träumte, aber ihre Schmerzen und die blauen Flecken an ihrem Körper waren echt.

Sie dachte an Sylvies Worte: »Irgendwie hatte ich nicht das Gefühl, dass er der Typ zum Heiraten ist«, und fragte sich, was ihre Freundin wirklich damit gemeint hatte.

»Wollen wir nicht mal Sylvie und John einladen?«, fragte

sie eines Abends nach dem Essen, während sie den Tisch abräumte.

Er drehte sich nicht zu ihr um, aber sie konnte sehen, wie seine Schultern sich strafften. »Sylvie und John? Wieso?«

»Wieso nicht? Sie sind unsere Freunde und werden auch bald heiraten.«

»*Deine* Freunde, meinst du.« Er ließ seine Worte eine Zeitlang wirken, bevor er fortfuhr: »Weißt du, Beth, wir sind gerade dabei, uns ein ganz neues Leben aufzubauen, das mit dem, das du aus Cork kennst, sehr wenig gemeinsam hat. Wir müssen uns mit den richtigen Leuten anfreunden, solchen, die uns weiterbringen können, und uns nicht an Leute klammern, die wir aus unserer Kindheit kennen.«

»Die beiden sind nicht *irgendwelche* Leute«, sagte Beth. »Sie sind unsere *Freunde*. Sie waren bei unserer Hochzeit. Ich kenne Sylvie, seit ... seit ich sechs war.«

»Hör zu.« Er stand auf und nahm sie in die Arme. »Wir werden neue Freunde haben, Freunde, mit denen uns viel mehr verbindet als mit den Leuten, mit denen wir aufgewachsen sind. Wie du weißt, konnte ich mit Sylvie nie wirklich etwas anfangen. Sie geht mir auf die Nerven. Und die Art, wie sie mir andauernd Blicke zuwirft, gefällt mir nicht.«

Wieder einmal war Beth innerlich zerrissen: Einerseits war sie erleichtert, weil er offenbar gegen Sylvies Charme immun war, andererseits tat es ihr leid, dass ihr Mann und ihre beste Freundin nicht miteinander auskamen.

»Eigentlich wollte ich es vorerst noch für mich behalten«, fuhr Adam fort, »aber weil es gerade so gut passt, verrate ich es dir jetzt gleich: Ich habe vor, ein paar Bankleute zum Essen einzuladen.«

»Von der Zweigstelle, meinst du?«, fragte sie. Einmal hatte sie sich mit ihren früheren Kolleginnen aus dem Schreibbüro in der Mittagspause getroffen, aber das war nicht besonders angenehm gewesen. Jetzt, wo sie den anderen Mädchen als Ehefrau eines ihrer Chefs gegenübersaß, waren die Spannungen zwischen ihnen einfach zu groß. Adam hatte recht gehabt, als er meinte, sie sollte ihre Stelle aufgeben.

»Nein«, sagte er, »es sind Freunde meines Vaters, die mir in der Zukunft nützlich sein können. Übrigens: Ich werde nicht zur Hochzeit von Sylvie und John kommen können. An dem Tag habe ich meine Prüfung, und die geht natürlich vor. Du kannst ja allein hingehen, wenn dir so viel daran liegt.«

Ihr lag wirklich viel daran, aber sie wusste schon jetzt, dass sie allein nicht hingehen würde. Der Blick, den er ihr zuwarf, ließ keine Zweifel daran, dass es so besser war. Und schließlich war sie ihm auch etwas schuldig dafür, dass er sie geheiratet hatte, er, der eine steile Karriere vor sich hatte und schon bald in den Vorstand des Unternehmens aufrücken würde. Für ihre Zukunft war gesorgt, sie würde nie Existenzängste haben müssen. Allerdings achtete Adam streng darauf, dass er die Finanzen immer unter Kontrolle hatte. Er kümmerte sich um diese Dinge, er prüfte alle Rechnungen, sie solle sich ihren hübschen kleinen Kopf nicht darüber zerbrechen, sagte er.

Sie wusste nicht, was sie tun sollte, wenn ihre eigenen bescheidenen Ersparnisse einmal aufgebraucht waren. Sie hatte immer wieder Dinge, die sie für sich selbst brauchte, davon bezahlt, aber ihr Geld würde nicht ewig reichen: Irgendwann würde sie sich ein Herz fassen und mit Adam darüber sprechen müssen, dass er ihr regelmäßig einen bestimmten Betrag für ihre persönlichen Bedürfnisse gab, eine Art Taschengeld. Allein der Gedanke war ihr unangenehm. Vor der Hochzeit hatten sie nie darüber geredet, ihr war das nicht so wichtig erschienen.

Sie hatte einmal die Möglichkeit ins Gespräch gebracht, irgendwo eine halbe Stelle anzunehmen, aber Adam war davon nicht begeistert gewesen.

»Du hast es nicht nötig, arbeiten zu gehen, ich verdiene mehr als genug für uns beide. Und es gehört sich auch nicht für einen Mann in gehobener Position, seine Frau zur Arbeit zu schicken. Meine Mutter hat nie etwas anderes gemacht als ihren Haushalt, sie war immer ganz für meinen Vater und mich da, *das* war ihr Beruf. Und man muss auch sagen, dass es nicht recht von dir wäre, in diesen Zeiten, wo so viele Leute stempeln gehen müssen, einen Arbeitsplatz für dich in Anspruch zu nehmen, obwohl du ihn gar nicht nötig hast.«

Beth wünschte sich, sie hätte mit ihrer Mutter darüber reden können. Obwohl Molly wahrscheinlich dasselbe gesagt hätte, was alle zu denken schienen, nämlich, dass Beth sich glücklich preisen konnte, von Adam geheiratet worden zu sein.

Auch Sylvie fehlte ihr. Und so lud sie schließlich ihre Freundin, ohne Adam etwas davon zu sagen, zum Mittagessen zu sich nach Hause ein. Zu ihrer eigenen Überraschung empfand Beth Neid, als Sylvie ihr von dem großen Hochzeitsfest in Willow Hill und von der wenige Tage dauernden Hochzeitreise nach London erzählte.

»Es tut mir wirklich leid, dass wir nicht kommen konnten«, sagte Beth, »aber Adam hatte an dem Tag seine Prüfung, und ich musste ihm zur Seite stehen. Er wird leicht nervös.«

Sylvies Augen waren ausdruckslos. »Ja, das war sehr schade, wir hätten euch so gerne dabeigehabt.«

»Adam auch?«

»Natürlich, er ist schließlich dein Mann.«

»Du findest ihn also jetzt doch sympathisch? Am Anfang warst du ja nicht sehr begeistert von ihm.« Einen Moment lang war Beth versucht, ihrer Freundin zu verraten, dass Adam glaubte, sie habe mit ihm geflirtet. Natürlich war das eine absurde Idee, Sylvie hatte nur Augen für John. Offenbar hatte Adam Sylvies natürlichen Charme missverstanden.

Sylvie lächelte. »Ich fand, er hatte es ein bisschen zu eilig, dich zum Traualtar zu schleppen, aber wenn ich jetzt dieses tolle Haus hier sehe, habe ich den Eindruck, dass er ganz gut für dich sorgt.«

»Es ist schön, nicht?« Beth sah sich in der neuen Einbauküche mit den riesigen Arbeitsflächen und den vielen blitzblanken Geräten um. Wie hätte sie zugeben können, dass sie sich hier einfach nicht daheim fühlte? Dass sie sich immer vorkam, als bewegte sie sich durch ein täuschend echt arrangiertes Bühnenbild?

»Du weißt gar nicht, wie gut du es hast«, sagte Sylvie. »Dieses Haus ist ein Palast, verglichen mit unserem. Da muss man praktisch alles neu machen. Wir haben noch nicht mal einen Läufer auf der Treppe und kein Sofa im Wohnzimmer, aber das macht uns nichts aus. Du bist sicher sehr glücklich. Wenn ich mir vorstelle, wie stolz deine Mutter wäre. Sie würde vor Neid erblassen, wenn sie deine Küche sähe. Bestimmt hat sie von oben ein bisschen Zauberpulver auf dich gestreut.«

Beth wurde ganz elend, wenn sie an ihre Mutter dachte. »Du lachst vielleicht, aber manchmal fehlt mir meine Arbeit in der Bank«, sagte sie.

»Ja, ich habe ehrlich gesagt nie so ganz verstanden, warum

du es so eilig hattest, deine Stelle aufzugeben. Andererseits sehe ich jetzt auch, dass du bestimmt genug damit zu tun hast, den Haushalt hier zu führen. Und wenn ihr Nachwuchs bekommt, kannst du dich ganz deinem Kind widmen. Ihr wollt doch Kinder haben, oder?«

Beth fühlte, wie ihr Gesicht heiß wurde. Wie konnte sie Sylvie gestehen, was für Dinge in ihrem Schlafzimmer vorgingen? Unaussprechliche Fragen schwirrten in ihrem Kopf herum. *Warum dachtest du, dass Adam nicht der Richtige für mich ist? Gab es außer diesem Zeitungsartikel noch etwas, das dich veranlasst hat zu glauben, dass er nicht der Typ zum Heiraten oder nicht gut genug für mich ist? Wie kann ich dir sagen, dass meine ganze Welt um mich herum in Trümmer fällt, und ich nicht weiß, was ich dagegen tun kann?* »Ja, natürlich«, sagte sie, »es hat nur noch nicht geklappt.«

»Na ja, ihr wisst ja sicher, was man in solchen Fällen am besten macht«, sagte Sylvie und grinste.

»Was meinst du damit?« Ahnte sie etwa, wie es um Adam und sie stand? Konnte Sylvie es in ihrem Gesicht lesen?

»Na, man versucht es einfach immer wieder.« Sylvie lachte. »Macht das Beste daraus. Ich nehme ja die Pille. Wir wollen noch keine Kinder, bis wir in halbwegs finanziell gesicherten Verhältnissen leben und das Haus in Ordnung ist. Es ist unglaublich, diese Freiheit, die wir Frauen heute haben. Wir können es tun, so oft wir wollen, ohne Angst haben zu müssen, schwanger zu werden.«

»Ja, das ist toll.« Wieder spürte Beth einen überraschenden Anflug von Neid. Sylvie redete mit dem unbeschwerten Selbstbewusstsein einer Frau, die liebte und geliebt wurde und die befriedigenden Sex mit ihrem Mann hatte. Mit John. Beth erschrak bei dem Gedanken, dass sie selbst immer noch insgeheim eifersüchtig auf Sylvie sein könnte, obwohl sie mit Adam verheiratet war.

»Und du wirst eine wunderbare Mutter sein«, fuhr Sylvie fort, »genauso liebevoll und fürsorglich wie Molly.«

Beth wusste, warum es nicht geklappt hatte: weil das, was in ihrem Schlafzimmer vor sich ging, einfach nicht richtig war. Sie hatte auf verschiedene Weise versucht, die Barrieren zwischen ihnen beiden zu überwinden. Adam war nicht der Typ, der zu Küsschen und liebkosenden Berührungen im Alltag neigte, und sie hatte seit den katastrophalen Erfahrungen, die sie in ihren Flitterwochen gemacht hatte, Distanz zu ihm gewahrt. Vielleicht war das falsch gewesen. Sie hatte versucht, ihre Hemmungen zu überwinden, mehr seine Nähe zu suchen, sie hatte ihn umarmt und seinen Hals geküsst. Ein paarmal hatte er dann die Arme um sie gelegt und sie an sich gedrückt, aber sie hatte gespürt, dass keine Wärme, keine Zärtlichkeit dabei war.

Von ihrem Neid auf Sylvies erfülltes Liebesleben angespornt, brachte sie bei ihrem nächsten Stadtbummel den Mut auf, in einer Buchhandlung zwei Ratgeber zu kaufen. Sie fühlte sich, als wäre ein Scheinwerfer auf sie gerichtet, als sie die Bücher aus dem Regal nahm und damit zur Kasse hastete. Zu Hause versteckte sie sie in einem Kissenüberzug zwischen Bettwäsche und Handtüchern im Wäscheschrank. Am Nachmittag des folgenden Tages – Adam würde erst spät nach Hause kommen – holte sie die Bücher wieder hervor, verzog sich damit ins Gästezimmer und begann mit aufgeregt pochendem Herzen zu lesen.

»Adam, ich denke ... im Schlafzimmer ...« Ihre Stimme wurde immer leiser und erstarb.

Adam ließ die Gabel sinken und runzelte gereizt die Stirn. »Ja?«

Sie hätte sich etwas gedulden sollen, er hasste es, beim Essen gestört zu werden. Sie hatte eine wunderbar luftige Pavlova zum Nachtisch gemacht, und er war noch nicht fertig. Schlechtes Timing. Aber die Worte hatten ihr schon die ganze Woche auf der Zunge gelegen, und jetzt waren sie einfach hervorgebrochen.

»Ich dachte nur ...«

»Was?«

»Wir könnten vielleicht ... es könnte ... anders sein.«

»Was könnte anders sein?«

»Wir. Du und ich. Ich würde gerne dein Gesicht sehen, wenn wir ...« Sie schluckte.

Sein Gesicht verfinsterte sich. Beth machte sich auf einen Wutausbruch gefasst.

»Schau, Adam, ich weiß nicht, ob ich dich glücklich mache ... und wenn wir Kinder haben wollen ...« Sie verstummte eingeschüchtert.

»Aber du machst mich glücklich, Beth.« Er ließ sie nicht aus den Augen. »Wie, um alles in der Welt, kannst du daran zweifeln?«

»Wirklich?«, fragte sie verblüfft.

»Aber ja, natürlich. Mache ich dich etwa nicht glücklich?« Er sah sie nachdenklich an.

»O ja, Adam, doch.«

»Aber du dachtest, es könnte anders sein. Warum? Mit wem hast du gesprochen?« Sie war nicht gefasst auf diese Wendung der Dinge und wurde rot.

Seine Miene wurde noch düsterer. »Du hast mit jemandem gesprochen? Über uns?«

»Nein, wirklich nicht. Ich habe nur einen Artikel gelesen. In einer Frauenzeitschrift. Es ging darum, wie ... wie man schwanger wird.«

»Zeig ihn mir.«

»Ich habe die Zeitschrift weggeworfen.«

»Ein Artikel.«

»Ja.«

»In einer Frauenzeitschrift.«

»Ja.« Sie hielt seinem Blick stand.

Er schob mit einem heftigen Ruck seinen Teller von sich, stand auf, trat zu ihr hin und zerrte sie vom Stuhl hoch.

»Du willst es also anders haben, sagst du.« Seine Züge waren starr vor Zorn.

»Ja, Adam, aber –«

»Also gut – wie wäre es *damit*?«

Er packte sie im Genick und drückte sie mit dem Gesicht gegen die Tischplatte. Ihre Haare schleiften durch die Reste der Torte.

»Nein, Adam, bitte ...«

»Halt den Mund.«

Vergeblich versuchte sie ihn wegzustoßen, sich aus seinem Griff zu befreien, dann ergab sie sich in ihr Schicksal, wie betäubt, zu schockiert, um weiter Widerstand zu leisten oder auch nur aufzuschreien, als er mit seiner freien Hand ihren Rock hochhob, ihren Slip herunterzog und brutal zuschlug, einmal und noch einmal und immer weiter. Mit Tritten gegen ihre Fußknöchel zwang er sie, die Beine zu spreizen – sie ließ es stumm vor Schrecken über sich ergehen, und nur ein leises Schluchzen drang aus ihrer Kehle, als sie hörte, wie er den Reißverschluss seiner Hose öffnete.

Später sagte er ihr, es tue ihm entsetzlich leid, er wisse gar nicht, was über ihn gekommen sei, er liebe sie, er liebe sie über alles. Es werde nie wieder vorkommen.

Neunundzwanzigstes Kapitel

»Man hat die Leiche nie gefunden«, sagte Sean Sullivan.

Carrie fröstelte. Die Strahlen der Abendsonne fluteten durch das Esszimmer. Auf der Sandsteinterrasse vor dem Panoramafenster blühten in bunter Pracht Primeln und alle möglichen anderen Frühlingsblumen. Das flaumig zarte Grün der Silberbirken am Ende des Gartens schimmerte im milden Licht. Es fiel ihr schwer, das geschmorte Lamm zu essen und Merlot zu trinken, während ihre Gedanken bei einer jungen Frau waren, deren Leben so früh geendet hatte.

»Es muss sehr schlimm für alle gewesen sein«, sagte Carrie.

Sean machte Anstalten, Carrie Wein nachzuschenken, aber sie hob abwehrend die Hand.

»Schenk ein, Sean.« Evelyn nahm sich etwas von dem überbackenen Blumenkohl. »Ein bisschen Wein tut gut, wenn man über so traurige Dinge redet. Wie seid ihr überhaupt auf dieses Thema gekommen?«

»Ich habe Sean nach dieser Gedenktafel auf dem Friedhof gefragt«, sagte Carrie. »Mama hat nie von Beth erzählt, aber ich konnte mich vage an den Namen erinnern, und ich habe Fotos von den beiden zusammen gesehen.«

»Beth ist praktisch in Willow Hill aufgewachsen«, erklärte Sean. »Sie und Sylvie waren eng befreundet. Beth' Mutter Molly hat hier den Haushalt geführt, und als sie starb, ist Beth in ihre Fußstapfen getreten. Später ist sie dann nach Dublin gegangen, und da hat sie schon bald ihren künftigen Mann kennengelernt und geheiratet. Er war eine sehr gute Partie. Wir waren alle überrascht, als wir es hörten.«

»Wie ist sie denn ums Leben gekommen?«, fragte Carrie.

»Ich weiß es nicht in allen Einzelheiten«, sagte Sean, »ich war ja zu der Zeit noch mit Andrew in Kanada. Sylvie war damals gerade hier in Willow Hill und pflegte meine Mutter, die eine Operation hinter sich hatte.«

Carries Herz krampfte sich zusammen. Es passte alles zu dem, was Luis erzählt hatte.

»Sie konnte gut schwimmen, aber offenbar, so jedenfalls hat man uns erzählt, hat sie sich zu weit hinaus gewagt und ist ertrunken. Da draußen, wo der Grund steil abfällt, gibt es gefährliche Strömungen, da kann es leicht passieren, dass man mitgerissen und abgetrieben wird. Als wir an Weihnachten nach Hause kamen, hat man uns gesagt, wir sollten besser nicht mit Sylvie darüber sprechen, weil es sie so mitgenommen hat.«

»Es muss schrecklich für sie gewesen sein.« Carrie standen Tränen in den Augen.

»Beth' Mann war auch am Boden zerstört«, sagte Evelyn. »Die beiden waren gerade mal sechs Monate verheiratet.«

»Mein Gott, ja. Kanntest du ihn? War er aus der Gegend hier?«

»Nein, sie hat ihn in Dublin kennengelernt. Und ich wusste damals weder von ihm noch von Beth irgendetwas – Sean und ich haben uns ja erst im Jahr darauf kennengelernt. Ich habe Beth' Mann dann viele Jahre später getroffen – er kam zur Beerdigung.«

Carrie brauchte nicht zu fragen, von wessen Beerdigung Evelyn sprach; der vorsichtig zögernde Ton ihrer Stimme verriet es ihr.

»Adam hat nie wieder geheiratet, obwohl es ihm, gutaussehend und wohlhabend, wie er ist, sicher nicht an Gelegenheiten gefehlt hätte«, fuhr Evelyn fort. »Er hat damals, und auch immer mal wieder in Interviews, gesagt, dass er nie darüber hinweggekommen ist. Du hast kurz mit ihm gesprochen damals.«

»Wirklich?»

Evelyn streichelte ihre Hand. »Du erinnerst dich nicht daran, natürlich. Er sprach mich nach der Beerdigung an und bat mich, ihn dir vorzustellen; er wollte dir sein Beileid ausdrücken. Er erzählte mir, dass Beth und er mit deinen Eltern eng befreundet gewesen waren, aber als dann Beth nicht mehr da war, hatte er auch den Kontakt mit Sylvie und John nicht mehr gehalten – in ihrer Gesellschaft hätte er seinen Verlust noch stärker als ohnehin gespürt, hat er damals gesagt, es sei einfach zu schmerzlich für ihn gewesen. Ach, was für ein Elend. Er war ein so sympathischer, wirklich bezaubernder Mann.«

»Ja, eine Tragödie.« Sean schüttelte bekümmert den Kopf. »Die schüchterne kleine Beth hatte eine glänzende Zukunft vor sich – sie muss sich vorgekommen sein, als träumte sie. Wenn man bedenkt, was aus ihr geworden wäre ...«

»Wieso? Was denn?«

»Na ja, Adam Gilmore ist heute einer der ganz Großen in seiner Branche«, sagte Evelyn. »Finanzdienstleistungen, Hedgefonds und andere Unternehmensbeteiligungen, lauter hochprofitable Geschäfte. Anders als viele andere hat sein Unternehmen sogar die Rezession überlebt. Gilcorp – den Namen hast du sicher schon mal gehört.«

»Ah ja, kommt mir bekannt vor; ich glaube, ich kenne ihn aus dem Fernsehen. Das ist der Mann, der Beth geheiratet hat?«

»Genau der. Die Firma verwaltet auch das Vermögen, das du geerbt hast, und kümmert sich um Steuern und Buchhaltung und all diese Sachen.«

»Tatsächlich?« Carrie ärgerte sich über sich selbst, weil sie so wenig über die Angelegenheiten ihrer Eltern wusste.

»Er hat uns damals seine Hilfe angeboten, und wir waren heilfroh darüber, nicht, Sean?«

»O ja, allerdings.«

»Da war jede Menge Papierkram zu erledigen. Er hat die Dinge in Zusammenarbeit mit dem Anwalt deiner Eltern geregelt und ist sogar in das Haus in der Waldron Avenue gekommen, um gemeinsam mit uns die Dokumente durchzugehen und dafür zu sorgen, dass alles seine Richtigkeit hatte.«

»Er hat wirklich keine Mühe gescheut«, sagte Sean. »Wenn alle die, die sich heutzutage Finanzexperten schimpfen, sich genauso verantwortungsbewusst und kompetent um ihre Klienten kümmern würden, wäre manches besser in diesem Land.«

Carrie war dankbar dafür, dass Evelyn den Nachlass ihrer Eltern ins Gespräch gebracht hatte, und nutzte die Gelegenheit. »Habt ihr noch viele Dinge von Mama und Papa bei euch hier?«

»Ja, aber das ist gar kein Problem, mach dir deswegen keine Sorgen«, sagte Evelyn.

»Na ja, ich würde gerne … mal einen Blick darauf werfen.«

»Wir haben alle wichtigen Papiere hier: Urkunden, Steuerunterlagen, Schreiben vom Rechtsanwalt und von Behörden und alles, was mit dem Haus zu tun hat«, sagte Sean. »Das kannst du jederzeit einsehen, Carrie, es ist alles in dem großen Aktenschrank in meinem Arbeitszimmer.«

»Vielleicht mache ich das bei Gelegenheit.«

Sie war dreißig Jahre alt. Es wurde Zeit, dass sie sich endlich gewissen Tatsachen stellte. Sie hatte noch nicht einmal die Sterbeurkunden ihrer Eltern gesehen.

»Und da sind auch noch alte Familienfotos aus dem Besitz deiner Großmutter, darunter etliche, auf denen deine Mama als Kind zu sehen ist. Wir haben sie alle aufgehoben.«

»Wie schön, die würde ich sehr gerne sehen.«

»Aber jetzt haben wir genug von der traurigen Vergangenheit geredet«, sagte Evelyn. »Zurück zur Gegenwart: Wir wären gerne mit unserem Wellnessparadies bei Twitter vertreten. Kannst du das für uns einrichten?«

Carrie lächelte. »Das mache ich gleich morgen früh. Es ist mir ein Vergnügen – ihr habt ja wirklich tolle Dinge zu bieten. Und es wird höchste Zeit, dass ihr die Möglichkeiten der sozialen Medien nutzt.«

Am nächsten Morgen ging Carrie nach dem Frühstück hinüber nach Willow Hill und machte Fotos. Dann richtete sie an dem PC in Evelyns Büro einen Twitteraccount für das Unternehmen ein. Sie postete in ihrem eigenen Namen einen Tweet, in dem sie ihren Followern Willow Hill empfahl und sie bat, dem neuen Account zu folgen.

@carriecassidy: Das dürft ihr euch nicht entgehen lassen #Luxus #Wellness #Hundert%Genuss @WillowHillSpa

Der erste Retweet ließ nicht lange auf sich warten:

@happyduck: klingt toll, viel Spaß.

Wer auch immer @happyduck sein mochte, die Reaktionen kamen immer prompt. Zufrieden loggte sie sich wieder aus.

Am Abend – Sean und Evelyn waren nach Kingsdale ins Theater gefahren – nahm Carrie ihren Mut zusammen und öffnete den Aktenschrank im Arbeitszimmer. Das Erste, was ihr in die Augen sprang, waren mehrere Aktendeckel, die alte Fotos aus der Zeit von Sylvies Kindheit und Jugend enthielten. Carrie war als kleines Mädchen ganz fasziniert davon gewesen, hatte sie aber in all den Jahren seitdem vergessen. Jetzt sah sie die Bilder mit neuen Augen, erfüllt von einem Gefühl inniger Verbundenheit. Und nach einer Weile wurde ihr bewusst, dass sie auch die Mode der fünfziger Jahre anders wahrnahm als früher: Sie betrachtete ihre Großmutter und Molly, in der Küche, im Wohnzimmer, an Weihnachten oder bei einer Erstkommunionsfeier, und plötzlich erschienen ihr die Frisuren und die Kleider keineswegs mehr zum Lachen, sondern ziemlich elegant und schick.

Wenn sie noch bei Jade gewesen wäre, hätte sie vorgeschlagen, bei der Markenentwicklung Assoziationen an den Stil jener Zeit einfließen zu lassen. Aber diese Idee war auch in Willow Hill zu gebrauchen: Die Gedankenverbindung mit den Fünfzigern konnte dem Haus einen besonderen Glanz verleihen, eine Art Retro-Glamour.

Es waren Abzüge von Bildern dabei, die Carrie schon aus dem Album kannte, das sie in der Waldron Avenue gefunden hatte. Sie blickte auf das Foto von der Geburtstagsparty ihrer Mutter, auf dem auch Beth zu sehen war, und spürte einen Stich bei dem Gedanken an das Schicksal der jungen Frau. Neben der vor Leben und Charme sprühenden Sylvie wirkte Beth unscheinbar und still, ja, der gesenkte Blick und die Art, wie sie sich hinter ihren langen Haaren zu verstecken schien, hatten fast etwas Ängstliches an sich. Es gab noch andere Bilder, die Carrie neu waren, darunter Polaroid-Aufnahmen von Sylvie, John und Beth in Willow Hill und am Strand, und es gab Fotos von Beth' Hochzeit.

Sie waren, wie Carrie erkannte, in St Stephen's Green gemacht worden und zeigten unter anderem ihre Eltern und Großeltern zusammen mit Beth und einem gutaussehenden Mann. Beth trug ein schlichtes weißes Kleid, einen Spitzenschleier und ein Perlennetz über dem hellen Haar. Sie hatte ihren Brautstrauß in der Hand und blickte etwas übertrieben ehrfürchtig zu ihrem Ehemann neben ihr auf. Auf einem anderen Bild lächelten Beth und Sylvie, Arm in Arm nebeneinander, in die Kamera.

Carrie hatte keines dieser Fotos je vorher gesehen – offenbar hatte ihre Mutter keine Bilder von der Hochzeit ihrer Freundin aufbewahrt. Vielleicht weil sie es nach Beth' Tod zu sehr aufwühlte, sie zu sehen. Sie stand unter Schock, und das erklärte auch, warum sie Trost bei Luis gesucht hatte. Als Carrie den Aktendeckel mit den Hochzeitsfotos zuklappen wollte, um ihn in den Schrank zurückzulegen, bemerkte sie einen Umschlag, der darin lag. Er trug die Aufschrift »Protokoll der amtlichen Untersuchung«. Noch etwas, das Sean und Evelyn stillschweigend in der Versenkung ihres Archivs hatten verschwinden lassen, um Carrie zu schonen. Sie streckte die Hand danach aus, aber dann ließ sie es. Es war schon spät, sie würde sich die Papiere ein andermal ansehen.

Carrie konnte in dieser Nacht lange nicht einschlafen, ihre Gedanken drehten sich im Kreis. Luis hatte erzählt, Sylvie habe eine Entscheidung treffen müssen, die Weichen für ihre

Zukunft stellte. Hatte das mit ihrer Affäre zu tun? Hatte sie ihren Fehltritt John jemals gestanden, oder hatte sie sich dafür entschieden, diese Sache ein für alle Mal hinter sich zu lassen und so zu tun, als hätte es Luis nie gegeben? Immerhin hatte Carrie wenigstens auf eine ihrer Fragen eine Antwort erhalten: Der Tod ihrer Freundin musste Sylvie tief erschüttert und ganz aus dem Gleichgewicht gebracht haben; nur so war es zu erklären, dass sie ihren Mann betrog. Beth war praktisch in Willow Hill aufgewachsen, hatte Sean gesagt, sie und Sylvie mussten wie Schwestern gewesen sein.

Dreißigstes Kapitel

August 1980

»Adam ist ein echter Glückspilz«, sagte Teresa Graham.

»O ja, allerdings.« Ihr Mann Tom nickte.

»Ein schönes Haus und eine wunderschöne Frau, und dann kann sie auch noch ausgezeichnet kochen! Was könnte ein Mann sich noch wünschen?«

Tom hob sein Glas. »Auf Adam und Beth, mögen sie lange und glücklich leben.«

»Auf Adam und Beth.«

Alle stießen auf das Wohl der Gastgeber an. Adam lächelte mit leicht geneigtem Kopf seiner Frau zu. Beth saß neben Margaret MacBride, die mit ihrem Mann Eoin gekommen war. Eoin und Tom hatten leitende Positionen in derselben Bank inne wie Adams Vater. Auch dieser saß mit am Tisch, ebenso Adams Mutter. Beth war klar, dass sie unter genauer Beobachtung stand: Sie musste beweisen, dass sie die richtige Frau für Adam war, eine, die ihm auf seinem Weg nach oben von Nutzen sein konnte.

Und ausnahmsweise waren Beth' kritische Schwiegereltern einmal durchaus zufrieden mit ihr. Sie hatte nur gesprochen, wenn sie an der Reihe war, sie hatte die besten Manieren an den Tag gelegt und all ihren Charme aufgeboten, um ihren Gästen zu gefallen. Sie hatte Adam in allem, was er sagte, zugestimmt und nie eine abweichende Meinung geäußert. Um die Wahrheit zu sagen, hatte sie auch gar keine abweichenden Meinungen. Sie verstand einfach zu wenig von den Dingen und schwieg deswegen, wenn die Männer in der Runde über die Rezession und die Regierung und über Politiker redeten, die sie kaum dem Namen nach kannte. Indes war sie, obwohl sie nicht die *Financial Times* las, doch klug genug, um ihren Gesprächen entnehmen zu können, dass sie Immobilienspekulanten und führende Politiker in der Hand hatten, weil diese darauf angewiesen waren, von den Banken ihre Projekte finanziert zu bekommen.

An ihrer geschmackvollen Tischdekoration war nichts auszusetzen, und das Essen, das sie gekocht hatte, war köstlich. Die Planungen und Vorbereitungen für diese Einladung hatten sie eine volle Woche lang in Anspruch genommen. Eine Woche, in der sie Ablenkung bitter nötig gehabt hatte.

Adam hatte nach dem Abend, an dem er sie geschlagen und auf dem Küchentisch vergewaltigt hatte, kaum ein Wort mit ihr gesprochen. Es war ganz eindeutig eine Vergewaltigung gewesen: Es war gegen ihren Willen geschehen, sie hatte ihn angefleht, von ihr abzulassen, sie war noch Tage danach wund. Aber weil sie verheiratet waren, hatte er gegen kein Gesetz verstoßen. Am nächsten Tag hatte er ihr, ganz so, als wäre nichts passiert, von der geplanten Einladung zum Essen erzählt, die er schon einmal angedeutet hatte. Er hatte seine Brieftasche hervorgezogen und ein paar Scheine abgezählt; sie solle zum Friseur gehen und sich ein paar neue Sachen kaufen.

»Du bist schön, Beth«, hatte er gesagt. »Ich möchte, dass du etwas daraus machst, ich möchte mit dir angeben.« Einen Moment lang war sein Blick leer geworden, und sie hatte sich gefragt, was er wohl gerade dachte.

Sie hatte das Geld genommen, aber nichts dafür gekauft.

»Ich brauche Ihren Rat, Margaret«, sagte sie und wandte

sich ihrer Tischnachbarin zu. »Wo geht man am besten hin, wenn man Haushaltswäsche kaufen will? Können Sie mir da etwas empfehlen?«

Einige Tage danach kam er früh nach Hause. Sie saß gerade im Gästezimmer auf dem Bett und las in ihrem Ratgeber über die weibliche Sexualität, als sie hörte, wie er die Haustür aufsperrte. Ihr Herz schlug bis zum Hals. Hastig klappte sie das Buch zu und schob es unters Bett, dann strich sie die Tagesdecke glatt und trat auf den Flur, möglichst leise, damit er nicht hören konnte, wo sie gewesen war. Sie erreichte die Treppe, ihre Knie fühlten sich weich an.

»Adam? Du bist früh dran heute ...«

»Was hast du da oben gemacht?« Er sah ihr zu, wie sie die Treppe herunterkam. Offenbar spürte er, dass sie Angst hatte – kein Wunder, so wie ihr zu Mute war.

»Nichts Besonderes.« Sie nahm alle Kraft zusammen, um ihre Panik niederzukämpfen. »Warum?«

»Du wirkst ein bisschen erhitzt.«

»Ich hab nur ein bisschen abgestaubt. Im Schlafzimmer.« Sie hatte kein Staubtuch in der Hand und wirkte auch sonst nicht so, als hätte sie gerade irgendwelche Putzarbeiten verrichtet.

Er sah sie mit abwesendem Blick an. Er war elegant gekleidet: dunkelblauer Anzug, weißes Hemd, gelb-blau gestreifte Krawatte. Dann sagte er: »Lass das mal sein. Ich habe eine Überraschung für dich.«

Er lächelte. In diesem Augenblick erinnerte er sie an jenen Adam, in den sie sich verliebt hatte. Ihr wurde schmerzlich bewusst, dass ein Abgrund zwischen der ahnungslos naiven

Beth McCann von früher und der desillusionierten Mrs Adam Gilmore von heute klaffte.

»Draußen«, sagte er und hob einen kleinen Schlüsselbund hoch.

Draußen stand quer in der Einfahrt ein nagelneues Auto, langgestreckt, edel dunkelblau, chromblitzend in der Sonne.

»Hübsch, nicht?«

»Wunderschön, Adam. Ist das deines?«

»Unseres, Beth. Es ist auf deinen Namen angemeldet.«

»Auf meinen?« Ihr wurde ganz schwindlig. Sie hatte nicht einmal einen Führerschein. Die Aussicht, dass sie diesen großartigen Wagen fahren würde, war überwältigend. Wenn ihre Mutter sie so sehen könnte ...

»Aber du musst natürlich erst einmal fahren lernen«, sagte Adam. »Und die Führerscheinprüfung bestehen.«

Sie fragte sich, wie sie das anstellen würde. »Vielleicht kann ich Stunden bei einem Fahrlehrer nehmen?«

»Mal sehen, ob ich jemanden finde, dem ich meine Frau anvertrauen kann.« Er lächelte.

Sylvie hatte das Fahren von John gelernt. Wahrscheinlich würde John auch Beth ein paar Fahrstunden geben, aber sie wusste, dass sie es nie wagen würde, ihn darum zu bitten.

»Das wird nicht leicht sein, denn ich stelle hohe Anforderungen«, sagte Adam. »Du bist mir sehr kostbar, Beth, vergiss das nie.« Er sah sie eindringlich an, ganz offenbar meinte er es vollkommen ernst.

Er ließ die Autoschlüssel klingeln. »Steig ein, wir drehen ein Runde.«

Sie fuhren Richtung Küste, die Strecke von Blackrock nach Dalkey, von wo aus man die Irische See im abendlichen Dunst schimmern sah, eine silberne Fläche, die sich bis zum Horizont hin ausbreitete. Voller Sehnsucht dachte sie zurück an Willow Hill, an den Blick durchs Küchenfenster aufs ferne Meer hinaus.

Ihr war weh ums Herz. Ein anderes Leben, weit weg in einer längst vergangenen Zeit. Ihr war, als blickte sie mit dem Fernrohr auf eine nostalgische Weihnachtskartenidylle, eine Szene, die wie ein Sinnbild von Wärme und Geborgenheit anmutete. Unerreichbar weit weg. Sie blinzelte und atmete tief den Geruch des neuen Autos ein. Sie dachte an John und Sylvie und ihren rostigen Renault, der klapperte und schepperte und allerlei Mucken machte. Einmal hatte Sylvie nach einer Panne fern aller Zivilisation ihre Strumpfhose opfern müssen, und John hatte sie zu einem provisorischen Ersatz für einen gerissenen Keilriemen umfunktioniert.

Beth sah ihre Freundin nur noch selten, aber Sylvie ließ den Kontakt nicht abreißen.

Von so einem Auto wie diesem hier konnten John und Sylvie nur träumen. Beth stellte sich vor, wie andere Leute sie und Adam sahen, wenn sie in dem schicken Wagen vorbeibrausten: ein Paar wie in einem Fernsehwerbespot, durch und durch glücklich. Sylvie wäre sicher selig, wenn sie mit John in einem solchen Wagen säße. Beth fragte sich, wie es wohl war, wenn man sich darauf freute, mit einem Mann zu schlafen. Wie war es, mit einem Mann wie John ins Bett zu gehen? Sie blickte auf Adams Hand am Steuerrad, und es fiel ihr schwer, sich vorzustellen, dass diese Hand ihren Körper jemals zärtlich berühren würde.

Das Buch – *Der weibliche Körper: Ein Handbuch für Frauen* – flog mit einem schneidenden Geräusch durch die Luft und landete auf dem Bügelbrett, genau auf Adams blauem Hemd.

Beth erstarrte.

»Was hat das zu bedeuten?«

Sie sah ihn an. Seine Augen waren blau. Nicht wie das Meer, sondern wie geschliffenes Glas.

»Es ist ...« Sie straffte ihre Schultern. »Weißt du, Adam, da geht es hauptsächlich um gesundheitliche Dinge, um den Körper, was genau in der Schwangerschaft passiert, solche Sachen eben. Ich muss doch Bescheid wissen, wenn es so weit ist.« Sie lachte gezwungen. »Sonst stehe ich da und habe von nichts eine Ahnung.«

Stille. Sie wartete auf die Explosion. Sie hörte das Ticken der Uhr an der Wand. Ein Cousin von Adam hatte sie ihnen zur Hochzeit geschenkt. Dazu eine Karte mit silbernen Hochzeitsglocken drauf. »Glück und Segen für Eure Zukunft« hatte auf der Rückseite gestanden. Beth hatte alle Karten mit den freundlichen Wünschen aufbewahrt. Zusammengebunden mit einem weißen Band von ihrem Brautstrauß lagen sie in einem Karton in ihrem Kleiderschrank.

Endlich brach er das Schweigen. »Das ist wohl diese sogenannte ›Frauenzeitschrift‹, von der du geredet hast?«

Der Ton war ruhig.

Er nahm das Buch und blätterte es durch, wobei er hin und wieder innehielt, um einen Blick auf eines der Bilder oder Diagramme zu werfen. »Du hättest es mir sagen sollen. Warum hast du es vor mir geheim gehalten?«

Es war, als gäbe es zwei Adams: den einen, der in seinem Beruf ehrgeizig und tüchtig war, der sich nie beklagte, sondern sich einfach ins Zeug legte, um für sie beide genügend Geld zu verdienen, den Ehemann, der ihr versicherte, dass er sie liebte; und dann gab es den anderen Adam, den dunklen, wie sie ihn im Stillen nannte. Den Adam, der ihr vollkommen fremd war und der ganz andere Vorstellungen von ihrer Ehe hatte als sie.

»Ich nahm nicht an, dass dich das interessiert.«

»Mich interessiert alles, was mit meiner Frau zu tun hat. Alles. Gib gut Acht auf das Hemd, es ist eines meiner besten.«

Er machte auf dem Absatz kehrt und marschierte hinaus. Das Buch nahm er mit. Sie stand lange unbewegt da und lauschte dem Ticken der Uhr, bis sie endlich doch wieder nach dem Bügeleisen griff.

Sie sah zu, wie der Pegel in der Flasche stetig sank, während er ein Glas nach dem anderen trank. Es war der teure Cognac, den Tom und Teresa Graham letzte Woche als Gastgeschenk mitgebracht hatten.

Später lag sie im Bett und erwartete mit Schrecken das, was auf sie zukommen würde. Sie war Adam ausgeliefert, sie konnte nirgendwohin. Von dem Geld auf ihrem Sparbuch war nicht mehr viel übrig. Und wer würde ihr glauben, wenn sie von ihrer Not erzählte? Sie hatte das große Los gezogen, dachten alle. Schade bloß, dass die sexuellen Vorlieben ihres Mannes nicht nach ihrem Geschmack waren.

Als er ihr Nachthemd hochzog, machte sie sich auf das Übliche gefasst; sie hoffte nur, dass es schnell gehen würde. Aber dann spürte sie seine Hand in ihrem Nacken, und sein Knie in ihrem Kreuz drückte ihren Körper gegen die Matratze. Was war das, was hatte er vor? Sie hörte ein sausendes Geräusch, und dann fühlte sie einen scharfen Schmerz, als sein Ledergürtel mit voller Wucht auf ihr Gesäß klatschte.

»Nein! Adam, bitte ...«

Sie versuchte sich zu befreien, aber er war viel stärker als sie und hielt sie fest. Halb betäubt von Schmerz und Empörung hörte sie ihn zischen: Sie war ungezogen gewesen und erhielt nun die verdiente Strafe. Er würde sie umbringen, wenn sie es wagte, jemandem etwas zu verraten. Ob sie verstanden hatte, was er sagte? Sie biss auf ihre Lippe und schmeckte Blut. Sie dachte an den Blick aus dem Küchenfenster in Willow Hill. Wie schön die Felder und Wiesen waren, besonders im Sommer, wenn der Ginster blühte, und dahinter in der Ferne das blaugraue Meer. In ihren Gedanken konnte sie dort sein, dorthin konnte sie flüchten.

Später, als er in sie eindrang und sagte, dass er sie liebe und ihr dankbar dafür sei, dass sie ihm diese Lust schenke, als er ihr versicherte, es tue ihm leid, dass er sie geschlagen habe, aber es habe ihn zutiefst schockiert, dass sie sich hinter seinem Rücken mit solchen Büchern vergnüge – diese aufreizenden Bilder! –, bei alledem stellte sie sich vor, sie wäre gar nicht hier, sondern im Garten von Willow Hill, und fand Trost in dem Bewusstsein, dass sie an jedem beliebigen Ort der Welt sein konnte ...

Erst zwei Tage später kam sie auf die Idee, sich zu fragen, wie Adam ihr Buch gefunden hatte. Es hatte im Gästezimmer unter dem Bett gelegen. Was hatte er in dem Zimmer zu suchen gehabt, und was konnte ihn dazu veranlasst haben, unters Bett zu schauen? Die Frage ging ihr im Kopf herum, und sie fand keine Antwort darauf.

Eines Morgens, als er ihr sagte, er werde erst spät nach Hause kommen, beschloss sie, der Sache auf den Grund zu gehen. Er habe wichtige Termine, sagte er, er sei für eine Beförderung vorgesehen und werde sich die Chance nicht entgehen lassen. Er dankte ihr dafür, dass sie sein Hemd so schön gebügelt und gestärkt hatte, sie sei eine musterhafte Ehefrau, er liebe sie.

Als er weg war, wartete sie eine halbe Stunde, dann ging sie ins Gästezimmer. Es war sparsam möbliert: ein Einzelbett, eine Kommode, ein Einbauschrank. Beth kniete sich hin und schaute unters Bett. Nichts, nur der Teppichboden, auf dem sich ein paar Staubflusen tummelten. Sie wollte gerade wieder aufstehen, da sah sie, dass der Teppich ganz hinten in der Ecke ein bisschen hochzustehen schien. Es kostete sie einige Mühe, das Bett von der Wand wegzurücken, sodass die Ecke frei lag. Tatsächlich, der Teppichboden war dort lose. Sie hob den grauen Filz auf und schlug ihn zurück. Darunter wurden Bodendielen sichtbar. Und noch etwas.

Zeitschriften, die nebeneinander unter dem Teppichboden gelegen hatten. Vier Stück.

Man brauchte nicht genau hinzuschauen, um zu erkennen, was für Zeitschriften es waren, es sprang einem direkt ins Auge. Mochte auch Vergewaltigung in der Ehe nicht strafbar sein, so überschritt doch das, was diese Bilder zeigten, die Grenzen des gesetzlich Erlaubten weit. Zwischen den Seiten lagen lose Photographien, pornographische Szenen mit Männern und jungen Frauen, manche von ihnen fast noch Kinder. Zuerst konnte sie gar nicht fassen, was sie da wie durch einen Nebelschleier sah, dann schlugen Scham und Entsetzen über ihr zusammen, und sie steckte die Fotos hastig wieder zurück.

Sie schaffte es gerade noch rechtzeitig ins Badezimmer, wo

sie sich unter heftigem Würgen übergab. Als sie sich wieder einigermaßen erholt hatte, beschloss sie, sich auch in diesem Raum genauer umzusehen: Sie musste daran denken, dass er sich manchmal, nachdem er sich – offenbar ohne befriedigenden Erfolg – an ihr abgemüht hatte, ungewöhnlich lange hier drin aufhielt. Schließlich entdeckte sie noch zwei Pornohefte, die zusammengefaltet außerhalb ihrer Reichweite hoch oben zwischen dem Spülkasten der Toilette und der Wand steckten. Sie fand sie erst, nachdem sie die Trittleiter aus der Garage geholt hatte.

Sie war nicht seine Ehefrau, nicht wirklich. Sie genügte ihm nicht, sie würde ihm niemals genügen. Auch wenn sie ihn noch so sehr liebte, es würde nichts nützen. Ihr wurde schwarz vor Augen.

Einunddreißigstes Kapitel

»Ich glaube fast, deine Werbekampagne wirkt bereits«, sagte Evelyn am Donnerstagnachmittag zu Carrie. »Wir haben mehr Buchungen als sonst.«

Carrie lächelte. »Werbekampagne? Das ist nur ein allererster Anfang, da muss man weiter am Ball bleiben. Es dauert eine Weile, bis man genügend Follower hat.«

»Was willst du heute machen? Ein paar Termine habe ich noch frei. Willst du zur Visagistin? Eine Massage?«

»Danke, ich gehe einfach nur schwimmen«, sagte Carrie, »und anschließend faulenze ich eine Weile im Liegestuhl. Heb dir deine Termine für zahlende Kunden auf. Ich kann ja auf Twitter bekanntgeben, dass noch welche zu haben sind, aber die Leute müssten sich schnell entscheiden, sonst gehen sie leer aus.«

»Lieber Himmel, du willst uns auf Trab halten, so wie es aussieht.«

»Klar. Du wirst mehr Personal brauchen, wenn ich erst mal in Schwung komme.«

Evelyn lachte und wedelte sich mit einem der Faltblätter, die vor ihr auf dem Tresen lagen, Luft zu, als geriete sie jetzt schon ins Schwitzen.

Carrie ging in die Umkleideräume. Im Badeanzug, darüber einen Frotteemantel, betrat sie das Schwimmbad. In der gedämpften Beleuchtung sah das Wasser aus wie schwarze Seide, schimmernd im Schein der bunten Lämpchen, die rund um das Becken angebracht waren.

Sie zog den Bademantel aus, atmete tief ein, schloss die Augen und glitt ins Wasser. Eine Weile trieb sie mit langsamen, trägen Schwimmbewegungen dahin, ließ ihren Geist leer werden, nur darauf konzentriert, wie ihre Glieder leicht wurden, wie das warme Wasser ihre Haut streichelte. Dann schwamm sie hinüber zum Whirlpool und genoss das sprudelnde Wasser, das sanft ihren Körper massierte, bevor sie wieder ins Hauptbecken zurückkehrte, um sich noch eine Weile auf der dunklen Fläche treiben zu lassen und an gar nichts zu denken.

Schließlich kletterte sie aus dem Becken, hüllte sich in ihren flauschigen Bademantel und ging in den Ruheraum, wo sie sich auf einer gewärmten Liege ausstreckte und in den Garten und die umgebende Landschaft hinausschaute. Das Meer in der Ferne wirkte von hier aus wie ein freundlich blaues Band zwischen üppig grünen Wiesen und dem blasseren Himmel am Horizont.

Wie war es passiert? Waren Beth wirklich die reißenden Rippströmungen, vor denen man die Kinder immer warnte, zum Verhängnis geworden?

Zum ersten Mal, seit Carrie hier in Willow Hill war, fühlte sie sich kraftlos und erschöpft. Sie hatte eine unruhige Nacht hinter sich, hatte sich in ihrem Bett hin und her gewälzt, immer die Bilder von dem schüchternen Mädchen vor Augen, das von seinem grausamen Schicksal nichts ahnte. Und auch der Gedanke daran, wie verzweifelt ihre Mutter vor Trauer gewesen sein musste, hatte sie gequält. Die Affäre hatte nur ein paar Tage gedauert, und Sylvie war offenbar in ihrer Entschlossenheit, die ganze Geschichte hinter sich zu lassen, so weit gegangen, nach ihrer Rückkehr zu ihrem Mann auch von Beth und deren tragischem Ende nie wieder zu sprechen. Ihre Eltern waren Carrie immer als das Muster eines glücklichen

Paars erschienen, ihr war niemals in den Sinn gekommen, dass es jemals anders gewesen sein könnte. Aber was wusste sie schon darüber, wie es in den ersten vier Jahren ihrer Ehe gewesen war, als sie noch nicht einmal auf der Welt war?

Und einmal während der Nacht, in einem verwirrt halbbewussten Zustand zwischen Wachen und Schlafen, war ihr gewesen, als läge sie daheim im Faith Crescent zusammen mit Mark im Bett. Sie hatte sich auf die Seite gedreht halb in der Erwartung, seinen beruhigend heißen Körper neben dem ihren zu spüren, aber da war nur kalte Leere gewesen. Das Bett war kein guter Ort, um Erinnerungen an Mark nachzuhängen. Sie vermisste die Wärme zu sehr, die köstlich sinnliche Lust, wenn sie zusammen waren.

Und jetzt, obwohl die Liege beheizt war, durchströmte eine eisige Kälte ihren Körper bei dem Gedanken, dass sie es gewesen war, die mit ihm Schluss gemacht hatte. Zum Dank für alle seine Liebe und Fürsorge hatte sie ihn brutal von sich gestoßen.

Später an diesem Nachmittag zog es sie noch einmal zum Friedhof. Sie hatte Blumen mitgenommen, die sie vor die Gedenktafel auf Molly McCanns Grab stellte. Dann ging sie mit zögernden Schritten hinüber zum Grab ihrer Eltern. Ihr Blick huschte unstet über die Inschrift auf dem Stein, sie brachte es nicht über sich, ihn darauf ruhen zu lassen. Ihr ganzer Körper war so angespannt, dass sie das Gefühl hatte, sie müsste mitten entzweibrechen. Sie sah hinunter auf den Kies zu ihren Füßen, immer noch unfähig, sich einzugestehen, dass ihre Eltern hier unter der Erde begraben lagen.

Sie dachte wieder daran, wie ihr Vater vor vielen Jahren einen kleinen Kreis in einem größeren gezeichnet hatte.

»Und das bist du, Carrie. Du bist ein Teil von uns und immer bei uns.«

Aber niemals, seit sie ums Leben gekommen waren, hatte Carrie sie nahe gefühlt oder sich vorgestellt, sie seien bei ihr. Da, in dem Raum um sie herum, war nur schweigende Leere. Sie fragte sich, was sie zu ihr gesagt hätten, wenn sie die Gelegenheit gehabt hätten, noch ein letztes Mal mit ihr zu sprechen. Was wären ihre Abschiedsworte gewesen in den letzten Minuten, als das Flugzeug abstürzte? Sicher hätten sie gesagt, dass sie sie liebten, aber hätten sie auch versucht, ihr etwas mitzugeben, einen letzten Rat?

Sei glücklich.

Die Worte kamen direkt aus ihrem Inneren – keinen Augenblick lang hatte sie das Gefühl, irgendein Geisterwesen habe sie ihr zugeflüstert. Sie kamen aus ihr selbst, dem Teil von ihr, der immer mit ihren Eltern verbunden sein würde.

Sei glücklich.

Zwei Worte nur, aber sie hallten in ihr nach, und sie fühlte sich, als fiele eine unsichtbare Zwangsjacke von ihr ab.

Zweiunddreißigstes Kapitel

August 1980

Er liebte Beth, er liebte sie wirklich. Nur leider überschritt sie manchmal die Grenze des Erlaubten.

Er wollte nicht wie sein Vater werden. Jedenfalls dachte er das. Das Geräusch von Schlägen – mit der Hand, manchmal mit dem Gürtel –, das spätnachts aus dem Schlafzimmer seiner Eltern drang, hatte seine ganze Kindheit und Jugend begleitet. Einmal, als er noch sehr klein war, hatte es ihn geweckt, und er war hinübergegangen, um nachzusehen. Verstört und verwirrt, wie er war, hatte er nicht gewusst, was der Anblick, der sich ihm da im Halbdunkel bot, zu bedeuten hatte: rundliche Erhebungen aus bleichem Fleisch inmitten von zerwühltem Stoff, neben dem Bett der Vater, den Gürtel in der Hand. Sein Vater hatte aufgebrüllt, und dann hatte sich das wirre Durcheinander auf dem Bett bewegt, und das Gesicht seiner Mutter war zum Vorschein gekommen. Er solle wieder schlafen gehen, hatte sie ihm gesagt, mit einer tonlos unbewegten Stimme, die in einem so gespenstischen Widerspruch zu der elektrisch aufgeladenen Atmosphäre im Raum stand, dass es ihm kalt über den Rücken gelaufen war. Von da an hatte er sich bemüht, die Geräusche aus dem Schlafzimmer zu ignorieren und die Erinnerung an ihr starres Gesicht und die tote Stimme zu unterdrücken.

Er hatte auch am eigenen Leib erfahren, wie es sich anfühlte, geprügelt zu werden, zu Hause von seinem Vater und dann auch später an der Privatschule, die schon sein Vater besucht hatte, von den Lehrern, allesamt den traditionellen Werten verpflichtete Pädagogen, die streng auf Zucht und Ordnung geachtet hatten. Am schlimmsten war es, als man ihn mit den Magazinen erwischt hatte, die ein dänischer Mitschüler nach den Weihnachtsferien ins Internat geschmuggelt hatte. Adam war stolz darauf, dass er seinen Kameraden nicht verpfiffen hatte. Er hatte nicht mit der Wimper gezuckt, als man ihm vor versammelter Klasse eine Tracht Prügel verabreichte. Zu Hause war er dann noch einmal von seinem Vater mit dem Riemen verdroschen worden.

Es hatte nicht viel gefehlt, und er wäre von der Schule verwiesen worden. Er wusste bis heute nicht, welchen Handel sein Vater mit der Schulleitung abgeschlossen hatte, aber das Ende vom Lied war, dass er nach Hargrove Hall zurückkehren und die letzten zwei Jahre dortbleiben durfte.

Die Lieferungen aus Dänemark gingen weiter – der Lohn dafür, dass er dichtgehalten hatte –, aber jetzt passte Adam besser auf, sich nicht erwischen zu lassen. Er hatte auch allen Grund, sich in Acht zu nehmen, denn er konsumierte zunehmend härteren Stoff, Pornographie von einer Art, die ihm nicht allein Ärger mit der Schule, sondern auch mit der Polizei hätte eintragen können.

Die Zeit im College und die ersten Jahre danach brachten ihm eine neue Freiheit. Er ging mit jungen Frauen aus, ins Kino und zum Essen, aber wenn es dann zu vorgerückter Stunde zum Austausch von Zärtlichkeiten kam, wurde er befangen und linkisch und wusste nichts Rechtes mit sich und seiner Partnerin anzufangen. Nach und nach lernte er seinen Mangel an Erfahrung und Selbstsicherheit zu übertünchen, indem er den mit allen Wassern gewaschenen, haushoch überlegenen

Mann von Welt spielte. Er wusste, dass die meisten Frauen sich selbst die Schuld gaben und glaubten, sie seien eben nicht attraktiv genug für einen Mann vom Format eines Adam Gilmore, wenn er keine ernsthaften Annäherungsversuche machte. Aber bei Studien- und Urlaubsreisen ins Ausland gönnte er sich die Kicks, die ihm bis dahin versagt geblieben waren.

Als er vier Jahre bei der Bank beschäftigt war und auf die fünfundzwanzig zuging, fing sein Vater an, hin und wieder Andeutungen fallen zu lassen, dass Adam langsam daran denken solle, seine Existenz auf das feste Fundament einer Ehe zu gründen.

Als verheirateter Mann würde Adam reifen und seiner Umwelt signalisieren, dass er bereit sei, Verantwortung zu übernehmen.

Eine Frau im Hintergrund würde Adam ein Heim schaffen, das eine solide Basis für ihn wäre.

Eine Ehefrau sei gut für Adams Karriere. Je höher man in so einem großen Unternehmen aufsteige, desto wichtiger sei es, eine Frau zu haben, die einem den Rücken stärkt.

So eine wie Adams Mutter, die ihrem Mann geholfen hatte, die Karriereleiter Sprosse um Sprosse zu erklimmen.

Adam fragte sich, ob sein Vater etwas von seinen Magazinen und Bildern ahnte, deren Zahl im Lauf der Zeit stetig angewachsen war und die mehr und mehr den Wunsch in ihm verdrängten, eine normale, echte Beziehung zu einer Frau einzugehen. Ohnehin waren ihm Frauen mitsamt ihrem ganzen unappetitlichen körperlichen Weiberkram nicht geheuer. Es verursachte ihm Unbehagen und, schlimmer noch, ein Gefühl von Verwundbarkeit. Aber er verbarg diesen Wesenszug vor sich selbst unter sorgsam kultivierter Selbstsicherheit.

Schon als er Beth McCann das erste Mal sah, hatte er gewusst, dass er genau die stille, fügsame Frau gefunden hatte, die perfekt zu ihm passte. Als er ihr einen Blick zuwarf, errötete sie. Er lächelte, und sie lächelte scheu zurück. Sie sah ihn mit ihren sanften Augen an, als wäre er Gott und Elvis Presley in einer Person. Nicht dass er mit Elvis verglichen werden wollte.

Schade, dass Beth seinen Eltern nicht besonders imponierte, weil sie keine höhere Schulbildung hatte. Schade war auch, dass sie mehr oder weniger allein in der Welt war und keinerlei nützliche Beziehungen in eine Ehe einbringen konnte. Als er sie zum ersten Mal in das edel restaurierte alte Haus seiner Eltern in Rathgar mitnahm, war seine Mutter peinlich berührt zusammengezuckt beim Anblick von Beth' Kleidung, die aus einem Billigkettenladen stammte. Sein Vater musterte sie mit gerunzelter Stirn; man sah ihm an, dass er angestrengt zu ergründen versuchte, wie sie es angestellt hatte, seinem Sohn zu gefallen. Aus der Art, wie sie mit ihr sprachen, wurde nur allzu deutlich, dass sie Beth nicht für würdig hielten, ihrem Sohn auch nur die Schuhe zu putzen, geschweige denn, ihn bei seinem kometenhaften Aufstieg zu höchsten Ehren zu begleiten, aber sie behandelten sie immerhin mit der Höflichkeit, die einem Gast in ihrem Haus zustand.

Adam ließ sich von alledem nicht irritieren: Beth war genau der Typ Frau, den er wollte. Er hatte seine eigenen Gründe, sich für dieses schüchterne, unterwürfige Mädchen zu entscheiden, das ihm keinen Ärger machen würde. Alles an ihr kam seinen Wünschen und Bedürfnissen entgegen. Im Übrigen wusste er, dass sie mit ihren hausfraulichen Fähigkeiten und der Art, wie sie ihn rückhaltlos bewunderte, seine Eltern bald für sich gewinnen würde. Als er Beth nach der Trauungszeremonie aus der Kirche führte, war er froh, die Erwartungen seines Vaters erfüllt zu haben, und erleichtert, weil er jetzt als verheirateter Mann zugleich auch in den Augen der Welt ein *normaler* Mann war, den niemand perverser sexueller Neigungen verdächtigen konnte.

Aber dann brach alles in sich zusammen. Nach und nach änderte sich das Bild, das Beth von ihm hatte, er wurde für sie geradezu ein Teufel in Menschengestalt. Und so eine Frau konnte er nicht gebrauchen, er musste etwas unternehmen, oder nicht?

Dreiunddreißigstes Kapitel

Am Samstagmorgen fuhr Carrie wieder zurück nach Hause. »Ich komme bald wieder«, sagte sie zu Evelyn bei einer letzten Tasse Kaffee im Speisesaal von Willow Hill. »In der Zwischenzeit arbeite ich weiter an eurem Twitter-Profil. Wenn ihr Sonderangebote habt oder freie Termine, dann schick mir eine Nachricht, und ich gebe das dann im Netz bekannt.«

»Danke, Carrie, und denk daran, was ich dir gesagt habe: Wenn du dich beruflich verändern willst, bist du hier immer willkommen.«

»Das ist sehr großzügig von dir.«

»Großzügig?« Evelyn lachte. »Nein, wir würden dich schon ordentlich einspannen, das kannst du mir glauben. Clare und ich müssen auch langsam an unsere Nachfolge denken.«

Carrie zupfte nachdenklich ein Stück von ihrem Blaubeermuffin ab.

»Ich weiß natürlich, dass Dublin auch seine Reize hat.« Evelyn warf ihrer Nichte einen bedeutungsvollen Blick zu. »Glaubst du … ich meine: du und Mark …?«

»Ich weiß nicht.« Carrie seufzte. »Je länger ich darüber nachdenke, desto klarer wird mir, dass ich wirklich sehr unfair ihm gegenüber war. Es ist wahrscheinlich längst zu spät, um noch etwas zu kitten.«

»Würdest du das denn gerne?«

»Ja, aber ich glaube nicht, dass das etwas nützen würde.«

Evelyn schüttelte den Kopf. »Du musst das Deine tun. Versuch es einfach. Gib dem Schicksal eine Chance.«

»Das hat Mama auch immer gesagt.« Carrie lächelte.

»Ich glaube, das ist das erste Mal, dass du aus eigener Initiative das Gespräch auf deine Mutter gebracht hast.«

»Ja, ich habe es viel zu lange vermieden«, sagte Carrie. »Weißt du, vor einiger Zeit war ich in unserem alten Haus – Fiona hat das mit den Mietern geregelt. Da ist mir erst richtig bewusst geworden, was ihr alles für mich getan habt, du und Sean. Ich kann euch nicht genug danken dafür.« Sie spürte einen Kloß in ihrer Kehle.

»Das ist doch selbstverständlich«, sagte Evelyn.

»Na ja, und ich denke, es wird höchste Zeit, dass ich mich mehr um die geschäftlichen Dinge kümmere und darum, was eben zu erledigen ist im Zusammenhang mit dem Haus. Ich muss lernen, endlich auf eigenen Beinen zu stehen, ich kann ja nicht auf Dauer alle Arbeit auf euch beide abwälzen.«

»Das ist keine große Mühe für uns, Carrie, im Wesentlichen ist ja nur die jährliche Steuererklärung zu machen, und ab und zu muss man kleinere Reparaturen in Auftrag geben, mehr ist da nicht zu tun. Aber natürlich hast du recht: Du solltest Bescheid wissen über die Dinge, schließlich ist es dein Erbe, und Sean und ich werden nicht ewig leben.«

Carrie schüttelte den Kopf. »Hör auf mit diesem Gerede, davon will ich gar nichts hören. Aber wie auch immer: Ich habe beschlossen, endlich erwachsen zu werden, und darum werde ich ein paar von den Sachen aus dem Aktenschrank mit nach Hause nehmen und versuchen, mich ein bisschen schlauzumachen.«

Sie umarmte ihre Tante noch ein letztes Mal, bevor sie sich in den Wagen setzte und sich auf den Weg zurück nach Dublin machte.

Die Sonne schien, als sie bei Cork auf die Autobahn abbog. Im Kofferraum lag die Tasche mit den Unterlagen aus Seans Arbeitszimmer. Sie hatte ihr Smartphone mit der Musikanlage des Autos verbunden und die Playlist gewählt, die Mark für sie zusammengestellt hatte, bevor sie zusammen nach Paris flogen. Eingehüllt von der Musik, hing sie ihren Gedanken nach. Immerhin, sagte sie sich, hatte sie jetzt eine Erklärung dafür, dass ihre Mutter sich auf die kurze Affäre mit Luis eingelassen hatte: Er war zufällig zur richtigen Zeit am richtigen Ort gewesen, als Sylvie in einer Art Nervenzusammenbruch einen Menschen gebraucht hatte, der ihr Trost spendete. Es musste ein schrecklicher Schlag für sie gewesen sein, als sie erfuhr, dass ihre Freundin im Meer umgekommen war.

Als Carrie auf dem Friedhof am Grab ihrer Eltern gestanden hatte, war ihr klar geworden, dass sie das Beste aus ihrem Leben machen musste, das war es, worauf es ankam. Und das bedeutete, dass sie auch versuchen musste, mit Mark ins Reine zu kommen. Auch wenn er wahrscheinlich nie wieder etwas mit ihr zu schaffen haben wollte, musste sie ihm doch wenigstens sagen, wie dankbar sie dafür war, ihm begegnet zu sein. Aber wenn sie daran dachte, wie verbittert er bei ihrem letzten Gespräch gewesen war, fragte sie sich zweifelnd, ob er überhaupt bereit sein würde, noch einmal ein Wort mit ihr zu wechseln.

Die Landschaft zog an ihr vorbei – es war, als entrollte sich neben der Autobahn ein riesiger sattgrüner Teppich. Sollte sie Mark bitten, noch einmal zu ihr in den Faith Crescent zu kommen, oder war es besser, wenn sie sich auf neutralem Gelände trafen? Vermutlich würde er das eine ebenso wie das andere ablehnen.

Dann fiel ihr der Geburtstag ein, zu dem sie eingeladen worden war: Die Verlobte eines Freundes von Sam feierte heute zu ihrem Dreißigsten im Q Hotel eine Party. Natürlich waren Sam und Fiona eingeladen, und es bestand durchaus die Chance, dass auch Mark da sein würden.

Aber die Sache erforderte einige Selbstüberredungskünste. Als sie sich Dublin näherte und der Verkehr dichter wurde, focht sie eine innere Debatte mit sich selbst aus. Hatte sie für diesen Abend nicht vielleicht etwas Besseres vor? Wollte sie nicht lieber im Schlafanzug auf der Couch sitzen, fernsehen und sich selbst leidtun – oder doch zu einem Fest gehen, wo sich vielleicht die Gelegenheit ergab, mit Mark zu sprechen? Schlimmer als beim letzten Mal, als er zornig aus der Tür gestürmt war, konnte es nicht werden. Immerhin musste sie mit der Möglichkeit rechnen, dass er ihr aus dem Weg ging oder so tat, als wäre sie gar nicht da, oder sich weigerte, mit ihr zu reden. Sie stellte sich vor, wie es wäre, wenn er stumm und mit versteinertem Gesicht vor ihr stünde. Und trotzdem löste der Gedanke, ihn zu sehen, eine gewisse freudige Aufregung in ihr aus. Mochte er sie auch wie Luft behandeln, sie würde es irgendwie schaffen, zu ihm durchzudringen, und ihn dazu bewegen, sie anzuhören.

Vierunddreißigstes Kapitel

August 1980

Nach und nach wurde Beth klar, dass Adam sie unter Vorspiegelung falscher Tatsachen geheiratet hatte, und sie erkannte seine wahren Motive: Er hatte angenommen, sie werde, naiv, wie sie war, und dankbar dafür, dass er sich zu ihr herabgelassen hatte, nie seine Autorität in Frage stellen und sich widerspruchslos all seinen Wünschen fügen. Sie hatte keine Angehörigen und niemanden, der auf sie achtgab. Niemand würde je merken, was in ihrer Ehe nicht stimmte und wie unglücklich sie war.

Sie fragte sich, ob sie ihn ändern konnte. Offenbar vermisste er etwas an ihr, irgendetwas, das sie ihm nicht bot oder nicht bieten konnte, und das machte ihn zornig. Aber wenn sie ihn nur genug liebte, würde es doch vielleicht besser werden? Ihre ganze aufgestaute Liebe und ihr Verlangen würden helfen, ihre Ehe zu retten.

Von solchen guten Vorsätzen erfüllt, bezwang sie eines Abends ihre Befangenheit und erwartete ihn in verführerischer Spitzenunterwäsche. Seine Reaktion war ernüchternd. Er streifte sie mit einem leicht gereizten Blick und sagte: »Deck dich zu, Beth, du erkältest dich sonst.« Dann legte er sich auf seine Seite des Betts und drehte ihr den Rücken zu.

In der Nacht darauf schlug er sie wieder.

Nur Sylvies Freundschaft bewahrte Beth davor, verrückt zu werden.

Während der Schulferien schaute Sylvie jede Woche bei Beth vorbei, brachte Kuchen oder Pralinen mit und erzählte Neuigkeiten aus Willow Hill. Diese Besuche heiterten Beth auf und erinnerten sie daran, dass es noch ein anderes Leben außerhalb der Mauern ihres Hauses gab. Sie war Sylvie zutiefst dankbar dafür, dass sie ihr so treu die Freundschaft hielt, obwohl Beth alle Einladungen, zum Essen zu kommen oder zusammen mit ihr und John auszugehen, ausschlug. Sylvie musste längst klar geworden sein, dass Adam sie nicht mochte, und trotzdem ließ sie den Kontakt nicht abreißen.

Sylvie konnte nicht wissen, was im Schlafzimmer der Gilmores vor sich ging – Adam achtete sorgsam darauf, seine Frau nirgends dort zu prügeln, wo Außenstehende Spuren seiner Misshandlungen hätten bemerken können –, aber Beth fragte sich, ob Sylvie nicht vielleicht spürte, dass etwas in ihrer Ehe nicht stimmte. Mehr als einmal war sie versucht, sich ihrer Freundin anzuvertrauen, ihr die Striemen an ihrem Körper zu zeigen, aber ihr Stolz hielt sie zurück. Sylvie hatte sie davor gewarnt, sich Hals über Kopf in eine Ehe zu stürzen, hatte ihr zu bedenken gegeben, dass sie noch allzu wenig Erfahrung mit Männern und mit dem Leben im Allgemeinen hatte, aber Beth war so verblendet gewesen, zu glauben, ihre Freundin sei nur neidisch auf sie. Wie hatte sie nur so dumm sein können?

»Du weißt doch, dass die mich nicht interessieren«, hatte er gesagt, als Beth erwähnt hatte – ganz nebenbei, um ihn nicht zu reizen –, dass Sylvie sie beide eingeladen hatte. »Wieso hast du überhaupt noch Kontakt zu ihr? Sylvie geht mir auf die Nerven mit ihrem penetrant heiteren Getue!«

Beth hätte ihm gerne gesagt, dass Sylvie eben viel Sinn für Humor und eine positive Lebenseinstellung hatte, aber sie wusste, dass es sinnlos war. Adam wollte einen Keil zwischen sie und Sylvie treiben, er wollte Beth für sich allein haben. Deswegen sollte sie auch nicht arbeiten gehen: Sie sollte am besten mit niemandem außer ihm Kontakt haben, völlig abhängig von ihm sein.

»Und was John betrifft ...« Adam ließ den Satz unvollendet in der Luft hängen. Gespanntes Schweigen trat ein. Er musterte sie, als versuchte er ihre Gedanken zu lesen. Davon konnte er doch nichts wissen, oder? Dass Beth als Teenager bis über beide Ohren in John verliebt gewesen war? Gnade ihr Gott, wenn Adam jemals dahinterkam. »Ich weiß, sie sind alte Freunde von dir«, sagte er, »aber das ist alles passé, das Leben geht weiter. Wir haben eine glänzende Zukunft vor uns, wir schauen nach vorn.«

Sie fügte sich – auch, weil sie nicht wusste, ob sich in ihrem Gesicht nicht doch verräterische Spuren ihrer Jugendschwärmerei zeigen würden, wenn sie gemeinsam mit John und Sylvie ausgingen. Und das durfte sie auf keinen Fall riskieren.

»Nächsten Monat fahre ich für ein paar Wochen nach Willow Hill«, sagte Sylvie. Sie war wieder einmal zu Besuch bei Beth und trank mit ihr in der Küche Tee.

Beth wurde eng ums Herz bei dem Gedanken, dass sie ihre Freundin wochenlang nicht sehen würde, aber sie ließ es sich nicht anmerken. »Nächsten Monat? Da beginnt doch wieder der Unterricht. Oder habt ihr an eurer Schule nach den Sommerferien gleich noch einmal Ferien?«

»Nein, ich habe mich beurlauben lassen. Mama hat eine Hüftoperation und braucht meine Hilfe. Sean und Andrew sind noch in Kanada. Sie kommen erst an Weihnachten zurück und übernehmen dann nach und nach die Leitung des Geschäfts von Papa, der sich langsam zur Ruhe setzen will.«

»Und was ist mit John? Lässt du den mutterseelenallein zu Hause?«

»Er wird es überleben.« Sylvie lachte. »Mehr schlecht als recht zwar, weil er sich fast ausschließlich von Rührei ernähren wird, weiter reicht seine Kochkunst nämlich nicht. Wir hoffen, dass im September die Zentralheizung im Haus eingebaut wird. Da ist es gut, wenn er da ist und ein Auge darauf hat, damit die Handwerker keinen Unsinn machen. Bei uns im Haus wird es langsam richtig gemütlich. Wir sind inzwischen sogar stolze Besitzer eines *Sofas*, stell dir vor! Johns Tante Bridget hat sich ein neues gekauft und ihr altes großzügig uns überlassen. Man kann es sogar zu einem Bett ausklappen. Es ist herrlich bequem – wir kommen uns vor wie im Paradies, wenn wir so darauf liegen.«

»Klingt wirklich sehr gemütlich.«

Sylvie schnitt für jede noch ein Stück Kuchen ab.

Beth schluckte. Sie wollte lieber nicht daran denken, wie Sylvie und John fröhlich und glücklich auf ihrem Sofa herumtollten. Nicht daran, wie es in ihrem Herzen aussah, das wenige Monate zuvor so voller Liebe und ungetrübter Hoffnungen gewesen war, und nicht an ihren armen Körper, der kein Verlangen weckte und keinerlei Zärtlichkeit empfing, sondern nur grausam geschunden und geschlagen wurde.

»Mit euch können wir uns natürlich nicht vergleichen, Beth.«

»Wieso? Was meinst du damit?« Beth zwang sich zu einem Lächeln.

»Na hör mal, du führst ja das reinste Luxusleben«, scherzte

Sylvie. »Klar, du hast nie Ferien, aber man könnte auch sagen, du hast ausschließlich Ferien.« Sie lachte. Es klang so unbeschwert fröhlich, dass Beth zusammenzuckte. Wann hatte das letzte Mal jemand in diesem Haus so gelacht?

Es war nur natürlich, dass Sylvie so dachte: Was war Beth doch für ein Glückspilz. Konnte den lieben langen Tag tun, was ihr gefiel, hatte ein schönes sorgenfreies Leben. Aber in Wirklichkeit war sie eine Gefangene in einem goldenen Käfig.

»Du kannst mich in Willow Hill besuchen, wenn du dich von hier losreißen kannst«, sagte Sylvie. »Mama würde sich so freuen, dich zu sehen. Komm für eine Woche runter.«

»Ja, ich werde es mir überlegen.« Beth wusste genau, dass Adam es nie und nimmer erlauben würde. Sie saß in der Falle. Bei einem Ehemann, der sie nicht liebte. Abwesend zerstach sie ein Stück von ihrem Kuchen in winzige Brösel und hörte sich sagen: »Mal sehen, was Adam dazu meint.« Es war, als wollte etwas in ihr Sylvie einen Wink geben. Andeuten, dass Adam darüber entschied, was sie zu tun und zu lassen hatte.

Sylvie runzelte die Stirn. »Adam? Er würde dir doch wohl nicht verbieten, hinzufahren.« Sie lachte, so absurd fand sie den Gedanken. »Schließlich ist Willow Hill dein zweites Zuhause.«

»Er hat gern, dass ich hier bin, wenn er von der Arbeit kommt.«

»Dass du ihn sehnsüchtig erwartest«, scherzte Sylvie.

Beth antwortete nicht. Sie schob ein Stückchen Kuchen in den Mund, aber sie schmeckte nichts.

»Er kann wohl nichts dagegen haben, dass du die Familie besuchst, bei der du aufgewachsen bist«, sagte Sylvie. Sie kippte den Kopf ein bisschen zur Seite und musterte Beth. Es war, als sähe sie etwas, das ihr vorher entgangen war, etwas, das sie verunsicherte. »Oder doch? Beth, was ist los?«

Beth nahm sich zusammen. »Nichts, es ist alles in Ordnung. Ich weiß nur noch nicht, wann ich Zeit habe. Ich werde in meinem Terminkalender nachsehen.« Ihr war plötzlich schlecht.

»Sag mir nächste Woche einfach Bescheid, damit wir uns darauf einstellen können ... Wir würden uns wirklich freuen.«

Im Geist sah Beth die Küche von Willow Hill vor sich, und sie erschien ihr wie ein warmer Schoß, der Sicherheit und Geborgenheit versprach. O ja, sie wünschte so sehr, sie könnte die Zeit zurückdrehen und wieder dort sein, barfuß über den warmen Steinfußboden gehen, den Duft des Apfelkuchens in der Nase, der im Ofen bäckt, weit draußen vor dem Fenster das Blau des Meeres.

»Wer war hier?«

»Was meinst du?«

»Du hast mich schon verstanden, Beth. Wer war heute hier?«

Adam war mit dem Essen fertig. Er hatte kaum ein Wort gesprochen, als er von der Arbeit gekommen war, offenbar mit seinen Gedanken woanders, und sie hatte sich gehütet, mit ihm zu plaudern, sondern eifrig das Abendessen aufgetragen und ihn bedient. Während er aß, hatte er die Zeitung gelesen, tiefe Furchen auf der Stirn. Jetzt legte er Messer und Gabel weg, faltete die Zeitung zusammen und lehnte sich bequem zurück. Er musterte sie mit durchdringendem Blick, kalt und schneidend.

Ihr Herz pochte dumpf. »Wieso sollte jemand hier gewesen sein?«

»Genau das ist die Frage.« Er lächelte. »Wieso sollte jemand hier gewesen sein?«

Sie stand auf, ihre Knie fühlten sich weich an. »Adam ... ich verstehe nicht, warum du so darauf herumreitest.«

»Darum, meine liebe Beth, weil ich etwas in der Mülltonne gefunden habe.«

In der Mülltonne. Sie sah sich selbst, nachdem Sylvie gegangen war, in der Garage vor der Mülltonne stehen und die Reste des Kuchens mitsamt der Verpackung hineinwerfen, um alle Spuren des Besuchs zu beseitigen. Er hatte doch wohl nicht die Mülltonne kontrolliert ... oder?

Sie beschloss, bei ihrer Linie zu bleiben. »Ich weiß nicht, wovon du redest«, sagte sie. Das Besteck in ihren Fingern klirrte. Sie legte es auf den Stapel mit den Tellern.

Sie war auf dem Weg zur Spüle, da sagte er: »Es gefällt mir nicht, dass meine Frau Geheimnisse vor mir hat.«

Beth fuhr herum. Es war ein Reflex, einen Moment lang hatte sie vergessen, dass sie ihn nicht herausfordern durfte. »*Ich* habe Geheimnisse vor *dir*?«

Was war in sie gefahren? Sie versteinerte, die Teller in den Händen. Die Stille im Raum war so dicht und drückend, dass sie kaum atmen konnte. Er starrte sie an, er schien mit sich selbst zu ringen. Sie starrte zurück, und dann rutschten ihr auf einmal die Teller aus den verkrampften Fingern, fielen hinunter und zersprangen in tausend Scherben. Teilnahmslos blickte sie hinunter auf das Chaos zu ihren Füßen.

»Schau, was du angestellt hast, du Trampel.«

Er stand auf. Mit verschleierten Augen sah sie ihn wie in Zeitlupe auf sich zukommen. Er packte sie an den Haaren und riss ihren Kopf nach hinten, schlug mit der Handkante gegen ihre Kehle, dass ihr die Luft wegblieb. Tränen stachen in ihren Augen. Er beugte sich vor, ganz nahe an ihr Ohr. »Was bist du? Nichts als eine kleine dumme Gans.« Er zerrte sie an den Haaren durch die Küche, riss so brutal daran, dass ihr Kopf gegen den Schrank knallte. »Ein dämliches kleines Miststück.«

»Bitte, Adam.«

»Ich könnte dich umbringen, weißt du.« Er sagte es in einem so beiläufigen Ton, als redete er übers Wetter.

»Dann müsstest du ins Gefängnis.«

»Nicht, wenn es so aussieht, als wäre es ein Unfall gewesen.«

»Das kannst du nicht.«

»O doch, ich glaube, das könnte ich sehr wohl. Dann wäre ich Witwer, und alle Welt würde mir Mitgefühl und Respekt entgegenbringen.«

»Und was ist mit deinen Einladungen zum Abendessen, deiner Karriere? Das ist doch der einzige Grund, warum du mich geheiratet hast: Du brauchst eine Frau, die dir hilft, Karriere zu machen, die du herumzeigen kannst.«

»Nicht unbedingt: Wenn ich nie über den Verlust meiner über alles geliebten Frau hinwegkomme, muss ich kein zweites Mal heiraten. Und alles Übrige, was ich brauche, kann ich kaufen. Restlos alles.« Er lächelte bösartig. »Warum glaubst du, ich hätte Geheimnisse vor dir?«

»Das habe ich nie gesagt.«

»Es klang aber ganz so.«

»Das wollte ich nicht.«

»Ach ja? Dann sag mir eins: Gibt es irgendwelche Geheimnisse zwischen uns?«

»Nein, keine.«

»Wir führen eine vollkommen glückliche Ehe, oder?«

»Ja.«

»Das vorhin war natürlich nur ein Scherz. Ich werde dich nicht umbringen.« Er ließ sie los, so abrupt, dass sie zusammensackte. Sie rieb sich über die Stelle an ihrem Kopf, wo sie gegen den Schrank geschlagen war.

»Tut mir leid, wenn ich dir weh getan habe. Das wollte ich nicht, ich hatte nur solche Angst –«

»Angst?« Sie konnte den ungläubigen Ton in ihrer Stimme kaum verbergen.

»Dass du mich nicht mehr liebst.«

»Ich werde dich immer lieben.«

»Zeig es mir.« Seine Stimme klang plötzlich anders.

»Wie?« Was erwartete er von ihr?

»Ich liebe dich, Beth. Ich werde dich immer beschützen. Ich wünsche mir, dass nie irgendetwas oder irgendwer uns trennt.«

»Das wird nicht geschehen.«

»Dann zeig mir jetzt, wie sehr du mich liebst.«

Der veränderte Ton seiner Stimme, die ganze Atmosphäre im Raum, die mit einem Mal wie elektrisch aufgeladen zu sein schien, versetzten sie in Alarmzustand; sie konnte ihn nicht ansehen, so übermächtig war das Gefühl der Bedrohung. Sie spürte, dass er an seinem Hosenschlitz herumfingerte. Erwartete er, dass sie sich über die Tischplatte oder die Lehne eines Stuhls beugte? Sie wich einen Schritt zurück, aber da packte er sie wieder an den Haaren und drückte sie hinunter, zwang sie vor ihm niederzuknien auf den Scherben der zerbrochenen Teller. Dick und zornig geschwellt ragte seine Erektion ihr entgegen.

An den Tagen danach fühlte sie, dass er sie genau beobachtete. Zu Hause ließ er sie kaum aus den Augen, und wenn er bei der Arbeit war, rief er sie mehrmals am Tag an, um sich zu erkundigen, ob es ihr gut ging. Es ging ihr nicht gut. Es würde ihr nie wieder gut gehen. Ihr war ständig übel. Und das lag nicht daran, dass sie schwanger gewesen wäre. Es war die Angst. Und diese Angst war nicht nur ein Gefühl, sie war etwas Physisches: Schwer wie Blei breitete sie sich in ihrem ganzen Körper aus, befiel ihren Magen und alle ihre Organe. Beth redete so wenig wie möglich mit Adam, verschloss sich innerlich vor ihm, entzog sich ihm, als wollte sie für ihn unsichtbar werden, sich selbst zum Verschwinden bringen.

Fünfunddreißigstes Kapitel

Am Abend zog Carrie ihr Lieblingskleid aus champagnerfarbener Spitze an, dazu elegante Schuhe, und fuhr zum Q Hotel. Dort sah sie Fiona und Sam in der Bar und ging zu ihnen.

Fiona umarmte sie. »Wo kommst du denn her?«, fragte sie.

»Von zu Hause, und vorher war ich in Willow Hill. Warum?«

»Nein, ich meine dein *neues* Ich.«

»Mein neues Ich?«

»Du siehst fantastisch aus. Das haut einen um.«

»Das liegt wahrscheinlich nur daran, dass ich in Willow Hill so verwöhnt worden bin«, sagte Carrie.

»Es ist mehr als das. Du wirkst ...« Fiona musterte sie mit schief gelegtem Kopf. «... irgendwie strahlend, befreit, beinahe würde ich sagen: glücklicher.«

Carrie grinste. »Na ja, ich fange an, mich ein bisschen mehr für mich selbst verantwortlich zu fühlen, wenn du verstehst, was ich meine.«

»Oho!«, scherzte Sam. »Wie wär's mit einem Cocktail zur Feier des Tages?«

»Klar, warum nicht?«, sagte Carrie.

»Ich konnte es nicht glauben, als ich deine Nachricht gelesen habe«, sagte Fiona, während Sam die Getränke bestellte. »Dir ist schon klar, dass Mark vielleicht auch hier ist?«

»Ich weiß, und ich werde mich gut benehmen, keine Angst. Eigentlich wünsche ich mir sogar –«

»Ja? Willst du dich etwa mit ihm versöhnen?« Fiona grinste schelmisch.

»Ich hätte nichts dagegen, wenn er mir über den Weg liefe. Ich muss mit ihm reden ...« Sie stockte.

»Worüber?«

»Na ja, unter anderem muss ich mich unbedingt bei ihm entschuldigen für das, was ich ihm angetan habe.«

»Ich weiß, es war ein Fiasko, aber erwarte nicht zu viel, Carrie.« Fiona wirkte besorgt. »Ich bin nicht sicher, ob der Purple Room an einem Samstagabend die richtige Umgebung für eine intime Aussprache ist.«

»Ich glaube, in so einer Menschenmenge ist es leichter – ich muss mich erst wieder an ihn gewöhnen. Je mehr Leute, desto sicherer fühle ich mich.«

Carrie war sonderbar nervös, als sie, nachdem sie ihre Cocktails getrunken hatten, mit dem Lift zu dem Penthouse hinauffuhren. Der Purple Room war ein spektakulärer Ort. Die eine Seite bestand aus einer Glasfront, durch die man einen fantastischen Blick auf den Liffey und die Quays hatte. Es war gerade Flut, der Fluss staute sich in der Mündung zum Meer. Wellen kräuselten das dunkle Wasser; es war, als tanzten die vielfarbigen Lichter der Stadt, die sich darin spiegelten, zu einer unhörbaren Musik. Rote Ledersofas standen über den Raum verstreut, dazwischen überall Leute, die sich unterhielten, aus den Lautsprechern wummerte Musik. Dünne Lichtstrahlen bewegten sich zwischen Fußboden und Decke, ihr farbiges Spiel verstärkte das Gefühl, dass die Atmosphäre energiegeladen war, und schuf eine eigenartig erregende Spannung.

Carrie kam sich vor, als befände sie sich auf einem fremden Planeten. »Jetzt fällt mir erst auf, was ich alles versäumt habe«, sagte sie.

Etwa eine halbe Stunde lang ging sie mit Fiona umher und

frischte alte Bekanntschaften wieder auf, unter anderem mit Leuten, die sie bei Fionas und Sams Hochzeit kennengelernt hatte. Dann sagte ihr plötzlich ein sechster Sinn, dass Mark in der Nähe sein musste. Fiona warf ihr einen besorgten Blick zu.

Carrie wurde sonderbar flau im Magen, der Lärm um sie herum schien mit einem Mal abzuebben, sie blinzelte. Mark kam zur Tür herein – in Begleitung. Eine hübsche Blonde in einem figurbetonten weißen Kleid und silbernen Sandalen. Sie hing an seinem Arm und lachte über etwas, das er zu ihr gesagt hatte. Strahlend sah sie zu ihm auf, sein Gesicht war ihr zugeneigt, ein Paar, innig vereint in einem Scherz, der ganz allein ihnen gehörte, so traten sie auf die Bühne dieser Party. Glühend heiß stach es Carrie ins Herz. Sie war darauf gefasst gewesen, dass Mark sie ignorieren, ihr die kalte Schulter zeigen könnte, aber dass er eine Frau dabeihaben würde, damit hatte sie nicht gerechnet. Sie war so schockiert, dass ihr der Atem stockte. Wie naiv, dass sie das nicht vorhergesehen hatte. Mark O'Neill war attraktiv, er hatte alles, was man von einem Mann nur wünschen konnte, wie sollte so einer lange allein bleiben? Und wenn es ihr auch das Herz zerriss, ihn jetzt so mit einer anderen zu sehen, durfte sie sich doch nicht beklagen: Sie hatte diesen Mann zurückgewiesen, war mit ihren spitzen Absätzen auf seiner Liebe herumgetrampelt.

Fiona stellte sich direkt vor sie, sodass sie ihr die Sicht versperrte, die Miene besorgt. »Mein Gott, Carrie, es tut mir leid, ich hatte keine Ahnung, dass er jemanden mitbringt.«

Es kostete Carrie große Anstrengung, die Fassung zu bewahren. »Das muss dir nicht leidtun«, sagte sie. Ihre Stimme klang dünn und brüchig. »Wieso sollte er nicht jemanden mitbringen? Er ist ein freier Mensch. Ich werde keinen Streit vom

Zaun brechen, versprochen.« Sie lachte. »Es ist aus zwischen Mark und mir. Es ist alles okay.«

Sie zwang sich zu einem Lächeln. Offenbar geriet es ihr halbwegs überzeugend, denn Fiona trat beiseite und gab den Blick auf Mark und seine Begleiterin frei, die sich zu einer Gruppe von Bekannten gesellt hatten. Seine Hand ruhte leicht auf ihrer Schulter, als wollte er allen die Botschaft verkünden, dass sie zusammengehörten. Carrie wusste, wie es sich anfühlte, sie kannte dieses Gefühl, eins zu sein, und litt alle Qualen der Eifersucht. Er trug Jeans und ein blaues Hemd mit hochgekrempelten Ärmeln. Leute gingen vorbei, Gruppen lösten sich auf, neue bildeten sich, und sie verlor ihn aus den Augen.

Fiona machte sie mit anderen Gästen bekannt, und Carrie flüchtete sich in Geplauder, tat so, als wäre sie Teil des Geschehens, hielt dabei jedoch die ganze Zeit im Gedränge Ausschau nach dem Paar.

Dann sah er sie. Er drehte sich um, hob den Kopf, als hätte ihn etwas aufgeschreckt. Eine ganze Weile lang schaute er zu ihr herüber, ihr war, als wäre er erstarrt, dann wandte er brüsk den Blick ab. Sie war darauf vorbereitet und ließ sich nicht aus der Fassung bringen. Unauffällig behielt sie ihn im Auge. Als seine Freundin ihm etwas ins Ohr flüsterte, ihre Handtasche nahm und in Richtung Toilette ging, sah Carrie ihre Chance gekommen: Sie schlüpfte durchs Gedränge.

»Hi, Mark.« Ihr war beinahe schwindlig, als sie jetzt direkt neben ihm stand.

»Carrie.« Er wandte sich von den Leuten ab, mit denen er geplaudert hatte. Seine Augen waren kalt, verärgert darüber, dass sie ihn gestört hatte. Auch darauf hatte sie sich innerlich vorbereitet.

»Schön, dich zu sehen. Ich hatte gehofft, wir könnten vielleicht kurz miteinander sprechen.«

»Worüber?«

»Können wir woandershin gehen? Wo nicht ganz so viele Leute sind?«

»Die Gelegenheit ist nicht besonders passend, das ist dir klar, oder?«, sagte er. »Ich bin mit Sienna hier, wie du sicher bemerkt hast.« Er zog ironisch eine Braue hoch.

Sienna. Ein schöner Name. Carrie stellte sich vor, wie er klang, wenn Mark ihn ihr zärtlich ins Ohr flüsterte.

»Entschuldige, ich wollte dir wirklich nicht die gute Laune verderben. Ich wollte nur sagen ... das letzte Mal, als wir uns gesehen haben ... überhaupt alles ... also, das war sehr unfair dir gegenüber. Na ja, ich habe erst hinterher kapiert, was genau eigentlich alles schiefgelaufen ist.«

»Ah ja?« Wieder zog er die Braue hoch. »Ich finde, unfair ist eine Untertreibung.«

»Darum möchte ich mich entschuldigen. Ich weiß, ich habe alles falsch gemacht.«

»Carrie.« Er schüttelte den Kopf. »Vergiss es. Lass es einfach so sein, wie es nun mal ist.«

»Ich wusste schon, dass es schwierig sein würde, dich dazu zu bringen, mir zuzuhören.«

Sein Gesicht wurde hart. Er sah sich um, dann fasste er sie am Arm und führte sie zum Fenster, etwas weiter weg von den Leuten. »Du beklagst dich darüber, dass ich dir nicht zuhören will? Soll das ein Witz sein? Hast du eine Ahnung, wie lange ich darauf gewartet habe, dass du endlich mit mir redest? Ich meine: über die wirklich wichtigen Dinge.«

»Ich weiß.« Sie schüttelte den Kopf. »Ich konnte es nicht.

Ich hatte Angst davor ... loszulassen, mich auf dich einzulassen.« Sie fühlte die Tränen kommen. *Nicht jetzt, Carrie!* Sie schluckte. Zu spät, ihre Augen waren schon nass, und er hatte es bemerkt.

»Tränen, Carrie? Das ist ja was ganz Neues. Solange wir zusammen waren, hast du nicht ein einziges Mal geweint. Und jetzt drückst du auf die Tränendrüse?«

»Verdammt, ich tu das doch nicht mit Absicht«, sagte sie. »Ich möchte nur, dass du glücklich bist.«

»Du hast eine komische Art, das zum Ausdruck zu bringen.«

»Es tut mir leid, wenn ich nicht mal das jetzt richtig hinkriege, ich scheine einfach nie was richtig zu machen. Trotzdem: Ich möchte wirklich, dass du glücklich bist. Es tut mir leid, dass ich dich gequält habe, dass ich auf dir herumgetrampelt bin. Und ich bin dir für alles dankbar, was du für mich getan hast, auch wenn ich es zu der Zeit nicht schätzen konnte.«

Aus dem Augenwinkel sah sie Sienna zurückkommen, etwas staksig mit ihren hochhackigen Schuhen, die großen rehbraunen Augen auf der Suche nach Mark.

»Ich gehe jetzt«, sagte sie mit erstickter Stimme. »Entschuldige die Störung mitsamt allem übrigen Mist, den ich gebaut habe.«

Sie klemmte ihre Clutch unter den Arm und schritt erhobenen Hauptes hinaus, egal wohin, nur weg von Mark, bevor sie endgültig die Fassung verlor. Vom Korridor durch eine offene Tür auf eine mit Glas und Chrom eingefasste Dachterrasse, auf der Tische und Stühle standen, und trat ans Geländer, um Atem zu schöpfen.

Die dunkle Nacht hier draußen war friedvoll und ruhig, verglichen mit dem Lärm und dem hektischen Treiben im Purple Room. Die Luft war kühl und feucht und schmeckte etwas salzig. Der Fluss tief unten strömte zwischen den Kaimauern dahin, auf kleinen Wellen glitzerten Reflexe der Straßenbeleuchtung, in Fenstern von Wohnungen gingen Lichter an und aus. Aus dem Raum hinter ihr drangen Gelächter, Gesprächsfetzen und Musik. Der DJ hatte ein romantisches Stück aufgelegt, und Carrie stellte sich vor, wie Mark und Sienna aneinandergeschmiegt der rauchigen Stimme lauschten. Ob sie wohl tanzten so wie Mark und sie an ihrem ersten Abend? Langsam, wild und leidenschaftlich, Hände und Fingerspitzen immer in zärtlichem Kontakt, erfüllt von knisternder Spannung und von Erwartung berauscht?

Ans Geländer gelehnt, atmete sie tief die kalte Luft und blinzelte die Tränen weg. Alles würde gut werden, bestens. Im Moment fühlte sie sich zwar nicht so, doch sie würde gestärkt aus dieser Sache herauskommen. Das war sie ihren Eltern schuldig und in gewisser Weise auch Luis, vor allem aber sich selbst.

Sie beschloss, wieder hineinzugehen, drehte sich um und erstarrte mitten in der Bewegung: Sie war nicht allein, Mark kam auf sie zu. Zum zweiten Mal an diesem Abend stockte ihr der Atem. Schweigend stand sie da, während er neben sie ans Geländer trat und auf den Fluss hinunterschaute.

»Tja, Carrie«, sagte er, »du verstehst es wirklich, einen Menschen zu überraschen: Mit dir habe ich hier und heute nicht gerechnet.«

Seine Stimme war eine Spur sanfter, ebenso der kurze verhuschte Blick, den er ihr zuwarf. Oder bildete sie sich das nur ein? Sie war sich nicht sicher.

»Tut mir leid.«

»Schon wieder! Ich habe heute Abend schon mehr Entschuldigungen von dir gehört als in der ganzen Zeit davor.«

»Solltest du nicht besser drinnen sein bei Sienna?«

»Ich habe ihr erklärt, dass ich fünf Minuten brauche, das ist schon okay.«

Fünf Minuten. Darauf konzentrierte sie sich, während sie an Sienna lieber nicht so genau denken wollte. Es tat ihr weh. »Ich möchte euch den Abend nicht noch mehr verderben.«

»Sienna weiß, dass wir beide zusammen waren. Ich habe ihr gesagt, dass ich einen Schlussstrich ziehen muss.«

Noch ein Hieb in die Magengrube.

»Aber ich denke, erst einmal habe ich es verdient, dass du mir eine anständige Erklärung gibst für deine ... überraschenden Bemerkungen. Also, ich höre dir zu.«

»Wie ich schon gesagt habe, ich will nur, dass du glücklich bist. Brauchst du eine umständlichere Erklärung?«

Sie wünschte, er stünde nicht so nah bei ihr. So nah, dass sein besonderer Geruch ihr in die Nase stieg, dass sie nur die Hand auszustrecken brauchte, um ihn zu berühren, dass sie sich an ihn hätte lehnen können, wie sie es früher immer getan hatte, er seinen Arm um ihre Schultern gelegt.

»Das ist nicht das, was ich erklärt haben will.«

»Nein?«

»Das habe ich ohne Schwierigkeiten verstanden.« Er drehte den Kopf und sah sie an, bevor er sich wieder dem Fluss zuwandte. »Was ich nicht verstanden habe, war die Sache ...« Er stockte. »Diese Sache mit der Angst. Dass du Angst hattest, loszulassen und dich auf mich einzulassen.«

Auf diese Frage hatte sie sich nicht vorbereitet. Sie hatte keine fertige Antwort in der Tasche. Sie schwieg.

»Eine Minute ist vorbei«, sagte er.

»Das war nicht … darüber wollte ich eigentlich gar nicht mit dir reden. Weißt du, ich bin nur hergekommen, weil ich mich bei dir entschul–«

Er hob die Hand. »Hör auf damit, Carrie, ich will das Wort nicht mehr hören. Was ich hören will, ist, warum und wie ich dir Angst eingejagt habe. Los, spuck es endlich aus. Ich will es wissen, damit ich nicht bei einer anderen denselben Fehler mache.«

Sie lächelte. »Ich hatte doch nicht Angst *vor dir*, Mark, nicht im Mindesten.«

»Aber es muss so gewesen sein, wenn du nicht aus dir herausgehen konntest.«

»Es war meine Schuld«, sagte sie leise. »Ich hatte Angst vor … vor dem Leben wahrscheinlich.«

Etwas in ihrer Stimme schien ihn berührt zu haben. »Wie meinst du das?« Es klang deutlich freundlicher.

Sie holte tief Luft. »Ich weiß nicht …« Sie schüttelte den Kopf. »Das ist nicht der richtige Ort.«

Er rückte etwas näher, sodass ihre Unterarme einander berührten. Ein Schauder überlief sie. Wenn Sienna oder sonst irgendwelche Leute sie so sähen, würden sie glauben, Zeugen eines romantischen Rendezvous unter funkelnden Sternen zu sein.

»Der Ort und die Zeit sind so richtig, wie sie nur sein können. Und du hast noch drei Minuten. Also los: Wenn du wirklich willst, dass ich glücklich bin, dann beweise es jetzt. Sag mir, was es mit dieser Angst vor dem Leben auf sich hat. Bis jetzt dachte ich immer, du hättest nur Angst vor dem Fliegen. Oder vielleicht …« Jetzt musste er tatsächlich lachen. »Vielleicht hast du Angst, es mir zu verraten?«

Ach, was soll's – vielleicht ergab sich nie wieder eine Gelegenheit, so mit ihm zu sprechen. »Also gut. Sag mir, wenn die drei Minuten vorbei sind.« Sie hielt kurz inne, um ihre Gedanken zu sammeln. »Ich glaube, ich hatte Angst davor, verletzt zu werden, wenn ich mein Herz öffne.«

»Na, das ist doch genau das, was ich sage, oder nicht? Du konntest mir nicht trauen.«

»Nein, es ging darüber hinaus. Ich hatte Angst, aus mir herauszugehen, zu viel von mir preiszugeben, überhaupt irgendwelche Bindungen einzugehen, weil ich im Grunde meiner Seele Angst hatte, dass ich es schlicht nicht verdient habe, glücklich zu sein. Mit dir. Ich dachte, dass ich so ein Glück nicht verdient habe.«

»Glück. Mit mir«, sagte er tonlos.

»Tief in mir saß diese Schuld, die ich nicht überwinden konnte. Und darum bin ich immer nur an der Oberfläche des Lebens getrieben, sozusagen.«

»Schuld? Wieso?«

»Es hat mit meinen Eltern zu tun. Wenn ich nicht gewesen wäre, hätten sie diese Reise nie unternommen. Darum habe ich mich schuldig gefühlt und war überzeugt, dass jemand wie ich nicht das Recht auf ein glückliches Leben hat. Und dieses Schuldgefühl vergiftete alles. Ich weiß, es war falsch, so zu denken, natürlich habe ich das Unglück nicht verursacht, und ich hätte mich längst dazu aufraffen sollen, das Problem anzupacken, Hilfe in Anspruch zu nehmen, mit jemandem darüber zu reden, auch mit dir.«

»Ja, allerdings.«

»Ich habe mir sogar vorgestellt, dass ich irgendwie auch ihre Liebe ausgelöscht hatte.«

»Carrie!«

»Jetzt weiß ich, dass das nicht stimmt, dass ihre Liebe gewissermaßen in mir weiterlebt«, fuhr Carrie leise fort. Sie hob den Kopf und schluckte. »Das alles hat mich daran gehindert, mein Leben zu leben: Weil ich dachte, ich habe dich nicht verdient, habe ich mit dir Schluss gemacht; weil ich dachte, ich habe kein erfülltes Berufsleben verdient, habe ich mich nie richtig auf einen Job eingelassen. Ich habe immer nur an der Oberfläche gekratzt. Ich dachte, ich habe eigentlich überhaupt nichts Gutes verdient. Ich hatte viel zu viel Angst, mich aus meinem kleinen Privatbunker, in dem ich mich verschanzt hatte, in die Welt und ins Leben hinauszuwagen. Aber das war falsch. Ich habe immer nur mit halbem Herzen gelebt, das hätten meine Eltern nie gewollt.«

»Willst du damit sagen, dass das zwischen dir und mir auch nur eine halbherzige Sache war?«, fragte er. »Du hast noch eine Minute.«

»Nein, Mark, im Gegenteil. Und ebendas hat mir Angst gemacht.« Sie schluckte. »Es war, als hätte ich keinen Boden mehr unter den Füßen. Der massive, enge Bunker, in den ich mich verkrochen hatte, war nicht mehr da. Aber es fiel mir leichter, zurückzukriechen, als das Risiko der Freiheit einzugehen und vielleicht glücklich zu werden.«

»Und was hat das alles in Bewegung gebracht? Die Reise in die Schweiz?«

»Unter anderem ... Ich hatte eine Art Damaskuserlebnis.«

»Aha?«

»In der Schweiz ist etwas passiert ...« Sie brach ab, weil ihr plötzlich einfiel, wie schön es wäre, wenn Luis und Mark einander kennenlernen würden. Die beiden würden sich bestimmt gut miteinander verstehen. Es war ein bitterer Gedanke, dass es niemals dazu kommen konnte. »Ich war diese Woche auch in Willow Hill, und da wurde mir mit einem Mal klar, dass ich mich, allein schon meinen Eltern zuliebe, nicht länger vor dem Leben drücken darf, dass ich es anpacken und versuchen muss, das Beste daraus zu machen, statt immer nur freudlos vor mich hin zu vegetieren. Ich habe verstanden, dass sie mehr als irgendetwas sonst gewollt hätten, dass ich glücklich bin.«

Er warf ihr einen Blick zu. »Carrie, alle Eltern hoffen, dass ihre Kinder glücklich sind. Das ist doch keine so bahnbrechende Erkenntnis, sollte man meinen. Wie kommt es denn, dass du je was anderes gedacht hast?«

»Ich hatte es eine Weile aus den Augen verloren. Wie gesagt, ich war vollkommen aus der Bahn geworfen. In einer Sache hattest du recht ...« Sie stockte.

»Komm schon, raus damit.«

»Ich habe mir selbst nie erlaubt, um meine Eltern richtig zu trauern. Ich habe alles von mir weggeschoben und überkleistert, statt es richtig zu verarbeiten.«

»Ich wünschte – mein Gott, Carrie, ich wünschte, wir hätten früher so darüber sprechen können. Und sag jetzt bloß nicht, dass es dir leidtut.«

»Nein.« Sie lächelte ihm in dem dämmrigen Licht zu. Er sah sie an, und in seinen Augen lag so viel Wärme, dass ihr ganz eng in der Kehle wurde.

»Jedenfalls danke ich dir für deine Aufrichtigkeit«, sagte er. »Ich weiß, wie schwer es dir gefallen sein muss.«

»Ich wollte nur wenigstens ein bisschen von dem Porzellan kitten, das ich zerbrochen habe.«

»Zerbrochen?« Er zog eine Augenbraue hoch. »Zerschmissen meinst du. Du hast alles kurz und klein geschlagen und bist darauf herumgetrampelt.«

Eine Weile standen sie schweigend da. Der Gedanke daran, was sie ihm angetan hatte, lag schwer auf ihrer Seele. Sie konnte sich nicht vorstellen, wie sie diese Last je loswerden sollte.

»Ich möchte, dass du glücklich bist, Mark, ich wünsche dir alles Glück der Welt. Das meine ich wirklich ernst.«

»Und was ist mit dir? Was hast du vor, jetzt, wo du von Jade weg bist?«

»Ich nehme mir erst mal ein, zwei Monate Zeit, um wieder klar im Kopf zu werden, bevor ich mich entscheide. Meine Tante hat mir einen Job in ihrem Wellness-Center in Willow Hill angeboten.«

»Das ist doch sicher nicht schlecht.«

»Na ja, ich müsste nach Cork umziehen.«

»Eine große Entscheidung.«

Wieder trat Schweigen ein. Wenn sie noch einmal von vorn anfangen könnten. Wenn dies ihre erste Begegnung wäre. Schweigen kann auch voller Verheißung sein. Aber die Zeit war nicht stehengeblieben. Und überhaupt war es undenkbar: Sie hatte ihn zu tief verletzt. Trotzdem war es schön, einfach nur mit ihm zu sprechen, auch wenn ihr schwindlig davon wurde.

»Du solltest wieder zu Sienna gehen.«

»Ja, die fünf Minuten sind längst um. Gib auf dich Acht, ja?«

»Du auch.«

»Also dann, bis zum nächsten Mal.«

Er beugte sich etwas nach vorn und küsste sie auf die Stirn.

Sie hielt still, die Augen geschlossen. Als sie sie wieder öffnete, war er weg.

Der Gedanke, nach Cork zu ziehen, war plötzlich reizvoll. Dort, fern von Dublin, würde sie nichts von Mark und Sienna mitbekommen. Mark O'Neill würde ihr nie wieder begegnen.

Sechsunddreißigstes Kapitel

September 1980

»Ich weiß noch nicht, wann wir uns wiedersehen«, sagte Sylvie. Es war ein Mittwochnachmittag, und sie war zu Besuch bei Beth. »Ich werde bestimmt fünf oder sechs Wochen dortbleiben.«

Sechs Wochen. Beth fühlte einen Kloß im Hals. »Fährst du dieses Wochenende?«

»Ja, am Freitag. Dann kann ich in Ruhe die Dinge erledigen, die noch zu tun sind, damit alles bereit ist, wenn Mama am Montag aus dem Krankenhaus nach Hause kommt. Schade, dass du keine Zeit hast, uns zu besuchen …« Eine Spur von Besorgnis war in Sylvies Gesicht zu erkennen.

Willow Hill. Der Name stand für all die Wärme und Geborgenheit, nach der Beth sich sehnte, und sie wäre nur zu gerne für ein paar Tage hingefahren, aber sie hatte es nicht gewagt, mit Adam darüber zu sprechen. »Es geht leider nicht«, log sie. »Wir sind in den nächsten Wochen ziemlich oft zum Essen eingeladen, und außerdem will Adam mit mir nach London fahren.«

»Schön.« Sylvie wirkte nicht so ganz überzeugt. »Falls du es dir doch noch anders überlegst, bist du jederzeit willkommen. Natürlich auch zusammen mit Adam, wenn ihr ein Wochenende bei uns verbringen wollt.«

Völlig ausgeschlossen. Aus dem Flur drang das durchdringende Klingeln des Telefons. Beth zuckte zusammen. »Entschuldige«, sagte sie und ging hinaus.

»Wie geht's meiner Frau heute?«, fragte Adam.

Was hätte er getan, wenn sie nicht ans Telefon gegangen wäre? Wie oft hätte er es noch einmal versucht, bevor er hergekommen wäre, um nach dem Rechten zu sehen?

»Gut«, antwortete sie. Im Hintergrund hörte sie Bürogeräusche, jemand telefonierte, gedämpftes Lachen. Wie sie ihre Kolleginnen von früher beneidete! Auch wenn sie bloß übers Wetter redeten oder darüber, dass übermorgen endlich wieder Zahltag war, erschien Beth doch die schiere Normalität ihres Lebens wie ein Stück vom Paradies.

»Heute Abend läuft *Dallas* im Fernsehen«, sagte Adam. »Das siehst du doch gern, nicht?«

»Ja, schon.« Sie hätte gern gefragt: *Und anschließend wieder eine Vergewaltigung? Eine Tracht Prügel?* Sie hatte noch blaue Flecken vom letzten Mal.

»Was machst du denn so heute Nachmittag?«

Hatte seine Stimme einen drohenden Unterton, oder bildete sie sich das nur ein? Sie biss sich auf den Fingerknöchel, zog die Hand aber gleich wieder weg, als hätte er sie ertappt. Er hasste diese Angewohnheit. »Ich werde die Teppiche staubsaugen.«

»Gut. Ich will bald wieder Leute zum Abendessen einladen. Du hast doch gern ein bisschen Unterhaltung, nicht? Tom und Teresa waren sehr beeindruckt von dir. Du warst ihnen auf Anhieb sympathisch. Und das sind sehr einflussreiche Leute mit Beziehungen zur hohen Politik. Na ja, jetzt muss ich wieder an die Arbeit gehen. Bis heute Abend.«

Sie legte auf und ging zurück in die Küche. Ein Gefühl, als müsste sie langsam ersticken, machte sich in ihr breit. »Das war nur Adam. Er wollte wissen, wie es mir geht.« Es ging ihr schwer von den Lippen.

»Wirklich? Du musst so glücklich sein«, sagte Sylvie.

»Ich?« Sie starrte ihre Freundin an.

»Ja, wenn man das alles hier so sieht.« Sylvie schwenkte ihren Arm in die Runde. »Und dein Mann ist so verliebt, dass er untertags anruft, nur um zu fragen, wie es dir geht, obwohl er doch jede Menge zu tun hat. Deine Mutter hätte sich so gefreut, wenn sie dich so hätte sehen dürfen.«

»Meinst du?«

»Molly wollte so sehr, dass du glücklich bist.«

»Glücklich?« Ihr war, als fiele das Wort wie ein Stein in ihr Herz.

Beth tupfte mit dem Finger Kuchenbrösel auf. Sie hatte das Gefühl, dass Sylvie es absichtlich vermied, sie anzusehen.

»Adam ruft jeden Tag an.«

»Offenbar hängt er sehr an dir.«

»Manchmal auch zweimal am Tag.«

»Tatsächlich? Kein Wunder, dass er nicht möchte, dass du nach Willow Hill fährst.«

Beth schluckte. »Das habe ich doch gar nicht gesagt.«

»Na ja, nicht direkt, nein ...« Sylvie warf ihr einen besorgten Blick zu. »Beth, ist alles ... Geht es dir wirklich gut?«

Beth spürte, dass sie nahe dran war, die Kontrolle zu verlieren. Sie nahm alle Kraft zusammen, um Haltung zu bewahren. »Ja, natürlich. Wie kannst du das fragen?«

»Ist denn was Schlechtes dabei, wenn ich mir Sorgen um eine gute Freundin mache?«

»Es gibt keinen Grund zur Sorge.« Beth zwang sich zu einem Lächeln. »Ich lebe in einem tollen Haus, mein Mann liest mir jeden Wunsch von den Augen ab. Ich habe alles, wovon andere Frauen nur träumen können.«

»Entschuldige, wenn ich was Falsches gesagt habe. Ich

dachte nur … du wirkst ein bisschen blass, erschöpft … ich weiß nicht genau.« Sylvie schaute auf ihre Uhr. »Oh, schon so spät? Ich muss gehen.«

Sie stand auf, nahm ihre Handtasche und kramte nach ihrem Autoschlüssel. Beth war zu Mute, als würde ihre Rettungsleine gekappt.

Sechs Wochen.

Im Flur nahm Sylvie ihre Jacke, die sie übers Treppengeländer gehängt hatte. *In sechs Wochen bin ich tot, wenn ich es nicht schaffe, von Adam wegzukommen.* Es waren nur wenige Schritte bis zur Tür. *Und hier ist der einzige Mensch, der mir helfen kann.* Noch wenige Augenblicke, und Sylvie würde hinausgehen, in ihr Auto einsteigen und fortfahren. Unendliche sechs Wochen lang würde sie weg sein, in Willow Hill, unerreichbar weit weg. Beth' Rettungsleine außerhalb ihrer Reichweite.

Ihre Mutter hatte sich nur gewünscht, Beth würde glücklich sein, nicht reich, nicht mit Leuten aus den allerbesten Kreisen befreundet, nicht in einem goldenen Käfig gefangen.

An der Tür drehte Sylvie sich um und lächelte strahlend, bereit, ihre Freundin zum Abschied zu umarmen. Aber diese stand wie erstarrt da.

»Beth?«

Beth' Mund klappte auf und zu, doch es kamen keine Worte heraus. Sie keuchte, schnappte verzweifelt nach Luft, ihre Lungen schienen plötzlich zu Eis gefroren zu sein.

»Beth, was hast du?« Sylvies Miene war besorgt, ihr Blick voller Anteilnahme, ihre Stimme sanft und freundlich, alles an ihr durchdrungen von einer lebenspendenden Wärme. Die ganze Person strahlte jene innere Ruhe und Sicherheit aus, um die Beth sie all die Jahre lang beneidet hatte.

»Beth? Was ist los?« Statt hinauszugehen und wegzufahren, kam Sylvie auf ihre Freundin zu.

Es war doch noch nicht alles verloren, die Rettungsleine war nicht gekappt. Beth keuchte, endlich bekam sie wieder Luft, und dann sank sie Sylvie in die Arme.

Siebenunddreißigstes Kapitel

Es war Montagabend, und es regnete. Das Stück Rasen und die Blätter der Büsche und Bäume in Carries Gärtchen leuchteten grün, die Steinplatten der Terrasse waren dunkel von der Feuchtigkeit. Am Futterkasten für die Vögel hingen schimmernde Tropfen, die Dachplatten der Kirche jenseits der Mauer glänzten nass. Vor einiger Zeit hatten die Glocken geläutet, jetzt war es wieder still im Haus.

Carrie hatte ihre Regale durchgesehen und all die Bücher, die sie nicht behalten wollte, aussortiert, um sie irgendeiner wohltätigen Organisation zu spenden. Sie hatte auch ein paar Bücher gefunden, die Mark gehörten, und zur Seite auf einen eigenen Stapel gelegt. Es war kein besonders erquicklicher Nachmittag gewesen, aber sie hatte doch immerhin etwas halbwegs Nützliches getan und ihre Gedanken beschäftigt. Leider nicht genug, um die Erinnerung an den Moment, in dem Mark zusammen mit Sienna durch die Tür des Purple Room gekommen war, ganz zu verscheuchen. Sie war froh, als Evelyn anrief und sie von ihrem einsiedlerischen Dasein erlöste.

Ihre Tante druckste eine Weile herum, ehe sie zur Sache kam. »Ich weiß selber nicht so recht, was ich davon halten soll, aber ...«, fing sie an.

»Am besten, du erzählst es mir einfach«, sagte Carrie unbekümmert und machte es sich auf dem Sofa bequem.

»Es hat mit dem Haus in der Waldron Avenue zu tun und mit Gilcorp. Komisch, erst vor ein paar Tagen haben wir darüber geredet.«

Carries Magen zog sich schmerzhaft zusammen. *Nur die Ruhe, Carrie. Du kannst das schon verkraften.*

»Gibt es Probleme?«

»Nein, es ist alles in Ordnung, aber Adam Gilmore hat Sean angerufen und gefragt, ob er sich vielleicht mal mit dir treffen könnte.«

Carrie setzte sich auf. »Er will sich mit mir treffen? Warum denn? So einer wie der kümmert sich doch nicht persönlich um so ein Häuschen wie meines. Das sind doch Peanuts für ihn.«

»Es geht nicht um dein Erbe. Sicher, irgendwann später im Jahr müssen Entscheidungen getroffen werden, wie dein Geld weiter angelegt werden soll, aber Adam weiß natürlich, dass du Sean eine Vollmacht gegeben hast, deine Geschäfte mit Gilcorp zu führen. Er will dich damit gar nicht groß behelligen, er meinte nur, es wäre mal Zeit, sich mit dir zu treffen und ein bisschen zu plaudern. Ganz privat.«

»Ich weiß nicht. Wieso sollte er mich kennenlernen wollen? Er hat doch sicher Wichtigeres zu tun, als mit mir zu plaudern.«

»Um die laufenden Angelegenheiten kümmern sich seine Leute, aber weil er mit deinen Eltern befreundet war, hat Adam immer ein Auge darauf gehabt, dass deine Dinge mit besonderer Sorgfalt behandelt werden, so jedenfalls sagt er. Und er würde eben gerne Sylvies Tochter kennenlernen. In Erinnerung an alte Zeiten.«

Adam Gilmore, Beth' Ehemann, wollte sie kennenlernen. Sicher war er im September 1980, als Beth verschwand, auch in Willow Hill. Vielleicht wusste er etwas, das Carrie helfen konnte, sich über die Geschehnisse damals besser klar zu werden.

»Sean und ich waren auch überrascht«, sagte Evelyn. »Adam hat damals gesagt, dass die ganze Sache mit seiner Frau ein dunkles Kapitel in seinem Leben sei, das er nicht wieder aufschlagen wolle. Er sei nie darüber hinweggekommen. Vielleicht hat sich das ja aber geändert. Es ist nur ein Vorschlag, Carrie, du musst ihn nicht annehmen. Adam wird es respektieren, wenn du nicht darauf eingehst.«

»Ihr habt so viel für mich getan, Sean und du, und ich werde eure Unterstützung auch weiterhin brauchen, aber es wird auch Zeit, dass ich anfange, auf meinen eigenen Füßen zu stehen«, sagte Carrie. »Und da kann es wohl nicht schaden, wenn ich den Mann treffe und mir anhöre, was er zu sagen hat.«

Was er über Beth und Sylvie zu sagen hat.

»Ich gehe vorher die Unterlagen durch, die ich aus Willow Hill mitgenommen habe, damit ich nicht ganz ahnungslos bin, wenn er mich nach Dingen fragt, die mit der Vermögensverwaltung zu tun haben.«

»Da steht nichts Eiliges an. Und du kannst die Sachen immer auch mit Sean besprechen, wenn du dir nicht sicher bist. Soll ich Adam sagen, dass er direkt mit dir Kontakt aufnehmen soll?«

»Ja, danke. Am besten per E-Mail.«

Nach dem Telefongespräch wandte sich Carrie wieder ihren Büchern zu, räumte diejenigen, die sie behalten wollte, schön systematisch geordnet in die Regale zurück und packte die anderen in Papiertaschen, die sie neben die Tür stellte, um sie am nächsten Morgen wegzubringen. Sie fühlte sich angenehm beschwingt: Endlich nahm sie das Steuer wieder in die Hand, nach Jahren im Abseits kehrte sie langsam, aber sicher in ihr Leben zurück. In ihr wirkliches, manchmal kompliziertes, chaotisches Leben, in dem es gute und schlechte Tage gab, in dem sie sich von Zeit zu Zeit aus ihrer sicheren Höhle hinauswagte in die Welt, wenn auch mit wackeligen Babyschritten und auf die Gefahr hin, der Länge nach hinzuschlagen. Aber es war unendlich viel besser als das halbherzige Scheinleben, das sie die letzten Jahre über geführt hatte.

»Carrie packt ihr Leben bei den Hörnern«, murmelte sie.

Mark hätte sicher kritisch bemerkt, dass sie ihm seine aufmunternden Parolen klaute. Ihrem Liebeskummer zum Trotz musste sie lächeln. Sie ermahnte sich selbst, nicht zu viel an ihn und Sienna zu denken. Sie würde sich erlauben, sich auszuweinen, wenn ihr das Herz allzu schwer wurde, und sich den einen oder anderen wehleidigen Moment gönnen, aber eine Frau, die sich vorgenommen hatte, das Leben bei den Hörnern zu packen, durfte sich keinen quälenden Fantasien darüber hingeben, was gewesen wäre, wenn, oder was ihr Ex in seiner Freizeit trieb. Am Samstagabend hatte sie alles gesagt, was sie zu sagen hatte, sie hatte einen Schlussstrich gezogen. Dann hatte sie sich bei Fiona verabschiedet und erhobenen Hauptes die Party verlassen.

Carrie nahm die drei Bücher, die ihm gehörten. Wenn es einfach nur irgendwelche billigen Unterhaltungsromane gewesen wären, hätte sie sie auch für wohltätige Zwecke gespendet, aber es waren Fachbücher und eine Autobiografie, in denen er hin und wieder gelesen hatte.

Im Geist sah sie ihn und sich lesend auf dem Sofa sitzen, einander gegenüber, die Beine miteinander verflochten. »Hast du gewusst, dass Steve Jobs eine Zeitlang so arm war, dass er Pfandflaschen gesammelt hat, um sich was zu essen kaufen zu können?«, fragte er.

»Hmmm.«

»Du hörst gar nicht zu.«

»Pssst. Ich lese.«

»Hast du gewusst, dass Steve Jobs mal was mit Joan Baez hatte?«

»Hm.«

»Hast du gewusst, dass Carrie Cassidy an den Fußsohlen kitzlig ist?« Blitzschnell zog er ihr die Socken aus und kitzelte ihre Füße.

Sie zwinkerte die Tränen weg, die ihr in die Augen gestiegen waren, und machte sich auf die Suche nach einem großen Umschlag. Sie fand einen, steckte die Bücher hinein, und schrieb mit Filzstift die Adresse drauf.

Blutenden Herzens, die Arme vor der Brust verschränkt, hatte sie zugesehen, wie er seine Sachen aus dem Haus zum Auto getragen hatte. »Was soll ich machen, wenn Post für dich kommt?«, hatte sie gefragt. Das war ihr leichter gefallen als: Wo wirst du wohnen? Kannst du bei jemandem unterkommen? Hast du eine Bleibe in dieser Stadt, wo die Vermieter allesamt Halsabschneider sind, die keine anderen Gesetze als die des Dschungels kennen?

Seine Antwort war kurz ausgefallen: »Schick sie an meine Adresse bei Bizz.«

Es war so gut wie keine Post gekommen. Offenbar hatte er noch am selben Tag, als er auszog, so ziemlich allen Institutionen und Personen, die seine Adresse hatten, eine Mitteilung geschickt.

Am Dienstagvormittag brachte sie die Sendung zur Post. Sie bemühte sich, nicht daran zu denken, was für ein Gesicht er machen würde, wenn er das Päckchen auf seinem Schreibtisch vorfinden würde, aber es gelang ihr nicht.

Den Mittwoch verbrachte sie damit, in der Küche gründlich Ordnung zu schaffen. Sie räumte alle Schränke und die Gefriertruhe leer und sortierte alle Lebensmittel aus, deren Haltbarkeitsdatum überschritten war, um sie wegzuwerfen, ein wahrhaft kathartisches Erlebnis. Eines, das sich bei Twitter zu teilen lohnte:

@carriecassidy Habe die Küchenschränke ausgeräumt, um Platz zu machen für neue Köstlichkeiten. Solltet ihr auch mal versuchen. #kaufrausch

Kurz darauf traf ein Kommentar dazu ein.

@happyduck Das muss schön sein ;)

Wenigstens einen treuen Follower hatte sie, auf den sie sich verlassen konnte.

Am Mittwochabend läutete ihr Telefon. Marks Name leuchtete auf dem Display auf.

»Hallo, Carrie ... äh ...«

»Ja?« Warum nur fing ihr Herz allen Vorsätzen zum Trotz prompt zu rasen an beim Klang dieser Stimme? Hörte das denn nie auf?

Sein Ton war sachlich, als wollte er eine Pizza bestellen. »Ich wollte mich nur dafür bedanken, dass du mir die Bücher geschickt hast. Das wäre nicht nötig gewesen.«

»Gern geschehen.«

»Ich hätte sie auch abholen können«, sagte er.

»Ich wollte dir die Mühe ersparen, extra herzukommen.«

»Das wäre kein Problem gewesen.«

Aber vielleicht hätte es Sienna etwas ausgemacht? Oder auch Carrie, die es nur schwer ausgehalten hätte, ihn noch einmal zu sehen und ihm in dem engen Hausflur so nah gegenüberzustehen, da sie doch Abstand gewinnen wollte.

»Falls ich noch etwas von dir finde, lasse ich es dich wissen«, sagte sie kühn. »Mir ist es recht, wenn du herkommst, solange Sienna nichts dagegen hat.«

»Das würde Sienna gar nicht interessieren.«

»Ach so?« Carrie konnte ihre Überraschung nicht verbergen. War sie Mark wirklich schon so unwichtig, dass Sienna sie gar nicht auf ihrem Radar hatte?

Schweigen.

»Du denkst, Sienna und ich ... dass wir zusammen sind?«

»Stimmt das denn nicht?«

»Glaubst du ... ich ...«, stammelte er. »Du glaubst im Ernst, ich hätte, kaum dass die Sache zwischen uns aus war, gleich etwas mit einer anderen angefangen? Spinnst du?«

Der Zorn in seiner Stimme überraschte sie. Sie wusste nicht, ob sie lachen sollte vor nervöser Anspannung oder weinen vor Rührung. Sie schluckte. »Mark«, sagte sie, »was hätte ich denn glauben sollen? Du hast es am Samstag selbst gesagt.«

»Herrgott, ich war mit ihr bei der Party, das ist alles. Sienna ist eine alte Studienfreundin. Sie ist gerade erst aus London wieder hierhergezogen, nachdem ihre Ehe gescheitert ist. Ich habe sie mitgenommen, um sie ein bisschen aufzuheitern. Es war ihr erster Abend in Dublin, und ich wollte sie nicht zu lange allein unter lauter fremden Leuten da rumstehen lassen.«

Etwas Schweres löste sich von ihrem Herzen, sie spürte die Erleichterung im ganzen Körper. »Tut mir leid, aber so wie die

Umstände waren, musste ich einen falschen Eindruck kriegen.«

»Da ist was Wahres dran, aber trotzdem ... Dass du tatsächlich geglaubt hast, ich würde so schnell ... Das finde ich schon schockierend.«

»Hör mal, Mark, wahrscheinlich lässt jede zweite Frau, die dir über den Weg läuft, nichts unversucht, dich in ihr Bett zu locken. Und darum, zugegeben, habe ich geglaubt, wirst du nicht unbedingt besonders lange standhaft bleiben.«

»Erstens, Carrie«, sagte er streng, »habe ich noch nichts davon bemerkt, dass Frauen mich in ihr Bett locken wollen. Mag sein, dass es welche gibt, aber ich bin nicht in der Verfassung, es zur Kenntnis zu nehmen. Und zweitens: Wenn du denkst, ich könnte diese Geschichte mit dir so leicht aus meinem Gedächtnis streichen, dann ...« Er seufzte gequält, und ihr war, als könnte sie ihn sehen, wie er sich mit der Hand durch die Haare fuhr.

»Was, dann?«

Schweigen.

»Ach was, vergiss es. Du hast gesagt, du willst versuchen, klar im Kopf zu werden, und das ist ja schon mal was Gutes. Lass es mich wissen, wenn noch irgendwelche Sachen von mir auftauchen, dann komme ich sie abholen.«

Den ganzen restlichen Abend über hallte – so mechanisch hartnäckig und durchdringend wie der Glockenschlag von der Kirche nebenan – in ihrem Kopf der Gedanke nach, dass es kein Paar Mark-Sienna gab, und er wirkte auf sie wie köstliches frisches Wasser an einem heißen Sommertag. Sie musste sich dazu zwingen, auf den Boden der Tatsachen zurückzukehren. Dass Sienna und Mark nichts miteinander hatten, bewies überhaupt nichts, schon gar nicht, dass er Carrie immer noch liebte. Und wenn er sie trotzdem nicht vergessen konnte und, jedenfalls im Moment, nicht in der Verfassung war, eine Beziehung mit einer anderen einzugehen, so nur deswegen, weil sie ihn so tief verletzt hatte.

Als später an diesem Abend eine E-Mail von Adam Gilmore eintraf, war sie froh über die Ablenkung und sagte zu, ihn am Freitagnachmittag in seinem Büro am North Wall Quay zu treffen. Die Hochzeitsfotos kamen ihr in den Sinn: ein gutaussehender Mann und seine junge Frau, die etwas übertrieben ehrfürchtig zu ihm aufblickte. Und gleichzeitig musste sie an die herzförmige Tafel auf dem Friedhof denken, die an Beth erinnerte. Ihr fiel ein, was Evelyn gesagt hatte: dass Adam nicht über seine Frau sprechen wollte. Aber er wollte sich jetzt mit Carrie treffen, »in Erinnerung an alte Zeiten«, wie er es ausgedrückt hatte. An ebenjene alten Zeiten, an die er, wie es schien, *nicht* erinnert werden wollte, weil es zu schmerzlich für ihn war. Sie fragte sich, worüber Adam mit ihr sprechen wollte.

Achtunddreißigstes Kapitel

September 1980

»Das darf niemand erfahren ...«

»Keine Angst, ich werde es niemandem verraten.«

»Du musst es mir versprechen, Sylvie.«

»Ich verspreche es dir hoch und heilig ... Nun, ich muss es John sagen, aber sonst niemandem.«

»O nein, bitte nicht!«

»Schlimmer als bei Adam zu bleiben kann es nicht sein, oder? Nach allem, was er dir angetan hat.«

Beth verstummte.

Sylvie nahm sie in die Arme. Der leichte Blütenduft ihres Parfüms hüllte Beth ein, sie war ihrer Freundin so unendlich dankbar. »Beth, mein Schatz, das hast du nicht verdient. Du hast dir nichts vorzuwerfen. Du bist viel zu gut für ihn. Vielleicht brauchen wir Johns Hilfe. Adam wird nach dir suchen, und dann wird er eher früher als später auch bei uns anklopfen.«

»Dann ist es besser, wenn John nichts weiß. Er kann sich nicht verstellen.«

»Vielleicht hast du recht. John würde fuchsteufelswild werden, wenn er davon wüsste, und Adam wahrscheinlich windelweich prügeln. Ich sage ihm besser nichts, fürs Erste jedenfalls. Obwohl ich, wenn ich es so recht überlege, fast nicht glaube, dass Adam bei uns auftauchen wird: Er müsste dann ja John gestehen, dass seine Frau ihm davongelaufen ist, und das wäre ihm allzu peinlich.«

Beth verzog das Gesicht. »Ja, ich laufe vor ihm davon. Mein Gott, wie kann ein Mensch so feige sein!«

»Jetzt machst du dir auch noch Vorwürfe! Nein, Beth, du bist im Gegenteil sehr, sehr mutig.«

»Ich fühle mich nicht so.«

»Natürlich nicht, er hat dich in Angst und Schrecken versetzt. Und trotzdem hast du dich zu diesem Schritt entschlossen. Dafür braucht es sehr viel Mut.«

»So habe ich das noch nicht gesehen.«

»Es ist aber so. Mutig sein bedeutet nichts anderes, als das zu tun, wovor man am meisten Angst hat. Auch wenn dir übel ist vor Schrecken und du am ganzen Körper zitterst, das ist egal, das alles beweist ja nur, dass du etwas tust, was wirkliche Tapferkeit erfordert.«

»Trotzdem, ich möchte auf keinen Fall, dass jemand davon erfährt, nicht einmal deine Familie in Willow Hill. Ich will nicht, dass sie mich nur noch als Opfer sehen, mit dem man Mitleid haben muss.«

»Wer sollte es erfahren können?« Sylvie lächelte. »Sean und Andrew sind in Kanada, Papa arbeitet die ganze Zeit, und Mama liegt krank im Bett.«

»Gut ... oh, ich meine natürlich nicht das mit deiner Mutter.«

»Beth, es wird alles gut werden.«

»Was ist, wenn Adam auch nach Willow Hill kommt – vorausgesetzt, er kann sich überhaupt noch an den Namen erinnern. Ich habe kaum je etwas von meiner Kindheit und von Cork erzählt, das hat ihn alles gar nicht interessiert, und mir war das ja auch ganz recht. Und wir waren auch nie gemeinsam dort, zum Glück.«

»Ich kann mir nicht vorstellen, dass er in Willow Hill anklopft und nach dir fragt. Allenfalls fährt er hin und schleicht in der Umgebung herum, aber dann würde er sofort auffallen, und wir würden uns einfach aus dem Staub machen.«

Beth lächelte.

»Im Übrigen könnte er schnüffeln, bis er schwarz wird, und würde dich doch nicht finden«, fuhr Sylvie fort. »Das Sommerhäuschen ist meilenweit von Willow Hill entfernt, jedenfalls wenn man mit dem Auto fährt. Und den Fußweg kennt niemand außer uns. Das Haus ist lange nicht mehr benutzt worden – man wird eine Weile lüften und gründlich putzen müssen.«

»Das macht mir gar nichts aus. So habe ich wenigstens etwas zu tun in meinem Versteck, während ich überlege, was ich mit dem Rest meines Lebens anfangen soll.«

»Du versteckst dich nicht, du nimmst dir eine Auszeit.«

»Eine Auszeit. Ja, das gefällt mir viel besser.«

Sie war kein verschrecktes Mäuschen, das sich verkroch, sie hatte ihr Leben in die eigene Hand genommen und zog sich für eine Weile von der Welt zurück, um in Ruhe darüber nachzudenken, was sie weiter tun wollte.

»Kannst du bis Freitag durchhalten?«, fragte Sylvie.

»Irgendwie werde ich es schon schaffen. Ich muss ohnehin noch einige Dinge erledigen, bevor ich gehe.« Das bisschen Geld, das ihr geblieben war, von ihrem Konto abheben und ihre Papiere und Habseligkeiten durchsehen: Sie durfte nichts zurücklassen, was Adam auf die Spur nach Willow Hill führen konnte.

»Gut. Falls bis dahin etwas passieren sollte, marschierst du einfach zur Tür hinaus und bittest den nächstbesten Menschen, der dir über den Weg läuft – ganz egal, wer es ist –, mich anzurufen.«

Wie jemand, der einem Ertrinkenden einen Rettungsring zuwirft, war Sylvie ihrer Freundin zu Hilfe gekommen. Sie würde Beth am Freitagnachmittag abholen und nach Cork bringen. Natürlich nicht nach Willow Hill, sondern direkt in das Sommerhäuschen der Sullivans, das auf einem abseits gelegenen Grundstück nicht weit vom Meer stand. Die Familie hatte es nur gelegentlich benutzt, niemand würde in der nächsten Zeit dorthin kommen. Auf der Straße musste man sechs Meilen weit fahren, aber es gab einen Fußweg von Willow Hill zu dem Haus und weiter zum Meer, der, immer sanft bergab, durch Felder und Wald führte und nur zwei Meilen lang war. Außer den Sullivans kannte niemand diesen Pfad. Sylvie würde manchmal am Abend, wenn ihr Vater zu Hause war und sich um ihre Mutter kümmern konnte, Beth besuchen. Falls jemand von den Einheimischen sie fragen sollte, ob da jemand wohne, würde sie einfach sagen, sie hätten das Haus für ein paar Wochen einer Studienfreundin von ihr überlassen, die dort in Ruhe ihre Diplomarbeit schreiben wolle.

Beth hatte lange hin und her überlegt, was für eine Nachricht sie Adam hinterlassen sollte. Egal, was sie schrieb, es würde ihn erbittern. Dass sie es wagte, ohne seine Erlaubnis *irgendwohin* zu gehen, war bereits eine Provokation, und wenn er nun erst erfuhr, dass sie ihn verlassen hatte … Sie stellte sich vor, wie er toben würde, wenn er am Freitagnachmittag anrief und sie nicht ans Telefon ging, wenn er heimkam und das Haus leer fand. Nicht daran zu denken, was passieren würde, wenn er sie jemals aufspürte.

Sie packte nur das Allernotwendigste ein und teilte ihm auf einem Zettel mit, dass sie nach England gefahren war, zu einer alten Tante in Manchester, die im Sterben liege. Wahrscheinlich würde Adam kein Wort davon glauben, aber es war doch immerhin eine Erklärung, die ihm, jedenfalls für eine Weile, helfen würde, sein Gesicht zu wahren. Obwohl es einem Mann mit seinem Charme und seinen schauspielerischen Fähigkeiten nicht allzu schwerfallen würde, eine akzeptable Lösung für dieses Problem zu finden.

Als sie die Tür ihres Traumhauses hinter sich schloss, war ihr klar, dass Adam sie niemals finden durfte. Denn wenn er sie fand, würde er sie umbringen.

Neununddreißigstes Kapitel

Am Freitagnachmittag stand Carrie vor einem imposanten sechsstöckigen Bürogebäude, in dessen Fassade aus Chrom und Glas sich ein blauer, mit Schäfchenwolken gesprenkelter Himmel spiegelte. Sie stieg einige Granitstufen hinauf und gelangte durch eine Drehtür in eine riesige Eingangshalle. Zwei identisch gekleidete Empfangsdamen mit perfekt gestylten Frisuren und Gesichtern, beide mit Headsets ausgestattet, saßen hinter dem Tresen. So wie sie aussahen, hätten sie auch als Background Girls zusammen mit irgendeinem Rockstar auf einer Bühne posieren können. Carrie spürte ihre prüfenden Blicke und strich sich prompt die Haare glatt. Sofort ärgerte sie sich über sich selbst und zerzauste sie wieder.

»Ich habe eine Verabredung mit Mr Gilmore, um vier Uhr«, sagte sie, lässig gegen den Tresen gelehnt. Sie genoss es zu sehen, wie ein Ruck durch die zwei Empfangsschönheiten ging, als sie hörten, wen sie zu sprechen wünschte.

Die eine von den beiden bat sie um ihren Namen und tippte dann etwas in ihren Computer, während die andere telefonierte. Ein Tablet und ein elektronischer Stift wurden vor Carrie hingeschoben, ein rot lackierter Fingernagel deutete auf die Stelle, wo sie unterschreiben sollte. Sie erhielt einen Besucherausweis, dazu – in jenem roboterartigen Ton, den Menschen annehmen, wenn sie hundert Mal pro Tag dasselbe sagen müssen – die Ermahnung, ihn unbedingt wieder zurückzugeben, bevor sie das Gebäude verließe.

»Michael wird Sie hinbringen«, sagte die eine der beiden Empfangsdamen.

Erst da bemerkte Carrie den Wachmann, der unauffällig im Hintergrund neben den Aufzügen stand. Die Kabine des Lifts war ganz aus Glas, sodass man, während man wie in einer übergroßen Seifenblase nach oben schwebte, einen atemberaubenden Blick auf die Eingangshalle hatte. Für jemanden mit Höhenangst wäre das nichts, dachte sie, und auch nichts für Frauen mit Kleidern oder Röcken, vor allem wenn sie nichts drunter anhaben. Im sechsten Stock stieg sie aus. Michael ging voraus durch eine schwere Brandschutztür und, vorbei an einer weiteren feuersicheren Tür, durch einen schmalen, mit dickem Teppichboden belegten Korridor, der zu einer Tür aus undurchsichtigem Glas führte. Auf einer Tastatur an der Wand gab er einen Zahlencode ein. Ein leises Klicken, dann öffnete sich die Tür, und sie gelangte in einen großen, weiten Raum.

Das Erste, was ihr ins Auge sprang, war die fantastische Aussicht auf die Hafengegend: Zwei Wände des Raums waren ganz aus Glas. An den anderen zwei Wänden hingen Gemälde und ein riesiger Flachbildfernseher, und es gab eine Reihe Schränke mit schwarzen Lackfronten. Dann sah sie den Mann, der sich aus dem Sessel hinter einem ungeheuer großen Schreibtisch mit Glasplatte erhob.

Sie hatte ihn im Fernsehen und in Zeitungen gesehen und als jungen Mann auf den Fotos zusammen mit Beth, aber es war doch etwas ganz anderes, ihm in Fleisch und Blut gegenüberzustehen. Er war längst nicht mehr jung, sein Körper schwer und wuchtig, die Schultern breit. Den ganzen Mann mit dem tadellos geschnittenen Anzug und dem arrogant aufgereckten Kopf umgab eine Aura von Macht und Reichtum wie ein undurchdringlicher Panzer.

»Danke, Michael«, sagte er zu dem Wachmann. »Carrie, willkommen, schön, dass Sie da sind.« Er trat auf sie zu und schüttelte ihr die Hand. »Ich freue mich, Sie endlich kennenzulernen.« Die makellos glatte Perfektion seiner bis ins Letzte durchgestylten Erscheinung hatte etwas fast Puppenhaftes und übertraf sogar diejenige der beiden Empfangsdamen. Carrie hätte schwören können, dass seine Falten mit Botox weggespritzt worden und seine Wimpern getuscht waren. Allein sein Gebiss musste ein Vermögen gekostet haben. Sie blickte auf seinen lächerlich überdimensionierten Schreibtisch mit den in die Platte eingelassenen Bildschirmen und fragte sich unwillkürlich, was für ein Auto er wohl fuhr.

Klickend schloss sich die Tür hinter Michael. Carrie wurde plötzlich bewusst, dass sie mit diesem Mann allein war, weit und breit niemand, der sie hören würde. Hatte sie Evelyn und Sean erzählt, dass sie heute Nachmittag mit Adam verabredet war? Sie kämpfte die Nervosität nieder, die sie mit einem Mal überfallen hatte, und nahm sich zusammen. Kein Grund, hysterisch zu werden, sagte sie sich, zumindest Michael und die Damen vom Empfang wussten, dass sie hier war.

Adam machte eine einladende Geste in Richtung einer Sitzgruppe. Auf einem Tablett standen Getränke und Geschirr bereit. »Setzen wir uns dort drüben hin, da haben wir es gemütlicher. Tee? Kaffee? Oder lieber Wasser?«

»Ein Wasser, bitte«, sagte Carrie.

Er trat an den Tisch, in einer Haltung, als wäre er eine königliche Hoheit. Sie hatte Schwierigkeiten, den schweren Lehnstuhl so hinzurücken, wie es ihr bequem war, aber er machte keine Anstalten, ihr zu helfen.

An seinen strahlend weißen Hemdsärmeln blitzten mit Diamanten besetzte Manschettenknöpfe, als er ihr ein Kristallglas hinstellte. Er schenkte sich selbst auch Wasser ein und eine Tasse Kaffee. »Es ist schön, dass wir mal in Ruhe miteinander plaudern können. Wir sind uns schon einmal begegnet, aber wahrscheinlich erinnern Sie sich nicht mehr daran.«

»Ja, ich glaube, Sie waren bei der Beerdigung.«

Prompt veränderte sich seine Miene und drückte jetzt respektvolle Teilnahme aus. Irgendwie hatte sie das Gefühl, dass er über ein umfangreiches Repertoire an Gesichtsausdrücken verfügte, die er je nach Bedarf abrufen konnte. »Ja, eine sehr traurige Geschichte«, sagte er. »Ich wusste gar nichts von dieser Reise. Ich arbeitete damals an der Wall Street. Es war ein großer Schock für mich, als ich davon erfuhr. Was für ein schrecklicher Verlust für Sie.«

»Es war nicht leicht«, sagte sie.

»Furchtbar.« Er schüttelte den Kopf. »Es war das erste Mal, dass sie sich dazu durchringen konnten, so eine große Reise zu unternehmen, nicht?«

Er sah sie erwartungsvoll an, aber sie brachte es nicht über sich, ihm zu antworten. Alles in ihr sträubte sich dagegen, sich mit einem Mann, den sie überhaupt nicht kannte, über ihre toten Eltern zu unterhalten, mochte er ein alter Freund der Familie sein oder nicht. Dann fiel ihr ein, dass er selbst auch eine Tragödie erlebt hatte.

In liebendem Gedenken an Beth Gilmore, vermisst im Meer.

Es fiel ihr schwer, sich diesen Mann, der so stark und beherrscht wirkte, an der Seite der schüchternen, bescheidenen Beth vorzustellen. Nun ja, das war lange her. Es hatte wahrscheinlich viele Jahre harter Arbeit und Pflichterfüllung bedurft, um den Adam Gilmore von heute mit all seiner Macht und seinen Erfolgen zu formen. Ohne Zweifel hätte Beth auch an Selbstbewusstsein gewonnen, wenn sie nur lange genug gelebt hätte.

»Entschuldigen Sie.« Offenbar deutete Adam ihr Schweigen als Zeichen, dass das Thema ihr unangenehm war. »Es ist bestimmt immer noch schmerzhaft für Sie.«

»Ja.«

Er lächelte. »Manchmal hilft es einem, mit einem fremden Menschen zu sprechen.«

Die Art, wie er beim Lächeln seine strahlend weißen Zähne bleckte, reizte sie. »Ich bin der Typ, der solche Dinge lieber mit Freunden bespricht.«

»Das ist gut, Carrie. Sie erinnern mich ein bisschen an Ihre Mutter.«

»Ja?«

»Ja, Sie haben offenbar etwas von ihrem Temperament geerbt. Sylvie war etwas Besonderes. Junge Leute waren früher lange nicht so selbstbewusst wie heute. Sie hielten sich im Allgemeinen eher zurück und wagten kaum den Mund aufzumachen, weil das von ihnen so erwartet wurde, aber Sylvie war da eine Ausnahme.«

Carrie nippte schweigend an ihrem Wasser. Sie wusste, dass ihre Eltern in ihrer Kindheit nicht die Sorte repressiver Erziehung erfahren hatten, die Adam im Sinn hatte, und sie konnte sich nicht vorstellen, dass er, der vor Selbstbewusstsein nur so strotzte, als Kind sehr viel Zwang und Unterdrückung erlitten hatte.

»Und sonst? Was machen Sie so? Sicherlich reisen Sie viel? Die Jugend heutzutage kommt ja viel herum in der Welt«, fuhr er fort.

»Nicht so besonders.«

Er zog eine Augenbraue hoch. »Na ja, ich wette, Sie sind dieses Jahr doch bestimmt schon drei-, viermal verreist.«

Sie schüttelte den Kopf. »Ich führe ein sehr ruhiges Leben«, sagte sie. Es war ihr ein Rätsel, warum der Mann ihr überhaupt seine kostbare Zeit opferte. Aber warum er jetzt über solche Belanglosigkeiten sprechen wollte? Normalerweise kostete es ein Heidengeld, ihm auch nur die Hand schütteln zu dürfen, ganz davon zu schweigen, was er erst verlangte, wenn man seine unschätzbar wertvolle Expertise in finanziellen Dingen in Anspruch nahm. Offenbar war er doch viel besser mit ihren Eltern befreundet gewesen, als sie gedacht hatte, wenn er sich jetzt so für ihr Privatleben interessierte. Aber warum hatten sie ihn dann nie erwähnt? Sie konnte sich auch nicht erinnern, dass er je in ihrem Elternhaus zu Besuch gewesen war. Er sah sie nachdenklich an, ohne etwas zu sagen, offenbar in der Erwartung, dass sie weitersprechen werde. Das Schweigen wurde zunehmend ungemütlich, aber was sollte sie sagen? Sie würde ihm gewiss nicht auf die Nase binden, dass sie vor Kurzem in Luzern den alten Liebhaber ihrer Mutter besucht hatte, das dürfte Adam Gilmore im Übrigen auch nicht interessieren.

»Es tut gut, mit der Tochter von John und Sylvie zu sprechen nach all den Jahren«, sagte er endlich. »Wir waren gut befreundet, aber nach dem tragischen Tod meiner Frau haben wir uns immer weiter voneinander entfernt. Es war einfach nicht mehr so wie früher, ich musste immer an die Zeit denken, als wir noch zu viert waren, und das tat weh. Ich muss leider zugeben, dass ich mich mehr und mehr in meine Arbeit geflüchtet habe und meine Freundschaften verkümmern ließ.«

»Es hat mir sehr leidgetan, als ich das von Ihrer Frau erfuhr.

Ich glaube, meine Mutter hat auch sehr darunter gelitten«, sagte sie.

»Ja, sicher.«

Der intensive Blick seiner schlauen blauen Augen überraschte sie. Sie musste daran denken, dass es keine Fotos von beiden Paaren zusammen gab und dass ihre Mutter offenbar keine Fotos von Beth' Hochzeit bei sich zu Hause aufbewahrt hatte. »Na ja, sie hat mit mir nie über Sie und ... Ihre Frau gesprochen«, sagte sie zögernd.

»Tatsächlich?« Er sah sie verwundert an. »Sonderbar.«

»Ich glaube, dass sie aus demselben Grund nicht über Ihre Frau sprechen wollte wie Sie«, sagte Carrie. »Es war zu schmerzhaft für sie.«

Er sah sie fragend an, als erwartete er eine genauere Erklärung.

»Meine Mutter war ein sehr positiv denkender, eher extrovertierter Mensch«, fuhr Carrie fort. »Sie grübelte nicht ständig über ihre Sorgen, sondern bemühte sich darum, das Gute an den Dingen zu sehen. Offenbar machte es sie traurig, an Beth zu denken, darum sprach sie nie von ihr.«

»Sie wussten also die ganze Zeit gar nicht, wie nahe Ihre Mutter und Beth einander gestanden haben?«

Carrie stutzte: Adam schien geglaubt zu haben, sie sei hergekommen, um gemeinsam mit ihm in melancholischen Erinnerungen an ihre Mutter und seine Frau zu schwelgen. Sie beschloss, ihm reinen Wein einzuschenken. »Wissen Sie, Adam«, sagte sie, »es ist so: Ich wusste überhaupt nichts von Beth bis ... nun ja, bis letzte Woche, als ich zufällig die Fotos von ihr und Sylvie fand.«

Ihr war, als ginge ein eisiger Luftzug durch den Raum, sie

spürte die Kälte in ihrem Nacken. Dann erst wurde ihr bewusst, dass Adam plötzlich wie verwandelt war. Er beugte sich vor, seine Ellbogen auf den Tisch gestützt, und seine blauen Augen glitzerten kalt. »Was für Fotos?«, fragte er.

»Bilder von Ihrer Hochzeit. Ich war in Willow Hill, und dort habe ich sie gefunden.«

»Von meiner Hochzeit?« Er lachte. »Natürlich, Sylvie war ja Trauzeugin. Entschuldigen Sie, Carrie, dass ich so neugierig bin, aber wenn auch hier bei Gilcorp einige zu mir aufblicken, als wäre ich der Allmächtige selber, so bin ich doch im Moment nur ein älterer Herr, der sich freut, eine Person gefunden zu haben, mit der er Erinnerungen an längst vergangene Dinge austauschen kann, über die sonst niemand etwas weiß. Es ist schön, mit jemandem zu plaudern, der dem Bekanntenkreis meiner lieben Beth so eng verbunden ist.«

»Ich weiß fast gar nichts über ihren Bekanntenkreis«, sagte Carrie. »Erst als ich die Fotos fand, wurde mir klar, wie nahe meine Mutter und Beth einander gestanden haben mussten, und kurz darauf sah ich dann die Gedenktafel.«

»Die *was?*«

Es dauerte nur einen kurzen Moment, dann hatte er seine Mimik wieder unter Kontrolle, aber Carrie hatte erkannt, was da in seinem Gesicht aufgezuckt war: Überraschung – offenbar wusste er nichts von der Tafel, die an seine Frau erinnerte, die Frau, die er doch, wie alle glaubten, über alles geliebt hatte. Wie konnte das sein?

»Die Tafel zu ihrer Erinnerung«, sagte sie. Und weil sein Gesicht regungslos blieb, fügte sie hinzu: »Auf dem Friedhof bei Willow Hill. Daher weiß ich überhaupt erst, dass sie gestorben ist.«

Sie sah, wie er schluckte. »Ach so, natürlich«, sagte er. »Es war schlimm für mich ... ein furchtbarer Verlust.« Adam trank einen Schluck Wasser. Er sah Carrie mit starren Augen an. »Sie wussten also bis dahin gar nichts von Beth und dem tragischen Unglück? Ich muss gestehen, dass es mich ein bisschen überrascht, dass Sylvie nie ein Wort darüber geredet hat, wo sie doch so eng mit Beth befreundet war.«

Wieso wurde sie das Gefühl nicht los, dass er sie in die Mangel nahm? Es war wie bei einem Vorstellungsgespräch, und sie war die Kandidatin, die von allen Seiten durchleuchtet werden sollte. Das war kein Plausch über alte Zeiten, sondern ein Verhör, und Adam wusste genau, warum er sie herbestellt hatte.

»Ich glaube, meine Mutter hat zu der Zeit, als es passierte, nicht einmal mit ihren nächsten Angehörigen darüber gesprochen«, sagte sie.

»Ah ja.« Er spitzte den Mund. Sie blickte auf seine fleischigen Lippen und fragte sich, ob er sie wohl hatte aufspritzen lassen.

»Mir ist klar, dass das alles ganz schrecklich für Sie gewesen sein muss«, sagte sie, »und ich habe Verständnis dafür, wenn Sie nicht darüber reden möchten, aber ehrlich gesagt hatte ich gehofft, Sie würden mir helfen, meine Wissenslücken zu füllen.«

»Zum Beispiel?«

»Sie waren doch damals, als das Unglück geschah, in Willow Hill.«

Er zwinkerte. Sie hatte den Eindruck, dass er sich bemühte, möglichst regungslos dazusitzen. »Wieso glauben Sie das?«

Sie zuckte mit den Achseln, um die aufkommende Spannung

zu verscheuchen. »Na ja, ich ging davon aus, dass Sie hingefahren sind, nachdem Sie erfuhren, dass Beth vermisst wurde …?«

»Ja, natürlich.«

»Wissen Sie, ich habe niemanden, mit dem ich darüber reden kann, und ich versuche nur, mir ein Bild davon zu machen, was genau damals passiert ist.«

»Es war ein tragisches Unglück, Carrie«, sagte er ruhig. »Kein Mensch weiß, was passiert ist.«

»Ich dachte eigentlich mehr an meine Mutter, wie sie damit zurechtgekommen ist.« *Wie sie nicht damit zurechtgekommen ist.*

Er sah ihr in die Augen, ganz ruhig. »Die Wahrheit ist, Carrie: Ich weiß es nicht. Ich war am Boden zerstört, das können Sie sich ja denken. Ich habe gar nicht richtig mitgekriegt, was um mich herum vorging.«

»Aber Sie müssen doch mit ihr gesprochen haben?«

»Ja, schon.« Er nickte. »Aber es ist alles nur ein verschwommenes Durcheinander, ich kann mich an nichts erinnern.«

Sie spürte, dass er log. Ihr Instinkt sagte ihr, dass sich dieser Mann, der sich so perfekt unter Kontrolle hatte, sehr genau an jede Minute erinnerte, aber aus irgendeinem Grund wollte er es ihr nicht sagen.

»Das Einzige, woran ich mich erinnere«, fuhr er fort, »ist Sylvie, wie sie in dem großen Wohnzimmer in Willow Hill saß, Ihr Vater neben ihr, seinen Arm um ihre Schulter gelegt.«

Ihr Vater? Carrie erstarrte. Natürlich: Ihr Vater war natürlich auch nach Willow Hill gekommen, um ihrer Mutter beizustehen, er hatte Sylvie in ihrer Trauer um Beth bestimmt nicht alleingelassen. Aber wo war da noch Platz für Luis?

»Alles in Ordnung mit Ihnen, Carrie? Sie sehen ganz blass aus.«

Ihre Kehle war trocken. Sie griff zu ihrem Wasserglas und trank einen Schluck.

Adam setzte sich gerade auf. »Entschuldigen Sie meine Redseligkeit, Carrie. Es ist mir plötzlich so leichtgefallen, Ihnen mein Herz auszuschütten, dass ich gar nicht daran dachte, dass diese traurigen Erinnerungen auch für Sie schmerzlich sein müssen. Es tut mir leid, wenn ich Ihre kostbare Zeit über Gebühr in Anspruch genommen habe. Wahrscheinlich wollten Sie längst wieder in Ihrem Büro sein.«

»Bitte, machen Sie sich darum keine Sorgen, ich habe im Moment gar keine Arbeit.« Es war ihr einfach so herausgerutscht – sie war immer noch in Gedanken vertieft gewesen und hatte sich nicht genügend in Acht genommen.

»Ach ja?«

Der überraschte Blick, den Adam ihr zuwarf, war ihr nicht geheuer. Sie wollte jetzt nur noch weg von hier. »Ich habe meinen Job gekündigt und bin am Überlegen, was ich weiter tun will. Aber Sie haben recht: Es wird Zeit, dass ich mich auf den Weg mache; ich habe um fünf einen Termin.«

»Wollen wir uns bei Gelegenheit wieder einmal treffen?«

»Sie sind ein viel beschäftigter Mann, Sie haben doch bestimmt keine Zeit, sich mit mir abzugeben.«

»Sylvie war so gut mit Beth befreundet, für ihre Tochter habe ich immer Zeit«, sagte er. »Was übrigens das Geld betrifft, das wir für Sie angelegt haben, so ist alles in bester Ordnung. Ihr Vermögen ist bei Gilcorp in den besten Händen.«

»Das bezweifle ich keinen Moment.«

»Es wäre sicher nicht verkehrt, wenn Sie sich Gedanken über Ihre langfristigen Anlagestrategien machen würden. Ich könnte einen Termin mit einem meiner besten Berater vereinbaren.«

»Ich werde darüber nachdenken.« Sie stand auf.

Auch er erhob sich und streckte ihr die Hand hin. Es war ihr zuwider, ihn zu berühren, sie wusste selbst nicht genau, warum, aber sie konnte ihm nicht den Händedruck verweigern, ohne grob unhöflich zu sein. »Danke für Ihren Besuch, Carrie. Es tut mir leid, wenn ich mit meinen Erinnerungen allzu sehr an alte Wunden gerührt habe.«

»Es ist schon in Ordnung.«

Er trat an seinen Schreibtisch und drückte auf einen Knopf: Die Tür öffnete sich. Als er sie durch den Gang zum Aufzug begleitete, fiel ihr auf, dass er in Wirklichkeit nicht so groß war, wie sie gedacht hatte. Seine Haltung und sein muskulöser Körperbau ließen ihn größer erscheinen, als er war. Wieder musste sie daran denken, wie Beth auf dem Hochzeitsbild ehrfürchtig zu ihm aufblickte.

Der Wachmann kam in dem gläsernen Lift angefahren.

»Michael wird Sie hinausbegleiten«, sagte Adam.

Ein letzter Dank, dann schloss sich die Tür. Unten in der Eingangshalle gab sie ihren Besucherausweis ab, unterschrieb noch einmal auf dem Tablet und ging. Sie hatte plötzlich das dringende Bedürfnis, sich zu duschen. Unerklärlicherweise hatte sie einen unangenehmen Geschmack im Mund, und zwischen ihren Schulterblättern prickelte es, als spürte sie den Blick eines Beobachters. Sie beschleunigte ihren Schritt, bis sie die Quays erreichte, wo sie dankbar in tiefen Zügen die frische Luft einatmete, die vom Liffey heraufwehte.

Vierzigstes Kapitel

Adam stand vor der Glaswand und sah der Gestalt in dem roten Jackett nach, die tief unter ihm die Straße überquerte und dem Fluss zustrebte. Von seinem hohen Standpunkt aus wirkten die Menschen alle wie herumwimmelnde Spielzeugfiguren. Kein Geräusch drang durch die Dreifachverglasung, nicht das kleinste Summen der Autos, kein Schrei der Möwen, die draußen durch die Luft segelten, selbst das Flugzeug, das über dem Flughafen aufstieg, durchschnitt den Himmel lautlos.

Sie wusste etwas. Er wusste nicht, was es war, und sie wusste es wahrscheinlich selbst nicht, sonst hätte sie sich wohl kaum darauf eingelassen, ihn zu treffen. Und sie hätte nicht von Wissenslücken geredet, die sie gerne schließen wollte. Was für Lücken hatte sie gemeint? Sie hatte nichts von ihrer Reise nach Luzern erzählt, obwohl er sie geschickt zu dem Thema hingeführt hatte. Und auch seine Schweigetaktik hatte ihm nichts genutzt: Die meisten Leute können es nur schwer ertragen, wenn das Gespräch ins Stocken kommt; man muss nur geduldig abwarten, früher oder später plappern sie fast alle drauflos und verraten einem, was man wissen will. Aus irgendeinem Grund hatte sie nicht von Luzern erzählen wollen, und das deutete darauf hin, dass sie etwas zu verbergen hatte.

Dagegen war es ihr leichtgefallen, über Willow Hill zu sprechen. Und sie hatte ihn kalt erwischt, als sie diese Gedenktafel erwähnte. Er hatte Mühe gehabt, das unheimliche Gefühl niederzukämpfen, das in ihm hochgestiegen war. Wer hatte diese Tafel dort aufstellen lassen? Wahrscheinlich Sylvie, diese Kuh.

Er ärgerte sich über sich selbst, weil es ihm nicht gelungen war, seine Überraschung zu verbergen, als Carrie erwähnte, dass sie bei ihrer Firma gekündigt hatte. Solche Fehler unterliefen ihm sonst nicht, aber Carries Mitteilung hatte ihm einen Schrecken eingejagt, weil er bislang gedacht hatte, er wisse alles über sie, was es zu wissen gab. Und er hatte sich selbst gefragt, was er wohl sonst noch alles nicht wusste, wenn er nicht einmal mitbekommen hatte, dass Carrie auf der Suche nach einer neuen Arbeit war.

Aber da war noch etwas, das ihn beunruhigte. Sosehr er sich auch anstrengte, es genauer zu bestimmen, er bekam es einfach nicht zu fassen. Vielleicht hatte es irgendwie damit zu tun, dass Carrie ihn an ihre Mutter erinnerte. Im Geist sah er eine Szene vor sich, die sich seinem Gedächtnis eingebrannt hatte: ein muffig altertümlicher Gerichtssaal, und Sylvie, die quer durch den Raum zu ihm herüberstarrte. Ihr kühl musternder und doch tief geheimnisvoller Blick war ihm unter die Haut gegangen. Er ballte in ohnmächtiger, wilder Wut die Fäuste, wenn er daran dachte. Dieser Blick hatte Adam immer wieder in seinen Albträumen heimgesucht bis zu dem Tag, als er zugesehen hatte, wie man ihren Sarg ins Grab hinabließ.

Er saß am Fenster, während die Angestellten aus dem Gebäude strömten und die einsetzende Dämmerung ihren Schleier über die Stadt legte. Sein Telefon summte. Der Wachmann teilte ihm mit, dass die Empfangsdamen weg waren und dass er jetzt abschließe.

»Gut, Michael. Schönes Wochenende.«

»Brauchen Sie noch etwas, bevor ich gehe?«

»Nein, danke.«

Die elektrische Anlage und die Systeme des obersten Stockwerks waren von der Haustechnik des restlichen Gebäudes entkoppelt, denn Adam hatte in dem Penthouse nicht nur sein überaus komfortabel eingerichtetes Büro, sondern auch seine Privatwohnung. Er musste nur durch den Korridor und eine mit eigener Alarmanlage gesicherte Tür gehen. Es gab dort sogar einen eigenen Aufzug, der direkt in die Tiefgarage hinunter ging, wo Adams Auto stand. Wenn er Lust hatte, konnte er das ganze Wochenende ungestört in seiner Festung verbringen.

Nicht *völlig* ungestört, leider: Allerlei Gedanken an Carrie Cassidy, die ihre neugierige Nase in fremde Angelegenheiten steckte und unbedingt Genaueres über Beth' Unfall wissen wollte, ließen ihn nicht los. Sein Gewissen machte sich, wenn auch nur leise, unangenehm bemerkbar, und auch das unheimliche Gefühl in seinem Nacken, dass irgendein Unheil drohte, gefiel ihm gar nicht.

Einundvierzigstes Kapitel

Der Samstag war einer jener Sommertage, die einem wie ein unerwartetes Geschenk erscheinen, der Himmel eine endlos blaue Kuppel, und die ganze Welt frisch und neu. Sogar die Kirche hinter Carries Haus sah hübsch aus mit ihrer in der Sonne blitzenden Turmspitze und dem glitzernden Granit, der den Buntglasfenstern zuzuzwinkern schien. Das ganze Gebäude in seiner unerschütterlichen Solidität hatte etwas Tröstliches, Ermutigendes, das Carrie den üblen Nachgeschmack von der Begegnung am Tag zuvor vergessen ließ.

Die milde Wärme des Nachmittags lockte sie in den Garten hinter dem Haus. Sie nahm den Aktenordner und die Aktendeckel mit den Fotos aus Willow Hill mit hinaus, dazu eine Flasche Bier, und setzte sich an den Tisch auf der Terrasse. Noch einmal betrachtete sie die Hochzeitsfotos von Adam und Beth. Er war ein attraktiver Mann, eine durch und durch angenehme Erscheinung, selbstbewusst lächelnd in Erwartung einer glänzenden Zukunft. Was an ihm hatte sie derart irritiert? Offenbar war er ein mit allen Wassern gewaschener Geschäftsmann, da er mit seinem Unternehmen die Rezession weitgehend unbeschadet überstanden hatte. Sie ging den Aktenordner mit dem ganzen Papierkram durch, der das Haus in der Waldron Avenue, die Steuer und die Geldanlagen betraf. Alles schien in Ordnung zu sein. Dann, ganz zuletzt in dem Ordner, kam sie zu den Dokumenten, an die sie sich bislang nie herangetraut hatte.

Die Papiere steckten in Klarsichthüllen und waren systematisch der Reihe nach abgeheftet. Evelyn hatte alle nur denkbare Sorgfalt darauf verwendet, die Dinge vollständig und ordentlich zu archivieren, damit alles bereit war, wenn ihre Nichte sich eines Tages stark genug fühlte, die Dokumente durchzusehen. Carrie blätterte in dem Ordner: die Sterbeurkunden ihrer Eltern, Heiratsurkunde, Geburtsurkunden. Es war irrsinnig, zu glauben, die wirklich wichtigen Details ihres Lebens wären in ein paar amtlichen Papieren zu finden.

Natürlich nicht. Aber sie, Carrie, war hier. Und sie trug die Erinnerung und die Liebe ihrer Eltern in sich. Sie schloss die Augen und dachte daran, wie lebendig sie sich gefühlt hatte, als sie mit dem Boot über den Vierwaldstättersee gefahren waren.

Dann wandte sie sich wieder dem Ordner zu. Auf der nächsten Klarsichthülle stand in Evelyns Handschrift »Unfallbericht« geschrieben. Sie ließ den Text in der Hülle stecken, weil sie sah, dass er in einer fremden Sprache geschrieben war, aber ihr sprang das Datum ins Auge. Dezember 2012. Kurz vor Fionas Hochzeit.

Dann fiel ihr ein, dass Sean ihr davon erzählt hatte. Sie brauche sich damit nicht zu befassen, wenn sie nicht wolle, hatte er gesagt. Sie hatte nur mit einem Ohr hingehört und die Sache gleich wieder vergessen.

Und dann fiel ihr noch etwas ein: Sie hatte in einem der Aktendeckel einen Umschlag mit der Aufschrift »Protokoll der amtlichen Untersuchung« gefunden, ihn aber nicht weiter beachtet. Wenn das, was Evelyn hier gewissenhaft abgeheftet hatte, der Untersuchungsbericht zu dem Flugzeugabsturz war, was enthielt dann jener Umschlag? Sie öffnete den Aktendeckel mit den Hochzeitsbildern und zog mit vor Aufregung zitternden Fingern unter den Fotos das braune Kuvert hervor.

Das Schriftstück war alt, die mit Schreibmaschine getippten Buchstaben schon ein bisschen verblasst, das Papier gelblich an den Rändern. Wie in Trance begann Carrie zu lesen. Der Text hatte nichts mit ihren Eltern zu tun, er stammte aus dem Jahr 1988 und handelte von Beth. Und als Carrie las, manche Passagen zwei- oder dreimal, während sie andere überflog, war ihr, als bräche ihr der Boden unter den Füßen weg.

Dem Protokoll zufolge hatte Beth im September 1980 ihrem Leben selbst ein Ende gesetzt. Sylvie Cassidy hatte einen Abschiedsbrief gefunden. *Einen Abschiedsbrief?*

Offenbar hatte Beth ein paar Wochen lang bei Willow Hill in einem Sommerhaus nicht weit von der Bucht gewohnt, während ihr Mann angenommen hatte, sie halte sich in England auf.

Auch von einem Professor Meyer war in dem Protokoll die Rede. Das musste Luis' Vater sein. Sie waren zwei Tage *bevor* Beth verschwand in die Schweiz zurückgekehrt. Man hatte ihn im Nachhinein noch befragt, aber er hatte über Beth keinerlei Auskunft geben können.

Wie unter Schock saß Carrie bewegungslos da, angestrengt bemüht, die Fakten zu sammeln und zu ordnen, und konnte es einfach nicht fassen. Beth war sechs Monate verheiratet gewesen. Sie hatte in dem Sommerhaus gewohnt, nachdem sie ihrem Ehemann gesagt hatte, sie fahre nach England. Und hatte sich dann das Leben genommen. Und Sylvie konnte Luis gar nicht deswegen in die Arme gesunken sein, weil sie außer sich war vor Trauer um Beth. Er war da längst weg.

Ein vergilbter Zeitungsausschnitt mit einer kurzen Notiz zu dem Fall steckte auch in dem Kuvert. Ihr war zu entnehmen, dass die vermisste Beth Gilmore offiziell für tot erklärt worden war.

Das alles ergab keinen Sinn. Hatte Beth sich selbst in dem Sommerhaus einquartiert, heimlich, oder hatte ihr jemand dabei geholfen? Carries Mutter hatte sich damals gerade in Willow Hill aufgehalten. Und warum hatte Beth überhaupt ihren Mann verlassen, der ihr doch ein sorgenfreies Leben in Wohlstand bot?

Ein schwindelerregender Gedanke schoss ihr durch den Kopf: Wenn Beth in dem Sommerhaus gewohnt hatte, gar nicht weit von Luis entfernt ... konnte es sein, dass sie die Frau war, mit der sich Luis in den Dünen getroffen hatte? Dass sie sich aus irgendeinem Grund für Sylvie ausgegeben hatte? Das war natürlich bloße Spekulation, Carrie würde die Wahrheit nie erfahren. Und überhaupt war die schüchterne, etwas verhuschte Beth wohl kaum die Art von Frau, die sich so leicht zu einem Seitensprung hinreißen ließ.

Carrie kramte noch einmal in dem Aktendeckel, bis sie das Foto von Beth' Hochzeit fand, auf dem Beth und Sylvie Arm in Arm in die Kamera lächelten. Die Härchen in ihrem Nacken sträubten sich, als sie das Bild genau studierte: Vielleicht gab es doch eine Möglichkeit, die Wahrheit herauszufinden! Sie griff zu ihrem Telefon und rief Maria an.

Seit sie wieder zu Hause war, hatten sie regelmäßigen Kontakt gehalten. Aus Marias letzter E-Mail wusste sie, dass Luis in leidlich guter Verfassung war, auch wenn er von Tag zu Tag schwächer wurde. Sie wartete, das Handy am Ohr, und lauschte. Im Geist sah sie das elegante Wohnzimmer in dem Haus am See vor sich, die Fenster weit geöffnet.

Sie überlegte bereits, was sie auf die Mailbox sprechen wollte, da nahm Maria doch noch ab.

»Carrie! Wie geht es Ihnen?« Maria sprach leise.

»Ganz gut, danke. Und Ihnen beiden?«

»Luis schläft gerade. Er bekommt jetzt höher dosierte Medikamente, darum schläft er ziemlich viel.«

»Und was ist mit Ihnen? Finden *Sie* genügend Ruhe?«, fragte Carrie. »Sie müssen darauf achten, dass Sie sich nicht zu viel zumuten.«

Maria lachte leise. »Na ja, ich schlafe eher wenig zurzeit. Aber das ist nicht so wichtig.« *Ich werde Zeit genug haben, mich zu erholen … später.* Die Worte hingen ungesagt in der Luft.

»Wie ist das Wetter bei Ihnen?«

»Wunderschön«, sagte Maria. »Der See glitzert in der Abendsonne, als wären Millionen Diamanten drübergestreut. So habe ich es vorhin Luis beschrieben. Aber Sie rufen sicher nicht an, um sich nach dem Wetter zu erkundigen.«

»Ich will Sie nicht mit meinen kleinen Sorgen belästigen, aber ich würde gern von Luis etwas wissen. Vielleicht könnten Sie ihn danach fragen, wenn er wach ist?«

»Ja, gerne, Carrie. Worum geht es denn?«

»Um etwas aus der Zeit, als er in Irland war. Es wird Ihnen vielleicht albern vorkommen, aber ich habe einen Grund, das zu fragen. Na ja, wahrscheinlich erwarte ich zu viel von Luis, es ist schließlich über dreißig Jahre her.« Plötzlich kam ihr die ganze Sache aussichtslos vor. Eine blödsinnige Idee.

»Versuchen Sie es einfach, dann werden wir sehen.«

»Würden Sie ihn bitte fragen, ob er sich vielleicht daran erinnern kann, was für eine Frisur meine … was für eine Frisur Sylvie hatte. Ob ihre Haare lang oder kurz waren.«

Aus Marias Stimme war nicht herauszuhören, was sie von dieser Frage hielt, sie klang ganz ruhig und gelassen. »Ich werde ihn fragen.«

»Danke. Es macht Ihnen doch nichts aus, oder?«

»Aber nein, Carrie, natürlich nicht. Luis freut sich immer, von Ihnen zu hören, und er wird gerne tun, was er kann. Ich rede mit ihm, sobald er aufgewacht ist.«

Carrie war gerade in der Küche damit beschäftigt, Eier für ein Omelett zu schlagen, obwohl sie eigentlich gar keinen Appetit hatte, als Maria zurückrief.

»Hallo, Carrie, ich habe mit Luis geredet. Er möchte gerne selbst mit Ihnen sprechen – ich stelle jetzt mal das Telefon auf Lautsprecher um, okay?«

Ein paar Sekunden lang war es still, dann hörte Carrie die Stimme von Luis. Sie klang ein bisschen heiser. »Carrie! Wie geht es Ihnen?«

»Hallo, Luis, mir geht es gut. Und Ihnen? Entschuldigen Sie, dass ich Sie störe.«

»Von *Ihnen* lasse ich mich gerne stören, jederzeit. Es ist mir ein Vergnügen.«

Obwohl mir nicht mehr allzu viel Zeit bleibt, hörte sie ihn in ihrem Geist sagen.

»Sie wollen etwas über Sylvie wissen?«, fuhr er fort. »Sie möchten doch mehr über die Beziehung Ihrer Mutter zu mir erfahren?«

»Ja, aber vielleicht kommt meine Frage Ihnen albern vor, und ich weiß nicht, ob ich Sie damit behelligen darf.« Was sie meinte, aber nicht auszusprechen wagte, war: *Ich bin mir bewusst, dass Sie sich mit weit wichtigeren Dingen zu beschäftigen haben als mit irgendwelchen trivialen Details einer Affäre, die Sie vor mehr als dreißig Jahren hatten.*

»Machen Sie sich darum keine Sorgen. Es freut mich, wenn ich mit Ihnen über die liebe Sylvie sprechen kann.«

»Sogar wenn Maria zuhört?« Sie konnte es selbst kaum fassen, dass sie imstande war, mit einem todkranken Mann Späße zu machen.

»Erst recht, wenn Maria zuhört.« Seine Stimme klang amüsiert. »Sie soll rasen vor Eifersucht, das wird sie anspornen, sich umso eifriger um meine Gunst zu bemühen.«

Sie hörte Maria im Hintergrund lachen.

»Also, Carrie: Sie wollen etwas über die Frisur Ihrer Mutter wissen?«

»Es ist eine sonderbare Frage, ich weiß –«

»Keine Angst, ich weiß es noch genau. Sylvie hatte lange Haare, sie reichten ihr bis über die Schultern.«

»Sind Sie sicher?« Es klang fast, als traute sie ihm nicht, und das war ihr peinlich, aber er war schwerkrank und die Sache lag so weit zurück.

»O ja. Natürlich konnte ich es nicht sehen, aber ich erinnere mich, dass ich öfter mit den Fingern durch ihre Haare gefahren bin. Und – vielleicht sollte ich das der Schicklichkeit wegen besser nicht sagen, aber was soll's –«, er lachte glucksend, »ich weiß noch gut, dass sie nach vorn herunterhingen und mich an der Brust kitzelten, als wir ... Wie auch immer, jedenfalls bin ich mir vollkommen sicher.«

»Jetzt bin ich doch ein bisschen eifersüchtig, Carrie«, sagte Maria aus dem Hintergrund. »Ich hatte nie so verführerisch langes Haar.«

Carrie hörte bereits nicht mehr richtig zu. Eine sonderbare Art von Schock hatte sie erfasst, und obwohl sie an der Küchentheke lehnte, dachte sie, sie müsste jeden Moment umkippen. Auf dem Bild von Beth' Hochzeit war Sylvies dunkles Haar kurz geschnitten zu einer Pagenkopffrisur. Es war ausgeschlossen, dass es innerhalb eines halben Jahres so lang gewachsen war, wie Luis Sylvies Haare beschrieben hatte.

Aber Beth hatte langes Haar, glattes blondes Haar, das über die Schultern herabfloss. Beth, die zwei Tage nachdem Luis in die Schweiz heimgereist war, spurlos verschwand, vermutlich im Meer ertrunken.

Zweiundvierzigstes Kapitel

September 1980

Sie weiß, dass es ein Spiel mit dem Feuer ist, aber sie kann nichts dagegen tun. Jeden Abend trifft sie sich mit Luis und lässt sich von ihm etwas auf dem Klavier vorspielen, bevor sie miteinander schlafen.

»Mein Vater fragt mich andauernd, wie es mir geht«, sagt Luis und streichelt ihr übers Haar.

»Das ist gut. Ich hoffe, er weiß nichts von mir.«

»Er weiß, dass irgendetwas mit mir passiert sein muss, weil ich mich ihm gegenüber anders verhalte.«

»Wie?« Sie richtet den Oberkörper etwas auf, sodass sie Luis direkt ansehen kann. Ein Bein liegt angewinkelt über seinen. Sie genießt es, ihn so eng angeschmiegt zu spüren.

»Ich rede mit ihm, statt ihn nur immer schlecht gelaunt zu ignorieren. Es ist nicht mehr alles so schwierig zwischen ihm und mir.«

»Gut, aber er darf nie von mir erfahren.« Sie drückt seine Schultern, um zu betonen, dass es ihr ernst ist.

»Keine Sorge. Ich sage, die Seeluft tut mir gut, und das scheint ihm als Erklärung zu genügen. Er hat neue Kassetten mit Musik und Literatur mitgebracht, damit ich Unterhaltung habe. Ich habe ihm auch erzählt, das ich wieder angefangen habe, Klavier zu spielen, aber noch nicht so weit bin, ihm etwas vorzuspielen. Er meint, ich soll Brailleschrift lernen, wenn wir wieder zu Hause sind, aber ...« Luis stockt.

»Ich möchte nicht zu denen gehören, die Braille lernen müssen.«

»Wieso?«

»Na, weil …«

»Ja?«

»Weil das bedeuten würde, dass ich mich damit abfinde … dass ich nie wieder sehen kann.«

»Ist das etwas Schlechtes? Akzeptieren, dass es ist, wie es ist?« Ihr Kopf liegt auf seiner Brust. Wenn er spricht, kann sie hören, wie seine Stimme dumpf in seinem Inneren widerhallt. Ihre Hand liegt auf seiner Hüfte.

»Wieso sollte ich aufgeben?«, fragt Luis. »Ich kämpfe immer noch dagegen an, in Gedanken. Es empört mich, ich will es nicht hinnehmen.«

»Natürlich. Aber gibt es denn irgendetwas, was du tun kannst, um es zu ändern?«

»Nein, ich fühle mich vollkommen machtlos.«

»Du kannst nicht rückgängig machen, was geschehen ist, Luis. Manchmal packt einem das Leben brutale Dinge auf, mit denen man nicht gerechnet hat. Das Einzige, was du ändern kannst, ist deine Zukunft.«

Ein kluger Rat, denkt sie, den auch sie selbst sich zu Herzen nehmen sollte.

»Was für eine Zukunft habe ich denn schon?«

»Keine so schlechte, wie du denkst. Du kannst den Rest deines Lebens damit zubringen, hilflos mit deinem Schicksal zu hadern, oder du kannst dich dafür entscheiden, aus dem, was du hast, das Beste zu machen.«

»So wie du es sagst, könnte man meinen, es ist alles ganz einfach.«

»Ich behaupte nicht, dass es leicht ist. Aber überleg doch, Luis: Wenn du Braille lernst, erschließt du dir eine neue Welt.

Du bist jetzt neunzehn. Was wirst du aus dir gemacht haben, wenn du neunundzwanzig bist? Oder neununddreißig? Du kannst dich verkriechen und deine Lebenszeit und deine Talente verplempern. Oder du kannst dich dafür entscheiden, dich deinen Ängsten zu stellen und ins Leben zurückzukehren.«

Eine Weile lang schweigt er, dann sagt er: »Wenn man es so betrachtet ... Du tust mir gut, ich kann dir vertrauen, mit dir reden, aber wenn das hier vorbei ist ...«

»Wenn ich nicht mehr bei dir bin? Dann geht es trotzdem weiter. Du kannst mit deiner Musik unzähligen Menschen Hoffnung schenken.«

»Du findest immer die richtigen Worte, Sylvie. Worte, die mir Mut machen. Ich glaube, wenn du mir sagen würdest, dass ich fliegen kann, würde ich das auch glauben.« Er lacht. »Ich hoffe nur, ich kann mich noch an deine Worte erinnern, wenn ich wieder zu Hause bin.«

»Mag sein, dass du alles vergisst, was ich dir gesagt habe, aber vielleicht erinnerst du dich daran, dass es mich gab und ich dich geliebt habe.«

»Liebe?«

»Ja, Luis, ich liebe dich und werde dich immer lieben, und du wirst immer etwas Besonderes für mich sein. Du wirst wohl nie erfahren, wie viel ... weißt du, ich ...« Sie brach ab.

»Sprich weiter.«

»Ich habe dir das Leben gerettet, aber du hast auch mich gerettet.«

»Ja?«

»Ich habe dir nicht die ganze Wahrheit über mich gesagt.«

»Dann tu es jetzt.«

Es war unmöglich, ihm alles zu erzählen. »Ich war, als ich dir begegnet bin, in einer wirklich schlimmen Lage. Es war unerträglich, ich konnte so nicht weiterleben. Ich wusste nicht, was ich machen sollte, ich wusste weder aus noch ein.«

»Dass du unglücklich warst, habe ich gemerkt.«

»Ich war nicht nur unglücklich«, sagte sie, »ich hatte schreckliche Angst.«

»Angst, dass jemand das mit uns beiden erfährt?«

»Hauptsächlich wegen Dingen, die passiert sind, bevor ich dich getroffen habe. Ich hatte lange ein schönes Leben, es ging mir gut, aber dann änderte sich alles, und es nahm eine schreckliche Richtung. Als ich nach Cork kam, musste ich überlegen, wie es mit mir weitergehen sollte, ich musste eine wichtige Entscheidung treffen. Es ist ein großes Glück, dass ich dir begegnet bin, denn jetzt weiß ich, was ich tun muss.«

Er zieht sie an sich und küsst sie. Während sie sich diesem Kuss hingibt, streicht ihre Hand leicht über seine Hüfte und findet ihn bereit für sie. Durch seinen Körper geht ein leises Beben, als sie ihn berührt, und sie fühlt sich stark und selbstbewusst. Ein tiefer Seufzer entschlüpft ihr, als sie sich auf ihn setzt und ihn in sich eindringen lässt, ihn in sich hineinzieht mit ihrem ganzen Sehnen, bis in die innersten Tiefen ihres Wesens. Sie wiegen sich vor und zurück, sie richtet den Oberkörper auf, leicht nach hinten gelehnt, und fühlt sich frei und begehrenswert, schön und kühn. Er fasst ihren Hintern mit gespreizten Fingern und hält sie ganz fest. Sie zuckt, aber der Schreck dauert nur einen winzigen Moment lang – er kann die blauen Flecken und Striemen, die Adam ihr beigebracht hat, nicht sehen, und sie selbst quält die Erinnerung daran nicht mehr, sie ist ganz im Hier und Jetzt mit diesem Mann.

Sie möchte ihm so viel Lust schenken wie nur irgend möglich. Als sie sich nach vorn beugt, um ihn zu küssen, streichen ihre Haare über seine Brust. Er streckt die Hand aus nach ihrer Brust, sein Daumen liebkost eine harte Brustwarze, und ein Schauer der Lust fährt durch ihren ganzen Körper. Sie überlässt sich dankbar den wunderbaren Gefühlen und Sinnenfreuden, von denen sie gedacht hatte, sie würde sie nie erleben.

»Sylvie ...« Er sagt ihren Namen ganz sanft und leise.

Es ist nicht ihrer, aber daran will sie jetzt nicht denken. Sie schließt die Augen.

Sylvie.

Wie hatte sie das tun können? Sich für ihre beste Freundin ausgeben? Es war nicht ihre Absicht gewesen an jenem Nachmittag, als sie ihm das erste Mal begegnete, es ist ihr in ihrer Aufregung einfach so herausgerutscht.

Beth wusste, dass sie gut daran tat, sich möglichst wenig im Freien aufzuhalten, aber abends, wenn alles ruhig war, gönnte sie sich immer einen kurzen Spaziergang zu den Dünen, um ein bisschen frische Seeluft zu schnappen. Nur am Samstag und Sonntag blieb sie im Haus, für den Fall, dass Wochenendurlauber sich am Strand herumtrieben. Sie hatte ein geschütztes Plätzchen gefunden, wo sie immer saß und ihre Ängste und Sorgen mit Tagträumereien vertrieb. Meistens handelten diese Fantasien davon, dass sie jemand anderes war. Sie war nicht Mrs Adam Gilmore, deren Ehe gescheitert war, und auch nicht die schüchterne, verhuschte Beth McCann, die sich leicht beeindrucken und manipulieren ließ, sie war jemand wie Sylvie, selbstbewusst, vor Leben sprühend, heiter und fröhlich. Furchtlos. Sie hatte alle die Eigenschaften, um die sie ihre Freundin beneidete. Wenn sie es sich nur intensiv vorstellte, würde sie vielleicht doch irgendwann einmal daran glauben, dass sie auch in der Wirklichkeit so unerschrocken und selbstbewusst sein konnte wie Sylvie.

Und dann war dieser Abend gekommen, an dem sie Luis begegnete. Er durfte ihren richtigen Namen nicht erfahren, es war zu gefährlich.

Sie hatte nichts von Adam gehört, seit sie von Dublin fort war. Er war nicht in die Waldron Avenue gekommen und hatte auch sonst keinen Kontakt mit John oder Sylvie aufgenommen. Nichts sprach dafür, dass er in Willow Hill oder der näheren Umgebung nach Beth suchte. Sylvie hätte es sofort erfahren, wenn ein Fremder sich nach ihr oder Beth erkundigt hätte. Möglicherweise versuchte er ja, sie in Manchester aufzuspüren: Die Geschichte von der sterbenden Tante in England war nicht eben sehr überzeugend, aber Adam konnte sie wahrscheinlich immer noch leichter glauben, als dass Beth die Kühnheit besessen haben sollte, ihn zu verlassen. Trotzdem würde er sicher früher oder später in Cork auftauchen.

Sie hatte Adam nur sehr wenig von Willow Hill und der bescheidenen Sozialwohnung in Kinsale erzählt, in der sie und ihre Mutter gewohnt hatten. Natürlich war sie auch nie mit ihm dort gewesen. Die Verhältnisse, aus denen sie stammte, waren nach seinen Maßstäben ärmlich, und sie hatte keinen Wert darauf gelegt, dass er sie näher kennenlernte. Sie schämte sich: Das alles war in ihren Augen nicht gut genug für ihn, so wie sie selbst nicht gut genug für ihn war.

In gewisser Weise glaubte sie, dass ihr nur recht geschehen war, wenn ihre Ehe so übel missraten war. Sie hatte es nicht besser verdient. Was hatte sie denn gedacht, wer sie war? Warum hatte sie ihre Herkunft verleugnet? Ihre hart arbeitende Mutter, die trotz furchtbarer Schicksalsschläge nie ihren frohen Lebensmut verloren hatte. Beth vermisste sie immer noch sehr. Und auch ihre schöne Schwester Anna. Beth war sechs gewesen, als Anna an Tuberkulose starb. Das hatte sie niemals vergessen.

Sicher, Adam hatte sie arglistig getäuscht, aber war es denn nicht auch eine Art von Betrug, dass sie ihm ihre Herkunft, die einfachen Verhältnisse, aus denen sie stammte, verheimlicht hatte? Letztlich, so empfand sie es, waren die Schläge und die Grausamkeiten, die er ihr antat, um sich sexuell zu befriedigen, nur die gerechte Strafe für ihre Verfehlungen. Aber dann fragte sie sich, wie wohl ihre Mutter die Dinge beurteilt hätte, und die Antwort fiel klar und eindeutig aus.

Wenn Molly McCann noch am Leben gewesen wäre, hätte sie ihrer Tochter gesagt, dass sie viel zu gut für die Adam Gilmores dieser Welt war.

Wenn Molly McCann noch am Leben gewesen wäre und erfahren hätte, wie Adam ihre Tochter behandelt hatte, hätte sie ihn mit eigenen Händen erwürgt.

Und wenn er Beth auch noch so viel Wohlstand und Sicherheit bot, wog das die Leiden nicht auf, die sie in dieser Ehe erdulden musste. Es war richtig gewesen, Adam zu verlassen, und es war auch richtig, die Momente des Glücks mit Luis zu genießen.

Sie ist froh, dass Luis ihr Gesicht nicht sehen kann an diesem Nachmittag, dem letzten, den sie miteinander verbringen. Es ist Freitag, am Sonntag wird Luis abreisen.

»Was werde ich nur ohne dich machen?«, fragt Luis. Sie liegen im Bett, er hat den Arm um sie geschlungen. Das Licht der Abendsonne dringt durch die Vorhänge und erfüllt den Raum mit einem warmen Schimmer. Beth spürt die Zeit unerbittlich verrinnen, sie kann den Moment nicht festhalten. Alles, was sie tun kann, ist, ihn unauslöschlich ihrem Gedächtnis einzuprägen und zu hoffen, dass die Erinnerung daran ihr in den kommenden Monaten Kraft geben wird.

»Du wirst nicht ohne mich sein«, sagt sie und schmiegt sich ganz eng an ihn. »Ich möchte, dass du meinen Namen vergisst, aber ich werde in einem Winkel deines Herzens immer bei dir sein und dich daran erinnern, dass du nie aufgeben darfst. Wenn du vor Hunderten von Menschen am Flügel Platz nimmst, wirst du meine Liebe spüren, so deutlich wie einen Splitter in deinem Fleisch, und sie wird dir Mut machen. Wenn du erschöpft bist nach stundenlangem Üben, werde ich die Stimme in deinem Ohr sein, die dich daran erinnert, wie viel Trost und Freude du mit deiner Kunst den Menschen schenkst. Ich sage nicht, dass es leicht sein wird, aber du bist es mir schuldig, ja?«

»Ich höre dich.«

»Gut. Wenn du niedergeschlagen und mutlos bist, frage dich, ob es dir wirklich lieber wäre, wenn dein Leben vorbei wäre, wenn nichts und niemand dich mehr berühren könnte, kein Sonnenstrahl, kein Regentropfen, keine Liebe. Ob es nicht besser ist, lebendig zu sein, am Klavier zu sitzen und zu fühlen, wie die Musik aus deinen Fingern fließt.« Sie fasst seine Hand und küsst der Reihe nach seine Finger.

»Ich werde nie wieder eine Frau lieben.«

»O doch, natürlich.« Sie richtet sich etwas auf und sieht

ihn von der Seite an, seine hohe Stirn, seine starke Nase, sein dichtes blondes Haar. »Du darfst nicht sagen ›nie wieder‹. Wenn du versucht bist, es zu sagen, musst du dir vorstellen, dass ich sehr böse auf dich bin. Dein Leben hat gerade erst angefangen.«

»Kannst du nicht mitkommen in die Schweiz? Du könntest alles hinter dir lassen und zusammen mit mir neu anfangen.«

Einen Moment lang erwägt sie den verführerischen Gedanken. »Nein, Luis«, sagt sie. »Es war immer klar, dass wir nur diese eine Woche haben. Du musst in dein Leben zurückkehren und ich in meines.«

Sie fühlt, wie tief unglücklich er darüber ist, und schmiegt sich noch enger an ihn, um ihn daran zu erinnern, dass sie noch da ist. »Kein Selbstmitleid, Luis. Lass uns die Zeit genießen, die uns noch bleibt. Wir werden uns immer daran erinnern, wie schön es mit uns beiden war. Was wir einander geschenkt haben, kann uns keiner nehmen.«

Sie drückt ihr Gesicht an seines, bis er endlich den Kopf dreht und sie küsst. Er schließt sie in die Arme, und sie fühlt sich ganz sicher und geborgen in seiner Liebe. An diesen Moment wird sie sich immer erinnern. Er legt sich auf sie, und sie kostet jede Bewegung aus, randvoll von dem heißen Gefühl, dass er unauflöslich mit ihr verbunden ist, und nach einer Weile zerfließt sie in einer weißglühenden Welle köstlicher Erfüllung. Sie liegt ganz still da, lauscht dem Geräusch seines Atems, trinkt es mit allen Fasern ihres Körpers, denn sie weiß, dass sie diese Erinnerung bitter nötig haben wird in den Tagen, die vor ihr liegen.

Dann lässt sie ihn los, schiebt ihn sacht von sich weg, und ihr ist, als sähe sie sich selbst dabei zu, schockiert, dass dies nun wirklich das Ende ist, fröstelnd, weil ihr die Hitze seines Körpers fehlt.

»Luis … es ist Zeit.«

Dreiundvierzigstes Kapitel

Am Montagmorgen kam ein Brief für Mark.

Carrie befand sich in der Küche, als sie das Klappern des Briefkastens hörte, und ihr Magen zog sich nervös zusammen. Seit dem Gespräch mit Luis am Samstagabend hatte sie das Haus nicht mehr verlassen. Eine unbestimmte Angst hing über ihr wie eine dunkle Wolke. Verstörende Träume hatten sie aus dem Schlaf aufgeschreckt. Sie konnte sich nur undeutlich an deren Inhalt erinnern, wusste aber noch, dass ihre Mutter und Beth darin vorkamen und dass sie selbst von Adam verfolgt wurde, der drohend mit einem Kugelschreiber fuchtelte. Alles, was Adam bei dem Gespräch am Freitag gesagt hatte, sah sie jetzt in einem anderen Licht, und ihr war nicht wohl zu Mute, wenn sie daran dachte.

Was genau war damals vor vielen Jahren in Willow Hill passiert? Warum hatte Beth sich Luis gegenüber für Sylvie ausgegeben? Warum hatte sie Adam nach sechs Monaten Ehe verlassen, obwohl doch eine glänzende Zukunft vor ihnen lag? Warum hatte Beth' Leben ein so tragisches Ende genommen? Spurlos verschwunden, wahrscheinlich ertrunken, für tot erklärt. Ob Adam von ihrer Affäre mit Luis gewusst hatte? Wahrscheinlich würde Carrie es nie erfahren.

Sie hatte noch ihren Schlafanzug an, als die Post kam. Es ärgerte sie, dass sie so schreckhaft war. Was sollte ihr hier schon passieren in ihrem eigenen Haus? Es war ja wohl nicht zu befürchten, dass Adam Gilmore wie ein böser Dämon durch den Briefschlitz hereinschlüpfte. Sie ging zur Tür und hob den Brief auf, der auf dem Boden lag. Er war an Mark adressiert, und es stand »Persönlich, vertraulich« drauf.

Großartig. Genau das, was sie brauchte. Nach dem Frühstück schickte sie ihm eine Nachricht.

Post für dich angekommen. Scheint etwas Wichtiges zu sein.

Kurz nach Mittag antwortete er. Ihr Herz klopfte, als sie den Text las.

Danke. Komme im Lauf der Woche bei dir vorbei.

Später am Nachmittag rief sie ihre Tante an.

»Hallo, Carrie, wie war's mit Adam?«, fragte Evelyn.

»Ich weiß nicht so recht.« Früher hätte Carrie so getan, als wäre alles bestens gewesen, aber sie wollte nicht länger alle ihre Konflikte und Probleme übertünchen. »Ich hatte eigentlich kaum etwas mit ihm zu reden. Mama hat nie von Beth und dem, was ihr passiert ist, gesprochen. Aber das ist gar nicht der Grund, warum ich anrufe. Gestern Abend ist mir dieses Papier mit den Ergebnissen der gerichtlichen Untersuchungen zu Beth' Fall in die Finger gekommen. Es lag zusammen mit Fotos in einem Aktendeckel. Hast du das mal gelesen?«

»Nein, keine Zeile.«

»Hast du irgendwelche Erinnerungen daran? Hat Mama mit dir darüber gesprochen?«

»Ich weiß, dass da mal eine Gerichtsverhandlung stattgefunden hat, ein paar Jahre nach Beth' Verschwinden. Ich war zu der Zeit gerade mit Conor schwanger. Als ich hinterher mit Sylvie in der Küche in Willow Hill saß, wirkte sie so elend und deprimiert, dass ich mich nicht traute, sie auf die Verhandlung anzusprechen. Und das Papier, von dem du redest, habe ich nie gesehen. Jemand muss eine Kopie besorgt und zu den Fotos gelegt haben, entweder Sylvie oder Großmutter.«

Carrie holte tief Luft. »Dann weißt du es wahrscheinlich noch gar nicht: In dem Protokoll steht, dass Beth sich das Leben genommen hat. Sie hatte in dem Sommerhaus an der Bucht gewohnt, und dort hat Mama einen Abschiedsbrief von ihr gefunden.«

»Guter Gott! Wie schrecklich. Sean und ich dachten zwar immer, dass die Umstände von Beth' Tod sehr seltsam waren, aber niemand hat je darüber geredet. «

»Das macht es nur noch trauriger.«

»Ich weiß, aber das war eben eine andere Zeit. Man vertuschte solche Dinge, es war nicht so wie heute, wo niemand ein Blatt vor den Mund nimmt. Beths Tod hat die ganze Familie sehr mitgenommen, darum haben wir nicht viel darüber geredet.«

»Und außerdem scheint sie Adam Gilmore verlassen zu haben.«

»Was? Hat er dir das erzählt?«

»Kein Wort. Es steht in dem Gerichtsprotokoll. Beth hat vor ihrem Tod mehrere Wochen lang in dem Sommerhaus gewohnt.«

»Davon höre ich zum ersten Mal.«

»Ja, offenbar hat man da einiges totgeschwiegen. Es war auch ein Zeitungsausschnitt dabei, aber der Artikel besteht nur aus wenigen Zeilen und suggeriert, dass es ein Unglücksfall war.«

»Was für eine schreckliche Tragödie. Kein Wunder, dass Sylvie am Boden zerstört war.«

»Kein Wunder, dass Adam Gilmore nicht darüber reden

will«, fuhr Carrie fort. »Seine Frau ist ihm davongelaufen, und dann hat sie sich umgebracht – fast so, als wäre sie vor ihm in den Tod geflüchtet.« Kein Wunder, dass er sie letzten Freitag mit billigen Ausflüchten abgespeist hatte, als sie auf Beth' Tod zu sprechen gekommen war.

»Na ja, man kann ihm keinen Vorwurf machen«, sagte Evelyn. »Obwohl eine Menge Frauen hinter ihm her sind, hat er nie wieder geheiratet. So sehr trauert er um Beth.«

»So viele Jahre? Ich glaube eher, dass er das Leben in Freiheit zu sehr genossen hat, um sich wieder fest an eine Frau zu binden.«

»Weißt du, Carrie, jeder hat seine eigene Art, mit der Trauer umzugehen.«

Carrie schwieg eine Weile. »Das stimmt natürlich. Gerade ich sollte das eigentlich wissen. Aber was immer genau mit Beth passiert ist, ich finde es schon seltsam, dass Mama und Papa Adam Gilmores Namen nie vor mir erwähnt haben. Dabei war er doch angeblich eng mit ihnen befreundet, und in den Zeitungen und im Fernsehen ist andauernd von ihm die Rede.«

»Wir haben ein paarmal mit Sylvie und John über ihn geredet, als sein Aufstieg gerade so richtig anfing«, sagte Evelyn. »Aber nur so nebenbei, deine Eltern waren sehr zurückhaltend und wollten offenbar nicht weiter auf das Thema eingehen. Ich hatte den Eindruck, es war ihnen unangenehm wegen Beth. Sicher hat Sylvie das Herz geblutet, wenn sie sich vorstellte, was für ein tolles Leben Beth mit Adam hätte haben können.«

»Das Herz hat ihr geblutet, ja, das stimmt. Mama hat kein einziges Foto von den beiden zusammen mit ihr und Papa zu Hause aufbewahrt, nicht einmal die Hochzeitsbilder. Was bedeutet das? Und bei ihrer Beerdigung taucht er dann plötzlich auf?«

»Wahrscheinlich tat es ihm leid, dass er die Freundschaft mit den beiden hatte verkümmern lassen.«

Carrie gab ein zustimmend klingendes Geräusch von sich, obwohl sie keineswegs der Meinung war, dass Evelyn recht hatte.

Als sie später noch einmal darüber nachdachte, wurde ihr vollends klar, dass Adam Gilmore gelogen haben musste. Angeblich war die Freundschaft mit ihren Eltern auseinandergegangen, weil es zu schmerzhaft für ihn war, an Beth erinnert zu werden, aber das war Quatsch. Jemand musste Beth geholfen, ihr die Unterkunft in dem Sommerhaus besorgt haben. Wer sonst als Beth' Freundin Sylvie sollte diese Person gewesen sein? Und das musste auch Adam Gilmore gewusst haben.

Sie versuchte, die Dinge zu einem stimmigen Ganzen zusammenzusetzen. Wenn Adam Gilmore den Verdacht gehegt oder gar herausgefunden hatte, dass Luis mit Beth ein Liebesverhältnis gehabt hatte, dann wäre er doch sicher damals schon aktiv geworden. Er war nicht der Typ, der sich einfach damit abfindet, wenn seine Frau ihn verlässt und ihn gar noch mit einem anderen betrügt. Und warum hatte er plötzlich das Bedürfnis, mit Carrie über dieses dunkle Kapitel in seinem Leben zu sprechen? Wo ihm doch so viel daran zu liegen schien, dass es bei der Geschichte vom schrecklichen Unfall blieb? Glaubte er etwa, sie könnte etwas wissen? Dachte er womöglich, sie könnte ihm gefährlich werden? Aber wie sollte das möglich sein?

Carrie musste an das lange Schweigen denken, das eingetreten war, nachdem sie auf seine Frage, ob sie in diesem Jahr nicht schon verreist sei, nur geantwortet hatte, sie führe ein sehr ruhiges Leben. Wusste er von ihrer Reise in die Schweiz und dachte nun, sie sei ihm ausgewichen, weil sie etwas zu verbergen habe? Aber wie hätte er etwas davon wissen können, dass Carrie zu Besuch bei Luis gewesen war? Es war unmöglich, Carries Fantasie ging mit ihr durch.

Am meisten Angst aber machte ihr ein Gedanke, der ihr nicht mehr aus dem Kopf ging: Angenommen, Adam Gilmore wusste damals im September 1980 wirklich Bescheid über Beth und Luis – dann erschien Beth' Verschwinden plötzlich in einem ganz anderen Licht. Ihre Leiche war nie gefunden worden, hatte Sean gesagt. Und niemand wusste, was Beth wirklich zugestoßen war.

Vierundvierzigstes Kapitel

September 1980

»Ich habe jemanden getroffen«, sagte Beth.

Sylvie runzelte die Stirn. »Du hast jemanden getroffen? Wen? Was meinst du damit?«

»Er hat in dem großen Haus am Ende der Landzunge gewohnt.«

»Wer ist ›er‹? Was meinst du, wenn du sagst, du hast dich mit ihm getroffen?« Sylvie stellte ihre Teetasse ab, ihre Finger zitterten.

»Es ist vorbei, er ist abgereist ... nach Hause in die Schweiz. Luis heißt er. Ich habe ihn kennengelernt ... eines Abends, als ich zu den Dünen ging. Wir haben geredet und ...« Beth' Stimme wurde leiser. »Das, was ich mit ihm erlebt habe, hat mir endgültig klargemacht, dass es richtig war, Adam zu verlassen.«

»Natürlich war es das einzig Richtige.« Sylvie sah ihre Freundin besorgt an. »Ich hoffe nur, du hast nichts Unüberlegtes getan. Wir waren uns doch einig, dass es am besten ist, wenn du immer in der Nähe des Hauses bleibst.«

Beth schob das Milchkännchen auf der Tischplatte hin und her. »Niemand hat mich gesehen, wenn du das meinst. Ich habe immer darauf geachtet, nur aus dem Haus zu gehen, wenn keine Leute in der Nähe waren. Und überhaupt ist es vorbei, er ist weg.« Beth zögerte. Wie würde Sylvie es aufnehmen? »Weißt du, ich habe ihm gesagt, dass ich Sylvie heiße. Als wir miteinander ins Gespräch kamen, habe ich mich für dich ausgegeben. Es war eine Art Reflex, ich wusste ja, dass ich nicht meinen richtigen Namen sagen durfte. Und dabei bin ich dann geblieben.«

Sylvie grinste. »Das ist ja ein Ding! Ich hoffe bloß, dass es John nie zu Ohren kommt, sonst denkt er am Ende noch, ich hätte ihn betrogen.«

»Oh, daran habe ich nicht gedacht, entschuldige.« Beth blickte versonnen durchs Fenster des Sommerhauses auf die Dünen. »Es war etwas sehr Besonderes.«

»Hast du vor, mit ihm in Kontakt zu bleiben?«

»Nein, es ist vorbei. Luis ist in sein Leben zurückgekehrt. Wir werden nie wieder etwas voneinander hören.«

»Am allerwichtigsten ist jetzt, dass du dir darüber klar wirst, was du tun willst«, sagte Sylvie. »Mama geht es von Tag zu Tag besser, und ich werde in zwei Wochen wieder nach Hause fahren. Dann musst du hier ohne mich zurechtkommen.«

»Ich gehe jedenfalls nicht zu Adam zurück.«

»Natürlich nicht.«

»Irgendwie hoffe ich fast, dass er mich findet …« Beth räumte den Tisch ab. Sie musste daran denken, wie ihr unter Adams kaltem Blick die Teller aus den Händen gefallen und zerschellt waren. Auf gar keinen Fall konnte sie zu ihm zurückkehren.

»Machst du Witze?«

»Nein, es ist mein Ernst. Ich brauche deine Hilfe, wie schon so oft. Weißt du, ich habe mir etwas überlegt … hör zu.«

Sylvies Lächeln war wie eine Kerze im Dunkeln für Beth. »Natürlich, Beth, schieß los.«

Fünfundvierzigstes Kapitel

Als es am Dienstagnachmittag an der Tür läutete, eilte Carrie mit klopfendem Herzen die Treppe hinunter. Sie hatte Mark eigentlich erst später in der Woche erwartet. Ganz aufgeregt bei dem Gedanken, ihm gegenüberzustehen, warf sie einen kurzen Blick in den Garderobenspiegel. Ihre Wangen waren leicht gerötet.

Carrie und Mark werden sich nicht streiten. Sie öffnete die Tür.

Vor ihr stand Adam Gilmore.

Offenbar zeichnete sich der Schock, den sie erlebte, deutlich in ihrem Gesicht ab, denn er wich instinktiv einen Schritt zurück, als hätte sie ihm einen Schlag vor die Brust versetzt.

Dann lächelte er. »Sie haben mich nicht erwartet.«

»Ich dachte, es wäre mein Freund«, sagte sie. Er würde es nicht wagen, allzu aggressiv aufzutreten, wenn er glaubte, dass jeden Moment ihr Freund auftauchen konnte. Sie stellte sich vor, dass Mark hinter ihr stand, stark und verlässlich, und nahm sich vor, sich nicht einschüchtern zu lassen. Vor ihrem inneren Auge sah sie seine Hände an Beth' Kehle, aber es gelang ihr, das Bild zu verscheuchen.

Er zog eine Braue hoch. »Oh, Sie haben einen neuen Freund?«

»Wie kommen Sie darauf?« Ihr Kopf war erstaunlich klar.

»Ach, Sie wissen ja, Dublin ist ein Dorf: Jeder weiß irgendwie über jeden Bescheid.«

»Nun ja, gewisse Leute scheinen über gewisse andere Leute besonders gut informiert zu sein, wenn sie auch keineswegs *alles* wissen.« Sie dachte daran, wie überrascht er gewesen war, als sie erzählte, dass sie bei Jade gekündigt hatte.

»Das klingt, als wollten Sie mich herausfordern, Carrie.«

Ihr war zu Mute, als stünden sie sich bereits im Ring gegenüber. Ohne dass sie es recht bemerkt hatte, war er vorgerückt und stand in ihrem Hausflur – Adam Gilmore war keiner, der sich kurzerhand an der Schwelle abfertigen ließ. Sie brachte es nicht über sich, die Tür zu schließen, weil sie dann in dem engen Flur zusammen mit ihm gewissermaßen eingesperrt gewesen wäre, aber sie wollte ihn auch nicht weiter in ihr Haus eindringen lassen. Unwillkürlich huschte ihr Blick zu dem Bücherregal, in dem der Aktendeckel mit den Fotos und dem Gerichtsprotokoll stand. Adam war nur einen Schritt entfernt von dem brisanten Dokument. Sie zwang sich, ruhig zu atmen. Hoffentlich hatte er ihren Blick nicht bemerkt.

»Ich kam gerade zufällig hier vorbei«, sagte er.

Zufällig, natürlich, dachte sie.

»Ich habe gesehen, dass das Kästchen Ihrer Alarmanlage ziemlich schief hängt. Da scheint etwas kaputt zu sein.«

Sie verschränkte die Arme trotzig vor der Brust. »Danke. Ich zerbreche mir gerade den Kopf darüber, woher Sie eigentlich wissen, wo ich wohne.« Kaum hatte sie es ausgesprochen, fiel ihr ein, dass Gilcorp sicherlich ihre Adresse hatte, auch wenn die Post normalerweise an Sean Sullivan ging.

»Ist das ein Problem, dass ich hier bin?«, fragte er.

»Ich hoffe nicht.«

»Gut. Entschuldigen Sie, wenn ich Sie störe, aber ich wollte Sie fragen, ob ich einen Blick auf Ihre Fotos werfen darf.«

»Welche Fotos?«

»Sie haben erwähnt, dass Sie Bilder von meiner Hochzeit haben. Ich kann meine eigenen Abzüge nicht finden – offenbar habe ich sie verräumt, oder sie sind bei einem meiner zahlreichen Umzüge verlorengegangen. Es wäre schön, wenn ich wieder mal einen Blick darauf werfen könnte.

»Tut mir leid, aber ich kann Ihnen nicht helfen. Ich habe die Bilder gesehen, als ich neulich in Willow Hill war.« Sie schaute ihm dabei direkt in die Augen, weil sie hoffte, die Erwähnung von Willow Hill würde ihm vielleicht irgendwelche verräterischen Reaktionen entlocken. Aber das war natürlich naiv von ihr. Und überhaupt war es besser, ihn nicht unnötig zu reizen. Sie mochte ihm schlimme Dinge zutrauen, aber sie hatte nicht den geringsten Beweis dafür, dass er irgendwie an Beth' Tod schuld war.

»O ja, immer wieder Willow Hill, der Anfang und das Ende aller Dinge.« Er lächelte, aber nur mit dem Mund, nicht mit den eisig blauen Augen. Carrie fragte sich, ob diese Augen auch Beth kalte Schrecken eingejagt hatten. Wie hatte so ein bescheidenes, sanftes Wesen es geschafft, sich einen Mann wie Adam zu angeln? War sie wirklich so überwältigt gewesen von seinem Charme? Was war passiert, dass sie ihn verlassen hatte? Nichts Gutes, das stand fest.

»Sind Sie sicher, dass Sie es ertragen könnten, die Bilder anzusehen?«, fragte sie. »Würde es Sie nicht zu sehr mitnehmen, daran erinnert zu werden, wie Beth gestorben ist?« Sie bewegte sich auf dünnem Eis, aber das war ihr egal. Dieser Mann war ein rotes Tuch für sie, sie fand ihn durch und durch widerwärtig. Sogar der Geruch seines Rasierwassers, der sich im Raum ausbreitete, war abscheulich.

»Wie Beth gestorben ist«, sagte er, die Augen starr auf sie gerichtet wie die einer Schlange.

»Ja, ein sehr tragisches Unglück.«

»Sicher, was sonst könnte es gewesen sein?«

»Was für eine Art Unglück es auch war, es war doch jedenfalls sehr traurig«, sagte sie.

Skrupellos. Das war das Wort, das sie die ganze Zeit gesucht hatte. Mochte er auch einen eleganten Anzug und mit Diamanten besetzte Manschettenknöpfe tragen, hatte Adam Gilmore doch in Carries Augen etwas von einem skrupellosen Schurken an sich. Wenn auch eines extrem schlauen, gerissenen Schurken, der es weit gebracht hatte.

»Ja, sehr traurig für alle«, sagte er. »Besonders für mich und Ihre Mutter. Ich hoffe, unser Gespräch am Freitag hat Sie nicht zu sehr aufgewühlt. Wissen Sie …«

Er schwieg, aber sie tappte nicht in die Falle. Sie wartete.

»Sie erinnern mich so sehr an Sylvie«, sagte er endlich. Er warf ihr einen Blick aus verschleierten Augen zu. »Ich bin überzeugt davon, dass Beth mit Sylvie gesprochen hat, bevor sie … bevor sie starb. Ich führe ein Leben, um das mich viele beneiden, ich kann mir alles leisten, was für Geld zu haben ist, aber manchmal werde ich fast verrückt vor lauter Grübelei, was für ein Mensch Beth war oder in was für einer Verfassung sie gewesen sein muss, dass sie nicht besser auf sich achtgegeben hat. Welcher Schrecken sie erfasst haben muss, als sie merkte, dass sie gegen die Strömung nicht ankam, dass es sie immer weiter hinauszog. Dabei hätte sie wissen müssen, wie gefährlich das Meer dort war. Ich denke mir immer, Sylvie hat sich doch sicher Ihnen, ihrer einzigen Tochter, anvertraut.«

Carrie schüttelte den Kopf. »Ich muss Sie leider enttäuschen. Wie ich Ihnen schon am Freitag gesagt habe, wusste ich bis vor Kurzem von alledem gar nichts, ich kannte nicht einmal Beth' Namen.«

Er warf ihr einen verschlagenen Blick zu. Hatte sie sich schon wieder verplappert?

»Ich meine: vor meinem Besuch in Willow Hill, aber das habe ich Ihnen ja schon erzählt«, fügte sie etwas überhastet hinzu.

»Natürlich, was sonst könnten Sie meinen?« Er lächelte, und es lief ihr kalt über den Rücken. »Ich gebe Ihnen meine Karte, da steht die Nummer drauf, unter der Sie mich direkt erreichen können.« Er zog ein schlankes Ledertäschchen hervor, nahm eine Visitenkarte heraus und hielt sie ihr hin. Sie streifte seine perfekt manikürten Finger, als sie nach der Karte griff, und schaffte es nur mit Mühe, nicht zurückzuzucken. »Wenn Ihnen doch noch etwas einfällt, was vielleicht für mich von Interesse sein könnte, oder wenn Sie noch mehr Fotos finden, rufen Sie mich bitte an.«

Es klang mehr wie ein Befehl als eine Bitte. Sobald er weg war, lehnte sich Carrie gegen die Haustür, völlig erschöpft und kraftlos, kaum fähig zu atmen, und fragte sich, was er eigentlich im Schilde führte und was wirklich mit Beth passiert war. Sicher, sie hatte einen Abschiedsbrief hinterlassen, aber es war doch schwer vorstellbar, dass sie, die so entschlossen Luis daran gehindert hatte, sich das Leben zu nehmen, ihr eigenes Leben weggeworfen hatte.

Luis hatte gesagt, Sylvie habe eine wichtige Entscheidung darüber treffen müssen, welchen Weg sie einschlagen wollte. Ihr Leben habe eine schlimme Wendung genommen, sie sei unglücklich gewesen und habe Angst gehabt. Natürlich war es nicht die glücklich verheiratete Sylvie gewesen, die so geredet hatte, sondern Beth.

Sechsundvierzigstes Kapitel

September 1980

»Hast du dir wirklich eingebildet, ich würde dich nicht finden?«

»Adam ...«

Unter der Wucht seiner Schulter gab die Tür des Sommerhauses nach und sprang auf, und Adam schob sich herein. Der Schrecken, der von ihm ausging wie unsichtbarer stickiger Dunst, der den Raum bis in den letzten Winkel ausfüllte, schlug über Beth zusammen. Sie musste all ihre Kraft aufbieten, um nicht in Panik zu verfallen, ihr Atem ging hechelnd. Ihr erster Gedanke galt Luis; er musste inzwischen zu Hause in Luzern sein – Adam konnte ihn nicht mit ihr in Verbindung bringen.

Er lächelte, seine Augen blitzten kalt. »Ich habe immer gewusst, dass du dämlich bist, aber so wie es aussieht, bist du sogar noch dümmer, als ich dachte.«

»Wie ... wie hast du mich gefunden?« War er Sylvie gefolgt, als sie von Willow Hill zum Sommerhaus hinunter ging? Lieber Gott, hoffentlich nicht!

»Hältst du mich für so blöd, dass ich diese lächerliche Geschichte von der Tante in England glaube? Mir war von Anfang an klar, wo ich suchen muss. Ich habe die letzten drei Wochenenden damit verbracht, kreuz und quer durch diese gottverlassene Gegend zu fahren, bis ich schließlich an Willow Hill vorbeikam. Zum Glück steht an der Einfahrt ein Wegweiser. Am Abend habe ich dann in einem nahe gelegenen Pub ein Gespräch mit einem der Einheimischen angefangen, den ich im Garten von Willow Hill herumlungern gesehen hatte. Er war dankbar, jemanden zum Plaudern zu haben, noch dazu jemanden, der ihm einen Whiskey nach dem anderen spendierte.« Adam schnaubte verächtlich. »Er kannte sich bestens aus und hat mir alles über Willow Hill erzählt, was ich wissen wollte, über das Anwesen, die Nebengebäude, und auch das Sommerhäuschen hat er erwähnt. Natürlich habe ich nicht nach dir gefragt, das war auch gar nicht nötig. Aber wahrscheinlich hat er überhaupt keine Erinnerung mehr an unser Gespräch, so besoffen war er am Ende.« Sein Ton war prahlerisch, ganz offensichtlich war er sehr stolz auf seine Schlauheit. Dann verfinsterte sich seine Miene, und er rückte ganz nahe an Beth heran. »Wie kannst du es wagen, mich zu verlassen, du Schlampe! Wie lang versteckst du dich hier schon? Wer hat dir geholfen? Sylvie, die dumme Kuh?«

»Sylvie weiß nicht, dass ich hier bin«, stieß Beth hastig hervor. »Meinst du denn, ich würde irgendeinem Menschen erzählen, was hinter der Fassade unserer Ehe vorgeht? Im Übrigen verstecke ich mich nicht.« Ihre Schultern strafften sich. »Ich nehme mir eine Auszeit, um eine Entscheidung darüber zu treffen, was ich tun soll.«

Sein Zeigefinger stach sie in die Schulter. »Du entscheidest? Was für ein Schwachsinn! Du bist und bleibst meine Frau, da gibt es nichts zu entscheiden.«

Sie zitterte. Er würde alles versuchen, um sie kleinzukriegen, er würde sie windelweich prügeln, aber sie wusste, was sie zu tun hatte. Sie dachte daran, wie stark sie sich in Luis' Armen gefühlt hatte, die Erinnerung an ihn würde ihr die Kraft geben, auch das Schlimmste auszuhalten.

Sie sah ihm in die Augen, in einer Art, wie sie es nie zuvor gewagt hatte. »Deine Frau? Wirklich, Adam? Weißt du, ich glaube, eigentlich brauchst du gar keine Ehefrau.«

»Was soll das heißen?«

»Du liebst mich nicht – nicht so, wie ein Mann seine Frau lieben soll. Du hast mich nie geliebt. Du hast mich nur benutzt.«

»Du hast alles, was eine wie du sich nur wünschen kann: einen Ehering am Finger, ein schönes Haus, einen Mann, der auf dem Weg nach ganz oben ist.«

»Und dafür soll ich dir dankbar sein?«

»Natürlich, du fette Schlampe. Aber offenbar bist du zu blöd, um all das schätzen zu können, was ich dir auf einem Silbertablett serviert habe. Dieses eine Mal werde ich dir verzeihen. Das Auto steht draußen an der Straße. Pack deine Sachen zusammen, dann gehen wir.«

»Ich gehe nirgendwohin.«

»Du kommst mit mir nach Hause. Jetzt.«

»Nein, Adam.«

Er starrte sie an, überrascht, dass sie sich seinem Befehl widersetzte. Es war still, nur das Tosen der Brandung war zu hören.

»Ich habe keine Lust, mit dir zu diskutieren. Du gehst jetzt zum Auto.«

»Ich habe nein gesagt. Ich würde lieber sterben, als zu dir zurückzugehen.«

»Was? Dir werd ich's zeigen.« Er schlug ihr ins Gesicht. »Los, beweg dich, du verdammte Schlampe.«

Sie wich nicht zurück. »Hast du nicht gehört, was ich gesagt habe? Ich würde lieber sterben, als zu dir zurückzugehen. Ich ertrage es nicht länger. Ich habe dir gesagt, warum ich mich hier versteckt habe: um zu einer Entscheidung zu kommen. Und jetzt habe ich mich entschieden: Ich mache ein für alle Mal Schluss.«

»Schluss? Spinnst du?« Sein Gesicht war weiß.

»Ich kann nirgends hin«, schrie sie. »Ich habe mir geschworen, dass ich es tue, wenn du mich findest. Es ist mein Ernst, Adam. Ich will lieber sterben, als zu dir zurückzugehen.«

»Du kleines Stück Scheiße. Vorher schlag ich dich tot.«

Es war, als hagelten die Schläge von allen Seiten gleichzeitig auf sie nieder, sie trafen ihr Gesicht, ihren Hinterkopf, ihre Arme, ihren Rücken. Der Raum um sie herum schwankte, als empörte er sich gegen das grausame Geschehen. Alles verschwamm vor ihren Augen, und sie spürte, wie ihr die Tränen übers Gesicht liefen.

Dann klinkte sie sich aus der Realität aus. Sie war nicht mehr hier, sie war bei Luis, in seinem von gedämpftem Sonnenlicht erfüllten Schlafzimmer. Er hielt sie umfangen, sie war sicher und geborgen in seinen Armen. Eng aneinandergeschmiegt lagen sie da, Hüfte an Hüfte, die Beine verflochten, Mund an Mund, in einem Kokon aus Hitze und Wärme und grenzenlosem Vertrauen. Ihr schwanden die Sinne, und sie brach zusammen.

Siebenundvierzigstes Kapitel

Bis heute, obwohl er in diesem rundum gesicherten und mit allen Annehmlichkeiten ausgestatteten Penthouse lebte, war Adam nie restlos beruhigt, dass er sie wirklich losgeworden war. Manchmal wachte er nachts auf und sah ihr Gesicht vor sich, den blanken Schrecken in ihren Augen und ihren Abscheu, der ihn bis aufs Blut reizte. Manchmal hatte er das Gefühl, dass sie immer noch da war, immer noch am Leben, dass sie ihn auslachte, ihn verspottete.

Später, im kalten Licht des frühen Morgens, schien alles wieder normal zu sein und das Grauen der Nacht nur ein böser Traum. Es war lächerlich. Er konnte gelassen auf die Ereignisse von damals zurückblicken, Beth McCann – Beth Gilmore – war längst Vergangenheit. Als er an jenem Tag im September 1980 von Cork zurück nach Hause fuhr, war er aufgewühlt gewesen. Aber er hatte sich bald wieder gefangen. Und saß vollkommen gefasst an seinem Schreibtisch, als am Mittwochnachmittag der Anruf kam.

Jemand von der Polizei wollte mit ihm sprechen, teilte die Sekretärin mit. Es gehe um etwas Persönliches. Er empfing die beiden Beamten in seinem Büro. Er müsse sich auf eine schlimme Nachricht gefasst machen, sagten sie, man gehe davon aus, dass etwas Schreckliches passiert sei. Die Schuhe und die Strickjacke seiner Frau seien am Strand südlich von Willow Hill angespült worden. Und sie habe ein Schreiben hinterlassen.

»Ein Schreiben? Was für ein Schreiben?«, fragte er irritiert.

Seine Überraschung war echt. »Aber das kann nicht sein. Nein, meine geliebte Beth! Es ist unmöglich, sie ist in England, sie besucht dort ihre kranke Tante.«

Die Polizisten schwiegen taktvoll. Dann sagte der jüngere von beiden: »Leider scheint das, was Sie sagen, unsere Befürchtung zu bestätigen.«

Sie hatten sich vorgestellt, aber Adam hatte ihre Namen sofort wieder vergessen. »Wir haben das Schreiben Ihrer Frau nicht dabei, aber ich kann Ihnen sagen, was drinsteht«, fuhr der Polizist fort.

Adam wappnete sich gegen das, was auf ihn zukam.

Der Mann schlug sein Notizbuch auf. »Sie schreibt, sie bedauert von Herzen, dass sie mit ihrem Schritt anderen Menschen Leid zufügt. Sie war nicht in England, es gab nie eine kranke Tante. Sie hat sich in den letzten drei Wochen in dem Sommerhaus versteckt und versucht, ihren Mut zu sammeln, um ihrem Leben ein Ende zu machen. Wenn man diesen Brief findet, wird sie es getan haben.«

»Was?« Adam war zutiefst schockiert. Offenbar hatte Beth jedes Wort ernst gemeint, das sie an dem Abend zu ihm gesagt hatte. Sie musste die ganze Sache geplant haben! Angst schnürte ihm die Kehle zu.

Der Polizist redete weiter. Die Bucht mit ihren gefährlichen Strömungen sei der ideale Ort, schrieb sie. Sie wolle nicht länger leben, weil sie fürchtete, sie könne keine Kinder bekommen, und sie wolle nicht, dass Adam in einer kinderlosen Ehe an sie gebunden sei. Sie sei nicht gut genug für einen Mann wie Adam, er solle von ihr frei sein. Es gebe für sie keinen anderen Ausweg. Damit klappte der Polizist sein Notizbuch zu.

Adam atmete auf. Was für eine Erleichterung! Offenbar

stand in dem Abschiedsbrief nichts darüber, wie er Beth behandelt hatte, nichts verriet, dass letztlich niemand anderer als er sie in den Tod getrieben hatte.

Sie stellten ihm einige Fragen, in taktvoll gedämpftem Ton mit Rücksicht auf seine Trauer.

»Wann haben Sie Ihre Frau zum letzten Mal gesehen?«, fragte der ältere Polizist.

Er schluckte nervös. »Bevor sie nach England abgereist ist. Das war vor ungefähr drei Wochen – ich dachte die ganze Zeit, sie wäre dort.«

»Was für einen Eindruck machte sie auf Sie?«

»Es tat ihr leid, dass sie mich allein in Dublin zurücklassen sollte, aber es war ja nur für einen Monat.«

»Haben Sie mit ihr gesprochen, während sie weg war?«

»Nein. Beth hatte mir gesagt, ihre Tante habe kein Telefon im Haus.« *Lügner.* Ihm war, als flüsterte ihr Geist es ihm ins Ohr.

»Wie war Ihre Ehe?«, fragte der Beamte weiter. »Gab es Probleme? Wirkte Ihre Frau unglücklich?«

»Wir hatten überhaupt keine Probleme, wir waren sehr glücklich miteinander. Sie können meine Freunde und Bekannten fragen, sie werden es bestätigen.«

»Bestätigen?« Der Polizist warf ihm einen irritierten Blick zu. »Sie sind hier nicht im Zeugenstand, Mr Gilmore.«

Noch nicht, flüsterte ihr Geist.

»Wir haben öfter Kollegen und Freunde von der Bank zum Essen eingeladen, und Beth hat sich jedes Mal selbst übertroffen«, sagte Adam. »Es hat ihr Freude gemacht. Ich kann einfach nicht glauben, dass das alles wirklich passiert ...« Er schlug die Hände vors Gesicht.

Nach kurzem Schweigen sagte der ältere Polizist: »Entschuldigen Sie, Mr Gilmore, aber wir *müssen* das fragen: Wo waren Sie gestern Abend?«

»Wieso nehmen Sie an, dass es gerade gestern Abend passiert ist?«

»Es gibt ein paar Dinge, die darauf hindeuten könnten. Ein Fischer hat angegeben, er habe gestern Nacht einen Schrei gehört. Und Essensreste, die man im Haus gefunden hat, lassen vermuten, dass noch vor sehr kurzer Zeit jemand dort gewesen ist.«

Adam wiegte nachdenklich den Kopf.

»Nicht dass Sie in irgendeiner Weise unter Verdacht stehen würden, natürlich nicht, wir wollen nur sicherstellen, dass wir Sie aus unseren Ermittlungen ausschließen können.«

»Ich war zu Hause, ich habe mich auf einen Weiterbildungskurs vorbereitet, den ich besuche. Ich könnte Ihnen die Sachen zeigen, an denen ich gearbeitet habe.«

Was willst du ihnen zeigen? Die Zeitschriften, die du dir immer ansiehst? Das nennst du Weiterbildung?

Adam hatte bemerkt, dass seine Magazine unter dem Bett im Gästezimmer nicht mehr genau so dagelegen hatten, wie er sie hingelegt hatte, aber er redete sich ein, dass er sich das in seiner Aufregung nur eingebildet hatte. Es war unmöglich, Beth war einfach nicht schlau genug, das Versteck zu finden.

»Sie müssen nach Willow Hill fahren. Es gibt noch ein paar Details zu klären. Und Sie müssen eine offizielle Aussage bei der Polizei machen.«

»O Gott, ich kann es immer noch nicht glauben. Es ist so schrecklich ... ein Albtraum!«

»Es tut mir sehr leid. Haben Sie jemanden, der Sie nach Cork bringen kann? In Ihrer Verfassung sollten Sie nicht selbst fahren.«

»Ich werde meinen Vater bitten, er ist im Vorstand der Mutual Banking Corporation.«

»Gut.« Der Polizist nickte sichtlich beeindruckt.

Adams Vater gab sich wenig Mühe, Betroffenheit vorzutäuschen. »Das ist ja eine schöne Bescherung«, sagte er gereizt. »Die Sache muss schleunigst bereinigt werden, wir können uns keinen Skandal leisten. Dass das ausgerechnet jetzt passieren musste, wo diese wichtige Fusion ansteht! Wieso musstest du ausgerechnet *die* heiraten? Du hättest doch merken müssen, dass sie psychisch labil war.«

Schweigend fuhren die beiden nach Cork. In Willow Hill und dem nahe gelegenen Dorf, wo Beth aufgewachsen war, herrschte tiefe Trauer. Adam wusste, dass Sylvie eine Aussage gemacht hatte, und der Gedanke daran erfüllte ihn mit panischem Schrecken. Polizisten brachten ihn zu dem Sommerhaus, in dem er auf Beth losgegangen war. Er tat so, als wäre er noch nie dort gewesen, sah sich mit gespielter Fassungslosigkeit die Dinge an, die von ihrem Aufenthalt Zeugnis gaben: Milchpulver, Konserven, Haferflocken, die Teller, die zum Trocknen neben der Spüle standen, Bücher im Regal, ihren Kassettenrekorder. Im Schlafzimmer identifizierte er ihre Kleidung und Toilettensachen. Ihre Handtasche war auch da. Sie enthielt ihren Terminkalender mit Einträgen in ihrer eigenartig kindlichen Handschrift. Unter anderem hatte sie dort notiert, was sie bei den Einladungen, die sie veranstaltet hatten, gekocht hatte. Vermutlich wollte sie es vermeiden, den Gästen zweimal das gleiche Menü vorzusetzen. Er identifizierte auch ihre Handschrift in dem Abschiedsbrief, den man hinter dem Kassettenrekorder gefunden hatte. Die ganze Zeit fühlte er sich wie in einem Albtraum, so als ob Beth jeden Moment aus irgendeinem Versteck hervorspringen und ihm ins Gesicht sagen könnte, was für ein mieser Feigling er war.

Draußen atmete er keuchend die frische Seeluft. Überall in der Bucht und weiter draußen fuhren Boote mit Fischern, die nach Beth' Leiche suchten. Er hörte die Einheimischen von starken Rippströmungen und Gezeiten reden und davon, dass man Beth bald finden müsste, sonst würde sie für immer verschollen bleiben. Dann ließ er sich nach Willow Hill fahren, um sich mit Sylvie und John zu treffen.

Sie saß, die Augen rot gerändert, das Gesicht fleckig vom Weinen, im Wohnzimmer am Fenster, dicht neben ihr auf der Armlehne des Sessels John. Sie hatte bereits bei der Polizei ausgesagt, ebenso Seamus, der Gärtner, der Beth' Kleider am Strand gefunden hatte.

»Adam, wie kann das sein? Ich kann es einfach nicht glauben«, sagte sie. Sie machte keine Anstalten, ihn zu trösten. »Die arme Beth! Was ist passiert? Was in aller Welt hat sie dazu getrieben?«

»Ich ... Wie ist ...?« Er rang stammelnd nach Worten. »Wann hast du es erfahren?«

»Seamus war heute Morgen am Strand. Er kam her und erzählte, dass er Kleidungsstücke gefunden hatte, die offenbar von der Flut angespült worden waren, und dass die Tür des Sommerhauses weit offen stand. Das war merkwürdig, von uns war dort seit Ewigkeiten keiner mehr. Ich bin gleich hingefahren und habe Kleidungsstücke und Lebensmittel gesehen, und dann« – sie schluckte – »war da der Brief von Beth.«

Sie fing zu weinen an, und John legte seine Hand beruhigend auf ihre Schulter. »Ich habe sofort die Polizei angerufen. Mein Gott, sie wirkte so glücklich.«

»Sie wirkte glücklich?« Er musterte Sylvies Gesicht.

Ihre rotgeweinten Augen blickten ihn ausdruckslos an. »Das letzte Mal, als ich sie gesehen habe, in Dublin, bevor ich hierherfuhr, um mich um meine Mutter zu kümmern, machte sie einen so rundum glücklichen Eindruck. So verliebt. Während ich bei ihr war, hast du sie vom Büro aus angerufen und dich erkundigt, wie es ihr ging. Wenn das nicht Liebe ist! Und sie hat davon erzählt, dass ihr wieder Leute zum Essen einladen wolltet ... Sie muss tief in ihrem Inneren todtraurig gewesen sein, weil sie nicht schwanger wurde, aber sie hat es sich nicht anmerken lassen. Ach, wenn sie doch nur mit mir darüber gesprochen hätte! Wenn ich doch nur gewusst hätte, dass sie hier war!«

»Ich dachte die ganze Zeit, sie sei in England und würde nächste Woche zurückkommen. Hat sie zu dir auch gesagt, sie wolle nach England fahren?«

»Nein.« Sylvie zuckte die Achseln. »Davon war keine Rede, als wir uns das letzte Mal gesehen habe. Ich nahm an, sie ist zu Hause in Dublin.«

»Ich weiß nicht, wie sie es geschafft hat, ganz allein hierherzukommen und in dem Haus zu leben, ohne dass jemand etwas davon bemerkt hat. Und wie sie überhaupt auf die Idee gekommen ist?«, sagte Adam. »Kannst du dir das erklären?«

»Na ja, sie war früher oft hier. Und am Strand sind jetzt, wo die Schulferien zu Ende sind, kaum Leute. Und sie hatte ja einen Schlüssel zu dem Haus ...«

»Was? Wieso?«

Sylvie warf ihm einen Blick zu. »Beth hatte früher natürlich einen Schlüssel für das Sommerhaus, so wie sie auch einen für Willow Hill hatte. Und sie hat die Schlüssel mitgenommen, als sie nach Dublin zog. Meine Mutter wollte, dass Beth Willow Hill als ein zweites Zuhause betrachtete – sie ist ja hier aufgewachsen und gehörte praktisch zur Familie.«

John Cassidy stand auf, großgewachsen und breit, eine eindrucksvolle Gestalt. Und dann kam Adams Vater herein. In seinem bleichen Gesicht war nichts zu lesen als unverhohlene Gereiztheit. Freiwillige Helfer, berichtete er, suchten zu Fuß die Küste ab.

Fünf Tage später stellte man die Suche nach Beth' Leiche ein.

Achtundvierzigstes Kapitel

Es dauerte eine Weile, bis sich Carrie nach Adams unerwartetem Besuch wieder beruhigt hatte. Um sich zu beschäftigen, räumte sie ihren Kleiderschrank leer und sortierte all die Blusen und Hosenanzüge aus, die sie bei Jade getragen hatte und nie wieder anziehen wollte, gleichgültig wo sie in Zukunft arbeiten würde. Sie legte die Sachen beiseite, um sie irgendeiner gemeinnützigen Organisation zu spenden. Sie fand bald, dass es ihr Spaß machte, ihre Garderobe so durchzusehen, sich zu überlegen, was sich gut miteinander kombinieren ließ und welche Kleider von Jade sie behalten wollte.

Später, als sie es sich auf ihrem Sofa bequem gemacht hatte, summte ihr Handy. Eine Nachricht von Mark:

Carrie und Mark werden sich nicht streiten, wenn er morgen Abend bei ihr vorbeischaut, um seine Post abzuholen.

Seine Worte taten ihr gut und vertrieben das schlechte Gefühl, das Adam Gilmores Besuch hinterlassen hatte. Sie schrieb ihm zurück:

Carrie ist ganz entspannt und wird nicht mit Mark streiten.

Einige Minuten später eine weitere Nachricht von ihm:

Möglicherweise werden Mark und Carrie sogar miteinander reden, wenn er vorbeischaut.

Sie spürte ihr Herz lauter klopfen. Was meinte er mit »reden«? Nettigkeiten austauschen, ohne dass sie oder er böse wurde, oder hatte er etwas Ernsteres im Sinn? Sie holte tief Luft, ignorierte den leichten Schwindel, der sie befiel, und schrieb:

Carrie freut sich darauf, mit Mark zu reden.

Es dauerte nicht lang, dann traf seine Antwort ein:

Mark freut sich, dass Carrie sich darauf freut, mit ihm zu reden.

Das warme Gefühl in ihrem Bauch breitete sich aus, und sie spürte eine erwartungsvolle Aufregung. Immer wieder las sie seine Nachrichten, als brauchte sie etwas Gutes, an das sie denken konnte, um die kalten Augen von Adam Gilmore zu vergessen. Als sie zu Bett ging, war ihr, als hielte Mark sie umfangen oder küsste sie zart auf die Stirn, wie er es bei der Party getan hatte. Vielleicht interpretierte sie zu viel in seine Nachrichten hinein, aber was machte das schon aus? Immerhin half es ihr, sich eine Zeitlang wohl und sicher zu fühlen.

Am Mittwochnachmittag war es heiter und sommerlich warm, darum beschloss sie, statt zu Hause nervös herumzusitzen, sich abzulenken und einen kleinen Ausflug zu machen. Sie zog ihren Jogginganzug und gelbe Laufschuhe an und fuhr mit der Bahn nach Killiney an den Strand, wo sie ein paar Stunden spazieren ging, eingelullt von dem beruhigenden Rhythmus der Wellen die frische Meeresluft atmete und den Blick auf die fernen Wicklow Mountains und die elegante Sorrento Terrace im Norden genoss. Es hatte etwas Reinigendes, so losgelöst von allem ganz in der Gegenwart zu sein. Das war eines der Dinge, die sie von ihrem Besuch bei Luis mit nach Hause genommen hatte.

Danach stieg sie zum Killiney Hill hinauf, wo die Aussicht auf Dublin, das Meer und die Berge noch spektakulärer war. Es war nicht die Rigi, aber es tat Carrie gut, so auf die Stadt zu schauen, die so friedvoll wirkte. Ihre Unruhe trat zurück, und sie konnte die Dinge wieder etwas nüchterner und objektiver betrachten: Was Adam betraf, war einfach ihre überhitzte Fantasie mit ihr durchgegangen, das war alles. Was auch immer damals in Willow Hill passiert war, es war mehr als dreißig Jahre her und längst Geschichte. Sie war es einfach nicht gewohnt, mit Männern vom Schlag eines Adam Gilmore umzugehen, die ungeheuer erfolgreich und unter dem dünnen Firnis jovialer Gutmütigkeit völlig skrupellos waren. Das und nichts weiter war der Grund, warum sie ihn einschüchternd fand. Sie würde noch diese Woche mit Sean reden und ihn bitten, eine andere Firma mit der Verwaltung ihres Vermögens zu beauftragen. Damit wäre die Sache vom Tisch. Und jetzt konnte sie ihre ganze Aufmerksamkeit dem Treffen mit Mark heute Abend zuwenden.

Auf dem Nachhauseweg im Zug nahm sie ihr Smartphone zur Hand und loggte sich bei Twitter ein. Sie hatte eine Nachricht von @happyduck, die wissen wollte, was sie so treibe und ob sie mal wieder auf Reisen sei.

Gedankenverloren antwortete sie:

@happyduck Keine Reisen geplant, aber #Mirgehtsgut

Nachdem sie ihren Tweet gesendet hatte, lehnte sie sich bequem zurück, schaute aus dem Fenster auf die Dublin Bay und überließ sich dem leisen rhythmischen Schaukeln des Zugs. Doch dann beschlich sie plötzlich ein mulmiger Gedanke.

Wieso fragte @happyduck so etwas? Hatte sie früher schon solche Tweets bekommen? Es klang so, als ginge @happyduck ganz selbstverständlich davon aus, dass Carrie nicht arbeitete. Carrie hatte ihr Privatleben, was Beruf, Familie und Beziehungen anbelangte, aber nie der Neugierde der sozialen Medien ausgesetzt. Meistens twitterte sie am Abend, kommentierte andere Tweets oder redete über Fernsehsendungen oder Filme, die sie gesehen hatte, über Bücher oder sonst allgemeine Themen. Sie nahm wieder ihr Smartphone und rief das Profil von @happyduck auf, das einen recht harmlosen Eindruck machte: ein flauschiges Entchen als Avatar, Vorlieben: Shoppen, vor allem Schuhe, Kino, gutes Essen und Wein, zweihundert Follower und etliche hundert Tweets. Als Carrie wieder aus dem Fenster schaute, flitzte der Zug an Gärten vorbei, dann wurde er langsamer und fuhr in den Bahnhof Tara Street ein. Carrie steckte das Handy in ihre Handtasche, stand auf und reihte sich in die Schlange der Leute ein, die aussteigen wollten. Sie versuchte das merkwürdige Gefühl abzuschütteln, das sich in ihr festgesetzt hatte. Mit eiligen Schritten, als wäre jemand hinter ihr her, verließ sie den Bahnhof und ging den George's Quay entlang, immer mit einem unangenehmen Gefühl im Rücken, beinahe als spürte sie den Blick von Adam Gilmore, der, so stellte sie sich vor, oben am Fenster seines schicken Büros saß und alles beobachtete, was in der Umgebung vorging.

Jener Adam Gilmore, der ganz offensichtlich überrascht gewesen war, als er hörte, dass sie bei Jade gekündigt hatte. Der Gedanke daran war ihr immer im Kopf herumgegangen. Er war nicht einfach nur verwundert darüber gewesen, dass jemand in so wirtschaftlich schlechten Zeiten einen sicheren Arbeitsplatz aufgibt, vielmehr hatte die Nachricht ihn irgendwie für einen Moment aus dem Gleichgewicht gebracht – nicht wegen ihres Inhalts, sondern weil er gedacht hatte, er hätte das eigentlich bereits wissen müssen. Aber wieso?

Jener Adam Gilmore, der sie nach ihren Reiseplänen befragt hatte ... und dann das lange Schweigen, das eingetreten war, als sie keine Details preisgeben wollte. Zum Beispiel über ihren Aufenthalt in Luzern, den sie bei Twitter erwähnt hatte. Als sie in den Faith Crescent einbog, war sie aufgewühlt und ganz verschwitzt, und sie sehnte sich nach einer ausgiebigen erfrischenden Dusche. Dann würde sie versuchen, ein bisschen zur Ruhe zu kommen, bevor Mark auftauchte.

Es freut Mark, dass Carrie sich darauf freut, mit ihm zu reden.

Daran sollte sie jetzt denken und an nichts sonst. Sie beschleunigte ihre Schritte, joggte die Straße entlang bis zu ihrem Haus und fuhr zu Tode erschrocken zusammen, als plötzlich direkt vor ihr ein Mann aus einem parkenden Auto ausstieg.

»Hey ...«, sagte sie, immer noch ganz zittrig.

»Carrie? Alles in Ordnung mit dir?«

Es war nicht Adam Gilmore, sondern Mark. Groß und schlank stand er da, schloss die Tür des Autos und sperrte ab. Er war früher gekommen, als sie erwartet hatte. Ihre rasenden Gedanken standen unvermittelt still, sie schaltete um: Keine Zeit, zu duschen und sich etwas zu beruhigen. Und doch war sie so unendlich froh, ihn zu sehen. Sie stand da, mit einem Mal vollkommen wehrlos und verwundbar, und die Tränen liefen ihr über die Wangen.

»Ist was passiert?«, fragte er.

»Entschuldige.« Sie schluckte. »Mach dir keine Sorgen. Damit konntest du natürlich nicht rechnen. Aber ich freue mich wirklich, dass du da bist, auch wenn es nicht so aussieht.«

»Ich bin ein bisschen früh dran. Ich saß im Auto und wollte dir gerade eine Nachricht schicken. Was ist denn los?«

»Ich weiß es selber nicht.« Hastig wischte sie sich die Tränen ab. »Es ist nichts.« Sie wedelte hektisch mit den Händen. »Ich komme mir nur blöd vor, weil ich dir so verlottert gegenüberstehe – schau mich nur an.« Sie zupfte an ihrem grauen Jogginganzug herum. »Ich dachte, ich hätte noch Zeit, mich zu duschen und umzuziehen, bevor du kommst, damit ich einen halbwegs respektablen Eindruck mache. In der Eile habe ich dein Auto gar nicht gesehen.« Sie lachte oder versuchte es jedenfalls, aber es klang mehr wie ein ersticktes Keuchen. »Mein Gott, ich mache es immer noch schlimmer!«

Er streckte die Hand aus, um ihr Halt zu geben, sein Blick freundlich besorgt. »Jetzt beruhige dich erst mal, Carrie. Wir gehen rein, du duschst dich, und dann reden wir.«

Neunundvierzigstes Kapitel

Carrie stand unter dem heißen Wasserstrahl, massierte ihre Haut mit nach Kokosnuss duftendem Duschgel, schloss die Augen und ließ, den Kopf weit zurückgelegt, das wohlig warme Wasser an ihrem Körper herunterrinnen, bis sie sich gelöst und erfrischt fühlte. Das Bewusstsein, dass Mark im Haus war, gab ihr ein Gefühl von Sicherheit, so als hätte sie eine solide Mauer hinter ihrem Rücken. Sie musste über sich selbst lachen. Es war nicht lange her, da hatte sie sich von ihm getrennt, weil sie sich gefühlt hatte, als stünde sie kurz davor, über die Kante eines Abgrunds ins Bodenlose abzustürzen. Jetzt empfand sie nichts als Erleichterung bei dem Gedanken, dass er hier war.

Sie war an einem Punkt angelangt, wo sie zu begreifen begann, dass das Leben nicht stillstehen konnte. Lebendig sein bedeutete, dass die Dinge immer im Fluss und in Veränderung waren, dass ihr Leben immer voller unbeantworteter Fragen und unvorhersehbarer Möglichkeiten sein würde, ohne Garantien für irgendetwas.

In ihren Frotteebademantel gehüllt, öffnete sie das vom Dampf beschlagene Fenster und sah hinaus in den stillen frühen Abend. Silbernes Sonnenlicht blitzte von der Spitze des Kirchturms. Er wirkte schön und heiter vor dem blassblauen Himmel, unbesiegbar mächtig wie die Schweizer Berge. Carrie zog sich an, föhnte sich die Haare, tuschte sich die Wimpern und legte ein bisschen Lipgloss auf. Ein Spritzer Parfüm, dann fühlte sie sich bereit und ging hinunter zu Mark.

Er saß auf dem Sofa und las seine E-Mails auf dem Smartphone. Er hatte die Beine angewinkelt, weil das Sofa zu kurz war für seine lange Gestalt. Als sie eintrat, blickte er auf und lächelte, und Carrie stockte einen Moment lang der Atem. Es ist nur sein ganz normales freundliches Lächeln, sagte sie warnend zu sich selbst.

»Hast du deine Post?«, fragte sie.

»Ja, hab ich eingesteckt, danke.« Er deutete auf die Tasche mit seinem Laptop, die vor dem Sofa stand.

»Es sah dringend aus.«

»Das ist es auch.«

Sie fragte sich im Stillen, warum er nicht dafür gesorgt hatte, dass es an seine richtige Adresse geschickt wurde, wenn es so wichtig war. Er machte keine Anstalten, aufzustehen, zu gehen und sie in Frieden zu lassen. In Frieden? Als ob sie Frieden gefunden hätte, seitdem er nicht mehr da war, geblieben war nur das ständige Gefühl, dass ihr Herz wund und verletzt war. Und sie empfand auch keinen Frieden bei der Vorstellung, was in den nächsten Minuten geschehen könnte. Ihre Nerven lagen blank. Ein einziges falsches Wort konnte einen neuen Streit auslösen, und sie wollte nicht, dass Mark böse wurde und wieder zornig aus dem Haus stürmte.

»Fühlst du dich besser?«, fragte er.

»Viel besser.«

»Und wie geht es dir sonst so?«

»Alles prima.« Sie stand hinter der Frühstückstheke und wusste nicht recht, was sie tun sollte. Ihm etwas zu trinken anbieten? Bier? Kaffee? Sie waren meilenweit entfernt von einem Zustand, in dem sie entspannt harmlose Freundlichkeiten austauschen konnten.

»Carrie, ich werde dich nicht beißen«, sagte er. »Ich dachte, wir könnten uns einfach unterhalten wie zivilisierte Menschen, ohne dass gleich die Fetzen fliegen ... na ja, genau genommen war das letzte Mal hauptsächlich *ich* daran schuld, dass die Fetzen geflogen sind. Weißt du, ich habe mich darüber gefreut, dass du bei der Party letzte Woche mit mir gesprochen hast. Es ist dir sicher nicht leichtgefallen.«

»Nein, aber es war mir wichtig.« Sie lächelte verhalten.

»Erst recht, nachdem du gesehen hast, dass ich mit Sienna dort war.«

Was war das für ein Glitzern in seinen Augen? Konnte es sein, dass er sich ein bisschen über sie lustig machte? Sie zuckte leicht mit der Schulter, als wäre ihr Sienna vollkommen egal, dabei war es wie ein Schlag in die Magengrube gewesen.

»Im Ernst, ich war wirklich sehr froh darüber, dass du so offen mit mir reden konntest, aber manches von dem, was du gesagt hast, hat mich doch sehr überrascht.«

»Zum Beispiel?« Ihr war, als stünde plötzlich wieder eine Mauer zwischen ihr und ihm.

»Das waren Dinge, die ohne weitere Erklärungen nicht so genau zu verstehen sind, aber es war nicht genügend Zeit dafür. Zum Beispiel die Sache ...« Er sah ihr in die Augen. »Dass du immer das Gefühl gehabt hast, du hättest so viel Glück nicht verdient. Warst du denn glücklich mit mir? So glücklich, dass es dir Schuldgefühle gemacht hat?«

Es fiel ihr so schwer, darüber zu reden, viel schwerer als bei dieser Party, wo es genügend Ablenkung gegeben hatte, um die Spannung abzuschwächen. Ihr war, als müsste sie einen steilen Berg hinaufsteigen.

»Ich habe das alles zu der Zeit selbst nicht verstanden«, sagte sie. »Ich war ganz durcheinander. Du hast meine kleine sichere Welt, in der ich mich verschanzt hatte, aufgesprengt. Ich glaube, ich hatte schreckliche Angst davor, dass es schiefgeht, Angst, mich zu binden, zu versagen, weil ich nicht gut genug war – und ich habe ja auch wirklich alles kaputt gemacht –, aber am meisten Angst hatte ich letztlich davor, glücklich zu sein. Das war fürchterlich – ich dachte immer, dass mir so ein Glück einfach nicht zusteht.«

Er war aufgestanden, aber etwas in ihren Augen warnte ihn, ihr zu nahe zu kommen. Er blieb auf der anderen Seite der Theke.

»Carrie, ich ...« Er verstummte, in seinem Gesicht ging ein breites entwaffnendes Lächeln auf. »Ich hätte jetzt Lust, eine Runde ›Was wäre, wenn‹ mit dir zu spielen.«

Sie schüttelte den Kopf. »Ein *Spiel*, Mark?«

»Wir machen das manchmal bei der Arbeit«, sagte er.

»Bei der *Arbeit*? Das klingt mehr nach Spaß als nach Arbeit.« Sie brachte die Worte kaum hervor, so trocken war ihr Mund.

»Es macht auch Spaß, das ist ja der Sinn der Sache: Wenn man entspannt ist, hat man bessere Ideen. Wir stellen einander alle möglichen Fragen, damit die kreativen Energien in Fluss kommen. Es regt einen dazu an, Dinge aus verschiedenen Blickwinkeln zu betrachten, neue Gedankenverbindungen herzustellen, einfach etwas auszuprobieren, ohne Rücksicht darauf, wie verrückt oder abwegig es auf den ersten Blick wirken mag.«

»Aha: Was wäre, wenn.«

Er legte die Hände flach auf die Tischplatte und beugte sich ein bisschen nach vorn. »Weißt du, es geht mir die ganze Zeit im Kopf herum ... Als wir uns getrennt haben, war ich so wütend auf dich, ich konnte gar nicht mehr klar denken. Aber jetzt ...«

»Jetzt?«

»Ich habe angefangen, mir Fragen zu stellen, zum Beispiel die: Was wäre, wenn Carrie von Anfang an offen mit Mark gesprochen hätte?«

Sie sah ihn an, sagte aber nichts.

»Oder was wäre, wenn Mark ein bisschen feinfühliger gewesen wäre«, fuhr er fort, »sodass er die Dinge aus Carries Blickwinkel statt aus seinem eigenen hätte betrachten können? Dann wäre es Carrie vielleicht eher möglich gewesen, sich ihm anzuvertrauen.«

»Du hast es ja versucht.« Ihre Stimme klang belegt.

»Was wäre, wenn Mark sich mehr angestrengt hätte? Wenn er sich und ihr mehr Zeit gelassen hätte, statt Carrie zu drängen? Wenn er weniger geredet und dafür besser zugehört hätte?«

Sie brachte kein Wort heraus und schüttelte nur den Kopf.

»Was wäre, wenn Mark, als er Carrie zum ersten Mal sah, nicht gleich so vollkommen hin und weg gewesen wäre, dass er gar nicht mehr klar denken konnte ... Wenn er sich nicht eingebildet hätte, er könnte einfach ein großes Zauberpflaster über Carries traurige Geschichte kleben, und dann wäre, Simsalabim, alles wieder gut?«

Sie hob die Hand, angestrengt bemüht, ihre Stimme wiederzufinden. »Mark – hör auf damit, bitte. Du hast es versucht. Ich war einfach nicht so weit.«

»Vielleicht hätte ich es merken und akzeptieren sollen ... ich hätte mehr Geduld haben sollen.«

Sie lächelte. »Das nutzt doch alles nichts. Es überrascht mich, dass ausgerechnet du so etwas sagst, du, der Meister des positiven Denkens, der immer findet, dass man die Probleme sofort anpacken muss.«

»Für manche Dinge braucht man eben Fingerspitzengefühl, und ich packe sie viel zu grob an mit meinen großen Pratzen. Ich mache auch Fehler, wie du weißt.«

Ein längeres Schweigen breitete sich zwischen ihnen aus. Carries Nerven waren zum Zerreißen gespannt. Vor dem Fenster im Garten flog ein Schwarm Vögel auf. Im Haus war es ganz still, Carrie hörte nur das Summen des Kühlschranks und ihren eigenen Herzschlag.

»Denk darüber nach, Carrie.« Seine Augen waren freundlich. Der ganze Mann strahlte nichts als wohltuende Wärme und Güte aus, und sie spürte Panik aufkommen bei dem Gedanken, dass er gleich gehen und sie mit all den wirren Ängsten, die ihr im Kopf herumgingen, in der kalten Stille dieses Hauses allein lassen würde. Er warf ihr ein schiefes Lächeln zu, bevor er ans Sofa trat, wo seine Tasche stand. »Aber vielleicht willst du das alles, was ich gesagt habe, lieber gleich wieder vergessen. Möglicherweise ist es nach allem, was mit uns passiert ist, zu fantastisch und zu optimistisch.« Er hängte sich die Tasche über die Schulter und ging in Richtung Tür.

Ihre Panik wuchs. Nur wenige Sekunden, dann würde er fort sein und sie mit ihren Grübeleien über Beth und den hinterhältigen Adam Gilmore allein lassen. Und der Trauer um Mark und ihre Beziehung, die so bitter geendet hatte.

»Was wäre, wenn«, begann sie, dann versagte ihre Stimme. Er blieb auf dem Flur stehen und sah sich nach ihr um.

Sie hielt sich an der Frühstückstheke fest. »Was wäre, wenn Mark und Carrie noch einmal von vorn anfangen könnten?«, sagte sie. »Ein neuer Anfang.«

Er stand ganz still und sah ihr in die Augen. »Bist du ... Meinst du das im Ernst?«

Sie brachte keinen Ton heraus, aber sie nickte.

Er drehte sich um. »Carrie, ich hoffe, du spielst nicht mit mir. Wir beide haben beim ersten Mal schrecklich viel Unheil angerichtet. Lass uns jetzt nichts überstürzen. Nimm dir Zeit, denk gut darüber nach. Ich muss sicher sein können, dass du das wirklich willst.« Er zögerte ein bisschen verlegen. »Es ist nämlich so, Carrie:«, fügte er mit leiser Stimme hinzu, »Ich könnte keine weiteren Verletzungen vertragen.«

»Das verstehe ich.«

»Wir reden später noch einmal darüber. Vielleicht gehen wir zusammen Kaffee trinken oder so. Wenn wieder Post für mich kommt, die wichtig aussieht, lass es mich wissen, dann schaue ich bei dir vorbei.« Er ging zur Tür.

Ein kalter Schrecken fuhr ihr in die Glieder. »Mark, warte.«

Er drehte sich um. »Ja?«

»Da ist etwas –« Sie wusste nicht, wo sie anfangen sollte. »Bitte, bleib noch. Ich muss mit jemandem reden ... nicht über uns, es geht um etwas anderes. Es ist etwas Unheimliches, es macht mir Angst ...« Zum zweiten Mal an diesem Abend fühlte sie sich schutzlos und verloren und brach in Tränen aus. Sie begann zu zittern.

Mark stellte seine Tasche ab. »Was ist passiert?«

»Ich weiß nicht«, sagte sie. »Vielleicht bilde ich mir alles nur ein, aber mir ist einfach nicht wohl dabei.«

Fünfzigstes Kapitel

Dreimal unterbrach er ihr unzusammenhängendes aufgeregtes Gestammel über Adam Gilmore, ihre Mutter, Beth und Luis und bat sie, langsamer zu sprechen. Er forderte sie auf, kein Detail auszulassen, mochte es auch noch so nebensächlich erscheinen.

»Jetzt holst du tief Luft, ordnest deine Gedanken und fängst noch einmal von vorn an«, sagte er, krempelte seine Ärmel hoch und schaltete den Laptop ein.

Carrie auf der anderen Seite des Tischs atmete tief durch und versuchte es noch einmal. Sie begann mit dem Bericht von ihrer ersten Begegnung mit Maria. »Ich konnte keinen Moment lang glauben, dass Mama meinen Vater betrogen hatte.«

»Aber du hast dich trotzdem dazu entschlossen, der Sache nachzugehen und zu Luis in die Schweiz zu fahren.«

Sie lächelte selbstkritisch. »Maria wirkte so aufrichtig. Ich wollte mehr darüber wissen, wollte beweisen, dass er unrecht hatte, ich wollte raus aus der düsteren Grube, in die mein Leben sich nach unserer Trennung verwandelt hatte.

Er warf ihr einen Blick zu. »Düstere Grube? So kann man es auch nennen.«

»So fühlte es sich eben an, und darum kam mir eine Luftveränderung ganz gelegen – ich bin also nicht allein deswegen hingefahren, um Luis einen Gefallen zu tun, obwohl das schon auch eine Rolle spielte: Ihm war es offenbar sehr wichtig, mit mir zu sprechen, und das, obwohl ich nicht akzeptieren wollte, dass er meine Mutter überhaupt gekannt hatte.«

»Und obwohl das bedeutete, dass du deine Flugangst überwinden musstest?« In seiner Stimme klang etwas, das verriet, dass er über die Kränkung noch nicht ganz hinweg war.

»Nun ja, es ist so ...« Sie zögerte.

»Ja?« Er sah sie an.

Sie holte tief Luft. »Nach unserem Streit war ich so aufgewühlt, dass die Angst vor dem Fliegen irgendwie kaum noch ins Gewicht fiel. Ich hatte sogar deine Playlist dabei. Und auf dem Rückflug habe ich in Gedanken so getan, als wärst du bei mir und hieltest die ganze Zeit meine Hand.«

Die Anspannung in seinem Gesicht löste sich. Erleichtert erzählte sie ihm die ganze Geschichte von dem Moment an, da Maria sie angesprochen hatte, bis zu diesem Nachmittag. Mark unterbrach sie hie und da und stellte Zwischenfragen, während seine Finger über die Tastatur des Laptops flitzten.

»Hast du das alles auch Evelyn und Sean erzählt?«

»Noch nicht. Ich werde ja selbst nicht richtig schlau aus der ganzen Sache. Sean und Evelyn haben gar keinen Grund, Adam Gilmore irgendwelche Schlechtigkeiten zuzutrauen. Und bei mir ist es ja auch kaum mehr als ein Bauchgefühl, dass irgendetwas faul ist.«

»Wieso glaubst du das? Was genau denkst du?« Er schob seinen Stuhl zurück und streckte sich. Sie hatte diese Geste hundertmal nach den gemeinsamen Abendessen beobachtet, sie war ihr so vertraut, dass sich ihr Herz zusammenkrampfte.

»Das Schlimmste. Ich zähle zwei und zwei zusammen und komme auf zwölf. Und das tue ich immer wieder und komme doch jedes Mal wieder zum selben Ergebnis. Mir ist schon ganz wirr im Kopf ...«

»Lass uns doch erst einmal schön der Reihe nach die Fakten durchgehen«, sagte Mark. »Offenbar hat die Frau von Gilmore ihn verlassen, aus welchem Grund auch immer, und sich in diesem Sommerhaus versteckt. Während der Zeit, in der sie sich dort aufhielt, hatte sie ein Liebesverhältnis mit Luis, hat sich aber als deine Mama ausgegeben. Das stimmt doch, oder? Und dann, kurz nachdem Luis abgereist war, ist sie verschwunden. So wie es aussieht, ist sie im Meer ertrunken. Was hat das zu bedeuten? Entweder hatte sie sehr starke Schuldgefühle wegen dieser Affäre und hat aus Verzweiflung ihrem Leben ein Ende gemacht, oder –« Er brach ab, weil er sah, dass Carrie den Kopf schüttelte.

»Genau das glaube ich einfach nicht«, sagte sie. »Beth hat Luis das Leben gerettet und ihm ins Gewissen geredet. Sie hat davon gesprochen, wie kostbar das Leben ist. Sie selbst hatte schon geliebte Menschen verloren, ihre Mutter und ihre Schwester, und es hat sie empört, dass Luis sein Leben wegwerfen wollte.«

»Hmmm …«

»Darum halte ich es für ganz unmöglich, dass Beth sich umgebracht hat. Sicher, es gibt diesen Abschiedsbrief, den meine Mutter gefunden hat, aber es könnte ja sein, dass Beth ihn unter Zwang geschrieben hat.«

»Wer sollte sie dazu gezwungen haben?«

»Angenommen, Adam Gilmore hätte sie in dem Sommerhaus aufgespürt. Wie hätte er darauf reagiert, wenn er entdeckt hätte, dass seine Frau ihn betrogen hat? Er hätte sie umbringen wollen – dem traue ich alles zu!«

»Das sind nur Vermutungen. Wir wissen, dass Beth vor ihrem Mann davongelaufen ist, aber warum sie das getan hat, wissen wir nicht.«

»Er könnte Beth irgendwie gefunden und in seiner Wut umgebracht haben. Und dann hat er es so hingedreht, dass es wie Selbstmord aussah.«

»Das ist nicht so einfach, Carrie. Sicher hat die Polizei bei ihren Untersuchungen damals Adam Gilmore genau unter die Lupe genommen. In so einem Fall, wo man nicht ohne weiteres ausschließen kann, dass ein Verbrechen vorliegt, wird man immer den Ehemann zuerst ins Visier nehmen.«

»Auch solche Leute wie Gilmore? Dessen Vater ein Mann mit Geld und allerbesten Beziehungen ist? Wer weiß, wie viele Leute er damals geschmiert hat?«

Mark studierte seine Notizen. »Gehen wir noch einmal zurück zum Anfang: Ich sehe immer noch keine Verbindung zwischen deiner Reise nach Luzern und Adam Gilmores Entschluss, dich zu einem Gespräch einzuladen. Möglicherweise hat das eine mit dem anderen gar nichts zu tun.«

»Ich glaube, dass er mich unter Beobachtung hat, aber vielleicht ... ich weiß nicht, vielleicht ist das bloß ein Hirngespinst von mir.«

»Wie sollte er das denn anstellen?«

Carrie biss sich auf die Lippen. »Na ja, das ist es, was ich so unheimlich finde. Ich glaube, er spioniert mir bei Twitter hinterher.«

Mark ließ seinen Bleistift fallen. »Twitter? Klar, Carrie, das ist es.« Sie erzählte ihm von der Nachricht, die sie am Nachmittag erhalten hatte. »Darum bin ich so zusammengefahren, als du aus dem Auto ausgestiegen bist. Ich bin total erschrocken.«

Mark runzelte die Stirn. »Diese blöden sozialen Medien«, murmelte er kopfschüttelnd.

»Hältst du es für denkbar, dass ein Mann in seiner Position zu solchen Mitteln greift? Oder ist das verrückt von mir?«

»Na ja, man kann auf diese Weise recht gut verfolgen, was andere Leute tun und lassen. Vor allem, wenn sie jede Kleinigkeit ihres täglichen Lebens dokumentieren und keinen Bissen zu sich nehmen können, ohne ein Foto davon ins Netz zu stellen.«

»*So* schlimm bin ich dann auch wieder nicht.«

»So einer wie Gilmore könnte sich natürlich auch raffinierte Überwachungstechnik oder einen Privatdetektiv leisten, aber dann müsste er andere Leute ins Vertrauen ziehen. Und wenn er wirklich etwas zu verbergen hat, wird er darauf achten, dass möglichst niemand etwas von seinen Machenschaften mitkriegt.«

Es dauerte lange, bis Carrie alles erzählt hatte, was irgendwie in dieser Sache von Bedeutung sein konnte. Schon allein die Tatsache, dass Mark ihr zuhörte und ihre Sorgen ernst nahm, tat ihr gut, und sie fühlte sich erleichtert, weil sie sich ihren Kummer von der Seele hatte reden können. Aber dann machte sich eine neue Anspannung bei ihr bemerkbar, die sie in Alarmzustand versetzte. Ihr wurde bewusst, dass sie und Mark zum ersten Mal seit ihrer Trennung längere Zeit zusammen waren, fast zwei Stunden, ohne dass ein böses Wort gefallen war. Und die ganze Zeit hatte sie, ohne es recht zu bemerken, jede Einzelheit seiner Erscheinung, wie er da vor ihr am Küchentisch saß, begierig in sich aufgenommen: sein dunkles Haar, das ihm in die Stirn fiel, die hellgrauen Augen, die sie aufmerksam musterten, während sie sprach, den offenen Hemdkragen, die feinen Bartstoppeln an dem markanten Kinn, die flaumigen Härchen an den Unterarmen.

Beide setzten gleichzeitig zum Sprechen an, er: »Ich denke –«, sie: »Ich hatte keine Ahnung –«

Sie mussten lachen, und als sich ihre Blicke begegneten, zog sich Carries Magen zusammen.

»Du zuerst«, sagte Mark.

»Ich habe gar nicht gemerkt, dass es schon so spät ist«, sagte sie. »Du musst am Verhungern sein.« Kaum hatte sie es ausgesprochen, tat es ihr leid. Sie fürchtete, dass er es als Hinweis verstehen könnte, dass es Zeit sei, zu gehen.

»Ich auch nicht«, antwortete er. »Aber ich habe da gerade etwas gesehen, das vielleicht interessant sein könnte.«

»Ja? Was?«

»Dieser Seamus, der damals in Willow Hill arbeitete – lebt der noch?«

»Seamus? Den hatte ich ganz vergessen. Wo wird der erwähnt?«

»In dem Protokoll des Untersuchungsverfahrens.«

Carrie fischte das Dokument aus den Papieren, die auf dem Tisch lagen, und überflog es. »Das habe ich offenbar übersehen. Er muss über achtzig sein, wenn er überhaupt noch lebt. Ich erinnere mich nur vage an ihn; es ist gut fünfzehn Jahre her, dass ich ihn zum letzten Mal gesehen habe. Ich hatte den Eindruck, dass er nicht der Allerhellste war und auch gern einen über den Durst trank. Ich glaube, meine Großeltern haben ihn eingestellt, damit er eine regelmäßige Beschäftigung hatte und nicht auf die schiefe Bahn geriet.«

»Wenn er noch am Leben ist, würde es sich vielleicht lohnen, mal mit ihm zu reden.«

Carrie zögerte. »Irgendwie macht mir die Vorstellung Angst, was da noch alles ans Tageslicht kommen kann.«

»Wenn du willst, kann ich dich begleiten.«

»Mark«, sagte sie, »warum tust du das alles für mich?«

In ihrem Gedächtnis hallten immer noch seine zornigen Worte von neulich nach, und sie musste daran denken, wie tief sie ihn verletzt hatte.

»Du hättest dein Gesicht sehen sollen, als ich aus dem Auto ausgestiegen bin«, sagte er. »So tief erschrocken habe ich dich noch nie erlebt; du hast so verletzlich gewirkt. Ich will dir helfen, als Freund. Es gefällt mir nicht, dass dieser Kerl dir solche Angst macht.«

Als Freund. Das war schon ein großer Fortschritt. Aber es war noch ein weiter Weg, bis sie ihn davon überzeugen konnte, dass es ihr mit dem, was sie über einen neuen Anfang gesagt hatte, wirklich ernst war.

»Es gibt auch ein paar Dinge, die wir bei Bizz machen könnten, Aktionen, die man durchführt, um Online-Stalkern auf die Spur zu kommen. Möglicherweise muss man die Polizei einschalten. Denk darüber nach.«

Ein bisschen wehmütig sah Carrie zu, wie er seine Notizen zusammenschob und den Laptop herunterfuhr.

»Ich gehe jetzt besser«, sagte er.

»Oh, ja.«

Er wirkte abwesend, distanziert, fast, als wäre ihm irgendwie unbehaglich zu Mute. Carrie suchte in ihrer Erinnerung, ob sie vielleicht etwas gesagt hatte, was ihn verstimmt hatte.

»Ich rufe dich morgen an«, sagte er. »Erkundige dich nach Seamus. Wenn er noch lebt, fahren wir am Wochenende hin. Und versprich mir eines: Mach niemandem die Tür auf, niemandem.«

»Du denkst doch nicht ...«

»Ich weiß nicht, was ich denken soll, Carrie. Aber lass auf gar keinen Fall Adam Gilmore ins Haus, wenn er dir solche Angst macht. Und lass das erst mal mit dem Twittern.«

»Ich könnte doch ein paar Tweets mit irgendwelchen Falschmeldungen einstellen.«

Mark schüttelte den Kopf. »Besser nicht. Sie würden nur unecht wirken, und dann wüsste Adam Gilmore, wenn er denn @happyduck ist, dass du ihn enttarnt hast.«

Leicht benommen sah sie ihm nach, als er durch den Flur ging und die Haustür öffnete. Er drehte sich noch einmal zu ihr um, dann war er fort. Sie versuchte, das Gefühl zu vertreiben, dass er es eilig gehabt hatte, wegzukommen. Er würde mit ihr nach Cork fahren, oder nicht?

Am folgenden Tag rief Carrie Evelyn an und erfuhr von ihr, dass Seamus noch lebte.

»Allerdings bin ich mir nicht so sicher, wie fit er noch ist«, sagte Evelyn. »Es ist schon komisch, dass er alle überlebt hat, bei den Unmengen Whiskey, die er geschluckt hat, das kann bestimmt nicht gesund gewesen sein. Er ist in einem Pflegeheim bei Cork.«

»Ich werde ihn vielleicht besuchen«, sagte Carrie.

»Es könnte sein, dass er dich gar nicht wiedererkennt. Als Sean nach Weihnachten bei ihm vorbeigeschaut hat, redete er ziemlich viel wirres Zeug. Bist du sicher, dass das eine gute Idee ist, Carrie? Als wir das letzte Mal miteinander telefoniert haben, hast du so bedrückt geklungen.«

»Mir geht es gut. Ich bin nur gerade dabei, eine Art Frieden mit der Vergangenheit zu schließen. Seamus gehörte damals, als meine Mutter dort lebte, auch zu Willow Hill.«

»Ja, in gewisser Weise gehörte er dazu, wenn er auch nachts immer wieder wildern ging und als Gärtner nicht gerade viel taugte. Sean meint, er hat Glück gehabt, dass euer Großvater ihn einstellte, weil er ein entfernter Verwandter war. Ich schicke dir die Adresse und Telefonnummer des Pflegeheims, aber es kann gut sein, dass du kein vernünftiges Wort aus Seamus herausbekommst. Wenn du schon mal in der Gegend bist, schau doch bei uns vorbei, wir würden uns freuen. Und unser Jobangebot steht übrigens auch noch, falls du Interesse hast. Clare und ich würden die Stelle gern im Lauf der kommenden Monate besetzen.«

»Danke, Evelyn, danke für alles.«

Carrie war noch nicht entschieden, ob sie den Job annehmen wollte. Sie befand sich gerade in einer Art Niemandsland, irgendwo in der Mitte zwischen der alten Welt der risikoscheuen Carrie und der einer neuen Carrie, die hinaus ins Freie ziehen und das Leben bei den Hörnern packen wollte. Manchmal wurde ihr ganz mulmig, wenn sie daran dachte, aber es war auch ein gutes Gefühl, das davon kündete, dass sie voller Vitalität war und dass in ihren Adern wieder eine Ahnung von den Möglichkeiten pulsierte, die das Leben bereithielt. Sie musste nur erst diesen gruseligen Adam Gilmore, der ihr im Nacken saß, loswerden. Und dazu war sie grimmig entschlossen.

Und das Wichtigste war, dass sie ihr Herz wieder spüren konnte. Sie wollte es noch einmal mit Mark versuchen.

Einundfünfzigstes Kapitel

Zu seinem großen Ärger musste Adam immer wieder, während er bei Vorstandssitzungen präsidierte oder via Konferenzschaltung wichtige Verhandlungen führte, feststellen, dass er abgelenkt war. Der Gedanke, dass die Sache mit Beth womöglich doch nicht wirklich und für alle Zeiten ausgestanden war, machte ihm zu schaffen. Auch das abschließende Verfahren, bei dem seine Frau acht Jahre nach ihrem Verschwinden offiziell für tot erklärt worden war, hatte daran nichts geändert. Es war Sylvie, die ihm im Kopf herumspukte, Sylvie, die sein Gewissen unterhöhlte und ihm den Schlaf raubte.

Als Sylvie vor all den Jahren als Zeugin aussagte, erinnerte nichts mehr in ihrem Auftreten an jene junge Frau, die sich in Willow Hill die Augen ausgeweint hatte. Sie war reifer geworden, eine attraktive, elegante Frau, die mit ruhiger, klarer Stimme auf die Fragen des Coroners antwortete. Es waren nur sehr wenige Leute im Saal. Adams Vater, der unliebsames Aufsehen vermeiden wollte, hatte es sich eine Stange Geld kosten lassen, dafür zu sorgen, dass nur Personen teilnehmen durften, deren Anwesenheit unbedingt erforderlich war. Es waren keine Reporter da, und die Presse erfuhr nichts über die Details der Verhandlung.

Nachdem Sylvie ihre Aussage gemacht hatte, blickte sie durch den Gerichtssaal zu ihm hinüber. Es lief ihm kalt über den Rücken, als sie ihn ruhig musterte; er fragte sich, wie viel sie wohl über Beth' seelische Verfassung und über die verborgenen Abgründe ihrer Ehe wusste. Er würde sie im Auge behalten müssen. Glücklicherweise würde das nicht allzu schwierig sein, er hatte viele Freunde in allen möglichen hohen Positionen. Trotzdem musste er vorsichtig sein und sich vor allem hüten, was seine makellos weiße Weste beschmutzen könnte. In Irland zumindest.

Der Coroner las vor, was Adam vor acht Jahren nach Beth' Verschwinden zu Protokoll gegeben hatte. Auch das peinliche Detail, dass Adam geglaubt hatte, seine Frau sei in England bei einer Tante, während sie sich doch in Wahrheit in dem Sommerhaus aufhielt, blieb ihm nicht erspart.

Ihm war nicht wohl zu Mute, als Seamus, der Gärtner, in den Zeugenstand gerufen wurde. Der Mann machte einen sehr nervösen Eindruck: Seine Hände, in denen er seine Mütze hielt, zitterten, und er warf Adam einen Blick zu, als hätte er eine Heidenangst vor ihm. Während er redete, sah er die ganze Zeit Sylvie an. Er berichtete noch einmal, dass er am Vormittag zum Strand gegangen war, um Sand für den Garten zu holen, und dass er da an der Hochwasserlinie Kleidungsstücke gefunden hatte. Ihm war auch aufgefallen, dass die Tür des Sommerhauses offen stand. Es hatte so ausgesehen, als wohnte dort jemand. Er war dann sofort zu Miss Sylvie gelaufen. Später hatte er erfahren, dass die Kleidungsstücke Beth gehörten.

Der leitende Polizeibeamte von damals, inzwischen im Ruhestand, berichtete ausführlich von der Suche nach der Vermissten und gab zu Protokoll, dass nach seinen Erkenntnissen Beth vor ihrem Verschwinden höchstwahrscheinlich einige Zeit in dem Sommerhaus gewohnt hatte. Außerdem wurde eine schriftliche Aussage eines Professor Meyer aus Luzern, Schweiz, verlesen. Er war zu der Zeit im Rahmen eines Forschungsprojekts in Cork tätig gewesen und hatte ein Sommerhaus auf der Landzunge gemietet. Er und sein Sohn hatten während ihres Aufenthalts dort sehr zurückgezogen gelebt und nie etwas von Beth' Anwesenheit in ihrer Nachbarschaft bemerkt. Im Übrigen waren sie bereits zwei Tage bevor Beth vermisst wurde abgereist.

Professor Meyer. Adam hatte sich den Namen gemerkt. Es konnte nichts schaden, wenn er die Sache selbst noch einmal überprüfte.

Wetterbedingungen und Strömungsverhältnisse zur fraglichen Zeit wurden noch einmal erörtert. Der Coroner nahm den Abschiedsbrief, den Beth hinterlassen hatte, zur Kenntnis, las ihn aber nicht vor, sondern ließ lediglich Adam und Sylvie bestätigen, dass sie Beth' Handschrift wiedererkannten.

Dann verkündete der Coroner seine Entscheidung: Nach Abwägung aller Wahrscheinlichkeiten wurde die vermisste Beth Gilmore rechtsverbindlich für tot erklärt. Er sprach ihren Angehörigen und Freunden sein Beileid aus und schloss die Verhandlung.

Als Adam mit den anderen zum Ausgang schlurfte, war ihm, als hörte er dicht hinter sich die gemurmelten Worte: »Gottverdammter Scheißkerl.« Aber als er sich umdrehte, war niemand in Hörweite außer der großgewachsene John Cassidy, der ungerührt an ihm vorbei ins Leere starrte.

»Wir müssen in Verbindung bleiben«, sagte er draußen zu Sylvie. »Ihr seid die Einzigen, mit denen ich noch über Beth sprechen kann. Wir lassen den Kontakt nicht abreißen, ja?«

»Oh, wir werden einander sicher wieder über den Weg laufen, daran habe ich gar keinen Zweifel«, sagte Sylvie in ebenso geschmeidig herzlichem Ton. »Ich habe ein paar hübsche Fotos, die ich dir bei Gelegenheit unbedingt zeigen muss. Bilder von Beth, einige von eurer Hochzeit.«

Fotos? Er starrte sie an, fragte sich, ob ihre Worte vielleicht irgendeine versteckte Drohung enthielten, aber ihr Blick war ganz offen und harmlos. Dann trat John dazu und legte ihr seinen Arm um die Schulter. Adam schaute weg.

Im Jahr darauf enttäuschte er seinen Vater bitter, als er seine Stelle bei der Mutual Banking Corporation aufgab, um sich mit einer eigenen Investmentgesellschaft selbständig zu machen. Die Mutual Banking stand kurz davor, von einem Multi geschluckt zu werden, und Adam hatte seine eigenen hochfliegenden Pläne. Wieder ein Jahr später verbrachte er ein Wochenende in Luzern, wo er genauere Erkundigungen über Professor Meyer einzog, die ihn sehr beruhigten: Der grauhaarige hochangesehene Gelehrte und sein klavierspielender Sohn gehörten zu einer Gesellschaftsschicht, die für jemanden wie Beth unerreichbar war. Die Vorstellung, dass sie mit den beiden in Cork in irgendeine Art von Kontakt gekommen sein sollte, war lachhaft.

Aber manchmal hörte er doch eine Stimme in seinem Inneren flüstern, die ihn daran erinnerte, dass man nie eine Leiche gefunden hatte. Und manchmal musste er daran denken, wie Sylvie Cassidy ihn angesehen hatte. Als ob sie mehr wüsste, als sie preisgab. Er sagte sich, dass er sich das alles nur einbilde. Sylvie und ihr Mann schienen ein sehr ruhiges Leben zu führen. Nur einmal im Jahr brachen sie aus ihrem gleichförmigen Alltag aus zu irgendeinem ordinären, von Touristen wimmelnden Urlaubsziel im Süden, aber auch das konnte man schwerlich besonders aufregend nennen. Sie taten nie etwas, was seine Aufmerksamkeit auf sie gezogen hätte.

Doch dann, ausgerechnet zu der Zeit, als er selbst länger im Ausland war, während des halben Jahres, das er in den USA zubrachte, hatten die beiden sich doch noch entschlossen, ihren Horizont zu erweitern und nach Südamerika zu reisen. Er hatte bei CNN von dem Flugzeugabsturz in Brasilien gehört und dass unter den Todesopfern auch ein irisches Ehepaar war. Es hatte ihn schockiert, als er erfuhr, dass es sich dabei um die Cassidys handelte. Zwei Monate später, nach seiner Rückkehr nach Dublin, hatte er dann in der Zeitung gelesen, dass ihre sterblichen Überreste in die Heimat überführt würden. Bei der Beerdigung hatte er sich ein Gefühl der Erleichterung gestattet, als er zusah, wie man die Särge hinab in die Erde ließ. Wenn Sylvie Cassidy irgendwelche Geheimnisse gehütet hatte, so hatte sie diese mit ins Grab genommen.

Oder doch nicht?

Wahrscheinlich wäre er heutzutage, im Zeitalter des Mobilfunks und des Überwachungsstaats, wo man Handysignale orten, DNA-Spuren auswerten und die Bewegungen von Autos rekonstruieren kann, nicht ungestraft davongekommen. Im Übrigen hatten sich seitdem auch die Gesetze grundlegend zu Gunsten der Frauen geändert, sodass er sich inzwischen gezwungen sah, seine Vorlieben im Ausland auszuleben, wo er sich unerkannt im Gewimmel gewöhnlicher Touristen bewegen konnte. Solange er dort immer streng darauf achtete, nie ein Handy zu benutzen, das zu ihm zurückverfolgt werden konnte, war er sicher. Warum aber machte ihm die Geschichte mit Beth noch immer Angst? Er war so schlau gewesen, nach der Beerdigung der Cassidys seine Hilfe bei der Erledigung der Nachlassformalitäten anzubieten und so auch für den unwahrscheinlichen Fall Vorsorge zu treffen, dass unter Sylvies Papieren etwas wäre, das ihn belasten könnte, etwa ein zweiter Abschiedsbrief von Beth an ihre Freundin, ein Tagebuch oder irgendwelche geheimnisvollen Fotos wie jene, von denen Sylvie im Anschluss an das Verfahren vor dem Coroner gesprochen hatte. Er hatte sogar die Möglichkeit erwogen, dass sich das eine oder andere Bild aus seiner sehr speziellen Sammlung in ihrem Nachlass finden könnte. Einmal hatte er ja Anzeichen dafür entdeckt, dass Beth, kurz bevor sie ihn verlassen hatte, in seinen Sachen herumgekramt hatte. Aber selbst wenn Sylvies Tochter zufällig auf irgendwelches Material stoßen würde, das ihm entgangen war, so war doch jedenfalls Sylvie tot und konnte nicht mehr gegen ihn aussagen. Und wenn Sylvie irgendetwas gegen ihn in der Hand gehabt hätte, das ihn in Misskredit oder gar ins Gefängnis hätte bringen können – Vergewaltigung in der Ehe, schwere Unzucht, häusliche Gewalt, versuchter Mord –, hätte sie gewiss nicht all die Jahre hindurch geschwiegen.

Außer, sie hätte einen sehr guten Grund dafür gehabt.

In den dunkelsten Stunden der Nacht war ihm manchmal, als könnte er Beth' sanfte Stimme hören. Und jetzt schnüffelte plötzlich Sylvies Tochter herum, benahm sich seltsam und gab ihm Anlass zu wirklicher Sorge. Und war ausgerechnet in Luzern gewesen. Was hatte das zu bedeuten? Von seinem behaglichen Ledersessel aus blickte er hinunter auf die Ströme von Menschen, die tief unter ihm durch die Straßen der Innenstadt zogen. Am Freitagabend waren immer Unmengen von Leuten in dieser Gegend unterwegs, die in Restaurants, Bars, Cafés, Theater gingen. Er in der uneinnehmbaren Festung seines Penthouses schwebte weit abgehoben über der großen Masse der gewöhnlichen Menschen. Aber sosehr es ihm auch gefiel, dort in luftiger Höhe zu thronen, kam es doch, sehr selten, vor, dass er aus seiner Zitadelle hinabsteigen musste, um einen Gefallen einzufordern. Ein solcher Moment war jetzt wieder einmal gekommen. Er trat an seinen Safe, der hinter einem Gemälde von Jack Yeats versteckt war, öffnete ihn, nahm ein Handy heraus, das er normalerweise nur im Ausland benutzte, und wählte eine Nummer.

Zweiundfünfzigstes Kapitel

Es war Samstagvormittag und nur wenig Verkehr, die Straßen waren trocken, und die Landschaft leuchtete grün in der Junisonne. Mark fuhr, die Hände lässig auf dem Steuer, Carrie weidete sich am Anblick seines Profils vor dem wechselnden Hintergrund von Wiesen, Feldern und fernen Bergen. Bequem zurückgelehnt genoss sie mit all ihren Sinnen seine Gegenwart, die ihr wohltat wie beruhigender Nektar. Die meiste Zeit schwiegen sie, während leise Musik spielte. Sie fuhren auf der M8 durch das Golden Vale, überquerten den Blackwater River und erreichten nach weniger als zwei Stunden die Außenbezirke von Cork. Vor einem Hotel am Stadtrand hielten sie an, um etwas zu essen.

Es war viel Betrieb, aber sie bekamen einen Tisch am Fenster. Durch die Gardinen sah man hinaus in einen schön gestalteten Garten, wo auf einem umzäunten Spielplatz Kinder herumtollten.

»Wie fühlst du dich?«, fragte Mark.

»Kribbelig«, sagte sie. Sie war aufgeregt, weil Mark vor ihr saß und sie forschend ansah, während er mit seinen schlanken Fingern die Serviette entrollte. So nah und doch so weit weg. Er trug schwarze Jeans und ein weißes Hemd, was sie wieder einmal an ihre allererste Begegnung erinnerte: Wie dieser südländisch wirkende junge Mann vor dem Altar gestanden und sie auf Anhieb in seinen Bann geschlagen hatte.

»Kribbelig, aber …«

Er hob fragend eine dunkle Braue.

»Ich bin jedenfalls froh, dass ich nicht allein bin.«

Zu ihrer Überraschung langte er über den Tisch und verflocht seine Finger mit ihren. »›Froh‹ klingt gut. Kribbelig? Du brauchst nicht nervös zu sein, ich bin ja bei dir.«

Unwillkürlich streichelte sie, hingerissen von einem Gefühl der Nähe, mit dem Daumen über seine Handfläche. »Ich möchte das alles einfach zu Ende bringen«, sagte sie. »Obwohl ich bezweifle, dass Seamus viel mitzuteilen haben wird. Aber was auch immer passiert, meine Finanzangelegenheiten werde ich einer anderen Firma übergeben und alle Verbindungen mit Adam Gilmore kappen.«

»Klingt sehr vernünftig.«

Sie wollte ihr Leben wieder auf Spur bringen, und das sollte der erste Schritt dazu sein. Sie wollte noch einmal neu mit Mark anfangen und ihm zeigen, dass sie sich geändert hatte, dass sie nicht mehr jene Carrie Cassidy war, die zu ängstlich war, um Chancen im Leben oder in der Liebe wahrzunehmen. Aber sie wusste, dass sie noch einige Überzeugungsarbeit zu leisten hatte.

Das Pflegeheim am Rand von Kinsale war ein niedriges modernes Gebäude, umgeben von gepflegtem Grün. Carrie hatte dort angerufen, hatte erklärt, dass sie eine Verwandte der Sullivans von Willow Hill war, wo Seamus jahrelang gearbeitet hatte, und gefragt, ob sein Zustand es erlaubte, dass man ihn besuchte. Ja, natürlich, hatte die Frau am Telefon gesagt, sie sei willkommen, allerdings sei Seamus häufig verwirrt.

»Er bekommt nur sehr selten Besuch«, sagte die Altenpflegerin, die sie durch blitzsaubere, aber sehr unpersönlich wirkende Flure zu seinem Zimmer brachte. »Es ist wirklich traurig, er ist ein so ruhiger, freundlicher Mann. Sein Zimmerkollege ist übers Wochenende zu Hause, Sie können also ungestört miteinander plaudern.« Sie führte Carrie und Mark in ein kleines Zimmer mit Blick auf einen Garten. Ein Bett war unbesetzt, das Bettzeug ordentlich glattgestrichen, in dem zweiten Bett saß, von einem Kissen gestützt, ein runzliger alter Mann. Auch sein Bettzeug war so perfekt faltenlos, als hätte er gar nicht die Energie, sie in Unordnung zu bringen. Er starrte die Besucher mit leeren Augen verständnislos an. Carrie bereute es bereits, dass sie hergekommen waren. Es war nicht recht, dass sie diesen gebrechlichen Alten mit ihren Fragen nach längst vergangenen Dingen belästigte.

»Seamus?« Die Pflegerin sprach unnatürlich laut in einem bemüht heiteren Ton. »Sehen Sie nur, was für netten Besuch ich Ihnen da bringe. Heute muss Ihr Glückstag sein.« Sie wandte sich an Carrie. »Ich lasse Sie jetzt allein. Läuten Sie, wenn Sie mich brauchen. Ansonsten sehen wir uns, wenn Sie gehen.«

Carrie ging näher zum Bett, das am Fenster stand. Mark brachte zwei Stühle, und sie setzten sich. »Hallo, Seamus«, sagte sie. Es fiel ihr schwer, in dem gebrechlichen alten Mann vor ihr jenen Gärtner von Willow Hill wiederzuerkennen, den sie in Erinnerung hatte. Seamus drehte leicht den Kopf in ihre Richtung, seine wässrig blauen Augen irrten im Zimmer umher.

Nach einer Weile sprach er. »Sylvie?«

Unwillkürlich griff Carrie nach Marks Hand.

»Sylvie«, sagte Seamus lauter, »du bist da.«

Carrie nickte, um den Alten nicht zu verwirren. Mit Bestürzung sah sie, dass ihm Tränen in die Augen schossen.

»Ich wünschte, ich wäre tot«, sagte er. »Ich möchte bei Molly sein. Es ist so lange her.«

»Haben Sie Molly geliebt?«, fragte Carrie leise.

»Ja.« Er starrte vor sich hin, als sähe er etwas im Geist.

»Es ist schön, wenn man jemanden hat, den man liebt.«

»Sie war das einzige Mädchen, das ich je geliebt habe, und sie ist fortgegangen. Nach England.« Eine Weile saß er stumm da, das runzlige Gesicht leblos. »Dann kam sie wieder mit der Kleinen, und ich liebte sie immer noch.«

»Als sie nach Willow Hill zurückkam?«, fragte Carrie behutsam.

»Ich habe ihr die Stelle bei Mrs Sullivan vermittelt, nachdem Anna gestorben ist. Es hat ihr das Herz gebrochen, Anna so zu verlieren, und mir auch ... Molly war so unendlich traurig. Schrecklich, was sie durchgemacht hat.« Neue Tränen glitzerten in seinen Augen.

Sie hätte nicht herkommen sollen, dachte Carrie. Es wühlte Seamus zu sehr auf. Er hielt sie für Sylvie und durchlebte noch einmal die leidvollen Dinge der Vergangenheit. »Anna war die ältere Schwester von Beth«, sagte sie leise zu Mark.

»Molly war untröstlich.« Seamus wischte sich mit einer zittrigen Hand übers Gesicht.

»Ja, es war schlimm«, murmelte Carrie hilflos. Sie verfluchte sich dafür, dass sie in ihm diese schmerzhaften Erinnerungen geweckt hatte.

»Ich bin nur froh, dass sie das mit Beth nicht mehr erleben musste«, sagte er.

Carrie drückte Marks Hand fester.

»Die arme Beth. Dass sie so sterben musste ... Das hätte Molly vollends gebrochen. Aber es war schon seltsam: Beth konnte schwimmen wie ein Fisch ... ihr beide. Weißt du noch, wie ihr immer in der Bucht gebadet habt?«

Seamus richtete sich etwas auf, und Carrie fragte sich, wie sein magerer, dünner Hals seinen Kopf tragen konnte. »Aber ich habe niemandem etwas von dem Geist erzählt.« Er sah sie mit großen Augen an. »Wie du es mir gesagt hast – ich wollte ja nicht, dass sie mich am Ende noch in St. Conors einsperren.«

Sie erinnerte sich gut an St. Conors, die alte Nervenheilanstalt an der Landstraße nach Cork. Sie war zu ihrer Zeit längst geschlossen gewesen, aber das düstere halb verfallene Gebäude hatte immer noch etwas Bedrohliches gehabt, und man erzählte gruselige Geschichten darüber. Carrie konnte sich vorstellen, dass die Aussicht, dort eingeliefert zu werden, einem Menschen Angst machte.

»Was für ein Geist, Seamus?«, fragte Carrie sanft.

»Weißt du nicht mehr, Sylvie? Ich habe dir doch erzählt, dass ich in dieser Nacht im Wald ihren Geist gesehen habe. Ich habe versprochen, dass ich es niemandem sage, damit die Leute nicht denken, ich glaube an Feen und Banshees und solche Sachen. Und ich habe auch wirklich den Mund gehalten. Nach Molly und Beth und Anna warst du der liebste Mensch für mich. Wir alle haben dich gerngehabt, Sylvie.«

Carrie fühlte sich ein bisschen beschämt. »Du kannst mir vertrauen, Seamus. Sag mir noch einmal, was für einen Geist du gesehen hast.«

»Es war Beth. Ganz weiß und bleich. Der Geist von Beth ist durch den Wald geschwebt nach Willow Hill.«

Carrie merkte gar nicht, dass sie zur Seite hin umkippte, bis sie an Marks Schulter lehnte.

Dreiundfünfzigstes Kapitel

September 1980

Dieses Mal war es anders. Dieses Mal, als Adams Hiebe auf sie herunterregneten, verschmolz sie im Geist mit Luis, zog Kraft aus der Erinnerung an ihre Liebe und mobilisierte einen Mut, der durch ihre Adern rann wie flüssiger Stahl.

Noch als sie es schaffte, seinen Schlägen auszuweichen, sich aufzurappeln und durch die Tür zu entwischen hinaus in die Nacht, war sie eins mit Luis. Und als Adam sie verfolgte, als sie seinen keuchenden Atem dicht hinter sich im Dunkeln hörte, merkte sie nichts davon, dass sie seinen Arm abschüttelte und schneller lief. Im Geist lag sie in einem Bett, geliebt, geborgen und in Frieden.

Das Meer toste pechschwarz im Dunkel, nur dann und wann leuchtete weiße Gischt auf, wenn Brecher auf den Strand spülten. Sie rannte durch seichtes Wasser, das so eiskalt war, dass ihr der Atem stockte. Irgendwie schaffte sie es, ihre Schuhe und die Wolljacke abzustreifen, während sie immer weiter durch eisige schwarze Wellen lief, in den Ohren ihr eigenes Keuchen und das Donnern der Brandung. Sie hörte Wasser gegen ihren Körper klatschen und merkte erst jetzt, wie weit sie schon im Tiefen war. Sie schrie um Hilfe, dann noch einmal.

Sie wusste genau, was sie tun musste, um Adam loszuwerden, wenn er sie verfolgte. In der vergangenen Woche, als sie das Meer beobachtet hatte, mit dem sie von Kindheit an vertraut war, hatte sie diesen Moment immer wieder im Kopf durchgespielt. Aber sie hörte nur die Wellen, keine Geräusche eines Adam, der durchs Wasser rannte, um zu Ende zu bringen, was er im Sommerhaus begonnen hatte. Ganz gewiss keine Geräusche eines Adam, der sie retten wollte.

Dann verlor sie den Boden unter den Füßen und musste Wasser treten, während die Strömung sie weit hinauszog, wo sie vor Adam sicher war. Sie wusste genau, was zu tun war. Seit den ersten Sommern, in denen sie und Sylvie schwimmen gelernt hatten, war es ihnen immer wieder eingeschärft worden: Ruhig bleiben, nicht dagegen ankämpfen, damit vergeudest du nur Kraft. Wenn du es nicht schaffst, parallel zum Strand aus dem Rippstrom herauszuschwimmen, lass dich hinaustragen, und dann, wenn er nicht mehr so stark ist, kannst du seitlich versetzt an Land schwimmen. Beth spürte den Sog, der sie fortriss, und überließ sich ihm. Sie sah hinauf in den endlosen Himmel, an dem uralte Sterne blinkten, und der Anblick vermittelte ihr ein Gefühl ruhiger Gewissheit.

Er würde sie jetzt nicht mehr erwischen.

Als die Strömung schwächer wurde, schwamm sie ein Stück parallel zum Ufer und spähte in Richtung der Landzunge. Es dauerte sehr lange – jedenfalls erschien es ihr so –, doch schließlich sah sie, worauf sie gewartet hat: zwei winzig kleine Lichtpünktchen, ein Paar Scheinwerfer, die sich langsam auf der Straße entlangbewegten, weg von der Landzunge, und dann verschwanden.

Wie lang hatte er gewartet, ungewiss, was aus seiner Frau geworden war? Ihr kam es so vor, als wäre es Stunden her, dass sie ins Wasser gerannt war, aber sie wusste, dass seitdem höchstens eine Viertelstunde vergangen sein konnte. Ohne Zweifel fuhr er jetzt gerade in seinem großen Angeberauto zurück nach Dublin, verfluchte die schmalen Sträßchen auf dem Land und konnte es kaum erwarten, die Autobahn zu erreichen.

Ihr war eisig kalt, und sie merkte, dass ihre Kräfte dem Ende zu gingen, aber sie war frei. Mit äußerster Anstrengung brachte sie ihre bleiernen Arme und Beine in Bewegung und schwamm landeinwärts, bis sie endlich, vollkommen erschöpft und bis auf die Knochen durchgefroren, das Ufer erreichte.

Am ganzen Körper zitternd, machte sie sich auf den Weg nach Willow Hill. Nach und nach gewöhnten sich ihre Augen an das Dunkel, trotzdem brauchte sie doppelt so lang wie sonst. Der Wald war voller unheimlicher Geräusche, die ihr Angst machten. Der Reserveschlüssel für die Hintertür des Hauses lag immer noch am üblichen Platz, unter einem Blumentopf. Möglichst leise schlich sich Beth in ihren nassen Kleidern ins Haus, vorbei am Krankenzimmer von Mrs Sullivan im Erdgeschoss, auf Zehenspitzen die Treppe hinauf und durch den Flur zu Sylvies Schlafzimmer.

Vierundfünfzigstes Kapitel

Nach dem Besuch im Pflegeheim beschlossen Carrie und Mark, den Besuch in Willow Hill auf ein andermal zu verschieben und gleich nach Hause zu fahren. Vor der Autobahn machten sie noch an einer Raststätte Halt, um einen Kaffee zu trinken.

»Ich muss auf die Toilette«, sagte Carrie und griff mit zitternden Fingern nach ihrer Handtasche.

Mark brachte sie hin, schob sie durch die Tür und sagte, er werde im Vorraum auf sie warten. Sie bewegte sich wie eine Lumpenpuppe durch den schummrig beleuchteten Raum, in dem es nach künstlichem Blütenduft roch, ihr war, als gehorchten ihre Glieder nur mit unnatürlich langer Verzögerung ihrem Willen. Als sie dann die Raststätte betraten, zuckte sie zusammen, fast schockiert von dem Lärm und dem Hin und Her der Menschen, den blendenden Lampen überall, ihr war, als bekäme sie, eingezwängt zwischen all den dicht gefüllten Regalen, keine Luft mehr. Mark warf ihr einen besorgten Blick zu, kaufte, ohne sie zu fragen, Kaffee, stellte die Becher samt Zuckertütchen und Umrührstäbchen auf ein Papptablett, kaufte Schokolade und schob sie in die Jackentasche, bevor er mit der freien Hand Carrie hinausbugsierte.

Im Auto auf dem Parkplatz klapperte Carrie mit den Zähnen, als sie den Pappbecher mit dem heißen Kaffee an die Lippen führte. Beim ersten hastigen Schluck verbrannte sie sich den Mund. Mark stellte seinen Becher ab, nahm behutsam den ihren aus ihren verkrampften Fingern, pustete fürsorglich, als wäre sie ein kleines Kind, auf den Kaffee, tat Zucker dazu, rührte um, pustete wieder und reichte ihr den Becher. Er zog die Schokolade aus der Tasche, öffnete die Verpackung, brach ein paar Rippchen ab und fing an, Carrie zu füttern, dazwischen ließ er sie immer wieder von dem Kaffee nippen. Nach und nach beruhigte sie sich ein wenig, und auch die Art, wie sein Daumen sanft ihre zitternden Lippen berührte, tat ihr gut.

»Glaubst du an Gespenster?«, fragte sie schließlich.

»Nein, ganz bestimmt nicht.«

»Dann kann Seamus nicht Beth' Geist gesehen haben.«

»Nein.«

»Glaubst du, dass Seamus überhaupt irgendetwas gesehen hat, oder hat er sich alles nur eingebildet?«

Mark seufzte. »Ich weiß es nicht, Carrie. Er war ja völlig verwirrt. Er dachte, du bist Sylvie.«

»Viele Leute finden, dass ich meiner Mutter sehr ähnlich sehe. Es wundert mich nicht, dass ich Seamus an sie erinnert habe.« Sie trank einen kleinen Schluck Kaffee. »Es könnte doch sein, dass Seamus Beth gesehen hat, als sie durch den Wald nach Willow Hill ging. Vielleicht hatte sie es einfach satt, sich immer in dem Sommerhaus zu verkriechen, und wollte Gesellschaft haben. Die Frage ist nur: Warum hätte Seamus denken sollen, sie sei ein Gespenst? Und wann hat er sie überhaupt gesehen?«

»Na ja, wer weiß, was in seinem von Whiskey benebelten Hirn vorgegangen ist? Aber es ist natürlich schon denkbar, dass Beth nach Willow Hill gegangen ist und er sie gesehen hat.«

»Und wenn Adam Gilmore eben zu der Zeit in der Gegend war und nach seiner Frau gesucht hat, hätte er sie auch sehen können?«, fuhr Carrie fort. »Oder er hätte Seamus oder meiner

Mutter folgen können und wäre so zu Beth geführt worden. Wenn wir annehmen, dass der Abschiedsbrief unter Druck geschrieben wurde, dass er sie dazu gezwungen hat, um eine falsche Spur zu legen ...«

»Du glaubst immer noch, dass Adam Gilmore seine Frau umgebracht und es so hingedreht hat, dass es wie Selbstmord aussah?«

Carrie fröstelte. »Wer weiß? Warum hat meine Mutter Seamus versprechen lassen, dass er niemandem von dem Geist erzählt?«

»Vielleicht weil sie es gut mit ihm meinte und nicht wollte, dass er sich zum Gespött machte, indem er blödsinniges Zeug faselte.«

Er steckte ihr noch ein Stückchen Schokolade in den Mund. Die Geste hatte etwas so Tröstliches, dass Carrie vor Rührung fast die Tränen kamen. Draußen vor dem Parkplatz toste der Verkehr, aber sie fühlte sich hier in einer eigenen Welt geborgen.

»Und da ist noch etwas«, sagte sie nach einer Weile. »Was für eine Rolle hat meine Mutter in dieser Sache überhaupt gespielt? Sie war nicht der ängstliche Typ, der sich zurückhält, wenn es Probleme gibt. Wenn sie auch nur den leisen Verdacht gehabt hätte, dass Gilmore ihrer Freundin etwas angetan hat, hätte sie Alarm geschlagen.«

»Vielleicht hat sie das ja auch getan.«

Carrie schüttelte den Kopf. »Nein. Sean und Evelyn sagen, dass meine Mutter nie über Beth reden wollte, auch nicht Jahre nachdem sie für tot erklärt worden war. Und mir hat sie nie ein Wort davon erzählt.«

»Man kann das, was du gerade gesagt hat, auch anders herum wenden.« Mark sah Carrie nachdenklich an.

»Wie meinst du das?«

»Deine Mutter hat deswegen nicht Alarm geschlagen, weil sie nicht geglaubt hat, dass Adam Gilmore Beth etwas angetan hat. Sie hat geglaubt, was Beth in dem Abschiedsbrief geschrieben hatte. Sie hielt ihn für echt.«

»Darum ist er ungestraft davongekommen, und niemand hat auch nur Verdacht geschöpft.«

»Ich bitte dich, Carrie: In Wirklichkeit wissen wir gar nicht, womit er oder ob er überhaupt mit etwas davongekommen ist. Das sind reine Vermutungen.«

»Ich weiß. Es ist verrückt, wenn man so eine Idee im Kopf hat und alles so zurechtbiegt, dass es passt.« Sie trank ihren Kaffee aus.

»Damit muss man leben. Es ist nicht wie ein Puzzle, wo alle Teile schön ordentlich zusammenpassen.«

Sie saßen eine Zeitlang still da, dann startete Mark den Wagen, und sie fuhren zurück nach Dublin.

Die meiste Zeit während der Fahrt schwieg Carrie. Aus den Lautsprechern kam leise Musik, und gelegentlich warf Mark ihr einen Blick zu und fragte, ob alles in Ordnung sei. Manchmal tätschelte er auch ihre Hände, die eisig kalt in ihrem Schoß lagen. Sie sah hinaus auf von der Sonne beschienene Felder, auf Sumpfland und Weiden, umrahmt von blaugrauen Bergen, aber sie ließ das alles an sich vorbeiziehen, als wäre sie weit davon entrückt, während die Eindrücke in ihrem Kopf wirr durcheinanderwirbelten und zu immer neuen Bildern verschmolzen.

Sie bemühte sich, an der Oberfläche der Dinge zu bleiben, heftete ihre Blicke an die anderen Autos auf der Straße, an Verkehrszeichen draußen vor dem Fenster, um nicht tiefer und immer tiefer hineingezogen zu werden in den nächtlich dunklen Wald bei Willow Hill, in dem Seamus Beth gesehen hatte, wie sie weiß und bleich dahinschwebte.

Seamus, sagte sie sich, der getrunken hatte und dessen Zeugnis wenig Gewicht hatte. Der ganz ohne Zweifel Molly und ihre Töchter geliebt hatte und den aus irgendeinem Grund Sylvie ermahnt hatte, niemandem von Beth zu erzählen. Nur damit man ihn nicht auslachte oder gar für verrückt hielt? Oder hatte es doch einen anderen Grund dafür gegeben?

»Stellst du gerade wieder Verbindungen her?«, fragte Mark, den Blick nach vorn auf die Straße gerichtet. Er fuhr langsamer, als sich der Verkehr bei der Autobahnauffahrt bei Portlaoise zu stauen begann.

»Ich weiß nicht«, sagte sie leise. »Es ist, als wollte ich die Geschichte umschreiben. Mir geht die ganze Zeit das im Kopf herum, was du gesagt hast: dass man es so oder auch anders herum wenden kann.«

Er streckte den Arm aus und fasste kurz ihre Hand.

»Angenommen, nur angenommen, meine Mutter hätte deswegen nicht Alarm geschlagen, weil sie nicht nur nicht glaubte, dass Gilmore Beth etwas angetan hatte, sondern vielmehr wusste, dass Beth gar nichts geschehen war? Jedenfalls nicht das Schlimmste. Und angenommen, der Abschiedsbrief wäre tatsächlich ein Schwindel gewesen, aber ein Schwindel, der einem ganz anderen Zweck diente, als ich bislang dachte? Seamus hat gesagt, Beth konnte ausgezeichnet schwimmen. Und sie muss die gefährlichen Rippströmungen in der Bucht genau gekannt haben. So wie meine Mutter, sie hat mich oft davor gewarnt. Vielleicht hat Seamus Beth wirklich im Wald gesehen – weil sie überlebt hat?«

»Mit anderen Worten, Carrie: Du meinst, Beth könnte ihren Tod vorgetäuscht haben und immer noch irgendwo am Leben sein?«, sagte Mark.

»Es klingt verrückt, ich weiß, aber so irre es auch ist, passt doch alles zusammen. Vor allem erklärt es, warum Mama die ganze Zeit so verschlossen war und nie über Beth geredet hat.«

»Wenn wir auf diese Idee gekommen sind, muss auch Adam Gilmore irgendwann einmal auf diesen Gedanken verfallen sein. Und dann hätte er Beth inzwischen längst gefunden.«

»Wenn jemand wirklich verschwinden will, ist er nicht so leicht zu entdecken. Aber natürlich wäre es möglich, dass er sie gefunden hat und wir nichts davon mitgekriegt hätten.«

»Glaubst du, dass Beth in irgendeiner Weise mit deiner Mutter in Kontakt geblieben wäre?«

»Keine Ahnung. Mama hatte nie Geheimnisse vor mir, soweit ich weiß. Nur bevor sie auf die Reise nach Südamerika ging, wollte sie mir noch etwas sagen. Aber dann meinte sie, das könne warten, bis sie wieder zu Hause sei. Und während der Reise ...« Carrie brach mitten im Satz ab. Sie legte sich die Hände vors Gesicht.

»Soll ich anhalten?«

»Nein, ist schon gut. Ich muss nur aufhören mit diesen verrückten Gedanken. Ich zähle immerzu zwei und zwei zusammen und komme auf tausend.«

»Zum Beispiel?«

Carries Mutter zählte die Stationen der geplanten Rückreise an den Fingern ab. »Brasilien, Paris, London, Dublin.«

»Meine Eltern waren seit ihrer Hochzeitsreise nie mehr in London gewesen«, sagte sie atemlos. »Ich habe Mama deswegen oft aufgezogen, aber sie ist nie darauf eingegangen.

Und bevor sie abreisten, habe ich mich darüber lustig gemacht, dass sie über London nach Hause fliegen wollten und doch von der Stadt nicht mehr zu sehen bekommen würden als irgendwelche Wartezonen in Heathrow. Und erst neulich habe ich dann entdeckt, dass sie doch zwei Übernachtungen in London eingeplant haben. Davon hatte sie mir aber nichts gesagt.«

»Was beweist das?«

»Wahrscheinlich gar nichts. Sie sind auf große Reise gegangen und haben einen Zwischenstopp in London eingeplant. Allerdings genau zu einer Zeit, als Adam Gilmore sich längere Zeit im Ausland aufhielt. Er war aus beruflichen Gründen in New York, hat er mir erzählt, aber ich glaube, dass er nur für eine Weile von der Bildfläche verschwinden wollte, bis sich die Gemüter nach dem Bankenkrach wieder beruhigt hatten.«

»Aha.«

»Und da fällt mir noch etwas ein: Mama hatte eine Freundin in London, die jedes Jahr zu Weihnachten eine Karte schickte.« Carries Zähne hatten zu klappern angefangen. »Ich habe, wie Jugendliche oft sind, darüber gelästert: Warum fühlt sie sich verpflichtet, Weihnachtsgrüße zu schicken, nachdem sie das ganze Jahr über nichts von sich hat hören lassen? Mama sagte, sie sei eine Freundin aus einem Feriensprachkurs, den sie mit sechzehn besucht hatte, um Gälisch zu lernen. Sie hätten sich in all den Jahren Weihnachtskarten geschickt, und an dieser Tradition wollten sie auch weiter festhalten. Ich weiß noch, dass ich das altmodisch fand, sie hätten ja wenigstens dazu übergehen können, einander per E-Mail oder SMS frohe Weihnachten zu wünschen. Und jetzt kommt's: Sie hieß *Anna*.«

»Anna? Was ist daran so bedeutungsvoll?«

»So hieß Beth' früh verstorbene Schwester. Sie war sechs Jahre älter als Beth und ist mit zwölf Jahren gestorben.«

Mark stand der Idee lange nicht mehr so ablehnend gegenüber wie am Anfang. »Das klingt alles, als wäre es eine Riesengeschichte«, sagte er.

»Zu fantastisch, um wahr zu sein.« Carrie verschränkte die Arme vor der Brust, damit sie nicht so stark zitterte.

»Das habe ich nicht gesagt.«

»Nein, hast du nicht, danke, aber *ich* sage es.«

»London ist groß, da leben fast neun Millionen Menschen. Man könnte genauso gut eine Nadel im Heuhaufen suchen wie eine bestimmte Frau, von der man nur weiß, dass sie Anna heißt und 1980 nach London gezogen ist.«

»Ich weiß. Nein, ich weiß es nicht. Ach, ich bin vollkommen durcheinander.« Sie schüttelte heftig den Kopf, als könnte sie damit ihre Zweifel vertreiben.

»Im Ernst, Carrie: Sollen wir das wirklich glauben?«

»Nein, ich tue vorerst nur so, als ob.«

»Die Weihnachtskarten ... stand da eine Absenderadresse drauf?«

Carrie lachte. »Ich glaube fast, dich hat es genauso schwer erwischt wie mich! Nein, ich kann mich nicht erinnern, dass Mama die Karten aufgehoben hätte. Sie hat sie weggeworfen.«

»Wenn auch nur irgendetwas an deiner Theorie dran ist und Gilmore dich überwacht ...« Er zögerte.

»Ja?«

»Wenn er glaubt, dass du in alten Geschichten herumkramst, wird er das möglicherweise sehr bedrohlich finden.«

»Wieso? Wenn Beth noch am Leben ist, kann er sie auch nicht umgebracht haben.«

»Ja, aber die Tatsache, dass seine Frau auf diese Weise vor ihm geflohen ist, spricht nicht gerade für ihn. Wenn man bedenkt, welchen Aufwand er betrieben hat, um die Angelegenheit zu verschleiern, und wie er sogar in den Medien sein gebrochenes Herz herumgezeigt hat ... Der Mann hat sich in all den Jahren einen Namen gemacht, solche Leute wollen natürlich nicht, dass da jemand schmutzige Geschichten aus ihrer Vergangenheit ans Tageslicht bringt.«

»Was für eine Art Schmutz meinst du?«

»Überleg mal, Carrie. Zu der Zeit damals kam es praktisch nie vor, dass Frauen einfach so aus ihrer Ehe davonliefen, da mussten die Verhältnisse schon wirklich schlimm sein, zum Beispiel, wenn der Mann gewalttätig war und seine Frau schlug. Wenn das der Fall war, muss man annehmen, dass Gilmore über ihren Tod nicht allzu traurig war – für ihn wäre das die bequemste Lösung aller Probleme gewesen.«

»Mein Gott, hört das denn nie auf! Erst waren wir bei Mord, jetzt bei häuslicher Gewalt«, sagte Carrie. »Das ist es, was ich vorhin meinte: Je weiter man die Sache spinnt, desto fantastischer werden die Theorien. Ich weiß überhaupt nicht mehr, was ich glauben soll.«

»Ist es dir recht, wenn ich mit jemandem darüber spreche?«

»Mit wem?«

»Wir haben bei Bizz eine Abteilung, die eng mit der Polizei zusammenarbeitet. Wir führen manchmal in ihrem Auftrag Internetrecherchen durch oder machen sie auf unsaubere Machenschaften im Netz aufmerksam, darum habe ich regelmäßig mit denen zu tun.«

»Das wusste ich gar nicht. Dann treibt ihr also doch noch was anderes, als immer nur Spielchen zu spielen und in Hängematten zu liegen.«

»Ja, hin und wieder. Ich könnte mal mit dem einen oder anderen reden, ganz inoffiziell, meine ich, und hören, was sie dazu meinen. Wahrscheinlich werden wir nicht herausfinden, ob da wirklich was dran ist an der Sache mit dem Twitterprofil, aber mir ist nicht wohl bei dem Gedanken, dass dieser Kerl dir vielleicht nachspioniert, aus welchem Grund auch immer.«

»Also gut. Aber jetzt bringst du mich bitte möglichst schnell nach Hause, bevor ich mir eine neue Theorie ausdenke.«

Als sie sich dem Faith Crescent näherten, fragte sie ihn, ob er noch auf einen Kaffee mit zu ihr kommen wollte.

»Lieber nicht, Carrie, ein anderes Mal«, sagte er mit einem verlegenen Lächeln. »Trotzdem danke.«

Lieber nicht? Sie war mit einem Mal ganz mutlos. Sie blinzelte Tränen weg, sie wollte nicht weinen, nicht vor ihm.

»Na gut«, sagte sie so angestrengt munter, dass sie fürchtete, ihre Stimme würde sich überschlagen. »Lässt du mich bei den Geschäften an der Hauptstraße aussteigen? Ich muss noch Brot und Milch kaufen.« *Und eine Flasche Wein.*

Jetzt spürte sie es wieder, dasselbe wie neulich: diese Distanz, als wäre er mit seinen Gedanken woanders.

»Also dann, bis ... bis bald.« Sie zwang sich zu einem Lächeln, nahm ihre Tasche und fasste nach dem Türgriff, ganz verzweifelt bei dem Gedanken, dass der Tag mit Mark so plötzlich zu Ende war. »Und danke für deine Gesellschaft, es hat mir gutgetan, jemanden zu haben, mit dem ich reden konnte, auch wenn ich vielleicht ein bisschen verrückt geworden bin.«

»Mach dir darüber keine Sorgen, Carrie. Ich melde mich irgendwann nächste Woche.«

Ihre Knie fühlten sich an wie Pudding, als sie ausstieg. Um sie herum auf dem Bürgersteig wimmelte es von Passanten, aber sie fühlte sich mutterseelenallein, während sie zusah, wie sein Auto anfuhr und sich entfernte. Und sie fühlte sich erst recht allein und verlassen, als sie zehn Minuten später, nachdem sie eingekauft hatte, in die Sackgasse bog und sah, dass die blaue Lampe der Alarmanlage an ihrem Haus hektisch blinkte, während die Sirene noch immer stumm war.

Fünfundfünfzigstes Kapitel

Carrie wusste genau, was man ihr bei der Polizei sagen würde: dass ein menschenleeres Haus mit einer kaputten Alarmanlage an einem Samstagabend für jeden Einbrecher ein gefundenes Fressen ist. Sie sperrte auf und gab an der Tastatur neben der Tür den Code ein, mit dem man das Blinklicht draußen ausschalten konnte. Ihr wurde ganz schlecht bei dem Gedanken, was sie in der Wohnung erwartete. Die Schultern ängstlich gespannt, wagte sie sich weiter vor in die Räume im Erdgeschoss. Die Tür zum Hausflur ließ sie offen stehen für den Fall, dass sie womöglich schnell wegrennen musste.

Unter dem Küchentisch lag ein kleiner harter Ball – sie sah ihn sofort. Einen Moment lang starrte sie ihn fassungslos an, dann trat sie ans Fenster. In der Scheibe war ein Loch, und auf dem Fußboden darunter lagen Scherben.

Es kam ihr plötzlich albern vor, die Polizei zu rufen. Schließlich war nicht bei ihr eingebrochen worden, oder? Sicher hatten nur Kinder aus der Nachbarschaft auf dem Gelände neben der Kirche gespielt, und irgendwie war der Ball über die Mauer in ihre Fensterscheibe geflogen. Carrie versuchte sich vorzustellen, welche Flugbahn der Ball genommen haben musste.

In aller Eile ging sie durchs Haus und sah sich um, aber alle Dinge schienen an ihrem rechten Platz zu sein, nichts deutete darauf hin, dass jemand sich während ihrer Abwesenheit hier zu schaffen gemacht hatte. Es gab auch kaum Wertgegenstände, die zu stehlen sich gelohnt hätte, trotzdem wurde Carrie das unheimliche Gefühl nicht los, dass jemand im Haus gewesen war. Sie ging zurück in die Küche und sah sich das Loch in der Fensterscheibe noch einmal an. Es befand sich nicht weit von dem Fenstergriff entfernt. Im Geist sah Carrie eine Hand durch das gezackte Loch nach dem Griff langen und das Fenster öffnen. Jemand stieg herein, sah sich um und ging dann nach oben. Nach einer Weile kam der Einbrecher dann wieder zurück und verließ das Haus durchs Küchenfenster, das er sorgfältig wieder verschloss. Unsinn, sagte sie sich, deine Fantasie geht schon wieder mit dir durch.

Das junge Paar, das in dem Haus rechts neben ihrem wohnte, war gerade im Urlaub, aber die Nachbarn auf der linken Seite, ein Rentnerehepaar namens O'Leary, waren zu Hause. Carrie klopfte bei ihnen an, entschuldigte sich für die Störung und erzählte, was passiert war.

»Wir haben nichts gehört«, sagte Mr 'Leary. »Vielleicht waren es diese Jugendlichen, die man manchmal weiter vorn in der Straße sieht, aber von dort aus hätten sie wohl kaum mit einem Ball Ihr Fenster auf der Rückseite des Hauses treffen können. Aber es kann ja sein, dass sie bei der Kirche gespielt haben.«

»Ja«, sagte Carrie, »daran hatte ich auch schon gedacht.« Sie erwähnte nicht, dass sie die Jugendlichen noch kein einziges Mal bei der Kirche spielen gesehen hatte.

Mr O'Leary gab ihr die Telefonnummer eines Unternehmens, das den Schaden reparieren konnte. »Die schicken Ihnen sofort jemanden, auch am Wochenende, rund um die Uhr«, sagte er. »Uns haben mal Kinder die Scheibe an der Wohnungstür kaputt gemacht. Es ist zwar eine recht friedliche Gegend hier, aber ich nehme doch an, dass Sie heute Nacht mit dem Gefühl ins Bett gehen wollen, dass das Haus sicher ist.«

Sicher? Sie schlotterte vor Angst bei dem Gedanken, dass ihr Haus keine unangreifbare Festung mehr war. Ihr sicherer Zufluchtsort, an dem keine Gefahr der Welt ihr etwas anhaben konnte, existierte nicht mehr.

Carrie hatte Kopfschmerzen, als sie wieder zu Hause war. Ein Ball war in ihre Fensterscheibe geflogen. Natürlich war es ein Unfall. Nicht einmal in ihren wildesten Fantasien konnte sie Adam Gilmore damit in Verbindung bringen. Sie sah die Papiere durch, die sie aus Willow Hill mitgenommen hatte. Der große Aktenordner stand immer ganz unten im Bücherregal und sah völlig unberührt aus. Mit klopfendem Herzen öffnete sie den Aktendeckel mit den Fotos, der auf einer Reihe Bücher lag. Es kam ihr so vor, als wäre die Reihenfolge der Bilder nicht mehr so wie beim letzten Mal. Sie hätte schwören können, dass die Fotos vom Geburtstag ihrer Mutter, die jetzt unter anderen Bildern von ihren Eltern steckten, ganz oben auf dem Stapel gelegen hatten. Sie sah die Reihen der Bücher an und versuchte angestrengt herauszufinden, ob sie wirklich genau so dastanden, wie sie sie erst neulich aufgestellt hatte. Sie glaubte an winzig kleinen Veränderungen zu erkennen, dass jemand sie herausgezogen und wieder zurückgestellt hatte. Als hätte dieser Jemand etwas gesucht, das zwischen den Seiten eines Buchs stecken könnte. Sie erinnerte sich daran, wie Adam Gilmore im Flur gestanden und sie dabei ertappt hatte, dass sie unwillkürlich zum Bücherregal hingeblickt hatte.

Das war der Grund gewesen, weswegen sie den Umschlag mit der Kopie des Protokolls, dem Zeitungsausschnitt und den Fotos von Beth' Hochzeit nicht im Haus gelassen, sondern mitgenommen hatte. Nur zur Vorsicht.

Sie ging noch einmal durchs Haus, während ihre Kopfschmerzen immer schlimmer wurden, öffnete Schubladen und Schränke, um zu überprüfen, ob alles am rechten Platz war. Sie fand keine eindeutigen Spuren, hatte aber immer das vage Gefühl, dass jemand an ihren Sachen gewesen war und dass die Dinge nicht ganz so dalagen, wie sie sie hingelegt hatte.

Sicher zählte sie wieder einmal zwei und zwei zusammen und kam auf hundert. Es war einfach zu fern von aller Realität. Sie nahm ihr Smartphone und rief den Reparaturdienst an.

Adam holte eine Flasche Whiskey aus einem Fach seines Schreibtischs hervor und schenkte sich einen ordentlichen Schluck ein. Nicht zu viel, damit er nicht unvorsichtig wurde. Er lehnte sich in seinem weichen Ledersessel zurück und drehte ihn zum Fenster, um den Blick auf Dublin zu genießen. Die Stadt war mit mildem Abendlicht übergossen. Es ging aufwärts mit Dublin: Am Horizont ragten wieder mehr Kräne in den Himmel, ein gutes Zeichen, denn es bedeutete, dass seine Investitionen reiche Frucht tragen würden. Zwei Jahre noch, dann hatte er es geschafft.

Bei der Durchsuchung ihres Hauses war nichts herausgekommen. So jedenfalls hatte man ihm gesagt. Er stöhnte gereizt. Dann stand er auf, trat an seinen Safe und nahm ein Handy heraus. Er vergewisserte sich, dass es das richtige war. Der Inhalt des anderen Telefons, das ausgeschaltet und gut gesichert ganz hinten im Safe lag, wäre für Interpol von großem Interesse gewesen. *Nur gut, dass sie es nie in die Finger bekommen werden.*

Manchmal lief es ihm kalt über den Rücken, wenn er in der Zeitung von Hausdurchsuchungen im Morgengrauen las, davon, wie der Arm des Gesetzes sich wieder einmal nach nichtsahnenden Verbrechern ausgestreckt hatte. Er sagte sich, dass er hier in seiner Festung sicher war. Aber schon ein einziger schlimmer Fehler konnte ihm zum Verhängnis werden. Er hatte sich dazu hinreißen lassen, einen Telefonanruf zu machen, der unerwünschte Aufmerksamkeit auf ihn lenken konnte. Wenn irgend möglich, vermied er es, den Kopf aus der Deckung hervorzustrecken – jeder Anruf hinterließ eine Spur.

»Sind Sie sicher, dass nichts in dem Haus war, nichts, was irgendwie brisant sein könnte?«

»Ich habe unseren besten Mann hingeschickt«, sagte die Stimme am anderen Ende. »Er hat es so raffiniert angestellt, dass die Besitzerin die Sache nicht einmal der Polizei gemeldet hat. Wenn er nichts gefunden hat, dann war da nichts zu finden.«

Adams Auftrag hatte gelautet, nach allem zu suchen, worauf sein Name stand, und nach Fotos, die in irgendeiner Art ungewöhnlich waren. Aber man konnte niemandem trauen, nicht wirklich. Es war ein Fehler gewesen, fremde Leute mit hineinzuziehen. Wie hatte er so naiv sein können? Was wäre gewesen, wenn sie etwas Belastendes gefunden hätten? Zum Beispiel die Fotos, von denen Sylvie damals gesprochen hatte. Hübsche Bilder von Beth, hatte sie gesagt. Was hatte sie damit gemeint? Er wusste nicht mehr so genau, wie viele und wie beweiskräftige Spuren seiner Misshandlungen Beth zu dem Zeitpunkt, als sie nach Cork durchgebrannt war, hätte vorweisen können. Und es war nicht auszuschließen, dass sie seine Bildersammlung entdeckt und vielleicht das eine oder andere mitgenommen hatte. Und wenn Carrie nun solche Fotos gefunden hatte? Er würde sich etwas einfallen lassen müssen, um allein mit ihr fertig zu werden. Leider wusste er nach wie vor nicht genau, inwieweit, wenn überhaupt, sie wirklich eine Gefahr für ihn darstellte. Und es war auch nicht mehr so leicht wie früher, lästige Schreihälse zum Schweigen zu bringen. Na ja, es war schwierig, aber nicht unmöglich.

Zum Teufel mit ihr. Gerade jetzt konnte er keine Störung gebrauchen. Er rätselte immer noch, was es mit dieser Reise nach Luzern auf sich haben mochte. Sie war zu einer Zeit dorthin gefahren, als Luis Meyer dabei gewesen sein musste, seine letzten Dinge in Ordnung zu bringen, jener Luis Meyer, der 1980 mit seinem Vater am Strand unweit von Willow Hill gewohnt hatte. Er war damals neunzehn gewesen, kein pubertierender Jugendlicher, wie Adam lange angenommen hatte. Nicht dass Beth ... Nein, der Gedanke war einfach lächerlich. Aber Adam hatte es nicht gern, wenn es lose Fäden gab, und das war möglicherweise ein solcher loser Faden.

Seine größte Furcht, tief in seinem Inneren verborgen, war die, dass Beth vielleicht gar nicht tot war. Da man ihre Leiche nie gefunden hatte, konnte er nicht restlos sicher sein. Lieber wolle sie sterben, als bei ihm zu bleiben, hatte sie gesagt, und sie hatte ihre Drohung wahrgemacht: Sie war ins Meer gerannt, er war dabei gewesen, er hatte es selbst gesehen. Er hatte sie in gewisser Weise dazu gezwungen. Sie war ins Meer gelaufen, weil sie Angst hatte, er würde sie umbringen. Wahrscheinlich hätte er es getan, aber sie hatte ihm die Mühe erspart. Manchmal, wenn er daran dachte, wie er in jener Nacht dort am Strand gestanden hatte, hörte er immer noch das Tosen der Brandung, und in seinem Kopf pochte dumpf das kalte Bewusstsein, dass er zu weit gegangen war: Er hatte sie nicht nur dazu getrieben, er hatte auch ihre Schreie ignoriert, nichts unternommen, ihr zu helfen, er hatte sie ihrem Schicksal überlassen und war wie in kaltem Fieber zurück nach Dublin gefahren.

Nach dem Gerichtstermin in Cork und dem Gespräch mit Sylvie Sullivan, in dem sie die Fotos erwähnt hatte, quälten ihn öfter Albträume, in denen Beth noch am Leben war. Seine innere Unruhe trieb ihn zu seinem eigenen Ärger sogar einmal dazu, nach Manchester zu reisen und aufs Geratewohl in der Gegend herumzustreifen, wo früher Beth' Mutter gewohnt hatte. Natürlich war das aussichtslos: Wenn jemals eine Spur von jenem Strand weggeführt hatte, nach Manchester oder sonst wohin, war sie nach all den Jahren längst vom Wind verweht. Er hatte auch immer mal wieder Beth' Namen gegoogelt, aber es war nichts dabei herausgekommen.

Zu dumm, dass so viele seiner Freunde bei der Polizei, die ihm oft gute Dienste erwiesen hatten, in den letzten Jahren in Pension gegangen waren. Diese nützlichen Verbindungen hatten es ihm früher leicht gemacht, Leute im Auge zu behalten. Die Cassidys zum Beispiel. Leider hatten sich die Zeiten geändert, und er hatte schließlich akzeptieren müssen, dass die Überwachung ihres Telefons eingestellt wurde.

Der Whiskey wärmte ihn von innen und betäubte seine Ängste, seine Anspannung ließ nach. Bequem zurückgelehnt schaute er den Möwen zu, die, vergoldet vom Sonnenlicht, draußen in der warmen Luft des frühen Sommers schwerelos ihre Kreise zogen.

Die sanfte, demütige Beth sollte noch am Leben sein? Sollte planmäßig ihren eigenen Tod vorgetäuscht haben? So etwas Ungeheuerliches wäre ihr nie in den Sinn gekommen, und erst recht nie hätte sie den Mumm besessen, es tatsächlich durchzuziehen. Wenn sie dank irgendeiner absurden Fügung des Schicksals am Leben geblieben wäre und ein Bedürfnis danach hätte, dass er seine gerechte Strafe erhielte, hätte er längst von ihr gehört.

Oder nicht?

Sechsundfünfzigstes Kapitel

September 1980

»Du musst so tun, als wäre ich tot«, sagte Beth.

»Das kann ich nicht«, sagte Sylvie. »Es ist unmöglich.«

»Du musst, sonst bin ich bald wirklich tot. Adam darf nicht den kleinsten Verdacht schöpfen.«

»Ich kann es einfach nicht fassen.«

»Ich auch nicht.« Beth starrte ihr Gesicht im Spiegel an. Es war kreideweiß bis auf die blauen Flecken am Auge und auf der Wange und die blutverkrustete Wunde neben ihrem Mund. Sie saß an Sylvies Frisierkommode, um die sie ihre Freundin früher so glühend beneidet hatte. Sie hatte sich oft vorgestellt, wie es wäre, wenn sie anstelle von Sylvie dort säße, wenn sie Sylvie *wäre*, Sylvies Leben führte, ihre tolle Ausstrahlung hätte, ihre Kleider, ihr gutes Aussehen. Und John. Sie war in eine Decke gehüllt, damit ihr warm wurde, darunter trug sie Sachen von Sylvie. Ihre eigene nasse Kleidung steckte in einem schwarzen Müllsack. Sylvie hatte vorgeschlagen, sie in der Bucht am Strand zu verstreuen, sodass es so aussah, als wären sie angeschwemmt worden, aber Beth fand es besser, die Sachen verschwinden zu lassen. Es genügte, wenn man ihre Schuhe und die Wolljacke fand. Und den Brief. Sie hatte Sylvie genau beschrieben, wo er lag.

Sie sah in den Spiegel und beobachtete wie aus weiter Entfernung sich selbst und Sylvie, die ihr die langen blonden Haare abschnitt. »Es wäre gut, wenn ich sie schwarz färben könnte, aber dafür ist keine Zeit«, sagte Beth.

»Wart's ab – wenn ich mit dir fertig bin, wird kein Mensch dich wiedererkennen«, meinte Sylvie.

»Du weinst ja.« Beth sah ihre Freundin im Spiegel an.

»Ich kann nichts dagegen tun. Mein Gott, Beth, weißt du, was du da tust?«

»Ich sehe zu, dass ich von meinem Mann wegkomme, bevor er mich umbringt.«

»Könntest du nicht in einem dieser Heime unterkommen? Du weißt doch, es gibt Einrichtungen für ...«

»Für Frauen, die von ihren Männern geschlagen werden? Meinst du, dass Adam und sein Vater das einfach so hinnehmen würden? Die würden alle Hebel in Bewegung setzen, ich hätte gegen die keine Chance. Solche Leute haben immer das Gesetz auf ihrer Seite. Ich muss nach England, mit neuem Namen, nur dort bin ich vor Adam sicher. Ich wette, dass er jetzt schon dabei ist, seine Rolle als trauernder Witwer einzustudieren. Und sein Vater will keinen Skandal, er wird froh sein, dass die Familie Gilmore mich so leicht losgeworden ist.«

»Ich muss doch wenigstens in Verbindung mit dir bleiben, damit ich weiß, wie es dir geht ...«

»Nein, Sylvie, es ist zu gefährlich. Wenn Adam mich findet, bringt er mich um. Und er würde ungestraft davonkommen.«

»Bitte, Beth.«

»Wir werden nicht einmal telefonieren können. Er wird euer Telefon abhören lassen. Sein Vater hat Beziehungen bis ganz nach oben. Adam wird alle Möglichkeiten nutzen, um mir auf die Spur zu kommen. Es tut mir leid, dass ich euch da mit hineinziehe ...«

»Ich kann damit leben«, sagte Sylvie entschlossen. »Ich

wünschte nur, ich könnte diesen Kerl hinter Gitter bringen. So einen sollte man einsperren und nie mehr rauslassen.«

Komisch, wie die Dinge sich ändern können, dachte Beth. Jetzt war ihre Freundin todunglücklich und verzweifelt, ihr Gesicht ganz verweint, während sie selbst ruhig und gefasst blieb. Sie beneidete Sylvie nicht mehr. Beth war erfüllt von der Liebe, die sie mit Luis erfahren hatte und die sie immer warm in ihrem Herzen fühlen würde. Wie Luis sah sie einer ungewissen Zukunft entgegen, aber dank ihm hatte sie in der vergangenen Woche etwas entdeckt, von dem sie nicht gewusst hatte, dass sie es besaß, eine innere Stärke, eine strahlende Kraft im Kern ihres Wesens. Sie dachte an ihre Mutter, die unter all den Schicksalsschlägen, die sie getroffen hatten, nicht zusammengebrochen war, sondern das Beste aus dem gemacht hatte, was ihr geblieben war.

»Ich hätte meine langen Haare schon vor Jahren abschneiden sollen.« Beth grinste schelmisch in den Spiegel. »Die neue Frisur steht mir.« Sie stand auf, legte die Decke weg und drehte sich kokett hin und her.

»Ja, das stimmt.« Sylvie lächelte unter Tränen. »Vielleicht sollte ich Friseurin werden?« Sie bückte sich, klaubte Beth' abgeschnittene Haare zusammen und steckte sie in den schwarzen Müllsack.

»Wie wäre es, wenn ...« Sylvie überlegte. »Du könntest mir eine Karte zu Weihnachten schicken. Die würde unter all den anderen Weihnachtsgrüßen doch nicht auffallen. Eine Karte von meiner alten Freundin aus dem Gälisch-Sprachkurs.«

»Also gut. Wir schreiben einander Karten, aber nur einmal im Jahr zu Weihnachten.«

»Dann weiß ich wenigstens, dass es dir gut geht.«

»Und für den Fall, dass Adam anfängt, dir Ärger zu machen, hast du, als letzte Rettung, den Umschlag.«

Den Umschlag mit den Polaroidfotos, die Sylvie gemacht hatte, bevor Beth Adam verlassen hatte, Bilder von den Blutergüssen und Striemen an Beth' Körper. Und auch Aufnahmen von Adams pornografischen Zeitschriften und Bildern befanden sich in dem Kuvert. Als Beth an diesem Abend ihre nassen Kleider ausgezogen hatte, war Sylvie so entsetzt darüber gewesen, wie Adam ihre Freundin zugerichtet hatte, dass sie auch diese Misshandlungen dokumentiert hatte.

»Ich habe den Umschlag hier auf dem Dachboden so gut versteckt, dass niemand außer mir ihn finden wird. Und für den Fall, dass jemand von der Familie ihn doch zufällig entdeckt, habe ich zur Sicherheit meinen Namen draufgeschrieben und den Hinweis ›vertraulich‹. Aber weißt du, Beth, du solltest dir noch einmal überlegen, ob es nicht doch am besten wäre, mit diesem Material zur Polizei zu gehen. John und ich würden dich unterstützen.«

»Wer würde mir glauben? Wie groß ist die Wahrscheinlichkeit, dass sie es vertuschen würden? Ich kann das Risiko nicht eingehen. Ich möchte woanders ein neues Leben anfangen, ich will alles vergessen, was mit Adam zu tun hat. Der Umschlag ist auch meine Versicherung. Wenn Adam mich vielleicht doch aufspürt, kann ich ihm damit drohen. Und sollte meine Weihnachtskarte irgendwann einmal ausbleiben, dann musst du herausfinden, was aus mir geworden ist.«

»Beth ... bitte ...«

»Wenn du mich nicht findest und dir die Sache verdächtig vorkommt, dann geh mit dem Umschlag zur Polizei. Vielleicht hat sich bis dahin ja auch bei der Justiz etwas zum Besseren gewendet.«

»Du willst das wirklich durchziehen?« Sylvie sah ihre Freundin traurig an.

»Ja.«

»Dann sehe ich dich vielleicht nie wieder?«

»Wahrscheinlich nicht. Du solltest dich von London fernhalten. Ich traue es Adam zu, dass er dich beschatten lässt.«

»Oh, Beth. Er muss wirklich ein Scheusal sein.«

»Das ist er. Nimm dich vor ihm in Acht.« Beth hatte sich, während sie redeten, ein Kissen mit einem Gürtel vor den Bauch gebunden. Sie zog eine Kittelbluse von Sylvie darüber an und stellte sich in Pose. »Na, wie sieht das aus?«

»Ungefähr im sechsten Monat, würde ich schätzen.«

»Heute ist es schon zu spät, aber gleich morgen früh nehme ich die Fähre nach England.«

»Hast du keine Angst, dass dich jemand sieht?«

Beth schüttelte den Kopf. »Soll das ein Witz sein? Ich bin eine junge Frau ohne Ehemann, aber mit Babybauch. So eine meiden die Leute ja noch immer wie die Pest, zum Glück. Vielleicht ist unverheiratet schwanger zu sein keine so große Sünde und Schande mehr wie noch vor zehn oder zwanzig Jahren, trotzdem werde ich wohl nicht die einzige meiner Art auf der Fähre sein. Und sogar mein blaues Auge wird mir nützlich sein – man wird glauben, dass mein Vater mich verdroschen hat, bevor er mich rauswarf.«

Sie nahm ihre Reisetasche. Sie enthielt ihren ganzen Besitz: Papiere, die Molly McCann gehört hatten und die Sylvies Mutter in Willow Hill aufbewahrt hatte, außerdem Kleidung und Toilettenartikel, die Sylvie für Beth besorgt hatte. Es machte

Beth nichts aus, dass sie mit so leichtem Gepäck reiste. Die wichtigsten Dinge nahm sie in ihrem Herzen mit.

»Bist du so weit?«

»Beth, ich glaube, ich schaffe das nicht.« Sylvie fing zu weinen an.

»Natürlich schaffst du es. Du musst. Morgen Vormittag findest du heraus, dass ich verschwunden bin und schlägst Alarm. Zu dieser Zeit werde ich schon auf halbem Weg nach Wales sein, von wo aus ich mit dem Zug nach London fahre. John wird sofort herkommen, sobald er es erfährt, und dir zur Seite stehen.«

»Ich werde ihm alles erzählen müssen.«

»Das kannst du ruhig tun, du wirst seinen Beistand nötig haben. Trauert um Beth, aber nicht zu lange. Und jetzt braucht Anna McCann jemanden, der sie zum Hafen von Cork fährt. Sie ist im sechsten Monat schwanger von einem verheirateten Mann und muss die erste Fähre nach England erreichen, damit sie weg ist, wenn sich herumspricht, dass Beth Gilmore vermisst wird.«

Sylvie wischte sich die Tränen ab. »Bist du sicher, dass du genügend Geld dabeihast?«

»Es wird reichen, bis ich irgendwo Arbeit gefunden habe. Ich werde es dir leider nie zurückzahlen können.«

»Hör auf damit«, sagte Sylvie. »Und du hast deine Dokumente?«

»Ich habe Annas Geburtsurkunde aus Manchester, mehr brauche ich nicht.«

»Gut. Gehen wir. Bist du dir wirklich sicher?«

»Ich schwöre es beim Grab von Anna und meiner Mutter«, sagte Beth ernst.

»Das Auto steht in der Garage. Mama ist von den vielen Medikamenten, die sie nehmen muss, außer Gefecht gesetzt, und Papa schnarcht so laut, dass ich ihn bis hierher höre. Es wird uns also niemand in die Quere kommen. Und jetzt lass dich noch einmal in den Arm nehmen.«

Sie gingen aufeinander zu und umarmten einander fest und lange.

»Ich hab dich lieb«, sagte Sylvie und tätschelte Beth' Rücken.«

»Das weiß ich. Ich dich auch.«

Siebenundfünfzigstes Kapitel

Am Montagmorgen war Carrie früh auf den Beinen. Die Firma, die am Samstagabend das kaputte Fenster provisorisch gesichert hatte, setzte eine neue Scheibe ein, und auch die Alarmanlage wurde endlich repariert. Am Nachmittag rief Carrie Maria an, und erkundigte sich, wie es Luis ging.

»Es wird nicht mehr lange dauern«, sagte Maria. »Zwei oder drei Wochen höchstens, glauben die Ärzte. Möchten Sie mit ihm sprechen?«

Carrie schluckte. »Kann ich das?«

»Aber ja, natürlich, Carrie«, sagte Maria. »Er wird sich freuen, Ihre Stimme zu hören. Es wird ihn aufheitern.«

Es dauerte einige Zeit – Carrie bemühte sich, tief und ruhig zu atmen, während sie wartete –, dann meldete sich Luis: »Hallo, Carrie.« Seine Stimme war schwach und zittrig, aber sie hörte an dem Ton, dass er lächelte.

»Hey, Luis, ich hoffe, Sie benehmen sich anständig«, sagte sie. »Maria hat mir erzählt, Sie halten Ihre Krankenpfleger ganz schön auf Trab.«

»Auf Trab?«

»Die wissen kaum mehr, wo ihnen der Kopf steht vor lauter Arbeit, hab ich gehört.«

»Na ja, die sollen schon wissen, dass ich immer noch was zu sagen habe in diesem Haus. Was treiben Sie die ganze Zeit?«

»Jede Menge Sachen.«

»Haben Sie noch ein paar Gipfel bestiegen?«

»Ja, Luis. Stellen Sie sich vor: Ich habe bei der Firma, bei der ich beschäftigt war, gekündigt.«

»Oh, da haben Sie wirklich einen großen Berg bezwungen. Sie sind dabei, Ihr Leben wieder in die eigene Hand zu nehmen.«

»Ja. Das verdanke ich Ihnen.«

»Wieso? Was kann *ich* dafür?«

»Sie haben mich auf die Rigi mitgenommen und mich vom Rand eines Felsens gestoßen.«

» Ja, das stimmt.« Sie hörte ihn leise lachen. »Haben Sie vor, wieder herzukommen, zum Bergsteigen vielleicht?«

»Ich bin im Moment dabei, ein paar Dinge in Ordnung zu bringen. Ich war in dem Haus meiner Eltern und habe ihre Sachen durchgesehen. Ich habe mir erlaubt, mich auszuweinen.«

»Das ist gut. Und sonst?«

»Ich rede wieder mit Mark.«

Nach kurzem Schweigen sagte Luis: »Ich bin sehr froh, das zu hören, Carrie. Ich kann Ihnen gar nicht sagen, wie sehr mich das freut.«

»Mir selber macht es eher Angst, ich fühle mich wehrlos und verwundbar.«

»Vor der Liebe soll man nie Angst haben, Carrie.«

»Ja, ich weiß.« Sie holte tief Luft. »Ich habe Sie sehr ins Herz geschlossen, Luis.«

»Und ich Sie auch, Carrie Cassidy. Ich hoffe, Sie kommen irgendwann wieder zur Rigi und springen auch weiterhin von hohen Felsen.«

Sie blickte hinaus auf den Kirchturm, aber sie sah alles ganz verschleiert wegen der Tränen in ihren Augen.

Nachdem sie sich von Luis verabschiedet hatte, sprach sie noch einmal mit Maria. »Sie lassen es mich wissen, wenn es so weit ist?« Ihre Stimme zitterte.

»Ich werde Sie anrufen, Carrie«, sagte Maria. »Es gibt ein paar Menschen, die ich verständige, bevor die Öffentlichkeit es erfährt. Und Sie gehören dazu.«

Am Abend kurz nach sechs rief Mark an.

»Carrie ... hm ... also wegen dieser Sache, über die wir am Samstag gesprochen haben ...«

»Ich kann mir schon denken, was du mir sagen willst.« Carrie zog die Sache ins Scherzhafte, um es ihm leichter zu machen. »Du hast noch einmal in Ruhe überlegt und bist zu dem Ergebnis gelangt, dass meine Version der Geschichte in *Die besten Märchen und Sagen aus Irland,* Band 3, aufgenommen werden sollte.«

»Eigentlich nicht.«

Der nüchterne Ton seiner Stimme alarmierte sie. »Was dann?«

»Sie möchten gern mit dir reden.«

»Wer, *sie?*« Es dauerte einen Moment, bis der Groschen bei ihr fiel. »Du meinst: die von der Polizei?«

»Ja, genau.«

»Komm, Mark, das ist ein Witz, oder?« Ihre Finger umklammerten das Handy.

»Ich wollte, es wäre so. Hör zu, du musst dir wirklich keine Sorgen machen. Ich habe einfach nur mit denen geredet, und die haben mich an Ermittler weitergereicht, die gerne ein Gespräch mit dir führen wollen.«

»Nein, ich mach mir keine Sorgen. Zumal ich jetzt wieder eine funktionierende Alarmanlage habe, und das kaputte Fenster ist auch schon repariert.«

Seine Stimme klang angespannt. »Sag das noch mal.«

Sie hätte wissen müssen, wie er reagieren würde. »Na ja, irgendwie ist bei mir im Haus eine Fensterscheibe zu Bruch gegangen. Am Samstag.«

»*Irgendwie?*«

»Jemand hat mein Küchenfenster eingeschmissen. Der Ball lag in der Küche auf dem Boden, als ich nach Hause kam. Wahrscheinlich waren es spielende Kinder, so genau weiß ich es nicht, ich war ja nicht dabei.«

»Du hast es bemerkt, nachdem ich dich abgesetzt hatte?«

»Ja.« Sie machte sich auf seinen Wutausbruch gefasst.

»Verdammt, Carrie, du hättest mich sofort anrufen müssen. Ich hätte dir geholfen. Wieso bildest du dir ein, du müsstest so eine Situation unbedingt allein bewältigen?«

»Es war nicht der Rede wert. Ein paar Kinder haben eben Blödsinn gemacht.«

»Du kannst nicht wissen, ob es wirklich so war. Hast du die Polizei gerufen?«

»Nein, es ist nichts gestohlen worden.«

»Und im Haus war alles genau so, wie du es hinterlassen hattest?«

»Hmmm, eigentlich schon.«

»*Eigentlich* schon? Carrie Cassidy, ich könnte dir an die Gurgel gehen!«

»Versteh mich doch, Mark. Tatsächlich wollte ich zuerst die Polizei rufen. Ich habe mir vorgestellt, wie Adam Gilmore persönlich seine Hand durch das Loch in der Scheibe gesteckt und das Fenster geöffnet hat, wie er eingestiegen ist und das ganze Haus durchsucht hat. Aber das ist nur meine wilde Fantasie. Die Kinder und Jugendlichen hier spielen oft mit Bällen. Das ist keine Fantasie, das ist die Wirklichkeit.«

»Egal, du hättest mich anrufen sollen.«

Ihr wurde warm ums Herz. »Ja, das hätte ich tun sollen. Entschuldige.«

»Bist du bereit, mit den Ermittlern zu sprechen? Sie könnten in einer Stunde bei dir sein.«

»Du meinst: jetzt gleich, heute Abend?«

»Ja. Mach dir keine Sorgen, ich komme mit.«

»Was wollen die eigentlich von mir wissen? Geht es um Beth?«

»Ich glaube, es geht mehr um Adam Gilmore.«

Carrie bemühte sich, ihre ängstliche Anspannung niederzukämpfen, als Mark mit zwei Kriminalbeamten im Schlepptau ankam. Aus lauter Nervosität plauderte sie die ganze Zeit, während sie die Besucher in die Küche führte, und kam sich selbst schrecklich banal und geschwätzig vor. Die beiden stellten sich ganz informell als Rowan und Brian vor. Sie waren sehr leger angezogen; wenn Carrie ihnen auf der Straße begegnet wäre, hätte sie sie eher für Fahrer bei einem Pizzalieferservice oder für Barmänner gehalten als für Polizisten. Aber als sie dann am Tisch Platz genommen und ihre Dienstausweise gezeigt hatten, schauten sie Carrie an, und da erkannte sie in ihren Augen etwas, das sie nur als »forensischen Blick« bezeichnen konnte. Sie wollten weder Tee noch Kaffee.

»Was möchten Sie wissen?«, fragte sie.

»Wir würden gerne wissen, von welcher Art Ihre Bekanntschaft mit Adam Gilmore ist«, sagte Brian. »Was Sie mit ihm besprochen haben, welche Art von Kontakt Sie mit ihm haben, Telefongespräche, persönliche Begegnungen et cetera.«

»Was hat er getan?«, fragte sie unwillkürlich. »Sie glauben nicht, dass er seine Frau umgebracht hat, oder?«

Brian verzog keine Miene. »Wir sind nicht hier, um mit Ihnen Meinungen oder Informationen über Adam Gilmore auszutauschen. Dem, was Mr O'Neill uns erzählt hat, entnehmen wir, dass Sie in letzter Zeit mit Adam Gilmore zu tun hatten, und darüber würden wir gern Näheres erfahren.«

In einer Art stummer Panik wurde ihr ganz schwummrig im Kopf, aber Mark lächelte ihr aufmunternd zu und schlug vor, sie solle einfach bei ihrer ersten Begegnung mit Maria anfangen und alles der Reihe nach erzählen, so wie sie es vor ein paar Tagen ihm erzählt hatte. Die Polizisten hörten scheinbar teilnahmslos zu, während sie von den Ereignissen der letzten Wochen berichtete, unterstützt von Mark, der sich gelegentlich einschaltete, wenn sie ein Detail zu erwähnen vergaß. Sie wirkten so stoisch gleichmütig, dass Carrie schon dachte, das alles sei nichts als Zeitverschwendung, bis sie auf ihren Besuch bei Adam Gilmore zu sprechen kam. Jetzt begann die eigentliche Befragung.

»Erzählen Sie uns bitte den ganzen Hergang von dem Moment an, in dem Sie das Gebäude betraten, und beschreiben Sie alles, was passiert ist. Lassen Sie kein Detail aus, so unwichtig es Ihnen auch erscheinen mag.«

»Versetzen Sie sich bitte im Geist noch einmal zurück in die Eingangshalle, Ms Cassidy. Wie viele Aufzugsschächte haben Sie gesehen?«

»Als Sie aus dem Lift ausgestiegen sind, durch wie viele Türen sind Sie gegangen?«

»Was für Schlösser hatten die Türen?«

»Was ist hinter der feuersicheren Tür, die Sie erwähnt haben, wissen Sie das?«

»Wie groß war das Büro, wie viele Fenster hatte es auf der Seite dem Eingang gegenüber?«

»Was soll das alles?«, fragte sie und hob hilflos die Hände, weil sie nicht mehr genau sagen konnte, was alles wo an den Wänden des Büros hing. »Da waren Bilder und Bildschirme, es gab praktisch überall Bildschirme, ein paar große an der Wand und noch ein paar, die in die Platte des Schreibtischs eingelassen waren.«

»Danke, Ms Cassidy, Sie haben uns sehr geholfen.« Brians Stimme klang vollkommen ausdruckslos. »Eines noch: Was ist passiert, als Sie das Büro wieder verließen? Sind Sie einfach rausgegangen?«

»Nein, Adam Gilmore drückte auf einen Knopf, und ich hörte, wie das Schloss aufsprang.«

»Ein Knopf? Wo war der?«

»Auf der Schreibtischplatte?« Sie schloss die Augen und versuchte sich zu erinnern. »Nein, ich glaube, es war eine Fernbedienung, die auf seinem Schreibtisch lag.«

»Sie haben gesagt, er hat Ihnen eine Karte mit seiner privaten Handynummer drauf gegeben. Könnten wir die bitte sehen?«

»Sicher. Sie liegt dort auf dem Fensterbrett. Mark, bist du so nett?«

Mark holte die Karte und reichte sie Rowan.

»Danke. Vielleicht müssen wir noch einmal mit Ihnen sprechen«, sagte er und warf seinem Kollegen einen fragenden Blick zu, bevor er fortfuhr: »Vielleicht könnten Sie noch etwas für uns tun.«

Er erklärte ihr, was sie von ihr wollten, aber sie lehnte es rundweg ab: »Ich soll noch einmal in die Höhle des Löwen? Auf keinen Fall.«

Mark stand auf. »Ich finde, Sie sollten es jetzt gut sein lassen. Sie sehen doch, dass Sie Carrie Angst machen.« Er stellte sich hinter sie und legte ihr die Hände auf die Schultern. Die Geste tat ihr unendlich gut.

»Sie würden uns damit sehr helfen«, sagte Rowan. »Wir glauben nicht, dass Gilmore sich dazu hinreißen ließe, Ihnen etwas anzutun. Er überlegt jeden seiner Schritte sehr genau.«

»Also ermitteln Sie *doch* gegen ihn«, sagte Carrie.

»Ich kann das weder bestätigen noch dementieren.«

»Aber sonst würden Sie mir nicht all diese Fragen stellen und mich bitten, mich noch einmal mit ihm zu treffen.«

»Es gibt Vorschriften, an die wir uns halten müssen.«

»Vorschriften?«

»Und wir brauchen in jedem Fall handfeste Beweise.«

»In Beth' Fall gibt es keine handfesten Beweise, oder?«, fragte Carrie.

»Nach allem, was Sie erzählt haben, nein.« Es klang bedauernd. Zum ersten Mal an diesem Abend wurde in Brians Stimme eine Spur von Emotion bemerkbar.

»Dann ermitteln Sie also in einer anderen Sache gegen Adam Gilmore.«

»Wir können darüber keine Auskunft geben.«

»Hat es mit irgendwelchen Online-Aktivitäten zu tun?« Sie sagte es ins Blaue hinein.

Mark runzelte besorgt die Stirn. »Carrie, je weniger du weißt, desto besser.«

»Du meinst: weil er mir sonst vielleicht ansieht, dass ich etwas vor ihm verberge, wenn ich ihn wieder treffe?«

»Genau.«

Sie drehte sich um und sah ihm in die Augen. »Findest du, dass ich noch einmal zu ihm gehen sollte?«

Mark lächelte. »Ich finde, du solltest tun, was dein Bauchgefühl dir sagt.«

»Sie wären nicht allein«, sagte Brian.

»Hätten Sie einen guten Vorwand für ein Treffen?«, fragte Rowan.

Carrie überlegte kurz. »Ich habe mal erwähnt, dass ich ein paar Fotos von Beth habe. Die will er seitdem unbedingt sehen. Er ist sogar extra deswegen zu mir nach Hause gekommen.«

Wieder wechselten die Polizisten einen Blick. »Was für Fotos?«

»Was genau suchen Sie denn?«, fragte Carrie.

Achtundfünfzigstes Kapitel

Am Mittwochabend stand Carrie vor dem Hauptgebäude von Gilcorp und atmete tief und regelmäßig, um ihre Panik zu unterdrücken. Sie würde es schaffen. Es war ganz einfach.

Carrie packt Adam Gilmore bei den Eiern.

Nur im übertragenen Sinn natürlich. Sie grinste bei dem Gedanken. Sie hatte nichts weiter zu tun, als kurz mit Adam Gilmore zu plaudern und ihm ein paar Hochzeitsfotos zu überreichen. Die Polizisten hatten ihr ein Handy gegeben, das sie eingeschaltet in ihrer Handtasche bei sich tragen sollte. »Was ist daran so Besonderes?«, hatte sie gefragt, denn es sah aus wie ein ganz gewöhnliches Handy, aber die zwei Ermittler hatten nur gelächelt. Wenige Minuten nachdem Carrie in Adam Gilmores Büro angekommen war, würde Mark sie anrufen und ihr so einen Vorwand liefern, zu gehen.

Dem, was die Polizisten Mark erzählt hatten, entnahm sie, dass nur sehr wenige Personen Zutritt zu Adam Gilmores privatem Büro in seinem Penthouse hatten. Seine geschäftlichen Angelegenheiten erledigte er normalerweise in Büros und Sitzungszimmern, die sich in der Vorstandsetage befanden. Carrie wusste wenig darüber, in welche unsauberen Machenschaften er verwickelt war, aber sie wusste, dass sie es ihrer Mutter und Beth schuldig war, diese Sache durchzuziehen, und das erfüllte sie mit ruhiger Entschlossenheit, als sie die Granitstufen zum Eingang hinaufstieg. Der Gedanke an Mark, der zusammen mit den beiden Polizisten in einem nahe gelegenen Pub auf sie wartete, machte sie froh. Am Empfang ließ sie geduldig das Registrierungsritual über sich ergehen, dann fuhr sie, wieder von Michael eskortiert, im Lift nach oben, nur achtete sie dieses Mal genauer auf alles, was um sie herum zu sehen war.

Adam Gilmore saß hinter seinem Riesenschreibtisch, die Ellbogen aufgestützt, die Finger ineinander verschränkt. Anders als beim letzten Mal stand er nicht auf, um sie zu begrüßen. Seine gedrungene, massige Gestalt, die sich wie ein Schattenriss vor dem Hintergrund des Fensters abzeichnete, wirkte einschüchternd.

»Ah, Carrie, ich war angenehm überrascht, als Sie mich anriefen und sagten, Sie wollten sich mit mir treffen.« Er lächelte gewinnend. »Sie erwähnten Fotos, die Sie mir zeigen wollen.«

»Sie hatten mich gebeten, Ihnen Bescheid zu geben, wenn ich welche finde«, sagte Carrie. Erleichtert stellte sie fest, dass ihre Stimme ganz ruhig klang. »Ich war am Wochenende in Willow Hill, und da habe ich ein paar Bilder für Sie mitgenommen.«

»Sie waren in Willow Hill?«

»Ja, am Samstag.« Sie sah ihm in die Augen.

»Haben Sie einen schönen Tag verbracht?«

»O ja, es war recht nett. Allerdings nur bis zum Abend: Als ich nach Hause kam, musste ich feststellen, dass jemand bei mir eingebrochen hatte. Das war natürlich weniger schön.« Sie setzte ein leicht zerknirschtes Lächeln auf.

»Ein Einbruch? Ich habe Ihnen ja gleich gesagt, dass Sie Ihre Alarmanlage reparieren lassen sollten.«

Irgendwie kam seine Reaktion ihr einstudiert vor, aber vielleicht bildete sie sich das nur ein.

»Ja, das stimmt. Und das Komische ist, dass ich immer noch nicht genau weiß, was der Einbrecher eigentlich gestohlen hat.«

Er schüttelte betrübt den Kopf. »O ja, so eine Sache geht einem an die Nieren.«

»Sicher, aber verglichen mit den Gefühlen, die diese alten Fotos in Ihnen wachrufen müssen, sind das dann doch eher kleine Sorgen.« Sie zog den Umschlag hervor und legte ihn auf den Schreibtisch.

Er erstarrte. »Was sind das denn für Bilder?« Seine Stimme klang gepresst.

»Aufnahmen von Ihrer Hochzeit.« Sie öffnete den Umschlag und legte die Fotos, etwa ein halbes Dutzend, vor ihn hin. »Wenn man Beth so sieht, fällt es einem schwer, zu glauben, dass sie ein halbes Jahr später tot war.«

Carrie beobachtete ihn, wie er die vor ihm ausgebreiteten Bilder musterte. »Sie ist eine so schöne Braut. Ich hoffe nur, dass es Sie nicht zu sehr aufwühlt.«

»Sie war auf eine stille Art schön«, murmelte er, ohne aufzublicken.

»Sie ist nicht alt geworden«, sagte Carrie. »Wussten Sie eigentlich, dass Beth ausgezeichnet schwimmen konnte?«

Er starrte sie mit seinen Eidechsenaugen an. »Wer hat Ihnen denn das erzählt?«, fragte er schroff.

»Das habe ich in Willow Hill gehört, als ich am Wochenende dort war. Darum ist es mir unerklärlich, wie sie ertrinken konnte.« Carrie war jetzt alles egal. Sie sollte Adam Gilmore eigentlich nur in ein ganz unverfängliches Gespräch verwickeln, aber sie konnte einfach nicht widerstehen. Es gab keine handfesten Beweise gegen ihn. Wenn er Beth etwas angetan hatte, war er ungestraft davongekommen. »Ich muss immerzu an sie denken«, fuhr Carrie fort. »Sie hatte alles, wofür es sich zu leben lohnt, war ohne Zweifel so glücklich verheiratet, wie man es sich nur irgend denken kann ... Es ist unfassbar, wie alles so tragisch enden konnte! Vermisst, wahrscheinlich tot ...«

Eine Weile herrschte gespanntes Schweigen.

»Ich habe einen Zeitungsartikel zu dem Fall gelesen«, sagte sie. »Da stand das alles drin. Ziemlich genau dasselbe, was Sie mir auch erzählt haben, Adam. Das muss so schrecklich traurig gewesen sein.«

Er lehnte sich zurück und sah sie herausfordernd an. »Der frühe Tod meiner Frau scheint Sie sehr stark zu beschäftigen, Carrie.«

»Ja, das stimmt. Beth' Geschichte geht mir nicht aus dem Kopf, dabei habe ich bis vor Kurzem gar nichts davon gewusst. Es ist alles so mysteriös, nicht zuletzt deswegen, weil man ihre Leiche nie gefunden hat.«

Wieder trat Schweigen ein. Dann klingelte das Handy in Carries Handtasche. »Entschuldigen Sie«, sagte sie, »ich dachte, ich hätte es stumm gestellt.« Sie kramte das Handy hervor und drückte die Empfangstaste. »Ja, Mark?« Sie hatten das Gespräch vorher einstudiert und brachten nun den Dialog zur Aufführung.

»Carrie? Wo bist du? Ich dachte, wir sind verabredet?«

»Tut mir leid, Mark, ich bin aufgehalten worden. Ich bin bei Adam Gilmore, in seinem Büro am North Wall Quay.«

»Hast du die Tickets?«

»Ja, natürlich, ich habe die Konzertkarten dabei und bin startklar, keine Angst.«

»Dauert dein Gespräch noch lang?«

»Nein, in fünf Minuten, höchstens zehn, bin ich bei dir.«

Sie steckte das Handy wieder weg und lächelte Adam bedauernd zu. »Entschuldigen Sie bitte, aber ich bin ein bisschen spät dran und muss jetzt gehen.« Vorsichtig lehnte sie sich etwas über den Schreibtisch und schob die Fotos zusammen.

»In was für ein Konzert gehen Sie denn?«

»Damien Rice im Vicar Street.« Ein Glück, dass sie sich auf diese Frage vorbereitet hatte.

Adam Gilmore starrte sie an. Dann sagte er in ganz ruhigem Ton: »Ich weiß nicht, was ich von Ihnen halten soll, Carrie Cassidy – entweder sind Sie sehr dumm oder sehr schlau.«

»Na, vielleicht eher Ersteres, denke ich, Sie nicht?«

Sie zuckte schockiert zusammen, als seine Hand über die Schreibtischplatte schoss und sie am Handgelenk packte. »Sie haben keine Ahnung, oder?«

»Wovon?«

»Von allem. Sie glauben anscheinend, das Leben ist eine einzige Ritterfahrt voller geheimnisvoller Abenteuer und Wunder. Aber das stimmt nicht. Es ist weder schwarz noch weiß. Manche seiner Rätsel sind unlösbar. Die Schicksale mancher Menschen sind bereits vorgegeben, ehe sie überhaupt geboren werden. Schon ganz kleine Kinder nehmen alle Einflüsse ihrer Umwelt in sich auf, und oft ist die Prägung, die sie so erfahren, derart stark, dass sie nie mehr davon frei werden können.«

Sie verstand überhaupt nicht, wovon er redete, und es war ihr auch ziemlich gleichgültig. Das, weswegen sie hergekommen war, war erledigt: eine Bestandsaufnahme der Signalströme in diesem Raum. Das genügte.

»Doch, Adam«, sagte sie, »Man kann sehr wohl davon frei werden. Man muss nur eine Linie ziehen, die man nicht überschreitet, und man muss sich dafür entscheiden, die Verantwortung für sein Tun und Lassen zu übernehmen.«

Er schüttelte den Kopf. »Das ist jugendlicher Idealismus, Carrie. Glauben Sie im Ernst, alle Menschen wären gleich, nur weil sie als Gleiche geboren werden?«

»Das habe ich nicht behauptet. Natürlich sind wir nicht alle gleich, weil die Erziehung und die Umweltbedingungen verschieden sind, aber das bedeutet nicht, dass wir davon befreit wären, die Verantwortung für unser Leben zu übernehmen. Es kommt immer darauf an, welche Wahl wir treffen.«

Er verzog höhnisch das Gesicht, als fände er ihre Reden einfach nur lächerlich.

»Wenn Sie mich jetzt bitte entschuldigen. Mein Freund erwartet mich, Sie müssen mich wohl gehen lassen.«

»Natürlich lasse ich Sie gehen, Carrie. Sie nehmen doch wohl nicht an, dass ich Sie als Gefangene hierbehalten will?«

»Nein. Denn das würden Sie bitter bereuen.«

»Glauben Sie?« Er lächelte, besser gesagt: Er bleckte die Zähne. Seine Augen blieben kalt.

»Bis zum nächsten Mal«, sagte sie und legte dabei den Kopf neckisch schief, als sie in den Lift einstieg.

Neunundfünfzigstes Kapitel

Am Freitagvormittag schickte Carrie eine Textnachricht an Mark:

Es ist wieder Post für dich gekommen.

Es dauerte ziemlich lange, bis er antwortete:

Danke.

Sie schrieb:

Ein Eilbrief.

Er schrieb zurück:

Ja, gut.

Ja, gut. Und sonst hatte er ihr nichts zu sagen? Das war schon eine Enttäuschung. Sie hatte seit Mittwochabend nicht mehr mit ihm gesprochen. Nach dem Treffen mit Adam Gilmore war sie in den Pub gegangen, wo Mark und die beiden Polizisten auf sie gewartet hatten, und hatte das Handy zurückgegeben. Die Ermittler hatten ihr für ihre Hilfe gedankt, waren aber nicht weiter auf den Fall eingegangen. Sie hatte dann noch etwas mit Mark getrunken, bevor er sie im Taxi nach Hause gebracht und bis zur Haustür begleitet hatte. Ihre Einladung, auf einen Kaffee mit hereinzukommen, hatte er ausgeschlagen.

Er wollte keine neuen Verletzungen riskieren, hatte er letzte Woche gesagt. Sie würde behutsam mit ihm umgehen müssen und zugleich selbst Risiken eingehen müssen, um ihm deutlich zu machen, wie ernst es ihr mit ihm war.

Sie wusste, dass sie noch einen Berg bezwingen musste, als sie an diesem Abend die Tür öffnete und Mark einließ.

»Du hast Post für mich?«

»Ja. Willst du einen Kaffee?«

»Gern, nur einen Kaffee.«

Carrie lachte und zuckte die Achseln. »Mehr hab ich dir auch nicht angeboten.« Ihr Herz schlug schneller, als er an der Theke Platz nahm. Der Kragen seines karierten Flanellhemds stand offen, seine knochigen Handgelenke schauten aus den Manschetten hervor.

»Na, wie geht's dir nach diesem Mittwoch?«, fragte er sie.

»Ganz gut so weit, nur, na ja, ich nehme an ...«

»Ich weiß nichts, falls du das meinst – abgesehen von dem, was ohnehin klar ist. Ganz offensichtlich sind irgendwelche Ermittlungen gegen Gilmore im Gang. Schon als ich seinen Namen im Gespräch mit den Kollegen bei Bizz zum ersten Mal erwähnt habe, hatte ich so ein Gefühl, als hätte ich eine Art stillen Alarm ausgelöst. Aber solche Dinge brauchen Zeit, und manchmal kommt auch gar nichts dabei raus, darum mach dir besser keine allzu großen Hoffnungen.«

»Was Adam Gilmore betrifft, mache ich mir überhaupt keine Hoffnungen. Ich will ihn einfach nur vergessen und mich auf mein eigenes Leben konzentrieren. Möglicherweise werde ich nie erfahren, was damals in Willow Hill wirklich passiert ist, aber damit muss ich mich dann eben abfinden. Es gibt sehr viel wichtigere Dinge, um die ich mich kümmern muss.«

»Zum Beispiel?«

»Zum Beispiel ...« Sie holte tief Luft. »Ich hätte mir am Samstag gewünscht, dass du noch auf einen Kaffee hereinkommst, und am Mittwoch auch.«

»Carrie ... Ich war zu nervös. Ich hatte einfach Angst, ich lasse mich zu etwas Unvernünftigem hinreißen.«

»Zu was zum Beispiel?«

»Zum Beispiel dazu, dich zu küssen.«

»Möglicherweise hätte es mir ja gefallen.«

»Carrie ... ich muss mir wirklich sicher sein ...«

Sie wandte sich ab. »Ich hol mal deine Post.«

Sie ging in den Flur. Dort stand sie einige Minuten und atmete tief: Ihre Knie waren so weich wie in dem Moment, bevor sie mit dem Gleitschirm losgeflogen war. Sie war von einem Felsen in die Tiefe gesprungen und wie schwerelos durch die Luft getragen worden. Sie nahm einen Umschlag vom Bücherregal und ging zurück in die Küche, ganz zittrig und so angespannt, dass es weh tat.

Als sie Mark den Brief reichte, warf er einen kurzen Blick darauf und legte ihn dann auf die Theke.

»Willst du ihn nicht öffnen?«

»Das hat Zeit bis später.«

»Aber es ist ein Eilbrief.«

»Ja? So sehr dringend wird es schon nicht sein.«

Sie wurde abwechselnd rot und bleich vor Aufregung. »Vielleicht liegt ja *mir* etwas daran, dass du ihn aufmachst.«

Er sah sie verwundert an. »Wieso? Was hast du damit zu tun?« Aber er nahm den Umschlag, riss ihn auf und zog ein Blatt Papier heraus. Darauf war ein Foto von den Iguazú-Wasserfällen zu sehen, das Carrie im Internet gefunden und ausgedruckt hatte. Darüber stand geschrieben: »Carrie ist glücklich mit Mark in Südamerika.«

Mark starrte auf das Bild und die Überschrift. Dann blickten seine grauen Augen einen ausgedehnten Moment lang forschend in die ihren. »Ist das … bedeutet das wirklich das, was ich glaube, dass es bedeutet?«

»Ich hoffe es. Ich wollte dir damit zu verstehen geben, dass ich mein Leben mit dir teilen will …«

Als er sie küsste, war ihr, als würde sie schwerelos durch die Lüfte schweben.

Gemeinsam beschlossen sie, es diesmal langsam angehen zu lassen. Sie wollten nicht gleich am ersten Abend miteinander schlafen und auch nicht am zweiten oder dritten. Mark sagte sogar, er würde es so lange wie möglich aufschieben, weil er, wenn sie einmal miteinander ins Bett gingen, gar nicht mehr klar denken könnte und weil er einen klaren Kopf brauchte, um sicherzustellen, dass sie alles genau richtig machten. Er wollte sie und sich selbst dieses Mal unbedingt davor bewahren, den Boden unter den Füßen zu verlieren.

Sie trafen sich zu gemeinsamen Unternehmungen, als hätten sie einander eben erst kennengelernt. Sie gingen ins Kino, an den Strand, stiegen an einem besonders schönen Abend den Killiney Hill hinauf. Nach und nach schlug Carrie sich Adam Gilmore und seine stechenden blauen Augen aus dem Kopf. Das war das Beste, was sie tun konnte, sagte Mark. Sie lachte, als er ihr den Brief zeigte, den er vor ein paar Wochen bei ihr abgeholt hatte. Auf dem Umschlag stand »Persönlich, vertraulich«, aber er enthielt nichts weiter als ein leeres Blatt Papier. Mark hatte ihn selbst an ihre Adresse geschickt, um einen Vorwand zu haben, sie zu besuchen. Einmal gingen sie zusammen mit Sam und Fiona essen, die einander öfter amüsierte Blicke zuwarfen, als wollten sie sagen: »Ich hab es doch immer gewusst.«

»Wir sind noch am Anfang«, sagte Carrie zu Fiona auf der Damentoilette.

»Ja, sicher. Sam hatte ganz recht.«

»Wieso?«

»Er sagte, ihr beide würdet euch gegenseitig mit den Augen auffressen. Zuerst wusste ich nicht genau, was er meinte, aber heute Abend habe ich es selbst gesehen.«

»Was?«

»Wie ihr euch über den Tisch hinweg angeschaut habt. Ich dachte die ganze Zeit: Gleich schlagen die Flammen hoch.«

Eines Abends erzählte Mark ihr von Rachel, einem Mädchen in Singapur, das ihm übel mitgespielt hatte. Er hatte sich dann sehr lange Zeit von Frauen ferngehalten, weswegen er, als er Carrie kennenlernte, umso stärker reagierte. An einem anderen Abend, als sie sich unter der Woche in einem ruhigen Restaurant in der South William Street zum Essen trafen, erzählte sie von ihren Eltern, wie sie in der Waldron Avenue aufgewachsen war und was in der Zeit nach dem Flugzeugabsturz in ihr vorgegangen war.

Sie konnte jetzt offen mit ihm über ihre Gefühle sprechen. »Weißt du«, sagte sie, als sie nach dem Essen zusammensaßen, »eine Sache, die mir sehr zu schaffen macht, ist, dass ich mich immer frage ...«

»Ja?«

»Ich stelle mir den Moment vor, als das Flugzeug plötzlich absackte. Wussten sie, was das bedeutete? Hatten sie Angst? Was ging ihnen durch den Kopf? Das hat mich oft gequält.«

»Du wirst dich damit abfinden müssen, dass du es nie erfahren wirst, und wenn du dich noch so sehr quälst, Carrie.« Er legte seinen Arm um ihre Schultern. »Ich an deiner Stelle würde versuchen, an die besonderen Momente zu denken, die ihr zusammen erlebt habt: Die schönen Erinnerungen können dir Halt geben.« Er schenkte das letzte Restchen Wein in ihr Glas. »Ich glaube, wir sollten möglichst bald die Reise nach Südamerika machen. Wenn du immer noch willst.«

Sie schmiegte sich sanft an ihn. »Ja, das will ich. Unbedingt.«

Er strich ihr eine Haarsträhne aus dem Gesicht und küsste sie auf die Stirn. »Auch weil wir dann ein Doppelzimmer buchen müssen und mir gar nichts anderes mehr übrigbleibt, als mit dir zu schlafen.«

Südamerika. Sie sehnte sich so sehr danach und nach ihm, sie wollte, dass er sie mit sich fortriss im Strudel der Lust, dass er diesen Teil der Welt mit seiner Liebe vergoldete.

»Die Zeit heilt keine Wunden«, hatte Luis gesagt, »das kann nur die Liebe.«

Ich hoffe, Mama und Papa haben, geborgen in der Liebe, von der Luis sprach, nicht gelitten. Oder es ist wenigstens so schnell gegangen, dass sie nichts gespürt haben ...

Sechzigstes Kapitel

Südamerika, fünf Jahre früher

An diesem Morgen geht alles schief, was schiefgehen kann. Beinahe hätten sie sogar ihren Flug verpasst.

Erst verschlafen sie. Als Sylvie aufwacht und nach ihrem Handy auf dem Nachttischchen greift, um nach der Uhrzeit zu schauen, runzelt sie die Stirn. Sie überlegt, was am Abend zuvor passiert ist, als sie den Wecker gestellt hat; irgendetwas muss sie falsch gemacht haben, denn er hat nicht funktioniert. Sie dreht sich wieder um und schmiegt sich an Johns heißen Körper. Sie schlingt den Arm um seine Taille, hält ihn einen ausgedehnten, kostbaren Moment lang und denkt an letzte Nacht zurück.

»Darling«, murmelt sie, »der Wecker hat nicht geklingelt. Wir müssen uns heute etwas mehr beeilen als sonst.«

»Hmmm«, brummt er verschlafen, legt seinen Arm um sie und zieht sie eng an sich.

»Das ist mein Ernst«, sagt sie und macht sich aus seiner Umarmung los.

Seine Hand tappt ins Leere. »Spielverderberin«, murmelt er.

Sie schlüpft aus dem Bett, tritt ans Fenster und zieht die schweren Vorhänge beiseite. Durch die feinen Gardinen dringt das Licht der Morgensonne. »Ein schöner Tag zum Fliegen«, sagt sie. Dann geht sie zurück zum Bett und zieht John die Decke weg. »Aufstehen, Faulpelz«, ruft sie fröhlich, »sonst verpassen wir unseren Flug.«

»Faulpelz?«

Er springt aus dem Bett und läuft hinter ihr her ins Bad.

Die nächste Viertelstunde hasten sie unter allerlei Neckereien zwischen dem Bad und dem Zimmer hin und her, duschen, packen ihre Sachen zusammen, suchen im Chaos der achtlos liegen gelassenen Hotelhandtücher und Bademäntel nach Ladegeräten und Steckdosenadaptern, kontrollieren Gepäckanhänger, überzeugen sich noch einmal, ob sie auch wirklich alle nötigen Papiere beisammenhaben. Sylvie trägt einen grauen Jogginganzug; sie will es bequem haben auf dem Flug. Sie fängt an, ihre Haare zu föhnen, lässt es aber dann doch sein.

»Essen ist wichtiger als eine perfekte Frisur.«

»Du bist eben eine unersättliche Natur, das wusste ich immer schon«, sagt John. »Wir schaffen unsere Sachen nach unten, frühstücken kurz und fahren dann zum Flughafen. Die Leute an der Rezeption wissen Bescheid und haben ein Taxi bestellt, oder?«

»Klar.« Sylvie rubbelt ihre feuchten Haare und zupft sie ein bisschen zurecht. Dann zieht sie ihre Sportschuhe an und schließt den Koffer, der noch aufgeklappt dasteht.

»Fertig?«, fragt John.

»Fertig.«

Er stellt ihr Gepäck neben die Tür. Sylvie überprüft noch einmal ihr Handgepäck, ihre Handtasche und dann ihr Gesicht im Spiegel. Der Anblick des zerwühlten Betts und der zerknautschten Kissen erinnert sie daran, wie sie sich in der vergangenen Nacht geliebt haben. Eine Art wehmütiger Sehnsucht bricht über sie herein, sie wünscht sich zurück in jene Momente vollkommenen Glücks. Ihre Reise wird bald zu Ende sein. Sie werden Carrie von ihren Erlebnissen erzählen, wenn sie wieder zu Hause sind, ihr die Videos vorführen und sie kommentieren, wobei sie sich ohne Zweifel ständig verbessern oder widersprechen werden, wenn sie in diesem oder jenem Detail uneins sind. Dann wird die Reise Teil ihres gemeinsamen Erinnerungsschatzes werden, dem sie Stücke entnehmen können, um sich daran zu freuen, wenn sie ihren goldenen Jahren entgegengehen.

»Alles in Ordnung?«

Sie wirft noch einen letzten Blick in das Zimmer, in dem sie eine wunderschöne Woche lang gewohnt haben, und spürt plötzlich einen Kloß in ihrer Kehle. Dann folgt sie John und schließt die Tür hinter sich.

Es stellt sich heraus, dass die Dame an der Rezeption vergessen hat, ein Taxi zu bestellen, und Sylvie fragt sich, ob sie nicht am Ende doch noch, wenn auch unfreiwillig, ihren Aufenthalt in dem Hotel verlängern werden. Als sie dann mit Verspätung schließlich losfahren können, gerät ihr Auto in einen Stau, der zusätzlich Zeit kostet. Und sogar am Flughafen, wenige Minuten vor Torschluss, gibt es noch einmal Schwierigkeiten, weil Sylvie am Morgen in der Eile die falsche Buchungsbestätigung in ihre Handtasche gesteckt hat. Sie muss ihren Koffer öffnen und eine Weile darin wühlen, bis sie die richtigen Reiseunterlagen gefunden hat.

John lacht.

Der Flughafenangestellte hinter dem Tresen findet die Sache weniger lustig.

»Langsam glaube ich, das Schicksal will partout nicht, dass wir diesen Flug erwischen«, sagt Sylvie keuchend, während sie, von einer Lautsprecherstimme, die ihre Namen aufruft, zur Eile angetrieben, zum Gate hasten. Im Flieger drehen die wartenden Passagiere die Köpfe und sehen sie vorwurfsvoll an. Atemlos und verschwitzt lassen sich Sylvie und John in ihre Sitze sinken, froh darüber, dass sie es doch noch geschafft haben. Als sie in der Luft sind, bestellt John Champagner, obwohl es erst Vormittag ist. Sie stoßen an, und Sylvie entspannt sich, munter wackelt sie mit den Zehen. Sie schaut durchs Fenster hinunter auf die Erde, die immer wieder zwischen den Wolken sichtbar wird. Obwohl ihr bei dem Gedanken, um die halbe Welt zu fliegen, zuerst etwas unwohl war, hat sie während der Reise nie Angst empfunden. Sie würde mit Vergnügen alles noch einmal machen, angefangen beim Start in Dublin. Vielleicht sogar die Zeit eingeschlossen, in der sie diesen Urlaub geplant haben.

Aber es ist noch nicht ganz vorbei. Sie haben noch eine Station vor sich, eine, auf die Sylvie sich besonders freut. Sie lehnt sich zurück und stellt sich vor, wie es sein wird, wenn sie und ihre alte Freundin einander wiedersehen. Sie haben sich so viel zu erzählen nach all den Jahren.

Von einem Herzschlag zum nächsten ist alles anders. Ein unheimliches Beben geht durch das Flugzeug, die Triebwerke setzen aus, und es beginnt abzustürzen. Das Champagnerglas fällt Sylvie aus den kraftlosen Fingern. Sie starrt John zu Tode erschreckt an. Das Licht geht aus, und ein grauenhaftes schrilles Geräusch ist zu hören. Die Leute kreischen. Sylvie kippt zur Seite, ihr Kopf schlägt gegen das Fenster. Die Erde tief unten rast in schräger Bahn auf sie zu.

John stemmt sich bereits gegen die Zentrifugalkräfte und schafft es, die Armlehne hochzuklappen, sodass er seine Arme um Sylvie schlingen kann. Er hält sie ganz fest. »Schau mich an.«

»Oh, mein Gott ... Carrie!«

Sie wünscht sich so sehr, sie könnte mit ihrer Tochter über Raum und Zeit hinweg sprechen. Eine Stelle einer Gutenachtgeschichte, die sie immer erzählt hat, kommt ihr in den Sinn: Carrie, mein Schätzchen, du musst tapferer sein, als du es für möglich hältst, und stärker, als du es dir zutraust.

Das Flugzeug vibriert immer stärker, während es ins Trudeln gerät. Johns Blick ist fest und ruhig wie das friedliche Meer vor Willow Hill. »Carrie wird es gutgehen«, sagt er. »Ich liebe dich.«

Sie sehen einander unverwandt in die Augen, und die Liebe, die sie verbindet, pulsiert in ihren Adern: Sie ist stark wie flüssiger Stahl, strahlend, voller Leben. Sie weiß, die Liebe ist das Einzige, was zählt. Gleichgültig, ob sie einen Tag, eine Woche oder ein Leben lang dauert. John hält sie sicher in seinen Armen, und dann vereinigt sich sein Mund mit ihrem in einem innigen Kuss, der wie für die Ewigkeit ist.

Einundsechzigstes Kapitel

Auf dem weiten Flur ihres eleganten Hauses straffte Maria Meyer die Schultern und zwang sich zu einem Lächeln. Drei Monate, hatte sie damals im Merrion Hotel zu Carrie gesagt. Es sah so aus, als wäre sie zu optimistisch gewesen. Sie betrat das Schlafzimmer im Erdgeschoss, wo Luis ganz friedlich im Bett lag.

»Es ist wieder ein schöner Sommerabend«, sagte sie so heiter wie möglich.

Ein schwaches Lächeln ging über sein Gesicht. »Beschreib es mir ...«

Seine Stimme war leise und kraftlos. Sie setzte sich auf den Rand des Betts, fasste seine Hand und – sie wusste selbst nicht, woher sie die Kraft dazu nahm – begann zu reden: von dem silbernen Schimmern des Sees, den blaugrauen Bergen, die gelassen heiter in der Entfernung aufragten, von dem Sonnenlicht, das strahlende Säulen bildete, wo es durch Lücken zwischen den Wolken herabströmte, und alles, was es berührte, in gleißende Helligkeit tauchte.

»Es klingt, als wäre es der Himmel«, flüsterte Luis. »Ich werde bald herausfinden, ob es ihn gibt oder nicht.«

»Ja, du wirst es früher erfahren als ich. Soll ich dir vorlesen?«

»Ja, bitte.«

»Gedichte?« Ihr Blick wanderte zu den Büchern auf dem Tischchen neben seinem Bett. »Oder willst du lieber, dass ich den Brief noch einmal vorlese?«

»Das wäre schön, danke.«

In den vergangenen Wochen waren Unmengen von Briefen, Karten und E-Mails eingetroffen, in denen wildfremde Menschen ihre Anteilnahme zum Ausdruck brachten und Genesungswünsche übermittelten. Es waren einfach zu viele, als dass Luis sie alle zur Kenntnis nehmen konnte, weswegen seine Sekretärin damit betraut war, die Post zu sichten und nur die Schreiben, die ihr besonders bemerkenswert erschienen, an Maria weiterzureichen, die sie Luis vorlas.

Ein Brief stach aus der Menge heraus. Maria hatte ihn Luis bereits vorgelesen und war selbst tief bewegt gewesen von den Worten der Schreiberin. Luis hatte lange geschwiegen, als sie fertig war, und sie hatte das Schreiben auf das Seitentischchen mit den Büchern gelegt, denn sie wusste, dass Luis sie bitten würde, ihn noch einmal vorzulesen. Sie setzte ihre Brille auf, nahm den Brief und las vor. Die Absenderin sprach davon, wie schön Luis' Musik war und wie glücklich es sie machte, sie zu hören. Dass die Töne, die er dem Klavier entlockte, voller Leben waren, ein glitzernder, sprudelnder Strom, der durch die stille Luft tanzte wie Wasser über Steine. Dass seine Musik ihr Herz tröstete und sie mit Freude und Hoffnung erfüllte.

Wieder schwieg Luis lange.

»Wo kommt der Brief her?«, fragte er schließlich. »Er erinnert mich ... Ich dachte ...« Er brach ab und konzentrierte sich eine Weile darauf, ruhig und regelmäßig zu atmen. Dann seufzte er leise. »Irgendetwas daran hat mich in die Zeit zurückversetzt, als ich in Irland war.«

»Es hat dich an Sylvie erinnert?«

»Ja.«

»Der Brief beweist, dass es noch mehr Menschen gibt, die dich und deine Musik ebenso lieben«, sagte Maria. Sie schaute auf den Umschlag. »Es steht kein Absender drauf, aber die Briefmarke ist englisch, und die Frau hat mit ›Anna‹ unterschrieben.«

Nach einer Weile sagte er: »Ich liebe dich, Maria, mehr als alles in der Welt. Vergiss das nie.«

»Ich liebe dich auch.« Sie drückte seine Hand.

Ein paar Tage später, an einem Donnerstagabend, veränderte sich sein Atem. Es würde nicht mehr lange dauern, sagte man Maria. Sie saß an seinem Bett, während der See sich in der Abendsonne golden färbte und schließlich all die Orange-, Purpur- und Rosatöne des spektakulären Sonnenuntergangs widerspiegelte. Sie beschrieb Luis das Schauspiel, obwohl er durch nichts zu erkennen gab, dass er sie hörte. Sie las ihm den Brief noch einmal vor und anschließend einige Gedichte, die er besonders liebte. Sein Atem wurde flacher, während das letzte Tageslicht schwand und draußen vor dem Fenster alles von einer sanften Dunkelheit eingehüllt wurde. Maria hätte nicht den genauen Moment bezeichnen können, in dem Luis aus der Welt ging, aber sie fühlte, dass sein Geist seinen erschöpften, schwerkranken Körper schon verlassen hatte, als dieser kurz vor Morgengrauen sein instinktives Ringen nach Luft aufgab.

Dann war es still.

Zweiundsechzigstes Kapitel

Sie trafen sich am Donnerstagabend am Flughafen. Carrie überkam eine geradezu lächerliche Schüchternheit und Nervosität, als sie Mark aus einiger Entfernung am vereinbarten Treffpunkt neben den Aufzügen im Abflugbereich sah. Sie blieb stehen, ohne sich bemerkbar zu machen, und beobachtete ihn. Dann überflutete ein Glücksgefühl ihr Herz wie eine mächtige Welle. Dieser Mann in dem schwarzen Jackett und Jeans, einen kleinen Koffer neben sich, ein Mann, der zugleich entspannt und hellwach wirkte, war ihretwegen hier, er wartete auf keine andere als sie. Sie dachte an die Reise, die vor ihnen lag: Von Dublin nach Paris, von Paris nach Buenos Aires und dann weiter nach Puerto Iguazú, und die Vorstellung, dass sie das alles gemeinsam mit ihm erleben würde, war fast zu viel für sie. Er hatte sie noch nicht bemerkt, und sie rührte sich nicht von der Stelle, von einem berauschenden Gefühl der Erwartung erfüllt und von dem Bewusstsein, dass sie gerade auf der Schwelle zwischen zwei Welten stand: hinter ihr die alte, risikofreie Welt der Carrie Cassidy, vor ihre eine Welt voller verlockender Möglichkeiten.

»Ist das alles *wirklich*, was wir da tun? Ich kann es immer noch kaum glauben«, sagte sie, als sie bei ihm war. Bei aller Anstrengung gelang es ihr nicht, das Grinsen zu unterdrücken, das sich auf ihrem Gesicht ausbreitete.

Mark beugte sich vor und küsste sie auf die Wange. »O doch, es ist wirklich. Du siehst reizend aus.«

»Ich dachte, ich ziehe mir etwas Bequemes an.« Sie machte, immer noch ein bisschen verwirrt, eine fahrige Geste an ihrem dunkelblauen Jogginganzug entlang in Richtung ihrer gelben Sportschuhe.

»Bequemlichkeit ist das oberste Gebot«, sagte er. »Wie fühlst du dich?«

»Mir geht's gut.«

»Kein Bammel?«

»Jede Menge.« Sie lächelte. »Zum Glück habe ich jemanden dabei, der sich bestens mit Flugangst auskennt. Er soll wahre Wunder bewirken können.«

Aber das Nervenflattern, das sie bei dem Gedanken an das empfand, was vor ihr lag, hatte mit Flugangst wenig zu tun: Sie würde mehr als vierundzwanzig Stunden im engen Raum eines Flugzeugs mit diesem Mann verbringen, inklusive einen dreizehnstündigen Nachtflug von Paris nach Buenos Aires.

Und dann würden sie ein Zimmer im Hotel teilen.

»Na, dann ist ja alles prima. Gehen wir?« Er wirkte so gelassen, dass ihre Anspannung von ihr abfiel: Es kam ihr mit einem Mal ganz natürlich und selbstverständlich vor, als sie da mit ihm dahinging, so, als könnte es gar nicht anders sein.

Die nächsten vierundzwanzig Stunden fühlte sich Carrie wie in einer Zeitblase – Flughäfen voller lärmender, hektischer Menschen, wo sie durch die Läden bummelten, um sich die Zeit zu vertreiben, oder zusammen mit anderen Passagieren nach der Ankunft oder vor dem Abflug Schlange standen, das ganze elektrisierende Erlebnis, mit Mark zusammen zu sein, von seinen Fingern gestreift zu werden, wenn er ihr ein Glas Wasser reichte, im Flugzeug seinen Ellbogen neben ihrem zu spüren, seine Hand, die beruhigend die ihre drückte, als der Flieger kurz vor Mitternacht unter furchterregendem Getöse auf der Startbahn in Paris beschleunigte, bevor er abhob in den nachtblauen Himmel. Sie machten es sich auf dem Flug nach Buenos Aires so bequem wie möglich, tranken Wasser, probierten das Flugzeugessen und sahen sich, er auf seinem und Carrie auf ihrem Bildschirm, dieselbe Filmkomödie an, jedoch zeitversetzt, sodass er jedes Mal ihr neckendes leises Lachen hören konnte, bevor die Pointe auch bei ihm ankam. Sie dösten, und sie beobachtete ihn, wie er schlief, ganz arglos und verletzlich, und sie hätte gerne sein Gesicht mit den Fingerspitzen gestreichelt und ihn auf den Mund geküsst. Einen Teil der Reise verschlief sie, den Kopf an seine Schulter gelehnt. Als sie in Buenos Aires gelandet waren, trotteten sie mit steifen Gliedern, übernächtigt und irritiert von dem hektischen Treiben um sie herum durch den Flughafen, bevor ein letzter Flug sie nach Puerto Iguazú brachte.

Als sie endlich ihr Hotel dort erreichten, war Carrie vollkommen erschöpft. In ihrem Zimmer warf sie einen Blick auf das große Bett, ließ ihre Handtasche fallen, streifte die Schuhe ab und legte sich hin. Innerhalb weniger Minuten war sie tief und fest eingeschlafen.

Als sie gut zwei Stunden später aufwachte, lag eine leichte Decke über sie gebreitet. Durch die Gardinen sah sie einen blauen Himmel blinken. Mark saß an dem Tischchen vor dem Fenster und las in einem Reiseführer. Er wirkte frisch und hellwach. Sie beobachtete ihn eine Weile, bis er ihren Blick zu spüren schien und lächelnd von seinem Buch aufschaute.

»Na, Schlafmütze.«

»Na, du«, sagte Carrie und stieg aus dem Bett. »Hast du nicht geschlafen?«

»Doch. Und anschließend habe ich geduscht und mich rasiert.«

»Ich mache mich auch erst mal frisch.« Sie ging zu ihrem Koffer, nahm ihren Kulturbeutel heraus und verschwand im Bad.

Eine Viertelstunde später kam sie wieder, in ein großes Badetuch gehüllt. »Ich habe vergessen, frische Sachen mit ins Badezimmer zu nehmen«, sagte sie.

Mark sah sie unverwandt an, seine Augen wickelten ihren Körper aus dem Badetuch. »Ja, etwas Kleidung wäre wahrscheinlich ratsam. Im Moment jedenfalls.«

Sie öffnete ihren Koffer. Ihr wurde ganz heiß, während sie nach passenden Kleidungsstücken suchte, ihre Hände zitterten ein bisschen, als sie nach Unterwäsche kramte. Schließlich schnappte sie sich einfach, was ihr gerade in die Finger kam, und flüchtete damit ins Badezimmer. Sie zog eine weiße Hose, eine weiße Baumwollbluse und ein leichtes Jäckchen mit Blumenmuster an, dazu flache Sandalen. Als sie ins Zimmer zurückging, überkam sie eine plötzliche Schüchternheit, die sie überspielte, indem sie sich in Pose warf und einen Tusch imitierte: »Täterätää!« Sie hob ihre Handtasche vom Boden auf und leerte sie auf dem Bett aus. Den Pass und die Flugtickets legte sie beiseite, dann nahm sie ihr Telefon zur Hand. Einen Augenblick später schnappte sie erschrocken nach Luft. Das Handy fiel ihr aus der Hand auf die Bettdecke.

»Wie spät ist es jetzt in Europa?«, fragte sie.

»Fünf Stunden später als hier, also ungefähr neun Uhr abends. Was ist passiert?«

»Maria Meyer hat dreimal versucht, mich anzurufen.« In ihrem Hinterkopf fühlte sie ein dumpfes Pochen.

Luis.

Dreiundsechzigstes Kapitel

Er war nie hundertprozentig sicher gewesen, dass seine Festung wirklich uneinnehmbar war. Eine Kette ist nur so stark wie ihr schwächstes Glied, das hatte er immer gewusst. Aber es war keine Nacht-und-Nebel-Aktion. Die Polizei schlug zu, als die untergehende Sonne auf den Himmel hinter der Skyline von Dublin Streifen und Schlieren aus sattem Butterblumengelb, Orange und Babyrosa malte, Farben, die auch im Gefieder der Möwen, die vor dem Panoramafenster lautlos durch die Luft schwebten, schimmerten und die ihre Pracht auf die Wand von Adams Büro ergossen. Von jenem Raum, in dem die Einsatzkräfte nun ebenso geschickt wie entschlossen ihrer Arbeit nachgingen.

Die Leute verstanden ihr Handwerk, das musste man ihnen lassen. Sie hatten die Alarmanlage außer Gefecht gesetzt. Er hatte erst gemerkt, dass sie in seine Bastion eingedrungen waren, als er die besondere Stille im Raum wahrgenommen hatte, eine Stille wie nach der Detonation einer Bombe.

Sie waren zu fünft und arbeiteten flink und effizient. Zuerst demontierten sie behutsam das Festnetztelefon, dann bauten sie ebenso geschickt die in die Schreibtischplatte integrierten Computer und Monitore aus.

Adam Gilmore lehnte sich zurück in seinem weich gepolsterten Ledersessel und nahm einen Schluck von seinem Whiskey. Er genoss jeden Tropfen. Hoch oben am Himmel glänzte winzig klein wie eine silberne Nadel ein Flugzeug, das einen schnurgeraden Kondensstreifen hinter sich her zog. Unwillkürlich fragte er sich, wohin es wohl flog. Einen Moment lang beneidete er die sorglosen Urlauber um ihre Freiheit. Tief unten auf den Straßen wimmelte es von Menschen, die sich in den Kneipen und Restaurants einen schönen Abend machen wollten. Er dachte daran, wie fröhlich es an einem so schönen Sommerabend vor den Pubs von Dublin zuging, wenn die Leute ihr Bier im Freien tranken und alle guter Laune waren.

Als Nächstes wurden die Fernsehbildschirme an den Wänden abmontiert und die schwarzen Lackschränke der Reihe nach ausgeräumt. Am liebsten hätte er ihnen gesagt, dass sie sich diese Mühe sparen konnten, weil da nichts zu finden war, aber er verkniff es sich. Er wusste, dass nichts sie davon abhalten würde, jeden Winkel seines Büros zu durchsuchen.

Er wusste auch, dass sie früher oder später auf seinen Safe stoßen würden. Nur gut, dass er die Handys beiseitegeschafft hatte. Nach Carries letztem Besuch hatte er sie in einem Anfall von Panik in eine Papiertüte von einer Bäckerei gesteckt und sich um die Mittagszeit ins Gedränge all der Leute gemischt, die in Stephen's Green ihre Mittagspause verbrachten. Dort hatte er die Tüte scheinbar ganz lässig im Vorbeigehen in einen der Abfallkörbe geworfen. Es hatte ihn sehr erbittert, dass er sich so lästige Umstände machen musste, ganz zu schweigen von dem Verlust seiner Sammlung: all die Fotos und Videos, die er von seinen vielen Auslandsaufenthalten mitgebracht hatte, waren verloren, Stoff, den man nicht ohne weiteres in Magazinen fand. Allerdings hatte er, gut versteckt, eine Liste mit wertvollen Kontakten zu Gleichgesinnten behalten.

Die Polizisten wirkten keineswegs enttäuscht, als sie den Safe leer fanden. Nachdem sie den ganzen Raum auf den Kopf gestellt hatten, wandten sie sich ihm zu. Einen Moment lang fragte er sich, hinter was sie eigentlich her waren. Hatten sie die alte Sache mit Beth wieder ausgegraben, oder war ihm am Ende doch, allen seinen Vorsichtsmaßnahmen zum Trotz, Interpol auf die Spur gekommen?

Sie brachten ihn in seinem Privatlift in die Tiefgarage und von dort auf die Straße, wo ein Auto und ein Lieferwagen standen. Er musste auf der Rückbank des PKW zwischen zwei Kriminalbeamten sitzen, die so jung waren, dass sie seine Söhne hätten sein können. Überall auf den Straßen der Stadt sah er durchs Fenster Menschen, die den warmen Sommerabend genossen, während man ihn zur Polizeiwache fuhr.

In einem öden, stickigen Raum musste er auf einem harten Holzstuhl Platz nehmen. Auf einem Tisch an der Wand sah er etwas liegen, das er als seine Handys, säuberlich in Zellophan verpackt, erkannte. Er fragte sich, ob sie es wohl geschafft hatten, die gelöschten Daten wiederherzustellen.

Einer der Polizisten bemerkte seinen Blick und lächelte kühl. »Wir haben Sie schon seit einiger Zeit überwacht«, sagte er.

Interpol also, nicht Beth.

Er war sich nicht sicher, ob das das kleinere von zwei Übeln war.

Vierundsechzigstes Kapitel

Nachdem sie mit Maria gesprochen hatte, legte Carrie ihr Telefon weg und wandte sich an Mark.

»Wollen wir ein bisschen frische Luft schnappen? Ich würde gern einen Spaziergang machen, und danach brauchen wir dringend etwas zu essen, was nicht in Plastikfolie eingeschweißt war.«

»Natürlich. Ich weiß auch schon, wo wir hingehen können.« Mark steckte den Reiseführer in die Tasche seines Jacketts. »Und ich habe mich schlaugemacht, wo man das beste Filetsteak und einen anständigen argentinischen Rotwein bekommt.«

»Du hast deine Hausaufgaben gemacht.« Sie lachte.

»Und anschließend, denke ich, wird es uns guttun, früh zu Bett zu gehen.«

Ihr Magen zog sich vor Aufregung zusammen.

»Morgen haben wir ein volles Programm. Wir werden einen ganzen Tag brauchen, um die Wasserfälle in ihrer vollen Länge von der einen Seite her zu besichtigen, und am nächsten Tag nehmen wir uns die andere Seite vor. Und vielleicht buchen wir auch noch einen Rundflug mit dem Hubschrauber, was meinst du?«

»Klingt gut.«

»Es wird fantastisch.« Lächelnd nahm er ihre Hand, als sie zur Tür hinausgingen, und sie sah an seinen Augen, dass er bei seinen Worten nicht nur die Wasserfälle im Sinn hatte.

Er spazierte mit ihr durch das Städtchen, vorbei an Souvenirläden, Marktständen und Lebensmittelgeschäften, und dann eine Anhöhe oberhalb eines breiten Flusses mit starker Strömung hinauf, wo ein großes blau-weißes Denkmal stand. Dort angekommen, stellte Mark sich neben Carrie und zog sein Handy aus der Tasche.

»Was hast du vor?«, fragte sie.

»Ich mache ein Selfie«, sagte er. »Wir befinden uns hier in Argentinien. Auf der anderen Seite des Flusses hinter uns liegt Paraguay, und das da drüben ist Brasilien.«

»Echt wahr.« Sie grinste.

»O ja«, sagte er. »Wenn du mich nett bittest, erlaube ich dir vielleicht sogar, es über Twitter in die Welt hinauszuposaunen.«

Eine Weile standen sie in dem gleißenden Licht des Nachmittags am Geländer und schauten auf den Fluss hinunter, der zwischen drei Ländern dahinfloss.

»Maria hat den ganzen Tag lang versucht, mich zu erreichen«, sagte Carrie nach einer Weile. »Sie wollte es mir mitteilen, bevor die Öffentlichkeit es erfährt.« Mark legte den Arm um sie, und sie schmiegte sich an ihn. »Luis ist ganz friedlich gestorben, ohne Schmerzen. Er ist einfach weggedämmert. Es muss ungefähr um die Zeit gewesen sein, als wir in ein paar tausend Meter Höhe über die Späße in diesem albernen Film gelacht haben. Maria meinte, das hätte Luis gefallen.«

»Ja, das glaube ich auch.«

»Ich habe ihr erzählt, dass wir uns morgen die Wasserfälle ansehen, und sie sagte, auch das hätte ihn gefreut.«

»Gut.«

»Dann fragte sie ...« Carrie zögerte.

»Ja?«

Sie hatte immer noch eine gewisse Scheu davor, von einer

gemeinsamen Zukunft mit Mark zu sprechen. »Na ja, sie würde sich freuen, wenn wir sie besuchen würden, in ein paar Wochen oder so ... Luis sagte, ich soll dich zum Drachenfliegen auf die Rigi mitnehmen.« Sie schluckte. »Ich glaube, das war eines der letzten Dinge auf seiner Wunschliste.«

Er zog sie noch enger an sich, und sie fühlte sich warm geborgen.

Sie atmete tief durch und überlegte, wo Luis jetzt war oder ob er überhaupt irgendwo war. Nicht, dass sie sich vorgestellt hätte, er schaute ihr über die Schulter, aber vielleicht war ja doch irgendwo noch etwas von ihm da, dort, von wo seine Musik hergekommen war. Vielleicht tanzte er über den See, oder er schwebte zum Gipfel der Rigi hinauf, wo die Stille der Bergketten ringsum sie so tief bewegt hatte.

Sie blickte über die Landschaft. »Ich glaube, meine Eltern waren auch hier«, sagte sie. »Eines der Fotos, die sie gemacht haben, bevor sie zu den Wasserfällen fuhren, sieht so aus, als wäre es genau von hier aus aufgenommen worden.«

»Höchstwahrscheinlich. Wer schon mal in Puerto Iguazú ist, lässt sich diesen Blick nicht entgehen.«

»Es ist nicht so, dass ich Schmetterlinge herumflattern sehen oder die Gegenwart von freundlichen Seelen spüren würde oder so etwas ...«

»Ich verstehe schon, was du meinst.«

»Ich werde es so machen, wie du mir geraten hast, und bei den guten Erinnerungen Trost suchen.«

Mit diesem Mann an ihrer Seite schien ihr nichts unmöglich. Bilder kamen ihr in den Sinn, von Geburtstagen, Weihnachten, Ferien im sonnigen Süden – sie hatten so viel Schönes miteinander erlebt.

»An eines muss ich oft denken«, sagte sie lächelnd. »Wie Mama mir immer vor dem Einschlafen aus *Winnie the Pooh* vorgelesen und mir versichert hat, dass ich tapferer bin, als ich glaube.«

Diese Erinnerung an ihre Mutter machte Carrie nicht traurig, vielmehr sah sie einen Moment lang, als könnte sie in die Zukunft blicken, sich selbst am Bett eines kleinen Kindes sitzen wie früher ihre Mutter an ihrem. Das Kind sah Mark ähnlich, das Schlafzimmer war gedämpft beleuchtet und voller Kuscheltiere, der ganze Raum atmete Liebe und Geborgenheit. Carrie schluckte. War es möglich, dass die Zukunft so grenzenloses Glück bereithielt?

Sie nahm all ihren Mut zusammen und sagte: »Ich hoffe, ich werde die Geschichte in nicht allzu ferner Zukunft unseren Kindern vorlesen.«

Er küsste sie auf die Stirn und strich ihr übers Haar. »Das hoffe ich auch.«

Sie genoss die Umarmung, und alle ihre Sinne waren übervoll mit nichts anderem als ihm. Dann spazierten sie Hand in Hand zurück in die Stadt.

Epilog

In ihrer Wohnung in einer belebten Wohngegend in London unweit von Highbury Fields schaltete sie den Fernseher an, schenkte sich ein Glas Wein ein und setzte sich aufs Sofa, um sich die Neun-Uhr-Nachrichten anzusehen. Draußen wurde es langsam dämmrig, die letzten Sonnenstrahlen streiften den farbenfrohen Vorgarten, der schon fast ganz im Schatten lag. In dem kleinen Park gegenüber spielten Kinder, in ihren Stimmen, die herüberschallten, klang ein Gefühl von Freiheit und sorgloser Erwartung der langen Sommerabende, die noch kommen sollten.

Sie war darauf vorbereitet, trotzdem setzte einen Moment lang ihr Herzschlag aus, als sein Gesicht auf dem Bildschirm erschien und der Nachrichtensprecher die Meldung verlas, dass Luis Meyer am Morgen in seinem Haus am Vierwaldstättersee gestorben war. Ein kurzer Filmausschnitt von seinem letzten öffentlichen Auftritt in Genf wurde gezeigt, bevor der Sprecher zu den Sportnachrichten überging. Sie hob ihr Glas in stillem Gedenken an den Mann, dessen Liebe ihr Glück und Trost geschenkt und ihr den Mut eingeflößt hat, ihr Leben in eine neue Bahn zu lenken.

Es hatte nach Luis noch andere Männer in ihrem Leben gegeben, aber keinen, der so war wie er. Sie hatte Freude erfahren, aber nicht in demselben Überschwang wie mit ihm. Sie hatte Freunde, mit denen sie über Bücher diskutierte, ausging, wanderte, Bridge spielte. Und da waren Kinder, die sie liebhaben und um die sie sich kümmern konnte, nicht ihre eigenen, aber fast ihre eigenen, die Kinder in der Schule, wo sie als Köchin arbeitete, und die in der Krebsstation der nahe gelegenen Klinik, wo sie sich ehrenamtlich engagierte.

Sie saß eine Weile da und versuchte die Nachricht von Luis' Tod zu verarbeiten, mit dem Bewusstsein, dass es zu Ende war, fertigzuwerden und sich klarzumachen, was das bedeutete. Seit sie aus der Zeitung von seiner Krankheit erfahren hatte, hatte sie sich in Gedanken oft in die Zeit im September 1980 zurückversetzt, alles stand ihr so deutlich vor Augen, als wäre es gestern gewesen. Sie rief sich die junge Frau, die Luis am Strand zum ersten Mal begegnet war, ins Gedächtnis, die junge Frau, die außer sich gewesen war vor Furcht, deren Welt zusammengebrochen und deren Selbstachtung auf den Tiefstpunkt gesunken war. Die junge Frau, die sich unsichtbar gefühlt und die einen schrecklich hohen Preis dafür bezahlt hatte, einem gewissenlosen Mann zu entkommen.

Ihre wunderbaren Erinnerungen an Luis erfüllten sie mit Glück, aber wenn sie daran dachte, was Beth Gilmore angetan worden war, empfand sie kalten Zorn. Jetzt, da keine Gefahr mehr bestand, dass Luis in irgendeiner Weise in ihre traurige Geschichte verwickelt werden könnte, würde nichts mehr sie davon abhalten, dafür zu sorgen, dass Adam zur Verantwortung gezogen würde. Die Zeiten hatten sich geändert, Gott sei Dank. Geld und gesellschaftliche Stellung schützten nicht mehr in dem Maß wie früher vor Strafverfolgung, und es bestand jetzt zumindest eine Chance, dass die Gerechtigkeit ihn doch noch einholen würde. In leitenden Positionen bei Polizei und Justiz gab es mehr Leute, die den Mut besaßen, Verbrechen, die man vor wenigen Jahrzehnten unter den Teppich gekehrt oder gar nicht erst zur Kenntnis genommen hatte, ans Licht zu bringen und der Strenge des Gesetzes zu unterwerfen. Natürlich würde dann auch sie selbst in aller Öffentlichkeit Rechenschaft darüber ablegen müssen, was sie im September 1980 getan hatte, aber das war es ihr wert. Solange Luis am Leben gewesen war, hatte sie die Sache ruhen lassen: Sie wollte nicht, dass er als Zeuge geladen und gezwungen würde, über sein Privatleben Auskunft zu geben.

»Hier ist alles ruhig«, hatte Sylvie in ihrer letzten Weihnachtskarte geschrieben und ihr damit zu verstehen gegeben, dass Adam ihnen keinen Ärger machte. Sylvie ihrerseits hatte immer streng darauf geachtet, nichts zu tun, was seinen Argwohn wecken konnte: Ihr war immer bewusst, dass sie unter Beobachtung stand.

»Unser gemeinsamer Freund und ich passen gut aufeinander auf«, hatte sie vor Jahren geschrieben und ihr zusammen mit der Weihnachtskarte eine Kopie des Gerichtsprotokolls sowie der Zeitungsnotiz geschickt. »Geld regiert die Welt, so ist es eben. Nach allem, was die Leute darüber wissen, war es einfach nur ein tragisches Unglück. Wenn Papa und der Coroner einander nicht seit ihrer gemeinsamen Schulzeit kennen würden, hätten wir nicht einmal das Protokoll zu sehen bekommen.«

Und vor fünf Jahren hatte Beth dann ganz unerwartet eine Karte mit einer Nachricht bekommen, die sie mit hellem Entzücken erfüllt hatte.

»Die Ratte hat das sinkende Schiff der irischen Finanzwirtschaft verlassen und sich für ein paar Monate in die Wall Street verzogen«, hatte Sylvie geschrieben. »John und ich werden eine große Reise unternehmen und wollen, wenn wir auf dem Nachhauseweg in London Station machen, die Gelegenheit nutzen, bei dir vorbeizuschauen.«

Aber ein paar Wochen später hatte sich ihre Freude in tiefe Trauer verwandelt, als sie von dem Flugzeugabsturz erfuhr und davon, dass Sylvie und John unter den Opfern waren. Sie hatte die Zeitungen und das Internet durchsucht, um Näheres darüber zu erfahren, und sie hatte immer voller Mitgefühl an Carrie denken müssen. Auch wenn Beth ihr nie begegnet war, stand sie ihrem Herzen doch nahe, denn Sylvie hatte jeder ihrer Weihnachtskarten ein Foto ihrer Tochter beigelegt. Und so hatte Beth sie gewissermaßen von Jahr zu Jahr aufwachsen sehen.

Luis ruhte in Frieden, ihm konnte nichts, was Beth gegen Adam unternehmen mochte, etwas anhaben, aber natürlich musste sie auf Carrie Rücksicht nehmen, jene Carrie, die nichts davon wusste, welche Rolle Sylvie bei Beth' Verschwinden gespielt hatte, und auch nichts von dem Umschlag mit Fotos, der auf dem Dachboden von Willow Hill versteckt war. Die pornografischen Bilder für sich allein genommen würden heutzutage wahrscheinlich keinen allzu großen Skandal mehr erregen, aber Adam würde doch auf jeden Fall bloßgestellt und seine Selbstdarstellung als liebender Ehemann, der seiner Frau über ihren Tod hinaus die Treue hielt, der Lächerlichkeit preisgegeben werden.

Sie musste sich bald mit Carrie in Verbindung setzen. Beth musste unbedingt mit ihr sprechen und ihr alles erklären, bevor sie nach Irland zurückkehrte, um alte Rechnungen zu begleichen.

Aber zuerst wollte sie einige Tage damit verbringen, um Luis zu trauern und in Freude und Dankbarkeit an ihn zu denken. Der Sommerabend draußen verwandelte sich in eine stille tiefblaue Nacht. Sie schaltete den Fernseher aus, zündete eine Duftkerze an und schenkte sich noch ein Glas Wein ein. Dann trat sie vor ihre Stereoanlage, legte eine CD von Luis ein und gab sich ganz der Musik hin, die den Raum erfüllte.

Danksagung

Ein großes Dankeschön den freundlichen und fleißigen Mitarbeitern von Hachette Books Ireland, vor allem meiner tüchtigen Lektorin Alison Walsh und der reizenden Joanna Smyth sowie Breda, Jim, Ruth, Siobhán und Bernard. Herzliche Glückwünsche an Ciara Doorley zur Geburt ihrer goldigen kleinen Tochter. Danke auch für die wertvollen Beiträge, die Korrektoren und Umschlaggestalter zum Gelingen des Werks geleistet haben.

Ich bin meiner Agentin Sheila Crowley von Curtis Brown, London, für ihre Unterstützung und Freundschaft dankbar, ebenso Rebecca Ritchie für alle ihre Hilfe.

Meiner Familie und meinen Freunden danke ich für ihre Liebe und Ermutigung und dafür, dass sie immer für mich da waren. Ich empfinde es als großes Glück, euch alle um mich zu haben, besonders Derek, Michelle, Dedan, Barbara, Dara, Louise und Colm. In Liebe denke ich an meine Eltern Lockie und Olive, denen ich immer noch tief verbunden bin. Dieses Buch ist Cruz, Tom und Lexi gewidmet, die mir alles bedeuten und unser Leben unendlich bereichern.

Und ganz besonderer Dank gebührt all den engagierten Buchhändlerinnen und Buchhändlern, den liebenswerten Leserinnen und Lesern, die meine Bücher schätzen und über Facebook und Twitter zu mir Kontakt aufnehmen. Es ist mir jedes Mal eine große Freude, von Ihnen zu hören. Ich fühle mich reich beschenkt von Ihnen und hoffe, dass Ihnen dieses Buch gefallen wird.

Zoë Miller

Eine perfekte Familie.
Zu viele perfekte Lügen.

Ev Winslow ist reich, beliebt und wunderschön. Alles, was ihre College-Zimmergenossin Mabel nicht ist. Umso mehr freut sich Mabel, als Ev sie einlädt, den Sommer mit ihr in Bittersweet zu verbringen, auf dem Landsitz ihrer Familie in Vermont. Flirrende, träge Tage, windzerzauste Segeltörns, Sommerfeste unterm Sternenhimmel. Doch eine schreckliche Entdeckung beendet die ungetrübte Zeit, und Mabel muss entscheiden, ob sie aus dem Paradies vertrieben werden will – oder die dunklen Geheimnisse der Familie bewahrt, um endlich eine der Ihren zu werden.

Eine strahlende Familie, die das eigene Dunkel in den Abgrund reißen kann: *Bittersweet* erzählt von einer scheinbar idyllischen, glamourösen Welt und vom Wunsch einer Außenseiterin, Teil dieser Welt zu sein. Um jeden Preis.

»*Bittersweet* ist ein Ostküsten-Thriller voller blonder Blaublütiger und schwer verriegelter Türen.« *Vogue*

Miranda Beverly-Whittemore, Bittersweet. Roman. insel taschenbuch 4477. 418 Seiten.

NF 318/1/10.16

NF 238/1/11.14

NF 289/1/10.16

NF 304/1/1.16